Leopold Ahlsen
DIE WIESINGERS
IN STÜRMISCHER ZEIT

Leopold Ahlsen

Die Wiesingers in stürmischer Zeit

Roman einer Familie

Gustav Lübbe Verlag

© 1987 by Gustav Lübbe Verlag GmbH,
Bergisch Gladbach
Schutzumschlag:
Galaxy Film Production (München),
dargestellt sind die Schauspieler
Diana Stolojan und Hans-Reinhard Müller
Satz: ICS Communikations-Service GmbH,
Bergisch Gladbach
Druck und Einband: May & Co, Darmstadt
Alle Rechte, auch die der fotomechanischen
Wiedergabe, vorbehalten.
Printed in West Germany
ISBN 3-7857-0462-3

Inhalt

Surdukpaß
7

Der Bub
39

Wolfgang Oberlein
67

»Refoluzzion«
101

Der verlorene Sohn
139

Der Dollarprinz
175

Verstrickungen
208

Die Aktiengesellschaft
252

Liebesgeschichten
287

Letzte Quadrille
336

Epilog
403

Surdukpaß

Die frühesten Erinnerungen, deren er habhaft werden konnte, hatten mit dem Tod der Köchin Babett zu tun. Mithin kam er bis in das Jahr siebzehn zurück.

Der kleine Franz war ein leicht schiefgesichtiges, wenig hübsches, aber erstaunlicherweise dennoch nicht unsympathisches Kind. Daß er, mit viel Herumtollen treppauf und treppab, in der wohlhabenden Herrschaftsvilla an der Maria-Theresia-Straße aufwuchs, war in Anbetracht seiner proletarischen Herkunft eine Merkwürdigkeit, unbeschadet der genius loci der wiesingerischen Haushaltung schon bei seiner Empfängnis wirksam gewesen war. Diese passierte, nicht völlig lustlos, aber doch keineswegs absichtsvoll, in den mittleren Dezembertagen des letzten Friedensjahres. Der arbeitslose Maschinenschlosser Karl, Neffe des Dienstmannes Xaver Bausch, hatte aushilfsweise für zwei Wochen die Arbeit des erkrankten Hausdieners Josef übernommen. Karl Bausch war, anders als sein Onkel, ein schmalbrüstiger, in seiner ganzen Erscheinung höchst unbeträchtlicher Mensch. Obzwar ein Kümmerer, rumorte in ihm eine unruhige Triebhaftigkeit. Und so war er schon gleich am ersten Nachmittag wie aus Versehen mehrmals mit dem Ellenbogen an der wenig entwickelten Oberweite des Dienstmädchens entlanggestreift. Lucie, welche die Zufälligkeit dieser Berührungen als vorgeschützt durchschaute, hatte in ihren blaßbraunen, bereits dicht von Fältchen umsponnenen Augen ein jähes und dem Karl durchaus nicht verborgen bleibendes Aufblitzen gezeigt. Gleich am nächsten Vormittag, als die Herrschaft außer Haus, die Köchin Babett beim Kramer und der Felix — den der Bankier Fontheimer hartnäckig »Wiesingers Butler« zu titulieren pflegte — unterwegs zur Apotheke war, kam es in einer eher knapp bemessenen Viertelstunde — und sogar über dieser noch hing das Damoklesschwert unzeitiger Rückkünfte! — zu jenem eiligen corps-à-corps, welchem hernach der kleine Franz Bausch sein Dasein verdankte.

Schon ein knappes Vierteljahr nach der umständehalber als standesamtliche Haustrauung stattfindenden Vermählung — Lucie lag noch im Wochenbett, und Anton Wiesinger stellte, einzig durch das hartnäckige Drängen seiner Frau dazu bestimmt, einen Raum seiner Villa zur Verfügung — verschwand Karl Bausch, »jener Schwängerer«, wie der Kommerzienrat ihn bei sich und nie ohne einen herabsetzenden Affekt zu nennen beliebte, aus dem Gesichtskreis der Beteiligten. Er löste sich in Luft auf, und sogar auf eine makaber wörtliche Art — der Grenadier Bausch stiefelte vor Ypern auf eine Mine, die ihn zerriß; eine Tellermine deutschen Fabrikats übrigens, die gut getarnt einzugraben Karl Bausch ein paar Tage zuvor selber noch behilflich gewesen war. Unrühmlich und kümmerlich wie sein Leben war auch sein tolpatschiger Tod. In der Erinnerung des Stubenmädels Lucie allerdings nahm er für den Rest ihres Daseins einen freundlich gehegten Ehrenplatz ein. Sie hatte den Kümmerer aufrichtig gern gehabt, lieber als alle anderen Mannsbilder, mit denen sie intim gewesen war, und das vielleicht gerade wegen seiner mitleiderregend glücklosen Dürftigkeit.

Der Kommerzienrat stimmte dem Verbleib des Kindes in seinem Haushalt höchst ungern zu. Er wußte mit kleinen Kindern nichts anzufangen, das war schon immer so gewesen, selbst bei seinen eigenen. Er fand, daß sie zuweilen zwar ganz niedlich wären, aber im großen und ganzen reichlich stupid, »kleine Tiere, possierliche kleine Tiere«, mit denen absolut nichts Vernünftiges anzustellen sei. Die Leibesfrucht gar »jenes Schwängerers«, ein mit Behagen an seinem Dau-

men herumschmatzendes, vom Musselinbaldachin der
Wiege zart und vornehm beschattetes und später in dem vom
Schreiner der Brauerei eigens gezimmerten Laufstall her-
umhopsendes, gelegentlich fröhlich krähendes, viel zu oft
übellaunig plärrendes Geschöpf, weckte schlicht antipathi-
sche Empfindungen in ihm. Wenn er sich und seine merkwürdige Gehässigkeit gründlicher hätte beobachten wollen,
so würde der Kommerzienrat bemerkt haben, daß ihm die
heitere Zufriedenheit des Bengels sogar noch widerwärtiger
als dessen greinender Mißmut war.

Nun, der Kleine sah sich zum Glück auf das Wohlwollen
des Hausherrn wenig angewiesen, wurde ihm doch von allen
Seiten eine beinah schon ungesunde Verhätschelung zuteil.
Am wenigsten von seiner Mutter. Lucie Bausch, geborene
Grabusch, war eine unsentimentale Person, und das Kno-
chige ihrer Erscheinung sagte nicht nur Körperliches über
sie aus. Dafür war Therese, einzige Tochter des Kommerzienrats aus erster Ehe und inzwischen auch schon dreißig,
ganz besonders kinderlieb. Freilich hatte sie, die kriegshal-
ber zum Roten Kreuz gegangen war, fast immer im Lazarett
zu tun, und wenn sie schon einmal frei hatte, dann nach
anstrengendem Nachtdienst, so daß sie tagsüber gezwungen
war, ihren versäumten Schlaf nachzuholen. Sie hatte zu
ihrem Bedauern nicht viel von dem Kind. Anders die Kommerzienrätin. Die lief unentwegt mit allerlei Spielzeug und
Schleckereien hinter dem Kleinen drein und zeigte sich
schier vernarrt in ihn. Lisette Wiesinger, obwohl es nun
schon acht Jahre her war, seit der Bräuer sie aus ihrer
französischen Heimat in sein Haus geholt hatte, war in ihrer
Ehe kinderlos geblieben, und allem Erwarten nach würde
sich hieran nun nichts mehr ändern. Wer also möchte sich
wundern, daß sie sich beim Anblick des Säuglings jedesmal
von heftigen mütterlichen Wallungen heimgesucht sah.

Aber nicht nur die weiblichen Wesen, auch die beiden
dienstbaren Mannsbilder des Haushalts konnten sich nicht

genug damit tun, Spaßetteln mit dem Kind zu treiben. Zumal beim Felix wirkte es rührend, wenn er der gewohnten Steifheit seines Wesens absonderlich humorige Schlenkerer abgewann und − zum indignierten Kopfschütteln des Kommerzienrats −, den hell hinausjauchzenden Knaben auf der Schulter, die Treppe zur Etage hinauf und hinunter sprang.

In einer schier ausschweifenden Art aber tat sich unter denen, die den Buben verzogen, die Köchin Babett hervor. Sie hatte mit ihren neunundsechzig Jahren ein Alter erreicht, in dem sie eigentlich mit dem Herumwerkeln langsam hätte aufhören können. Aber was, wenn sie nicht mehr im Dienst stand, hätte sie denn anfangen und wo hätte sie überhaupt bleiben sollen? Verwandtschaft war keine da, nicht einmal in Sauerlach, von wo sie herkam, und auch jene weitschichtige Cousine im Lehel drüben, der sie früher ab und zu einen Besuch gemacht hatte, lebte schon seit Jahren nicht mehr. Nun, wozu sich überflüssige Gedanken machen in einer Zeit, wo es am Küchenherd ohnehin nicht mehr viel zu schaffen gab. Schon im zweiten Kriegsjahr fing die Hungerblockade der Alliierten an, eine empfindliche Wirkung zu zeigen, so daß im März die ersten Lebensmittelkarten eingeführt wurden. Und die darauf zugeteilten Rationen wurden von Monat zu Monat kärglicher.

Was der kleine Franzl für die Köchin bedeutete, ist nicht leicht auszudrücken. Das stark und rasch alternde Fräulein hatte nie jemanden geliebt. Gewiß waren auch in ihrem Leben ein paar Gelegenheiten vorgekommen, aber was Rechtes hatte nie daraus werden wollen. Irgendwie beunruhigend und lang nicht abzutöten war einzig die Erinnerung an einen ganz bestimmten Sonntag für sie gewesen. Sie hatte das genaue kalendarische Datum bis zum heutigen Tag in ihrem Gedächtnis bewahrt. Es war der 29. Juli 1866. Babett, deren Geburtstag auf den Festtag der heiligen Märtyrerin Ursula im Oktober fiel, zählte zu jener Zeit noch keine vollen zweiundzwanzig Jahre und stand bei einem in der Isarvorstadt behausten Metzgermeister im Dienst, einem gewissen Alfons Krauß, der sie hartnäckig mit seiner Zudringlichkeit verfolgte. Da sie ihn immer wieder mit einem unbesieglichen Widerwillen abwies, rächte er sich an ihr, indem er sie in seinem Fleischhauerladen grad extra die ärgste Dreckarbeit verrichten ließ.

An jenem bewußten hochsommerlichen Sonntag war die Babett ungewohnt früh, nämlich schon kurz nach ein Uhr, aus dem in der Kohlstraße, unweit der Kürassierkaserne gelegenen Haus ihrer Dienstherrschaft gekommen. Auch mit dem sonst streng überwachten abendlichen Einpassieren würde es an diesem Tag nicht ganz so gewissenhaft zu nehmen sein, weil die Familie Krauß sich nämlich mit Kind und Kegel zu einem Ausflug in den Hirschgarten hinaus aufgemacht hatte. Da würde die Herrschaft nicht vor neun Uhr zurückzuerwarten sein. Babett beschloß, zum Mariahilfplatz in die Au hinüber zu gehen, wo eben, trotz des vor kurzem entbrannten und einen wenig glücklichen Verlauf nehmenden Krieges gegen Preußen die 1798 vom Kurfürsten Karl Theodor gestiftete Dult abgehalten wurde. Unterwegs fiel ihr auf, daß die ganze Zeit ein Kürassier hinter ihr drein schlenderte, der ungefähr im selben Alter wie sie sein mochte und dessen linker Unterarm mit einem Verband umwickelt und mit Hilfe eines zusammengefalteten Tuchs angewinkelt vor der Brust gehalten wurde. Wie Babett später erfuhr, hatte der Soldat unlängst einen glatten Durchschuß der Hand erlitten, im Sächsischen droben, bei dem Treffen nahe Roßdorf, von dem es im Liede heißt: »Es wurden Feind' gefunden,/ In Roßdorf tief versteckt,/ Da war das Blut im Herzen/ Zum deutschen Kampf geweckt«. Wenn Babett ihre Schritte beschleunigte, tat der Schwere Reiter das nämliche, und als sie auf der Brücke stehenblieb und sich stellte, als blicke sie auf das rasch dahinfließende Isarwasser hinunter, betrachtete auch er den Fluß.

Dann, auf der Dult, wo aller möglicher Trödel feilgeboten

wurde, aus dem der einfache Stadtbewohner, zumal der unlängst vermählte, sich billig mit nützlichem Hausrat versorgen konnte, schien es Babett, daß sie ihren uniformierten Schatten in dem Gedränge glücklich abgeschüttelt hätte, und sie atmete auf. Aber dann, ganz unvermutet, tauchte der Kürassier vor ihr auf, in der Hand eine Tüte mit Nürnberger Pfeffernüssen, die er ihr mit einem gewinnenden Lächeln unter die Nase hielt. Das Dienstmädel errötete bis unter die Haarwurzeln und langte zu.

Der Nachmittag verlief so, daß er Babett Falklander später sowohl als der kürzeste wie auch zugleich der längste ihres ganzen Lebens in Erinnerung blieb. Der Kürassier verstieg sich, ungeachtet der dürftigen Löhnung beim Militär dazu, an einem Budenstand ein zwar schon etwas ausgewaschenes, aber noch immer ansehnliches, mit feinen Fransen verziertes Fürtuch zu erstehen. »Doch, doch, Fräu'n, das müssen S' unbedingt annehmen, ich hab's mir in den Kopf gesetzt, daß Sie irgendwas haben müssen, was von mir ist, und jed'smal wenn Sie's anlegen, denken S' an mich, da brauchen S' sich gar nicht zu plagen, das geht ganz von allein. Also sind S' so nett, Fräu'n, was macht's Ihnen denn aus?«

Babett gab nach. Sie hatte bislang immer nur einen Arbeitsschurz getragen, nie einen, der bloß zur Zierde gemacht worden war. Sie betrachtete sich wohlgefällig in einem halbblinden, zum Verkauf umherstehenden Spiegel, und hernach, als sie miteinander im schattigen Garten vom Radlwirt in der Lilienstraße saßen, spendierte sie ihrem Kavalier eine Maß. Der Schwere Reiter nahm die Erkenntlichkeit an, ohne sich zu zieren. Als es bereits dunkel wurde, es war schon ein gutes Stück nach acht, und die Dienstmagd fing an unruhig zu werden, denn die reguläre Zeit ihres Ausgangs war schon um, machten die beiden sich auf den Heimweg. Sie durchquerten die Anlagen am rechten Isarufer, zur Ludwigsbrücke hin, und der Kürassier Rudi —

»Rudi Böckbauer heiß' ich, und in der Näh' von Vilsbiburg
bin i dahoam« − hing sich mit einer natürlichen Selbstverständlichkeit bei dem Mädchen ein. Der Babett, die zum
erstenmal am Arm eines Mannsbilds ging, wurde es ganz
zweierlei. Dann, sie hatten schon beinah die Brücke erreicht,
wo der Baumschatten zu Ende war und die Petroleumlam-
pen der Straßenbeleuchtung eine milchige Helligkeit ver-
breiteten, blieb der Kürassier Rudi unvermittelt stehen. Er
beugte sich zu der einen Kopf kleineren Babett hinunter,
preßte ihr seine gesunde Hand kräftig ins Kreuz und küßte
sie. Babett, trotz ihrer Jugend ein durchaus g'standenes, will
sagen stehfestes und von windigen Gefühlsirritationen
zuverlässig verschontes Frauenzimmer, war diesem Erlebnis
nicht gewachsen: Sie wurde besinnungslos. Nicht im
gewöhnlichen Sinn zwar, indem sie etwa hingeschlagen
wäre, vielmehr setzte sie ihren Weg an der Seite des Schweren Reiters in aller Ruhe fort, verabschiedete sich von ihm
am Kasernentor, ging das kurze Stück der Morassistraße
entlang, das sie von der Wohnung ihrer Herrschaft trennte,
sperrte die Haustüre auf, ging die Stiege hinauf, zog sich aus
und legte sich ins Bett − aber all dies ohne recht zu wissen,
was sie tat, ohne irgend etwas dabei zu empfinden, mithin:
ohne bei sich und bei klarer Besinnung zu sein.

Babett hatte mit dem Vilsbiburger Vaterlandsverteidiger
ausgemacht, daß sie an einem der nächsten Abende zu
einem kleinen Ratsch an das Kasernentor käme. Aber sie
hielt sich nicht an die Abmachung. Die Woche darauf paßte
der Böckbauer Rudi sie ab, als sie gerade zum Einkaufen
ging. Und er gab keine Ruhe, bis er ihr das Versprechen
abgeknöpft hatte, am nächsten freien Sonntag mit ihm
zusammen einen Ausflug in die Menterschwaige hinaus zu
machen, »das heißt, bal's Wetter danach is. Wenn's saut,
dann gehn ma ins neue Volkstheater am Gärtnerplatz, da
geben s' den ›Staberl auf der Eisenbahn‹, der soll sauber
lusti' sei', und an Stehplatz könna mir zwoa uns allerweil no

13

leist'n.« Die Babett nickte gefügig und beschloß bei sich, den Kürassier zu versetzen.

Ihr Dienstherr hatte nun allerdings durch die Auslagenscheibe beobachtet, wie sie mit dem Uniformierten zusammengestanden war und wie dieser Kerl es nicht hatte lassen können, seine gesunde Hand ein paarmal höchst verdächtig auf den Arm der Dienstmagd zu legen. Dieser Anblick versetzte den Metzger in eine eifersüchtige Wut. Die Babett aber, sonst von der stumpfen Unempfindlichkeit eines Ackerochsen, entdeckte unvermittelt ihre Reizbarkeit, ja, es mochte sein, daß sie sich in diese förmlich flüchtete. »Der gnä' Herr muß sich nicht einbilden, daß ich mir allessamt g'fallen laß, gell!« schrie sie den verblüfften Fleischhauer an. »I geh!« Noch am selben Mittag packte sie ihre Sachen, auch das Fürtuch vom Rudi, das sie sorgsam in weiches Packpapier schlug; gerade so sollte man es am Ende in ihrer bescheidenen Hinterlassenschaft finden. Es war dies das vorletztemal, daß sie ihren Dienstplatz wechselte. Zwei Jahre später kam sie in die Haushaltung des Bräuers Franz Joseph Wiesinger, des Vaters vom Kommerzienrat.

Man mag es nun glauben oder auch nicht, jener unbeholfen kräftige, etwas speichelfeuchte Kuß, der ihr von dem niederbayrischen Soldaten in den rechten Anlagen der Isar hinaufgepappt worden war, war nicht nur der erste, sondern auch der einzige, den das Leben für die Babett übrig hatte. Und hierbei ist nicht allein vom Busseln mit Mannsbildern die Rede, sondern durchaus vom Zärtlichkeitentauschen überhaupt. Empfindsame Liebkosungen sind ein Luxus, den man sich auf dem flachen Land, aber auch unter städtisch proletarischen Verhältnissen nur selten leistete. Neun hungrige Mäuler stopfen, wie Babetts Vater das mußte — zum Glück starben vier der Falklanderschen Kinder, noch bevor sie laufen und reden lernten, denn sonst wären es sogar dreizehn Mäuler gewesen —, ist kein Honiglecken für einen Kleinhäusler, der eine einzige Kuh hat, zwei Geißen und ein paar lumpige Tagwerk nassen Grund. Da ist für unnütze Esser kein Platz und für unnütze Gesten schon gar nicht. Da heißt es von klein auf hart werken und dann – »fort mit Schaden« – bei erster Gelegenheit aus dem Haus.

Ja, und dann, spät genug, aber nicht zu spät, war dieses Stubenmädel mit ihrer Niederkunft dahergekommen, mit einem Menschenwesen, das hilflos und auf hätschelnde Umsorgung angewiesen war. Gewiß, auch die Jugendtage der drei Wiesinger-Kinder, des Ferdl, der Theres und des Toni, hatte die Babett miterlebt, aber da war's etwas anderes gewesen, da hatte es jedesmal eine Kindsmagd gegeben, gar eine Nurse, und die Köchin hinter ihrem Herd hatte nur von ganz fernher mit alledem zu tun gehabt. Dies jetzt war das Kind eines Dienstmädels, war ein Kind des Souterrains – und also war es auch so etwas wie *ihr* Kind. Jedesmal, wenn sie das kleine Wurm herzte und nudelte, war's der Babett, als träte sie aus sich heraus und schlüpfe in das geherzte, genudelte Wesen hinüber – als täte jemand, wohlig und innig, schnäbelnd und schmatzend all das Warme und Sanfte, das sie dem Kleinen antat, ihr selber an. Bis dann, eines Morgens, beinah unversehens der Augenblick kam, in dem der kleine Franzl sie anlächelte! Er lallte und dehnte unbeholfen die Ärmchen nach ihr. Dieser Moment, in dem das von ihr säuberlich gebadete und gewindelte Kind aufhörte, den nie versiegenden Schwall ihrer Zärtlichkeit bloß immer duldend aufzunehmen wie ein Schwamm, dieser Moment, in dem es ihr auf einmal Antwort gab, sie ansah, freundlich nach ihr verlangte – dieser überwältigende Moment war der glücklichste in Babetts Leben, vielleicht sogar, wer will es wissen, der einzig restlos glückliche. Und fortan, die wenigen Jahre, für die sie noch das Leben hatte, bestand ihre Welt aus dem kleinen Franzl und nur noch aus ihm.

Dem Kommerzienrat wurde es allmählich hart, jeden Tag um halb sechs Uhr aufzustehen, zumal seit man die Sommerzeit eingeführt hatte und es in Wahrheit erst halb fünf war. Er fühlte sich abgespannt und matt. Die Arbeit in der Brauerei, früher ein wahres Lebenselixier für ihn, war durch die Zeitumstände zu einem mühsamen und undankbaren Sich-Abschinden geworden. Die Militärbehörde schränkte die Freistellung von Arbeitskräften immer mehr ein. Viele Frauen kamen dadurch ins Brot, aber den meisten von ihnen ging nicht nur die nötige Ausbildung ab, sondern auch jede praktische Erfahrung. Irrtümer und Fehler kamen vor, und man durfte sie gerechterweise niemandem übelnehmen. Seinem natürlichen Jähzorn solche Nachsicht abzuringen, fiel dem alternden Direktor schwer. Und was half es am Ende? Wenn durch Unkenntnis oder Schlamperei das Malz im Maischgefäß zu fein geschrotet wurde, so daß aus dem Hahn des Läuterbottichs die schiere Malzmehlbrühe kam, auf deren Klärung man bis zum Sankt Nimmerleinstag hätte warten müssen, da lief's allemal drauf hinaus, daß etliche Doppelzentner des kostbar gewordenen und streng bewirtschafteten Rohstoffes beim Teufel waren. Anton Wiesinger verzog verbittert das Gesicht. »Das ist kein Arbeiten mehr, Bauer, wahrhaftigen Gottes kein Arbeiten mehr.«

Das Brauwesen hätte wohl tatsächlich längst einpacken müssen, würden nicht allerhöchste Stellen eine ausreichende Bierversorgung der bayrischen Fronttruppen immerhin für kriegswichtig angeschaut und die Herstellung eines halbwegs trinkbaren Gerstensafts wenigstens für den Militärbedarf und in streng kontingentierten Mengen zugelassen haben, denn was für die übrige Bevölkerung gebraut werden durfte, verdiente den Namen Bier wirklich nicht mehr: Die Kriegswirtschaftsverordnung hatte den üblichen Stammwürzgehalt von vierzehn Prozent zuerst auf acht und dann sogar auf lumpige sechs heruntergedrückt.

Anton Wiesinger war jetzt achtundsechzig Jahre alt. Wenn er am Abend im Kleinen Salon saß, auf dem inzwischen neu, aber mit einem ähnlich gelben Chintz überzogenen Sofa, das seine erste Frau so gern gemocht hatte – mit nach vorn hängenden Schultern und eingezogener Brust, hätte man ihn leicht um ein Jahrzehnt älter schätzen mögen. Die Kommerzienrätin war mit einer Flickarbeit beschäftigt. Seit man nicht mehr einfach in den Laden gehen und sich etwas Neues kaufen konnte, war das Ausbessern, Wenden und Stopfen wieder allgemein im Schwang. Lisette ging ihrer tüfteligen Arbeit immer noch ohne Augengläser nach. Gewiß waren auch an ihr die Jahre nicht spurlos vorübergegangen, aber für ihre Neununddreißig war sie noch eine ungewöhnlich attraktive, sogar jugendlich wirkende Frau. Wenn sie über die Handarbeit hinweg zu ihrem Antoine hinüberschaute, hatte sie Mühe, zu ergründen, ob er bloß nachdenklich war oder aber vor Erschöpfung eingenickt. Ein geradezu schmerzhaftes, jäh über sie herfallendes Gefühl der Zuneigung preßte ihr den Atem ab. Der Kommerzienrat war, als sie ihn vor elf Jahren kennengelernt hatte, ein charmanter, lebenssprühender Mann gewesen, trotz seiner auch damals schon fortgeschrittenen Jahre. Seit man ihm den Toni weggenommen und zum Kanonenfutter bestimmt hatte, war er nur noch der Schatten seiner selbst.

Der Oberleutnant Toni Wiesinger, seit Oktober 1915 Hauptmann, hatte bislang erstaunliches Glück gehabt. Bis auf jene leichte Verwundung am Unterschenkel, gleich im November vierzehn, war ihm nie mehr etwas zugestoßen, obgleich er den Grabenkrieg an der Somme und der Oise beinah andauernd in vorderster Linie hatte durchstehen müssen. Lisettes wohlmeinende Absicht, ihren Mann mit ermunternden Verweisen auf Tonis *grand bonheur* aufzurichten, schlugen freilich regelmäßig fehl.

»Soll mich das vielleicht zuversichtlich stimmen? Je länger alles glatt 'gangen ist, um so g'wisser ist es, daß es nicht ewig so weitergehen kann! Nach der Wahrscheinlichkeit ist da schon lang was fällig!«

»Ich bitte dich, Antoine, du rufst es ja direkt herbei!«

»Das kommt, auch ohne daß man's ruft.«

Als der Toni in Urlaub heimgekommen war, im Herbst 1915, war der Kommerzienrat für ein paar Stunden wie ausgewechselt gewesen, vergnügt und aufgelebt. Aber schon vom zweiten Tag an warf der unausweichlich heranrückende Abschied seinen Schatten voraus und vergällte ihm das Zusammensein. Hernach, als sein Bub wieder fort war, zerfleischte Anton Wiesinger sich in nutzloser Reue, es so wenig verstanden zu haben, mit dem kostbaren Pfund dieser Urlaubstage zu wuchern. Als Toni im August 1916 ankündigte, er käme demnächst auf Urlaub, gelobte er sich, es diesmal besser als im vorigen Jahr zu machen. Die Frage, ob ihm das gelungen wäre, ist eine müßige, denn es wurde nicht ausprobiert. Wie die Welt nun einmal eingerichtet ist, bekommt der Pessimist allemal recht, wenigstens auf die Länge, denn mag sich auch ausnahmsweise einmal alles zum Besten gestalten, so braucht er, um seine verdrießliche Wette zu gewinnen, nichts als ein klein wenig Geduld: Irgendeinmal wird unfehlbar ein Haar auch in die bestgeschmalzene Suppe fallen, auf Zeit und aufs Ganze gesehen bleibt das dicke Ende selten aus.

Diesmal hieß das dicke Ende Rumänien. Das südosteuropäische Königreich, dessen Begehrlichkeit von der Entente seit langem durch die angenehme Aussicht gekitzelt worden war, sich Siebenbürgen, die Bukowina und das Banat unter den Nagel zu reißen, erklärte am 27. August 1916 Österreich-Ungarn den Krieg. Folge davon war eine allgemeine Urlaubssperre beim Heer der Mittelmächte. Das Bayrische Leibregiment, das vor Verdun mit 786 Toten und bald dreimal so vielen Verwundeten hatte bluten müssen, wurde mit jungem, miserabel ausgebildetem Ersatz aufgefüllt und an die neue Front geworfen. Statt in den Heimaturlaub fuhr Hauptmann Toni Wiesinger in die Dobrutscha und machte dort unter dem Kommando des Feldmarschalls von Makkensen zusammen mit bulgarischen und türkischen Truppen den bis in die ersten Dezembertage andauernden Feldzug mit.

Anton Wiesinger hatte die ganze Zeit über regelmäßig Post von seinem Sohn bekommen. Auf einmal, und quälend lange, blieb jedes Lebenszeichen aus. Als am 27. November schließlich doch wieder ein Feldpostbrief kam, war's, als habe das Schicksal sich vorgenommen, den Bräuer zu narren: Der Brief war ein verschollener Irrläufer und um fast sechs Wochen älter als die letzte Nachricht, die in den ersten Oktobertagen in seine Hände gekommen war. Der Kommerzienrat, als er voll freudiger Erwartung den Umschlag aufriß und zu lesen begann, merkte es nicht einmal gleich. Er wurde erst stutzig, als er auf eine Stelle stieß, die ganz unzweideutig auf Verdun verwies. Denn obgleich es den Soldaten verboten war, Nachricht über ihren genauen Aufenthalt nach Hause zu geben, wußte der Bräuer dennoch immer genauestens über den Standort seines Sohnes Bescheid. Sie hatten eine Art von Geheimcode abgesprochen. Wenn der Herr Hauptmann auf einer Feldpostkarte die launige Bemerkung machte, das liebste aller Molkereiprodukte wäre ihm »a rasser Kaas«, so las Anton Wiesinger hieraus unschwer ab, daß der Toni am Frontabschnitt von Arras lag, und als im Hochsommer in seinem Brief zu lesen gewesen war »Du mußt Deine Angestellten besser <u>sieben</u>«, und um zwei Zeilen später »notfalls mußt Du Dir halt einen BÜRGEN suchen«, da hatte der Kommerzienrat dieser Kombination aus Unterstreichung und Großbuchstaben entnommen, daß sein Sohn nun also nach Siebenbürgen verlegt worden war. Deshalb verunsicherte es ihn, nun auf einmal den orthografisch absichtsvoll verballhornten Halbsatz zu lesen »bei so etwas kann man sich leicht verdun«. Anton Wiesinger besah sich das Datum und wurde aschfahl. Mit wütender Hilflosigkeit zerknüllte er den Brief, um ihn sofort wieder reuevoll glattzustreifen. Er holte einen dicken, mit

einem braunen Samtband zusammengehaltenen Packen
Papier aus der Lade und ordnete das Schreiben an der
kalendarisch ihm zukommenden, weit zurückliegenden
Stelle ein.
Danach wieder, Tag um Tag, Woche um Woche — nichts.
Es wurde ein scheußliches Weihnachten und ein scheußli-
ches Neujahr. Trotz allem, als am 3. Januar endlich eine
Nachricht kam — verdächtigerweise nicht vom Toni selber,
sondern vom Regiment —, wäre jedem eine Verlängerung
des schwer erträglichen Herwartens noch lieber gewesen, als
der niederschmetternde, und dabei noch nicht einmal die
Qual der Ungewißheit beendende Bescheid.

Die Winterfliege summt seit Stunden am Fensterglas, flügelt
sich hinauf und wieder hinunter und wieder hinauf, hat es
wichtig und strengt sich an. Sie wird kein langes Leben
haben. Eine Fliege im Januar hat kein langes Leben, weiß
der Teufel wie das zugeht, daß sie überhaupt aus ihrer
Winterstarre aufgewacht ist. Vermutlich haben sie meine
Weiber mit dem Christbaumschmuck vom Speicher herun-
tergeschleppt . . . Surdukpaß . . . Ich könnt' den Bauer ante-
lefonieren, der Bauer ist eine Koryphäe in Geographie. Es
sind keine zwei Schritt von dem Sessel zum Telefon, aber ich
mag nicht aufstehn jetzt, ich hab' einfach keine Lust dazu,
ja, und die blöde Fliege plagt sich noch immer . . . Vermißt
nach einem örtlichen Durchbruch am Sonntag, dem
12. November 1916, beim Surdukpaß. Kein Mensch weiß,
was das heißt, vermißt. Es kann alles mögliche heißen, und
Paß, das sagt immerhin, daß es dort gebirgig ist. Er kann in
eine Schlucht abgestürzt sein, und nie mehr wird ihn wer
finden, vielleicht nicht einmal der Herrgott am Jüngsten
Tag. Verdammtes Rumänien! Ich kann keinen Surdukpaß
entdecken, da mag ich im Atlas suchen, so viel als ich will,
sogar mit der Lupe. Ich find' keinen Surdukpaß, auch im
Register nicht. Sonntag, den 12. November. Ich kann mich

nicht so genau erinnern, aber er ist ein Sonntagskind, glaub' ich. Doch, doch, er ist an einem Sonntag auf die Welt gekommen. Da haben wir oft drüber geredet, daß das Glück bringen soll. Und jetzt ist er seit Sonntag, dem 12. November, vermißt. Ich kann das Register noch hundertmal durchfieseln, wenn's einmal nicht drinsteht, steht's halt nicht drin. Ja, der Rote-Turm-Paß wenn's gewesen wär', das ist ein großer, ein berühmter Paß, leicht auf der Karte zu finden. Da ist der Prinz Heinrich g'fallen neulich, ein Neffe vom König, ich hab's in der *Neuesten* g'lesen, es war mir egal. Ich hab' den Prinzen Heinrich nicht gekannt, warum hätt's mir nicht egal sein sollen? Auf einem Erkundungsgang, glaub' ich, hat es geheißen, und hol doch der Teufel den verdammten Prinzen Heinrich. Schon gleich, wie ich über ihn g'lesen hab', war mir so g'spaßig zumut, beinah ein biss'l ängstlich, und jetzt geistert er mir dauernd im Kopf herum, der damische Wittelsbacher, es ist doch einfach eine Idiotie. Und außerdem ist er gar nicht vermißt wie der Toni, sondern einwandfrei g'fallen, mausetot, währenddem der Toni — diese Winterfliege, gar nicht zu glauben, wie laut eine einzelne Fliege ist — während der Toni gradsogut noch am Leben sein kann. Niemand hat was g'sehn, niemand hat ihm die Blechmarke abg'nommen und sie zum Stab gebracht. Er kann gradsogut bloß verwundet sein, und die Rumänen haben ihn auf'glesen, warum nicht? Auch wenn sie g'schlagen worden sind, einen g'fangengenommenen Offizier schleppt man schon mit. Ich muß wirklich den Bauer fragen nach dem Surdukpaß. In Rumänien liegt er auf jeden Fall, aber was ist denn den Toni Rumänien überhaupt angegangen? Der Toni hat doch da drunten gar nix zum Suchen g'habt, nix nix ü-ber-haupt nix . . .!

Ja . . . Und jetzt haben sie ihn mir um'bracht. Wegen nix.

Der Kommerzienrat stand auf. Mit einem heftigen Ruck. Von nebenan, aus dem Zimmer der Theres, hörte man ein unterdrücktes Schluchzen herüber. Umgebracht, einfach umgebracht hatten sie ihm seinen Sohn . . .

Er ging zum Schrank und holte die Cognac-Karaffe. Als der Morgen spät und neblig heraufdämmerte, saß er noch immer in seinem Ledersessel, schräg vor dem Herrenzimmerfenster, und sinnierte vor sich hin. Dreimal hatte Lisette versucht, ihn zum Aufsperren zu bewegen. Er hatte ihr keine Antwort gegeben. Jetzt klopfte der Felix zaghaft bei ihm an. Anton Wiesinger beschied ihn durch die geschlossene Tür, daß er heute nicht in die Brauerei ginge. Auch die folgenden Tage blieb er daheim. Nach zwei Wochen setzte er einen persönlichen Bevollmächtigten ein, einen gewissen Dr. Pfahlhäuser. Ein zu kurz geratener Arm, Folge einer Kinderlähmung, bewahrte ihn vor dem Militärdienst, und er sollte bis auf weiteres die Geschäfte in der Brauerei für den Kommerzienrat besorgen. Der selbst fuhr, sobald der Auswärts herangekommen und die letzte Februarkälte ausgestanden war, nach Wössen, wo noch immer die bäuerliche Verwandtschaft saß. Sogar der Onkel Vitus war noch am Leben, rüstig und leidlich gesund. Lisette bot sich an, mit aufs Land hinauszuziehen, aber Anton Wiesinger verbat sich ihre Begleitung. Er vergrub sich. Er ging ins Exil.

Verglichen mit den Geselligkeiten von ehedem war die Feier zu Lisettes vierzigstem Geburtstag zu Anfang April eine Veranstaltung von bemerkenswerter Bescheidenheit. Mit den Maßstäben des Tages gemessen, war es freilich noch immer eine *fête assez magnifique*. Zur Überraschung aller hatte es sich sogar der Baron Fontheimer nicht nehmen lassen, der Jubilarin für ein paar Stunden die Ehre zu geben. Der Bankier hatte sich vor Jahren schon eine Spezialdroschke bauen lassen und führte auf seinen Exkursionen stets zwei kräftige Männer mit sich, die ihn und seinen Rollstuhl überall dorthin trugen, wo sonst nicht hinzugelangen war. Das anerkennende Staunen darüber, wie gut der alte Haudegen sich nach seinem Schlaganfall gehalten hatte, war allgemein. Dabei hatte es nicht immer rosig um ihn gestanden, zumal gleich bei Kriegsausbruch nicht, wo ihm ein beinah vernichtender Tort angetan worden war: Die Militärbehörde hatte ihn seines Butlers James beraubt! Dieser unselige Mensch war so nachlässig gewesen, seine rechtzeitige Naturalisierung zu versäumen, obgleich er doch volle vierundzwanzig Jahre im Hause Fontheimer dienstbar gewesen war. Also galt der weiland Untertan Ihrer Majestät Queen Victoria über Nacht als feindlicher Ausländer und wurde interniert. Damals trat in dem Befinden Salomon Fontheimers ein dramatischer Rückschlag ein. Er mochte sich an keinen Nachfolger gewöhnen, lebte mit jedem von ihnen in unaufhörlichem Zwist und konnte doch, pflegebedürftig wie er war, auf ihre Dienste unmöglich verzichten. Erst als es ihm unter unendlichen Mühen und Kosten gelungen war, seinen geliebten Butler aus der zivilen Kriegsgefangenschaft zu befreien, ging es wieder aufwärts mit ihm. Einen nicht zu unterschätzenden Anteil an der Besserung seines Befindens mochte freilich auch der den Baron unsäglich beglückende Umstand haben, daß sein ungeliebter Schwiegersohn im Sommer fünfzehn zu den Waffen gerufen wurde. »In Uniform haben sie ihn gesteckt, den Herrn Joachim von Aufstätten! Und so bin ich an den Chefschreibtisch zurückgekehrt, mag er darüber vor Wut mit den Zähnen knirschen, daß man es schier von Frankreich bis hierher hören kann!« So und ähnlich pflegte er häufig zu triumphieren, wobei er jedesmal die von der Lähmung unbetroffene Rechte zur Faust ballte und fröhlich mit ihr auf der Lehne seines Rollstuhls herumtrommelte. »Sie sehen, ich bin noch unter den Lebenden, Madame. Und heute sogar mit ganz besonderem Genuß, liebe, verehrte Frau Kommerzienrat!«

Obgleich weder die Jubilarin selbst noch auch Therese und die Lucie sich geschont hatten, war die Hauptbürde der Festvorbereitung auf den Schultern der Babett gelegen. Drei

Wochen lang hatte sie mit Schiebern und Schwarzhändlern unterhandelt und ausgedehnte Hamsterfahrten auf die umliegenden Dörfer gemacht. Das Ergebnis dieser vielfältigen Anstrengungen war, neben dickgeschwollenen Beinen und überhaupt einer beunruhigenden physischen Erschöpfung der Köchin, ein imponierend glanzvolles Mahl, welches, die Suppe und den Haferflockenpudding mit eingerechnet, aus üppigen fünf Gängen bestand.

»Ein Schweinernes von der Schwarzschlachtung in Olching, ein Hirschgulasch vom Wössener Förster, ein Dutzend Renken aus'm Starnberger See, ja, dann der Pudding − ohne Saccharin sogar, mit echtem Zucker! − und zum Entree, halten S' sich fest, gnä' Frau: Ihre Lieblings-Potage! Ich erinner' mich nämlich noch genau, was für eine Suppe Ihnen früher immer die liebste war!«

»*Cervelle?* Eine wirkliche, echte Hirnsuppe?« Lisette blickte ihre Angestellte ungläubig an.

»No ja, sagen wir beinah echt, gnä' Frau. Jedenfalls schmeckt's täuschend, sie wird aus Backhefe g'macht.«

»Sie sind ein Engel, Babette!«

Das Gesicht der alten, in letzter Zeit besorgniserregend vom Fleisch fallenden Köchin glänzte vor Stolz. Ach, daß sie endlich einmal wieder zeigen durfte, wessen sie fähig war! Zwar mußte sie bei Zutaten, Gewürzen und sonstigen Ingredienzien mehr als einmal ins Ungefähre improvisieren, gelegentlich sogar nicht ohne Waghalsigkeit, aber gerade dieser Zwang zum unerschrocken Schöpferischen kitzelte ihr kulinarisches Ingenium. Und eine so durch und durch ehrliche Haut sie auch war, in dieser ausnehmenden Lage machte es ihr keine Gewissensbeschwer, während des Kochens ab und zu einen heimlichen Schluck aus einer der exquisiten Weinbouteillen zu nehmen, die der Baron Fontheimer als Gastgeschenk aus seinem Keller hatte herschaffen lassen.

Der lebhafte Anteil, den sozusagen *tout Munich* an ihrem Jahrestag zu nehmen schien, schmeichelte der Kommerzienrätin ungemein. Ihre größte Freude freilich war, daß auch Anton Wiesinger sich hatte verlocken lassen, ihr zu Ehren aus seiner Wössener Klause hervorzukriechen. Er war, und sogar leidlich gut gelaunt, mit der Bahn angereist und hatte versprochen, eine halbe Woche lang zu bleiben. Über den Toni zu reden, weigerte er sich. Als Lisette versuchte, das Thema anzuschneiden, wies er sie beinahe schroff zurecht. Aufs Ganze gesehen aber machte der für drei Tage dem Leben zurückgewonnene Kommerzienrat auf jedermann einen unvermutet ausgeglichenen Eindruck.

Spät noch, als alle Gäste gegangen waren und Anton Wiesinger sich zu Bett begeben hatte, klopfte es zaghaft an seine Zimmertür. Lisette trug ein duftiges Nachthemd, das freilich durch Morgenrock dezent abgedeckt war.

»Darf ich ein biss'l plaudern mit dir?« fragte sie schüchtern, und das einheimische »ein biss'l« klang reizend in ihrem Mund. Überhaupt hatte sich ihre Redeweise im Lauf der Jahre auf eine angenehme, zuweilen drollig klingende Art der hiesigen Redeweise angepaßt.

Der Kommerzienrat fühlte sich durch ihr Eintreten geniert. Er hatte eine gestrickte Nachtmütze über den Kopf gezogen, und es gelang ihm nicht, sich ihrer unauffällig zu entledigen. »Verzeih. Ich hab' mir das am Land so angewöhnt«, entschuldigte er sich.

»Es sieht sehr hübsch und drollig aus.«

»Drollig, ja, das fürcht' ich allerdings auch. — Setz dich.« Er rückte ein wenig in seinem Bett zur Seite und machte ihr Platz. »Lang sind wir nimmer so g'sessen.«

»Ja . . .«

Eine ziemliche Pause entstand, während der sie einander die Hände hielten.

»Du darfst nicht denken, daß ich dich weniger mag als früher, bloß weil ich mich da draußen vergraben hab' . . . Ich hab' dich noch immer lieb, wirklich. Bloß zeigen kann ich's halt so schlecht.«

»Früher konntest du es wundervoll zeigen.« Ihre Stimme, in unwillkürlichen Erinnerungen befangen, hatte etwas merkwürdig Schwebendes. »Ich versteh' dich schon«, setzte sie nach einer Weile weich hinzu.

»Dann verstehst mehr als ich, weil — ich selber versteh's manchesmal arg schlecht. Ja. Arg schlecht.«

Lisette schwieg. Es war gar nicht nötig, lang und breit über alles zu reden. Es war Sache genug, daß sie sich bei den Händen hielten. Es wurde, zum erstenmal seit wer weiß wie langer Zeit, eine zärtliche Nacht.

Zu der Zeit stand der Josef schon nicht mehr bei den Wiesingers im Dienst. Er hatte an einem naßwindigen Tag im Frühjahr 1916 einen Brief bekommen, dessen Absenderangabe KOMMANDO DES LANDWEHRBEZIRKES MÜNCHEN lautete, und als er ihn in der Hand hielt, war dem Josef sofort klargewesen: Es hatte ihn erwischt. Der ungelernte — übrigens auch uneheliche — Sohn einer Milchladeninhaberin in Giesing, Josef Eustachius Bräuninger, hatte seiner Militärpflicht in den Jahren 1889 bis 1892 bei der Artillerie Genüge getan, ohne Begeisterung, aber im ganzen ordentlich und ohne eine eingetragene Strafe. Er hatte es zu der bescheidenen Charge eines Oberkanoniers gebracht und sich bei Kriegsausbruch ausgerechnet, daß er über kurz oder lang würde dran glauben müssen. Und jetzt war es also soweit.

Der Hausdiener schmiß das behördliche Schreiben mit einem unwilligen Schwung auf das Mahagonitischerl im Vestibül. Um es entgegenzunehmen, hatte er eigens zur Gartenpforte hinausgehen müssen, weil es rekommandiert gekommen war und die Postbotin sich den Empfang unterschriftlich von ihm hatte bestätigen lassen. Das war auch so eine Neuigkeit, daß es jetzt Postbotinnen und sogar Trambahnschaffnerinnen gab.

»Was haben S' denn?« erkundigte sich die Lucie, als sie ihm seine Übellaunigkeit ansah.

»Meine Aushebung ist auf den dritten Juni festgesetzt«, knurrte er und stieß die Luft hörbar durch die Nase aus.

»Ach was, es wird nicht alles so heiß gegessen, wie's gekocht wird, schließlich gibt's vor der Aushebung allerweil noch eine Nachmusterung.«

»Und? Fehlt mir vielleicht was?!« Der Josef schien über seine fatalerweise nicht gegebene Bresthaftigkeit geradezu ergrimmt.

Die Nachmusterung fand in einer zugigen Baracke auf dem Oberwiesenfeld statt. Daß die meisten Menschen nicht viel mit den idealen Gestalten gemein haben, die man in der Glyptothek zu sehen bekommt, war dem Josef nicht unbekannt. Aber was es da splitternackt und aller gnädigen Hüllen beraubt zu besichtigen gab, war wirklich zum Erschrecken. »Und da reden diese Idioten noch vom Sieg. Ein sauber verzweifeltes letztes Aufgebot ist das!«

Die vier feldgrauen Herren am Tisch, von denen zwei einen weißen Kittel über die Uniform gezogen hatten, sahen müde und teilnahmslos aus.

»Tief einatmen. Luft anhalten. Ausatmen. Links um. – Was ist denn mit Ihren Füßen los?«

»Senkfuß hab' ich, Herr Stabsarzt.«

Der Militärmediziner sah bärbeißig auf. »Das könnte Ihnen so passen!«

Der Josef ereiferte sich. »Das ist amtlich festg'stellt, im Jahr elf, vom Sanitätsrat Meisel in der Sonnenstraß'!«

»Das ist kein Senkfuß mehr, sondern ein veritabler Plattfuß, Mann!«

Der Josef wurde hellhörig, ein zager Anflug von Hoffnung suchte ihn heim. »Wollen Sie damit etwa sagen – daß ich untauglich bin?«

»Das heißt, daß Sie Einlagen bekommen! Kriegsverwendungsfähig. Ab, Mann, halten Sie hier den Betrieb nicht auf!«

Es blieb also beim dritten Juni. Der Josef hatte auch gar nichts anderes erwartet gehabt.

Das Frühstück am Tag nach Lisette Wiesingers Geburtstag wurde spät serviert. Der Kommerzienrat hatte sich darauf gefreut, die Theres dabeizuhaben, aber sie war schon aus dem Haus und hatte ihm nur einen Zettel hinterlassen. »Ich hoffe, ich seh' dich heut' abend noch. Nachtdienst hab' ich keinen, aber spät werden kann es natürlich trotzdem.« Das sonnige Frühlingswetter, das am Tag zuvor noch geherrscht hatte, war umgeschlagen in eine windgebeutelte April-Unbeständigkeit. Gelegentlich fiel ein nasser Schnee. Die Öfen noch einmal anzuheizen war ein Luxus, den man sich nicht leisten konnte, da es weder Kohlen noch Brennholz gab, und so saß man am schön gedeckten Tisch unbehaglich kalt.

»Es ist, wie wenn's mit dem Teufel zugehen wollt'«, schimpfte der Kommerzienrat und träufelte sich Honig auf das dünn mit Butter beschmierte Brot. Alle drei Kostbarkeiten hatte er selber aus Wössen mitgebracht. Die habgierige agronomische Verwandtschaft hatte ihm einen horrenden Batzen Geld dafür abgeknöpft. Anton Wiesinger pickte die Brösel des kostbaren Landbrots von seinem Teller auf, während er weiternörgelte. »An einen Eiswinter, wie wir ihn heuer g'habt haben, kann ich mich schier nicht erinnern.« Unvermittelt lächelte er. »Jetzt bin ich acht Wochen nicht mehr mit dir beim Frühstück g'sessen, und kaum sitz' ich da, fang' ich schon wieder 's Granteln an.«

Die Babett kam mit dem Silbertablett herein, auf dem eine dampfende Kanne stand. Der Kommerzienrat blähte ungläubig schnuppernd die Nüstern. »Sagen S' bloß, Babett, das wird doch kein echter Bohnenkaffee sein??«

»Ich hab' ein Viertelpfund davon auf'trieben, vorigen Monat schon«, erklärte die Köchin, sichtlich von Genugtuung erfüllt. »Wir haben beschlossen, die gnä' Frau und ich, daß wir ihn auf die Seite legen, bis Sie wieder einmal zu Besuch da sind.«

»Das ist ja direkt rührend von euch zwei!« Der Bräuer

beugte sich galant über den Tisch, nahm behutsam die Hand seiner Frau und drückte einen Kuß darauf. »Du verwöhnst mich gradezu, Schatz.« Ein winziges Tröpfchen Honig perlte aus seinem Bart auf ihre zarte Haut. Sie wischte es nicht fort. »Hast du vor, länger hierzubleiben?« erkundigte sie sich, als die Köchin wieder hinausgegangen war. Sie merkte, daß diese Frage ihm unbehaglich war. Dennoch setzte sie schüchtern bittend hinzu: »Wenigstens eine Zeitlang, Antoine.« Sie hatte sich, als sie neben ihm aufgewacht war, eine angenehme Hoffnung gemacht. Ihr Mann erriet es durchaus, wovon aber sein Ungehagen nicht geringer wurde.

»Vielleicht«, wich er aus. »Ich weiß es wirklich noch nicht, Schatz.«

Schwer zu sagen, was ihn von hier fern und in Wössen wie festgebunden hielt. Er war dort draußen viel allein. Eigentlich die meiste Zeit. Kaum, daß er sich einmal mit dem Onkel Vitus unterhielt. Der war jetzt einundachtzig Jahre und stocktaub, ein Gespräch mit ihm zu führen war ein anstrengendes Geschäft, alles mußte man dreimal wiederholen, und bevor eine halbe Stunde um war, befiel einen eine mehlige Heiserkeit. Der Wiggerl, sein Sohn und um dreiundzwanzig Jahre jünger als der Alte, war eher noch schlechter beisammen. Die übermäßig harte Bauernarbeit hatte ihn früh kreuzlahm gemacht. Seit einem halben Jahr war er verwitwet, und da sein Sohn, der Michl, im Feld stand, hauste der Wiggerl mit seinem tauben Vater, seiner Schwiegertochter Kathi und seiner sitzengebliebenen Schwester Sefa — einer herrischen, unguten Person — allein auf dem Hof. Als einzige Hilfe hatten sie einen alten, etwas geistesschwachen Knecht. Der Kommerzienrat war in die bescheidene Kammer im Oberstock gezogen, in der er als Kind so oft geschlafen hatte, wenn er in den Schulferien aufs Land herausgekommen war. Er zählte nicht und galt allen als ein unnützer Fresser, günstigstenfalls als ein mit wachem Geschäftssinn auszuplündernder Gast.

29

Obwohl das Leben in dem Hinterwössener Haus also kein erquickliches war, hatte Anton Wiesinger sich irgendwie gern dort verkrochen. Die Tage waren da hinten still und leer, das Leben zog vorüber, ohne sich an den bewaldeten Hügeln recht aufzuhalten. Vom Krieg merkte der Kommerzienrat, der sich um die Landwirtschaft und deren zeitbedingte Nöte nicht bekümmerte, soviel wie nichts. Genau das war es, was er gebraucht und gesucht hatte. Er faßte seine abgeschiedene Lebensweise als eine Art von selbstverordnetem Heilschlaf auf. Fragte sich nur, wie lange er dessen bedurfte, und ob er sich nicht sogar am Ende für ganz in diesem tauben, echolosen Dasein einzurichten gedachte.

Am Nachmittag dieses naßkalten Apriltages, der mit einem echten Bohnenkaffee angefangen hatte, begab sich Anton Wiesinger immerhin in die Brauerei. Bei seinem persönlichen Bevollmächtigten hatte er sich absichtlich nicht angesagt, es lag ihm daran, unerwartet in den Betrieb hineinzuschmecken. Dr. August Pfahlhäuser war vierzehn Jahre lang beim Pschorr beschäftigt gewesen, zuletzt in leitender Position, und nur ein unwiderstehlich großzügiges Gehaltsangebot sowie die Aussicht, den Betrieb souverän und ohne das alltägliche Dreinregieren eines besserwisserischen Chefs leiten zu dürfen, hatten ihn von dort wegzulokken vermocht. Zur Abfassung seines Anstellungsvertrages hatte der kleine und korpulente, gern auf seinen Zehenspitzen wippende Mann − (»als wenn er davon größer werden tät, bloß weil er sich so komisch auf die Zehen stellt, der G'schaftelhuber, der verdächtige«) − sogar einen Rechtsanwalt bemüht. Zu anderer Zeit möchte der Kommerzienrat einem solchen Mitarbeiter eher mißtrauisch begegnet sein, in seiner jetzigen Lage aber war ihm ein energischer und ehrgeiziger Mann grade recht. Der erste Besuch Anton Wiesingers galt an diesem Aprilnachmittag jedoch nicht ihm. Vielmehr stieg der Bräuer als erstes zu einer engen und beinahe finsteren Kammer direkt unterm Dach − also ›im

Juche‹ — des früheren Mälzereigebäudes hinauf, wohin der Prokurist und Altbuchhalter Bauer sich zurückgezogen hatte. »Man muß in meinem Alter nicht gar zu nah bei dem neuen Regime hocken, Herr Kommerzienrat, zwei Gockeln haben noch nie auf einem Mist getaugt. Außerdem hab' ich's ganz gern ein biss'l ruhiger, da nehm' ich lieber das biss'l Treppensteigen in Kauf. Kraxeln hält gesund.«

Ganz in sich zusammengeschrumpelt, mit schütterem weißen Haar, durch das überall die rosige Kopfhaut lugte, hockte der alte Bauer hinter seinem Schreibtisch, der wie immer peinlich aufgeräumt war. Mit seinen bald vierundsiebzig Jahren galt er jetzt allen als ein angaffenswertes Fossil. Zwar hatte sein Verstand dem Leibesverfall erstaunlich zu widerstehen vermocht, dennoch beschlich den Bräuer etwas wie leises Entsetzen, als er der zerbrechlichen Hinfälligkeit des Mannes gewahr wurde, mit dem er über fünfzig Jahre lang das Kontor geteilt hatte und der irgendwo in seinen frühen Erinnerungen unauslöschlich als ein zwanzigjähriger, mit Pickeln behafteter und auf eine fast geckenhaft korrekte Weise gekleideter Bengel aufgehoben war.

Die Berichte des Buchhalters enthielten nichts, worüber der Kommerzienrat sich hätte beunruhigen müssen. Alles in der Firma ging seinen gewöhnlichen Gang. Nun ja, dank der Tatsache, daß der amtlich limitierte Bierausstoß immer geringer wurde, während der Preis dem freien Spiel der Kräfte entzogen und durch die staatliche Höchstpreisverordnung festgelegt war — sechzehn Pfennige für die Flasche hell oder dunkel im Jahr 1915, achtzehn Pfennige, trotz abermals herabgesetzter Würze, im Jahr darauf —, wurden der persönlichen Initiative und also auch der Möglichkeit, geschäftliche Dummheiten zu machen, enge Grenzen gesetzt. In diesem bescheidenen Rahmen schien der Dr. Pfahlhäuser ein durchaus tüchtiger Mann zu sein, der mit den Leuten gut zu Rande kam. Weil alles und jedes knapp geworden war, ging alles und jedes stark im Preis hinauf.

Manche Lebensmittel kosteten jetzt schon dreimal soviel wie vor dem Krieg, und weil die Löhne, wie immer, der Preisentwicklung ungut hinterdreinhinkten, breitete sich eine beklemmende Armut unter den niederen Ständen und der Arbeiterschaft aus. Der Dr. Pfahlhäuser hatte deshalb unlängst die Auszahlung einer Teuerungszulage verfügt, hundert Mark für alle, deren Lohn unter jährlichen sechstausend blieb, dazu fünfundsiebzig Mark für jedes Kind unter sechzehn Jahren. Wie leicht zu denken, war der Herr Bevollmächtigte seither bei der Belegschaft ein wohlgelittener Mann, »ungleich besser gelitten jedenfalls als jener ›Doktor von‹ aus Dortmund, den der Herr Toni seinerzeit bei uns eing'schleppt hat, erinnern S' sich noch?« Bauer, einer durchaus gemeinsamen Abneigung gedenkend, zwinkerte komplizenhaft und setzte ein spitzbübisches Lächeln auf.

Der Kommerzienrat erwiderte das Lächeln nicht. Vielmehr überkam ihn bei der unvermuteten Erwähnung des Toni ein schmerzlich gedrücktes und lange nicht zu verscheuchendes Gefühl. Auch hernach noch, als er mit dem Dr. Pfahlhäuser sprach, fand dieser ihn merkwürdig zerstreut, beinah so, als säße der Bräuer nur halb, nämlich bloß körperlich bei ihm im Kontor. Dem neuen Mann, den das unvermutete Auftauchen des Chefs im ersten Augenblick mißtrauisch aufgescheucht hatte, war das eher angenehm.

Trotz seiner Teilnahmslosigkeit entging es Anton Wiesinger nicht, daß der Doktor ihn irgendwie nicht zu mögen schien. Überhaupt kam ihm vor, und seit Jahren schon, als ob er die Sympathie eingebüßt hätte, die ihm früher von beinahe jedermann mit so großer Selbstverständlichkeit entgegengebracht worden war. Zumal beim Brauerbund meinte er gelegentlich auf eine versteckte Feindseligkeit zu stoßen, die sich zwar schwer nachweisen, aber ebenso schwer übersehen ließ. Seither überkam Anton Wiesinger ein schmerzliches Gefühl der Vereinsamung, so oft er mit anderen Menschen zusammen war. Wenn er in der angenehmen

Wössener Einsamkeit gelegentlich darüber sinniert hatte, so war es ihm nie gelungen, den Grund für diese beunruhigende Veränderung herauszufinden. Bis ihm eines Tages von dem Bankier Fontheimer die Nase darauf gestoßen worden war.

»Sie haben keinen Patriotismus, Kommerzienrat! Das ist es, was man Ihnen in einer heldischen Zeit wie dieser übelnimmt!« Anton Wiesinger hatte damals sein Gegenüber mit Verwunderung angeschaut. Solch eine Möglichkeit war ihm nie in den Sinn gekommen. »Haben Sie je auch nur einen Pfennig Kriegsanleihe gezeichnet? Nein, Sie haben nicht!« hatte der Baron mit vorwurfsvoll erhobenem Zeigefinger skandiert. »Haben Sie bei der staatlich propagierten Goldablieferung mitgemacht? Nein, Sie haben nicht!«

Der Bräuer hatte das nicht zu leugnen vermocht. An den lauthals von allen Litfaßsäulen herunterplärrenden Aufrufen pflegte er stets mit trotzig zusammengezwickten Lippen vorüberzugehen. »Die 6. Kriegsanleihe wird die deutsche Siegesanleihe sein! Darum heraus mit jedem Groschen!« Ja, Pfeifendeckel, in dieses Unternehmen investierte er nicht. »Gold gehört zur Reichsbank! Für 20 Mk Gold kann die Reichsbank 60 Mk in Banknoten ausgeben. Darum: Zur Reichsbank mit allem Golde, das noch in Privatbesitz ist!« Pfeifendeckel, Pfeifendeckel! Metall war Metall und Banknotenpapier geduldig. Der Kommerzienrat hörte einfach nicht hin. »Ich bitte Sie, Baron! Deutschpatriotische Hornochsen gibt es mehr als genug, auch ohne daß ich ganz überflüssigerweise in dieser Herde mitbrüllen muß. *Sie* sollten das eigentlich besser verstehn als mancher andere«, hatte er sich gegen den Bankier verteidigt. Dieser aber hatte ihn über seinen Brillenrand hinweg böse angefunkelt.

»Ein Jud wie ich *kann* wohl in Ihren Augen kein Patriot und guter Deutscher sein, wie?«

»Also, alles was recht ist, Baron!« Der Bräuer, hierauf entsann er sich gut, war angesichts dieser Unterstellung ganz

33

perplex, ja eigentlich sogar wütend gewesen. »Wenn ich glaub', daß Sie kein patriotischer Hornochse sind, dann, weil ich Sie für zu intelligent halt'!«

»Da irren Sie aber. Ich schimpfe mich zwar in der Tat keinen Hornochsen, Verehrtester, aber ein Patriot bin ich trotzdem. Sogar mit Leidenschaft!« Und das war völlig wahr. Hätte wer den gelähmten Bankier fragen wollen, welchen Menschen er restlos und über alles verehrte, so hätte er unfehlbar zu hören bekommen: »Hindenburg! Den Helden von Tannenberg!« Und was der Baron seinem Goj von Schwiegersohn ärger übelnahm als alles andere sonst, das war — »daß er sich feige bei der Stabsintendantur in der Etappe herumdrückt, anstatt ehrlich für den Sieg des Vaterlandes zu kämpfen! Mit der Waffe in der Hand!«

Anton Wiesinger hatte höhnisch geschnaubt. »Und es kann nicht sein, daß Sie ihm das vor allem deshalb verübeln, weil er auf die Weis' eine reelle Chance hat, heil wieder nach Haus zu kommen?« hatte er gefragt.

Jetzt wäre möglicherweise die Reihe an Fontheimer gewesen, zornig zu sein. Aber der war aufrichtig genug — vor allem freilich Zyniker genug —, um vor der abgründigen Vielschichtigkeit des menschlichen Seelenlebens, und also auch seines eigenen, die Augen nicht zu verschließen. Ein leises Blubbern hatte damals seine mächtige, vom jahrelangen Sitzen ungesund verfettete Brust erschüttert, bevor er in ein faunhaft belustigtes Lachen ausgebrochen war. »Vor Ihnen muß man sich in acht nehmen, Kommerzienrat, Sie kriechen einem ja in die Seele, daß es zum Fürchten ist.« Der Bankier hatte sein Gegenüber dabei mit unerwartet herzlicher Freundlichkeit angeblickt. »Wenn niemand Sie mag, ich mag Sie. — Unbesorgt, es ist mein persönliches Verhängnis, Sie können nichts dafür«, hatte er rasch und ironisch hinzugesetzt, um dann vielsagend anzufügen: »Übrigens ist eine Verordnung der Reichsstelle für Material-beschaffung auf dem Weg. Metallmobilmachung, wenn Sie sich etwas darunter vorstellen können. Beschlagnahme von Kirchenglocken und so.«

»Ich habe keine Kirchenglocken«, hatte der Bräuer, noch immer nicht restlos versöhnt, geraunzt. »Aber eine wunderhübsche Sammlung von Bierkrügen mit Zinndeckeln. Sie müssen es ja nicht überall herumposaunen, daß ich es war, der Ihnen im voraus einen Wink gegeben hat, Sie . . . lausiger Antisemit.«

Anton Wiesinger hatte, als er seinerzeit aus dem Haus des Bankiers getreten war, tief Luft geholt und seit langem zum erstenmal wieder ein wohliges, geradezu angeheimeltes Gefühl in seinem ausgedörrten Inneren verspürt.

Daß nach dem amtlichen Aufruf vom Kommerzienrat nur ganze vier Krugdeckel aus Zinn auf dem vaterländischen Altar der Sammelstelle geopfert wurden, war von manchem Zeitgenossen übel vermerkt worden. Der Kommerzienrat hatte verlauten lassen, die in der Stadt nicht gänzlich unbekannte Zinnkrügelsammlung wäre gleich zu Anfang des Krieges an einen finanzkräftigen Interessenten aus dem neutralen Ausland veräußert worden. Niemand glaubte ihm. Und tatsächlich hatte Anton Wiesinger die Krügeln, jedes Stück sorgfältig in Ölpapier gewickelt, von seinem Hausdiener im Garten vergraben lassen – der Vorfall hatte sich während der letzten Woche abgespielt, die Josef in der Maria-Theresia-Straße zubrachte –, eine Schwerarbeit, bei welcher der Bräuer seinem Bediensteten nach Kräften zur Hand gegangen und die somit unter einer klassenübergreifenden Vermischung proletarischen Schweißes mit kommerzienrätlicher Transpiration vonstatten gegangen war.

Nun gut. Manch einer mochte Humor genug haben, selbst in patriotisch erregter Zeit über Vorfälle dieser Art zu lächeln, wenigstens hinter vorgehaltener Hand. Ernsthaftes Unverständnis jedoch, ja, sogar Empörung – geifernde bei den einen, ratlose bei den anderen – war dem Bräuer erst entgegengeschlagen, als er sich schließlich dazu verstieg, aus

35

seinen verqueren Überzeugungen — oder auch vielleicht ganz schlicht aus seiner Angst um den Toni — Konsequenzen zu ziehen, deren rabiate Schonungslosigkeit nun allerdings wirklich befremdlich war. In welchem Grade, das kann eigentlich nur ermessen, wer weiß, wie stark selbst der weltkindlichst gesonnene Bajuware, und wäre er der eingefleischte Bilderbuch-Liberale in Person, noch immer mit jeder einzelnen Faser seines Wesens in die ganz und gar kirchlich gebundenen Traditionen dieses konservativsten aller deutschen Volksstämme eingewurzelt ist, in all die tausendfältig verflochtenen frommen Überlieferungen der heimatlichen Lebensart, die ja bekanntlich nicht nur weißblau, sondern mindestens ebensosehr — und sogar schon in der Wolle! — tiefschwarz eingefärbt zu sein pflegt.

Es war im Jahr 1915 gewesen, als dem Bräuer eine in Freiburg gedruckte, mit kirchenamtlicher Approbation herausgegebene Schrift des ihm ansonsten unbekannten Bischofs von Rottenburg, Seiner Exzellenz Dr. Paul Wilhelm von Keppler, in die Hände gefallen war, in der einem geneigten Publikum von dem gelehrten Gottesmann Weisheiten wie diese dargeboten wurden: »Mit dem heißen Blut, das zischend in den Boden sickert — («zischend in den Boden sickert« — der Kommerzienrat las den Halbsatz zweimal, weil er beim erstenmal seinen Augen nicht traute) —, schreien die Heimwehseufzer der Krieger zum Himmel um Rache. Seinem innersten Wesen nach ist jeder gute Soldatentod ein vollwertiges, großes und erhabenes Sterben. Diese Menschen enden nicht mit Lebensverneinung, sondern mit Todesbejahung; sie sterben für die Heimat, aus Liebe zu ihr, aus Willen zur Pflicht, für Kaiser und König, für Heimat und Volk. Guter Kriegertod ist nicht bloß menschlich schön und erhaben. Er ragt in höhere Regionen. Er wird zum Heiligen Sterben, bestrahlt und verklärt von der Religion . . .«

Der Kommerzienrat hatte in jener Nacht lange vor sich hin gestarrt. Der menschlich schöne, von der Religion erha-

ben und heilig bestrahlte Tod seines Toni war nun doch eine
Vorstellung von gar zu absurder, abstoßender Feierlichkeit
für ihn. Bis ins Morgengrauen hinein war Anton Wiesinger
nach der Lektüre dieses patriotisch-frommen Traktats aufrichtig verstört gewesen. Dann hatte er sich zum Amtsgericht
fahren lassen und dort zu den Akten seinen Kirchenaustritt
erklärt. Der bislang – zumindest formell – ordentlich christ-
katholische Bräuer war von diesem Tag an konfessionslos
oder, wie die vereinfachende und freilich ein bißchen diffa-
mierende Redeweise lautete: glaubenslos.

An diese und ähnliche, allesamt nicht sonderlich froh
stimmenden Dinge dachte der Kommerzienrat, als er sich
von der Brauerei wieder nach Hause begab – trotz des
miserablen Wetters per pedes apostulorum, denn auf dem
Land hatte er sich die rüstigen Fußmärsche angewöhnt und
bedurfte ihrer jetzt direkt, er fühlte sich körperlich unwohl,
wenn er zu lange in geschlossenen Räumen saß. Anton
Wiesinger nahm den Weg durch die Arnulf- und Priel-
mayerstraße. Er wollte eben den Karlsplatz überqueren, als
die Rufe eines Zeitungsverkäufers in sein Bewußtsein dran-
gen, der laut und aufdringlich irgend etwas von Amerika
plärrte. Dem Bräuer kam das seltsam vor. Denn grade in
diesem Augenblick waren seine zwanglos schweifenden
Gedanken mit dem Ferdl befaßt gewesen, von dem er nun
auch schon ewig lang nichts mehr gehört hatte. Die letzte
Kunde, die über den Ozean herübergekommen und wie
üblich an die Frau Kommerzienrat adressiert gewesen war,
hatte die Fotografie einer gut zurechtgemachten, wennzwar
ein bißchen pferdegesichtigen Dame enthalten. Der Ton, in
dem der überseeische Wiesinger seine demnächst ins Haus
stehende Vermählung ankündigte, hatte nicht gerade him-
melhoch jauchzend geklungen. Entweder *muß* er heiraten,
hatte der Bräuer seinerzeit bei sich gedacht, oder es ist, weil
sie viel Geld hat. Und wenn er einen Rat hätte geben dürfen,
so würde er zur Vorsicht gemahnt haben. Aber da er seinem

Ältesten noch nie eine Antwort auf irgendeinen seiner Briefe gegeben hatte, schwieg er sich auch diesmal aus. »Wenn er einen Ratschlag von mir will, muß er schon an mich selber schreiben!« hatte er unwirsch gesagt.

»Aber du hast dir doch verbeten, daß er das tut!«

Nun ja, das hatte er allerdings. »Aber in anderen Dingen hat er sich schließlich auch nicht so strikt an meine Wünsche g'halten, oder?!« Nein, auch wenn der Kommerzienrat sich nie das geringste hatte anmerken lassen, daß ihm etwas an einer direkten Verbindung zu seinem Ältesten gelegen war – der Bub hätte das gefälligst erraten und als erster mit der Versöhnung anfangen müssen! Natürlich hatte seine Frau die wahre Lage der Dinge längst herausgefunden und dem Ferdl öfter als einmal einen Wink gegeben, aber auch der war ein dickschädliger Wiesinger...

Der Kommerzienrat kaufte das Extrablatt der *Münchner Neuesten.* Schon der Überschrift war zu entnehmen, daß die Vereinigten Staaten dem Deutschen Reich den Krieg erklärt hatten. Nun war nach der Proklamierung des uneinge-schränkten U-Boot-Krieges durch das Deutsche Hauptquartier und dem Abbruch der diplomatischen Beziehungen etwas in dieser Art, weiß Gott, zu erwarten gewesen, aber jetzt, wo es wirklich so weit war, wirkte die Meldung auf den Kommerzienrat doch wie ein Schock. Die Vorstellung, daß sein ältester Sohn nicht mehr nur privatim, sondern sogar amtlich zu seinem Feind geworden war und jenseits des großen Teiches jetzt womöglich mit einem auf ihn, den Kommerzienrat, angelegten Schießprügel in Bereitschaft stand, war begreiflicherweise eine beklemmende. So durfte es niemanden wundern, daß den Bräuer alsbald wieder ein beinahe panischer Drang nach seinem windstillen Wössener Winkel überfiel.

Lisette brachte ihn zur Bahn. Sie hatte im Grunde nichts anderes erwartet gehabt. Dennoch nagte eine schmerzliche Enttäuschung an ihr.

Der Bub

Felix erlaubte sich mit der Babett einen Scherz. Er kam in die Küche hinunter, gleich in aller Frühe, und musterte die Falklanderin mit einem strengen Blick. Ehe sie fragen konnte, was sein Geschau zu bedeuten habe, legte er mit drohender Gebärde ein Stück bedrucktes Papier auf den Tisch, wobei er mit tonloser Stimme flüsterte: »Sie Zuchthäuslerin!« Die Babett erschrak. Aber eines Vergehens war sie sich nicht bewußt.

»So. Nicht bewußt. Sechs Monate Gefängnis, Fräulein Babett«, orakelte Felix. »Und ob es Bewährung gibt, bezweifle ich!« Er deutete mit dem Kinn auf das Papier, das mit AMTLICHE VERORDNUNG ÜBER DIE EIN-SCHRÄNKUNG DES KUCHENBACKENS überschrieben war. »Sie ist schon seit vorigem Monat in Kraft«, bemerkte der Diener, wobei er mit dem Finger auf das Datum wies. Dieses lautete tatsächlich auf den 25. März 1917. Die mehr als eine Druckseite einnehmende Verfügung bezog sich nicht nur auf die Konditoreibetriebe, sondern ausdrücklich auch »auf die Herstellung von Kuchen in den privaten Haushaltungen« und enthielt in fünf Abschnitten – unter manch anderem – die Anordnung, daß »Hefe, Backpulver und ähnlich wirkende Mittel nicht mehr verwendet« werden dürften. »Zuwiderhandlungen gegen diese Verordnung werden gemäß § 44 der Bekanntmachungen des Bundesrates mit Gefängnis bis zu sechs Monaten oder mit Geldstrafe bis zu 1500 Mark bestraft.«

Während die Köchin mit wachsender Angst in dem amtlichen Blatte las, hatte sich Felix zur Kredenz begeben und über den dort abgestellten Guglhupf hergemacht, einem von Lisettes kürzlichem Geburtstag übriggebliebenen Rest. »Das Corpus delicti. Es muß verschwinden, helfen S' gefälligst ein bissl' mit«, erklärte er und hielt der Babett auffordernd ein Stück von dem etwas spindigen, aber zweifellos aus verbotenen Rohstoffen hergestellten Hefekuchen hin.

»So eine ausg'schamte Tratzerei!« empörte sich die Köchin. »Das Flugblatt ist gar nicht echt, oder?«

»Echt ist es schon, aber aus Charlottenburg. Bei uns haben sie sich zu so was doch noch nicht verstiegen. Aber 's kann ja noch kommen.«

Die Babett grollte. Sie konnte dergleichen Späße nicht lustig finden. Aber eigentlich war ja überhaupt nichts mehr lustig in diesen Tagen. Außerdem hatte sie für Geckerln keine Zeit, weil sie nämlich grade dabei war, ihren Paletot aus dem Schrank zu holen. Die Lucie hatte vorhin das Gerücht mit nach Hause gebracht, es wären bei dem gestrigen Eisenbahnunglück in der Nähe von Trudering fünf Waggons mit Rindviechern aus dem Gleis gesprungen, und man rechne der zahlreichen Notschlachtungen wegen mit einer beachtlichen Extralieferung von Ochsenfleisch an die Fleischbank.

Felix wurde beinah ärgerlich. »Wollen Sie sich dort anstellen? Bei dem Sauwetter und mit ihre wehen Füß'?«

Die Köchin zuckte mit der Achsel und setzte ihren altmodischen Kapotthut auf.

»Bleiben S' da. Ich geh' für Sie hin«, erbot sich der Diener mit ungewohnter Gefälligkeit. Es war gar zu offensichtlich, daß Babettes Gesundheit nicht mehr die stabilste war.

»Danke schön, das ist sehr nett von Ihnen, Herr Felix, aber das Fleisch, das Sie sich aufhängen lassen, möcht' ich wirklich nicht weichkochen müssen. Von so was muß man nämlich was verstehn.«

Bevor die Köchin aus dem Haus kam, lief ihr der kleine

Franzl über den Weg und wollte unbedingt mitgenommen werden. Da es ihr pressierte, versuchte sie zuerst, es ihm abzuschlagen, aber als der Knabe daraufhin in ein markerschütterndes Plärren ausbrach, gab die Köchin sofort bereitwillig nach. »Von mir aus, na' gehst halt mit. Kommen S', Frau Lucie, helfen S' mir, ihn anziehn.« Die Dienerschaft des wiesingerischen Haushalts war bemerkenswerterweise trotz der langen Jahre beim gegenseitigen ›Sie‹ verblieben. Die Lucie machte Einwendungen. »Wenn S' sich länger hinstellen müssen, wird es ihm fad, und dann haben S' bloß 's G'frett mit ihm.«

»Ach was, ich werd' ihn schon unterhalten«, wehrte die Babett ab, die im Grunde ganz zufrieden war, nicht allein gehen zu müssen. »Gell, Franzl? Bist ja mein Schatz!«

Felix schüttelte den Kopf. »Da ziehen S' sich einen sauberen Tyrannen her«, warnte er. Natürlich vergebens. Aber das hatte er schon gleich nicht anders erwartet gehabt.

Nun war es zweifelsfrei mit Händen zu greifen, daß die heillose Vernarrtheit der Babette Falklander nicht gut für den Buben war. Sie kitzelte mit ihrer Nachgiebigkeit derlei Anfälle von Eigensinn geradezu aus ihm heraus. Freilich hatte sie in der letzten Zeit auch Strategien erfunden, mit denen sie den Franzl gelegentlich auf eine nun allerdings auch wieder problematische Weise niederhielt. Sie war alt, ihre Nerven ertrugen nicht mehr viel, zumal gegen Lärm war sie empfindlich, in den schmerzenden Beinen hatte sie Wasser, und als der Medizinalrat neulich ihr Herz abgehört hatte, war eine unzufriedene Besorgtheit von seinem Gesicht abzulesen gewesen. Die Babett selber ging über dergleichen Beschwernisse resolut hinweg. »Nur net nachgeben, wenn man erst einmal nachgibt, geht's mit einem dahin«, pflegte sie zu sagen. Aber alle Beherrschung vermochte nicht zu hindern, daß sie gelegentlich von einer beengenden Atemnot und einem ziehenden Schmerz in der linken Brust angefallen wurde. Und irgendwie, ohne es selber richtig zu wissen, nützte sie das gegen den Buben aus. Wenn er seinem kindlich unbekümmerten Bewegungsdrang gar zu laut und ungehemmt nachgab, griff sie sich ans Herz und bekam eine matte Stimme. Gewiß, es war nicht gelogen, sie fühlte sich häufig nicht gut, aber sie übertrieb es auch gern ein bißchen, um nur ja Eindruck auf den Franzl zu machen. Es war schon gar zu verlockend für sie zu sehen, wie den Bamsen ein schlechtes Gewissen ankam, wie er sich um sie ängstigte und seine kleinen Ärmchen um sie schlug. »Babetillili! Nicht krank sein! Franzl brav!« Das war beinah der erste zusammenhängende Satz gewesen, den er gelernt hatte, und die Köchin preßte ihn bei solchen Gelegenheiten jedesmal fest an sich, mit einer geradezu schmerzhaft sie ausfüllenden Zärtlichkeit: Angst hatte er um sie, lieb hatte er sie! »Komm, gehn wir zum Kramer, kriegst auch eine Minzkugel«, pflegte sie sich dann gerührt bei ihm einzuschmeicheln.

Als der Franzl dahinterkam, wie viel ihr an seinem Mitkommen lag, fing er an, es ihr hin und wieder abzuschlagen, stampfte, wenn sie hartnäckig blieb, sogar mit dem Fuß und ließ sich auch nicht mehr so ohne weiteres von der Aussicht auf ein Radl fettloser Blutwurst bestechen, das die Köchin regelmäßig beim Metzger für ihn zu erbetteln wußte. Das alles wäre soweit ganz recht und normal gewesen, hätte der Franzl wirklich nichts anderes als bloß seinen gesunden Bubentrotz in sich gehabt. Aber vertrackterweise war ja auch er süchtig nach den gemeinsamen Ausflügen mit seiner Babetillili und im Innern schmerzhaft hin und her gebeutelt zwischen dem hingebungsbereiten Bedürfnis, sich an die geliebte Köchin anzuschmiegen, und dem anderen, nicht minder drängenden, selbst-ständig und eigen-sinnig zu sein. Man mag über dergleichen kindlich notvolle Zwiespälte lächeln, für den Franz Bausch ergab sich daraus ein wenig glücklicher Grundakkord seines Charakters: Er behielt für all seine Tage eine quälende Unfähigkeit zurück, sich zu entscheiden und mit der naturverhängten Fatalität zurechtzukommen, daß die Gemütsimpulse eines jeden Menschen zweideutig und widersprüchlich sind.

Die Fleischbank, einstmals gegen das Tal zu an die Heilig-Geist-Kirche angebaut, war jetzt an der Blumenstraße im nördlichen Teil der Schrannenhalle untergebracht, dem ersten in Eisenkonstruktion hochgezogenen Bau Münchens, als technische Sensation schon Anfang der fünfziger Jahre errichtet, als der Marienplatz seinen früheren Charakter einer beinah noch ländlichen Marktstätte verlor. Als die Babett mit dem kleinen Franzl ankam, standen die Leute bereits die ganze, ewig lange, nämlich vom einmündenden Rosental bis hinunter zum Jakobsplatz sich hinstreckende Gebäudefront entlang. Babette überlegte sich, ob es nicht gescheiter wäre, unverrichteter Dinge umzukehren. Als sie aber merkte, daß das Vorrücken unvermutet schnell vonstatten ging und die Menschenschlange hinter ihr sich rasch weiter auffüllte, so daß die drängelnde Menge jetzt sogar schon um das Eck des Schrannengebäudes herumreichte, beschloß sie auszuharren. Ein sulziger, knöcheltiefer Matsch von tauendem Schnee bedeckte das Trottoir, und der böige Wind hatte etwas Schneidendes, zumal hier an den beidseits offenen Hallen, wo es unerträglich zugig war.

Der Franzl hielt sich für einen Dreijährigen erstaunlich gut. Er hing, an seinem Daumen lutschend, fest am Mantelzipfel der Babett, schlenkerte wiegend mit dem Oberkörper hin und her wie ein psalmodierendes Judenkind und gab dabei undefinierbare, aber keineswegs unfriedliche Laute von sich. Die Köchin war klug genug gewesen, ein paar Gutteln einzustecken, von denen sie dem Knaben jetzt von Zeit zu Zeit eines gab. Er schlutzte mit sichtlichem und auch hörbarem Behagen daran herum. Schließlich aber, als gar kein Ende des Anstehens herging, fing er doch an, grätig zu werden. Bloß half es ihm nichts. Sie waren einstweilen immerhin um mehr als die Hälfte der ursprünglichen

Strecke gegen den Eingang der Fleischbank hin vorgerückt, und die Babett, obgleich ihr derbes, aber reparaturbedürftiges Schuhwerk der herrschenden Nässe nicht standhielt, so daß sie patschnasse Füße hatte und gottsjämmerlich fror, wäre jetzt um keinen Preis der Welt mehr ohne ihre Portion Rindfleisch heimgefahren. Zwar ließ der mißlaunige Bub sich von den Erklärungen der Köchin nicht ohne weiteres überzeugen, sondern legte es heftig darauf an, sie umzustimmen, zuerst indem er einen wimmernden Klagelaut hören ließ und dann, als das nicht anschlug, sogar ein herzzerreißend schrilles Geheul. Schließlich aber merkte er doch, daß nichts zu machen war. Und da er immer müder wurde, so daß ihm die Augen beinah im Stehen zufallen wollten, gab er sich von einem Augenblick auf den anderen drein und wurde still.

Die Babett ergatterte ein paar sehr ordentliche Stücke Rindfleisch, eins von der Rose und eins vom Bug.

Nach Haus zurückgekehrt, sah die Köchin dermaßen erschöpft aus, daß Lisette erschrak. Obwohl es erst Nachmittag war, schickte die Frau Kommerzienrat sie ins Bett, und Babette, ganz gegen ihre übliche Art, fügte sich ohne Widerspruch. Sie zog ihr Kleid sowie die nassen Strümpfe aus und schlüpfte im Unterrock unter ihr dickes Plumeau. Ein paar Minuten später lag sie in tiefem Schlaf. Die Lucie sah gegen Abend nach ihr, und da schlief sie immer noch, wennzwar unruhig. Dicke Schweißtropfen perlten auf ihrer Stirn. Als die Köchin erwachte, fühlte sie sich nicht erholt. Obgleich sie fest zugedeckt war, fröstelte sie. Im Mund und den Schlund hinunter spürte sie eine unangenehme Trockenheit, und sie hatte das Bedürfnis, häufiger als gewöhnlich zu schlucken, weil ihr war, als stecke ihr etwas im Hals. Zu allem Überfluß tat diese sinnlose, aber durch keine Willensanstrengung zu unterdrückende Schluckerei höllisch weh. Trotzdem behauptete die alte Frau, als die Kommerzienrätin bei ihr hereinschaute, es gehe ihr schon wieder ganz gut. Lisette fand, daß sich zwar die Blässe vom Nachmittag verloren hatte, aber die hektisch gerötete Gesichtsfarbe, die jetzt an deren Stelle getreten war, gefiel ihr beinah noch weniger. Als sie ihre Hand auf die Stirn der Kranken legte, beschloß sie, nach dem Sanitätsrat zu telefonieren. Noch bevor dieser eintraf, wurde die Babett von einem heftigen Schüttelfrost gebeutelt. Ihre Körpertemperatur betrug 41,4 Grad.

Zum Wochenende telegrafierte Frau Wiesinger nach Wössen. Als der Kommerzienrat am Montag ankam, traf er die Babett nicht mehr bei Bewußtsein an. Der Sanitätsrat hatte eine Angina phlegmonosa diagnostiziert und war eben damit befaßt, unter sachkundiger Assistenz der Theres den Mandelabszeß mit dem Skalpell zu öffnen, der sich durch das Zusammenfließen der kleinen Eiterherde gebildet hatte.

»Die Tonsillen sind dermaßen zugeschwollen, daß sie uns sonst am Ende noch erstickt.« Der Eingriff verlief nach der Regel, und es trat auch sichtlich eine Besserung im Befinden der Patientin ein, die leichter und freier atmete, ohne allerdings das Bewußtsein wiederzuerlangen. »Das Herz, das schwache Herz halt«, klagte der Sanitätsrat. »Ich hab' ihr Chinin eingeflößt, um das Fieber herunterzudrükken, und die Theres hat ihr Wadenwickel gemacht, aber es greift einfach nichts an.«

»Soll man nach dem Pfarrer schicken?« Nicht Lisette und auch nicht Therese, sondern der glaubenslose Kommerzienrat war es, der diese Frage stellte. Kirchenaustritt hin oder her, sein altmodisches Empfinden war, daß es sich für einen Katholiken gehörte, seinem möglichen Absterben nicht ohne die geziemende geistliche Wegzehrung entgegenzugehen.

»Nun, schaden wird so eine Zeremonie ihr wohl nicht, aber ich hoffe, sie durchzubringen, Kommerzienrat.«

Die Zuversicht des Sanitätsrats trog. Er brachte sie nicht durch. Babette Falklander, zweiundsiebzig Jahre alt und neunundvierzig davon im Hause bedienstet, verschied am

23. April gegen zehn Uhr am Abend an akuter Herzinsuffizienz. – (»Der Radialpuls ist nicht mehr zu fühlen. Die Herztöne werden dumpfer, der Spitzenstoß ist nicht mehr wahrnehmbar...« – Sie ging friedlich hinüber, ganz still und ohne den geringsten Muckser. Sie hörte ganz einfach zu atmen auf.

Der Gemütseindruck war ein bedeutender. Beim Franzl, aber auch bei Anton Wiesinger. Immerhin war die Köchin ein fester und unverrückbarer Bestandteil des kommerzienrätlichen Daseins gewesen, und zwar sozusagen seit immer schon. Als die Verstorbene in das Haus seines Vaters gekommen war, war der jetzige Bräu noch ein unreifer Jüngling von noch nicht einmal Zwanzig gewesen, und sich auszumalen, wie das Leben jetzt ohne sie weitergehen würde, fiel ihm schwer. Für den Franzl war das Sterben der so zwiespältig geliebten Magd die allererste Bekanntschaft mit dem Tod überhaupt. Und wenn er auch weit davon entfernt war, zu begreifen, was da vor sich ging, berührte es ihn dennoch tief.

So verschieden notwendigerweise die Empfindungen des Kommerzienrats und des Franzl waren, in einem ganz bestimmten Punkt begegneten sie sich: Auf beide wirkte, neben allem anderen, die Zeremonie der Ölung mit einer merkwürdig einprägsamen Nachdrücklichkeit. Dem Pfarrherrn, mit Albe und Casula angetan, war nicht gesagt worden, daß die Kranke ohne Bewußtsein sei und deshalb nicht mehr in der Lage, zu beichten oder gar die Heilige Kommunion zu empfangen. So führte er bei seinem Versehgang neben dem Gefäß mit dem heiligen Krisam, dem am Gründonnerstag vom Bischof geweihten Krankenöl, ganz unnützerweise auch das golden gleißende Ciborium für die Hostie mit sich. Hinter ihm drein eilte ein Ministrierbube, dessen spitzenbesetzter Chorrock beflissen über dem leuchtend roten Untergewand flatterte. Mit einer feinklingenden Silberschelle hielt der Knabe die Gläubigen zur Andacht gegenüber dem Allerheiligsten an. Und wie nur zu begreiflich, berührte das ehrwürdige Schauspiel den Franzl überaus wundersam. Wären die Erwachsenen aufmerksamer gewesen, so würden sie ihn wohl fortgescheucht haben, aber so, als es ihm erst einmal gelungen war, sich in das Sterbezimmer hineinzuschwindeln, mucksmäuschenstill und dicht an den Ministranten gedrängt, konnte er haargenau und aus nächster Nähe alles mit ansehen, was der Hochwürdige Herr mit der reglosen Babett anstellte; wie er ihr mit dem geweihten Öl die fünf Sinne salbte, Augen, Ohren, Nase und Mund, dazu Hände und Füße, auf daß ihr all die Sünden nachgelassen würden, zu denen sie verführt worden sein mochte, sei es durch ihr Hören und Sehen, ihr Riechen, Schmecken und Reden, sei es, daß ihre Hände Unrecht getan oder ihre Füße sie in die Nähe des Bösen getragen hätten. »Durch diese heilige Salbung und seine allermildeste Barmherzigkeit lasse der Herr dir nach, was du gesündigt hast. Amen.«

Anton Wiesinger hatte sich, als der Priester erschien, feinfühlig auf den Korridor zurückgezogen. Er wohnte dem Sakrament nur akustisch, durch die angelehnt gebliebene Tür der Sterbekammer bei. Als er vernahm, wie der Pfarrer nicht nur das Zimmer der Kranken, sondern gleich das ganze Haus segnete, also seine, des glaubenslosen Kommerzienrats geliebte Villa insgesamt, unter Einschluß der Lisette, der Theres und sogar seiner eigenen, aus der Gemeinschaft der Gläubigen so trotzig ausgetretenen Person, da überkam ihn eine unvermutete Erschütterung. »Eintreten möge in dieses Haus göttliches Gedeihen, heiterer Friede, unverbrüchliche Liebe. Der Herr benedeie mit Seinem Segen dieses Haus und alle, die in ihm wohnen. Abwenden möge Er von ihnen alle feindlichen Gewalten, sie entreißen aller Angst und Verwirrung. Er hüte sie gnädig und halte sie allezeit gesund.«

Dem Kommerzienrat, der sein Leben lang nie eigentlich fromm gewesen war, schoß das Wasser in die Augen, so sehr rührten ihn diese Worte, und freilich auch die ganze schwermütig bewegte Stimmung des Augenblicks.

Der Bub brauchte lange, bis er begriff, daß ihm die Babetillili für immer weggenommen worden war. Wie sie so reglos in ihrem Bett ausgestreckt lag — und anfangs hatte sie ja trotz ihrer Unbeweglichkeit immer noch merklich geschnauft —, meinte er, sie wäre in einen ganz gewöhnlichen Schlaf gefallen, und auf ihr Erwachen zu warten wurde ihm elendiglich fad. Hernach dann, als schon die Leichenwascherin am Werk war und für einen Moment aus dem Zimmer ging, schlich er sich erneut zu ihr hinein. Er fand die Babett mit hochgebundenem Kinn, ganz so, wie er sie unlängst schon einmal gesehen hatte, als sie von Zahnweh geplagt worden war. Wenn ihr was wehtat und sie sich dieserhalb ein Tuch umbinden konnte, so mußte sie doch inzwischen wach geworden sein! Der Knirps beobachtete sie eine ganze Weile, schnalzte aufmunternd mit der Zunge, räusperte sich, und als die Köchin sich gar nicht rühren wollte, stupste er endlich, nicht ganz ohne Scheu, aber dennoch ungeduldig, mit dem ausgestreckten Finger gegen ihre Hand. Die fühlte sich unangenehm kalt und trocken an. Dem Buben kroch ein leises Grauen den Rücken hinunter, und er lief hinaus.

Erst am Tag der Beerdigung, als er sah, wie man den Leichnam in eine Holzkiste hob und geräuschvoll den Dekkel zunagelte, dämmerte ihm etwas von der Endgültigkeit, mit der sie auseinandergerissen waren. Und da fing er furchtbar zu weinen an. Anfangs schrie er, hernach wimmerte er bloß noch. Sogar dem Kommerzienrat, sowenig der ihn mochte, tat er leid. Anton Wiesinger holte den Baldriansaft aus seinem Sekretär, träufelte fünfzehn Tropfen davon auf ein Stück Zucker und steckte dieses dem Knaben in den Mund. Tatsächlich wurde der Franzl ruhiger, aber allein im Haus lassen konnte man ihn nicht. So kam es, daß die Lucie als einzige nicht mit dabei war, als man Babette Falklander auf dem Alten Haidhauser Friedhof zu Grabe trug.

Was die Theres merkwürdig anheimelnd berührte, war, daß sie vom Fenster des Schwesternzimmers aus direkt auf das Grab der Babett hinüberschauen konnte. Therese Wiesinger hatte sich nämlich zu dem Lazarett in der Flurschule versetzen lassen, von wo es zur Villa bloß knappe zehn Minuten Fußweg waren, und das machte sich natürlich angenehmer als das ewige Trambahnfahren bis nach Sendling hinaus. Jetzt konnte sie, wenn zwischendurch eine längere Teepause anfiel, schon einmal rasch in die Maria-Theresia-Straße hinüberlaufen. Das Fenster des Schwesternzimmers befand sich im zweiten Stock, und so konnte man gut über die hohe, rotziegelige Mauer des Gottesackers hinübersehen. Ein wenig war es der Theres, als wäre die Babett auf diese Weise nicht ganz von ihr fortgegangen.

Viel Zeit, um aus dem Fenster zu sehen, hatte sie freilich nicht. Die Lazarette waren überfüllt, obgleich immerzu neue eingerichtet wurden. Es war alles nicht leicht für das Fräulein Wiesinger gewesen, schon gar nicht in den ersten Wochen und Monaten. Die bewegenden Klagen der Frau Mama selig, der Kommerzienrat packe seine Tochter übertrieben in Watte, hatten ja eine nicht abzustreitende Richtigkeit gehabt, und überhaupt war es bei der prüden Erziehung, die man einer höheren Tochter vom Jahrgang 1884 schicklicherweise angedeihen ließ, schon ein herber Schock, sich von einem Tag auf den anderen der Unsäglichkeit ausgesetzt zu sehen, nackte Mannsbilder waschen zu müssen. Die Theres hatte sich, als ihr zum erstenmal eine solche Kreatur Gottes unverhüllt vor Augen kam, von den widersprechendsten Empfindungen hin und her gezerrt gefühlt. Wenn sie später daran zurückdachte, schmunzelte sie, aber damals war ihr nach allem anderen als nach Schmunzeln zumut. Einerseits hatte sie vor g'schämiger Verlegenheit nicht gewußt, wo ihre Augen lassen, und trotz aller Mahnungen der stämmigen Oberschwester immer wieder sinnlos zur Decke hinaufgestarrt. Andererseits war sie von einer unbezähmbaren und im übrigen sehr gesunden Neugierde dennoch dazu gedrängt worden, den ihr so völlig unbekannten und nun vor ihrem Blick gänzlich bloßgelegten punctum saliens der männlichen Natur geradezu aufdringlich anzustarren. Damals meinte sie, immerhin auf einen festen, in allen denkbaren Lagen verläßlichen Erkenntnisgrund gekommen zu sein, was freilich ein Irrtum war. Sie erkannte dies Jahre später, als sie sich glücklich − und spät genug − mit dem staunenswerten Gestaltwandel konfrontiert sah, zu welchem besagtes unscheinbare Detail der Anatomie in gewissen Lagen fähig ist und natürlicherweise zur Erfüllung des biologischen Zweckes auch fähig sein muß. Doch greifen wir hier den geschilderten Ereignissen um ein ziemliches vor. Und übrigens ist jener junge Soldat, dem es im späten Herbst 1914 bestimmt war, als erster von unzählig vielen unter den karbolgetränkten Schwamm der Theres zu kommen, von der damaligen Situation nicht weniger verwirrt worden als die frischgebackene Rotkreuzschwester selbst.

Im Laufe der Zeit wurden derlei und traurigerweise auch manch andere, weiß Gott sehr viel unangenehmere Dinge zur üblichen Routine einer geordneten Lazarettarbeit. Das Elend, dem sich die Theres Stunde um Stunde ausgesetzt sah, war bedrückend. Zumal seit die fürchterlich verätzten und häufig erblindeten Opfer des Gaskrieges eine eigene Station des ehemaligen Schulhauses an der Flurstraße bevölkerten. Aber dem Menschen wird schließlich alles und jedes zum Alltag, auch das Schlimmste, so daß er am Ende selbst inmitten des eigentlich nicht zu Ertragenden unfehlbar ein Eckchen findet, in dem er sich häuslich einrichten und sein Auskommen finden kann − anders vermöchte er gar nicht weiterzuleben. Und auch die Theres gewöhnte sich an das Grauen wie an etwas Selbstverständliches.

Für den Kommerzienrat war eines dieser Eckchen und

Winkel sein Hinterwössener Refugium. Er hatte sich nach dem mißglückten Stadtbesuch zum Vierzigsten seiner Frau kein zweitesmal auf solch ein Abenteuer eingelassen. Wenn die Theres Wochenendurlaub hatte, suchten sie und Lisette ihn draußen auf. Aber schon am zweiten Tag ihrer Anwesenheit pflegte Anton Wiesinger auffallend häufig seine Uhr zu ziehn.

»Ich bin *sehr* schwer zu ertragen für dich, hm?« Lisette sagte es leise und verletzt.

»Ich bitt dich, Schatz. Wenn ihr noch bei der Nacht unterwegs wärts, hätt' ich halt irgendwie Angst.« Da sie keine Antwort gab, entstand ein unsicheres Schweigen. Der Kommerzienrat empfand die Hitze des Frühsommertages und wischte sich mit dem Taschentuch die Stirn. Dann, ganz unvermutet, sagte er: »Ich hab' mich da heraußen verkrochen wie ein Tier zum Sterben, Lisette.«

Seine Frau sah ihn erschrocken an. Therese hatte sich von ihnen entfernt, ein bißchen den Hang zum Bach hinunter, um einen Strauß Dotterblumen zu pflücken, die hier auf dem feuchtschattigen Grund später als woanders, aber dafür um so prächtiger gediehen. Jetzt war sie unbemerkt zurückgekommen und hatte die letzten Worte ihres Vaters gehört.

»Du bist doch kein Tier, Papa«, wies sie ihn zurecht. »Und sterben sollst auch nicht, gell.«

»*Vraiment*«, Lisette nahm Thereses Tonart auf, »du tust, als wärst du der einzige, der in diesen Zeiten leiden muß. Wie wäre das wohl, wenn ein jeder sich so betragen wollte wie du!«

Der Bräuer fühlte sich unbehaglich. Er machte den Versuch, zu einer Erklärung auszuholen, aber er kam nicht dazu, weil seine Tochter ihm in beinah unfreundlichem Ton die Rede abschnitt. »Hat sie vielleicht nicht recht?«

»Was mischst *du* dich ein?!« setzte der Kommerzienrat sich empört zur Wehr.

»Weil's wahr ist, Papa! Du läßt sie einfach im Stich! Kann

sie sich etwa vor all den boshaften Anfeindungen verkriechen, denen sie ausgesetzt ist, nur weil sie aus Frankreich stammt? Sie hat einen Bruder und zwei Cousins, und seitdem Krieg ist, hat sie von keinem auch nur das geringste gehört. Bildest du dir ein, das sind nicht auch Sorgen? – Jetzt sag doch g'fälligst selber was!« forderte Therese ihre Stiefmama zornig zum Reden auf.

»Sei friedlich, ich habe es ihm schon oft gesagt.«

Aber die Theres hatte keine Lust, friedlich zu sein. »Dabei hängt der ganze Haushalt jetzt an ihr ganz allein«, fuhr sie fort ihren Vater auszuzanken. »Die Villa, das Essen – du wirst dir denken können, daß das heutzutag keine Kleinigkeit ist!«

»So laß es doch gut sein«, beschwichtigte Lisette.

»Es ist aber nicht gut! Eben drum red' ich ja! Aber schön, wenn ihr meints, daß man ausgerechnet von dem nicht reden soll, was wichtig ist . . . Ich geh voraus, meine Blumen ins Wasser stellen.« Unzufrieden mit sich, mit Lisette und vor allem mit ihrem Vater stapfte sie davon.

»Sie meint es nicht böse, Antoine«, tröstete Lisette ihren Mann. Ihre Stimme klang weich. »Und in einem hat sie jedenfalls recht: Du bist ja doch nicht einmal glücklich hier.«

»Weil es das überhaupt nicht gibt, jemanden, der glücklich ist«, entgegnete er resigniert.

»Ich habe mir einmal eingebildet, daß du es wärst.« Sie sprach sehr leise und vermied es, ihn dabei anzusehen, beinah als geniere sie sich, an die kostbaren Jahre ihrer frühen Zeit zu erinnern.

»Mein Gott, Lisette, freilich war ich es . . . für Momente«, gab er zur Antwort, selber hilflos, selber gepeinigt. »Für schöne Momente, aber . . .« Er zuckte vage mit der Achsel. Eine Pause entstand. »Ich bin zufrieden da. Ist das nicht genug?«

»Du bist überhaupt nicht zufrieden, Antoine.«

»Ja no, wenn du es besser weißt!«

Sie wußte es wirklich besser. Da änderte auch sein Poltern nichts. Es genügte, ihn anzuschauen, sein hageres, vergrämtes Gesicht. Ja, und das war dann der Augenblick, in dem Lisette die Idee mit dem Franzl kam.

»Ich entsinne mich nicht, wo in der Bibel es steht, Antoine, aber es heißt dort, daß es nicht gut ist, allein zu sein.«

»Für mich ist es gut.«

»Nein, mein Lieber. Und deshalb wirst du es auch nicht bleiben.« Sie sprach merkwürdig resolut, so daß er erstaunt und voll Mißtrauen zu ihr hinübersah. »Der Franzl sieht schlecht aus«, fuhr sie zielstrebig fort, »blaß und schmal. Er ist blutarm. Der Sanitätsrat hat ihm Landluft empfohlen und bäuerlich kräftige Kost.«

Was für ein hirnrissiger Einfall! Was sollte er, der da heraußen das Leben eines einschichtigen Hagestolzes führte und der schon selber ungern genug geduldet war, mit einem dreieinhalbjährigen Kind?? Aber wenn er hundert Ausreden vorbrachte, so fielen seiner Frau hundert Abhilfen ein. Und das Ende war — oh, er hatte es schon im ersten Augenblick vorausgeahnt, gleich als er ihres energischen Tones gewahr geworden war, hatte er vorausgeahnt, daß er diesmal verlieren würde, denn wenn sie sich etwas ernstlich in den Kopf setzte, verlor er doch jedesmal! —, das Ende war, daß er nicht nur den ungeliebten Bengel am Halse hatte, sondern obendrein auch noch die Lucie Bausch.

»Der wird es ebenfalls guttun, hier zu leben. Und der Bub ist dann bei seiner Mama.«

»Da werden die Sefa und die Kathi nie damit einverstanden sein, daß noch ein Frauenzimmer mehr ins Haus kommt — nie!«

»Sie werden sogar froh darüber sein, denn Lucie wird sich bei ihnen nützlich machen.«

»Und ihr daheim in der Villa — ?«

»Ich werde ohnedies eine neue Köchin engagieren müssen, nach Babettes Tod. Und außerdem ist ja auch noch Felix da.«

Er mochte vorbringen, was immer er wollte, er kam nur immer mehr mit dem Rücken gegen die Wand.

Überraschend war, wie gut der Kommerzienrat sich an die neue Situation gewöhnte, überraschend vor allem für ihn selbst. Denn die Tage vor dem Umzug der Lucie und ihres Buben hatte er nächtelang miserabel geschlafen und die peinlichsten Ängste auszustehen gehabt.

Die Wössener wiesen den Neuankömmlingen eine wenig geräumige Stube schräg gegenüber jener des Bräuers zu, und die Lucie ging, ganz wie von Lisette angekündigt, den beiden anderen Frauenzimmern beim Kochen und auch sonst im Hauswesen zur Hand. Freilich war den Bäuerinnen so leicht nichts recht zu machen, und die Lucie hatte allerhand auszustehen, aber als altgedienter Dienstbote war sie, zumal von ihrer vor-wiesingerischen Zeit her, einiges gewohnt.

Unpraktisch wirkte sich aus, daß in Hinterwössen kein gleichaltriger Umgang für den Franzl aufzutreiben war. Die Lucie war ziemlich eingespannt, und so hängte der Knabe sich innig an den Kommerzienrat, womit er diesem freilich keine Freude machte. Der Franzl war seit dem Tod seiner Babetillili irgendwie verschreckt. Häufig spielte er Letzte Ölung, wozu er in ein Doppelblatt der *Münchner Neuesten Nachrichten* ein möglichst kreisrundes Loch riß, durch das er seinen Kopf steckte, so daß das Zeitungspapier wie eine priesterliche Casula auf seinen Schultern lag. Es war possierlich, ihm bei seiner kindlichen Liturgie zuzusehen, bei der er einen Singsang anstimmte, der den Tonfall des Lateinischen nachahmte und mit dem er es nicht einmal so übel traf. Anton Wiesinger wurde von solchen Spielen eher unangenehm berührt. Was war das für eine makabre Besessenheit, dieses ewige Sterbesakrament-Spielen – bei einem Kind! Nun war freilich nicht schwer zu begreifen, daß der

54

Knabe es hart verwand, von seiner geliebten Köchin im Stich gelassen worden zu sein. Möglicherweise gab der Bub sich sogar selbst die Schuld daran, indem er sich einbildete, es könne auf dieser Welt unmöglich jemand so treulos verlassen werden, außer er habe sich solch ein Los irgendwann, irgendwie auch verdient.

Tatsache jedenfalls blieb, daß die schon immer kräftig entwickelte Neigung des Knaben, sich anzuklammern, seit dem Tod Babettes beängstigend gewachsen war. Und da diese Anhänglichkeit sich jetzt vertrackterweise ausgerechnet auf Anton Wiesinger warf, konnte der Kommerzienrat mißlaunig und abweisend sein, soviel er wollte, die eigensinnige Treue des Buben war einfach nicht abzuschütteln.

»Lieber Himmel, kannst denn nicht in den Stall hinübergehn und mit die Küh spielen?!«

»N'n.«

»Oder ins Waschhaus, zu deiner Mutter?«

»N'n.«

»Mein Gott, irgendwas wirst doch zu tun haben, Bub!«

»N'n.«

Anton Wiesinger stöhnte in ärgerlicher Gottergebenheit und schritt kräftig aus. Aber mochte er auf seinen ausgedehnten Spaziergängen ein noch so rüstiges Tempo angeben, der barfüßige Knirps trippelte tapfer neben ihm her. Der Bräuer, der ja am Ende kein Unmensch war, mäßigte seine Gangart. Jedesmal wieder. Und wenn es nur lang genug anhält, so verwandelt sich endlich selbst das widerwillig Erduldete in eine Gewohnheit und im Laufe der Zeit sogar in eine, die man lieb zu gewinnen beginnt. So kam es, daß man den Bräuer eines Tages Hand in Hand mit dem Knaben spazierengehen sah. Zwar befreite er sich geniert von der Patschhand des Kindes, sobald ihnen jemand begegnete, aber wenn der Störenfried wieder seiner Wege gegangen war, überließ er dem Buben seine Hand aufs neue – wenn er sie ihm nicht sogar von sich aus gab.

55

»Da, schau.«

»Was, Onkel Wiesinger?«

»Frösche!« Anton Wiesinger deutete auf einen Busch, und der Franzl wunderte sich.

»Frösche? Auf einem Baum?«

»Das ist ein Busch, kein Baum. Ein Erlenbusch. Das kannst an der Form von den Blättern sehen. Laubfrösche klettern gern, und wenn's bloß im Glasl drin ist, wo sie dann die Leiter hinaufsteigen, wie d' weißt.«

Der Knabe schaute mißtrauisch drein. »D' Mama hat aber g'sagt, daß d' Frösch im Wasser leben.«

»Freilich tun sie das. Aber im Sommer, wenn's Wetter warm ist, haben sie's gern luftig, und da sitzen sie dann auf einem Blatt und genießen es. Schau halt her.«

Franzl untersuchte das Blatt, das der Kommerzienrat ihm so weit entgegenbog, bis er es gut betrachten konnte. Es saß tatsächlich ein grasgrüner Laubfrosch drauf und blähte beim Atmen gleichmäßig den Hals.

»Hast g'meint, ich schwindel dich an?« Der Kommerzienrat stupste das Tier mit dem Finger, und es sprang mit einem erschreckten Satz in den Teich zurück. »Wenn's zu regnen anfängt«, fuhr der Kommerzienrat in seiner Belehrung fort, »dann klettern s' einfach auf die Unterseite hinunter, wie wenn das Blatt ein Regenschirm wär. Ja. Außer wenn's gar zu arg wird und es richtig schüttet, da springen s' dann ins Wasser z'rück. Scheints, daß ihnen das Angetröpfeltwerden nicht paßt, sie werden dann lieber gleich im Ganzen naß.«

Anton Wiesinger entdeckte eine neue Freude: Er zeigte »dem Sohn jenes Schwängerers« die Welt.

»Is des wahr, daß du so einen furchtbaren Haufen Geld hast, Onkel?«

»Ich? Wieso?«

»Die Tante Sefa hat's neulich g'sagt.«

»So, hat sie das g'sagt.«

»Und daß es ungerecht ist, weilst nix dafür arbeiten brauchst.«

»Die Tante Sefa.« Anton Wiesinger schnaubte. »Ich hab' in meinem Leben vielleicht mehr g'arbeitet wie die! Bloß halt was anderes.«

»Und ist es wahr oder net, daß du einen Haufen Geld hast?«

»Was für den einen ein Haufen ist, ist für den anderen nicht der Rede wert, Bub.« Er ärgerte sich. Was mußte die mißgünstige Person mit dem arglosen Kind einen solchen Disput anfangen. Ausgerechnet die Sefa! Die hatte es grade nötig! Sie knöpften ihm da heraußen ein unverschämtes Monatsgeld ab, zumal wenn man bedachte, daß sie sich jedes Viertel Butter und einen jeden Liter Milch extra bezahlen ließen. Und von dem, was der Lucie ihre kostenlose Arbeit wert war, redeten sie ohnehin nie. Ah, diese Bauernschädel. »Einen Neid haben sie, Bub. Einen Geiz und einen Neid.«

»Was ist das, ein Neid?«

Der Bräuer, in zornige Gedanken verstrickt, antwortete nicht. Schweigend gingen sie nebeneinander her. Dann fing der Bub von neuem an.

»Ein Geld braucht man halt, weil alles so viel teuer ist.«

»Ja, b'sonders denen ihr hintenrum verkauftes G'räuchertes«, gewitterte der Kommerzienrat, lächelte dann aber amüsiert. »Was verstehst eigentlich du schon von solchen Sachen?«

»Nixn.«

Wieder gingen sie eine Weile schweigend Hand in Hand. In dem Buben arbeitete es. »Teuer, was ist das eigentlich, teuer, Onkel Wiesinger?«

»Das ist, wenn was viel Geld kostet, Bub.«

»Und das Leben kostet furchtbar viel Geld, gell?«

»Das Leben? Überhaupt nicht, Bub!«

»Die Tante Sefa hat's aber g'sagt.«

»Ah was, Schmarren.« Anton Wiesinger verlor sich in Spitzfindigkeiten, bloß um der Sefa nicht beipflichten zu müssen. Und irgendwie hatte er ja recht. Leben, einfach nur auf der Welt sein und leben, war nichts Teures. »Geldausgeben, ja, Geldausgeben ist teuer, das Überflüssige«, versuchte er dem Buben begreiflich zu machen.

Der Knabe dachte nach. »Aber ohne Geld kriegst fei wirklich nix«, wendete er schließlich ein. »Wann i beim Kramer Matterl an Warschauer möcht' — (KOLONIAL-UND GEMISCHTWARENHANDLUNG VON HANS UND ROSA MATTERL stand auf dem Schild über der Ladentüre) —, und i hab' koan Zwoaring net ei'stecken, na gibt er mir'n net.«

Sieh an. Der Matterl hatte also auch einen Narren an dem Buben gefressen, weil er nur ein Zweipfennigstück von ihm nahm, obwohl eine Schnitte von diesem süßen, schwärzlichen Zeug, das aus den zusammengekehrten Bröseln und Kuchenresten des Backstubentisches bereitet wurde, für jeden anderen ein Fünferl kostete.

»Einen Warschauer kriegst freilich nicht, ohne daß d' was zahlst. Aber einen Bärendreck.«

»Umsonst? Beim Kramer?«

Anton Wiesinger lächelte. »Bei mir. Lang einmal in meine Joppentasche. Nein, in die andere.«

Der Franzl, in freudiger Erwartung, tat wie ihn der ›Onkel Wiesinger‹ geheißen hatte. Und tatsächlich fanden sich etliche kreisrund zusammengerollte Schnecken aus Lakritzenmasse in der Tasche des Kommerzienrats.

»Nimm eins. Und steck mir auch eins in den Mund. Die sind gut für den Magen, weißt.«

Der Bräuer blieb stehen, und der Franzl streckte sich mächtig auf seinen Zehenspitzen, um zu dem kommerzienrätlichen Mund emporzureichen. Anton Wiesinger beugte lange nicht den Kopf, es machte ihm Freude, der konzen-

58

trierten Anstrengung des eifrigen Bamsen zuzusehen. Es bedurfte keiner sonderlichen Beobachtungsgabe, um zu merken, daß zwischen ihm und dem Franzl Bausch eine Freundschaft im Entstehen war.

»Danke schön, Onkel Wiesinger.«

»Sag um Himmels willen nicht immer Onkel zu mir!«

»Wie denn sonst, Onkel?«

»Sag meinswegen ... sag einfach ... No, von mir aus sagst Opa zu mir!«

Das war's. Er war ins Opa-Alter gekommen. Früher, mit seinen eigenen Kindern hatte er nie so eine Freundschaft gehabt, schon gar nicht mit dem Ferdl, aber auch sogar mit dem Toni nicht. Und mit der Theres war es natürlicherweise sowieso was ganz anderes gewesen.

Im August dann kam die Lisette für eine dreiwöchige Sommerfrische aufs Land heraus. Den Feriensitz am Tegernsee, wo seinerzeit die Theres ihre Romanze mit dem Hopfenhändlerssohn gehabt hatte, hatte der Kommerzienrat nicht zu halten vermocht. Ein gewisser Nachholbedarf an unumgänglichen Reparaturen war ja schon beim Ausbruch des Krieges angestanden. Im Jahr darauf setzte dann noch ein Hagelschlag mit hühnereigroßen Schloßen dem Anwesen zu. Nicht nur die meisten Fenster, auch die Eindeckung des Daches war bös beschädigt worden, und da man nicht sogleich Abhilfe hatte schaffen können, war durch das hereinlaufende Regenwasser auch sonst noch einiger Schaden entstanden. Nirgendwo trieb man das Material für eine gründliche Sanierung auf. Anton Wiesinger, des ewigen Ärgers überdrüssig, hatte den Besitz kurzerhand verkauft. Nicht zum Vergnügen seiner Frau, die an dem Haus sehr hing. Aber sie mußte sich fügen.

»No, und wie geht's denn daheim?« erkundigte sich Anton Wiesinger, als er, den Franzl an der Hand, mit seiner Frau den Moosbach hinauf spazierte.

»Es geht. Felix mußte zum Landsturm einrücken.«

Der Kommerzienrat empfand eine verquere Genugtuung. Der Felix war vom Jahrgang 1867 und würde heuer fünfzig Jahre alt. Dennoch sollte er das Vaterland nicht nur als Arbeiter in einer Granatenfabrik, sondern als ein regulär bewaffneter Landsturmmann retten helfen. Der Landsturm kam noch hinter der ›Landwehr zweiten Aufgebots‹ und sollte ausdrücklich nur im äußersten Notfall zu den Waffen gerufen werden. Der war also jetzt selbst nach allerhöchster Einschätzung gegeben. »Wir pfeifen aus'm letzten Loch! Sozusagen amtlich! Sehr schön. – Und wie stellt sich die neue Köchin an?«

»Sie heißt Klara, ist neununddreißig Jahre alt und ein Trampel.«

Na ja, heutzutage mußte man froh sein, wenn man überhaupt wen bekam. Klara Obermeier, wie sie sich mit vollem Namen schrieb, war klein, stämmig und ungewöhnlich resolut. Über ihrer Oberlippe sproß ein dichter schwarzer Flaum. All diese Eigenschaften zusammengenommen erweckten jenen Eindruck, den Lisette mit »ein Trampel« umschrieb. Im übrigen mochte der erste Eindruck auch trügen, denn völlig unsensibel und ohne feinere Manieren – zumindest einer ausreichenden Kenntnis derselben, ob sie nun davon Gebrauch machte oder nicht – konnte Klara nicht sein. Immerhin hatte sie »bei dem alten Herrn Schimon gelernt«, wie sie bei jeder passenden und zuweilen auch unpassenden Gelegenheit mit Stolz zu bekunden pflegte, also im Hotel Vier Jahreszeiten. Und sie stellte diesen empfehlenden Umstand durch ein ausgezeichnetes, handschriftlich ausgefertigtes Zeugnis des berühmten Mannes unter Beweis. Irgendeine Gelegenheit, Ihre besonderen Fähigkeiten als Köchin zur Geltung zu bringen, fand sie freilich in diesen Hungerjahren nicht. Und sollten die Verhältnisse sich eines nahen oder fernen Tages friedensmäßig bessern, dann würde man von ihrer Kunst vermutlich trotzdem nicht gar zu viel profitieren, denn man konnte es sich an den fünf Fingern abzählen, daß sie in diesem Fall alsbald ihren Dienst als gewöhnliche Herrschaftsköchin aufkündigen würde – einmal schon überhaupt, und zum anderen, weil sie ungewöhnlicherweise nicht ledig, sondern verheiratet war. »Mein Mann ist als Kompaniekoch im Feld.« Überdies hatte sie Ambitionen »auf eine kleine Wirtschaft, ein Bräustüberl oder so etwas, jedenfalls auf was Eigenes, warum nicht? Ich hab' Ersparnisse und mein Mann gute Aussichten auf eine Stelle als Küchenordonnanz in einem Offizierskasino in der Etappe, wo es jede Menge Trinkgeld gibt.« Bei einer wie ihr durfte man ohne Risiko wetten, daß sie jederzeit zu erreichen verstand, was zu erreichen sie sich vorgenommen hatte. Der Frau Kommerzienrat bewies sie diese Eigenschaft schon gleich, als sie sich vorstellen kam. Lisette hatte ihr, großzügig aufgerundet, das Gehalt angetragen, das für die Babett zuletzt ausgesetzt worden war, »zumindest für den Anfang, wenn ich mit Ihnen zufrieden bin, lasse ich mit mir reden.«

»Pardon, gnä' Frau«, hatte ›der Trampel‹ daraufhin bemerkt, »unter dem Doppelten fang ich erst überhaupt nicht an.«

Da hatte die Frau Wiesinger nun doch runde Augen gemacht. »Sie haben nicht das Gefühl, daß Sie die Situation etwas sehr rigoros ausnutzen, Frau Obermeier?« wollte sie wissen.

»Die Herrschaft sagt immer nur Klara zu mir«, gab die Köchin mit stoischer Ruhe zurück. »Und wenn ich die Situation ausnütze, so ist das ganz normal, denn schließlich muß ein jeder schauen, wo er bleibt. Die diversen Herrschaften, bei denen ich bisher im Dienst gestanden bin, haben die Situation auch immer ausgenützt, und nicht wenig.« Sie hatte diesbezüglich ihre Erfahrungen. Bei der Frau Magistratssekretär, wo sie während der Vorkriegsarbeitslosigkeit eingestanden war, hatten sie zu siebt auf die frei gewordene Stelle gespitzt, und wenn die Klara sie schließlich bekom-

61

men hatte, so nur, weil sie in ihren Forderungen noch bescheidener als die anderen gewesen war. Sie hatte sich damals gegiftet, aber nicht lange geklagt. Jetzt, unter gründlich gewandelten Verhältnissen, war es an der Herrschaft, das nämliche zu tun.

»Ich hab' vom Vermittlungsbüro elf Adressen bekommen. Wenn ich da heut noch überall herumkommen will, kann ich mich leider nicht extra lang verhalten, gnä' Frau.«

»Meinetwegen brauchen Sie keine andere Adresse mehr aufzusuchen.«

»Das hab' ich mir gedacht.« Klara nickte zufrieden. »Aufs überflüssige Herumrennen bin ich nicht aus, und wozu auch, ich hab' einen recht guten Eindruck von dem Haus.«

»Es ehrt mich, daß wir Sie zufriedenstellen.« Lisette vermochte ihre Ironie nicht völlig hinunterzuschlucken. Aber die neue Köchin merkte nichts davon — oder vielleicht tat sie auch nur so.

Der Kommerzienrat lachte, als Lisette ihm die Geschichte erzählte, dermaßen heftig, daß ihm zwei Tränen die Backen herunterkullerten. Seine Frau war zufrieden, daß er es so heiter nahm.

Das Wetter in diesem Sommer war gut, und die beiden Wiesingers verlebten drei behagliche Wochen zusammen. Als Lisette in die Stadt zurück mußte, schloß sich ihr der Kommerzienrat ohne großes Aufhebens an. Schon bei ihrer Ankunft hatte seine Frau bemerkt, daß er frischer und lebendiger war als zu ihrem Geburtstag im April. Eigentlich so frisch und lebendig wie schon seit Jahren nicht mehr.

Wieder in München, kümmerte der Herr Brauereidirektor sich wieder um seinen Betrieb. Sehr zum Mißvergnügen des Dr. Pfahlhäuser, der um seine Unabhängigkeit fürchtete. Aber die Einmischungen des aus dem Exil heimgekehrten Chefs hielten sich in Grenzen. »Um sich mit den staatlichen Stellen herumzustreiten, dazu muß man jünger sein und bessere Nerven haben als ich, Doktor, das lassen Sie nur weiter Ihre Sorge sein.«

Weil ihm das Gehen zur täglichen Gepflogenheit geworden war, frönte der Kommerzienrat diesem Zeitvertreib jetzt auch in der Stadt. Und da er sich angewöhnt hatte, nicht mehr allein, sondern mit dem Buben an der Hand herumzuspazieren, gingen sie regelmäßig zu zweit. Sie nahmen bei ihrer alltäglichen Promenade abwechselnd den Weg über die Prinzregenten- oder die Bogenhausener Brücke, und die bevorzugten Ziele ihrer Streifzüge waren der Englische Garten und der Hofgarten hinter der Residenz. Unter den zum Odeonsplatz hinausgehenden Arkaden waren es die von Cornelius gemalten Fresken aus der bayrischen Geschichte, die einen gewaltigen Eindruck auf den Knaben machten. Vor allem ein in die Knie gebrochener Krieger faszinierte ihn, der von einem Schwert ins Herz getroffen hingesunken lag und dessen Kamerad den heftig quellenden Blustrom vergebens mit der flachen Hand zurückzudämmen versuchte. Der Kommerzienrat, der begreiflicherweise gerade an diesem Bild lieber rasch vorübergegangen wäre, mußte oft unbehaglich lange davor ausharren. Aber nicht nur die Grünanlagen, auch die Straßen und Plätze des inneren Viertels gingen sie fleißig ab, vom Marienplatz zum Königsplatz hinüber oder aber durch das Hackenviertel zum Sendlinger Tor. Und Anton Wiesinger, den Bamsen an der Hand führend, verlegte sich auch hier unermüdlich aufs Erklären.

»Das ist die Michelskirch' mit'm Jesuitenkollegium.«

»Was ist des, a dingsbums-Kollegium?«

»Tja, die Jesuiten, also, das ist so ein religiöser Orden.«

»So was wie's Eiserne Kreuz, gell!«

»Nein, Bub, nicht so ein Orden, so eine Art Kloster halt.«

»Kloster?«

»Wo fromme Mönche beisammensitzen und beten, ja.«

»Ah so, beten!« Der Knabe begriff endlich und mit Begeisterung, wovon die Rede war. »Beten muß ich auch immer, auf d' Nacht im Bett! Aber was sollen denn fromme Möncher sein?«

»Mönche, nicht Möncher.« Es war wirklich nicht einfach für den Kommerzienrat.

Am unterhaltlichsten von allem aber war für den Franzl und seinen Mentor das Entziffern der Laden- und Wirtshausschilder an ihrem Weg. »Re-si-denz-gasse Ra-Rastkeller.« – »Ratskeller heißt das, Bub.« Der Knabe entwickelte eine erstaunliche Fertigkeit, sich die Buchstaben zu merken und sie zu Wörtern zusammenzubinden. Und das schon volle zwei Jahre, bevor er in die Schule kam. Der Bräuer war ganz stolz auf ihn. »Das ist ein ganz Heller, alles was recht ist, ein ganz Heller ist das!«

Vom Toni war nichts in Erfahrung zu bringen, trotz mehrmaliger Erkundigungen beim Leibregiment, beim Landwehrkommando und beim Roten Kreuz. Kein Kamerad hatte sich gemeldet, der vergebens bemüht gewesen war, ihm das Herzblut zu stillen, aber halt auch keiner, der gesehen hatte, wie der Hauptmann Wiesinger lebend in Gefangenschaft abgeführt worden war. So kam der Jahrtag jenes unseligen 12. November heran. Lisette hatte ihm nicht ohne Sorge entgegengesehen, aber als es dann soweit war, tat Anton Wiesinger, als habe er auf den Gedenktag völlig vergessen. Er gab sich beim Frühstück und auch später noch, als er sich in die Brauerei aufmachte, beinah aufgeräumt. Die Kommerzienrätin atmete auf. Als sie dann aber zufällig ins Herrenzimmer trat, um dort irgend etwas zu suchen, erschrak sie desto mehr: Auf dem Schreibtisch stand, ganz offen und unversteckt, die letzte Fotografie, die vom Hauptmann Toni Wiesinger gemacht worden war und die der Bräuer zuvor stets vor allen zudringlichen Blicken geschützt in der Schublade aufbewahrt hatte. Nur er selber hatte sie ab und zu angeschaut und dabei geseufzt, ja, gelegentlich war es Lisette sogar vorgekommen, als unterhalte er sich laut mit dem Bild. Das hatte sie begreiflicherweise beunruhigt. Aber nicht so sehr wie die Entdeckung, daß ihr Mann jetzt sozusagen den Vorhang von seinem Heiligtum wegzog, um es der allgemeinen Andacht preiszugeben. Hätte nur noch gefehlt, daß er einen Trauerflor anheftete! Ohnehin hatte der Kommerzienrat einen düsteren Rahmen aus trauerschwarzem Ebenholz für das Bild gewählt. Es bestand kein Zweifel – Anton Wiesinger hatte aufgehört, daran zu glauben, daß der Toni noch am Leben war.

Zu ihrer noch ärgeren Beunruhigung entdeckte Lisette gleich daneben einige Aktenordner, die ihr Mann von der Brauerei mit nach Hause gebracht haben mußte, und von denen einer –ausgerechnet! – die Verkehrswertberechnung der Firma enthielt.

»Das ist der Wert, den die Firma hat, wenn man sie verkauft«, bestätigte Therese die Ängste Lisettes, um freilich sofort wieder zu beschwichtigen: »Für so was kann man sich aber auch ganz im allgemeinen interessieren, daß der Papa deswegen ernsthafte Verkaufsabsichten haben müßt', das ist wirklich eine unsinnige Angst, Lisette!«

Nun, so völlig unsinnig war sie vielleicht auch wieder nicht. Immerhin hatte der Kommerzienrat schon einmal den Verkauf im Sinn gehabt, gleich zu Anfang des Krieges und in vollem, bitterem Ernst. »Nur die Hoffnung, daß Toni heil zurückkommt, hat ihn damals davon abgebracht!«

Die Theres erinnerte sich. Und jetzt fing auch sie an, hellhörig zu werden. Ein bißchen viel hatte er sich in letzter Zeit schon über die Segnungen des Privatier-Daseins ausgelassen und über die unsinnige Bürde einer Pflichterfüllung bis in die Grube hinein, und überhaupt war es ihr die ganze Zeit irgendwie vorgekommen, als ginge dem Papa was im Kopf herum.

Als der Kommerzienrat von der Brauerei nach Hause kam, erwähnte er die Besonderheit des Datums noch immer mit keinem Wort. Nachdem er sein bescheidenes Abendbrot mit auffallendem Appetit gegessen hatte, bat er seine Frau und seine Tochter ins Herrenzimmer hinüber. Er tat dies mit einer gewissen Feierlichkeit. Und die beiden sahen sofort voraus, was es geschlagen hatte.

»Ich . . . ich hab' die letzte Zeit ziemlich viel nachstudiert«, fing Anton Wiesinger mit ausholender Unschlüssigkeit an und ging dabei im Zimmer auf und nieder. »Ich hab' nie mit euch drüber g'sprochen, weil . . . ich hab' mir erst selber drüber klarwerden müssen. Ja . . .« Er fand aus dem Zögern nicht heraus. Lisette und Therese warfen sich vielsagende Blicke zu.

»Aber jetzt willst also drüber reden«, schubste die Theres ihn förmlich vorwärts.

»Ja. Weil . . . ich hab' halt gedacht, jetzt, wo wir Krieg mit Amerika haben und der Ferdl . . . ich muß ihn so und so abschreiben, net wahr, in die Brauerei zurückkommen wird der nie, da muß man sich wirklich nichts vormachen, er hat schließlich sein eigenes Leben drüben, und das schon seit bald sieben Jahr'. Ja . . . und jetzt wo auch der Toni . . . ich mein', es ist ja nicht direkt g'wiß, daß er nicht mehr heimkommen wird, aber eigentlich wieder g'wiß genug, leider, und . . . ein männlicher Erbe g'hört halt einfach her bei einem Familienbetrieb wie dem unsrigen, sonst hat die ganze Schinderei keinen Sinn. Ein Wiesinger-Bräu, wo's bloß noch auf'm Firmenschild einen Wiesinger gibt, aber nicht mehr in Wirklichkeit — nein, also wirklich, da könnts ihr jetzt sagen was ihr wollts, da laß ich mich einfach nicht mehr abbringen davon!«

›Jetzt kommt es also‹, dachte Lisette und spürte, wie ihr Herz unter dem Mieder schlug.

Aber es kam ganz etwas anderes.

»Kurz und gut«, hörte sie den Kommerzienrat unternehmend und beinahe fröhlich sagen, »ich will den Franzl adoptiern!«

66

Wolfgang Oberlein

Das erste Zusammentreffen der Theres mit dem Oberleutnant Wolfgang Oberlein ging, obwohl es in Zukunft die einschneidendste Bedeutung erlangen sollte, eher beiläufig, ja, genau besehen, sogar unfreundlich vor sich. Es war Anfang Mai 1917. Therese hatte das sonnige Frühlingswetter ausgenutzt und in ihrer Teestunde einen kleinen Spaziergang in die Anlagen beim Prinzregententheater gemacht. Dort war ihr der Unterarzt Schwelch über den Weg gelaufen, ein ausgemachter Hansdampf, der keine fünf Minuten hinter sich bringen konnte, ohne ein paar mehr oder minder gute Späße loszulassen.

»Was für eine Freude«, sagte der übermäßig hochgeschossene, spindeldürre, vielleicht fünfunddreißigjährige Mann, der die Angewohnheit hatte, immerzu mit den Armen zu schlenkern, und setzte sich neben sie auf die grüngestrichene Bank. »Was für eine Freude, einmal ganz privat mit Ihnen ausgehn zu dürfen, wenn's auch nur für die Länge einer Teepause ist.«

Die Theres lachte. »Sie alter Süßholzraspler, Sie.«

»Es ist mein voller Ernst!«

»Freilich. Zur Schwester Karin haben S' letzte Woche genau dasselbe g'sagt − und auch im vollen Ernst, sie hat mir's erzählt.«

Schwelch legte sein Gesicht in bekümmerte Dackelfalten, was bei ihm ganz besonders possierlich aussah. Und er wußte es! »Bei der hab' ich auch nicht landen können«, klagte er. »Ich kann überhaupt nirgends landen.«

»Die Fama behauptet aber ziemlich das Gegenteil, Herr Schwelch.«

Von einem Moment auf den anderen nahm der Unterarzt jetzt das Aussehen eines fröhlichen kleinen Jungen an. »Aber diese Gerüchte streu' ich doch selber aus!« trompetete er. »Sagen Sie selbst, das Traurige steht einem Spaßmacher wie mir einfach nicht! Übrigens, kennen Sie den Neuesten schon?«

»Bitte nicht«, wehrte Therese ab und erhob sich. »Es ist so höchste Zeit, zurückzukehren.«

»Ich kann ihn auch im Gehen erzählen«, konzedierte er lebhaft und sprang auf. Es wäre das erstemal gewesen, daß er einen Witz nicht losgeworden wäre, an dessen Erzählung ihm etwas lag. »Klopft die Oberschwester beim Stabsarzt an. ›Wir haben eine neue Schwester, Herr Stabsarzt. Blutjung. Was machen wir denn mit der?‹ — ›Stecken wir sie in die Wäscheverwaltung. Es ist immer besser, ein junges Mädchen hat mit Hosen ohne Männern, als mit Männern ohne Hosen zu tun.‹« Der Unterarzt hatte eine ganz eigene Begabung, derlei Schnurren mit einer unwiderstehlichen Komik vorzutragen. Gewiß, er machte etwas gar zu oft von seinem Talent Gebrauch und konnte einem damit auf die Nerven gehen. Aber angesichts der wenig heiteren Zeitläufte war seine unverwüstlich gute Laune zweifellos viel wert. Er war ein bizarrer — manche sagten auch: g'spinnerter —, in jedem Fall aber origineller Kauz. Auch diesmal wieder gelang es ihm, die Theres zum Lachen zu bringen. Und eben dieses Lachen brachte den Oberleutnant Wolfgang Oberlein gegen sie auf.

Die Theres hatte nämlich grade zusammen mit dem Unterarzt das Lazarett betreten, als man Oberlein dort, vom Operationssaal kommend, auf einer fahrbaren Liege durch den Korridor schob. Eben erst aus einer Narkose erwacht, spürte der Oberleutnant noch ein ziemlich wirres Gefühl im Kopf. Noch nicht wieder völlig bei sich, war er immerhin wach genug, sich seines Elends bewußt zu werden. Wochenlang hatte er sich hin und her gezerrt gefühlt zwischen der Unumgänglichkeit, sein linkes Bein opfern zu müssen, und der immer wieder aufflackernden Hoffnung, es am Ende vielleicht doch noch retten zu können, bis ihm diese Qual für ein paar Stunden in den besänftigenden Nebeln des Äthyläthers untergegangen war. Aber nur, um jetzt neuerlich über ihn herzufallen, in der anderen, kaum leichter zu ertragenden Gestalt schlimmster Gewißheit: Man hatte ihm das Bein knapp über dem Knie amputiert. Und das erste, was er nun wahrnahm, unsicher aus dem Betäubungsschlaf emportauchend, war das durch den Widerhall des Schulkorridors gespenstisch verzerrte Gelächter der Rotkreuzschwester Therese Wiesinger... Wolfgang Oberlein richtete sich, während man ihn an der immer noch Lachenden vorüberschob, eine Winzigkeit auf und brabbelte böse etwas kaum Verständliches vor sich hin, was wie ›Hurengelächter, gottverdammtes‹ klang.

Die Theres hörte die undeutlichen Worte nicht. Überhaupt nahm sie den Verwundeten nur ganz am Rande ihres Gesichtsfelds und ihres Bewußtseins, also eigentlich gar nicht wahr. Nachdem sie sich von Schwelch verabschiedet hatte, begab sie sich in den Oberstock und meldete sich beim Stationsarzt zurück. Der schickte sie in den nach hinten hinaus liegenden, mit sechs einstöckigen Betten belegten sogenannten kleinen Saal, den die Landser unter sich auch den ›Fleischhauerladen‹ hießen, weil er nämlich zur Unterbringung der Frischoperierten ausersehen war. »Es ist ein Amputierter heraufgekommen, der vermutlich dankbar für ein wenig Zuspruch ist.«

Die Theres trat zu dem Bett links vom Fenster. Der Oberleutnant Wolfgang Oberlein hatte die Augen geschlossen und schien sie nicht zu bemerken. Sie setzte sich auf einen Hocker und betrachtete den korrekt rasierten, wächsern bleichen Mann. Er war im Alter schwer zu schätzen. Seine Verwundung und die Strapazen der Operation hatten ihn begreiflicherweise stark angegriffen. Die Theres entschied, daß er wohl zwischen dreißig und fünfunddreißig wäre. Er hatte volles, leicht gewelltes Haar von brünetter Farbe, und auch seine Augen waren, wie sie freilich erst später feststellen konnte, braun. Seine abgezehrten, aber sichtlich ehedem fleischigen Züge machten nicht unbedingt den Eindruck einer durchgeistigten Natur, doch in derlei Dingen geht das Urteil ja zuweilen fehl. Auch den Franz-Xaver Brandl hatte sie damals für weit weniger feinfühlig gehalten, als er tatsächlich gewesen war. Vielleicht würde es besser mit ihnen und ihrer Verlobung ausgegangen sein, wäre ihr etwas herabsetzender erster Eindruck richtig gewesen. Komplizierte Leute machen alles kompliziert, und wenn sie so etwas sagte, dann wußte sie, wovon sie sprach, sie war selber schwierig genug. Zumal seit jenem Reitunfall, der ihr Hüftgelenk kaputt und sie für Jahre beinah zu einem Krüppel gemacht hatte. Jedenfalls wäre es nicht gerecht gewesen, dem Brandl allein die Schuld daran zuzuschieben, daß ihr Verlöbnis in die Brüche gegangen war, es war halt ganz einfach eine Unmöglichkeit mit ihnen gewesen, und zwar von allem Anfang an. Und so hatte es nichts genutzt, daß sie alle zwei – und so heftig! – darauf gehofft hatten, es möchte am Ende doch eine Möglichkeit sein. Sie hatte vom Xaver seit jener Faschingsnacht, in der sie ihm den Abschiedsbrief geschrieben hatte, nichts mehr gehört. Das war jetzt neun Jahre her. Daß der alte Brandl mit seinem kranken Herzen noch lebte, glaubte sie nicht. Und der Franz-Xaver war wohl an der Front, oder vermißt wie der Toni, oder vielleicht auch schon tot . . .

»Was sinnieren Sie denn?«

Therese Wiesinger hatte den Oberleutnant ganz vergessen, der sie hinter halb gesenkten Lidern schon eine ganze

Weile beobachtete. Die Theres errötete. »Ich hab' gemeint, Sie schlafen«, sagte sie.

»Ja, ich war ein bißchen weggetreten.«

»Haben Sie Schmerzen?«

»Es ist zum Aushalten.« Der Patient hatte eine angenehm baritonale Stimme, deren Musikalität freilich durch einen leicht nasalen Beiklang geschmälert wurde. »Hat man Sie hergesetzt, damit ich keine Dummheiten mache?«

»Was für Dummheiten denn?«

»Eben. Ein Krüppel ist zu Gewaltstreichen sowieso nicht imstand.«

Immer in solchen Lagen dies böse Wort. Auch sie hatte es seinerzeit gegen sich selber gebraucht. »Über Krüppel oder Nichtkrüppel unterhalten wir uns, wenn Sie's Gehen auf einer Prothese gelernt haben, hm?«

»Vielleicht dauert mir das aber zu lang?« Sein Tonfall war nicht ohne eine zornige Wehleidigkeit. Therese hatte beim Herantreten auf dem Nachtkasten ein kleines Buch von Schopenhauer liegen sehen, *Über Philosophie und ihre Methode.* Es war beim Paragraphen 334 aufgeschlagen, dessen Überschrift *Über den Selbstmord* lautete.

»Auch nicht länger als beim erstenmal«, gab die Schwester dem Amputierten zur Antwort. »Als Kind haben Sie gut ein Jahr dazu gebraucht. Oder sind S' ein Wunderknabe g'wesen?«

»Kaum.« Die ruhige und ganz unsentimentale, dabei zweifellos herzliche Redeweise der jungen Frau beeindruckte ihn.

»Was sind S' denn im Zivilleben?« wollte Therese wissen.

»Professor am Gymnasium.«

»Hier in München?« Er nickte.

»Naturwissenschaftliche oder musische Fächer?«

»Turnen«, sagte er.

Das brachte sie einen Augenblick lang aus der Fassung.

Aber nur für einen Augenblick. »Soviel ich weiß, hat man mehrere Fächer«, beharrte sie dann.

Der Oberleutnant nickte. »Aber die beiden anderen habe ich immer nur zur Aushilfe gemacht.«

»Sprachen?«

»Deutsch und Geographie.«

»Das sind zwei sehr interessante Fächer.«

»Ja . . .«, gab Wolfgang Oberlein widerwillig zu. Seine Wunde fing an, wehzutun. »Das Verrückte ist, daß mir gar nicht die Operationswunde wehtut, sondern der Schußbruch am Knie . . ., wo doch das Knie gar nicht mehr da ist! Ich weiß, daß man das einen Phantomschmerz nennt, er geht von den durchtrennten Enden der Nerven aus, und ich hab' viel drüber gehört, aber wenn man's dann selber erlebt . . .« Er hob die Bettdecke an und betrachtete seinen dick verbundenen Stumpf. »Wenn ich blind wär', ich würde es Ihnen einfach nicht glauben, daß das Bein ab ist! Ich spür's ja doch, ganz genau so wie das andere spür' ich's, sogar die Zehen, kommt mir vor, kann ich bewegen. Das ist beinah gruselig, wissen Sie. Denn auf was ist denn überhaupt noch Verlaß, wenn nicht auf das, was man selber spürt?«

Sie zog seine Bettdecke wieder zurecht und wischte ihm die Stirn ab, auf der jetzt Schweißtropfen standen. »Ich hol' Ihnen ein Analgetikum«, sagte sie.

Die Rekonvaleszenz verlief ohne Komplikationen und nach der Üblichkeit. Schon nach zwei Wochen verließ Wolfgang Oberlein den ›Fleischhauerladen‹ und kehrte in die Offiziersstube zu seinen Kameraden zurück. Als er im Frühsommer seine ersten Ausflüge auf Krücken machte, wurde er von der Theres begleitet. Sie hatte zuerst ein bißchen Angst gehabt, es möchte komisch ausschauen, wenn sie nebeneinanderher gingen, ein Bresthafter neben dem anderen. Aber dann merkte sie rasch, daß man ihre eigene Behinderung neben der des Einbeinigen völlig übersah, zumal der so übel

Blessierte noch nicht sonderlich gewandt mit seinen langen, beidseits unter die Achseln zu klemmenden Holzstützen umzugehen verstand. Als der Oberleutnant an einer abschüssigen Stelle das Gleichgewicht verlor und von ihr geistesgegenwärtig vor dem Hinfallen bewahrt werden mußte, lächelte sie ihn aufmunternd an. »Für die kurze Übung, die Sie erst haben, gehen Sie schon recht gut, Sie müssen's bloß nicht gleich übertreiben, es pressiert uns ja nicht.«

»Entschuldigen Sie«, murmelte er niedergeschlagen.

»Bitt' Sie, was soll ich denn entschuldigen?!«

»Daß ich mich so anstelle. Diese verdammten Stöcke! Sie sind so unhandlich! Und überhaupt . . . Alle Leute schauen mir nach.«

»Das Gefühl hat ein jeder«, tröstete sie ihn. »Sie dürfen ihm bloß nicht nachgeben, dann vergeht's.«

»Sie reden sich leicht.« Er war einer, der rasch die Flinte ins Korn warf, wenn es einmal nicht so ging, wie er sich das selber abverlangte.

»Wieso red' ich mich leicht? Ich hatsch' schließlich auch.«

»Sie?? Aber gehn S', Sie hinken doch nicht!«

»Danke fürs Kompliment. Aber ich hab' eine kaputte Hüfte, schon seit meinem siebzehnten Jahr. Und das dürfen S' mir ruhig glauben, es hat mir eine furchtbare Müh' g'macht, so weit zu kommen, daß man es jetzt notfalls sogar übersehen kann.« Sie fühlte sich gradezu beschwingt. Endlich einmal war sie die Gesunde, die Stützende. »Kommen S', nur nicht klein beigeben. Kehren S' zwei Schritte um und gehen S' die Stelle noch einmal an, aber vorsichtig diesmal.«

Sie dehnten ihren Spaziergang bis zum Friedensengel aus, was eine beachtliche Leistung von dem gewesenen Turnlehrer war. Dann setzten sie sich in dem Heckenrondell neben dem Springbrunnen auf eine Bank. Therese hatte sich eine Semmel aus pappigem Roggenmehl mitgenommen, mit

73

einer Scheibe jener ›Kriegswurst‹ drauf, die von der Stadtverwaltung in eigener Regie hergestellt und an die Bevölkerung abgegeben wurde, um die allgemeine Not wenigstens
ein bißchen zu lindern. Sie schmeckte undefinierbar, aber
irgendwie war sie ganz gut zu essen. Therese bot ihrem
Schützling die Hälfte davon an. Der zierte sich zunächst,
aber als sie nicht locker ließ − (»Gehn S', jetzt sind S' doch
nicht fad, Herr Oberleutnant, ich mag nicht allein essen, da
schmeckt's einem ja nicht«) − griff er zu. Als seine Hand
dabei eine Spur länger auf der ihrigen liegenblieb, als es
eigentlich notwendig gewesen wäre, zuckte die Theres nicht
zurück und zeigte auch sonst keine Spur von Befangenheit.

Als Anton Wiesinger zusammen mit seiner Frau den Rechtsanwalt Dr. Klein aufsuchte, der wegen eines Magenleidens
nicht zum Militär mußte und deshalb einstweilen die verwaiste Praxis des Dr. Alfred Wiesinger führte, erlebte er eine
ungute Überraschung. Dr. Klein eröffnete ihm, daß die
gewünschte Adoption des Franzl Bausch rechtlich nicht
durchzusetzen sei.

»Nicht durchzusetzen? Wieso nicht durchzusetzen?!«
empörte sich der Kommerzienrat.

»Weil im Gesetz ausdrücklich steht, daß derjenige, der
ein Kind adoptieren will, keine lebenden ehelichen
Abkömmlinge haben darf.«

»Die hab' ich doch auch nicht?« wunderte sich Anton
Wiesinger.

»Aber ich bitte dich, Antoine!«

»Wieso?« blubberte der Bräuer eigensinnig. »Wir sind
doch kinderlos?!« Als Klein vorsichtig darauf hinwies, daß
dafür aus erster Ehe schließlich gleich drei da wären, kam er
reichlich übel an.

»Jetzt hören S' aber auf! Die Theres als ein Mädel gehört
schon einmal nicht hierher und −«

»Wieso nicht?« versuchte der Anwalt einzuwenden, aber

der zornig erregte Kommerzienrat erlaubte ihm nicht, seinen Satz zu Ende zu bringen.

»– und was den Ferdl angeht, so ist der in Amerika drüben verschollen.«

»Verschollen?« Dr. Klein sah erstaunt Lisette Wiesinger an. »Soviel ich weiß, haben Sie doch seine Adresse?«

»Nein, die hab' ich nicht!« beharrte Anton Wiesinger mit Halsstarrigkeit.

»Natürlich haben wir sie«, antwortete die Kommerzienrätin dem Rechtsanwalt, ohne sich mit der Besänftigung ihres Mannes aufzuhalten, die nach all ihrer Kenntnis seines Charakters im gegenwärtigen Augenblick ohnedies wirkungslos war.

»Du vielleicht, aber nicht ich!«

»Das ist doch egal, Antoine.«

»*Mir* ist es nicht egal!« Er konnte bockbeinig bis zum Dümmlichen sein, wenn man ihn nicht ließ, wie er wollte. »Und außerdem ist es jetzt, wo wir Krieg mit Amerika haben, sowieso nicht mehr möglich, mit ihm zu korrespondiern!«

Auch der Anwalt würdigte ihn jetzt keiner Erwiderung mehr, sondern sprach nur noch mit Lisette. »Obendrein ist da ja auch noch der Herr Toni, der, Vermißtmeldung hin und her, jedenfalls nicht amtlich für tot erklärt ist. Und also verbieten die Gesetze unseres Staates . . .«

Anton Wiesinger schnappte empört nach Luft und verschaffte sich mit nicht unbeträchtlicher Lautstärke Gehör. »Was bildet denn dieser Staat sich überhaupt ein?? Hier handelt es sich um eine reine Familienangelegenheit, und in eine solche hat der Staat sich nicht einzumischen! Aber schon ü-ber-haupt nicht! Wenn ich sicherstellen will, daß der Wiesinger-Bräu in der Hand von jemandem bleibt, der Wiesinger heißt und nicht Bausch oder sonstwie, dann geht das den Staat einen feuchten Kehricht an!«

»Dazu würde vielleicht eine bloße Namensänderung des Kleinen ausreichen, ohne daß man ihn unbedingt gleich adoptieren muß«, schlug Lisette vor, die sich Mühe gab, die ganze Angelegenheit auf eine sachliche Ebene zurückzubringen. Aber der Anwalt mußte ihre Hoffnung enttäuschen, denn die rechtliche Situation war bei einer Namensänderung genau die nämliche wie bei einer Adoption, auch hier war unumgängliche Bedingung, daß der Name Wiesinger ohne die Umbenennung des Franzl zum Aussterben verurteilt wäre. Und eben dies war, der beiden Söhne wegen, nun einmal nicht der Fall. »So sehen Sie's halt ein, Kommerzienrat!« Dr. Klein redete dem Bräuer zu wie einem kranken Pferd. Und obgleich Anton Wiesinger über die Unmöglichkeit der Sache ja eigentlich hätte zufrieden sein müssen, zumindest insoweit sie den Toni und das von der Behörde ihm so hartnäckig zugesprochene Überleben betraf, verließ Anton Wiesinger die juristische Kanzlei mit einem ohnmächtigen Grimm. Allmählich – und jedenfalls im Augenblick – begriff er jene, welche die Notwendigkeit einer Revolution im Munde führten. »Recht haben sie! Weiß Gott ganz recht!!«

Rechtsanwalt Klein blieb mit einem ratlosen Kopfschütteln zurück. Vielleicht würde er seinen Klienten besser verstanden haben, hätte er eine Ahnung davon gehabt, wie eindringlich und lebensvoll sich dieser die Sache mit dem Franzl in manch schlafloser Nacht schon zurechtphantasiert hatte, bis hin zur detaillierten Ausmalung einer würdigen Familienfeierlichkeit, samt schon lang im voraus besorgter Bereitstellung eines ordentlichen Trollingers aus Württemberg und seiner allerletzten, noch aus der Zeit vor dem Krieg stammenden, bei bekömmlicher Feuchtigkeit pfleglich gelagerten Zigarren Marke Solida del Sol. Sandblatt Brasil. Und jetzt fiel all das ins Wasser! »Und bloß wegen diesem verdammten Staat, der mir meinen Toni um'bracht hat!« Anton Wiesinger knirschte förmlich mit den Zähnen. Nun ja, daß er zu seinem familiär geselligen Vorhaben dennoch käme, auch ohne die formgerechte Annahme des Franzl Bausch an

76

Kindesstatt, sogar noch im November desselben Jahres, davon konnte er seinerzeit wirklich noch nichts ahnen. Und auch nicht von dem Anlaß, der ein noch weit anrührenderer als der fehlgeschlagene war: Die Theres heiratete den Studienprofessor Wolfgang Oberlein.

Der Oberleutnant war nach ausreichender Rekonvaleszenz demobilisiert und wieder in den Schuldienst zurückversetzt worden, als Lehrkraft für Deutsch und Geographie. Während der letzten Zeit seines Lazarettaufenthaltes war er auffallend oft mit der Schwester Therese Wiesinger beisammen gewesen, so daß schließlich sogar der dickfellige Stabsarzt merkte, was sich da anzuspinnen begann. Nach seiner Entlassung vom Militär fuhr Oberlein zur Erholung aufs Land. Der Aufenthalt war für einen Monat geplant, aber schon nach vierzehn Tagen kam der Urlauber zurück. Es hatte ihm auf dem Bauernhof nicht gefallen.

»Aber geh, warum denn nicht?«

Oberlein fand hundert vorgeschobene Gründe, mit dem einzig wirklichen rückte er nicht heraus, den ließ er sich von der Theres von den Augen ablesen.

»Hast es nicht ohne mich ausg'halten, du . . . Dalk?«

Genau das war es gewesen.

Der zur Wiedereinstellung in den Schuldienst entlassene Oberleutnant war in Herzenssachen ein ziemlich unbeschriebenes Blatt. Natürlich hatte auch er, und sogar reichlich früh, drangvolle Zeiten durchzumachen gehabt. Doch das war immer alles in ihm verschlossen geblieben, etwas davon sehen zu lassen oder gar mit unternehmender Laune beim Anbändeln mitzutun, wie es ihm die Klassenkameraden vormachten – wenigstens die frecheren von ihnen –, das hatte er nie gewagt. Kurzum, er war eine schüchterne Natur. Während seines Studiums hatte es einmal ein flüchtiges Abenteuer mit einer Kommilitonin gegeben, aus dem aber weiter nichts geworden war. Das blaustrümpfige Mädchen war ihm ein bißchen gar zu resolut und tonangebend gekommen, und er hatte die Sache alsbald wieder einschlafen lassen. So wenigstens stellte der Verlauf sich in seiner eigenen Erinnerung dar. Hätte man die Studentin gefragt, so würde die Schilderung ganz anders ausgefallen sein und in etwa gelautet haben, daß sie selbst »diesem faden Leimsieder den Laufpaß gegeben« habe, »und zwar hochkant!« Nun, die Wahrheit lag, wie so oft, in der ungefähren Mitte. Immerhin hatte die zukunftslose Beziehung ein halbes Jahr gewährt und war ohne eigentlichen Eklat zu Ende gegangen.

Während seiner Militärzeit und hernach im Krieg hatte Wolfgang Oberlein einige Male ein Bordell aufgesucht und sich so wenigstens in bezug auf die rein animalische Seite seines Geselligkeitsdranges eine gelegentliche Erleichterung verschafft, wennzwar mit schlechtem Gewissen, was sich bei einem wie ihm aber schon fast von selber versteht.

Als er der Theres begegnet war, hatte es bei ihm ziemlich von Anfang an gefunkt. Freilich war die Situation — er in seiner ratlosen Hinfälligkeit und sie als die gütige Helferin — von vornherein eine besondere gewesen. Und mit der zaghaften Vorsicht des Schüchternen war er lange mit sich selber uneins, ob das, was er fühlte, nicht nur eine chimärisch aus dieser besonderen Konstellation aufsteigende Seifenblase wäre, der außer einem alsbaldigen Zerplatzen keine Zukunft, ja, eigentlich nicht einmal eine gegenwärtige Wirklichkeit beschieden sei.

Die Entscheidung erfolgte spät, kurz vor Oberleins endgültiger Lazarettentlassung und erst nach ungezählten behutsamen Präliminarien. (Wir entsinnen uns, wie seine Hand schon damals beim Friedensengel um eine Spur länger als nötig auf der ihrigen gelegen war.) Oberlein gab sich einen Ruck und lud Schwester Therese ein, am Nachmittag mit ihm in das Café Luitpold zu gehen. Therese, die aus seinem Ton herausmerkte, daß es diesmal möglicherweise um mehr als eine alltägliche Kaffeehausplauderei ging, sah ihn einen Moment lang aufmerksam an. Er wurde sofort unsicher, senkte den Blick und fand sich innerlich geradezu bereitwillig mit ihrer Absage ab. Um so verblüffter war er, als Therese sich statt dessen sachlich erkundigte:»Um wieviel Uhr denn?«

»Ich habe gedacht . . . zum Fünfuhr-Tee?«

»Gut. Das heißt, wenn es Ihnen nichts ausmacht, daß ich in Schwesterntracht komme, weil zum Umziehen ist die Zeit zu knapp.«

»Aber ich bitte Sie, kommen Sie, wie es Ihnen angenehm ist.«

Damals lebte Wolfgang Oberlein schon tageweise bei seiner Mutter in der Barer Straße. Der Oberstabsarzt, der ein erfahrener Menschenkenner war, hielt darauf, daß für seine Schwerbeschädigten der Übergang vom behüteten Lazarettdasein ins normale Alltagsleben allmählich vor sich gehe.

Frau Henriette Oberlein lebte als Witwe eines frühverstorbenen Postobersekretärs von einer angenehm dotierten staatlichen Pension. Sie stand in den Sechzigern und war eine kleine, stets sorgfältig, ja, adrett − wenngleich ausschließlich in den Farben Dunkelblau, Grau und Schwarz − gekleidete Person, von der etwas andauernd Verhärmtes ausging, etwas chronisch − und auch demonstrativ! − Leidendes, aber auch eine gezierte und irgendwie kleinbürgerlich wirkende Betulichkeit. So spreizte sie zum Beispiel beim Trinken stets aufdringlich vornehm den kleinen Finger ab. Überdies liebte sie es, Goethe zu zitieren, zuweilen fehlerhaft, aber immerhin, und auf ihrem verstimmten Klavier Schubertsonaten zu exekutieren, mit einer geradezu frommen Beflissenheit, aber ohne jede Spur von Musikalität. Zierde ihres Wohnzimmers war eine titanisch dreinschauende Beethovenbüste aus Gips. Daneben hatte sie ein halbes Dutzend verschieden großer Alabasterfiguren aufgestellt, allesamt nach hehren antiken Motiven geformt. Der berühmte Diskuswerfer befand sich darunter, ebenso der nicht minder beliebte Dornenauszieher. Diese Vorliebe fürs griechisch Edle hatte sie mit dem verblichenen Oberpostsekretär geteilt. Wolfgang war ihr einziges Kind, sie hatte ihn spät bekommen, als sie schon eine Mittdreißigerin war, und da ihre Ehe im Ganzen keinen sonderlich erwärmenden Verlauf nehmen wollte, hatte sie ihn von Anfang an mit einer unguten, zuweilen geradezu überhitzten Ausschließlichkeit an sich zu binden gesucht.

Therese war der Frau Oberpostsekretär einige Male im Lazarett begegnet, doch hatten die beiden nie mehr als ein paar bedeutungslose Worte gewechselt. Nach Wolfgangs Amputation war Frau Oberlein tagelang weinend und klagend bei ihrem Sohn am Bett gesessen, bis die Oberschwester sie unverblümt gebeten hatte, ihre Besuche eine Zeitlang einzustellen. »Ich bin doch seine Mutter!« hatte die kleine Frau empört versucht, sich zur Wehr zu setzen. Aber die Oberschwester war davon ganz ungerührt geblieben.

»Das sind Sie in ein paar Wochen gradeso. Ihre Gemütsverfassung ist für den Herrn Oberleutnant im Augenblick nicht gut. Begreifen Sie das bitte, Frau Oberlein.«

»Aber ich kann ihn doch nicht allein hier liegenlassen!« versuchte die Mutter noch einmal, sich durchzusetzen.

»Er wird nicht alleingelassen werden, seien Sie nur ganz beruhigt.«

Frau Oberlein war damals davongeschlichen wie ein geprügelter Hund, und Therese, welche die Szene beobachtet hatte, verspürte ein schmerzliches Mitleid mit ihr. Später, als es ihrem Sohn besser ging und er sich mit seiner Lage abgefunden hatte, weigerte sich die Obersekretärswitwe, ihre Besuche im Lazarett wieder aufzunehmen. »Die haben mich nicht gebraucht, als es dir schlecht ging, dann brauchen sie mich jetzt zweimal nicht«, hatte sie Wolfgang beschieden, als der sie telefonisch zu sich bat.

Jetzt stand er also in seiner Uniform vor dem kleinen

Spiegel, der in der Küche über dem Ausguß hing, und drückte mit der flachen Hand hingebungsvoll an seiner kunstvoll gewellten Haartolle herum. Frau Oberlein beobachtete ihn aus den Augenwinkeln heraus.

»Gehst du weg?« erkundigte sie sich überflüssigerweise. »Ich weiß nicht, ob das gut für dich ist, der Stabsarzt sagt, du sollst dich noch schonen.«

»Ich kann doch nicht den ganzen Tag hier in der Wohnung sitzen, Ma.«

»Warum nicht, ich sitze doch auch hier.«

»Ich gehe ja nur ins Kaffeehaus.«

»Hast du eine Freundin?« Die Frage, die sie von Anfang an auf den Lippen gehabt hatte, kam in einem Ton völliger Beiläufigkeit heraus, durch den Wolfgang Oberlein sich freilich nicht täuschen ließ. Er wurde unwillkürlich verlegen.

»Wie kommst du denn auf so etwas? Ich bin mit einem Kameraden aus dem Lazarett zusammen.«

»Warum, es wäre nur normal.« Der Oberleutnant sah zu ihr hinüber. Er war auf eine solche Reaktion nicht gefaßt und traute ihr nicht. »Ich habe dich nie kontrolliert und eingeschränkt«, fuhr seine Mutter fort. Er dachte bei sich, daß man darüber durchaus verschiedener Meinung sein konnte. Gewiß hatte sie es nie in einer gröblichen und aufdringlichen Weise getan, aber dafür nur um so wirkungsvoller. »Es hat mich immer beunruhigt, daß du nie eine passende Freundin hast finden können, Wolf«, versicherte sie.

»Ich hatte *einige!*« Er wußte, daß das eine Lüge war. Und irgendwie verletzte dieses Wissen seinen Stolz.

»Ich weiß nur von einer einzigen. Und daß diese Person die Passende für dich gewesen ist, hast du dir nicht einmal selbst eingebildet, nicht wahr?« Er erinnerte sich noch deutlich jenes Sonntagnachmittags, wo er seine Kommilitonin zu einer Tasse Kaffee in die mütterliche Wohnung geladen hatte, entsann sich der geradezu erkältenden Atmosphäre, die damals zwischen den beiden Frauen zu spüren gewesen war. Mochte durchaus sein, er würde die Studentin der Philologie — (»Ganz etwas Neues. Eine Studentin. Hat sie überhaupt Kochen gelernt?«) — weniger unpassend für sich gefunden haben, hätte er sie von Stund an nicht selbst mit den Augen seiner Mutter angesehen.

Der Oberleutnant drückte sich die Offiziersmütze über die angefeuchtete Haartolle. Sein erster Impuls war gewesen, sie heute ein wenig unternehmend schräg zurechtzurücken. Aber schließlich richtete er sie doch korrekt und gerade aus.

»Wann bist du zurück?« hörte er seine Mutter fragen.

»Ich weiß nicht, Ma. Nicht allzu spät.«

»Du kannst ausbleiben, so lange du willst. Aber wenn es nicht später als zehn Uhr würde, wäre ich dir dankbar, Schatz.« Sie konnte nicht schlafen, wenn sie in ihrem Bett lag und auf ihn warten mußte, sie hatte es ihm oft genug gesagt.

Therese und Oberlein nahmen nicht in der pompösen dreischiffigen Halle mit den Deckengemälden, Wandfriesen und klassizistischen Plastiken Platz, die den Hauptraum des Café Luitpolds ausmachten, eines nachgemachten, 1887 errichteten Renaissance-Palazzos, sondern im sogenannten Palmengarten, wo es dämmrig und beinah vertraulich zu sitzen war. Das gastronomische Angebot — allerlei mit Hirschhornsalz als Treibmittel hergestelltes und deshalb penetrant nach Ammoniak riechendes Ersatzgebäck aus Haferflocken, Mais oder gar Sago, dazu Malz- oder Eichelkaffee und einheimische, mit Saccharin gesüßte Kräutertees — bildete zwar einen ironischen Gegensatz zur prunkvollen Üppigkeit der Lokalität, aber das war man inzwischen gewöhnt, und Oberlein war ohnehin zu aufgeregt, um mit klaren Sinnen an irgend etwas denken zu können. Es war ihm zumut, als mache er sich zu einem halsbrecherischen Abenteuer auf, dabei hatte er sich nur vorgenommen, der Krankenschwester die einfache Frage zu stellen, ob sie sich auch nach seiner bevorstehenden Lazarettentlassung noch gelegentlich mit ihm treffen wolle, unter Umständen also, wo ihr gegenseitiger Umgang der Ausrede des sozusagen Dientlichen verlustig gegangen und vollends auf das rein persönliche Feld hinübergewechselt sein würde.

Für die Theres war es ein sonderbares und durchaus nicht unangenehmes Gefühl, das etwa gleichaltrige Mannsbild so heillos verlegen zu sehen. Unzweifelhaft war sein Anerbieten eine Art von Liebeserklärung, aber ebenso unzweifelhaft eine vorsichtig versteckte. Und sogar, daß er das Café Luitpold als belebte Kulisse ausgesucht hatte, anstatt ihr zum Beispiel in der Abgeschiedenheit des Großhesseloher Forsts mit seiner Frage zu kommen, wohin sie schon ein paarmal kleine Ausflüge mitsammen gemacht hatten, war fraglos eine Frucht seiner ängstlichen Unsicherheit. Hier, inmitten des übrigen Publikums, mußte alles in geziemender Verdecktheit vor sich gehen. Und mochte er sich noch so ungeschickt anstellen, sie würde ihm ihren Bescheid − und gerade auch dann, wenn es ein ablehnender wäre! − in einer unauffälligen und also jedenfalls schonenden Weise geben müssen. Diese Gewißheit beschwichtigte ein wenig seine Ängstlichkeit.

»Ja, also wissen S', Oberlein . . .« Therese sah ihn mit einer abgründigen Miene an, während sie sich gleichzeitig schwertat, nicht amüsiert hinauszulachen. »Recht schicklich find' ich das eigentlich nicht. Wenn wir uns öfter träfen und ganz für uns, das säh' ja dann beinah nach einem Liebespaar aus −?«

»Ich bitte Sie, Fräulein Wiesinger!« Er war förmlich erschrocken.

»Lassen S' mich ausreden, Oberlein.« Ihr Ton war immer noch streng. Als sie aber merkte, daß er die Farbe verlor, tat er ihr leid, und sie beeilte sich, mit dem Katz-und-Maus-Spiel, das sie eigentlich länger hatte durchhalten wollen, ein Ende zu machen. »Ich hab' ja nicht eigentlich was dagegen, verstehen S' mich nicht falsch!« erklärte sie ihm. »Aber so was tut man halt einfach nicht, solang man noch per Sie miteinander ist, oder?«

Er brauchte eine Sekunde, bis er die Wendung begriff. Dann schoß ihm das Blut in die Wangen zurück, er langte mit beiden Händen über den Tisch und preßte fest die ihrigen zwischen die seinen. »Heißt das −?« Immer noch wagte er es nicht zu glauben und hatte Angst, einem schmerzlichen Mißverständnis aufzusitzen.

»Ja, also, anfangen damit müssen aber jetzt schon Sie. Als der Mann.«

»Theres!«

»Wolferl . . .« Sie nahm gar nicht erst den Umweg über die beim Standesamt niedergelegte ausführliche Namensform.

Von diesem Tag an waren sie also ein Liebespaar.

Im Spätsommer brachte sie den Wolferl Oberlein zum erstenmal zu ihrem Vater ins Haus. So unabhängig und ihrer selbst sicher sie auch mit den Jahren geworden war, diesem Augenblick sah sie nicht ganz ohne Sorge entgegen. Sie fing das Einfädeln deshalb ganz verdruckt von hinten herum an und wartete auf eine passende Gelegenheit. Diese kam, als der Kommerzienrat eines Nachts noch ziemlich spät an ihre Türe klopfte. Sie lag bereits im Bett.

»Entschuldige, ich hab' unten am Türspalt g'sehen, daß du noch Licht hast.«

»Ich les' noch ein biss'l. Warum, gibt's was Besonderes?«

»Nein. Bloß gut Nacht sagen hab' ich wollen. Wir haben uns heut noch gar nicht g'sehn. − Geht's dir gut?«

»O ja, Papa.«

»Also dann, schlaf schön.« Er strich ihr kurz übers Haar

und wollte wieder gehen, als sie in harmlosem Ton fragte: »Tät es dir was ausmachen, wenn ich am Sonntag wen zum Teetrinken mitbringen tät?«

»Eine Kollegin?«

»Nicht eigentlich. Einen ehemaligen Patienten.«

Der Kommerzienrat kniff die Augen zusammen. Er kombinierte sofort und durchaus nicht verkehrt. »Ist es der, den du so oft spaziereng'führt hast?«

Therese wunderte sich. Sie konnte sich gar nicht erinnern, ihm davon erzählt zu haben. Aber nun ja, wes das Herz voll ist . . . »Er heißt Oberlein und ist Studienprofessor.«

Ein Steißpauker also, dachte Anton Wiesinger. So lang es auch her war, daß er die Schulbank gedrückt hatte, gewisse Vorurteile hatten sich fest in ihm verbissen, fester als der Unterrichtsstoff einschließlich seines Lateins, vom Griechischen gar nicht zu reden. Er runzelte die Stirn. »Studienprofessor. Hm. Aber soviel ich mich erinnere, ist er doch −« Er sprach den Satz nicht zu Ende, weil er ihm selber taktlos schien. Die Theres hatte ihn trotzdem verstanden.

»Amputiert, ja. Ich hoff', du bist nicht schockiert drüber, daß er ein Krüppel ist.«

»Blödsinn!« Der Kommerzienrat biß sich auf die Lippen und ärgerte sich über sich selbst. Andererseits war das doch aber eine verflucht verlogene Sentimentalität! Man konnte doch über so etwas reden, auch sogar sich Sorgen deswegen machen, schließlich wußte niemand besser als die Theres und er, daß es keine Kleinigkeit war, einen Körperfehler zu haben. Lieber Himmel aber auch! Weil es nicht schon reichte, daß er ein Steißpauker war, mußte es auch noch einer sein, dem man ein Bein abgenommen hatte − für König und Vaterland. Und für einen am Ende ja doch verlorenen Krieg, also ganz für die Katz. Armer Kerl . . . »Ich will dir was sagen, Theres, von mir aus kannst heiraten, wen du magst, aber −«

»Heiraten? Hab' ich was von heiraten gesagt?« Sie

85

schaute halb verblüfft und halb ärgerlich zu ihm hinüber. Ihr Vater winkte ab.

»Ich hab' mich nie drum gekümmert, mit wem du dein bissl' freie Zeit herumbringst, aber ins Haus g'schleppt hast mir schließlich noch nie jemanden, also wird's wohl was zu bedeuten haben.«

»Aber?«

»Was — aber?«

»Du hast vorhin ›aber‹ g'sagt. — ›Heirate, wen du magst, aber.‹«

»Aber frag mich lieber nicht lang, ob er mir g'fallt! *Das* hab' ich sagen wollen!« Der Kommerzienrat brauste ganz unpassend auf. »*Dir* muß er g'fallen, und *du* mußt es hernach aushalten mit ihm. Nur das eine sag' ich dir im voraus, bloß damit du dir keine Illusionen machst: Ich werd' aus meinem Herzen keine Mördergrube machen und dir nach'm Mund reden, bloß aus lauter Zartsinnigkeit, gell!«

Therese lächelte. »*Das* hätt' ich mir ausg'rechnet von dir auch wirklich nicht erwartet, Papa. Und heißt das jetzt, daß ich ihn dir *nicht* vorstellen soll, oder was?«

»Untersteh dich!« Der Bräuer richtete sich zornmütig auf. »Ich bin immer noch dein Vater und will wissen, an wen du dich hinhängst, gell!«

Sie verstand ihn ganz gut: seine Zwiespältigkeit, und daß er das Hineinverstricktwerden scheute, eine Verantwortung, die zwar weder sie noch die Umstände ihm aufbürdeten, aber er sich selbst. Und daß er halt überhaupt eine gewisse zärtliche Ängstlichkeit ihretwegen verspürte. Sie sprang aus dem Bett und hing sich an seinen Hals. »Ach Papa, du bist ein Schatz!«

»Ja, ja, was soll denn das, hör doch auf!« Er fuhr verlegen mit seinem Finger zwischen Hals und Hemdkragen herum. Es war schon gar zu lang her, daß er und seine Tochter sich das letztemal in den Armen gelegen waren. Er spürte ein sonderbar zaghaftes und doch auch wieder hoffnungsvolles

Zittern in sich. Mein Gott ... und mein Herr ... Sie wird
doch nicht wirklich noch mit jemandem glücklich werden,
nach so langer, beinahe schon verjährter Zeit ...?

Als der Studienprofessor Wolfgang Oberlein zum Tee
erschien, in seinem guten Vorkriegsanzug, der ihm arg weit
geworden war, mit einem kleinen Blumenstrauß für die
Hausfrau und einer gehamsterten Mettwurst, die er fürsorglich in Butterbrotpapier eingewickelt hatte, lief alles
aufs beste ab. Der Kommerzienrat hatte heimtückischer-
weise in der Etage droben servieren lassen. Er wollte sehen,
wie der Bräutigam seiner Tochter die Stufen nahm. Wie
mit einer Prothese nicht anders möglich, nahm er sie einzeln, ähnlich wie ein Kind, und dabei immer mit dem ihm
verbliebenen gesunden Bein antretend. Für die kurze Zeit,
in der er sich erst mit seinem künstlichen Gehwerkzeug
hatte anfreunden können, machte er seine Sache nicht
ungeschickt. Aber die Art, in der Therese ihm vorausging,
sah sich daneben doch ausgesprochen gewandt an und beinahe völlig normal. Anton Wiesinger schaute sehr zufrieden
drein. Überhaupt stellten sich die Sorgen, die sich Therese
vielleicht immer noch wegen der Unberechenbarkeit ihres
Papas gemacht haben mochte, als gänzlich überflüssig heraus. Nichts in seinem Benehmen gemahnte an die panische
Widerspenstigkeit, die er seinerzeit gegen den Franz-Xaver
an den Tag gelegt hatte. Er interessierte sich für die Pro-
bleme des Schulalltags, tat zumindest recht überzeugend
so; lächelte still in sich hinein, als er die unsichere Nervosität des Studienprofessors bemerkte, und fand den Schulmann spätestens nach dem Tee, als er dem Nichtraucher
vergebens eine von seinen Sandblatt Brasil angeboten hatte,
sogar aufrichtig nett.

»Er kommt aus kleinen Verhältnissen«, beredete er sich
nachher im Gelben Salon mit seiner Frau, »das merkt man
auf hundert Stund', und außerdem scheint er ein ziemlich

verklemmter Langweiler zu sein. Aber übel ist er eigentlich nicht.«

»Und auch sogar die Langweiligkeit mag täuschen. *Il faut toujours se méfier de l'eau qui dort*, sagt man bei uns, ich weiß nicht, ob es auch bei euch dieses Sprichwort gibt.«

»Bei uns gibt es alles«, gab Anton Wiesinger gut gelaunt zur Antwort. »Stille Wasser sind tief, heißt es da, aber verlassen tät ich mich bei dem auf diese Redensart nicht. Und vielleicht wär's ja auch wirklich nicht das ärgste, wenn er sich leicht lenken ließ'.«

Tatsächlich war der Umstand, daß die Theres dem Wolfgang Oberlein in einigem überlegen war — und beileibe nicht nur im Gehen allein! —, von einer gewissen Bedeutung für sie gewesen. Nicht direkt so, wie das dem Kommerzienrat im Kopf herumspukte, indem er sich versprach, daß seine Tochter den gewesenen Oberleutnant beherrschen könne — in derlei Dingen sieht man sich ja zuweilen grad bei den scheinbar Schwachen und Weichen getäuscht, denn gegen viel Watte ist am Ende schwerer anzukommen als gegen eine solide Wand —, aber immerhin war es für die Theres wichtig, daß der Mann ihrem ausgeprägten Bedürfnis, jemanden zu umsorgen und zu päppeln, einen dankbaren Gegenstand bot.

Die Vermählung fand am 23. November in der Johanniskirche in Haidhausen statt, in einer den Zeitumständen angepaßten, unaufwendigen Form. Therese hatte auf ein Brautkleid verzichtet und Wolfgang Oberlein auf einen Frack. So mußte auch der Kommerzienrat den seinigen im Schrank lassen, widerwillig genug, aber er konnte dem Hochzeiter unmöglich den Rang ablaufen. Bei der Verehelichungszeremonie seiner einzigen Tochter hätte Anton Wiesinger liebend gern den Beiständer gemacht, aber der Stadtpfarrer durfte ihn, des Kirchenaustritts wegen, nicht akzeptieren.

Dem alten Lukas Bauer war das, als er davon erfuhr,

grade recht. »Es ist wegen der Hochzeit vom Fräu'n Theres«, holte er umständlich aus. »Ich hab' sie halt schon als ganz kleines Kind auf meinen Knien gehutscht, net wahr —«

»Also, da müssen S' sich jetzt schon an den Herrn Oberlein wenden, nicht mehr an mich«, unterbrach ihn der Kommerzienrat impertinent.

»Sind S' so gut?« Bauer sah ganz erschrocken auf und wurde sogar rot. »Nein, ich mein' . . ., für den Fall daß da drüben noch nicht anders entschieden ist, hätt' ich halt gern den Beiständer gemacht.« So schlecht er inzwischen auch bei Fuß war, er verbürgte sich, die paar Schritte vom Fiaker bis zum Altar und später wieder zurück ohne weiteres bewältigen zu können, und »ausnahmsweise sogar ohne meinen Stock«, denn gänzlich uneitel war er trotz seiner vierundsiebzig Jahre noch immer nicht. Anton Wiesinger, den die auch familiäre Treue des Firmenfaktotums rührte, stimmte in Gottes Namen zu.

Der Plan, nach der kirchlichen Feier eine weltliche im Bayerischen Hof oder im Königshof abzuhalten, zerschlug sich, weil dort außer einem bedeutenden, aber wenig sättigenden Rahmen nichts Nennenswertes zu bekommen war. Der Bräuer hatte es lange nicht glauben wollen und einen ganzen Tag mit dem ergebnislosen Herumlaufen von einem Hotel ins andere vertan. Einmal, im Vier Jahreszeiten, hatte es einen Moment so hergeschaut, als käme er glücklich doch noch auf einen grünen Zweig. Der Portier hatte ihn beflissen in den Oberstock geführt und ihm einen geräumigen Saal gezeigt, der freilich einen wenig wirtlichen Eindruck machte, weil durch die vorgelegten Fensterläden das Tageslicht ausgesperrt wurde und in den Lüstern und Wandleuchtern nur ganz wenige und obendrein niederkerzige Glühbirnen steckten, zum anderen, weil das Mobiliar in einer Ecke zusammengestellt und mit weißen Laken verhängt worden war.

»Sie können sich darauf verlassen, daß alles bestens

hergerichtet wird, Herr Kommerzienrat. Der Saal war ein halbes Jahr nicht mehr in Benützung. Die Zeiten, die Zeiten!« Er hob mit einer ausdrucksvollen Geste klagender Resignation beide Handflächen himmelwärts.

»Und was würde das ungefähr kosten? Für, sagen wir, dreißig oder fünfunddreißig Personen?«

»Es finden mühelos bis zu fünfzig Personen Platz. Der Preis ist immer derselbe, Herr Kommerzienrat.«

»Wieso? Ein Essen für dreißig Personen kann doch unmöglich dasselbe wie eines für fünfzig kosten?«

»Der Saal, Herr Kommerzienrat! Wir vermieten nur den Saal! Das Menü muß von den Veranstaltern selbst beigebracht werden und da der Hochzeitstermin in die kalte Jahreszeit fällt, muß die Geschäftsleitung leider auch auf der Vorauslieferung von einem halben Zentner Koks oder Briketts bestehen.«

Anton Wiesinger ärgerte sich. »Das hätten Sie mir weiß Gott sagen können, bevor Sie mich da herauf gesprengt haben!« schimpfte er.

Beim Hinuntergehen kamen sie an einer Tür vorbei, hinter der man Musik und fröhliches Lachen hörte. Eine weibliche Bedienung trug eben ein Silbertablett mit allerlei kulinarischen Genüssen hinein.

»Haben die sich ihr Menü auch selber besorgt?« erkundigte Anton Wiesinger sich mißtrauisch. Ehe der Portier zu antworten vermochte, vernahm der Kommerzienrat eine fremde, fettig klingende Stimme hinter sich »Genau genommen habe *ich* es besorgt — als Freund der Familie.« Der Bräuer drehte sich um und gewahrte einen mittelgroßen, dem Klang seines Organs entgegen durchaus nicht korpulenten, sondern sogar eher hageren Herrn, welcher einen Smoking trug. »Gestatten Sie — Siebenschein, Max Siebenschein«, stellte er sich vor.

»Wiesinger.« Der Kommerzienrat verbeugte sich leicht.

»Vom Wiesinger-Bräu, ich weiß. Ich habe Sie einmal bei

90

einem Ball der Handels- und Gewerbekammer gesehen, noch vor dem Krieg. Ich bin ebenfalls Industrieller. Grabsteinfabrikant. Sie haben ein Problem?«

»Der Herr Kommerzienrat wünschen ebenfalls eine Hochzeit auszurichten«, gab der Portier Auskunft, unter Bücklingen, von deren Unterwürfigkeit abzulesen war, daß man Max Siebenschein unbedingt unter die neuen Größen der hiesigen Gesellschaft zu zählen hatte.

»Vielleicht kann ich Ihnen helfen?« Der Ton des Grabsteinfabrikanten war von ausgesuchter Höflichkeit.

»In bezug auf die Hochzeit oder auf einen Leichenstein?«

»Sie haben Humor, Herr Kommerzienrat.« Der hagere Herr im Smoking ließ ein meckerndes Lachen hören. »An einen Leichenstein wollen wir beide noch lange nicht denken«, fügte er dann nicht ohne würdigen Ernst hinzu.

»Darf ich Sie morgen zu einem kleinen Sektfrühstück einladen? Ich hätte mich gerne mit Ihnen besprochen.«

»Wenn Ihnen daran liegt.«

Das kleine Sektfrühstück entpuppte sich als eine veritable kulinarische Sensation. Außer süffigem Champagner vom Jahrgang 1908 wurden Schnecken, Austern und Kaviar serviert, auf frisch gebackenem, schneeweißem und kräftig mit Butter bestrichenem Toast. Anton Wiesinger war baff.

»Wenn ich Ihnen sagen sollt', wie lang ich solche Delikatessen nicht mehr gegessen hab' — es ist so lange her, daß ich es so recht gar nicht mehr weiß! Lieber Himmel, unsereiner gäb' ja glatt seine Seele für solch einen Frühstückstisch, und wenn's bloß einmal im Monat wär'.«

»Ihre Seele? Merken Sie sich das Wort, Kommerzienrat. Ich komme darauf zurück.« Siebenschein versuchte zu lächeln, aber es gelang ihm nicht. Er trug, der kommerzienrätlichen Begeisterung zum Trotz, eine geradezu bekümmerte Miene zur Schau. Dem Bräuer fiel auf, daß

91

der Grabsteinfabrikant so viel wie nichts von den bereitstehenden Köstlichkeiten zu sich nahm.

»Leider, leider«, klagte er weinerlich. »Ich darf dergleichen nicht mehr genießen. Der Magen, die Leber, die Galle, das Herz! Aber es ist mir ein Vergnügen, wenigstens zusehen zu dürfen, wie es Ihnen schmeckt, Herr Kommerzienrat. Greifen Sie herzhaft zu, ich bitte darum!«

Eigentlich war es überflüssig, den Bräuer zu bitten, er zierte sich ohnedies nicht. »Wie ist denn das eigentlich überhaupt möglich?« erkundigte er sich mit vollem Mund. »Ich meine, im vierten Kriegsjahr, Herr Siebenschein!?«

Max Siebenschein vollführte eine gezierte Geste mit seiner von drei gewichtigen Ringen beschwerten Hand. »Die Pietät, Herr Kommerzienrat. Wer will seine lieben Angehörigen schon unter einem schmucklosen Erdhügel wissen. Die Pietät ist die wahrhaft idealische Seite der menschlichen Natur und nährt füglich den, der ihr dient. Noch eine Auster?«

»Danke, zu liebenswürdig! Lieber noch ein bißl von dem wunderbaren Kaviar.« Anton Wiesinger aß ihn löffelweise.

»Russischer Malossol, erste Qualität«, erläuterte der Grabsteinfabrikant nicht ohne Selbstgefälligkeit. »Ich bekomme wöchentlich zwei Kilo davon herein. Im Tausch gegen drei fabrikneue Automobile pro Jahr.«

»Wieso Automobile, ich dachte —?«

»Auch Automobilfabrikanten sind sterblich. Zum Glück.« Max Siebenschein lachte und holte zu einer längeren Erläuterung aus. »Ich habe dem verblichenen Senior ein wahrhaft ungeheures Monument errichtet, ein Mausoleum, sechs auf vier Meter, in makellosem Carrara-Marmor und mit kunstvoll geschmiedetem Kupferdach.«

Im übrigen war die Metamorphose der Austern, die Anton Wiesinger zur Ouvertüre des Frühstücks geschlürft hatte, noch viel phantastischer als jene des mausoleumskompensierten Kaviars. »Begonnen haben sie nämlich mit sechs-

tausend Paar Seidenstrümpfen«, berichtete Max Siebenschein und lehnte sich genüßlich in seinem Sessel zurück.
»Aus der Hinterlassenschaft des seligen Alfons Mühlenberg,
Fabrikant von Trikotagen, vielleicht kennen Sie ihn?« Der
Kommerzienrat mußte trotz des hörbar erwartungsvollen
Tons, den sein Gesprächspartner anschlug, mit Bedauern
verneinen und häufte eine weitere Portion Malossol auf
seinen Toast, während Max Siebenschein konziliant über
des Bräuers mangelnde Vertrautheit mit den schätzenswer-
ten Größen der Textilbranche hinwegging. »Weiter kein
Lapsus, lieber Kommerzienrat«, konzedierte er nachsichtig,
»er ruht im fernen Zwickau und wirkte auch dortselbst.« Aus
der Schilderung des Fabrikanten ging hervor, daß die Sei-
denstrümpfe sich unter seiner unternehmenden Obhut alsbald in feinste Friedensseife verwandelt hatten. »Zum Teil
jedenfalls, während der andere Teil eine Transmutation in
Messingarmaturen aus dem Sanitärbereich erfuhr, ja, und
irgendwann, irgendwie, ich weiß das genauere wirklich
selber nicht mehr, bekam ich glücklich einen Hochseefi-
schereikutter an die Hand und von daher regelmäßige Liefe-
rungen frischer Austern und Garnelen, übrigens auch prächtiger Hummer und selbst veritable Langusten fehlen bei der
Überbringung nie. Der Herr Dampfmolkereibesitzer Hanselmaier, dessen vorzügliche Butter Sie soeben genießen –
Jakob Kajetan Hanselmaier, eine Münchener Institution, er
ist Ihnen mit Sicherheit ein Begriff –, versichert mich bei
jeder Gelegenheit – und übrigens in beinah denselben Worten wie Sie! – seiner unerschrockenen Bereitschaft, mir für
all dies das Heil seiner Seele zu überschreiben. Nun gut.
Unsereiner ist nicht diabolisch genug, um mit solch über-
sinnlicher Kompensationsmasse etwas anfangen zu können,
und so nehme ich denn also mit der in jedem Betracht
solideren Lieferung von Molkereiprodukten vorlieb. Auch
Sie sprachen vorhin von Seele und Seelenheil, wenn Sie sich
zu erinnern belieben, und es möchte denn auch in Ihrem

Falle die Vertauschung dieser allzu erhaben metaphysischen, gewissermaßen *spirituellen* Wesenheit gegen eine simplere, nämlich handfest *spirituöse* nicht gänzlich unangebracht erscheinen. Jedenfalls würde diese Transaktion mir ein überaus willkommener Verhandlungsgegenstand sein, wenn Sie begreifen, wovon ich spreche, lieber Kommerzienrat.« Max Siebenschein, obgleich er in Gefahr stand, sich in einer etwas überkandidelten Ausdrucksweise zu verlaufen, zwinkerte seinem Gegenüber mit lauernder Gespanntheit zu.

Anton Wiesinger, der ihn allerdings schon lange hatte gehen hören, blickte ihn über den Rand des halb gefüllten Sektkelchs hinweg an. »Kurzum, Sie haben, zu allem anderen hinzu, jetzt glücklich auch mit dem edlen Gerstensaft etwas im Sinn«, bemerkte er in sachlichem Ton.

Max Siebenschein verneigte sich anerkennend gegen den Bräuer. »Es tut wohl, mit einem intelligenten Menschen zu sprechen, der keine unnützen Worte macht. Wenn ich übrigens Bier sage, Herr Kommerzienrat, dann meine ich auch Bier: Starkbier nämlich! Nun gut, zumindest Vollbier«, gab er sofort nach, als er der skeptischen Miene Anton Wiesingers gewahr wurde. »Mit minimum elf Prozent Würzgehalt, Herr Kommerzienrat. Darunter gehe ich nicht.«

»Sie wissen doch, daß das Brauen solcher Biere nach der Kriegswirtschaftsverordnung verboten ist?«

»Anders würde ich Sie nicht eingeladen, sondern mich einfach an den nächsten Bierverlag gewendet haben.« Erneut lachte Max Siebenschein meckernd. Dann entwickelte er einen schon im voraus detailliert ausgearbeiteten Plan. Er tat dar, wie er die nötigen Rohstoffe zu beschaffen gedenke, »am liebsten natürlich schwarz, ohne amtliche Deklaration, aber gut, gut, wenn es unbedingt nötig ist, wie mir Ihre Miene zu verraten scheint, auch sogar *mit* einer solchen, obgleich das natürlich verteuernd wirkt, denn die Schmiergelder, welche unsere Beamtenschaft heutzutage nimmt – exorbitant, kann ich Ihnen sagen, einfach unverschämt und exorbitant!« Kern- und Zentralpunkt des Siebenscheinschen Aktionsplanes war nicht mehr und nicht weniger, als daß Anton Wiesinger von nun an seinen normalen Braubetrieb nur noch pro forma aufrechtzuerhalten habe »gewissermaßen zur Tarnung, während Ihr Hauptgeschäft von heute an *mein Bier* sein wird«. Max Siebenschein hieb zu wiederholten Malen mit der flachen Hand auf den Tisch. Der Magen-Herz- und Leberkranke war während der letzten Viertelstunde sichtlich aufgelebt. »Bis zu einem Ausstoß von dreißigtausend Hektolitern jährlich übernehme ich alles, buchstäblich alles, Kommerzienrat!«

»Auch die Gefängnisstrafe, wenn wir auffliegen? Oder bleib' ich mit der alleinig sitzen?« erkundigte sich der Bräuer mit enttäuschender Trockenheit.

Der Grabsteinfabrikant verfiel von einem Moment zum anderen. »Sagen Sie nicht, ich habe mich in Ihnen getäuscht«, bat er beinahe weinerlich und wischte sich mit seinem seidenen Sacktuch die Stirn.

»Ich bedaure aufrichtig, aber das haben Sie ganz bestimmt«, erwiderte Anton Wiesinger mit Liebenswürdigkeit und schob sich das letzte Stückchen Kaviartoast in den Mund.

Nach Hause zurückgekehrt, bestimmte der Kommerzienrat, daß die Hochzeit von seiner Frau und der neuen Köchin in der Villa auszurichten sei. Das Brautpaar begrüßte diese Entscheidung, es hatte eine bescheidene Familienfeier in kleinem Rahmen von vornherein für das einzig Zeitgemäße angeschaut. Übrigens hatte Wolfgang Oberlein, bevor seine Heirat offiziell wurde, noch einige unangenehme Stunden mit seiner Mutter auszustehen. Schuld daran war freilich er selbst. Aus einer unwillkürlichen Feigheit heraus hatte er es ewig lang hinausgeschoben, der alten Dame reinen Wein über seine Heiratsabsichten einzuschenken, und als er es

95

dann endlich tat, beinah im letzten möglichen Augenblick und dabei wie mit einem Anlauf in die Tiefe springend, brachte er die Sache alles andere als schonend und diplomatisch heraus. Es endete damit, daß er seiner Mutter fünfundzwanzig Tropfen von ihrem Herzmittel auf ein Stück Zucker träufeln mußte.

Gerechterweise mußte man zugeben, daß die unerwartete Eröffnung wirklich ein schmerzhafter Schlag für sie war. Der Herr Gemahl war die letzten Jahre fast nur noch mit seiner Briefmarkensammlung beschäftigt gewesen — Frau Oberlein verkaufte sie mit einer Art Rachsucht schon in der Woche nach seinem Tod — und hatte auch schon die Jahre zuvor kein überflüssiges Wort mehr mit ihr geredet. Im Grunde hatte sie an dem Herrn Oberpostsekretär nie wirklich einen Mann gehabt. Wolfgang, ihr Wolf, war jederzeit und buchstäblich ihr ein und alles gewesen, und ihn von heute auf morgen zu verlieren, und noch dazu an eine andere und nicht an den unabänderlichen, gleichsam sachlichen und deshalb die Eifersucht nicht kränkenden Tod, das war begreiflicherweise eine Unvorstellbarkeit für sie. Sie blickte hilflos und elend auf ihren Sohn. »Aber — ich kenne dieses Fräulein Wiesinger doch nicht einmal?!«

»Sie ist die Tochter vom Kommerzienrat Wiesinger und wird dir am Sonntag ihren Antrittsbesuch machen.«

Oberleins Idee mit der hochoffiziellen Vorstellung hatte der Theres nun ganz und gar nicht gefallen wollen. Die persönliche Bekanntschaft — nach der flüchtigen und längst vergessenen dienstlichen — mit ihrer Frau Schwiegermama steif und förmlich bei einem herausgeputzten Kaffeetisch-Arrangement anzuknüpfen, das kam ihr nun doch reichlich albern vor. Um dieser Unsäglichkeit aus dem Wege zu gehen, kreuzte sie schon am Freitag und unangesagt in der Barer Straße auf. Mutter Oberlein, die unfrisiert in einer Küchenschürze steckte, genierte sich in Grund und Boden und regte sich entsetzlich auf.

»Ich – ich fühle mich nicht wohl, seit Tagen schon, es – es ist mir furchtbar peinlich, aber ich kann jetzt einfach nicht. Entschuldigt mich.« Sie preßte ihr Taschentuch vors Gesicht, unterdrückte mühsam ein Schluchzen und schloß sich in ihrem Zimmer ein.

»Sie muß sich an den Gedanken erst langsam gewöhnen«, versuchte Wolfgang Oberlein das Verhalten seiner Mutter zu erklären. Er war leichenblaß.

»Aber dazu hat sie doch jetzt wirklich Zeit genug gehabt!« Therese war verwundert und verärgert zugleich. Aber schon im selben Augenblick erriet sie, wie die Sache gelaufen war. »Du hast es die ganzen Monate vor ihr versteckt gehalten, wie?«

»Es ist halt nicht so einfach, wie du denkst«, druckste Wolfgang Oberlein gepeinigt herum. Therese sah ihn an. Da saß er nun zwischen seiner Mutter und ihr wie zwischen zwei Stühlen, ein unglückliches Häuflein Elend. Er tat ihr schrecklich leid. Aber was sollte sie tun?

»Da mußt du schon selber herauskommen, da kann dir niemand dabei helfen, Wolferl, wirklich nicht.«

»Ja, ja, ich weiß es ja selbst!« Als ob einem so ein Einsehen irgend etwas leichter machte!

Ganz zuletzt gab es dann sogar eine neue Schwierigkeit. Es ging darum, wo sie wohnen sollten. Da seit Kriegsbeginn die Bautätigkeit so nach und nach eingeschlafen war, hatte sich eine ziemliche Wohnungsnot breitgemacht, der die Behörde durch eine rigorose Wohnungszwangswirtschaft zu begegnen suchte. Die verwitwete Frau Postobersekretär wurde von der durchaus nicht unbegründeten Furcht geplagt, beim Auszug ihres Sohnes zwangsweise einen Untermieter in ihre Dreizimmerwohnung aufnehmen zu müssen.

»Das mag ja sein«, polterte der Kommerzienrat. »Aber ihr könnt euch doch deshalb nicht in die paar Zimmer quetschen, noch dazu, wo seine Mutter schließlich ein eigenes für sich allein haben muß! Und hier steht derweil die große, schöne Villa leer! Das wär' ein Schildbürgerstreich, das mußt doch wirklich zugeben, Theres!«

»Sicher. Aber ein biss'l scheinheilig ist das jetzt trotzdem von dir!«

»Wieso denn scheinheilig –?«

»Weil die Wohnraumbewirtschaftung schließlich *für alle* gilt. Auch für dich und die Villa. Ohne uns setzen sie nämlich *dir* wen herein! Und sogar *mit* uns kommst du nur ungeschoren davon, weil ein Studienprofessor zum Glück Anspruch auf ein extra Studierzimmer stellen kann!«

»Und wo nimmt er so eines in der Barer Straß' her?!« triumphierte der Bräuer.

»Ich bin ja auch dafür, daß wir hier wohnen! Aber man muß sich etwas einfallen lassen, was seiner Mama hilfreich ist.«

»Was denn sich einfallen lassen?«

»Irgendwas. Vielleicht, daß man die ganze G'schicht' so hindrehen kann, daß die Dreizimmerwohnung auf zwei Zimmer mit Kammer herunterg'stuft wird, nominell, so daß man eine Zwangseinweisung umgehen kann. Du hast doch gewisse Beziehungen zur Behörde, oder nicht?«

»Hm . . .« Der Bräuer dachte nach. »Ist das *ihm* eing'fallen?« wollte er wissen.

»Bitt dich, Papa«, wehrte Therese ab. »Er ist ein Beamter. Durch und durch korrekt.«

»Nun ja, Beamter bin ich Gott sei Dank nicht«, räumte der Kommerzienrat unternehmungslustig ein.

Nach geglückter Schiebung ließ er es sich nicht nehmen, der Frau Oberpostsekretär seine persönliche Aufwartung zu machen.

»Das hätte es aber doch wirklich nicht gebraucht, Herr Kommerzienrat.« Frau Oberlein, bei der er sich telefonisch angesagt hatte, nestelte nervös in ihrem für diesen Anlaß eigens frischfrisierten Haar.

»Erlauben Sie, liebe, verehrte gnädige Frau! Es wurde wahrhaftig Zeit, daß wir uns endlich kennenlernen. Und sagen S' nicht so förmlich Kommerzienrat zu mir, wo wir doch demnächst miteinander verwandt sein werden. Ich heiß' schlicht und einfach Wiesinger.« Der Bräuer ließ seinen Charme spielen und sah sich mit öligem Wohlwollen in dem Zimmer um. Er fand die Einrichtung − zumal die Alabasterfiguren, aber auch die allzu vielen Häkeldeckchen − reichlich kurios. Dennoch sagte er: »Schön haben Sie es hier! Der Herr Oberpostsekretär selig hat Sinn für die erhabene Kunst gehabt.«

»Wir haben unserem Sohn eine klassische Bildung mitgegeben«, erklärte sie mit aufrichtigem Stolz. »Nicht ohne finanzielle Opfer, aber −«

»− aber Sie haben das *gern* getan! Ich möchte es Ihnen auch gar nicht anders zutrauen, liebe gnädige − liebe Frau Oberlein. Ein gepflegtes Heim. Wahrhaftig. Aber für vier Personen halt wirklich ein biss'l zu klein, das müssen S' doch selber zugeben, hm?«

»Wieso für vier?«

»Recht haben Sie!« scherzte der Kommerzienrat mit einer etwas aufgesetzten Fröhlichkeit. »Vielleicht werden es auch fünf oder sechs! Aber *ein* Enkelkind lassen wir zwei uns ja wohl auf alle Fälle schenken, nicht wahr? Und wenn die Zeiten einmal wieder besser werden, dann sind Sie auch selber froh um ein biss'l Platz. Sie können sich dann endlich wieder ein Dienstmädel engagieren. Ihr früheres hat in dem kleinen Zimmer zum Hof hinaus gelebt, nicht wahr? Gut, daß es nicht größer ist! So bleibt es Ihnen nämlich erhalten! Ja, ja, schauen Sie mich nur an, ich hab' eine gute Nachricht für Sie! Sie dürfen wegen der Wohnung ganz ohne Sorge sein! Momenterl −« Er zog seine Brieftasche hervor und kramte mit einem gesunden Sinn für theatralische Wirkungen eine ganze Weile darin herum, ehe er endlich das amtliche Papier herausholte, dessetwegen er hergekommen war. »Es ist mir gelungen, Ihre Wohnung von drei auf zweieinhalb Zimmer herunterstufen zu lassen! Verbunden mit der amtlichen Freistellung von der Untermietpflicht! Hier, bitte sehr, schauen Sie, unterfertigt vom Vorstand der Wohnungsbehörde. Er ist ein Schulfreund von mir. Wär' ja auch wirklich schad gewesen, wenn die liebevolle Behaglichkeit da herinnen von irgendeinem daherg'laufenen Fremden gestört worden wär'.« Kurzum, er wickelte sich die arglose Frau Oberlein förmlich um den Finger. »Ja, ja, so was kannst immer noch«, amüsierte sich die Theres hernach.

So nahm das Ehepaar Oberlein nach der Hochzeit also doch in der Maria-Theresia-Straße Quartier, und damit zog endlich wieder einiges neue Leben in die ein wenig verwaist gewesene Villa ein.

» Refoluzzion «

Obwohl Reserveoffizier, hätte der Dr. Alfred Wiesinger als
ein im Bayerischen Landtag sitzender Politiker jene Rechnungen nicht unbedingt persönlich begleichen müssen, die
dem Volk aufzumachen er beteiligt gewesen war — wenn
auch nur sozusagen aus dem zweiten, bayrisch regionalen
Glied machtausübender Verantwortung heraus. Die meisten
seiner Kollegen waren in der Heimat geblieben, während er
sich gleich in den letzten Tagen des vierzehner Jahrs als
Kriegsfreiwilliger zu den Fahnen gemeldet hatte. Die patriotische Aufwallung des Sozialdemokraten war freilich nicht
von Dauer gewesen. Im zermürbenden Trommelfeuer an der
Westfront war dem vaterländischen Rausch eine katzenjäm-
merliche Ernüchterung gefolgt, und schon bald brachte die
Feldpost den daheimgebliebenen Genossen Briefe ins Haus,
die mit gallbitterer Tinte geschrieben waren. Zumal im Jahr
1917, nach der russischen März- und Novemberrevolution,
nahm die Forderung, daß der Friede jetzt endlich geschlossen werden müsse, gehe es grade oder krumm, in seinen
Episteln schier flehentliche Töne an.

Überhaupt hatte sich die allgemeine Erhitzung des
Augusts 1914 unter dem Ansturm eines deprimierenden
Kriegsalltags rasch und nachhaltig abgekühlt, nicht zuletzt
und grade im Königreich Bayern.

»Was geht denn der dappige Krieg uns überhaupts an?
Wer hat uns denn den ein'brockt als wia der maulaufreißeri-
sche Wilhelm zwei — oder vielleicht net? Die Saupreißen
übereinand' — oder vielleicht net? Uns Bayern hätten die

andern doch überhaupt nix woll'n!« Diese zwar nicht ganz
und gar unrichtige, aber nun doch ein wenig verkürzte
Meinung der neuen Köchin Klara wurde von vielen geteilt.
Besonders der Zwang zur Ablieferung bayrischer Agrarpro-
dukte nach Norddeutschland machte in den Jahren des
allgemeinen Hungers böses Blut, obwohl man in der bayrischen Hauptstadt eigentlich noch ganz passabel lebte, verglichen jedenfalls mit den weit notvolleren Verhältnissen in
Berlin, von denen man aber nicht viel wußte. Und weil
einem das Hemd allemal näher ist als der Rock, hatte man
am eigenen Elend durchaus genug.

Als im Jahr sechzehn Kaiser Wilhelm II. dem König
Ludwig einen offiziellen Besuch abstattete und die Schüler
der höheren Bildungsanstalten zum Spalierstehen aufgebo-
ten wurden, hatte sogar der sonst mit seinen politischen
Äußerungen eher zurückhaltende Felix mißvergnügt
gemeint, der hohe Herr käme offenbar »zum Kontrollier'n,
wie viele junge Leut' bei uns herwachsen, die man noch zum
Erschossenwerden brauchen kann«.

Wie anders nicht zu erwarten, ließ der allgemeine Groll
sich nicht säuberlich aufs Reich und die Hohenzollern
beschränken. Die berechtigte Unzufriedenheit des Volkes
bezog auf die Länge auch die Wittelsbacher mit ein. König
Ludwig III., der älteste Sohn des Prinzregenten Luitpold,
war ohnehin nicht sonderlich beliebt. Von vielen war es übel
vermerkt worden, daß er sich nicht wie sein Vater mit der
Rolle des bloßen Regenten hatte begnügen mögen, sondern
sich noch zu Lebzeiten des geistig umnachteten Otto zum
König ausrufen ließ. Jetzt nannten ihn die Leute den ›Leut-
stettener Millibauer‹, dem man − zu Unrecht zwar, aber
dafür um so hämischer − unterstellte, er verkaufe die auf
dem Königlich Landwirtschaftlichen Gut von Leutstetten
gewonnene Milch zu überhöhten Preisen nach Norddeutschland hinauf. »Kein Wunder, daß er so nachgiebig
gegen den Kaiser ist, wenn er mit denen da droben derart

einträgliche Privatg'schäfterln macht!« Unlängst war ihm eine vergiftete Katze vor die Haustüre gelegt worden mit einem handgeschriebenen Zettel um den Hals: »Sorgst du für uns nicht wie ein Vater, geht es dir grad wie diesem Kater!« Und irgend jemand hatte sogar den bösen Spruch an die Residenzmauer gemalt: »Ludwig II., steh auf und regier'! Ludwig III., leg di nieder und krepier'!« Stundenlang hatten sich die Leute an der Schmiererei belustigt, bis schließlich ein Maler aufgetrieben worden war, der das rüde Menetekel mit seinem Farbwaschel überstrich.

Anton Wiesinger, mit der Politik seines Fürstenhauses im allgemeinen nicht sonderlich einverstanden, schürzte angesichts solcher Vorfälle nun doch die Lippen. Er fand, daß sich so allerhand zusammenbraute. »Lang g'nug haben sie ja selber an ihrem Grab geschaufelt«, räsonierte er, »aber was mit denen zusammen alles in die Grube fahren tät' – bewahre uns Gott.« Immer besorgter spürte er, daß das neue Jahrhundert, das er in jener Silvesternacht 1899 auf 1900 beim Fontheimerschen Bankett so zuversichtlich begrüßt hatte, den undurchsichtigsten und fatalsten Umbrüchen entgegenging.

»Eine Refoluzzion muß her!« hatte der Josef in dem einzigen Urlaub ausgerufen, der ihm während seines Kriegsdienstes gegönnt worden war. Er war im Milliladl seiner Mutter hinter der Ladenbudel gestanden, den weißen Schurz über die Uniform gebunden, und hatte mit Erbitterung bemerkt, daß die Regale gähnend leer und die Milchkübel nur zur Hälfte mit dem wäßrigen ›blauen Heinrich‹ angefüllt waren, jener beinahe fettlosen Magermilch, die man in früheren Zeiten nicht hätte trinken wollen, während jetzt eine Menschenschlange verhärmter und abgezehrter Mütter sich nach ihr und dem Wenigen drängelte, das überhaupt noch zu ergattern war. »Eine Refoluzzion, Mamma! Und so notwendig wie nur grad was!« Josef Bräuninger war dazumal schon lang der Unabhängigen Sozialdemokratischen Partei beigetreten gewesen, gleich im Frühjahr siebzehn schon, als die USPD sich von den Mehrheitssozialisten abgespalten hatte, weil diese in ihren — und auch in des Josefs — Augen sich viel zu zahm und obrigkeitsfromm gab. Vor allem der rücksichtslose Pazifismus der Unabhängigen war es, der dem Josef Bräuninger gut gefiel, und die letzten Feldpostbriefe, welche die Babett selig von ihm bekommen hatte, waren schon beinah Agitationsschriften gewesen. »Daß sich der das traut, wo doch die Post durch die Zensur muß«, hatte die kranke Köchin seinerzeit gestaunt. Aber wenn die Behörde so zimperlich wie die Babett hätte sein wollen, würde sie gar nicht gewußt haben, wo anfangen, so allgemein begann die Aufsässigkeit zu werden, damals schon und im Jahr achtzehn erst recht. Alles ging drunter und drüber, und daß demnächst »eine Refoluzzion« fällig wäre, bezweifelte beinah schon niemand mehr.

Gleich an der Wende vom Januar zum Februar dieses letzten Kriegsjahres hatte es bei den Krupp-Werken in Freimann erste Streiks gegeben. Treibende Kraft dabei waren nicht die Genossen Alfred Wiesingers gewesen, sondern die von der USPD. Deren hiesige Organisation wurde von einem schmuddelbärtigen, aus Berlin stammenden Journalisten und Theaterkritiker geleitet, der Kurt Eisner hieß. Wie nicht anders zu erwarten, wurde der Mann nach dem Streik wegen Verdachts auf Hochverrat eingelocht, was die gesunde Kriegsmüdigkeit der Massen aber nicht sonderlich verminderte. Im August erstürmten nach einer von der Schutzmannschaft auseinandergesprengten Hungerdemonstration ein paar hundert Frauen den Hof des Rathauses. Der im März siebzehn mit dem revolutionären Rußland geschlossene Frieden hatte bei den Darbenden die verzweifelte Erwartung auf ukrainische Getreidelieferungen geweckt, Hoffnungen, die sich jetzt als eitel erwiesen. Nicht minder eitel war übrigens die von amtlicher Seite heftig geschürte Zuversicht, es möchte durch die deutsche Frühjahrsoffensive

104

im Westen, wenn schon nicht mehr der Sieg, so doch wenigstens ein annehmbarer Remis-Frieden in Reichweite kommen. Ein paar Anfangserfolge des entkräfteten Heeres verliefen im Sand, und die fröhlichen, gutgenährten Boys aus Amerika trieben alsbald, gemeinsam mit den stark aufgemunterten Engländern und Franzosen, die Deutschen weit hinter ihre Anfangsstellungen zurück. Sie hängten ihre im Lied besungene Wäsche tatsächlich an der Siegfried-*line* auf. Jetzt mußte sich sogar die Oberste Heeresleitung zu der Einsicht bequemen, daß der Krieg nicht mehr zu gewinnen war. Schon gar nicht mehr, als im Oktober auch noch die Habsburgische Vielvölkermonarchie mit Getöse auseinanderbrach. Die Kapitulation Österreichs am 3. November 1918 brachte die Frontlinie beinah über Nacht ganz unbehaglich nahe an München heran. In aller Eile wurden deutsche Truppen nach Tirol geworfen. Aber da war es eigentlich schon zu allem zu spät. In Kiel hatten bereits die Matrosen gemeutert, so daß man die aus dem verlorenen österreichischen Kriegshafen Pola am istrischen Mittelmeer zurückbeorderten Seeleute nicht mehr dort hinauf zu schicken wagte, sondern sie in die bayrische Hauptstadt verlegte, die man für revolutionssicher hielt. Dies war ein gewaltiger Irrtum. Grade hier brach schon am 7. November 1918 der Umsturz los — sogar um zwei Tage früher als in Berlin.

Noch am Abend des sechsten hatte Alfred Wiesinger den Kommerzienrat besucht. Der Rechtsanwalt war am Halswirbel verwundet und steckte in einem unbequemen, bis unters Kinn hinaufreichenden Gipskorsett. Dennoch hatte er sich, kaum in die Heimat zurückgekehrt, gleich wieder seiner politischen Tätigkeit gewidmet und schien inzwischen sogar zu so etwas wie zur rechten Hand Erhard Auers, des Vorsitzenden der bayerischen SPD, aufgestiegen zu sein. Da eine Nachwahl zum Reichstag ins Haus stand, bei der die USPD ausgerechnet Kurt Eisner als ihren Kandidaten aufgestellt hatte, war dieser ohne Auflagen aus ›St. Adelheim‹ entlassen worden, wie man in München das Gefängnis Stadelheim scherzhaft zu nennen pflegt. Er machte der Regierung, aber auch seinen sozialdemokratischen Konkurrenten, mit radikalen Brandreden das Leben schwer. Anton Wiesinger, obwohl er das herannahende Kriegsende natürlich begrüßte, war von der Aussicht auf einen gewaltsamen Umsturz, der, erst einmal in Gang gekommen, weiß der Teufel wie weit gehen mochte, nicht sonderlich erbaut. Die Regierung war verzagt genug gewesen, einer für den nächsten Tag angesagten gewaltigen Friedenskundgebung auf der Theresienwiese, die von den beiden sozialistischen Parteien gemeinsam geplant und vorbereitet wurde, nichts in den Weg zu legen. Explosiv, wie die Dinge herschauten, kam dem Bräuer so ein Massenaufzug alles andere als geheuer vor.

»Was, wenn die Radikalen dort alles an sich reißen? Was wollts denn dann dagegen tun?«

»Ach was, die haben doch nichts zu melden«, beruhigte ihn sein Neffe und zeigte sich ganz aufgeräumt. »Dafür sind die viel zu sehr in der Minderzahl. Die Hauptrede hält der Auer, und sogar der Innenminister Brettreich marschiert mit! Nein, Onkel, wir haben unsere Leut' fest in der Hand, und wenn der Eisner wirklich was vorhat, was ja noch gar nicht gewiß ist, dann hat er von vornherein verspielt. Er ist zwischen uns eingekeilt und von allen Seiten umstellt!«

Es war genau in diesem Augenblick, daß etwas höchst Merkwürdiges geschah: Der kristallene Kronleuchter des kommerzienrätlichen Herrenzimmers fing sonderbar musikalisch zu klingen an. Als die beiden Wiesingers hinaufsahen, bemerkten sie, daß er in eine schwingende Bewegung gekommen war. Der Bräuer war verblüfft. Aber nicht als einziger im Hause. Die Köchin Klara hatte eben auf die Wanduhr geblickt, die ein wenig nach drei Viertel neun zeigte, als sie sich plötzlich an der Messingstange vom Herd festhalten mußte, weil sie das Gefühl hatte, der Boden gäbe unter ihr nach. Im ersten Augenblick dachte sie, es wäre ihr

106

wieder einmal schwindlig geworden, wie das infolge der schlechten Ernährung jetzt öfters vorkam, aber dann hörte sie, wie im Innern des Gläserschranks ein Klirren anhob. Der schräg aufgesetzte Deckel des Suppenhafens stürzte scheppernd auf die Herdplatte herunter, während gleichzeitig die Tür der Anrichte aufsprang, obgleich niemand sie angerührt hatte. Die Köchin erschrak so sehr, daß sie sich bekreuzigte. Lisette aber, die in ihrem Boudoir vor dem Spiegel saß, um ihr Gesicht für die Nacht einzucremen, sprang auf, als die Wässerchen in ihren Flacons hin und her zu schwappen begannen, und lief zu ihrem Mann. Ohne anzuklopfen stürzte sie ins Zimmer, und wie häufig, wenn sie aufgeregt war, verfiel sie dabei in ihre Muttersprache.

»*Un tremblement de terre!*«

»Zweifellos, es muß ein Erdstoß gewesen sein.«

»Ich hab' schon vor einer halben Stund' einmal g'meint, daß ich was spür'«, erklärte Alfred. Und anderntags gab der Bericht von der Erdbebenwarte ihm recht: Man hatte zwei Erschütterungen registriert, eine um 26 Minuten nach acht und eine andere, stärkere, um 12 Minuten vor neun.

»Du brauchst dich nicht zu ängstigen«, beruhigte der Bräuer seine Frau. »Kleinere Erdstöße kommen immer einmal vor, aber in einem richtigen Erdbebengebiet leben wir Gott sei Dank nicht.« Ein unheimliches Gefühl ließ die Naturerscheinung in ihnen trotzdem zurück. Es war doch ein gar zu ominöses Zusammentreffen, daß der Boden ausgerechnet jetzt anfing zu zittern, wo doch auch sonst alles auf einem unsicher schwankenden Grunde stand. »Wenn man abergläubisch wär', könnt man das glatt als ein Vorzeichen dafür anschaun, daß jetzt glücklich alles zusammenkracht!«

Mithin − der Kommerzienrat hatte es pünktlich auf den Tag vorausgesagt.

Es waren etliche Tausend, die an jenem Donnerstagmittag bei sonnigem Spätherbstwetter auf der Theresienwiese zusammenströmten. Die Arbeiter von Krupp und BMW schwenkten rote Fahnen. Auch Soldaten in feldgrauer Uniform sah man nicht wenige, dazu etliche von jenen Matrosen aus Pola in ihrem seemännischen Aufzug, der hierzulande reichlich exotisch wirkte. Reden wurden gehalten, eine Resolution verlesen und lautstark die Beendigung des Krieges sowie die Abdankung des Kaisers verlangt. Dann marschierte die Menge, Sprechchöre skandierend und Lieder singend, ab. Die SPD-Leute um Erhard Auer zogen in unübersehbarer Schar durch die Landwehrstraße, an der Residenz vorüber und bis zum Friedensengel hinaus, an welchem symbolträchtigen Monument die Demonstration sich auflöste. Das Gelärm der Menge drang bis zur nahegelegenen Villa Wiesinger herüber. Der Kommerzienrat war in die Brauerei gefahren, aber seine Frau und die beiden weiblichen Dienstboten konnten es deutlich hören. Gott sei Dank, es ist alles friedlich vorübergegangen, dachte Lisette Wiesinger.

Aber der Schein trog. Denn was die von der SPD nicht bemerkt hatten, war, daß die Unabhängigen sie gar nicht zum Friedensengel begleitet hatten! Noch während der Auer auf den Stufen der Bavaria seine Rede hielt, scharte Eisner die Seinen am nördlichen Abhang der Theresienwiese um sich. Unter ihnen ging das Gerücht, die Offiziere etlicher Garnisonen hätten ihre Mannschaften in den Kasernen eingesperrt, um sie am Mitmachen zu hindern. Während nach der Ansprache Auers der Aufbuch der SPD-Demonstranten begann, gellte zu Füßen des Hackerkellers plötzlich der Ruf: »Soldaten! Befreit eure Kameraden! Auf in die Kasernen! Es lebe die Revolution!« Nun ja, man hatte den Nordhang von Anfang an mit Bedacht gewählt, schließlich führte von hier aus, die Theresienhöhe und die Holzapfelstraße entlang, der nächste Weg zum Kasernenviertel, zu den Arsenalen und Depots.

Als Anton Wiesinger die johlende Menge sich an der

Brauerei vorüber in Richtung Marsfeld wälzen sah, ahnte er nichts Gutes. »Aha«, sagte er mehr zu sich als zum Dr. Pfahlhäuser, »so ist das also, wenn man seine Leut' fest in der Hand hat . . .«

»Wie meinen Herr Kommerzienrat?«

Der Bräuer brummte, statt eine Antwort zu geben, übelgelaunt: »Machen S' das Fenster zu!«

Pfahlhäuser gehorchte. Aber was half's, den Sturm auf die Kasernen akustisch auszusperren, er ging ja trotzdem vor sich. Und schon zur selben Minute, als Erhard Auer seine Leute am Friedensengel verabschiedete in der zufriedenen Gewißheit, das Heft glücklich in der Hand behalten zu haben, war für die USPD-Leute in der Innenstadt das meiste schon getan. Fast alle Kasernen und die Militärstrafanstalt wurden kampflos besetzt — nur in der Türkenkaserne war man auf einen unentschlossenen Widerstand gestoßen —, vor den öffentlichen Gebäuden wurden Revolutionswachen installiert, und bis zum Abend waren auch der Hauptbahnhof, das Telegrafenamt sowie die Hauptpost glücklich erobert, die Zeitungsredaktionen eingenommen und der Landtag in der Prannerstraße gestürmt. König Ludwig, der an den Ernst der Lage nicht so recht glauben wollte, ließ sich vom Ministerpräsidenten immerhin dazu überreden, ins Berchtesgadener Land und hernach nach Schloß Anif ins Salzkammergut zu fahren. Nicht ahnend, daß dies die Stunde seiner Vertreibung für immer war, nahm er bloß ein unterm Arm getragenes Kisterl Zigarren mit sich. Die Inhaber der vornehmen Geschäfte im Zentrum montierten eilig die Schilder mit der Aufschrift HOFLIEFERANT ab, und noch vor Mitternacht wurde die Monarchie für beendet und Kurt Eisner in aller Form zum Ministerpräsidenten des neu gegründeten Freistaates Bayern erklärt. Nicht ohne berechtigten Stolz durfte er in seiner Jungfernrede erklären, die bayrische Revolution habe »den Plunder der Wittelsbacher Könige hinweggefegt und siegreich den freien Volksstaat

Bayern geschaffen – ohne die Vergießung eines einzigen Tropfens Blut!«

Der Abgeordnete Alfred Wiesinger stand der eingetretenen Entwicklung begreiflicherweise mit Zwiespältigkeit gegenüber. Einesteils vermochte er nicht, aus seinem Herzen eine Mördergrube zu machen und die Befriedigung darüber völlig zu unterdrücken, daß endlich etwas vom Fleck gerückt worden war. Andererseits machte die unkontrollierte Schnelligkeit des Geschehens ihn schwindeln. Freilich hatte man sich – und mit diesem ›man‹ waren seine Parteifreunde und nicht zuletzt sein Mentor Auer gemeint – nicht völlig überrumpeln lassen, nicht einmal in den Wirren der ersten Stunde; obzwar, wenn man es kühl und mit Aufrichtigkeit betrachtete, das persönliche Verdienst Eisners hieran größer war als das der Mehrheitssozialisten selbst, denn der gewesene Theaterkritiker der *Münchner Post* war klug genug, die Gemäßigten und ihren Anhang nicht überheblich als eine Quantité négligeable abzutun, sondern gegen den verständnislosen Widerstand seiner eigenen Leute mit ihnen zusammenzugehen. Er nahm in sein republikanisches Kabinett ebenso viele Sozialdemokraten auf wie Angehörige seiner eigenen Partei, und seinem erbitterten Rivalen Erhard Auer fiel sogar das Schlüsselressort des Innenministeriums zu.

»Da siehst es, Onkel. Wir haben die Kerle ganz hübsch eingesäumt und ihnen die Kandare ins Maul gehängt«, brüstete sich Alfred Wiesinger mit breiter Behaglichkeit. Der Kommerzienrat verzog sarkastisch den Mund. Eine ähnlich selbstzufriedene Prophezeiung hatte er von seinem Neffen schließlich auch schon am 6. November gehört.

Im übrigen nahm der Bräuer den Dingen gegenüber wieder einmal seinen durchaus eigenen und, wie Alfred Wiesinger fand, reichlich querköpfigen Standpunkt ein. Der Kommerzienrat begegnete dem neuen Ministerpräsidenten einmal zufällig am Promenadeplatz und fand ihn zu seinem

Erstaunen gar nicht unsympathisch, zumal der ungebärdige Revoluzzer, seit er in Amt und Würden stand, Haupthaar und Bart um vieles gepflegter trug als vordem. Auch von den Äußerungen des Mannes fühlte der Bräuer sich keineswegs wie sein parteipolitisch voreingenommener Neffe gereizt. »Das klingt doch wirklich sehr vernünftig!« wies Anton Wiesinger seinen Verwandten zurecht und schob ihm die *Münchner Neueste* hin, deren Redaktionsstuben, zusammen mit den anderen Münchner Pressehäusern neulich von einer Handvoll Anarchisten unter Führung eines gewissen Mühsam putschartig besetzt, aber gleich darauf von Kurt Eisner wieder ›befreit‹ worden waren, sogar unter mutigem Einsatz seiner eigenen Person – ein demokratisches Husarenstück, für das ihm die Presse hintennach wenig Dank wußte, denn die Journaille behandelte den neuen Landesvater nach wie vor mit einer geradezu bösartigen Feindseligkeit, von der aber Anton Wiesinger sich nicht anstecken ließ. Noch bevor Alfred seine Augenglasln herausgekramt hatte, las ihm der Kommerzienrat selber aus der im Wortlaut abgedruckten Eisner-Rede vor.

»In dieser Zeit des sinnlos wilden Mordens verabscheuen wir alles Blutvergießen. Jedes Menschenleben soll heilig sein. Bewahrt Ruhe und wirkt mit am Aufbau der neuen Welt. Die Versorgung der Bevölkerung mit Lebensmitteln und Brennstoffen, die wachsende Wohnungsnot und Arbeitslosigkeit stellt uns Aufgaben genug, die einer gemeinsamen Anstrengung bedürfen.«

»Und das sind schließlich nicht bloß leere Worte, der Mann hält sich doch wirklich daran! Auch sonst kannst ganz g'scheite Sachen von ihm hören. Wo ist denn das gleich wieder – dieser Appell, den er ans Ausland gerichtet hat, an die Regierungen und Völker der Entente . . . Zum Kuckuck, ich hab's doch vorhin grad g'lesen, aber so sind die! Wenn irgendwas Unangenehmes vorg'fallen ist, dann posaunt die Saubande es auf der ersten Seite und mit dicken Schlagzeilen hinaus, aber wenn's was Vernünftiges vom Eisner zu berichten gibt, dann verstecken sie's. No also, da ist es ja! ›Die demokratische und soziale Republik Bayern wird seit dem 7. November von Männern geführt, die sich dem deutschen Militarismus und dem Ausbruch der Feindseligkeiten von Anfang an widersetzt und alle diejenigen hinweggefegt haben, die schuldig und mitschuldig am Weltkrieg sind. Die unangemessen harten Waffenstillstandsbedingungen der Ententemächte bedrohen die Ideale unserer Revolution. Auch wenn es richtig ist, die Schuldigen zu bestrafen, so kann es doch unmöglich die Absicht der Alliierten sein, daß solch eine Strafe auch über ein Volk verhängt wird, das um die Aufrechterhaltung seiner Demokratie kämpft.‹ − Willst vielleicht was dagegen sagen??« polterte der Kommerzienrat gewissermaßen prophylaktisch los, als er die säuerliche Miene seines Neffen bemerkte.

Dr. Alfred Wiesinger zuckte unzufrieden die Achsel. »Reden kann er ja, der Jud«, gab er zu.

Und nun ärgerte sich der Kommerzienrat wirklich. Direkt saumäßig sogar! »Was soll denn jetzt *das* heißen?« kollerte er. »Bist du ein Pfaff oder was, daß dich ein abweichendes Religionsbekenntnis stört??« Wenn der Neffe wenigstens gesagt hätte ›der Preuß‹; so wär' das zwar vielleicht auch nicht viel gescheiter gewesen, aber man hätte es zumindest noch verstehen können, denn ein anderes Mundwerk als unsereiner und also wohl oder übel auch eine andere Art zu denken und zu empfinden hat so ein Berliner ja zweifellos, aber − »der Jud, das ist jetzt doch wirklich eine idiotische Zwischenbemerkung, oder vielleicht nicht? So was hör' ich mir schon ungern genug an, wenn's der stramme Oberlein von sich gibt, aber nicht ausg'rechnet von dir, dem ich 's Studium 'zahlt hab'!«

Alfred Wiesinger mochte zwar möglicherweise eine gewisse Anfälligkeit für derlei Torheiten haben, aber anders als der in einem deutschnationalen Kleinbürgermief großgewordene Studienprofessor war er nicht wirklich ein Antisemit. Und so ließ er sich nicht weiter auf das heikle Thema ein. Politische Differenzen hatte er halt mit dem Eisner und mehr noch mit dessen arg buntscheckiger, von verdächtigen Elementen ja nun wirklich vollgesogenen Partei. Daß der Eisner den Wittelsbachern großmütig gestattet hatte, nach Schloß Wildenwart am Chiemsee zurückzukommen, daß die Prinzessin Pilar, zwar umfassend gebildet, aber ohne einen formal genügenden Schlußabschluß, mit seiner höchstpersönlichen Genehmigung ihr Studium an der hiesigen Malakademie beginnen durfte und daß im alten Montgelaspalais über dem Schreibtisch des angeblich so rabiaten Revoluzzers sogar das Konterfei des Königs hängengeblieben war – (»Das ist ein Stück Geschichte«, hatte er gesagt) –, all das übersah der sozialdemokratische Abgeordnete im Eifer der Kontroverse geradezu geflissentlich. Was war da erst von den Herren der neugegründeten Parteien der bürgerlichen Mitte zu erwarten, der Deutschen Demokratischen und der Bayerischen Volkspartei, von den Konservativen gar nicht zu reden, für die der Eisner ohnehin nichts Besseres sein durfte als ein struppiger Russenrevolutionär.

Überhaupt nahmen die reaktionären Kreise jetzt, wo die Revolution sich auch sonst überall im Reich durchgesetzt und man den Kaiser mit Schimpf und Schande nach Holland ins Exil gejagt hatte, die Gewohnheit an, von den ›Novemberverbrechern‹ zu sprechen, ohne deren heimtückischen Dolchstoß in den Rücken der unbesiegt gebliebenen Front man den Krieg schließlich doch noch gewonnen hätte. Selbst der glorreiche General Ludendorff stieß fleißig in dieses Horn, obwohl doch er es gewesen war, der ein paar Monate zuvor die Notwendigkeit von Friedensverhandlungen verkündet und mit der glatten Unmöglichkeit begründet hatte, das Schlachtenglück noch einmal herumzureißen. »Mach hurtig, Landvogt, deine Uhr ist abgelaufen!« drohte ein vielverbreitetes Flugblatt dem neuen Ministerpräsidenten, unverhüllt und unter behaglicher Zustimmung der bodenständig bajuwarischen Öffentlichkeit. Von allen Seiten attackiert und seinem ganzen Wesen nach ohnehin kein Politiker von Geblüt – was ihn menschlich eher sympathisch machte –, sondern ein gutwilliger und eben deshalb auch auf den guten Willen der anderen angewiesener Dilettant, kam der vom Kommerzienrat nicht gering geschätzte Kurt Eisner rasch mit dem Rücken zur Wand. Das Ergebnis der für den 12. Januar 1919 ausgeschriebenen allgemeinen Wahlen zu einem neuen Bayerischen Landtag, bei dem zum erstenmal auch die Frauen stimmberechtigt waren, brachte es mit vernichtender Deutlichkeit an den Tag. Die Rechte wurde mit fünfundsiebzig Sitzen die stärkste Einzelkraft. Die liberale Mitte errang einundvierzig und die gemäßigte Sozialdemokratie als zweitstärkste Gruppierung einundsechzig Mandate. Eisners USPD aber kam mit lumpigen drei Sitzen schon wirklich als gebrandmarkter Verlierer aus der Abstimmung heraus. Wie zu begreifen, zögerte Eisner ein wenig, die bitteren Konsequenzen zu ziehen. Aber als er am 21. Februar zur Eröffnung des neuen Landtags sein mit dem Konterfei des abgedankten Königs geschmücktes Büro verließ, trug er dennoch, ganz wie die gute Ordnung es verlangte, seine und seiner Regierung Rücktrittserklärung in der Aktenmappe mit sich. Das Papier beim Präsidium abzuliefern, dazu kam er leider nicht. Der ihn hieran hinderte, war ein gewisser Anton Graf von Arco-Valley, ein zweiundzwanzigjähriger antisemitisch-vaterländischer Studentenlümmel, und das, womit er ihn hinderte, war eine Pistole Mauser Militärmodell M 12, aus der er auf der kurzen Wegstrecke zwischen dem Palais Montgelas am Promenadeplatz und dem Parlament an der Prannerstraße zwei Schüsse auf den bärtigen Ex-Ministerpräsidenten abgab, von hinten und aus nächster Nähe. Kurt Eisner war auf der Stelle tot.

Dr. Alfred Wiesinger, der neuerlich für die SPD in den Landtag gewählt worden war, erlebte alles aus unbehaglicher Nähe mit. Als er am frühen Nachmittag seinem Onkel von den Vorfällen berichtete, war er noch immer käsebleich.

»Es ist reinweg ein glücklicher Zufall, daß ich dich überhaupt noch b'suchen kann«, meinte er mit belegter Stimme.

»Wieso? Bist du bei dem Anschlag vielleicht dabeig'wesen?« wunderte sich der Kommerzienrat.

»Bei dem im Parlament, ja.«

»Im Parlament? Ich denk', der Kerl hat auf der Promenadestraß' g'schossen?« Der Onkel wußte von dem schrecklichen Fortgang der Ereignisse noch nichts. Es war ja auch erst knappe zwei Stunden her, daß sich das Drama im Plenarsaal vollendet hatte.

»Zuerst hat es geheißen, daß die Parlamentseröffnung wegen dem Mord verschoben werden soll«, berichtete Alfred Wiesinger seinem Onkel. »Aber dann ist sie doch nicht verschoben worden, bloß ein paarmal unterbrochen. Es war eine ungeheure Aufregung, wie du dir denken kannst, — unter uns Parlamentariern, aber auch unterm Publikum, ein ewiges Kommen und Gehen, ein Türenschlagen, Sich-was-zurufen und Einander-Niederschrein. Ja und dann, es wird ein biss'l nach elf Uhr g'wesen sein, der Auer ist zwischen dem Rednerpult und der ersten Sitzreihe g'standen und hat mit dem Jahreiß g'sprochen —«

»Jahreiß?« erkundigte sich der Kommerzienrat.

»Paul von Jahreiß, Major im Generalstab, der Auer hat ihn als Innenminister gelegentlich zugezogen, wenn's um Militär- und Polizeifragen 'gangen ist, und auch jetzt hat er offenbar was mit ihm zu bereden g'habt, und dabei ist ihm irgendwas nicht gleich eing'fallen, so daß er sich zu mir herumgedreht und mich g'fragt hat: ›Wissen Sie noch, Wiesinger, wer seinerzeit —‹, ja, und weiter ist er nicht mehr gekommen, ich hab's nicht mehr erfahrn, was ich hätt'

115

wissen sollen, denn grad in dem Augenblick ist die Schießerei los'gangen.«

»'Eine Schießerei? Im Landtag??«

»Vom südlichen Saaleingang her. Wir haben zuerst
g'meint, es sind mehrere und ein richtiger Überfall, aber
hernach ist festg'stellt worden, daß nur einer g'schossen hat,
ein Metzgermeister, Lindner oder Lindinger oder so ähnlich, ein Spartakist, sie haben ihn dann arretiert.«

»Auf wen, um Himmels willen, hat er denn g'schossen?«

»Auf den Auer! Der erste Schuß muß danebengegangen
sein, denn ich hab' jedenfalls g'sehn, wie vom Rednerpult
die Holzspreißel aufg'flogen sind, und dann hab' ich nur
noch Schüsse peitschen hören, ein ganzes Magazin voll. Ich
hab' mich unter den Sitz g'schmissen, flach auf'n Fußboden,
weißt. Ja. Und auf einmal merk' ich, wie mir 's Blut über die
Hand rinnt. Ich hab' 's G'sicht auf'n Boden gedrückt g'habt
und auf einmal was Warmes g'spürt, da an der Hand.«

»Du bist verletzt?«

»Zum Glück nicht.« Alfred Wiesinger schüttelte lange
den Kopf, als könne er selber noch immer nicht daran
glauben. Er war sehr bleich. »Es war das Blut vom Jahreiß.
Er ist so in sich z'sammg'fallen g'wesen und überm Pult
g'hängt, und 's Blut ist zu mir heruntergetropft.«

»Ist er tot?«

Alfred nickte. »Und ein Kollege von der Bayerischen
Volkspartei, der Osel Heinrich, der ist grad zufällig hinterm
Auer vorbei'gangen, wie das Ballern losgegangen ist.«

»Und der Auer?«

»Ist bloß verletzt. Ziemlich schwer, aber nicht lebens-
g'fährlich.«

Anton Wiesinger war zum Bücherschrank gegangen und
hatte die Cognac-Karaffe geholt. Die Erzählung hatte ihn so
erregt, daß die Gläser auf dem Tablett leise gegeneinander-
klirrten, als er sie zum Schreibtisch hinübertrug. Wäre er
ruhiger gewesen, hätte er womöglich Schiller zitiert, den

Spruch vom Fluch der bösen Tat, die »fortzeugend immer Böses muß gebären«. So aber sagte er nur: »Da, nimm einen Schluck. Du kannst ihn brauchen.«

Der Abgeordnete Alfred Wiesinger schlief diese Nacht und die folgenden Nächte nicht gut. Zu wiederholten Malen schreckte er auf und mußte den schweißnassen Schlafanzug wechseln. Dieser gewalttätige Freitagvormittag hinterließ einen anhaltenden Eindruck und krempelte ihn um, beinah gründlicher, als die drei Jahre Fronteinsatz ihn umgekrempelt hatten. Er hatte den Eisner schier gehaßt. Aber weder er noch sonst einer seiner Genossen wäre so weit gegangen, dem Mann mit Gewalt zu begegnen. Mit eigenmächtiger, ungesetzlicher Gewalt, schränkte der Anwalt sofort vor sich selber ein, denn mit polizeilicher oder juristischer Gewalt wären sie bei Bedarf und Gelegenheit mit Sicherheit gegen ihn vorgegangen, sogar begeistert und jedenfalls mit dem besten Gewissen der Welt. Eben dieses gute Gewissen aber war dem Dr. Wiesinger irgendwie abhanden gekommen, als er auf dem Parkettboden des Landtags gelegen war und das Blut des Majors Jahreiß auf seine Hand hatte heruntertropfen spürte. Denn so unschuldig er und seine Genossen an dem Eisnermord auch sein mochten, wirklich und völlig schuldlos fühlte er sich dennoch nicht, und irgendwie begriff er sehr wohl, daß die Wut der Eisnerfreunde und anderer, noch weiter links stehender Gruppen sich grade gegen sie und den Auer richtete, mehr noch als gegen die reaktionären Kreise, aus denen der Mörder gekommen war. Die Feindschaft dieser Leute war sozusagen eine selbstverständliche, während die ihrige unerwartet und auf eine gewisse Art sogar anstößig war. Als später das Gerücht umging, Auer habe dem von Eisners Leibwächtern lebensgefährlich − aber leider zu spät − verletzten Grafen Arco einen Blumenstrauß ans Krankenbett geschickt, so würde Alfred solch ein Ondit vordem einfach nicht geglaubt und als böswillige

Erfindung beiseite geschoben haben, während er es hernach nicht einmal wagte, den sich erholenden SPD-Führer unter vier Augen danach zu fragen, so sehr fürchtete er sich vor der Möglichkeit, an dem Gerücht möchte etwas Wahres sein . . . Vier Jahre Krieg hatten einen halben Pazifisten aus dem Dr. Wiesinger gemacht. Die paar Schüsse im Parlament machten einen ganzen aus ihm. Mit einer fast religiösen Friedfertigkeit würde er in Zukunft eine jede, auch die gerechteste Gewalt meiden und ächten − und gerade deshalb fünfzehn Jahre später auf eine andere, sehr subtile Weise wiederum nicht schuldlos an dem hereinbrechenden Unheil sein . . .

Damit sind wir den Dingen freilich sehr weit voraus. Das Unglück, das jetzt ganz unmittelbar aus den Schüssen vor und im Landtag erwuchs, war einstweilen noch ein anderes. So sehr auch gerade die Ultralinken den in ihren Augen viel zu laschen, kompromißbereiten Eisner angefeindet hatten, solange er am Leben war, jetzt kam er ihnen als ein Märtyrer der revolutionären Sache gerade recht. Die Atempause der Ehrfurcht, die der Tod erzwang, war kurz. Sie währte nur eben so lange, daß ein mit zwanzig Musikkapellen durchsetzter Trauerzug von der Theresienwiese zum Ostfriedhof gehen konnte, wo Tausende in stiller Ergriffenheit an dem Aufgebahrten vorüberdefilierten, dem im Tod, wie ein Augenzeuge berichtet, die Würde eines alttestamentlichen Propheten zuzuwachsen schien. Sie währte nur grade − und mit Mühe! − so lange, daß in der Sitzung vom 17. und 18. März die neue Regierung des Kabinetts Hoffmann gebildet werden konnte. Dann holte das Echo der Schüsse vom 21. Februar die Akteure ein. Mit der Ausrufung der Räterepublik − (»Rache für Eisner!«) − brach in der Nacht vom 6. auf den 7. April die ›zweite Revolution‹ aus, der schon am Palmsonntag eine dritte und am 29. April eine vierte folgte. Während die gewählte Regierung und das Parlament über Nürnberg nach Bamberg geflohen waren und von dort unter Anrufung auch der Reichsbehörden den Widerstand organisierten, errichteten die Spartakisten und Kommunisten in München eine ›Diktatur der Roten Armee‹.

Die Turbulenzen der unruhigen Zeit, mit Straßenkämpfen und sonstigen Unannehmlichkeiten, verschonten auch die Familie Wiesinger nicht. Das Wetter am Mittwoch, den 30. April 1919, war durchwachsen, aber im ganzen durchaus frühlingshaft. Der Kommerzienrat, der schon in seinen Übergangsmantel geschlüpft war, hatte diesen auf dem Weg zum Auto wieder abgelegt, ihn aber vorsichtshalber immerhin mit sich genommen, und in der Herbststraße dann war er um ihn froh, weil grade bei seiner Ankunft wieder ein prasselnder Regenschauer niederging. In seinem Büro angelangt, sah der Bräuer erneut die Sonne durchs Fenster scheinen. Vorsichtig klopfte er mit dem Fingerknöchel gegen das Glas des Barometers, dessen Zeiger jedoch kein Ruckerl tat, sondern eigensinnig auf ›Veränderlich‹ stehenblieb. Bei der Abfahrt war Anton Wiesinger von seiner Frau bestürmt worden, daheim zu bleiben. »In solchen Zeiten, Schatz, geht man nicht aus dem Haus, es ist gefährlich, unterwegs zu sein!« Aber er hatte nur abgewunken. Wer sollte schon ausgerechnet ihm etwas tun.

Gewiß war das rote München von den weißen Truppen der Freikorpsverbände umzingelt, die teils von Hoffmann in Bamberg, teils vom Reichswehrminister Noske in Berlin auf die Beine gebracht worden waren, und die sogenannte Schlacht bei Dachau hatte, trotz eines vorübergehenden Sieges der Roten Armee, an der sichtlich verzweifelten Lage des Räteregimes nichts zu ändern vermocht. Der bewaffnete Bürgerkrieg innerhalb der Stadt stand allem Ermessen nach unmittelbar bevor. Stacheldrahtumwickelte Spanische Reiter waren aufgebaut worden. Auf den Straßen und Plätzen kampierten Maschinengewehrabteilungen. Rotarmisten in abenteuerlichem Räuberzivil und mit umgehängten Flinten patrouillierten auf und ab. Dennoch hatte der Kommerzien-

rat auf seiner Fahrt die Stadt ruhig und sogar beinah aus-
gestorben gefunden. Die Straßenbahnen verkehrten nicht,
auch das Telefon war die meiste Zeit unterbrochen. Es war
der Generalstreik ausgerufen, und ganz wie der Bräuer es
erwartet hatte, fand er sich beinah als einziger im Betrieb.
Bloß der alte Bauer hatte sich, im Gegensatz zu dem sehr
viel jüngeren Dr. Pfahlhäuser, von den Unbilden des Tages
nicht daheim in der Kreuzstraße halten lassen. Der Kommerzienrat lächelte, als er ihn zur Tür hereinkommen sah.
»Wir zwei alten Haudegen«, begrüßte er ihn.

Lukas Bauer fühlte sich geschmeichelt, auch wenn er
nüchtern konstatierte: »Für uns zwei allein und die paar
Hanseln, die ich sonst noch gesehen hab', rentiert sich 's
Kesselheizen wirklich nicht. Immerhin hab' ich drei Briefe
auf dem Tisch von der Frau Seidlmüller gefunden, die
kann ich hernach expediern.« Er legte sie seinem Direktor
zur Unterschrift hin. Der las sie durch und setzte dann
seinen immer noch schwungvollen Friedrich Wilhelm
drunter. Hernach starrte er, den Sicherheits-Tintenfüller
mit der vierzehnkarätigen Goldfeder in der Hand, eine
Weile gedankenverloren zum Fenster hinaus. Und plötzlich
sagte er etwas, worauf der alte Bauer wirklich nicht gefaßt
war.

»Am Samstag in zwei Wochen wär' der Toni neunundzwanzig geworden . . .«

»Ja, ich weiß. Am siebzehnten wird er neunundzwanzig.« Wie er die Aussage seines Patrons vom Konjunktiv in
den Indikativ übersetzte, das klang beinahe vorwurfsvoll.
Anton Wiesinger blickte den alten Mann einen Moment
lang traurig an.

»Geb's Gott, daß Sie recht haben«, murmelte er dann.
Der Krieg war jetzt bald ein halbes Jahr vorüber, eine
Menge Kriegsgefangener, auch solche aus dem Osten,
waren inzwischen heimgekehrt, aber von seinem Sohn hatte
niemand ein Lebenszeichen mitgebracht. »Geb's Gott, daß

Sie recht haben, ja«, wiederholte der Kommerzienrat. Nicht der leiseste Anflug von Hoffnung lag in seinem Ton.

Gegen halb zwei Uhr am Nachmittag, was jetzt die übliche Zeit war, zu der er sein Büro verließ, schlüpfte Anton Wiesinger wieder in seinen Paletot, nahm den Regenschirm aus dem Wandschrank und ging in den Korridor hinaus. Als er anfangen wollte, die Treppe hinunterzusteigen, hörte er ein ungewohntes Lärmen, das Trampeln schwerer Stiefel und das herrische Bellen militärischer Kommandos. Ehe er es sich versah, stand der Bräuer einer Handvoll Rotarmisten gegenüber, deren einer ein hochgewachsener, barhäuptiger Blondschopf in einem feldgrauen Uniformmantel ohne Schulterklappen, aber mit einer roten Armbinde war.

»Sind Sie der Besitzer von dem Laden hier?« herrschte der Feldgraue ihn an.

»Kommerzienrat Anton Wiesinger, ja.« Der Bräuer verneigte sich und brachte seinen Titel mit einer ungewohnt eigensinnigen Betonung heraus.

»Kommerzienrat. So. Kommen Sie mit.«

»Wohin?«

»Das werden Sie dann schon sehen. Sie sind arretiert.«

»Pardon, aber haben Sie einen Haftbefehl oder irgend etwas in der Art?«

»Etwas in der Art, ja.« Der Feldgraue sah ihn böse an und wies dann auf das Gewehr eines der eher gleichgültig umherstehenden Rotarmisten. »Und wenn Sie mich noch lange aufzuhalten versuchen, dann kriegen Sie den Kolben zwischen die Rippen. Ich verspreche Ihnen, das hilft, und besser als das schönste Papier.«

Anton Wiesinger richtete sich in seiner ganzen Größe auf, aber er war noch immer fast einen halben Kopf kleiner als der leger und mit rundem Rücken vor ihm stehende Kerl. Er hatte unauffällig die ihn umringenden Männer gezählt. Es waren vier. »Darf ich meine Frau verständigen?«

»Nein.«

Als Anton Wiesinger auf den Hof hinaustrat, blies ein böiger Wind. Ein Lastwagen stand da, bewacht von weiteren drei oder vier Rotarmisten. Auf der Brücke hockte frierend ein vielleicht dreißigjähriger Herr ohne Mantel und Sakko, im bloßen Hemd.

»Aufsteigen, los!«

Anton Wiesinger stellte den Kragen seines Paletots hoch und ging auf das Fahrzeug zu. In diesem Augenblick ratterte ein Motorrad durch die Einfahrt, und noch ehe es richtig zum Halten gekommen war, sprang ein Mann aus dem Beiwagen. Er trug einen Uniformmantel, der viel zu weit und vom Feldgrau in ein häßliches Braun umgefärbt war.

»Kommandoführer!« rief er laut. Der Kommerzienrat zwickte einen Moment lang die Augen zusammen. Es schien ihm, als wäre ihm die gutturale und eine Spur gewöhnlich klingende Stimme gut bekannt. Nachschau konnte er nicht halten, weil der Angekommene sofort hinter den Wagen getreten und für den Bräuer nicht sichtbar war.

»Was gibt's?« hörte Anton Wiesinger den hochgewachsenen Feldgrauen fragen, von dem er arretiert worden war.

»Du möch'st Geiseln verhaften?« Anton Wiesinger versuchte sich das Gesicht vorzustellen, das zu der Stimme gehörte. War er's oder war er's nicht? Er konnte sich nicht schlüssig werden.

»Allerdings möchte ich das. Warum?«

»Weil da nix draus wird! Es gibt Wichtigeres zu tun. Befehl vom Stadtkommandanten Eglhofer, hier.«

Der Kommerzienrat glaubte sich jetzt ganz sicher zu sein, das war die Stimme vom Josef, ganz zweifellos. Da er es genau wissen wollte, schwindelte er sich etwas zur Seite und konnte den Mann im umgefärbten Mantel jetzt drüberhalb vom Wagen stehen sehen. Aber nur von hinten. Das ungefüge Kleidungsstück verdeckte alle Körperformen, doch die Größe und auch die Haarfarbe paßten, es war der Josef, der Kommerzienrat war sich seiner Sache jetzt völlig gewiß. Der

122

Feldgraue las in einem Papier, dessen Inhalt ihm sichtlich mißfiel. Er verzog das Gesicht und spuckte aus.

»Wenn's unbedingt sein muß, von mir aus, gehe ich halt vor dem Kriegsministerium in Stellung«, sagte er. »Aber zuerst beende ich meine Aktion. Ich brauche ein Dutzend Kerle als Faustpfand. Ich liefere sie in der Müllerstraße ab und hernach —«

»Gar nix hernach! Gleich, Genosse Schnittger! — Jetzt sei doch vernünftig, Mensch. Daß der Kommandant und sein persönlicher Schutz allem anderen vorgeht, mußt' doch wirklich verstehn!«

»Vorgeht!« bellte der Feldgraue, der also Schnittger hieß. »Ich komme von Gräfelfing! Weißt du, wie es da zugegangen ist?!«

Der, welchen der Kommerzienrat für den Josef hielt, nickte. »Es sind ein Haufen Russen niederg'schossen worden«, sagte er.

»Dreiundfünfzig! Alles Kriegsgefangene aus dem Lager Puchheim. Und bloß, weil sie uns geholfen haben, Gräben auszuheben! Ohne Urteil niedergemacht, sogar ohne ein Standgericht einfach am Straßengraben zusammengetrieben und dann hineingehalten! Und in Perlach draußen haben sie mit einem Dutzend Arbeitern dasselbe gemacht!« Die Stimme des Feldgrauen überschlug sich jetzt geradezu. »Ich hab' mir geschworen, daß wir in der Müllerstraße Geiseln an der Hand haben müssen, Geiseln, so viel wie nur grad möglich, Genosse Bräuninger. — (»Na also, Josef Bräuninger, ich habe ihn doch gleich erkannt.«) —, und wenn noch das Geringste vorkommt, wenn diese weißen Schweine das Allergeringste anstellen, dann knalle ich die Schweine eigenhändig ab, ei-gen-hän-dig!! Genosse Bräuniger!!«

Der Kommerzienrat blieb eigentümlich ruhig. Er konnte die Erbitterung der Feldgrauen sogar verstehen. Ein Bürgerkrieg ist eine grausame Sache, das würde auch diesmal nicht anders sein als sonst, und wenn es Anton Wiesinger bestimmt war, als Geisel abgeführt zu werden, so war sein Leben keinen Pfifferling mehr wert; denn daß es Anlässe geben würde, Vergeltung zu üben, Anlässe übergenug — um das vorauszuwissen, brauchte man kein Hellseher zu sein. Trotz dieser Einschätzung war der Kommerzienrat im Innersten gelassen. Nicht einmal ein Anflug von Angst suchte ihn heim. Das, was seine Frau einmal seine *seconde de réaction* genannt hatte, dieser stupöse Totstellreflex, der seine Empfindungsfähigkeit noch jedesmal gelähmt hatte, wenn etwas übermäßig Schmerzhaftes oder Schreckliches auf ihn eingestürmt war, bewährte sich hier ein weiteres Mal.

Der Josef Bräuninger, unehelicher Sohn einer Milchladeninhaberin aus Giesing, wurde nun seinerseits laut. Den Kommerzienrat flog ein unwillkürliches Lächeln an. In zwanzig Dienstjahren hatte er seinen gewesenen Hausdiener nie mit einem solchen Temperament aufdrehen hören.

»Du mußt dir nicht einbilden, Schnittger, daß die Rote Armee ein Sauhaufen ist, gell! Bei dem ein jeder tun kann was ihm grad einfällt! 's Maul haltst! Jetzt bin ich dran. Und zwar als Adjutant vom Kommandanten Eglhofer, was nicht irgendein ixbeliebiger Genosse ist, sondern unser erster Mann! Und wennst lesen kannst, dann steht da ›. . . ist ihm als meinem Adjutanten unbedingter Gehorsam zu leisten‹. Und jetzt schmeißt den Reichsbahnerhanswursten da —« seine Hand wies mit einer herrischen Bewegung zu dem hemdsärmeligen Herrn auf der Lastwagenpritsche »— schmeißt ihn vom Wagen 'nunter und scheuchst deine Leut' hinauf. Ihr fahrts in d' Ludwigstraß', aber a biss'l dalli, gell! Und meldets euch beim Kommandanten! Los! Kreuzhallelujahimmelherrgottsakramentnochamal!!«

Der hemdsärmelige Zivilist, ›dieser Reichsbahnerhanswurst‹, wartete nicht erst die Erlaubnis ab, sondern sprang mit einer Gewandtheit, die man ihm nicht ohne weiteres zugetraut hätte, seitlich über die Bordwand und rannte durch die nächste Tür ins Brauereigebäude. Auf den Kommerzienrat achtete niemand mehr. Die Rotarmisten erkletterten mit disziplinierter Beflissenheit das Gefährt, der Feldgraue zwar als letzter und ungern, aber dennoch ohne weiteren Widerspruch. Anton Wiesinger sah den Josef an, der sich ihm zugewendet hatte. Aber kein Anflug eines Erkennens ging über das Gesicht des ehemaligen Hausdieners, er tat, als wäre der Bräuer Luft für ihn. Nur eine winzige Sekunde lang schien es dem Kommerzienrat, als nähme er ein verstohlenes Zwinkern im Gesicht seines früheren Angestellten wahr. Dann warf sich der Josef in den Beiwagen der 750er Maschine, rief dem Fahrer eine kurze Anweisung zu, und das Gefährt verschwand, wie es fünf Minuten zuvor aufgetaucht war.

Im Flur traf Anton Wiesinger den vom Pritschenwagen geflüchteten Hemdsärmeligen. Er lud ihn zu sich ins Büro, wo er ihn mit einem Cognac traktierte. Er erfuhr, daß der Mann Max Sieglein hieß und Reichsbahnrat in der Direktion an der Arnulfstraße war. Er hatte gegen Mittag einen Auftrag im Hauptbahnhof auszuführen gehabt und war dabei mitten unter die Rotgardisten geraten, die man in vier Militärzügen aus Dachau und Allach nach München zurückgenommen hatte, alles in allem vielleicht vierhundert oder vierhundertfünfzig Mann.

»Sie machten einen ziemlich niedergeschlagenen Eindruck und klagten, daß jetzt alles nichts mehr hilft, weil die Weißen schon gar zu grob daherkommen, sogar Kanonen und Panzerwagen haben sie, wurde erzählt. Ich hab' mich mit ihnen unterhalten, in einem überheizten Büro, wo ich die Jacke abgelegt hatte, und da ist dann auf einmal dieser Schnittger dahergekommen mit dem Bahnhofskommandanten Groß und hat die Geschichte von Gröbenzell erzählt und sich erkundigt, wo da in der Nähe Herrschaftsvillen und Industriebetriebe wären. Der Groß hat ihm gesagt, daß es beim Bahnhof keine Villen gibt und auch keine Industrie, abgesehen von ein paar Brauereien, und da hat dieser

Schnittger gesagt: Ausgezeichnet, hat er gesagt, auch in der Brauindustrie werden sich schließlich ein paar Bonzen und Kapitalisten auftreiben lassen, Streikbrecher, die sogar an einem Tag wie heut' ihren Dividenden hinterdreinrennen und die man hoppsnehmen kann, ja, und da hab' ich die unverzeihliche Dummheit gemacht und mich eingemischt, indem ich gefragt hab', was das heißt, hoppsnehmen, und da hat er mich ganz sonderbar gehässig angeschaut und den Groß gefragt, wer ich bin. Der hat ihm Auskunft gegeben, und da hat der Kerl ganz impertinent gesagt: Ein Schreibstubenhengst von der oberen Besoldungsklasse, da schau her, hat er gesagt und mich dann angeschrien, daß ich ihm genauso viel wert bin wie ein Kapitalist und gefälligst mitgehen soll, er wird mir dann schon zeigen, was hoppsnehmen heißt, und bevor ich recht gewußt hab', was los ist, war ich festgenommen und bin auf dem Lastwagen gestanden. Nicht einmal das Jackett hab' ich mehr anziehen können.«

Nach Hause zurückgekehrt, erzählte der Kommerzienrat seiner Frau von dem Vorgefallenen nichts. Er wollte sie nicht ängstigen, noch dazu im nachhinein und also für die Katz. Er selber freilich wurde blaß und mußte sich setzen, als er am nächsten Tag vom Geiselmord im Hof des Luitpold-Gymnasiums erfuhr, welches das Hauptquartier der Kommunisten beherbergte und an der Müllerstraße lag – genau da also, wohin dieser Schnittger ihn hatte bringen wollen. Man erzählte sich, es wären dort zwei weiße Husaren verprügelt und kurzerhand füsiliert worden, schon am Vormittag, und mithin hatte der hünenhafte Kerl in Feldgrau, als er ihn festgenommen hatte, von dieser ersten Exekution schon gewußt. Am späten Nachmittag dann, zu einer Zeit also, wo ohne das Dazwischentreten des Josef auch er sich als eine Geisel im Luitpold-Gymnasium befunden haben würde, waren weitere acht Leute erschossen worden, alles ganz gewöhnliche Zivilisten, und sogar eine Frau war unter ihnen, eine gewisse Gräfin von Westarp. Die Getöteten

126

waren überwiegend Mitglieder der Thule-Gesellschaft gewesen, eines, wie der Kommerzienrat gut wußte, dubiosen Geheimbundes ›reinblütiger Deutscher‹, der seine unsauberen Finger in mancherlei alldeutschen Aktivitäten hatte, sogar Waffen und gefälschte Stempel sollten bei einer Haussuchung dort angeblich gefunden worden sein. Aber ein Recht, die ganz zufällig zusammengefangenen und keiner Anhörung gewürdigten Leute mir nichts dir nichts niederzuknallen, hatte man selbstredend nicht gehabt.

»Lieber Himmel, Antoine! Ist dir nicht gut?«

»Doch, doch, laß nur, es ist alles in Ordnung, Schatz.«

Anderntags blieb der Kommerzienrat auch ohne Ermahnung zu Hause. Die Weißgardisten hatten zum Sturm auf München angesetzt, und der Bürgerkrieg war im vollen Gang. Sogar Flammenwerfer und Geschütze wurden von den gutausgerüsteten Regierungstruppen eingesetzt. Dabei war der Widerstand, aufs Ganze gesehen, eher gering. Die meisten Rotarmisten hatten sich beizeiten aus dem Staub gemacht — begreiflicherweise, denn sie befanden sich in einer schon gar zu aussichtslosen Position. Nachhaltig gekämpft wurde nur an einigen Stellen, besonders beim Bahnhof, wo den ganzen Tag über Granatwerferfeuer und vom Kaufhaus Tietz herunter MG-Salven zu hören waren, sowie draußen in einigen Vororten, in Giesing zumal, wo die von Süden her eindringenden Freikorps auf einen geradezu erbitterten Widerstand trafen, der sich dann, als die Weißen langsam, aber sicher vorankamen, bis nach Haidhausen, also bis sozusagen vor die Haustüre der wiesingerischen Villa herüberzog. Die Detonationen der einschlagenden Granaten sowie das Belfern des MG- und Musketenfeuers war hier beinah den ganzen Tag über zu hören. Die Köchin Klara saß, obwohl sie eigentlich nicht fromm war, auf der Kante ihres Bettes und betete still vor sich hin. Die Theres, die noch immer im Rotkreuzdienst stand, war in der Erwartung, daß ihre Dienste in der gegenwärtigen Lage von besonderer Dringlichkeit wären, zum Lazarett in der Flurschule gegangen, fand aber nur das Alltägliche zu tun, denn die Verluste der Regierungssoldaten waren gering, während die bei weitem zahlreicheren Verwundeten der Roten zwar eine medizinische Versorgung dringend nötig gehabt hätten, sich aber nicht in die Lazarette hineintrauten. Mit leider allzu gutem Grund, der Theres kam später manch empörender Zwischenfall zu Ohren. »Die haben sie einfach niedergemacht, zusammengeschossen, als ob's räudige Katzen wär'n!« empörte sie sich nach Jahren noch.

Es war am Vormittag des 2. Mai, dem letzten Tag der Kämpfe, und Lisette saß mit ihrem Mann und Wolfgang Oberlein im Gelben Salon. Der Franzl lag bäuchlings auf dem Teppich und blätterte in einem Bilderbuch. Ein Gespräch wollte nicht aufkommen. Einmal wegen der störenden Kulisse des Kanonendonners, vor allem jedoch, weil es in dieser erregten Situation unmöglich war, die Themen der Tagespolitik aus der Unterhaltung herauszuhalten, aber eben dies war zur stillschweigenden Übereinkunft geworden. Je länger, je mehr hatte sich nämlich herausgestellt, daß Wolfgang Oberlein rabiat deutschnationale Ansichten vertrat.

»Das ist ja unerträglich, was der zusammenredet! Und es wird von Monat zu Monat ärger statt besser mit ihm!« alterierte sich der Kommerzienrat nach jedem Gespräch.

»Das mußt verstehen, Papa. Irgendwie will er halt sein Bein nicht ganz sinnlos hergegeben haben.« Therese nahm ihn, auch wenn sie die Meinungen ihres Mannes nicht teilte, doch jederzeit in Schutz.

»Gut, er hat ein bitteres Schicksal. Aber wird's davon vielleicht sinnvoller, daß er sich immer tiefer ins Aberwitzige hineinverrennt? Sozusagen mit Fleiß? Ein Mensch, der doch immerhin Grips hat, Herrschaftszeiten! Ich begreif' das einfach nicht!« Am Abend des Eisnermordes war Oberlein so gut aufgelegt gewesen wie lange nicht, hatte schneidige Märsche auf dem Grammophon der Theres abgespielt und geschmackloserweise sogar eine Flasche Schaumwein aufgemacht. »Das muß gefeiert werden!« hatte der Bräuer ihn fröhlich hinaustrompeten hören. Was Wunder, daß man bemüht war, gewisse Gesprächsthemen jederzeit und auf das peinlichste zu meiden, schließlich war ein jeder im Haus am familiären Frieden und einer ungestört verwandtschaftlichen Behaglichkeit interessiert. Als aber an diesem vom Lärm der Schüsse zerrissenen Vormittag Oberlein trotz besten Willens seine leidigen Sprüche von Waffenehre, Disziplin und wiederherzustellendem Recht nicht völlig zu unterdrücken vermochte, ging ihnen der Kommerzienrat aus dem Weg, indem er schließlich in den Keller hinunterstieg. Das untätige Herumsitzen, während draußen gekämpft wurde, machte ihn ohnedies nervös, da wollte er lieber etwas Nützliches tun und schauen, ob sich nicht etwa die Mäuse über die eingewinterten Gladiolenzwiebeln hergemacht hätten, denn schließlich würde man sie demnächst wieder im Garten einzusetzen haben, »wenn erst die Eisheiligen und der Bürgerkrieg vorüber sind«.

»Darf ich mitkommen, Opa?« bettelte der Franzl.

»Von mir aus, Bub, wennst magst.«

Der Kanonendonner klang hier unten merkwürdig dumpf. Er tat in den Ohren weh. Während Anton Wiesinger das Seidenpapier wieder über das Kistl mit den Zwiebeln breitete, denen von den Nagern nichts angetan worden war, kruschte der Franzl im hintersten Eck eines Regals herum.

»Mach dich nicht dreckig, Bub, sonst kriegen wir beide g'schimpft«, ermahnte ihn sein Opa. »Was suchst denn?«

»Da ist einmal ein Kistl mit Bleisoldaten g'wesen. So eine blaue Schachtel, die Babett hat sie mir einmal gezeigt. – Da sind s' ja!« Triumphierend wuchtete der Knirps einen mordsmäßig schweren Pappkarton aus dem Fach.

»Ausgerechnet Soldaten«, brummte der Kommerzienrat
mißvergnügt. Das mußten die Figuren sein, mit denen der
Toni in seiner Kindheit immer gespielt hatte.

»Darf ich sie mit hinaufnehmen, Opa?«

»Was G'scheiteres fällt dir nicht ein? Kommt überhaupt
nicht in Frage, daß d' es nur weißt!« Die Begeisterung des
Toni fürs Soldatenspielen war es gewesen, die den Bräuer
seinerzeit auf die Idee gebracht hatte, seinen jüngeren Sohn
die Militärkarriere einschlagen zu lassen. Einberufen und an
die Front geschickt, zu den Rumänen hinunter, an den
Surdukpaß, hätte man den Buben freilich auf jeden Fall,
auch wenn er gleich von Anfang an in der Brauerei gearbeitet hätte und nicht erst nach seinem Ausscheiden aus dem
aktiven militärischen Dienst. Trotzdem verursachte der
Fund dem Bräuer ein schwermütiges und zugleich wütendes
Unbehagen. »Dieses Kriegsgraffel! So was ist grad das rechte
Spielzeug! Und ausg'rechnet, wo draußen g'schossen wird!«
schimpfte er.

»Ich bitt dich gar schön, Opa!«

»Nix da. Und wennst keine Ruh gibst, schmeiß ich sie
überhaupt weg!«

»Dann mag ich dich nimmer!« trumpfte der Knabe zornig
auf und rannte beleidigt die Stiege empor.

»Lausbub, elender.« Anton Wiesinger stellte das Zwie-
belkisterl an seinen Platz zurück, ebenso die Pappdeckel-
schachtel mit den Bleifiguren und stapfte dann gleichfalls in
die Küche hinauf. Als er das Kellerlicht hinter sich ausge-
knipst hatte und eben unter die Küchentüre treten wollte,
sah er die Lucie gegen den Herd gelehnt stehen. Sie hatte
die Augen weit aufgerissen und war schreckensbleich.

»Was haben S' denn?« wollte der Kommerzienrat wissen,
den der Anblick ihres Schreckens selber erschreckte. Lucie
deutete mit zittriger Hand gegen die rückwärtige, vom Garten hereinführende Tür. Dort lehnte der Josef. Er war ohne
Waffe, und auch die Spartakusbinde hing nicht mehr an

130

seinem Arm. Den häßlich braungefärbten Soldatenmantel trug er offen, und unter der Militärmütze, von der die Kokarde abgerissen war, floß ihm ein rotes Rinnsal über die Stirn und sammelte sich an der Nasenspitze. Hier und da fiel ein Blutstropfen von dort ab und schlug platzend auf dem Linoleum des Küchenbodens auf. Der Atem des gewesenen Hausdieners ging pfeifend. Offenbar war er stark gelaufen.

»Sie sind hinter mir her!« keuchte er.

»Vom Freikorps welche?«

Josef nickte, und jetzt fielen gleich drei, vier Tropfen auf einmal auf das Linoleum. Der Bräuer dachte nach. Eben erst hatte er im Keller den beinahe leeren Koksverschlag visitiert, in dessen hinterstem Eck noch ein Häuflein Kohle zusammengekehrt lag.

»Machen S' schnell! Sie kennen sich ja noch aus da drunten«, drängte Anton Wiesinger und fuhr, während der Josef in den Keller eilte, die Mutter des Franzl unwirsch an: »Stehen S' g'fälligst nicht herum, Lucie! Wischen S' das Blut fort! Aber gründlich! Und legen S' den Laden vor! Verriegeln S' ihn! Aber sofort!«

Der Kommerzienrat stapfte auf die schmiedeeiserne Gartentüre zu, bei der zwei Militärautos vorgefahren waren. Ein paar Freikorpssoldaten mit weißen Armbinden machten sich eben über das versperrte Gitter her und versuchten, es aus den Angeln zu wuchten.

»No, no!« Anton Wiesinger hob abwehrend die Hand. »Machen S' doch nicht alles kaputt, ich hab' einen Schlüssel. Und überhaupt, warum klingeln S' denn nicht?«

»Wir haben geklingelt!«

»Ich hab' nichts gehört.« Der Kommerzienrat schloß auf. Das Türl war schon lang nicht mehr geölt worden und quietschte. Es kam halt alles ein biss'l herunter, ohne das frühere Personal. »Was kann ich für die Herren tun?«

»Wir sind hinter einem Rotarmisten her«, antwortete

131

ihm ein Offizier, indem er die Hand an die Mütze legte. Seinen Schulterklappen nach mußte er Oberleutnant sein.

»Na, hoffentlich kriegen Sie ihn«, gab der Bräuer kaltblütig zur Antwort. »Dem Gesindel muß ordentlich heimgeleuchtet werden. Kann ich was dabei helfen?«

»Feldwebel Obermaier glaubt gesehen zu haben, daß er da vorn über den Zaun gestiegen ist.«

»Zu mir herein? Um Himmels willen!« Anton Wiesinger gab sich alarmiert und ließ den Blick angelegentlich über seinen Vorgarten schweifen. »Sie können selbstverständlich nachsuchen, auch hinterm Haus. So spärlich wie das Grün zu dieser Jahreszeit noch ist, wird er wenig Gelegenheit haben, sich zu verbergen, das heißt, wenn er überhaupt heringeblieben ist, denn wenn Sie mich fragen, ist er wahrscheinlich über den hinteren Zaun wieder hinausgestiegen, zur Ismaninger Straße hin.«

»Oder er ist ins Haus.« Der Blick des Oberleutnants ruhte forschend auf dem Brauereidirektor.

»Das Haus ist verschlossen und überall sind die Läden vorgelegt, ich hab' grad selber erst aufgesperrt. Übrigens — Kommerzienrat Anton Wiesinger«, stellte er sich vor.

»Vom Wiesinger-Bräu?«

»Der Direktor und Inhaber, ganz recht.« Das machte Eindruck, man konnte es sehen. Der Offizier hob wieder die Hand zur Mütze und verneigte sich diesmal sogar.

»Oberleutnant Bärenbach vom Freikorps Epp«, stellte er sich seinerseits vor.

Aber der Feldwebel war ein Hartnäckiger. Außerdem ärgerte ihn das Vornehmtun der Herrschaften. Die Großkopfeten verstanden einander immer, schon, wenn sie den Mund aufmachten, und ganz egal, worum es ging, sie verstanden einander allein an ihrem Ton, es war eine andere Rasse von Menschen. »Bleiben immer noch die Kellerfenster zum Einsteigen, Herr Oberleutnant«, beharrte er renitent.

»Die sind vergittert.« Der Kommerzienrat lächelte.

132

»Gäb's also nur noch die Möglichkeit, daß ich selber ein Roter bin und ihn bei mir verstecke.«

Auch der Oberleutnant lächelte jetzt. Nur der Feldwebel verzog keine Miene. Der Bräuer spürte, daß der Kerl nicht so leicht nachgeben würde. So beschloß er, den Stier bei den Hörnern zu packen. »Ich führe Sie natürlich durchs Haus, auch auf die Gefahr hin, daß meine Frau sich erschreckt.«

»Um Gottes willen, Herr Kommerzienrat.« Der Offizier legte zum drittenmal die Hand an die Mütze. Anton Wiesinger konnte aus den Augenwinkeln heraus beobachten, wie der Feldwebel hartnäckig fortfuhr, auf eigene Faust herumzuspionieren, wobei der sich der hinteren Kellertür näherte, die, nur zwei Stufen abgesenkt, vom Garten direkt in das Souterrain hinunterführte. Dem Bräuer wurde es unangenehm warm, denn er war sich durchaus nicht sicher, ob diese Tür nicht vielleicht aus Schlamperei unversperrt geblieben war, er hatte schon hundertmal Anlaß gehabt, das Personal deswegen zu rügen. Er sah, wie der Feldwebel die Hand an die Klinke legte und sie prüfend, beinah spielerisch niederdrückte. Die Tür gab nach, der Bräuer merkte es sofort. »Hoppla!« hörte er den Feldwebel rufen. »Da ist auf!«

Mag sein, die Pause, die nun entstand, währte nur Sekunden, dem Kommerzienrat kam sie wie eine Ewigkeit vor. Schließlich sah er, wie der Oberleutnant die Rechte hob und eine wegwischende Geste machte. »Unsinn, Feldwebel. Wir vertun nur unsere Zeit. Wir fahren ums Karree zur Ismaninger Straße. Er hat geblutet, vermutlich versucht er, ins Krankenhaus rechts der Isar zu kommen.« Der Feldwebel zögerte immer noch, die Klinke der Tür in der Hand. Aber jetzt, wo eine Disziplinfrage daraus geworden war, hatte er keine Chance mehr gegen den Offizier. »Vorwärts! Das gilt auch für Sie, Feldwebel.« Der Untergebene nahm Haltung an, und die Weißgardisten entfernten sich.

»Viel Glück, Herr Kamerad!« rief Anton Wiesinger dem Oberleutnant hinterdrein. Es klang ganz aufrichtig, keiner merkte, wie sich ihm bei dem ungewohnten Wort der Magen umdrehte.

Später erfuhr der Kommerzienrat vom Josef, daß dieser unter den Truppen gewesen war, die man noch in den ersten Novembertagen nach Tirol geworfen hatte. In der Nähe von München war er vom Transportzug gesprungen und desertiert, um sich dann in der Eisner-Ära bei der USPD nützlich zu machen, deren Mitglied er ja seit langem war. So war er in den fünfundzwanzigtägigen Spuk der Räterepublik hineinverwickelt worden. Er mochte nicht, wie so viele, grad in dem Augenblick die Flinte ins Korn werfen, als es drauf angekommen war, sondern hatte in Giesing, seinem heimatlichen Stadtviertel, wacker gekämpft. Wäre die Kugel, die ihm die Stirn geritzt hatte, nur einen halben Zentimeter näher zum Schädel hin dahergekommen, der Bräuer hätte mit Sicherheit keine Umstände mehr mit seinem gewesenen Hausdiener gehabt. So fand Anton Wiesinger beim Untersuchen der Wunde, daß zwar die vordere Kopfschwarte bis zum Knochen hin aufgerissen, dem Josef aber sonst nichts Ernstliches zugestoßen war. »Wenn die Theres vom Lazarett zurückkommt, wird sie Sie kunstgerecht verarzten. Jetzt bleiben S' erst einmal ein paar Tage bei uns, bis die Lage sich wieder beruhigt hat. Sie können die Dachkammer haben, die Lucie überzieht Ihnen ein Bett.«

Als die Theres dem gewesenen Hausdiener am Abend einen Verband anlegte, kam zufällig Wolfgang Oberlein herein. Er zwickte, als er des samaritisch gepflegten Bolschewiken ansichtig wurde, die Lippen zusammen, machte auf dem Absatz kehrt und verschwand. Hernach in seinem Zimmer ließ er sich äußerst ungehalten darüber aus, daß man »in dem Haus auf Schritt und Tritt über solche Verbrecher stolpert. Das ist schon wirklich eine Schand'!«

Es dauerte länger, als der Kommerzienrat angenommen hatte, bis die Lage sich stabilisierte und alles ausgestanden war. Die aus bayrischen, württembergischen und preußischen Truppen zusammengesetzten ›Befreier‹ Münchens scherten sich um die von der Regierung Hoffmann ausgegebene Devise, daß man schonungsvoll vorgehen solle, einen Dreck. Sie bliesen zur Treibjagd und hausten tagelang wie die Vandalen in der Stadt. Noch am 6. Mai, also volle vier Tage nach dem Ende der Kämpfe, wurden einundzwanzig katholische Kolpinggesellen, die man trotz flehentlicher Beteuerungen für ›Bolschewistenschweine‹ hielt, im Keller des Prinz-Georg-Palais am Karolinenplatz auf viehische Weise niedergemacht. Überall hatten die Denunzianten ihre große Stunde, und wie in solchen Zeiten immer, wurden alle möglichen privaten Rechnungen auf dem zwar falsch, aber dafür um so hochtrabender etikettierten Konto der allgemeinen − in diesem Falle vaterländischen − Erregung abgebucht. Hunderte von Verdächtigen wurden massakriert, im Städtischen Schlachthaus, im Hofbräuhauskeller und im Hof des Gefängnisses Stadelheim, ohne gerichtliches Urteil, oft genug ohne Verhör, bloß einfach so. Der Kommandant Eglhofer, der einer von den Matrosen aus Pola gewesen war, wurde zusammengeschossen, dem Beauftragten für Volksaufklärung Gustav Landauer schlug man mit Gewehrkolben den Schädel ein ...

Welch ein Lamento gab's über Jahre hinweg wegen der im Luitpold-Gymnasium umgebrachten Geiseln. »Sehr zu Recht!« fand der Kommerzienrat, der schließlich um ein Haar als elfter zwischen sie geraten wäre. Aber immerhin hatte man außer von dieser einen Untat des vielbeschrieben Roten Terrors von einer weiteren nie etwas gehört, während sich solche der Gegenseite schier hundertweis' aufzählen ließen. Aber davon wurde nie und von keinem ein Aufhebens gemacht, nicht gleich und nicht später. Das verletzte den Gerechtigkeitssinn des Bräuers und deprimierte ihn.

Als man schließlich die Strecke legte − und das war nicht einmal bloß eine waidmännische Redensart, denn in der

Abfallbaracke des Ostfriedhofs lagen die achtlos hinge-
schmissenen Leichen der in Giesing gefallenen Arbeiter ja
tatsächlich wie die erlegten Tierkadaver herum –, um sie in
den vaterländischen Zeitungen mit einem gehörig trium-
phierenden Halali zu verblasen, da waren immerhin weit
über tausend getötete Rote zusammengekommen – oder
solche, die das Pech gehabt hatten, für Rote angeschaut
worden zu sein; die Verletzten hatte ohnehin nie jemand
gezählt. Die Verluste der Regierungstruppen waren bescheiden: 58 Tote und 192 Verwundete.

»Wie ist das eigentlich zugegangen, daß Sie in die Herbst-
straß' gekommen sind, ausgerechnet wie dieser Schnittger
mich hat verschleppen wollen?« Anton Wiesinger hatte sich
zu seinem gewesenen Hausdiener in die Küche gesetzt und
ihm eine kleine Brotzeit auftragen lassen. Josef kaute mit
Behagen an der dicken Scheibe des pappigen, durch
gekochte Kartoffelbrocken gestreckten Hausbrots herum
und feixte den Kommerzienrat an. »Ich hab' am Bahnhof
z'tun g'habt«, erzählte er, »wegen der Militärzüge aus
Dachau, und da' hab ich erfahrn, daß der Schnittger die
Brauereien der Umgebung durchkämmen will. Auweh, hab'
ich da gedacht, wie ich den gnä' Herrn kenn', sitzt der ganz
g'wiß auch heut in sei'm Kontor, trotz dem Generalstreik. No
ja, und da bin ich dann halt vorsichtshalber hinüber'fahrn.«
    »Und Sie waren wirklich Adjutant vom Eglhofer?«
    »Bloß auf'm Papier. Es ist ein jeder dazu ernannt worden,
dem er was aufgetragen hat, weil ohne ein Dokument mit so
einem schwungvollen Titel drauf hätt' man sich furchtbar
schwer durchsetzen können, mit der Disziplin war's bei den
Unsrigen wirklich nicht weit her, no ja, man kann's schließlich verstehen, nach vier Jahr' Krieg haben s' die Nasen voll
g'habt davon. Tja . . . Und so haben wir uns also gegenseitig
gerettet, Herr Kommerzienrat.« Der Josef lachte mit einem
gutmütigen Stolz.

Anton Wiesinger aber schnaubte ihn ganz unvermutet an. »Sie und Ihre Spartakistenbagasch«, schimpfte er und erhob sich mißgelaunt vom Küchenhocker. Nun ja, er war nicht nur wegen des Vorfalls in der Brauerei wütend auf das Räteregime gewesen, sondern auch deshalb, weil diese Kerle eines Tages glatt damit angefangen hatten, die Banksafes der Wohlhabenden zu visitieren. »Die haben sich meiner Frau ihren deponierten Schmuck unter den Nagel gerissen! Einfach so! Diese Briganten, diese diebischen!« Noch die bloße Erinnerung versetzte ihn so in Wut, daß er mit der Faust auf die Tischplatte hieb.

»Ja no, das müssen S' jetzt auch verstehn«, meinte der Josef entschuldigend, wenn auch nicht ohne Verlegenheit.

»Ah so? Muß ich?« Der Bräuer sah den geretteten Beinah-Adjutanten des Kommandanten Eglhofer grimmig an. »Belagert wie wir praktisch die ganze Zeit über waren? Es hat doch keiner freiwillig irgendwas herausgerückt, und 's Regieren und Kriegführen kostet halt nun mal Geld.«

Regieren, Kriegführen, heiliger Strohsack aber auch! »Was anderes zum Herumspielen ist Ihnen nicht eing'fallen? Traurig, arg traurig, Herr Bräuninger, wenn's nicht so verflucht lächerlich wär'. Sie Giesinger Lenin Sie!«

Josef Bräuninger kannte seinen gewesenen Dienstherrn gut genug, um zu wissen, daß es so bös nicht gemeint sein konnte, wie es klang. Er blieb eine gute Woche in der Villa und zog dann wieder ins heimatliche Giesing um, wo er seiner Mutter in deren Milchladen bei der Arbeit half. Später, als die alte Frau es mit den Füßen bekam und nicht mehr recht stehen konnte, übernahm er ihn allein. Das Leben bog wieder in alltäglich normale Bahnen ein, für den einstigen Hausknecht wie für den Kommerzienrat.

Und dennoch sollte das Jahr 1919 nicht zu Ende gehen, ohne eine letzte Erschütterung in die Villa an der Maria-Theresia-Straße zu tragen. Weihnachten war um, und sogar die ›staade Zeit‹ zwischen den Festen beinah schon wieder

137

vorbei, als am letzten Tag im Jahr der Studienprofessor Oberlein aus dem Zimmer seines Schwiegervaters einen seltsamen Aufschrei vernahm. Er hatte seine Prothese nicht angeschnallt, aber seine Krücken in Reichweite, und humpelte zum Herrenzimmer hinüber. Als sich auf sein Klopfen hin nichts rührte, trat er ohne Aufforderung ein. Er sah den Kommerzienrat totenbleich und nach Atem ringend in seinem Ledersessel, mehr liegend als sitzend, und ein Blatt Papier in der schlaff auf den Schenkel heruntergesunkenen Hand. Als der Bräuer auf den scharfen Anruf des Schulmannes nicht reagierte, fing dieser an, um Hilfe zu schreien. Lisette und Therese stürzten herbei.

»Es muß irgendwas unter der Post gewesen sein, was ihn erschreckt hat«, vermutete die Theres, als sie ihren Vater auf das Ledersofa bettete. Und hatte damit völlig recht. Das Papier in seiner Hand war eine Karte vom Toni, auf welcher der in genau abgezählten fünfzehn Worten — mehr als diese zu schreiben hatte er keine Erlaubnis gehabt — die Mitteilung machte, daß er in einem Lager in Sibirien wäre, von einer schweren Krankheit leidlich genesen und in Erwartung seiner Entlassung, deren Termin freilich noch ungewiß sei. Der Schreck war also ein freudiger gewesen. Aber im Alter des Kommerzienrats konnte einem auch die allzu heftige Freude schädlich sein. Der eilends herbeigerufene Sanitätsrat durfte die Familie Gott sei Dank beruhigen. »Eine momentane Störung am Herzen, nichts Alarmierendes. Ein Tag Bettruhe, dann wird alles wieder in Ordnung kommen. Er braucht jetzt Ruhe, das ist das wichtigste.«

Alle gingen hinaus. Der Kommerzienrat lag still, das Gesicht gegen die Wand gekehrt. Niemand sah ihm zu, als er weinte. Es war schön, so aus purem Glück in sich hineinzuflennen. Und es war etwas Neues, es war ihm in seinem Leben vorher nie passiert.

Der verlorene Sohn

Es dauerte ziemlich lang, bis der Toni heimkam. Dabei war längst alles für seinen Empfang gerichtet. Der Kommerzienrat war schon am zweiten Tag nach der Herzattacke wieder aufgestanden und in die Brauerei gefahren. Dort ließ er sich das frühere Büro seines Sohnes aufsperren, in das er seit dem Weggang vom Toni keinen Fuß mehr gesetzt hatte, und das war jetzt schon beinahe sechs Jahre her.

»Jesses, schaut das hier aus. Reißen S' die Fenster auf, Bauer, da herin hat es ja eine Luft zum Ersticken!« Es wurden neue Tapeten besorgt und frische Vorhänge aufgemacht. Daheim in der Villa kletterte Anton Wiesinger zusammen mit der Lucie die winkelige Stiege in den Speicher hinauf, um die Kleider des Toni zu inspizieren. Sie steckten in Mottensäcken und stanken nach Naphtalin.

»Die Sachen werden ihm mit Sicherheit nicht mehr passen«, gab Lisette zu bedenken, »ganz abgesehen davon, daß sie heillos aus der Mode sind.«

»Meinst?« Der Bräuer wendete die Jacke des dunkelgrauen Flanellanzugs, den er selber einmal dem Toni hatte machen lassen, unschlüssig hin und her. »Auch recht«, sagte er und steckte sie in den Naphtalindunst zurück, »dann kriegt er was Neu's.«

Dem eifersüchtig auf seine Unabhängigkeit bedachten Dr. Pfahlhäuser paßte die sich anbahnende Entwicklung begreiflicherweise nicht. Er streckte im geheimen seine Fühler aus und unterhandelte mit seinem früheren Arbeitgeber. Aber die Pschorr-Brauerei dachte nicht daran, ihre

Belegschaft auszuweiten, sehr im Gegenteil, man hatte vor, Leute abzubauen — und dies nicht beim Pschorr allein. Die wirtschaftliche Lage war nach dem verlorenen Krieg auf der ganzen Linie eine wenig vielversprechende. So zog Dr. Pfahlhäuser es schließlich vor, beim Wiesinger-Bräu zu bleiben, wo er immerhin sein Sicheres hatte, zumal der Kommerzienrat, als er hintenherum von den Unternehmungen seines Geschäftsführers in Kenntnis gesetzt worden war, beinah verstört zu ihm gesagt hatte:»Sind S' so gut, Doktor! Ich brauch' Sie doch, und grad, wenn der Toni zurückkommt! Der Bauer und ich kennen uns in dem Laden doch schon gar nimmer richtig aus!«

»Ist denn bereits ein Termin bekannt?«

»Das nicht, aber lang wird's nicht mehr dauern. Ein Vater spürt so etwas.«

Die Wirklichkeit war um ein ziemliches phlegmatischer als Anton Wiesingers väterliche Ungeduld. Im Frühsommer 1920 traf noch einmal eine Karte ein. Und erst im November kam der Toni selbst.

Therese und Lisette hatten sich verbündet, um den alten Herrn davon abzuhalten, mit zum Hauptbahnhof zu fahren. Seit seinem zweiten Herzanfall — beide hatten sie ja mit dem Toni zu tun gehabt, der erste mit der Meldung, daß er vermißt und der zweite mit jener, daß er am Leben war! — plagte die Damen eine unbestimmte Furcht um die kommerzienrätliche Gesundheit. Der Bräuer fügte sich widerwillig in den Hausarrest. Die Ankunft des Zuges war für einhalb sieben Uhr am Abend angekündigt, und der Jahreszeit gemäß war es schon stockfinster. Ein erster, zwar spärlicher, aber schon seit Tagen hartnäckig liegengebliebener Schnee fing nun doch an zu tauen. Ein Wetterumschlag stand bevor. Auf solche meteorologischen Umschwünge hatten die Nerven des Kommerzienrats schon immer mit einer nervösen Reizbarkeit reagiert. Und jetzt mußte er auch noch untätig daheim herumsitzen. Er hatte den Franzl zu sich gerufen, um sich mit einer Partie ›Mensch ärgere dich nicht‹ die Zeit zu vertreiben. Der Bub war jetzt stark hergewachsen, für nächste Ostern stand ihm das Schulgehen bevor.

»Vier, du hast einen Vierer g'würfelt, Opa!«

»Und?«

»Dann kannst mich doch nicht schmeißen! Da brauchst einen Fünfer dazu! Gehst aufs Schwindeln aus heut'?«

»Bitt dich. Ich hab' mich halt verzählt.«

»Du verzählst dich aber oft. Und warum würfelst nicht endlich?«

»Bin ich denn schon wieder dran?«

»Aber ja, paß halt ein biss'l auf!«

Nein, das mit dem Spiel war wohl doch keine so gute Idee gewesen. Er sagte es ihm.

»Wo ich grad so schön am G'winnen bin«, maulte der Franzl und räumte enttäuscht die Figuren in die Schachtel zurück.

Drunten in der Küche schüttelte derweil die Lucie den Kopf, während sie in dem fettigen Abspülwasser nach zwei Gabeln herumfischte, die noch auf dem Grund der Schüssel liegen mußten. Sie hatte ein paarmal beim gnädigen Herrn droben hineingeschaut und seine unerträglich gespannte Erregung gespürt. »Er würd' sich viel weniger aufg'regt haben, wenn die beiden ihn mitg'nommen hätten. Diese Herwarterei ist doch erst recht schädlich für sein Herz.«

»Da können S' Gift drauf nehmen!« gab die Köchin Klara zur Antwort und legte ihr Strickzeug weg, weil es nämlich an der Haustür geklingelt hatte. »Bleiben S', ich hab' trockene Händ', ich mach' schon auf.«

Auf der untersten der drei Stufen, die zum Eingang heraufführten, stand ein mittelgroßer, in einem viel zu weiten Uniformmantel steckender Mann. Als Klara die Tür öffnete, zog er seine Militärmütze vom Kopf. Er hielt sie mit steifen

Fingern vor die Brust und sagte nichts. Sein Gesicht war hager bis zum totenkopfähnlichen, die Augen saßen tief in den Höhlen, und was die Köchin am meisten erschreckte, war eine blaurote, etwas wulstige Narbe, die von der linken Mitte des kahlrasierten Schädels bis in die Stirn herein ging, wo sie drei Fingerbreit über der rechten Augenbraue endete. Klara wurde es beklommen zumut.

»Was wünschen sie?«

»Hauptmann Toni Wiesinger«, sagte der Totenkopfähnliche so leise, daß Klara es kaum verstand.

»Tut mir leid, der Herr Hauptmann ist noch nicht da, die Herrschaften holen ihn eben von der Bahn.«

»Nein . . . ich bin es selbst.«

Diese Eröffnung erfüllte die Köchin mit großem Mißtrauen. Gar zu oft schon hatte sie in den Zeitungen von Schwindlern lesen, die immer wieder versuchten, sich unter Vortäuschung einer falschen Identität in wohlhabende Häuser zu drängen, um dort alles mögliche mitgehen zu lassen.

In diesem Augenblick hörte man drinnen die Stimme des Kommerzienrats. Er war, nachdem er die Klingel hatte anschlagen hören, in die Halle hinuntergegangen. Mochte sein, seine Frauen hatten in der Aufregung vergessen, die Schlüssel einzustecken.

»Lucie? – Klara! Wer hat denn geschellt?« fragte er laut, während er das Vestibül durchquerte und zur Türe kam. Als er des draußen Stehenden ansichtig wurde, der noch immer die abgenommene Mütze vor die Brust hielt, stutzte er. Er fixierte den Fremden lang und scharf. Die Lippen des alten Mannes fingen sonderbar zu zittern an. »Toni . . .«, flüsterte er und hob mit einer unbeholfenen Geste die Arme. »Toni . . . Toni, Bub!« Da stürzte der Uniformierte endlich doch auf den Vater zu. »Toni, Bub, mein Bub«, entrang es sich Anton Wiesinger ein ums andere Mal, als sie sich in den Armen lagen.

Währenddem liefen Therese und Lisette zum wer weiß wie vielten Mal den inzwischen längst finster und menschenleer in der Halle stehenden Zug auf und ab. Schon vor einer Viertelstunde hatte ein Dutzend heruntergehungerter Gestalten die Abteile verlassen, in abgerissenen Kleidern, die kurios aus zivilistischen und militärischen Stücken zusammengewürfelt waren. Übrigens neben einer Menge ganz normaler Reisender, die in geschäftiger Interesselosigkeit an den Elendsgestalten vorübereilten. Der Zug war kein Sonderzug, sondern ein ganz gewöhnlich fahrplanmäßiger, der über Hof und Nürnberg aus Leipzig kam. Auf dem Bahnsteig hatte es zwischen den Rußlandheimkehrern und den zu ihrer Begrüßung gekommenen Angehörigen herzzerreißende Szenen des Wiedererkennens gegeben. Aber Frau Wiesinger und Frau Oberlein hatten sich ihrer Rührung nicht recht widmen können. Wo mochte der Toni nur stekken? Es war doch einfach unmöglich, daß sie ihn übersehen hatten! Als sie sich an eine Bahnhofsschwester wandten, zuckte diese bedauernd die Achsel.»Da läßt sich heute abend nichts mehr in Erfahrung bringen. Am besten, Sie versuchen es gleich in der Frühe bei der Landesstelle vom Roten Kreuz, die wissen am ehesten was.«

Lisette war dem Weinen nahe.»Wenn ich nur wüßte, wie ich es deinem Vater beibringen soll«, klagte sie.

Einstweilen erklärte sich die Sache denkbar einfach. Dem Heimkehrer Toni Wiesinger hatte die Vorstellung einer sentimentalen Szene am Bahnhof, vor den Augen der vielen wildfremden Leute, eine peinigende Angst eingejagt. Um so ärger, je länger die elftägige, am Baikalsee im Viehwagen begonnene, nach und nach mit sechsmaligem Zugwechsel verbundene Bahnfahrt sich hinzog, und je unausweichlicher sein Reiseziel näher kam. Als der Leipziger Zug auf dem kleinen Vorortbahnhof von Pasing zu seinem letzten, kaum eine Minute dauernden Halt kam, bevor er München erreichte, stieg Toni Wiesinger kurzerhand aus. Lange war er mutterseelenallein und mit hängenden Armen in dem milchig zähen Licht gestanden, das ein einzelner, von Abendnebeln umwölkter Kandelaber auf den trostlos verlassenen Bahnsteig heruntertropfen ließ. Dann, ganz plötzlich und wie mit einem Ruck, hatte er den Pappkarton aufgenommen, der seine wertlosen Habseligkeiten und den von der Bahnhofsmission verteilten, von ihm säuberlich zusammengesparten Reiseproviant enthielt, und war damit zum Vorplatz des Bahnhofsgebäudes hinausgegangen, wo er nach kurzem Besinnen das einzige dort wartende Taxi bestieg, um sich in die Maria-Theresia-Straße fahren zu lassen.

»Da hast aber Glück g'habt, daß d' eins aufg'trieben hast«, bemerkte Anton Wiesinger, denn Mietwagen waren in dieser notvollen Nachkriegszeit zu einem ziemlichen Luxus geworden. Aber Toni hatte mit einer Fahrgelegenheit anfangs gar nicht gerechnet gehabt.

»Ich wollt z' Fuß gehen, eigentlich.«

»Zu Fuß? Bis von Pasing herein?«

Toni zuckte gleichgültig die Achsel. »Ich bin schon weiter g'laufen«, murmelte er.

Der Bräuer war von der Teilnahmslosigkeit seines Sohnes irritiert. »Hast denn eigentlich Geld g'habt, zum Zahlen?« fiel ihm plötzlich ein.

Toni schüttelte den Kopf. »Der Fahrer wartet drauf.«

Der Kommerzienrat konnte ein Befremden darüber nicht ganz unterdrücken, daß sein Sohn imstande war, auf eine so selbstverständliche Sache, wie es die alsbaldige Begleichung einer Schuldigkeit ist, fast eine halbe Stunde lang völlig zu vergessen. Wie durcheinander er sein muß und dem gewöhnlichen Leben entfremdet, dachte er, als er vor die Haustür trat, um die durch das unnütze Warten inzwischen zu beachtlicher Höhe aufgelaufene Rechnung zu bezahlen.

Als er zurückkam, stand sein Sohn immer noch nahe bei der Tür an dem Platz, den er gleich bei seinem Eintritt eingenommen hatte. Im Hereinkommen fiel dem Kommerzienrat auf, daß der gewesene Hauptmann auf merkwürdige Art in seiner Jackentasche herumkramte und von dort irgend etwas hervorholte, um es dann mit einer unauffällig behenden, anscheinend häufig geübten Bewegung seiner Finger in einen Fetzen groben Papiers zu wickeln, das an den Rändern unregelmäßig ausgefranst und allem Anschein nach aus einer Zeitung herausgerissen worden war. »Was machst denn da?« erkundigte sich Anton Wiesinger interessiert.

»Eine Zigarette.« Das, was der Toni lose in der Tasche mit sich herumtrug, war grober, rispenreicher Machorka. Gut und gern ein halbes Pfund.

»Sei so gut!« rief der Bräuer beinah erschrocken aus. »Ich hab' doch eigens Zigarren herg'richtet für dich!« Er hielt dem Sohn den kargen Rest seiner Vorkriegszigarren hin, den er durch die Jahre mit Geiz gehütet hatte. Sorgsam und bei zuträglicher Feuchtigkeit hatte er sie gelagert, und, um ihre bescheidene Zahl nicht noch weiter zu schmälern, sogar selbst keine einzige mehr davon geraucht, seit vom Toni das erste Lebenszeichen eingetroffen war. Toni streifte den russischen Knaster mit vorsichtiger Behutsamkeit aus der mit kyrillischen Buchstaben bedruckten Papierrolle in die Joppentasche zurück, sichtlich darum bemüht, ja kein Brösel- chen davon zu verlieren. Dann zündete er die Zigarre an und sog den schweren Rauch tief in die Lungen hinunter. Die Art, wie er rauchte, wirkte sowohl gierig wie auf der anderen Seite gedankenlos. Anton Wiesinger, der seinen Sohn aus den Augenwinkeln heraus beobachtete, flog ein unwillkürli- cher Ärger an. Eine derart kostbare Provenienz hätte es wirklich verdient, daß man ihr Aroma geschmäcklerisch auf der Zunge zergehen ließ. Überdies war sie zum Inhalieren viel zu stark. Nichts an Tonis Miene verriet, ob ihm der feine südamerikanische Tabak überhaupt mundete, vielmehr starrte er die ganze Zeit wortlos und mit dem Ausdruck einer Zerstreutheit vor sich hin, die traurig, nein . . . der Kommer- zienrat fand lange das rechte Wort nicht, und als er es gefunden hatte, vermochte er nicht gleich, es zu akzeptieren, weil es ihm so schrecklich unpassend vorkam. Aber man mochte es drehen und wenden wie man wollte, die Geistesabwesenheit seines Sohnes hatte ganz zweifellos etwas Verdrießliches, nachgerade Mürrisches an sich.

»Hast es recht hart g'habt, gell?« erkundigte sich der Kommerzienrat zaghaft. Toni zuckte nur mit der Achsel und antwortete nicht. Das Schweigen wurde drückend, und Anton Wiesinger entfloh ihm schließlich, indem er anfing, ausführlich und ein bißchen hektisch von der Theres und ihrer eigentlich nicht mehr erwarteten Verheiratung zu erzählen. Der Toni, immer noch am selben Fleck nah bei der Tür stehend, nickte gelegentlich. Sein Vater war sich dennoch nicht sicher, ob er ihm zuhörte oder nicht. Als der Bräuer endlich die Stimmen seiner Frau und seiner Tochter von der Halle heraufhörte, fühlte er sich direkt erlöst. Und, merkwürdig genug, sofort trug der Schalk den Sieg über die ratlos gedrückte Stimmung davon, die während der letzten halben Stunde über ihn gekommen war. »Halt dich ein Momenterl still«, flüsterte er seinem Sohn verschwörerisch zu, öffnete die Zimmertüre und stellte sich so, daß die herantretenden Frauen den Toni nicht gleich zu sehen bekamen. »Nun, wo habts ihr ihn? Wo ist er denn?« rief er ihnen mit gut gespielter Ungeduld schon von weitem entgegen.

»Jetzt, bitte sei ganz ruhig, und rege dich nicht unnötig auf«, bereitete die Theres ihn auf das Unangenehme vor.

»Aufregen? Worüber denn?« tat der Kommerzienrat ahnungslos.

»Wir haben ihn nicht angetroffen.«

Da vermochte Anton Wiesinger nicht mehr an sich zu halten, sondern riß die Türe mit einem herzhaften Schwung weit auf, so daß der Toni endlich doch ins Blickfeld der beiden Damen geriet. »Natürlich nicht, ihr habts ihn ja gar nicht antreffen *können*!«

»Toni!!« Es war ein Schrei, und sogar mehr ein erschrok-

kener als ein froher, den die Theres ausstieß, als sie der
Elendsgestalt hinter der Tür ansichtig wurde, die einmal ihr
fescher und lebenslustiger Bruder gewesen war.

Toni lächelte verlegen. »Frau Oberlein . . .«, sagte er und
streckte ihr ungeschickt die Hand entgegen. Um ein Haar
hätte er sie mit der Glut seiner Zigarette versengt.

»Toni!« Therese riß ihm die Brasil aus den Fingern, warf
sie in die Aschenschale und hing sich dem Heimgekehrten
an den Hals. »Toni, Toni, Toni«, stieß sie ein ums andere
Mal hervor, und es klang, als schluchze sie.

Über seine Erlebnisse in der vierjährigen Gefangenschaft
sprach der gewesene Hauptmann im Leibregiment selten.
Aus dem, was im Laufe der Zeit an verstreuten Einzelheiten
herauskam, konnte man sich immerhin zusammenreimen,
daß er sich an jenem unseligen 12. November 1916 in dem
rauhen Gelände am Surdukpaß den Fuß verstaucht hatte
und so hinter seinen vorstürmenden Kameraden zurückgeblieben war. Bei einem Gegenstoß der Rumänen hatte er
sich unvermutet ganz allein einem größeren Trupp des Fein-
des gegenübergesehen. Als die Rumänen das zurückgewonnene Gelände kurz darauf abermals räumen mußten, hatten
sie zunächst Lust, ihren Gefangenen bequemlichkeitshalber
einfach über den Haufen zu schießen, aber ein Offizier hatte
dies zu verhindern und statt dessen durchzusetzen gewußt,
daß man ihn mit sich schleppte. Der Rückzug war nach und
nach in eine regellose Flucht übergegangen, und Toni Wiesinger hatte an diesem endlosen Nachmittag scheußliche
Schmerzen auszuhalten gehabt, weil begreiflicherweise niemand gewillt gewesen war, auf seine Behinderung Rücksicht
zu nehmen. Später dann, hinter den Linien, hatte er ein paar
Wochen in einem Gefangenenlager zugebracht bei eigentlich ganz erträglichen Bedingungen, um dann, als die sieg-
reichen Truppen des Generals Mackensen sich endlich auch
diesem Platze näherten, Richtung Nordosten abtransportiert

zu werden. Hierbei mußte er irgendwann, und ohne es recht zu merken, vom rumänischen Gewahrsam in den der Russen übergegangen sein.

Den Weg nach Zentralrußland, bis in die Nähe von Moskau, legten die Gefangenen zu Fuß zurück. Und da die Luxation seines Fußknöchels inzwischen ausgeheilt war, vermochte Toni sich auf diesem winterlichen Elendszug ganz gut zu halten, bei dem manch anderer entkräftet in einer Schneewehe am Straßenrand zurückblieb und den Fangschuß erhielt. Vor Moskau kampierten die Gefangenen in hartgefrorenen Erdlöchern, über die man Zeltplanen gespannt hatte. Einzig die animalische Wärme, welche die dicht Zusammengepferchten selber ausdünsteten, bewahrte sie vor dem Erfrieren. Schließlich ging die Ruhr unter ihnen um, so daß sie anfingen, sich gegenseitig mit ihrer Notdurft zu verunreinigen. Die Lage schien hoffnungslos, als eines Tages ein Eisenbahnzug herandampfte, in den man die Entkräfteten wie Schlachtvieh trieb. Eine Fahrt von vielleicht drei, vielleicht vier Wochen − man verlor die zeitliche Orientierung in dem ewig ratternden Einerlei − brachte die Gefangenen in das westliche Sibirien, wo immerhin ein primitives Barackenlager für sie vorbereitet war. Dieses bot, verglichen mit den Verhältnissen vor Moskau, eine beinahe angenehme Unterkunft. Nur der nagende Hunger war schlimm.

Im folgenden Sommer wurde die Hitze so unerträglich, wie es zuvor die Kälte gewesen war. Die Arbeit in der Landwirtschaft, zu der sie angetrieben wurden, war für den verhätschelten Sohn des Kommerzienrats zum Verzweifeln ungewohnt. Hilfsmittel und Werkzeuge waren nicht vorhanden, primitive, schier mittelalterlich anmutende Holzpflüge das einzige Gerät, und selbst das mußte man mit der eigenen Körperkraft durch den schweren Boden ziehen, da es weder Pferde noch Ochsen gab. Als die ersten Schwielen verheilt waren, schickte Toni Wiesinger sich in das alles überra-

schend gut. Man sah im Juni das Getreide aus der Acker-
krume spitzen, es war etwas Menschenwürdiges, sogar Schönes um diese Art Arbeit, in manchen Augenblicken verspürte
der gewesene Berufsoffizier und Brauereidirektor beinah
etwas wie ein schlichtes, merkwürdig eindringliches Glücks-
gefühl.

Als die Kunde von der Entmachtung des Zaren Aufregung und Unsicherheit unter die Bewacher brachte, taten
sich etliche Offiziere zusammen und schmiedeten einen
Plan zur Flucht. Toni, der das Vorhaben für aussichtslos
hielt, verweigerte sich. Er hegte die Hoffnung, daß der Krieg
nun ohnehin rasch zu Ende ginge, und dann käme man ganz
von selbst in die Heimat zurück. Der Anschlag wurde entdeckt, buchstäblich in letzter Minute, und der Lagerkom-
mandant schäumte vor Wut. Das war im Oktober siebzehn,
und den Soldaten war erst ein paar Tage zuvor die erste
Schreiberlaubnis angekündigt worden. Jetzt wurde nichts
daraus. Und es half dem in die Landwirtschaft verliebten
Hauptmann Wiesinger wenig, daß er an dem geplanten
Unternehmen eigentlich gar nicht beteiligt gewesen war. Er
wurde mit den anderen Offizieren in ein Straflager nahe
dem Baikalsee gesteckt. Und dort, wo sie unter Tage in
einem Bergwerk schuften mußten, achtzehn Stunden am
Tag, bei halber Ration und ohne Aussicht, je einmal Verbindung mit der Heimat aufnehmen zu dürfen, muß irgendwie
die Spannkraft zerbrochen sein, die den Toni bislang am
Leben erhalten hatte. Die Umstände waren unerträglich.
Kleiderläuse fraßen die Gefangenen auf. Eine Flecktyphu-
sepidemie brach aus. An manchem Morgen trug man zehn,
zwanzig Gestorbene aus der Baracke in den Schnee hinaus.
Dort schichtete man sie übereinander wie Stapelholz, denn
an eine Beerdigung war erst im Frühjahr zu denken, wenn
der beinhart gefrorene Boden wieder unter die wärmende
Sonne käme. Um diese Zeit war es, daß Toni sich auf eigene
Faust zu einem Fluchtversuch entschloß und, niedergeritten

von einem Kosaken, jenen Säbelhieb empfing, desse Narbe so entstellend sichtbar geblieben war. Erstaunlich genug, daß er mit dem Leben davonkam. Allein schon, daß man ihn nicht einfach für tot liegen und tatsächlich verrecken ließ, sondern ins Lager zurückschleifte, grenzte an ein Wunder. Ärztlicher Beistand wurde ihm nicht gewährt. Dennoch genas er dank der aufopfernden Betreuung, welche die Kameraden ihm zuteil werden ließen.

Diese drei Jahre im Straflager Jerbogatschen waren es, von denen er am allerwenigsten sprach. Und über einen ganz gewissen Vormittag im Januar achtzehn, zur Zeit der großen Fleckfieberseuche, redete er überhaupt nie und mit niemandem, sein ganzes restliches Leben lang nicht. Auf eine Art verweigerte er sich dieser Erinnerung sogar selbst. Hartnäckig und unbeugsam verhinderte er, daß sie jemals wieder deutlich in sein waches Bewußtsein stieg. Doch so gründlich ihm diese Verleugnung tagsüber gelingen mochte, nachts, wenn er sich nicht dagegen zu wehren vermochte, warfen seine schweißnassen Träume ihn ja doch wieder und wieder in diesen niemals mehr ungeschehen zu machenden Vormittag zurück.

Der Kommerzienrat befand sich in einer sonderbaren Gemütsverfassung. Vier Jahre hatte ihn die Angst um den Toni geplagt, und auch jetzt, nach dessen Rückkehr, wich sie noch immer nicht von ihm. Oft konnte er stundenlang nicht aufhören nachzugrübeln. Wie, wenn sein Bub überhaupt nicht mehr richtig auf die Beine käme? Wie, wenn er ein an Körper und Seele für immer Gebrochener blieb? Vorfälle, die derlei Ängsten Nahrung boten, gab es genug.

Der Winter war ungewöhnlich hart und das Brennmaterial wegen der miserablen Wirtschaftslage und der von den Siegern aus dem Land gepreßten Reparationen auch im zweiten Friedensjahr noch immer eine Kostbarkeit. Weil man es sich nicht leisten konnte, in der Villa mehr als einen

150

Raum zu heizen, hockte man im Kleinen Salon nahe beim Ofen zusammen, und der Toni fürchtete dieses intime Familiengeglucke wie die Pest. So gut im Grunde alle die Neigung des Toni verstanden, sich ein wenig abzusondern, so befremdlich berührte es sie immerhin, ihn im ungeheizten Zimmer auf dem Bettrand sitzen und das Frühstück ganz für sich allein einnehmen zu sehen. Der unbehaglichen Kälte wegen legte er sich seinen Militärmantel um die Schultern und zog zu allem Überfluß auch noch die Vorhänge zu, obwohl draußen der helle Tag vor den Fenstern stand. Die Theres erschrak geradezu, als sie zum erstenmal ahnungslos zu ihm hereinkam.

»Bitt dich, Toni — was soll denn das, daß du's so finster hast? Und eiskalt ist es doch auch da herinnen!«

»Ich bin schon kälter g'sessen«, gab er mürrisch zur Antwort.

»Ich weiß ja, daß es nicht angenehm ist, dauernd zwangsweis' so eng aufeinander zu hocken, für keinen von uns, aber so geht's doch wirklich auch nicht, daß du dich in einem fort verkriechst!«

»Laß mich in Frieden, Theres.« Sie konnte ihn nicht richtig sehen, weil es so dämmrig im Zimmer war. Seine Stimme klang müde und gereizt.

»Toni!« verlegte sie sich aufs Bitten. »Der Papa hat extra 's Nymphenburger Porzellan für dich auflegen lassen.«

»Allmählich könnt' er es wirklich wissen, daß ich meinen Frieden mag!«

Therese warf einen Blick auf das Tablett, das er sich vorhin selber von der Küche heraufgeholt hatte. Sie hatte es der Klara nicht glauben wollen, daß er nur mit einer Kanne Kräutertee und zwei Scheiben trockenen Hausbrots weggegangen war.

»Ich will nichts Extriges haben!« wies er die Vorhaltungen seiner Schwester zurück. Man merkte, daß es ihm allmählich schwerfiel, freundlich zu bleiben.

»Aber schau, ein biss'l Butter und ein Ei —«

»Ihr habts auch kein Ei!«

»Aber du brauchst es doch nötiger als wir.« Sie redete sanftmütig wie mit einem Kind. Das ärgerte ihn. Er schwieg. »Nun gut, über 's Ei läßt sich reden«, gab die Theres zur Hälfte nach, »aber einen Eßlöffel Butter und ein wenig von dem Rübensirup leisten wir uns doch auch — du wirst doch nicht drauf bestehn, daß du *weniger* als die anderen bekommst!« Er kaute eigensinnig an seinem trockenen Brot herum und weigerte sich, weiter Notiz von ihr zu nehmen. Therese sah ihn lange und mit schmerzlichen Empfindungen an. »Du machst es einem wirklich nicht leicht, Toni«, klagte sie schließlich und ging hinaus.

Dabei war sie noch gnädig davongekommen, gnädiger als ein paar Tage später die Klara. Die Köchin entschied nämlich, es wäre ihr »diese g'spinnerte Gaudi entschieden zu dumm«, und in der ihr eigenen resoluten Art verschwor sie sich, die Sache jetzt selbst in die Hand zu nehmen, »weil nämlich für einen Menschen, der sich verrennt, nix so schädlich ist wie die ewige Nachgiebigkeit, mit der man ihm seine Marotten 'nausgehen läßt!« So packte sie eines Morgens allerlei verlockende Köstlichkeiten auf ein Silbertablett — Köstlichkeiten jedenfalls nach den Maßstäben der ewig nicht enden wollenden Hungerzeit! — und ging damit in die Etage hinauf.

»Frühstück, Herr Wiesinger!« verkündete sie mit ostentativer Fröhlichkeit und riß die Vorhänge auseinander. »Wer wird denn im Finstern sitzen, wo draußen die schönste Sonne scheint!«

Toni zwickte vor der blendenden Helligkeit die Augen zusammen, und das laute, volltönende Organ der Köchin tat ihm in den Ohren weh.

»Schauen S', was ich Ihnen mitgebracht hab'«, fuhr sie munter fort und hob einen rosaroten Eiwärmer in die Höhe. »Den hat noch Ihre Frau Mutter selig g'häkelt, die Frau

Oberlein hat mir's erzählt. Gut, daß ich ihn g'funden hab',
weil ein kalt 'wordenes Vierminutenei ist ja wirklich nicht 's
Wahre, hab' ich recht?«

»Ich hab' doch ang'schafft, daß ich kein Ei haben will!«
begehrte der Toni auf.

»Ich weiß, was Sie ang'schafft haben, aber das hat doch
keine Heimat, Herr Wiesinger, und im Grund wissen S' das
selber, hab' ich recht?« Sie breitete auf dem kleinen Tisch-
chen aus, was sie mitgebracht hatte, lüpfte den Deckel der
Kaffeekanne und fächelte mit der Hand den Duft gegen ihn.
»Riechen S' es? Von Ihrem ewigen Kräutertee kriegen S'
bloß die Wassersucht − ein guter Bohnenkaffee ist g'sund
fürs Herz! Die Vierfruchtmarmelad' hab' ich von der Krame-
rin 'bettelt. Von einem armen, verhungerten Heimkehrer,
wenn man 's Reden anfangt, da schmelzen s' allesamt
dahin.« Die Köchin plapperte fort und fort, ohne zu bemerken, wie unnatürlich bleich ihr Schützling geworden war.
»Langen S' ungeniert hin, Herr Wiesinger, wär' ja noch
schöner. Mit zwei Jahr Kopfhinhalten und vier Jahr Ein-
g'sperrtsein fürs Vaterland haben S' sich das wirklich verdient.«

In diesem Augenblick geschah das Unglaubliche. Toni,
der die ganze Zeit über reglos auf seinem Bett gesessen war,
den Mantel um die Schultern gelegt, an den dick bestrumpf-
ten Füßen graue Filzpantoffel, die leicht angewinkelten
Arme beidseits vom Körper auf den Matratzenrand gestützt
und den Blick auf den Boden geheftet, der gewesene Hauptmann Toni Wiesinger fuhr mit einer unerwarteten, überaus
heftigen Bewegung seiner Rechten über den sorgsam
gedeckten Tisch. Die von Klara angepriesenen Herrlichkei-
ten flogen durchs Zimmer. Die Kaffeekanne zerbarst, und
die braune, heiße Brühe durchtränkte den Teppich.

»A-aber − Herr − Wiesinger − ??« japste Klara.

»Lassen Sie mich endlich in Frieden! Sonst kann ich für
nichts mehr garantiern!« brüllte Toni mühsam atmend, und

ging hinaus. Klara kniete auf dem verschmutzten Boden und kratzte mit dem Messer den zäh herunterlaufenden Dotter des Vierminuteneis und die klebrige Masse der Vierfruchtmarmelade vom Türstock ab.

»Ich les' da: Auffällige Erscheinungen der Hungerkrankheit sind, neben den körperlichen Symptomen, wie Untergewicht, Wassersucht und so weiter, eine auffallende Teilnahms- und Interesselosigkeit, gekoppelt mit gesteigerter Reizbarkeit.« Der Kommerzienrat hatte seiner dickleibigen Aktenmappe ein paar Bücher entnommen und sie auf dem Ordinationstisch des Sanitätsrats aufeinandergestapelt. Aus einem davon zitierte er.

Der Sanitätsrat blickte mit einer gewissen Irritation auf die kleine Bibliothek. »Haben Sie das vielleicht alles gelesen?« verwunderte er sich.

Anton Wiesinger nickte bestätigend und stieß mit dem Fuß gegen die noch immer bauchige Aktentasche. »Da sind noch ein paar drin.«.

Der Sanitätsrat schüttelte den Kopf. »Damit machen Sie sich doch bloß selber verrückt!«

Der Bräuer schwieg. »Er ist so furchtbar anders geworden, Sanitätsrat«, erklärte er dann leise und bedrückt. »Ich beobacht' ihn den ganzen Tag, wissen Sie . . .«

Der alte Arzt sah sein Gegenüber scharf und prüfend an. »Den ganzen Tag? Und Sie versprechen sich von so einer stellvertretenden Hypochondrie ernstlich etwas Gutes, Kommerzienrat?«

Anton Wiesinger zuckte die Achsel. »Er selber erzählt uns ja nichts.« Er sah hilflos zu dem Sanitätsrat hinüber, der im Lauf der vielen Jahrzehnte fast so etwas wie ein Freund für ihn geworden war. Der Toni war nicht mehr der Toni von früher. Das war das einzige, was der Kommerzienrat wirklich sicher wußte. Er war in die Ordination gekommen, weil er das Bedürfnis verspürt hatte, reinen Wein eingeschenkt zu erhalten von jemandem, der aufrichtig war und etwas von der Sache verstand. Er selber kam mit den medizinischen Büchern doch nicht so ganz zurecht. Außerdem widersprachen sie – wie üblich – einander.»Er hat noch immer Ödeme in den Beinen und auch im Bauch, trotz der leidlich anständigen Ernährung, die er jetzt bekommt.«

Der Arzt eröffnete dem Bräuer, daß es damit Jahre dauern könne.»Halt bis der irritierte Stoffwechsel sich wieder ganz einreguliert hat, es hat ja schließlich auch Jahre gebraucht, bis er so heruntergekommen ist.«

Anton Wiesinger hörte aufmerksam zu.»Ich will alles erfahren, was die Wissenschaft darüber weiß, und in schonungsloser Offenheit. Vor allem, ob Spätfolgen zu befürchten sind. Hier zum Beispiel steht –«, Anton Wiesinger legte den Finger auf eine Textstelle in dem Kompendium, das aufgeschlagen vor ihm lag,»– daß langanhaltender Hunger die Drüsen der inneren Sekretion schädigt, insbesondere die Hirnanhangdrüse und generell das Gewebe des Zwischenhirns, und zwar möglicherweise dauerhaft!«

Der Sanitätsrat ärgerte sich.»Alles Klugscheißerei, Kommerzienrat. Pardon. Aber schließlich wissen die Herren, die sich da so großartig auslassen, im Grunde ü-ber-haupt nichts, es gibt keine gesicherten Erkenntnisse, die Materie ist noch kaum erforscht. Überdies mag sein, daß im speziellen Fall dieser unselige Säbelhieb eine Rolle spielt. Ihr Sohn hat mit Sicherheit eine Schädelfraktur erlitten. Aber im Ganzen bin ich trotzdem sicher, daß die momentane Sonderbarkeit des jungen Mannes eine vorübergehende ist und vor allem seelische Gründe hat. Er hat einen Albtraum von vier Jahren hinter sich. Man muß ihm Zeit lassen, sich langsam ins Leben zurückzutasten, und man muß Geduld mit ihm haben. Vor allem Geduld, Kommerzienrat.«

Anton Wiesinger fühlte sich unendlich erleichtert. Das war genau die Auskunft, auf die er gehofft hatte. Zeit und Geduld . . . Zeit war da, auch wenn er sich mit seinen zweiundsiebzig Jahren jetzt gern ins Privatleben zurückgezogen und die Brauerei endlich ganz dem Toni aufgehalst hätte. Auf ein paar Jahre hin oder her, wenn nur Gott ihm seine Gesundheit und das Leben beließ, kam es jetzt auch nicht mehr an, drängen würde er den Filius nicht. Und auch Geduld würde er aufzubringen wissen, mochte sie noch so schwer seinem natürlichen Temperament abzuringen sein. Geduld, so viel als immer nötig war, Geduld bis zum äußersten, und sogar gern! Anton Wiesinger geriet förmlich in Begeisterung. »Ich hab' ihn doch lieb!« verkündete er mit lebhafter Zuversicht und sprang von seinem Stuhl auf. »Ich bin sein Vater, ich bring' ihn schon wieder auf d' Füß'!«

Rein körperlich war der Toni wieder recht gut beisammen, als ihn der Kommerzienrat zum erstenmal in die Brauerei verschleppte. Und dieses etwas gewalttätig wirkende Verbum traf ziemlich genau den Sachverhalt, denn der gewesene Direktor legte keinerlei Interesse an den Tag, von sich aus die Stätte seines früheren und, so war zu hoffen, auch künftigen Wirkens aufzusuchen.

»Viel hat sich nicht verändert, Bub. Leider! Denn nötig wären Reparaturen und Verbesserungen hinten und vorn, aber die Zeiten halt . . . Na, komm, ich führ' dich herum.«

»Würde es dir was ausmachen, wenn ich ohne dich herummarschier'?« Es waren so ziemlich die ersten Worte, die der Toni an diesem Vormittag von sich gab. Sie klangen freundlich, seinen Vater trafen sie begreiflicherweise trotzdem hart.

»A-aber — du mußt doch wen haben, der dir Auskünfte gibt?« stotterte er.

»Ich werd' schon wen finden. Es sind ja doch überall Leut'.«

Anton Wiesinger dachte an die aufzubringende Geduld und schluckte das Gefühl von enttäuschtem Gekränktsein hinunter, das ihn überfallen hatte. »Schon recht Bub, wenn's dir so lieber ist«, sagte er. »Gehst halt zuerst in das . . .« ›In das Sudhaus‹ hatte er sagen wollen, aber dann war ihm sein Vorsatz eingefallen, den Sohn nicht zu gängeln. Er brach mittendrin ab. »Gehst halt hin, wo 's d' Lust hast«, sagte er.

Natürlich war der alte Wiesinger nicht der einzige, der sich einen Nasenstüber bei dem Bemühen holte, das Niemandsland von Fremdheit und Abweisung zu überwinden, das der Heimgekehrte so sorglich um sich herum ausbreitete. Als der Dr. Pfahlhäuser sich einmal mit wichtigtuerischem Eifer auf ihn stürzte, um ihm wortreich die neue Heferasse zu erklären, die unlängst von ihm eingeführt worden war – »Wir machen uns die Reinkultur davon selber, wissen Sie, in einem Reinzuchtapparat. Sacchoromyces cerevisiae« –, da sah ihn der Toni nur von oben bis unten an, drehte sich wortlos auf dem Absatz um und ließ den Verblüfften mitten im Brauereihof stehen.

Ähnlich ging es dem Studienprofessor Oberlein, als er zum wiederholten Male bemüht war, die politischen Ansichten des gewesenen Frontkameraden auszukundschaften, was jedesmal darauf hinauslief, daß er selbst einen endlosen Monolog hielt, während der Toni mit zerstreuter Miene lauschte, und ihm keine wie immer geartete Antwort gab.

»Dieser Ebert, ein vollgefressener Sattlergeselle als Präsident des Deutschen Reichs! Das darf doch nun wirklich nicht die letzte Antwort der Geschichte auf die Fragen des zwanzigsten Jahrhunderts sein! Nein, eines Tages wird sich alles wenden, glauben Sie mir, und es wird sich erweisen, daß Ihr vierjähriger Opfergang – übrigens auch der meinige! –, daß all diese Opfer in Gottes Namen eben doch irgendeinen Sinn gehabt haben, Herr Wiesinger!« Der einbeinige Studienprofessor war lebhaft geworden. Schon, weil sein Gegenüber heute nicht ganz so wie sonst in sich selber versunken schien, sondern ihn ausnahmsweise anblickte, sogar irgendwie interessiert anblickte, wenn es auch – was

157

Oberlein freilich nicht bemerkte — ein Interesse eher jener staunend beobachtenden Art war, wie sie den Naturforscher vor einem sonderbaren Insekt überkommen mag. »Ich habe dauernd Schmerzen, einen durch das Scheuern der Prothese beinahe chronisch entzündeten Stumpf«, fuhr der Studienprofessor im zweiten Anlauf mit gesteigertem Eifer fort. »Trotzdem finde ich, daß es geradezu ein Verbrechen wäre, über seine Leiden zu klagen. Was ist schon das leidende Individuum? Nichts! Und übrigens ist auch die Menschheit nichts, ein blutleeres Abstraktum. Nein, die Menschheit ist nicht Ding an sich, und auch das Einzelwesen ist nicht Ding an sich. Ding an sich ist allein das Volk. Deutschland. Ihm allein haben wir unsere Opfer gebracht. Richtig, Herr Wiesinger?« Oberlein sah seinen Schwager, den er immer noch siezte, erwartungsvoll an.

Toni war nicht anzumerken, welchen Eindruck die krausen Bekenntnisse des Schulmannes auf ihn machten. Er schwieg. Dann sagte er knapp, aber keineswegs unhöflich — und vielleicht war gerade diese gleichgültige Höflichkeit das eigentlich Kränkende für den Studienprofessor, der doch immerhin den Vorhang vor seinem Innenleben gelüpft hatte, das er sonst eisern unter Verschluß hielt, kaum weniger ängstlich und scheu als der Toni das seinige — »Sie entschuldigen mich«, sagte Toni Wiesinger. Und ging ohne ein weiteres Wort aus dem Raum.

So standen die Dinge, als der Sanitätsrat eines schönen Tages meinte, freundschaftshalber ein übriges tun und dem Bräuer mit fachkundigen Empfehlungen den Prospekt eines Sanatoriums mit dem Namen Alpenkurheim übergeben zu müssen. »In der Nähe von Garmisch, bei Grainau gelegen«, erläuterte er. »Eine wirklich idyllische Örtlichkeit. Sie sehen es an den fotografischen Abbildungen. Und grad für Fälle wie den von Ihrem Toni eingerichtet, hier —« er wies mit dem kleinen Finger auf eine Zeile des Textes: »Die ideale

Unterbringung für Patienten, die an Neurasthenie und sonstiger nervöser Erschöpfung leiden. Wasseranwendungen nach Pfarrer Kneipp. Zeigen Sie es ihm einmal, nach meinem Dafürhalten ist das ein wirklich gutes Institut.« Trotz seines Alters und seines Berufs reichte die Phantasie des Sanitätsrats nicht aus, sich vorzustellen, es könne seine so gutgemeinte Empfehlung dramatische, ja, geradezu unheilvolle Wirkungen haben. Eben solche aber hatte sie.

Zunächst steckte Toni den Prospekt mit der ihm eigenen Gleichgültigkeit zu sich, ohne sich weiter für den Inhalt zu interessieren. Später dann, auf seinem Zimmer, muß er sich allerdings ziemlich eingehend mit dem Papier beschäftigt und höchst merkwürdige Schlüsse aus ihm gezogen haben. Jedenfalls suchte er anderntags in aller Frühe Alfred Wiesingers Sozius, den Dr. Klein, in dessen Kanzleiräumen auf.

Der Kommerzienrat hat zum Glück nie etwas von dem befremdlichen Gespräch erfahren, das dort zwischen Viertel nach acht und drei Viertel neun inmitten der schweren, mit Messingbeschlägen verzierten Mahagonimöbel englischen Stils geführt worden ist. Ursprünglich hatte Toni Wiesinger die Absicht gehabt, einen anderen Anwalt aufzusuchen, einen, der nicht wie Dr. Klein mit der Familie verbandelt war. Aber die bloße Vorstellung, sich einem wildfremden Menschen eröffnen zu sollen, machte ihm eine solche Angst, daß er sich am Ende doch für Alfreds Sozius entschied, den er immerhin von Kindheit an kannte. Dennoch verhielt er sich lange unschlüssig unter der Tür, um dann mit einer gewissen Schärfe hervorzustoßen, er wünsche, daß niemand − und auch vor allem sein Cousin Alfred nicht − etwas von seinem Besuch erfahre. Dr. Klein beruhigte ihn, indem er versicherte, strenge, auch interne Diskretion gehöre zu den unumstößlichen Grundsätzen ihrer Kanzlei. Daraufhin trat Toni endlich vollends ein, setzte sich und schwieg. Der befremdete Dr. Klein fing schon an, der langen Stille wegen unruhig zu werden, als Toni sich unvermittelt mit der

Erkundigung an ihn wandte − übrigens neuerlich mit einer merkwürdigen und sogar ungehörigen Schärfe −, ob sich etwa sein Vater bereits mit den Anwälten in Verbindung gesetzt hätte.

»Ihretwegen? Wieso? Weshalb?«

Toni blickte sein Gegenüber einen Moment lang scharf und prüfend an, griff dann in die Seitentasche seines Jakketts, zog den Sanatoriumsprospekt hervor und hielt ihn dem Anwalt unter die Nase.

»Das Alpensanatorium, wie mir scheint, ich kenne es, ein anerkannt gutes Haus«, bemerkte Dr. Klein nach einem flüchtigen Blick auf das Papier. »Was ist damit?«

»Mein Vater will mich dort verwahren!«

Dr. Klein verwunderte sich. »Verwahren? Wie denn verwahren, in welchem Sinn? Das ist doch ein ganz gewöhnliches Kursanatorium?«

Toni Wiesinger lachte unangenehm spöttisch auf. »Ja, weil das unverfänglich klingt. Da, lesen Sie«, befahl er und wies mit dem Finger auf eine Stelle der Broschüre.

Dr. Klein, ein wenig erschreckt über die Sonderbarkeit seines Gastes, gehorchte. »Die ideale Unterbringung −«, begann er zu zitieren, kam aber nicht weit, da Toni ihn beinahe sofort unterbrach.

»Unterbringung! Da sehen Sie es! Das ist dasselbe wie Verwahrung!« Er stieß die Worte heftig und mit Empörung hervor, wobei er mit den Fingerknöcheln hart auf die Tischplatte pochte. »Ich werde zum Psychopathen erklärt! Herr Doktor Klein!«

»Verzeihung. Hier steht nur etwas von ganz gewöhnlicher nervöser Erschöpfung. Und übrigens würde die von Ihnen befürchtete Unterbringung in Form eines amtlichen Verwahrbefehls nach Paragraph 126a in solch einem Privatsanatorium überhaupt nicht möglich sein, sondern einzig hinter den Mauern einer staatlichen Heil- und Pflegeanstalt. Ja, und hierzu, ich bitte Sie herzlich, bedürfte es eines formellen

160

Gerichtsbeschlusses, fußend auf einem ärztlichen Fachgutachten. In Ihrem Falle, sagen Sie selbst, welch eine Absurdität!« Toni schwieg und blickte seine Schuhspitze an. »Sie sind begreiflicherweise ein wenig überreizt, Herr Wiesinger«, fuhr der Anwalt fort, und in seine Stimme kam ein mißbilligender Ton, »überreizt und, lassen Sie es mich ungeschminkt sagen, offenbar auch von einem fatalen und durchaus unwürdigen Mißtrauen gegen Ihre Familie geplagt – ein ungerechtes Mißtrauen, und schon gar gegenüber Ihrem liebevollen Herrn Papa!«

»Mein liebevoller Papa«, wiederholte Toni, und dem Anwalt schien es, als höre er aus dem Ton etwas wie bösartigen Spott heraus. Toni saß da, die Beine übereinandergeschlagen, die zehn Fingerspitzen gegeneinander gelegt, und schien noch immer seine Schuhe zu betrachten. Während abermals eine Pause entstand, sah Dr. Klein seinen Klienten prüfend an. Er bemühte sich, Mitleid mit dem jungen Mann zu verspüren, aber es gelang ihm nicht. Leid tat ihm einzig der Kommerzienrat.

»Allerdings ist er liebevoll! Und gerade gegen Sie!« sagte er. »Haben Sie denn wirklich nicht bemerkt, daß er um Sie leidet? Die ganzen Jahre her unsäglich um Sie gelitten hat?« Wie oft, wenn die Leute von Mitleid und Hilfsbereitschaft überwältigt werden, von dem gemütvollen Drang, unbedingt dem zum Sieg zu verhelfen, was ihnen gut, wahr und gerecht erscheint, nahm Dr. Kleins Stimme jetzt ein – kühl betrachtet – beinah komisches Pathos an. »Als er glauben mußte, daß Sie nicht mehr heimkämen, da hat er sich auf dem Land verkrochen wie ein waidwundes Tier.« Waidwundes Tier – Toni Wiesinger blickte den Anwalt jetzt beinah ebenso an, wie er unlängst den Studienprofessor Oberlein angeblickt hatte. »Und bloß der kleine Sohn von Ihrem Stubenmädel hat ihn da wieder herauszureißen vermocht! Soll ich Ihnen schildern, *wie* verzweifelt er war? Hier, auf diesem selben Stuhl wie Sie ist er gesessen und hat die Adoption des Buben verlangt!« (Sah er wirklich nicht, wie fahl sein Gegenüber wurde? Offenbar nicht, denn er fuhr unverwandt fort, weiterzuplappern.) »Juristisch eine völlig abwegige Idee, aber grade *das* beleuchtet schließlich, in *welcher* Seelenverfassung er sich damals befand! Allein um Ihretwillen, Herr Wiesinger! Und jetzt unterstellen Sie dem alten Mann, er könne die Absicht haben – eine heimtückische, eine finstere Absicht, Herr Wiesinger! Sie tun ihm bitterlich unrecht damit. Sie haben von ihm allzeit nur das Beste zu gewärtigen und – und überhaupt von der ganzen Familie! Dafür verbürge ich mich!«

Toni hatte sein Taschentuch hervorgezogen und betupfte sich die trocken gewordenen Lippen. Er sah jetzt gleichgültig drein und hatte sich wieder völlig in der Gewalt. Im Grunde waren es überhaupt nur ein paar Augenblicke gewesen, in denen einer geschärften Aufmerksamkeit hätte auffallen könne, daß irgendeine furchtbare Empfindung in ihm lebendig war. Jetzt erhob er sich. Der Redner, fortgerissen von seinem eigenen Schwung, war auf diese unvermittelte Bewegung des bislang so Reglosen nicht gefaßt. Er erschrak und sah ihn fragend an.

»Entschuldigen Sie die Belästigung«, sagte Toni Wiesinger in nachlässigem Ton und schickte sich an, ohne weiteres wegzugehen. Aber die Szene sollte nicht zu Ende kommen, ohne eine neue und letzte Rätselhaftigkeit, die alle vorigen sogar noch übertraf. »Jedermann begreift Ihre Lage«, fühlte nämlich der Anwalt sich bemüßigt zu sagen, mit höflichem Lächeln und mit einer versöhnlichen Geste der Konzilianz. »Jedermann begreift Ihre Lage, Herr Wiesinger. Sie kommen aus einem Totenhaus . . . – Mein Gott! Fehlt Ihnen etwas? Ist Ihnen nicht gut?« Tatsächlich war Toni von einem Moment auf den anderen ganz unnatürlich bleich geworden. Die Augen quollen ihm förmlich aus dem Kopf, und die häßliche Narbe trat in der aschfahler Blässe scharf und blaurot hervor. »Herr Wiesinger! Was ist Ihnen?!« rief der Anwalt erneut, und streckte geängstigt beide Hände vor.

»Wo-her — wissen Sie das?« flüsterte der Heimkehrer tonlos und mit dem Ausdruck eines merkwürdig atemlosen Entsetzens.

»Was denn? Woher weiß ich *was*? Ich sprach von dem berühmten Verbannungsroman Dostojewskis, weil der doch auch in Sibirien spielt, wo Sie so lange Jahre waren??«

»Ja . . .« Toni strich sich mit der Hand über die Stirn und lächelte sonderbar. Zögernd kehrte das Blut in sein Gesicht zurück. Dennoch behielt seine Stimme einen heiseren Klang. »Entschuldigen Sie. Wir sprachen von zwei ganz verschiedenen Dingen«, setzte er rätselhaft hinzu und wandte sich gegen den Ausgang.

Der Anwalt, der nicht im geringsten begriff, was da eben vor sich gegangen war, und der nun insgeheim doch anfing, sich Sorgen um die Gemütsverfassung seines Besuchers zu machen, hielt ihm mit verlegener Geste den Sanatoriumsprospekt entgegen. »Nein«, beschied ihn Toni und zuckte sogar ein wenig vor dem Papier zurück, als habe er Angst, es zu berühren, »ich will ihn nicht.« Dann ging er hinaus.

Es wurde Frühling. »Der Umbruch der Säfte, die Belebung der inneren Sekretion, die mit dieser drängenden Jahreszeit nun einmal natürlicherweise verbunden ist, wird günstige Auswirkungen haben. Ihr Toni wird sich der Welt und dem Leben zukehren, verlassen Sie sich drauf«, hatte der Sanitätsrat um Weihnachten herum Anton Wiesinger gegenüber prophezeit. Und er behielt recht. Nicht nur, daß die Narbe des Rußlandheimkehrers endlich beinah zur Gänze unter dem noch immer dichten, noch immer kräftig dunkelblonden Haar verschwand, der junge Mann änderte sich auch sonst. Die Art, in der er es tat, trug freilich nicht nur Beruhigung seiner sorgenvollen Angehörigen bei. Allzu heftig riß er das Steuer herum. Am auffälligsten — um nicht gradeheraus zu sagen geschmacklos auffallend — war die Weise, in welcher der Toni sich jetzt zu kleiden begann.

Eines Nachmittags war er in der Perusastraße ganz zufällig an einem neueröffneten Geschäft vorbeigekommen, das mit streng funktionellen, futuristisch schmucklosen Möbeln im heraufkommenden Bauhausgeschmack ausgestattet war. Die Regale, Tische, Stühle und Schränke waren nicht nur aus Holz, sondern zum Teil auch aus Metall konstruiert, mit großen, rechteckig glatten Flächen, die räumlich stark dominierend wirkten, und das um so mehr, als sie entweder in wenigen, aber ungebrochen kräftigen Farben gehalten waren, in Rot, Blau und Gelb, oder auch, wie etwa in einem zweiten, dahinterliegenden Raum, in dezidierten Nicht-Farben, wenn dieser Ausdruck statthaft ist, also in Reinweiß, Tiefschwarz und Mittelgrau. Der Laden galt in den damaligen Tagen, in denen noch niemand ahnte, daß er nach einem knappen Jahr schon wieder pleite sein würde, ein wenig als die Sensation der sogenannten schicken Gesellschaft Münchens, ähnlich wie das vom Jugendstil geprägte Fotoatelier Elvira an der Ludwigstraße fünfundzwanzig Jahre zuvor. Die Schaufenster waren mit lebensgroßen Figurinen geschmückt, welche die Herrenmode von Paris, Rom, London und New York zur Schau trugen, und quer über die Glasscheibe der Auslagenfront war ein grellgelbes Papierband mit brandroter Schrift gespannt. THE NEW FASHIONABLE STYLE stand da zu lesen und, noch größer, noch beherrschender: FOR A NEW WORLD – FOR A NEW LIFE.

Für ein neues Leben . . . Der Spaziergänger Toni Wiesinger war völlig in Gedanken verloren mitten auf dem Trottoir der belebten Straße stehengeblieben. Dann, mit einem Ruck, hatte er die Hand auf die glatte Aluminiumklinke der Ladentür gelegt und war hineingegangen. Herausgekommen war er in einer Verkleidung, deren *style* von da an auf etliche Jahre hinaus typisch für ihn werden sollte. Er hatte eine Norfolk-Jacke mit Knickerbockers an, dazu eine grellfarbene Phantasieweste, mithin einen Anzug, wie er in England zum Rasensport durchaus üblich war — nur mit der modischen, vom sportlichen Schlichten auffällig abstechenden Besonderheit, daß der beige Stoff der Jacke mit zartvioletten und das braungrundige Gewebe der Hose mit karmesinroten Noppen überzogen war. In einem Koffer trug der Toni an diesem Nachmittag des ausgehenden Mai noch drei weitere Anzüge mit sich nach Hause, zwei davon mit schlappig weiten sogenannten Tango-Hosen, deren Sakkos dafür scharf tailliert waren, alle drei in lebhaften Streifen oder großen Karos gemustert, der eine vorwiegend rotbraun, der andere ins Orange spielend, während das Changeant des letzten gar ins Lilafarbene ging. Dem Kommerzienrat stockte der Atem, als er seinen Sohn zum erstenmal in seiner neuen Aufmachung sah.

Die nächste Zeit führte Toni ein Leben, das an die Gewohnheiten des Ferdl erinnerte, bevor der nach Amerika gegangen war. Öfter als einmal sah Anton Wiesinger ihn nach Hause kommen, als er selber sich grade auf den Weg zur Arbeit machte. Allem Anschein nach war auch der Alkoholkonsum des *new man* ein beträchtlicher. »Was willst, im Bergwerk drunten haben wir eine Hitz' von 35 Grad g'habt, auch im Winter, währenddem es droben 40 Grad Kälte g'habt hat. Ich hab' mir da einen Durst g'holt, der einfach nicht zum Löschen ist. Ich probier's halt, ich muß es halt einfach immer wieder probier'n, auch wenn's ewig nichts hilft«, erklärte er einmal stockbesoffen dem Gustl Altnöder, einem ehemaligen Regimentskameraden, der seinen Lebensunterhalt als Taxifahrer verdiente. Der Gustl war ihm ganz zufällig in den Weg gekommen auf der Fahrt in die Kakadu-Bar, eines der zwielichtigen Schieberlokale in der Bräuhausstraße, in denen der gewesene Brauereidirektor jetzt Stammgast war. »Ja, Gott, mit irgendwas muß man sich durchbringen«, hatte er damals entschuldigend zum Toni gesagt, als er ihm die Tür seiner Droschke aufgehalten hatte.

»Ja, schon, aber Taxifahren — das ist doch kein Auskommen für einen gebildeten Menschen wie dich!«

»Ich mach's ja auch bloß bei der Nacht, tagsüber geh' ich auf die Hochschul', ich studier' Ingenieur.«

»Du studierst? In deinem Alter?« Gustl Altnöder war um zwei Jahre älter als Toni Wiesinger.

»Was bleibt einem anders übrig? Als g'wesener Berufsoffizier hast doch nix Brauchbares g'lernt.« Als Toni sich unvermutet mit so viel nüchterner Tüchtigkeit konfrontiert sah, beschlich ihn ein unbehagliches Gefühl. Sogar etwas wie ein schlechtes Gewissen überkam ihn ob der ungerechten Verteilung der Güter auf der Welt. Und so nahm er den Gustl mit in die Bar. Der gewesene Frontkamerad lehnte die Einladung zunächst ab. »Ich muß ja schließlich was tun, schau.« Aber der Toni gab keine Ruhe, und am Ende fügte der Gustl sich drein.

»Champagner Mercier 1913«, las er vom Etikett der Flasche, die der Toni ihm unter die Nase hielt. »Ist der vielleicht echt?«

»Schwören will ich's nicht«, lachte der Toni, »aber ich hoff's immerhin. Trink! Ich b'stell einen zweiten, wenn uns einer nicht langt.«

Der Taxifahrer schien eher peinlich berührt als beglückt. »Der kost' einen Haufen Geld«, sagte er, und es klang vorwurfsvoll. Der Preis überstieg um ein Beträchtliches die Summe, mit welcher der überständige Ingenieurstudent eine Woche lang auskommen mußte. Toni fühlte sich den ganzen Abend entsetzlich unwohl und lud den Gustl kein zweitesmal ein.

Wenn er übernächtig nach Hause kam, totenblaß, mit tiefliegenden Augen, die wie im Fieber glänzten, war die Theres jedesmal ganz entsetzt.

»Ach was, ich bin als Junger auch nicht immer mit die Hühner ins Bett 'gangen«, beschwichtigte sie der Kommerzienrat.

166

»Und wie er sich z'sammenrichtet!« empörte sich die gewesene Rotkreuzschwester. »Du mußt ihn dir einmal vorknöpfen, Papa!«

»Kann ich ihm vielleicht Kleidervorschriften machen?«

»Man sagt nichts von Vorschriften, aber . . .« Sie sah ihren Vater mit ernsthafter Besorgnis an und ließ sich nicht davon beirren, daß er ihrem Blick auszuweichen versuchte. »Es wird so allerhand über ihn g'sprochen, es heißt, daß er sich in ganz zweifelhaften Etablissements herumtreiben soll.«

»Also weißt . . .« Anton Wiesinger schien ehrlich amüsiert. »Wenn ich an deine Mutter selig z'rückdenk' und an ihre Moralpredigten, du bist vielleicht doch nicht die kompetenteste Beurteilungsinstanz für solche Sachen, meinst nicht selber auch?«

Aber so ironisch und überlegen er auch tat, im Innersten war er selber voll Sorge. Denn die umgehenden Gerüchte waren wirklich nicht von der harmlosen Art. Man munkelte von sinistren Spielhöllen, und sogar von Rauschgiftorgien war die Rede, wenn auch hinter vorgehaltener Hand. Nun, die Leute pflegen mißgünstig zu sein und alles zu übertreiben, was unangenehm ist. Der Kommerzienrat hätte sich an dem Getratsche wenig gestört, würde der Toni bei seinem Lebenswandel nur ein klein bißchen heiterer und zufriedener dreingeschaut haben. Aber sein ganzes Auftrumpfen und Über-die-Stränge-Schlagen hatte unübersehbar etwas Unfrohes an sich, und diese Krampfigkeit war es, die Anton Wiesingers gesunden Lebensinstinkt nach und nach zu beunruhigen begann.

Alarmierend waren freilich auch gewisse Fehlbeträge in der Firma. Neulich hatte ihn sogar der Dr. Pfahlhäuser daraufhin angesprochen, in sehr zurückhaltendem Ton zwar, aber wie nicht anders zu erwarten, regte die quasi schonungsvolle Behutsamkeit seines Ersten Direktors den Bräuer ganz besonders auf. Er hatte sich auf das Gespräch hin die Bücher und die Kontoauszüge bringen lassen, den Fehlbetrag — der zwar nicht grade gering, aber auch nicht wirklich bedeutend war – aus seiner Privatschatulle reguliert und seinem Untergebenen die Sache in der harmlosesten Weise erklärt. Dann aber war er darangegangen, seine Maßnahmen zu treffen. Korrekte Maßnahmen, strenge sogar, aber dennoch in einer Art, die gegenüber dem Toni eine außergewöhnlich feinfühlende Nachsichtigkeit bewies. Und eben weil dem so war, sah er dem Abend mit völliger Gelassenheit entgegen, für den er seinen Jüngsten zu sich ins Herrenzimmer gebeten hatte. Er hatte Zigarren und einen guten Tropfen Weißwein bereitgestellt. Ahnungslos und im Grunde seines Herzens auf nichts wirklich Unangenehmes gefaßt, traf ihn die nächste Stunde um so vernichtender. Sie sollte zu einer der schlimmsten, ganz und gar unerträglichen werden, die das Leben für ihn in Bereitschaft hielt.

Dabei ging zunächst alles ganz harmlos und friedlich an. Zwar weigerte sich der Toni, von dem Wein zu nehmen, und auch die Zigarre lehnte er ab, aber er tat beides nicht ohne Höflichkeit. Freilich kam es dem Kommerzienrat beunruhigenderweise vor, als wäre sein Sohn nicht mehr ganz nüchtern. Und er irrte hierin nicht, Toni hatte in einer nahegelegenen Eckbeize rasch hintereinander drei doppelte Schnäpse hinuntergeschüttet, teils aus Gewohnheit, denn er trank in letzter Zeit wirklich sehr viel, teils um sich Mut für das Gespräch zu machen. Irgendwie ahnte er natürlich, worum es gehen würde, und schon diese Ahnung bereitete ihm Unbehagen. Wie häufig bei Menschen, die dem Alkohol stark ergeben sind, merkte man dem Toni seine leichte Trunkenheit nicht eigentlich an, und Anton Wiesinger meinte auch schon, sich geirrt zu haben. Er atmete erleichtert auf, und sein Blick ging dabei unwillkürlich zu den Kontoauszügen, die er vor sich auf dem Schreibtisch bereitgelegt hatte.

»Ich hab' mir's gleich gedacht, daß du mich deshalb herzitiert hast«, sagte sein Sohn.

»Hergebeten«, berichtigte ihn der Bräuer. »Schau, Bub, ich will ja wirklich kein Drama draus machen —«

»Nein?« Der Toni stellte die Frage scharf und zwickte dabei die Augen ein wenig zu. Überhaupt schien er weit davon entfernt, für die noble Zurückhaltung seines Vaters dankbar zu sein, sondern legte vielmehr eine unerwartete Gehässigkeit an den Tag. »Was redest denn so vorsichtig um den Brei herum?« höhnte er.

Anton Wiesinger ging auf den Ton seines Sohnes nicht ein. Ganz wie er es sich selbst versprochen hatte, zeigte er Langmütigkeit. »Es handelt sich schließlich bloß um Formalitäten, Toni, aber solche müssen halt in Gottes Namen sein, das weißt schließlich selber, hm? Du kannst jederzeit was extra haben, wenn dir dein Gehalt einmal nicht ganz reicht. Aber du bist schließlich G'schäftsmann genug, um zu wissen, daß man das dann nicht irgendwo aus dem Betrieb herausziehen kann, sondern daß man dergleichen Summen von einem privaten Konto abbuchen muß.«

»Kurz und gut, du willst die Kontrolle darüber behalten, wieviel ich brauch'.« Toni unterbrach ihn verdrossen und kalt.

»Erlaub einmal, wer hat denn was von einer Kontrolle g'sagt?«

»Wenn ich was von deinem Konto will, muß ich ja wohl den Bittsteller bei dir machen, oder?«

»Eben nicht! Ich hab' heut ein eigenes Konto für dich aufg'macht und einen größeren Betrag drauf einbezahlt, über den du verfügen kannst, ohne Kontrolle und Bittstellerei.«

»Wie großzügig. Hast dich wirklich so übermenschlich verändert in dene paar Jahr, wo ich weg war?« Tonis Frage klang spöttisch und gereizt.

»Ich bin nie kleinlich g'wesen, bild' ich mir ein!« gab der Kommerzienrat würdevoll und nun schon wirklich verletzt zurück.

169

»Na, das kann man vielleicht so oder auch anders sehn«, warf Toni mit Nachlässigkeit hin. »Aber davon red' ich nicht. Sondern davon, daß du ein furchtbarer Choleriker bist. Und jetzt schleichst wie eine Katz' um den Brei herum. Warum hast denn nicht den Mut und schreist mich an? Mußt' dein schlechtes Gewissen beruhigen?«

Anton Wiesinger war ratlos. »Was für ein schlechtes Gewissen denn?«

Der junge Wiesinger hatte keinesfalls über das reden wollen, wovon er nun doch zu reden begann. Er hielt es einfach nicht länger aus, ewig und ewig ausgerechnet nicht von dem zu sprechen, was ihm im Kopfe umging und ihm das Gemüt beschwerte. »Von euch hat mir ja nie wer was g'sagt, begreiflicherweise«, fing er an, anfangs noch einigermaßen beherrscht, wenn seine Stimme auch eine merkwürdig heisere Färbung bekam. »Aber hintenherum erfährt man am End' ja doch alles, schau.«

»Was? Was hast erfahren?«

Und jetzt vermochte der Toni nicht mehr an sich zu halten. »Ich weiß schon, daß d' mir 's Leben abg'sprochen hast!« schrie er seinen Vater an. »Von allem Anfang an! Und dich eing'richtet drauf, daß ich nimmer —«

»Toni!! Bub!! Was redest denn da?!« Der Kommerzienrat ließ ihn das Furchtbare nicht zu Ende sprechen. Er war leichenblaß geworden und streckte wie in Abwehr beide Hände aus.

Aber für Toni gab es kein Halten mehr. »Wär's dir lieber g'wesen, wenn ich nicht wieder daherkommen wär' und alles übern Haufen g'worfen hätt'?! Wennst den Franzl hätt'st adoptieren dürfen?!«

Anton Wiesinger zitterten die Lippen. Der Boden schien unter ihm zu wanken, und ein kalter Schweiß trat auf seine Stirn. Der Toni merkte es durchaus. Aber da er nun einmal begonnen hatte, konnte er einfach kein Ende mehr machen — und irgendwie wollte er das auch nicht einmal mehr.

170

Etwas wie eine selbstquälerische, ganz und gar irre Freude überkam ihn, als er nach jener letzten Fotografie griff, die ihn in Uniform zeigte und die der Kommerzienrat gleich noch am selben Tag, als die Kunde vom Überleben seines Sohnes eingetroffen war, von dem ebenhölzern düsteren Rahmen in einen silbernen umgesteckt hatte. »In einem Trauerrahmen ist das Bild g'steckt! Bloß noch der schwarze Flor hat g'fehlt und – zum Teufel! – warum hast es denn nicht so 'lassen wie es war?! Es hat ja ganz gut gepaßt, schließlich! Der Totenrahmen! Ich *bin* ja verreckt!!« In einer unbezwinglichen Aufwallung von selbstgehässiger Tobsucht schleuderte Toni das Bild zu Boden, daß die Scherben des Glases über den Teppich sprangen. Anton Wiesinger setzte sich wie gefällt.

In diesem Augenblick trat, angelockt von dem ungewöhnlichen Lärm, Wolfgang Oberlein ein.

»Was ist denn da los?« erkundigte er sich besorgt. Und Toni, wie ein wild gewordener Stier, nahm den neuen Gegner sofort an.

»Geht Sie das was an, Herr Studienprofessor?!« fauchte er seinem Schwager entgegen. Eben vorhin, beim Hereinkommen, war ihm auf dem Flur draußen der Sanitätsrat begegnet, der eines Hausbesuches bei der Theres wegen in der Villa war, und allein durch den bloßen Anblick des Mediziners war Toni wieder an die Sache mit dem Sanatorium erinnert worden. Auch der kleine Franzl war ihm gleich danach über den Weg gelaufen, und anders als der Sanitätsrat, der mit der Brüskierung durch einen nicht erwiderten Gruß davonkam, mußte der Knabe sogar einen unsanften Rippenstoß hinnehmen, als er dem Toni ungelegenerweise zwischen die Beine geriet. Und jetzt kam zu allem Überfluß auch noch dieser vaterländische Schwätzer daher! »Wo man geht und steht stolpert man in dem Haus über die neuen Wiesingers!!«

»Pardon?« Wolfgang Oberlein, der die Lage nicht überblickte, verstand nicht sofort, was sein Schwager meinte.

»Hab' ich Sie um die vergrößerte Erbschaft 'bracht, die Sie

sich für die Theres ausg'rechnet haben? Dadurch, daß ich die unverzeihliche Taktlosigkeit besessen hab' und z'rückkommen bin?!«

Wolfgang Oberlein riß ungläubig die Augen auf. Dann richtete er sich steil empor. »Also, Herr Wiesinger, das ist mir jetzt wirklich zu absurd«, sagte er, drehte sich mit einer Kehrtwendung beinah wie auf dem Exerzierplatz um und verließ das Zimmer.

Toni aber hatte sich schon in ihn verbissen. »Absurd ist das?!« schrie er und eilte hinter dem Hinausgehenden her. Seine Stimme kippte über, und er drängte den Studienprofessor in dessen und Thereses Wohnung, die am drüberen Ende des Korridors lag und aus drei ineinandergehenden Zimmern bestand. Einen Augenblick lang sah es aus, als wolle der Toni sogar nach dem Jackett des Schulmannes greifen.

»Jesses, Toni — was habts denn miteinander?« fragte Therese und legte erschrocken die Flickarbeit aus der Hand, mit der sie beschäftigt war.

»Du hältst dich da gefälligst heraus!« gab der Toni seiner Schwester unsanft Bescheid.

Jetzt wurde auch Oberlein zornig. »Schreien Sie meine Frau nicht an!«

»Ich werd' ausgerechnet *Sie* fragen, wie ich reden darf!«

»Sie sind in *meiner* Wohnung, Herr Wiesinger!«

»Und Sie in meinem Haus! Das ist nämlich *mein* Elternhaus! Das Haus meiner Mutter selig! Und wenn Sie sich hundertmal da eing'schlichen haben!«

»Toni!!« Die Theres jammerte förmlich klagend auf.

»Eing'schlichen! Sich eingenistet! Jawohl!« Toni ließ sich weiter vom Strudel seiner unsinnigen Wut fortreißen. »Nur immer den Fuß in die Tür g'stellt, irgendwann g'hört einem dann schon alles allein!!«

»Toni! Toni! Bist narrisch 'worden?«

»Das tät euch so passen, ja, ich weiß! Aber wegen dem

biss'l Schlag übern Kopf könnts mich noch lang nicht in eine Anstalt abschieben! Euer Sanitätsrat nicht und dem Alfred sein Sozius nicht! Da bildets euch bloß nichts ein!« Es klang unglaublicherweise geradezu schadenfroh, als er diese Ungeheuerlichkeiten herausschrie. Therese blickte ratlos zwischen ihrem Bruder und ihrem Mann hin und her.

Wolfgang Oberlein zuckte die Achsel. »Ich höre mir das nicht länger an. Ich geh' ins Gasthaus zum Essen«, sagte er und ging hinaus. Er war darauf gefaßt, daß Toni versuchen würde, ihn daran zu hindern. Aber nichts dergleichen geschah. Oberlein verließ ungestört die Wohnung und das Haus. Der junge Wiesinger stand mit hängenden Armen. Von einem Augenblick zum anderen hatte seine Wut ihn verlassen. Statt dessen erfüllte ihn eine stille, fast nicht zu ertragende Traurigkeit.

»Du bist mit den Nerven herunten«, tröstete Therese ihn sanft und legte die Hand auf seinen Arm. »Irgendwie kann man's ja sogar verstehen, auch wenn's allmählich ein biss'l lang wird, weißt. Und jedenfalls, was soll das für einen Sinn haben, Toni, wenn du uns jetzt alle grundlos kränken willst, hm?«

Er machte eine hilflose Geste. »Will ich das denn?«

Therese sah ihn an, und eine mitleidige Zärtlichkeit überkam sie. »Ich weiß ja, daß du's nicht wirklich willst. Aber du *tust* es doch, schau. Soll ich dir was verraten? Dir als erstem und einzigem, außer dem Wolfgang natürlich, noch nicht einmal dem Papa hab' ich's gesagt, weil, es war ja noch gar nicht sicher bis eben vorhin, aber grad hat mir's der Sanitätsrat bestätigt: Ich krieg' ein Kind!«

Toni vermied es, sie anzusehen. Seine trübselige Miene hellte sich nicht im mindesten auf.

»Eure hatscherte Theres kriegt ein Kind! Freust dich denn wirklich kein kleines biss'l mit mir?«

»Freuen«, flüsterte er deprimiert und hielt seinen Blick

eigensinnig von ihr fern. »Weil das schon der Müh' wert ist, daß man wen hersetzt auf diese Welt.«

Die Theres bekam nasse Augen. »Jetzt tust mir weh«, sagte sie.

»Das will ich nicht, Theres. Wirklich nicht. Ich wünsch' dir alles Gute. Euch beiden. Euch allen dreien. Wirklich, Theres, aber . . .« Er brach mitten im Satz ab, zuckte nervös mit der Schulter und brütete wieder schweigsam vor sich hin.

Sie nahm seine Hand. »Das Leben freut dich nimmer«, klagte sie, »ich hab's schon lang gemerkt.«

»Und dabei plag' ich mich so«, erwiderte er und versuchte zu lächeln. Aber Therese ließ sich nicht täuschen. Sie hörte die Verzweiflung heraus.

»Das wird nicht so bleiben, Toni«, versuchte sie, ihn aufzurichten. »Nicht für immer. Nicht einmal mehr für lang. Glaub mir's.«

»Ja, wennst meinst . . .« Es klang weich, unendlich zärtlich sogar. Und völlig hoffnungslos.

Währenddem kniete im Herrenzimmer drüben der Kommerzienrat auf dem Boden und zog vorsichtig die unzähligen kleinen Glasscherben heraus, die sich in die Fotografie des Toni gebohrt hatten. Das Bild machte einen trostlos ramponierten Eindruck. An einigen Stellen war es zerschnitten, und an dem Eck, mit dem es auf dem Boden aufgeschlagen war, knittrig zusammengestaucht. Anton Wiesinger strich glättend darüber hin. Aber der halbsteife Karton achtete seiner Bemühung nicht. Ein ums andere Mal fuhr er über das Papier mit einer beinah beschwörenden Geste. Es war, als versuche er, doch noch eine Art Wunder zu bewirken. Er bewirkte keins.

Der Dollarprinz

Die Entbindung der Theres war von einer hektischen Aufregung begleitet. Frau Oberlein galt mit ihren dreiunddreißig Jahren nach den Maßstäben der Zeit als eine ungewöhnlich spät Gebärende. Sowohl die Theres selbst wie auch Lisette und der Schulmann Wolfgang Oberlein hatten ursprünglich eine Hausgeburt im Sinn gehabt, aber je näher der Termin rückte, desto unruhiger wurde Anton Wiesinger. Er warf mit allen möglichen angelesenen, aber deshalb nicht minder furchterregenden Begriffen herum, orakelte über eine mögliche Steiß- oder Steiß-Fuß-Lage, über die drohende Eventualität einer Sectio caesarea — welches ihm viel unheimlicher vorkam als die gewöhnliche Vokabel ›Kaiserschnitt‹, kolportierte hundert Geschichten von tödlichen Strangulationen durch den Funiculus umbilicalis. »Die Nabelschnur! Sie wickelt sich gelegentlich um den Hals, und das arme Wesen erstickt!« Kurz und gut, der Kommerzienrat machte sich selbst und alle anderen verrückt. Man flüchtete sich vor seiner abwegigen Fürsorge in die Sicherheit eines Spitals, und so kam die kleine Gabriele Oberlein in der Frauenklinik an der Maistraße zur Welt, ganz normal und ohne Komplikationen, mit einem Geburtsgewicht von siebeneinhalb Pfund und einer Länge von siebenundvierzig Zentimetern. Gut, daß man den Kommerzienrat nicht hineinließ, als die Oberschwester das Kind an den Füßen packte und es, um das exakte Maß abzunehmen, mit dem Kopf nach unten baumeln ließ wie einen zur Strecke gebrachten Hasen — wer weiß, wie er auf diese zugegebenermaßen unzart wirkende Hantierung reagiert haben möchte.

Weit vom Schauplatz war er in jenen Augenblicken allerdings nicht. Er saß im Vorzimmer der Kreißstation, und zwar
schon seit er die Theres, gleich nach dem Einsetzen der
ersten Wehen, hergebracht hatte, alles in allem also seit
vollen fünfeinhalb Stunden, und wurde gegen seine
Gewohnheit nicht einmal ungeduldig bei dieser endlosen
Herwarterei. Weil man sich geweigert hatte, ihn sogleich
nach der Entbindung in das Geburtszimmer zu lassen,
benützte er den ersten unbewachten Augenblick, um verbo-
tenerweise dort hineinzuschlüpfen. Und da er in diesem
frühen Moment noch nicht wußte, daß ihm von der Theres
eine Enkelin zur Welt gebracht worden war, äußerte er in
fataler Verkennung der Lage den Wunsch, man möge den
Kleinen Anton taufen. »Ihr tätet mir eine Riesenfreud' damit
machen, wirklich wahr.« Therese Oberlein, erstaunlich
unangestrengt in ihrem Bett liegend, schmunzelte heimlich
in ihr Kissen und ging sofort auf die verdrehte Situation ein.
    »O nein, Papa«, sagte sie ernst, ja streng, so daß Anton
Wiesinger geradezu erschrak, »es tut mir schrecklich leid,
aber wir haben uns da ganz anders abgesprochen.«
    »Ah so?« Der Kommerzienrat schluckte verdattert. »Und
— und wie soll der Name von dem Kleinen dann sein?«
    »Gabriele.«
    Anton Wiesinger brauchte eine Weile, bis er die Trag-
weite des Gesagten begriff. »A — aber du warst dir doch
immer ganz sicher, daß es ein Bub werden wird??«
beschwerte er sich dann empört. Tatsächlich hatte Therese
dies die ganzen Monate her immer wieder und jedesmal mit
nachdrücklicher Bestimmtheit behauptet.
    »Und?« schwenkte sie jetzt trotzig um und blies sich eine
Haarsträhne aus dem Gesicht, »ist ein Mädel in deinen
Augen vielleicht weniger als ein Bub?«
    »Wer redet denn davon!« verteidigte sich der Kommer-
zienrat. »Aber einen Moment zum Umdenken wirst mir
schon Zeit lassen können, oder?! — Gabi . . .«, lächelte er

dann. »Wie die Oma selig. Das war ein zartsinniger Einfall von euch!« So lange seine Kommerzienrätin jetzt auch schon unter der Erde lag, er spürte einen wohlig schmerzlichen Stich bei der Vorstellung, welch eine närrische Freude sie gehabt haben würde, hätte das Schicksal ihr das Erleben dieses Augenblicks vergönnt. Freude nicht nur, weil man bei der Namengebung an sie gedacht hatte, sondern fast noch mehr aus dem Grund, aus dem ja auch er selbst sich so unsinnig freute: der Theres wegen und ihres so späten, eigentlich gar nicht mehr erwarteten Mutter- und Familienglücks.

Auch was die übrige Familie anging, hatten die Dinge in dieser Zeit einen erfreulichen Verlauf genommen. Vom Ferdl war im Frühjahr neunzehn, als erste Nachricht nach fast drei Jahren, ein riesiges Paket gekommen, in dem auch ein langer, mit Fotografien vollgestopfter Brief gelegen war — und diesmal sogar an den Kommerzienrat selbst adressiert. Der Bräuer tat die erste halbe Stunde ganz furchtbar uninteressiert und schlich mit blasierter Miene um das Paket herum. Dann wurde es ihm selber zu dumm, und er schnitt den Spagat der Umhüllung auf.

»Jesus Maria, unsere Familie wird ja schier unübersehbar!« wandte er sich lebhaft an seine Frau, als er den Brief las. Sein Ältester war tatsächlich im Sommer sechzehn noch aufs Standesamt gegangen. »Und wirklich weil er müssen hat! Ganz wie ich es vermutet hab'! Er hat nämlich eine Tochter, und der ihr Geburtsdatum ist der 30. November, eine ganz ungemeine Frühgeburt also: ein Viermonatskind! Cecily heißt sie.« Anton Wiesinger schüttelte den Kopf. Wenn der Ferdl sie wenigstens Cäcilie genannt hätte, aber Cecily, alles was recht ist, »das ist ein Name für ein Veloziped und nicht für ein Kind! Ah, da schau her, seit eineinhalb Jahr' hat er jetzt auch glücklich einen Sohn!« Als der Kommerzienrat las, daß der Ferdl den Buben Anton getauft hatte, konnte er nicht verhindern, daß er nasse Augen bekam.

»Wird er uns denn einmal besuchen?« wollte Lisette wissen.

»Davon steht nix in dem Brief. Aber irgendeinmal wird er schon kommen. Und die Pakete sind ja wirklich etwas Wunderbares, gell?« Die Sendung, wie alle folgenden, die jetzt in regelmäßigen Abständen eintrafen, enthielt Textilien und Fressalien, von denen man sich in der Nachkriegszeit hierzulande nicht einmal zu träumen traute. »Evaporated milk« – Anton Wiesinger sprach es aus, wie es geschrieben stand, zum Repertoire der Allgemeinbildung gehörte damals noch das Französische und nicht das Englische. »Evaporieren heißt verdampfen, das muß eine Kondensmilch sein«, schloß er scharfsinnig. Der Kommerzienrat führte sich jedesmal auf wie ein Kind unterm Weihnachtsbaum.

Was den amerikanischen Anton anging, so war der nun also sein erster und einziger Enkelsohn, jedenfalls wenn man es in Hinblick auf die Blutsverwandtschaft ansah, was Anton Wiesinger jedoch nicht tat. Denn mochte der Franzl auch hundertmal kein Wiesinger sein, so war er dafür in Wössen von dem Kommerzienrat kategorisch zum Liebling erwählt worden, und dabei sollte es unverbrüchlich bleiben, was einstweilen nicht schwerfiel, da man die beiden transatlantischen Knirpse ja nur von reichlich unscharfen Fotografien her kannte. Nicht einmal der Theres ihre Gabi vermochte die Stellung des Franzl im Herzen des Kommerzienrats zu beeinträchtigen. Anton Wiesinger schäkerte zwar gelegentlich mit ihr herum, und zuweilen kam es sogar vor, daß er an ihrem Gitterbettchen saß und ihr das Händchen hielt – weiß Gott ein neuer Zug an ihm! –, aber sie war halt doch noch ein allzu unbeholfen patschiges Wesen, als daß er sich längere Zeit mit ihr hätte abgeben mögen, so wie er das liebend gern mit dem Franzl tat.

Dieser war einstweilen ziemlich in die Höhe geschossen. Seit Ostern 1921 ging er zur Schule, und der Kommerzienrat hatte es sich nicht nehmen lassen, am ersten Tag mit ihm

höchstpersönlich ins Schulhaus an der Flurstraße hinüber-
zugehen, das im Krieg Lazarett gewesen war und wo der
ABC-Schütze sein Klassenzimmer ausgerechnet gegenüber
jenem Saal hatte, in dem die Theres einmal am Bett des
frischamputierten Oberleutnants Oberlein gesessen hatte.
Die spitze, rundum mit buntem Glanzpapier beklebte Schultüte, die der Franzl nach der Üblichkeit geschenkt bekam,
quoll über von Süßigkeiten.

Der Bub erwies sich als aufgeweckt, wenn er auch beim
Besorgen der Hausaufgaben nachlässig und überhaupt in
den schulischen Dingen ziemlich faul und schlampig war.
Den Kommerzienrat regte das, ganz anders als seinerzeit
beim Ferdl, überhaupt nicht auf. Im Gegenteil, da es ihn
hart ankam, den Bamsen jetzt sechsmal die Woche von acht
bis zwölf Uhr und – mit Ausnahme einzig des Samstags –
gleich wieder von zwei bis vier Uhr entbehren zu müssen,
stürzte er sich abends mit aufgestauter Gesprächslust auf
den Knaben und hielt ihn vom Buchstabieren und Einmal-
einsrechnen ab. Er fragte ihn nach Strich und Faden aus
und konnte allemal herzlich über die Streiche lachen, die der
Franzl seinen Erziehern immer wieder anzutun verstand.

Die unpädagogische Heiterkeit des Bräuers erregte nun
freilich die Mißbilligung seines Schwiegersohns, der in diesen Dingen begreiflicherweise von größerer Strenge war.
(»No ja, ein Steißpauker, ich hab' ihn gleich nicht anders
eingeschätzt.«) So hatte Therese zuweilen alle Hände voll zu
tun, die Wogen des familiären Unmuts wieder zu glätten.
»Sein Fräulein wird schon allein mit ihm fertig werden«,
sagte sie dann zu ihrem Mann, »ohne daß du dich immerfort
auf ihre Seite schlagen mußt.« Dazumal wurde noch eine
jede Lehrerin mit ›Fräulein‹ angeredet aus dem einfachen
Grund, weil sie tatsächlich eines war. Kam eine unter die
Haube, dann hatte sie aus dem Schuldienst auszuscheiden,
ein verheiratetes Fräulein, so etwas gab es einfach nicht.
Und wurde ein weibliches Wesen mit ›Frau Lehrer‹ angere-

det, so nicht, weil es selber unterrichtete, sondern weil es jemand geheiratet hatte, der Unterricht gab — wie ja auch eine ›Frau Doktor‹ seinerzeit kaum je selbst studiert hatte, sondern fast immer die angetraute Gattin eines Akademikers war. »Es wär' doch gelacht«, fuhr die Therese, gegen ihren Mann gewendet fort, »wenn so ein erfahrenes Fräulein wie das vom Franzl es nicht fertigbrächte, einen Lausbuben wie ihn katholisch zu machen. Die schreibt eine ordentliche Handschrift, das kannst mir glauben, der Bub hat oft genug schon Tatzen von ihr bekommen und einmal sogar Überg'legte. Also, was willst?«

Nun mag leicht sein, daß auch diese Worte heutigentags der Erläuterung bedürfen, weil nämlich mit der Abschaffung der einstmals ganz und gäbe gewesenen schulischen Körperstrafen sowohl ›die Tatzen‹ außer Gebrauch gekommen sind, jene wohlabgezählten Hiebe mit dem biegsamen spanischen Rohr über die Innenseite der Handflächen, oder — was schmerzhafter war — der Fingerkuppen, ebenso außer Gebrauch wie ›die Übergelegten‹, worunter nichts anderes als eine Portion Stockschläge auf das Hinterquartier zu verstehen war, dessen — gelegentlich entblößte — Rundung man dem Züchtiger in einer für ihn bequemen, nämlich stramm nach oben gereckten Lage darzubieten hatte, eine Position, die freilich ganz von selbst zustande kam, wenn der Strafende sein Opfer, wie es sich gehört, in einer bäuchlings liegenden Stellung niederhielt, sei es über dem Pult oder der Bank oder auch über dem eigenen Knie. Der Kommerzienrat war, obgleich er als Kind derlei Bestrafungen zuweilen selbst hatte erdulden müssen und eigentlich ohne dabei größeren Schaden zu nehmen, als er zum erstenmal die geschwollenen Finger des Franzl entdeckte, nur mit Mühe davon abzuhalten gewesen, stantepede das Fräulein aufzusuchen und »diesem sadistischen Blaustrumpf« den Marsch zu blasen. »So geht die mit meinem Buben nicht noch einmal um! Mit *meinem* Buben nicht!!« hatte er, wütend durch die

Zimmer eilend und die Türen hinter sich zuwerfend, ein ums andere Mal getobt.

Die Ehe der gewesenen Therese Wiesinger mit dem ›Steißpauker‹ Wolfgang Oberlein ging gut. Was sagen will, daß sie zwar nicht ohne Schwierigkeiten ging, aber doch mit keinen unüberwindlichen. Der kriegsversehrte Studienprofessor war ein körperlich tüchtiges, sportlich geübtes Mannsbild und im Umgang mit seiner Prothese von großer Geschicklichkeit. Man mußte schon genau hinsehen, wollte man an dem leichten Vorschleudern, mit dem er sein linkes Bein vor das rechte setzte, etwas Auffälliges finden. Trotzdem legte der Schulmann eine tiefsitzende und aus den Umständen allein nicht völlig zu begründende Freudlosigkeit an den Tag. Er war seiner Frau von allem Anfang an ein bißchen wie ein Wehleider vorgekommen, und im Lauf der Zeit kam sie auch dahinter, woran es lag, daß er sich von klein auf grade so und nicht anders entwickelt hatte. Es war seine Mutter, deren Einfluß man aus alledem herausmerkte und die übrigens auch genügend Versuche machte, sich wie ein Spaltpilz in die junge Ehe einzunisten. Aber Therese war da auf ihrer Hut. Die verwitwete Frau Postobersekretär hatte die Neigung, vorwurfsvoll vor sich hin zu kränkeln, wobei sie die selbstlos aufopfernde Fürsorglichkeit deutlich ins Licht zu rücken verstand, die sie ihren Lieben dennoch, sozusagen mit letzter Kraft, angedeihen ließ. Da ihr Mann — Therese fand: begreiflicherweise — mit ihr nichts anzufangen gewußt und sich in ein eigenes, von allerlei Steckenpferdreitereien, wie zum Beispiel dem Briefmarkensammeln, ausgefülltes Leben zurückgezogen hatte, stürzte Frau Henriette Oberlein sich früh, und mit einer schon beinah vampyrischen Vehemenz auf ihr einziges Kind. »Das ist ja ein Mamasöhnchen!« hörte man sogar den in solchen Dingen nicht übermäßig feinfühligen Kommerzienrat gelegentlich sagen.

Der Theres war es nicht leichtgefallen, die alte Dame der

Einsamkeit ihrer Dreizimmerwohnung an der Barer Straße auszuliefern und hatte immerhin dafür gesorgt, daß ein Dienstmädchen eingestellt wurde. Bei einem Monatslohn von fünfzehn Mark nebst freiem Essen und Schlafgelegenheit brachte dies die Beamtenwitwe in keine finanzielle Schwierigkeit. Hingegen stürzte die Trennung — die erste, sieht man von den zwei Kriegsjahren ab — das Mamasöhnchen in einen schmerzhaften und nicht leicht zu meisternden Seelenkonflikt. Und mochte Wolfgang Oberlein auf einer Stufe seines Bewußtseins auch herzlich froh darüber sein, in seiner Frau endlich jemanden gefunden zu haben, der ihn gegen die sanfte, aber unerbittliche Vorherrschaft seiner Mutter aufstachelte, so wollte er der Theres auf einer anderen vielleicht ausgerechnet dies nicht verzeihen.

»Laßt bloß das Essen nicht kalt werden, Kinder, ich hab' mir *solche* Mühe damit gemacht, bald drei Stunden mit meinen geschwollenen Beinen am Herd.«

Therese zog eine Braue hoch und hielt den Löffel über dem Teller. »Warum bestehst du eigentlich drauf, uns ausgerechnet immer dann einzuladen, wenn Leni ihren Ausgang hat, Mama?«

»Ach Gott, Sonntag ist schließlich der einzige Tag, an dem Wolf Zeit hat.«

»Wir hätten ebensogut samstags Zeit.«

»Wozu denn. Es macht mir doch wirklich nichts aus.«

Wolf beeilte sich pflichtgemäß, besorgt zu sein. »Du siehst schlecht aus, Mu«, sagte er.

»Ach was, mach kein Theater draus, Schatz. Eine Mutter vom alten Schlag ist es gewöhnt, sich aufzuopfern, der macht das überhaupt nichts aus.« Das ›vom alten Schlag‹ war eine Spur gar zu betont herausgekommen; auch über die Art, wie man mit der kleinen Gabi umzugehen hätte, waren die Meinungen gelegentlich geteilt.

»Aber vielleicht macht es *mir* etwas aus, Mama.« Die

Stimme der Theres klang ganz sanft, und die Frau Oberse-
kretär, die diesen Ton kannte, blickte beunruhigt auf.
»Ich versteh' nicht?« sagte sie.
»Ich hab's vielleicht nicht gern, wenn sich wer meinetwe-
gen aufopfert. Und der Wolfi mag das genauso wenig. Oder,
Schatz?«
Wolfgang Oberlein, so peinlich direkt angesprochen, gab
keine Antwort, sondern stocherte auf seinem Teller herum.
Derlei Gespräche waren ihm zuwider. Er fand, daß seine
Frau auch einmal eine Gelegenheit auslassen könnte, die
Dinge in ihrem Sinn zurechtzurücken, und wenn es aus
Besorgtheit um seinen Sonntagsfrieden wäre. Aber da war
nichts zu machen, die Theres ließ keine aus.

Dennoch, nicht ohne Gefährdung zwar, aber im Ganzen
harmonisch, segelte die Ehe der Therese und des Wolfgang
Oberlein einstweilen in günstigen und durchaus verhei-
ßungsvollen Strömungen dahin.

Anders als im familiären Bezirk hatte der kommerzienrätliche Horizont sich von der Seite des Merkantilen her düster,
ja sogar unheilschwanger bewölkt. Die zuvor gewaltsam
hochgepeitschte Rüstungsindustrie setzte bei ihrem Zusammenbruch ungeheure Massen an Arbeitskräften frei, zu
denen sich alsbald die demobilisierten und aus der Gefangenschaft zurückkehrenden Soldaten gesellten. Eine
bedrückende Beschäftigungslosigkeit machte sich breit, und
die junge deutsche Republik hatte kaum Mittel, die sozialen
Lasten dieses Elends abzumildern, war sie doch gehalten,
immense Summen an Reparationen für die Gewinner des
unseligen Krieges aufzubringen. Dabei hatte der kurzsichtig
gehässige Frieden von Versailles das Reich um sieben Millionen Einwohner, um ein Viertel seiner Kohle- und um drei
Viertel seiner Erzförderung sowie um ein volles Sechstel
seiner landwirtschaftlichen Erträgnisse geschmälert. »So
was ist natürlich Wasser auf die Mühlen der Unverbesserli-

chen, da brauchst nur meinen Schwiegersohn anzuhör'n!«
schimpfte der Kommerzienrat. »Der Eisner tät sich im Grab
herumdrehn, wenn er wüßt', wie wenig sich die Herren
Sieger um seine Appelle zur Mäßigung geschert haben. Da
ist doch, weiß Gott, alles engstirniger Schwachsinn, wohin
und wie weit daß d' schaust. Was ist nicht gegen das alte
Österreich gewettert worden, weil eine solche Vielvölkermonarchie nicht mehr in die moderne Welt mit ihre g'schlosse-
nen Nationalstaaten paßt — und was haben s' Neues dafür
zusammengeschustert? Ist da vielleicht ein Sinn drin und ein
Segen, wenn die Südtiroler jetzt zwangsweis' Italiener sein
müssen wie zuvor die Norditaliener Österreicher? Und so
ganz miteinander zerstritt'ne Minderheiten, wie Tschechen,
Slowaken, Ungarn, Ukrainer und Deutsche, sollen sich jetzt
unter dem einen Dach der Tschechoslowakei unterstellen,
oder Serben, Kroaten, Slowenen und weiß der Teufel, was
noch für Völkerschaften, in dem neuen Jugoslawien: Nix wie
Zankäpfel, der Kuckuck mag sich ausmalen, was für ein
Ärger aus all dem hirnrissigen Durcheinander noch heraus-
wachsen kann!«
So recht er auch hatte, weder die politische, noch die
allgemeine wirtschaftliche Misere, ja, eigentlich sogar nicht
einmal der katastrophale Geschäftsgang der Brauindustrie
als solcher war's, was dem Kommerzienrat so schmerzhaft
auf den Nägeln brannte, sondern, wie sich leicht begreift, vor
allem der Niedergang seines eigenen Betriebs. Es kam vieles
zusammen, um den Wiesinger-Bräu mit dem Rücken gegen
die Wand zu bringen. Das normale Vollbier hatte noch
immer nicht seinen friedensmäßigen Stammwürzgehalt —
erst im Oktober vierundzwanzig würden wieder 11,5 Prozent
behördlich genehmigt werden! —, und die Leute wollten
nicht einsehen, weshalb sie für das dünner gewordene
Gesöff einen so viel höheren Preis als vor dem Krieg bezahlen sollten. Dem Verweis auf die immens gestiegenen Kosten
für Rohstoffe und Löhne glaubte man nicht. Ein Bierstreik

um den anderen wurde ausgerufen, der Umsatz ging zurück. Da der Bierpreis seit je ein politischer war, zumal in Bayern, versteifte sich die Regierung darauf, daß er niedrig bleiben müsse. Selber dabei mitzuhelfen, indem sie etwa auf einen Teil der andauernd steigenden Biersteuern verzichtete, das fiel ihr freilich nicht ein. So kam das Braugewerbe nach und nach dahin, von der Substanz und von hoch zu verzinsenden Bankkrediten leben zu müssen.

Das alles wäre vielleicht grade noch zu verkraften gewesen, auch wenn es natürlich wieder einmal den kleineren Unternehmen ärger zu schaffen machte als den großen, würde nur das Geld als solches seinen beständigen Wert behalten haben. Aber zuerst die horrenden Rüstungsaufwendungen und hernach die Reparationen hatten die Banknotenpressen mächtig in Schwung gebracht. Jetzt gab es eine Menge amtlich bedruckten Papiers und keine Waren dafür.

Die Geldentwertung hatte schon während des Krieges angefangen, doch was in den folgenden Jahren über das besiegte Land hereinbrach, übertraf die tollkühnste Einbildungskraft. Deutschland strudelte im wahnwitzigen Sog einer von Monat zu Monat wilder kreiselnden Inflation. Unter dem Druck dieser Verhältnisse konnte man sich nicht mehr die kleinste Investition erlauben, ja, zuletzt nicht einmal mehr die notwendigen Reparaturen an den seit 1914 ohnedies nicht mehr aufgefrischten und deshalb stark heruntergenutzten Betriebseinrichtungen. Auch der Einkauf von Rohstoffen, überhaupt eine solide Kalkulation wurde zu einer Unmöglichkeit. Zum Oktoberfest 1922 war der Preis für eine Wiesenmaß behördlich auf fünfzig Mark festgesetzt worden — ein gegrilltes Hendl kostete fünfhundert Mark —, aber schon in der zweiten Festwoche war der Wert dieser fünfzig Mark so sehr verfallen, daß man unbedingt sechzig hätte verlangen müssen, um auch nur auf seine Gestehungskosten zu kommen. Doch war diese Anhebung wegen der geschlossenen Verträge und der Sturheit der Ämter nicht zu verwirklichen. Der Wiesinger-Bräu machte, trotz guter Verkaufsergebnisse, im Monat September einen Verlust von bald sechshunderttausend Mark. Und es war ein schwacher Trost, daß mit dem Geld auch die Schulden verfielen. Wie sollte man seine Lagerbestände erhalten, wenn der Verkauf des gestern gesottenen Bieres nur mehr einen Bruchteil dessen hereinbrachte, was heute das Brauen eines neuen kostete? Es war überall dasselbe. In den Auslagen aller möglichen Ladengeschäfte tauchten handgeschriebene Plakate auf: VORLÄUFIG GESCHLOSSEN! NEUBESCHAFFUNG DER WARE ZU TEUER. Der übliche Giro- und Kontokorrentverkehr kam zum Erliegen, und Anton Wiesinger fiel es schwer, sich auf seine alten Tage an eine vorsintflutliche, primitive Natural- und Bargeldwirtschaft zu gewöhnen, wie sie nicht einmal mehr sein von Oberwössen in die Stadt hereingekommener Großvater gekannt hatte.

Wer mit diesen verstörenden Umbrüchen überhaupt nicht mehr zurechtkam, das war der alte und inzwischen halt doch ein wenig verholzte Lukas Bauer. Eines Nachmittags, als er über den Brauereihof ging, lief ihm der Wirt vom Bogner über den Weg, der eben vier Waschkörbe voll Papiergeld von der Pritsche seines Lastwagens hob. Es war der gerade von den Mittagsgästen eingenommene Erlös, und er hatte sich beeilt, mit ihm die am Vormittag abgeholte Bierlieferung zu bezahlen. Ein Windstoß fuhr über die Körbe hin und nahm ein paar der achtlos aufgehäuften Banknoten mit sich. Der alte Prokurist wurde aschfahl vor Schreck und humpelte den gaukelnden Fetzen hinterdrein. Das veranlaßte den Bogner, lauthals hinauszulachen.

»In der Zeit, in der S' dem Geld nachlaufen, is es ja schon wieder weniger wert!« dröhnte er. »Schauen S' lieber, daß S' den Segen sofort einem Hopfenhändler andrehn oder Ihren Arbeitern. Aber so-fort, Bauer, weil wenn S' z'lang warten, können S' Ihnen gleich den Hintern wischen damit!« Der Bogner war ein vollblütig vierschrötiger Mensch und amüsierte sich selber höchlich über seinen Scherz, der nur zum Teil ein Scherz und im Kern die traurige Wahrheit war.

Bauer, der sich schon nach den Banknoten gebückt hatte, richtete sich wieder auf, ohne eine aufzuklauben. Er nagte an seiner Unterlippe und sagte kein Wort. Seine Blässe war beängstigend. Ganz unvermittelt drehte er sich um und ging, ohne seinen Hut aus dem Büro zu holen, durch das Einfahrtstor auf die Herbststraße hinaus. »Wo wollen S' denn hin?« rief der verblüffte Wirt ihm nach, bekam aber keine Antwort mehr. Lukas Bauer ging gradewegs nach Hause und legte sich hin.

Als man dem Kommerzienrat anderntags von der Bettlägrigkeit seines Prokuristen berichtete, scheute er die Mühe nicht, ihm in dem armseligen Untermietzimmer in der Kreuzstraße einen Besuch zu machen.

»Das sind ja schöne Sachen«, sagte er und zog sich einen Stuhl neben das Krankenlager. »Sie und marod! So was hab' ich die ganzen achtundfünfzig Jahr' nicht erlebt, die ich Sie jetzt kenn'!«

»Ja no, ich bin neunundsiebzig. Da ist es nicht mehr z' früh, daß man aufhört und sich schön langsam davonmacht, Herr Kommerzienrat.«

Wie schwach und dünn seine Stimme klang. Dabei war der Prokurist doch bloß ein paar Jahre älter als er. Den Bräuer befiel eine seltsame Angst. »Jetzt malen S' den Teufel nicht an die Wand«, polterte er gegen seine Empfindung an. »Vollends achtzig werden, das ist mit neunundsiebzig doch wirklich keine Affair'!« Bauer gab keine Antwort. Seine Wangen waren eingefallen, und weiße Bartstoppeln bedeckten sein sonst immer penibel rasiertes Gesicht. »Herrschaftseit'n, jetzt sind S' doch kein Defaitist, Bauer. Wenn Ihnen schon ich egal bin, dann denken S' wenigstens an die Brauerei und daß die Sie braucht, grad jetzt!«

Ein zages Lächeln huschte über das Gesicht des Alten. »Wie ich ein'treten bin, anno achtzehnfünfundsechzig, als ein Kommis, da hat noch Ihr Papa selig das Regiment g'führt.« Er versuchte, sich aufzurichten, begnügte sich dann aber damit, bloß die Hand zu heben und mit ihr scherzhaft gegen den Kommerzienrat hin zu drohen. »Sie haben sich erst ein Jahr *nach* mir an einen Wiesinger-Schreibtisch g'setzt, gell«, krächzte er, um dann, nach einer kleinen Pause, sehr leise hinzuzusetzen: »Sie dürfen nicht denken, daß ich davonlaufen möcht', Herr Wiesinger. Wirklich nicht. Aber wie's nun einmal steht, müssen S' das jetzt mit'm lieben Gott ausmachen, und nicht mehr mit meiner Wenigkeit.«

Als Anton Wiesinger die dunkle, nach Bodenöl riechende Treppe hinunterstieg, um zu dem wartenden Auto zu gehen, war er trübe gestimmt wie lange nicht.

Am nächsten Morgen versuchte Lukas Bauer wie gewohnt aufzustehen. Gestärkt von der Ruhe der Nacht gelang es ihm auch, bis zum Waschtisch zu kommen. Dort aber ließen ihn seine Beine im Stich. Die Zimmerwirtin hob ihn mit Hilfe eines Nachbarn in sein Bett zurück und rief, trotz Lukas Bauers Protest, den Arzt. Der war ratlos, weil er außer dem Alter des Patienten − das freilich nicht zu kurieren, sondern ein Leiden mit auf die Länge unfehlbar tödlichem Ausgang war − keine genauer angehbare Krankheit zu diagnostizieren wußte. Da sich im Lauf des Tages dennoch eine leichte Fiebrigkeit einstellte, nur so um die achtunddreißig herum, aber immerhin, riet der Mediziner zur Einlieferung ins Spital. Einer solchen widersetzte der alte Mann sich mit Entschiedenheit. Weil aber seine Kräfte jetzt rasch verfielen, würde er diesen letzten Streit unfehlbar verloren haben, hätte er sich nicht einen einfachen, jedoch durchschlagenden Schachzug ausgedacht, mit dessen Hilfe er zu guter Letzt doch noch einmal recht behielt: Lukas Bauer verlor das Bewußtsein und verfiel in Agonie.

Ob es ein sanftes Verlöschen war, wie es nach außenhin den Anschein hatte, läßt sich mit Sicherheit nicht sagen. Die auf der Bettdecke ruhenden Hände des Greises fuhren zuweilen sonderbar hin und her, und seine dünnen Finger grapschten an der Kante des Stoffes herum, als wolle er irgend etwas fassen. Über sein wächsern gelbes Gesicht lief ein unruhiges Zucken. Wer will wissen, was hinter seinen geschlossenen Lidern vor sich ging, im Innern seines armen, so gründlich durch die Weltläufte verstörten Kopfes? Mag sein, solche letzten Stunden haben etwas von einem endlos langen, ungebunden schweifenden Traum. Ob es für Lukas Bauer ein mühsamer war oder aber eine angenehm heitere Rückkehr in den Zauber längst dahingegangener Tage, darüber ist nichts bekannt.

Der Kommerzienrat gab zwei Kränze in Auftrag. Einen im Namen der Brauerei und einen in seinem eigenen Namen. Auf die Moiréschleife des ersteren ließ er die Worte setzen: IN DANKBARKEIT. DIE WIESINGER-BRAUEREI, auf die des anderen EINEM GUTEN FREUNDE. ANTON WIESINGER UND FAMILIE. Als er die Rechnung in Händen hielt – (»Um Bezahlung noch am heutigen Tag wird gebeten«) –, welche auf die beinah komische Summe von sieben Millionen zweihundertfünfzigtausend Mark lautete – nominell beinah doppelt so viel, wie sich im Jahr 1910 für den Verkauf des gesamten Wiesinger-Bräus samt Brauanlagen, Inventar und Liegenschaften hätten erzielen lassen –, hatte Anton Wiesinger seit zwei Stunden ein Telegramm in Händen: »ANKOMME MIT GANZER FAMILIE MONTAGABEND ROTTERDAM STOP ZUGANKUNFT MUENCHEN 9 UHR 12 FRUEH STOP EUER FERDL«

Das bevorstehende Eintreffen des amerikanischen Wiesingers war nicht ohne Dramatik zustande gekommen, freilich weniger auf familiärem als auf merkantilem Feld. Toni hatte angefangen, wieder in der Brauerei zu arbeiten. »Bloß in der Buchhaltung einstweilen, ich muß mich ganz langsam z'rückfinden in das alles, ich brauch' Zeit, Papa.«

»Nun gut. Aber ein eigenes Büro mußt' auch als Buchhalter haben, keine Widerrede, Bub, wie möcht' denn das sonst aussehn, schließlich bist der Sohn vom Chef.« Anton Wiesinger war's soweit zufrieden gewesen. Hauptsache, daß sein Sohn überhaupt anfing, wieder etwas zu tun.

Eines Tages im Frühjahr dann — es war in Lukas Bauers letzter Zeit — hatte der alte Prokurist seinen Kopf zur Türe hereingestreckt und dem Toni Besuch angekündigt.

»B'such? Für mich?«

»Da schaust, gell«, hatte die Theres beim Hereinkommen gelacht. »Ab und zu will sich halt auch unsereins ein biss'l umschaun in den geheiligten Hallen hier.«

Toni sah sie sonderbar verträumt an. »Das ist komisch, weißt«, sagte er, »weil... ich hab' grad vorhin an dich gedacht!« Tatsächlich hatte er sich an jenen ›Krüppelfonds‹ zurückerinnert, an das Geld, das sein Vater seinerzeit bei einer Hamburger Bank zusammengehäufelt hatte als Aussteuer für seine hatschete Tochter. »Du hast es ganz empört z'rückg'wiesen, erinnerst dich? Und wir haben dann die ganze Brauerei auf'n Glanz modernisiert damit.«

»Freilich erinner' ich mich. Warum? Was ist denn damit?«

»Gott, nix eigentlich.« Toni schien zerstreut.

»Erlaub' einmal, du wirst doch nicht davon anfangen — wegen nix!«

Nun ja, achthunderttausend Mark waren es halt seinerzeit gewesen, ein ungemeines Geld, und als der Toni sich heute früh vom Laufburschen zwei Wurstsemmeln hatte holen lassen, da hatte die bescheidene Brotzeit aufs Haar ebensoviel gekostet, achthundertzwanzigtausend Mark... Toni sah verlegen zu seiner Schwester hinüber. »Lach' nicht, ich sitz jetzt seit einer halben Stund' über meine Papiere, ein jeder bildet sich ein, wunder wie fleißig ich bei der Arbeit bin, und dabei hab' ich die ganze Zeit bloß immer den blöden Wurstsemmeln nachstudiert....« Es war ein Jammer. Er mochte sich Mühe geben, so viel er wollte, es gelang ihm einfach nie, seine Gedanken bei der Stange zu halten. Und dabei stand es so miserabel um die Firma, daß wirklich ein jeder seine ganze Kraft hätte zusammennehmen müssen, wollte man auch nur die nackte Existenz über die närrischen Zeitläufte retten.

»Steht's wirklich so schlecht um uns?« Die Theres erkundigte sich voll Ungläubigkeit. Sie wollte das alles einfach nicht so nehmen wie es war.

»Der Pfahlhäuser«, gab ihr der Toni mit Galgenhumor Auskunft, »der Pfahlhäuser sagt, daß wir eigentlich schon z'samm'brochen sind, und länger als ein paar Monat' können wir's beim besten Willen nicht mehr verheimlichen – nicht einmal vor uns selbst.«

Und gradeso war es. Erst neulich war ein letzter, schon verzweiflungsvoller Versuch Anton Wiesingers, vom Baron Fontheimer Hilfe oder wenigstens einen brauchbaren Rat zu bekommen, jämmerlich fehlgeschlagen. Dabei hatte der Kommerzienrat die Besprechung eigens in einer Loge des Deutschen Theaters statt im Bankbüro arrangiert, weil er sich etwas davon versprach, den kauzigen Mann in einer entspannten Atmosphäre zu erwischen. Man gab eine jener schmissigen Nacktrevuen, die jetzt aufzukommen begannen. Der Bankier, in gesunden Tagen kein Kostverächter, genoß immer noch mit den Augen. Seine Frau, von der er in früheren Zeiten so eifersüchtig bespitzelt worden war, hatte sich nach seinem zweiten Schlaganfall ihrerseits auf die Suche nach aushäusigen Vergnügungen gemacht, ängstlich und zögernd zuerst, aber dann, wie das ja nicht selten zu geschehen pflegt, fand sie selber Spaß an derlei spätsommerlich flotten Unternehmungen. Ihre Liebhaber wurden von Fall zu Fall jünger, inzwischen war die Zweiundfünfzigjährige bei einem neunzehnjährigen Gigolo angelangt. Ohne Zweifel, sie sah noch immer attraktiv aus, und Geld hat, wie man weiß, einen eigenen Sexappeal. Von der Eifersucht, mit der die Bankiersgattin ihren Mann so ausgesucht gequält hatte, auch sogar dann noch, als er bereits an den Rollstuhl gefesselt war, wollte sie trotzdem lange nicht lassen. Im Gegenteil, als die Baronin endlich selbst den scharfen Reiz der Sünde gekostet hatte, wuchs ihr Mißtrauen nur noch mehr. Am Ende dann schlief ihre Wachsamkeit dennoch ein. »Sehn Se, ich könnte jetzt endlich machen, was ich will – und den Willen dazu hätte ich, bei Gott, den Willen zu mancherlei, Kommerzienrat! Aber Tempi passati. Ich hab' es im Kopf, sogar im Gefühl, aber nicht mehr dort, wo allein etwas damit anzufangen ist.« Sein Spott klang bitter, und die Art, wie er gierig durch sein Opernglas auf die entblößten Busen starrte, die in den Rhythmen der Jazzmusik aufreizend hin und her wogten, hatte etwas Lechzendes.

Obwohl der Bankier also an jenem Abend in der aufgeschlossensten Laune gewesen war, hatte er sich nicht herbeilassen wollen, dem Bräuer in seinen Nöten beizustehn. »Sie setzen Ihre Hoffnung auf einen Kredit, Kommerzienrat, und mit Geld zu handeln, ist allerdings mein Geschäft – nur leider ist meine Ware nichts mehr wert. Sich mit einem Kredit sanieren, das ist ein Mittel aus der Mottenkiste der guten, der soliden, der untergegangenen Zeit.«

Anton Wiesinger wurde blaß. »Heißt das, Sie weigern sich, mir eine Chance zu geben?«

»Sie haben keine, Kommerzienrat. Und übrigens brauchen Sie doch auch keine mehr! In Ihrem Alter! Verscherbeln Sie Ihre Klitsche und amüsieren Sie sich, bringen Sie durch, was immer davon durchzubringen ist – und den Rest dann, in Gottes Namen, vererben Sie Ihrem Sohn.«

»Verkaufen!« hatte Lisette sich eingemischt. »Jedermann weiß, daß es Wahnsinn ist, in dieser Zeit Sachwerte zu verkaufen, gegen nichtiges Banknotenpapier!«

Baron Fontheimer lächelte nachsichtig. »Es gibt interessierte Ausländer, Madame. Die warten wie die Hyänen aufs Aas. Sie können Gold bekommen. Oder Dollars. – Nun gut, ich sehe es Ihnen beiden an, Sie haben die Illusion, daß Sie sich anders retten können. Bitte sehr.«

Anton Wiesinger stand auf. Er war sehr bleich. »Ich werde mich retten! Allerdings!« stieß er hervor.

Je erregter er wurde, um so gleichmütiger wurde der Bankier. »Nicht ohne Valuten, Kommerzienrat«, warf er nachlässig hin. »Entweder haben Sie welche, um sie in Ihren kaputten Laden hineinzubuttern – oder Sie setzen den Krempel in toto in Devisen um. Eins von beidem, tertium non datur, Kommerzienrat. Und jetzt entschuldigen Sie mich. Die Pausenglocke läutet. Achten Sie auf die Rothaarige vom Corps de Ballet, ich spreche von der dritten von rechts. Ein unerhört rassiges Frauenzimmer! Brüste wie . . . Pardon, Kommerzienrätin. Da ich es rein platonisch sage, ist es ohne Anstößigkeit.«

Lisette brachte die Worte Devisen und Valuten nicht mehr aus dem Kopf. Und die Woche drauf sah man sie zusammen mit Therese zum Postamt an der Ismaninger Straße gehen.

»Ein Telegramm bitte.«

»Dringend oder normal?«

»Dringlich. An Mr. Ferdinand Wiesinger, Parkroad 23, Milwaukee, USA.«

»Und der Text?«

»Notieren Sie. ›Papa vor dem Konkurs stop sofortige Hilfe lebenswichtig stop wenn möglich komme stop in Angst Lisette.‹«

Therese trippelte von einem Fuß auf den anderen. »Der Papa wenn erfahrt, daß wir das abg'schickt haben, ich glaub' der massakriert uns.«

Aber dann massakrierte er sie nicht. Im Gegenteil, als er von der Sache erfuhr, nahm er sie mit unerwarteter Ruhe auf.

»Devisen«, wiederholte er Lisettes absichtsvoll eingestreutes Stichwort und sah forschend zwischen ihr und seiner

Tochter hin und her. »Hab' ich mir's doch gedacht, daß ihr das über kurz oder lang aufs Tapet bringen werdets.«

»Fontheimer hat es aufs Tapet gebracht.«

»Ganz allgemein, während das, was du meinst, Valuten aus Milwaukee sind, oder vielleicht nicht?«

»Und wenn?« schaltete sich Therese ein. »Es ist doch wirklich nicht mehr z' früh, wenn ihr zwei euch endlich aussöhnts, nach so lange Jahr'!«

Anton Wiesinger schwieg und dachte nach. »Ihr meints also, daß ich ihm schreiben soll?« erkundigte er sich.

»Nein, das ist nicht mehr nötig, Antoine. Wir haben ihm bereits telegrafiert.«

Eine Sekunde lang irrlichterte nun doch etwas Gewittriges um die Gelassenheit des Kommerzienrats. Aber dann sagte er mit auffallendem Gleichmut: »Na schön. Warten wir ab, was er tut.«

Als Anton Wiesinger durch die pseudoromanischen Bögen der Schalterhalle den Bahnhof betrat, hatte er Herzklopfen bis zum Hals herauf. »Bitt' dich, Papa, sei halt ein *biss'l* weniger nervös!« wies ihn die Theres, wie immer ein wenig streng, zurecht.

»Du redest dich leicht.« Der Kommerzienrat hatte seine Damen zu Hause ganz unsinnig gedrängt, und so waren sie viel zu früh eingetroffen. Über eine halbe Stunde lang hatten sie sich im Wartesaal Erster Klasse herumgetrieben, dann war dem Bräuer auch dies unerträglich geworden. Seither patrouillierten sie nun den noch menschenleeren Perron auf und ab. Ein Glück, daß für den Zug wenigstens keine Verspätung angesagt war. Anton Wiesinger sah alle Augenblicke auf die Uhr. Er hatte vor dem Weggehen Hopfenpastillen und Baldrian eingenommen, aber beides hatte nichts genützt. Dann, als es endlich soweit war, lief alles erstaunlich unverkrampft und heiter ab. Der Ferdl beugte sich schon von weitem aus dem Abteilfenster und schwenkte ein weißseidnes Taschentuch. »Siehst ihn?« trumpfte der Kommerzienrat gegen seine Tochter gewendet auf. »Wie gut, daß ich so früh drang'wesen bin! Er hat damit g'rechnet, daß ich dasteh' und ihm entgegenwink'.«

Ferdl, kaum daß er vom Trittbrett des noch ausrollenden Waggons gesprungen war, fiel seinem Vater mit Herzlichkeit um den Hals. Anton Wiesinger schlug beide Arme um den breit gewordenen Rücken seines Sohnes und drückte ihn fest an sich. Mein Gott, dachte der ältere Wiesingersohn erschüttert, wie gebeugt und alt er geworden ist . . . Er hatte seinen Vater, trotz einiger Fotografien, die ihm von Lisette zugeschickt worden waren, ganz anders in Erinnerung. Nun ja, dreizehn Jahre waren es jetzt halt, daß sie einander nicht mehr gesehen hatten.

»Der Toni läßt sich entschuldigen, er wär' gern mit'kommen«, log der Bräuer und genierte sich dabei. »Er kann aus der Brauerei nicht heraus, mit der verdammten Inflation geht ja alles drunter und drüber.«

»Ja, das ist der Grund, weshalb ich gekommen bin. Ich mein' − vom Persönlichen abg'sehen.« Ferdinand Wiesinger sprach, auch wenn ein unüberhörbar amerikanischer Schlenkerer in seine Art zu reden gekommen war, dennoch ein erstaunlich fließendes und auch melodisches . . ., nun, nicht eigentlich Deutsch, sondern immer noch Münchnerisch. Nur das Kinn streckte er beim Reden ein wenig nach vorn, so, als hätte das jahrelange Herumkauen an den amerikanischen Lauten seine Kiefernmuskeln übermäßig entwickelt. Er war jetzt vierzig und ein bißchen grau geworden − (»Einen Esel hab' ich schon immer in mir g'habt, jetzt schaut er halt allmählich heraus«) −, aber er sah kräftig aus, ohne deshalb dick geworden zu sein, gesund, braun und in seinem grauen Flanellanzug mit dem breitkrempigen Hut ungeheuer attraktiv.

Die Theres legte zwei Finger an den Mund. »Mei, schaust du gut aus!«

»Theres! Theres, mein Gott!« Ihr Bruder bekam vor Rührung feuchte Augen, als er sie in die Arme schloß. Und dann
kam der einzige Moment, in dem der Ferdl eine winzige
Befangenheit merken ließ. Das war, als er Lisette gegen-
übertrat. Fast schien es, als wäre er sich nicht schlüssig, ob er
auch sie in die Arme nehmen solle oder doch lieber nicht.
Aber diese Unsicherheit währte nur eine Sekunde, und
eigentlich war es Lisette selbst, die ihm aus ihr heraushalf,
indem sie mit einer ganz selbstverständlichen Herzlichkeit
einen Schritt auf ihn zuging und ihn von sich aus an sich zog.

»Das ist meine Frau«, sagte Ferdl und wandte sich zu
dem Waggon zurück, in dessen Tür Mrs. Nancy Wiesinger
aufgetaucht war. Was man zuerst von ihr sah — weil es
nämlich überaus ins Auge sprang — war nicht eigentlich sie
selber, sondern ihre Aufmachung, die in Milwaukee vielleicht an der Tagesordnung sein mochte, hier aber von
einiger Auffälligkeit war, jedenfalls für den Augenblick,
denn ein paar Jahre später würde der von Nancy Wiesinger
dargebotene Anblick auch diesseits des großen Teiches zur
Gewöhnlichkeit gehören — und durchaus im Doppelsinn
dieses Wortes, wie der Kommerzienrat fand, der für die
Kapriolen der neuen Mode nur ein abweisendes Kopfschütteln übrig hatte.

Unzweifelbare Tatsache war, daß die amerikanische Wie-
singerin in jeder Einzelheit ihrer Kleidung Krieg führte
gegen das, was man das Feminine nennt, das Anschmieg-
same und Weiche, das gefällig Fließende. Das Haar hatte sie
sich kurz abschneiden und scheiteln lassen. (Und so indi-
gniert die Theres sich jetzt auch über diesen sogenannten
Bubikopf zeigte, keine drei Jahre später opferte sie selber
ihre Locken der Schere!) Nancys Kleid, sichtlich aus teuer-
stem Stoff, war eine nicht auf Taille gearbeitete Röhre,
schmal und eng, die unten ein größeres Loch für die Beine
und oben drei kleinere für den Kopf und die Arme hatte.
Übrigens mochte diese Art, sich zu kleiden, dem Körperbau

Nancy Wiesingers ohnehin entgegenkommen. Daß sie ein kantiges, sogar strenges Gesicht hatte, das ein wenig pferdeähnlich in die Länge gezogen schien, war der Bräuersfamilie chon von den Fotografien her bekannt gewesen, daß sie aber auch figürlich so über alles lang und eckig wäre — und übrigens mit auffallend großen Füßen begabt —, das war eigentlich nicht erwartet worden.

»Hello!« strahlte Mrs. Wiesinger, und ihr freundliches Lächeln hatte unvermuteterweise etwas Gewinnendes. Aber man kam nicht dazu, sich lang mit ihr zu beschäftigen, denn hinter ihr — und beinahe schon zwischen ihren Beinen hindurch — drängte nun die junge Generation lärmend aus dem Zug. Cecily war sieben und Anthony fünf Jahre alt. Es waren zwei ungemein quirlige und — jedenfalls für kontinentale Üblichkeiten — exemplarisch unerzogene Kinder. Der Umgang mit ihnen, wie übrigens auch mit Mrs. Wiesinger selber, wurde ungemein erschwert durch den Umstand, daß sie alle drei kein Wort Deutsch redeten oder verstanden. Bei den Kindern mochte das soweit ja noch begreiflich und in der Ordnung sein, aber bei Nancy setzte die unbequeme Sachlage den Ferdl doch ein wenig in Verlegenheit. »Ich hab' durchaus immer haben wollen, daß sie ein biss'l was von unserer Muttersprache lernt, und es mich auch sogar was kosten lassen«, berichtete er. Aber Frau Nancy Wiesinger hatte den ihr zudiktierten Kursus an der LANGUAGE SCHOOL OF WISCONSIN seinerzeit zwar belegt, das heißt, der Ferdl hatte das für sie und in ihrem Namen getan, hernach aber war sie dann, abgesehen von der allerersten lesson, nie mehr hingegangen, was lange unbemerkt geblieben war, weil sie dem Ferdl gegenüber so getan hatte, als käme sie ihren übernommenen Verpflichtungen pünktlich nach, während sie sich in Wahrheit jedesmal ein Kinostück angeschaut hatte. Erst als ihr Mann schließlich darauf bestand, endlich etwas von den Früchten der pädagogischen Anstrengung vorgeführt zu bekommen, kam die Sache ans

197

Licht. Zu der Zeit war schon Krieg, und Mrs. Wiesinger kleidete ihre Abneigung gegen das Studium in allerlei patriotische und, wie der Ferdl fand, lächerliche Phrasen. Folge der Enthüllung war ein länger anhaltender Ehezwist. Aber da dieser auf amerikanisch ausgetragen wurde, machte er an dem Versäumten auch nichts mehr gut.

Der Franzl, obgleich er von den Kindern im Haus das älteste war und doch auch selber Lausbub genug, schaute der einheimischen Redensart nach »wiar a Woasal« – (also wie eine Waise, was sich naheliegend mit bescheiden, wenn nicht gar kümmerlich übersetzen läßt) –, als die beiden Amerikaner ihm täglich ein halbes Dutzend Streiche vorführten, die er sich nur nach langem Zögern nachzumachen traute, das Kaputtschießen von Straßenlaternen mit Hilfe einer Steinschleuder zum Beispiel, oder das Anbinden von Konservenbüchsen an den Schwanz des Katers aus dem Nachbarhaus – Dinge, die in der vornehmen Bogenhäuser Umgebung nicht unbedingt zu den Üblichkeiten zählten. Trotzdem kam der Franzl mit den beiden Wiesingers aus Wisconsin noch am besten von allen zurecht. Selbst die Unzuträglichkeit, daß sie nicht dieselbe Sprache redeten wie er, war für die gegenseitige Verständigung kein sonderliches Hindernis, die schwerfälligeren und phantasieloseren Erwachsenen hatten damit eine weit größere Last.

Die Köchin Klara, deren bodenständige Küche jetzt von den amerikanischen Dollars aufs segensreichste subventioniert wurde, fand nicht selten Grund, sich grün und blau zu ärgern, wenn sie mit ansehen mußte, wie die schmackhaften Erzeugnisse ihrer Kochkunst verschmäht, ja, zuweilen »von dera miserabligen Bagasch« regelrecht geschändet wurden. Als sie eines Tages die Reste ihrer wunderbar soffigen Dampfnudeln im Übertopf der Zimmerpalme fand, fehlte nicht viel, und sie hätte einen Weinkrampf erlitten. Übrigens war auch der mageren Mrs. Nancy Wiesinger nicht grad vergnüglich zuzusehen, wenn sie mit spitzen Fingern und säuerlich gequälter Freundlichkeit ihre deftig fette, knusprig resche Scheibe Schweinsbraten von einem Rand des Tellers um anderen schob, ohne mehr als zwei Gabelspitzen davon in den Mund zu nehmen.

»Hat's ihr nicht g'schmeckt?« ließ sie der Kommerzienrat eines Abends durch den Ferdl fragen.

»*But sure! It's really excellent! Marvelous, indeed!*« flötete die Amerikanerin.

»No ja, vielleicht meint's, daß das vornehm ist, wenn sie sich so anstellt, die g'schmerzte Krampfhenna, die«, schloß später in der Küche drunten die Lucie das Thema ab und schrubbte ihrem Franzl den pappig angetrockneten Honig vom Buckel, den ihm die zwei Amerikanerkinder am Kaffeetisch zwischen Hals und Hemdkragen hatten hineinlaufen lassen.

Ganz so, wie der Dr. Pfahlhäuser angedeutet hatte, erwies sich die Lage des Wiesinger-Bräus bei genauerer Überprüfung als katastrophal. Früher war in krisenhaften Zeiten wenigstens etliches Barvermögen dagewesen, und wenn man auch nie unter die immerhin fünfzehntausend Millionäre gehört hatte, die anno dreizehn im Reich gezählt worden waren, so hatte dieses Vermögen doch auch nicht zu den unbedeutenden gehört. Weil der Kommerzienrat niemals Kriegsanleihe gezeichnet hatte, hatte er sich lange der angenehmen Illusion hingegeben, es würde ihm als einem von wenigen gelingen, seinen Kontostand halbwegs unversehrt über den Untergang des Kaiserreichs hinwegzuretten, und wirklich hatte es eine Zeitlang so ausgesehen, als behielte er recht. Jetzt fraß ihm die Inflation zu guter Letzt doch noch alles weg. Das dingliche Sachvermögen würde man zwar retten können, bloß daß mit dem kein Staat mehr zu machen war. An den technischen Einrichtungen nagte der Rost. Nun gut, wenigstens der Grund und Boden behielt aller Voraussicht nach seinen ungeschmälerten Wert, das heißt, wenn es einem gelang, ihn über diese verrückten Jahre hinwegzuretten, was aber alles andre als sicher war. Zuweilen wunderte sich der Bräuer, daß es immer wieder Leute gab, die etwas von ihren Sachwerten veräußerten, aber er wußte im Grunde ganz gut, daß vielen gar nichts anderes übrig blieb, jedenfalls dann nicht, wenn man in Konkurs geriet. Manch ausländischer Spekulant brachte in diesen Tagen für ein paar Dollar ganze Straßenzüge an sich. *»In God we trust«*, las der Kommerzienrat von dem länglichen grünen Geldschein ab, den ihm sein Sohn hingelegt hatte. »Auch eine Kunst«, spottete er, als ihm der Ferdl den Spruch übersetzte. »Mit so einer harten Währung in der Tasche kann man freilich bequem auf Gott vertraun.«

Sie saßen zu dritt im Herrenzimmer bei einem Cognac Hennessy, Jahrgang 1911, und einer echten Brasil – auch dies Segnungen des überseeischen Gottvertrauens. Toni hatte bei Tisch dem Wein ziemlich zugesprochen und sich zunächst mit einer Ausrede um das Zusammensein herumdrücken wollen, aber Anton Wiesinger hatte ihn am Ellenbogen gefaßt und einfach vor sich her geschoben. Die Luft war vom Zigarrenrauch zum Schneiden dick, und Toni saß wortkarg da. Er beteiligte sich an der ohnehin schleppenden Unterhaltung der beiden anderen nicht.

»Lang kann es unmöglich so weitergehn«, versuchte Ferdl seinen Vater aufzumuntern. Er hatte drüben jeden Tag den Wirtschaftsteil seiner Zeitung studiert und war gut über die hiesigen Verhältnisse im Bild. »Irgendwann in nächster Zeit wird es ein neues Geld geben müssen, ein g'sundes, und dann laufen die Geschäfte wieder an.«

Der Bräuer schwieg. »Irgendwann«, sagte er dann. Ohne Zweifel, er hatte im stillen schon resigniert. Selbst wenn es ihm wider Erwarten gelänge, sich halbwegs über die Inflation hinwegzuretten, war er dazu entschlossen, das Biersieden aufzugeben und sein immobiles Vermögen zu kapitalisieren, ganz wie der alte Fontheimer es ihm angeraten hatte. Warum auch nicht? Die Theres war unter der Haube und hatte als Frau eines Beamten ihr Sicheres. Den Toni würde er in irgendeiner Brauerei unterbringen, als Geschäftsführer oder wenigstens Prokurist, so weit, daß er das zuwege brächte, reichten seine Verbindungen allemal. Und der Ferdl, so hoffte er, würde ihm von Amerika aus nicht ungebührlich in die Tasche greifen, so daß in Gottes Namen für die Lisette genügend zum Leben und Altwerden und für ihn zum Altwerden und Sterben übrig blieb. Und für eine solide Ausbildung des Franzl natürlich! Vielleicht sogar eine akademische, denn der Bub schien in der Schule durchaus zu halten, was er seinerzeit bei den Spaziergängen an der Hand des Opas versprochen hatte, er brachte trotz seiner Faulheit immer nur Einser und Zweier heim, und es mochte durchaus sein, daß er das Zeug zu einem künftigen Brauereidirektor hätte. Aber so einer konnte er auch woanders werden, er war kein Wiesinger, weshalb also mußte es unbedingt der Wiesinger-Bräu sein.

Ferdl stand hinter dem alten, gebückten Mann, der tief in seinen Sessel versunken saß und vor sich hinbrütete. Durch sein immer noch dichtes, eisgraues Haar schimmerte in der Mitte des Schädels ein Stück rosigrote Kopfhaut. Ferdl kam in den Sinn, in welch abschätzigem Ton er ihn früher ›den Patriarchen‹ genannt hatte, und er spürte ein sonderbar wehmütiges Ziehen in seiner Brust.

»Nicht grad, daß ich ein Vermögen g'macht hab' drüben«, sagte er. »Wenigstens nicht für amerikanische Verhältnisse, aber arm bin ich wirklich nicht.«

»Ja, das glaub' ich dir wohl«, entgegnete Anton Wiesinger und richtete sich aus seiner gebückten Haltung auf. »Aber es tut mir leid, Ferdl. Auch wennst mein Ältester bist, ich kann unmöglich Almosen von dir annehmen, gell, das wirst verstehn.«

Ferdinand Wiesinger war nicht überrascht, genau so

etwas hatte er erwartet. »Almosen?« erwiderte er deshalb und zog ein strenges Gesicht. »Ich bin lang g'nug drüben g'wesen, um ein Yankee z' werden, Papa. Geschenke sind wirklich nicht die Grundlage von einem soliden *business.* Wenn ich meine guten Golddollar in deinen wackligen Laden steck', dann als eine Einlage, mit der normalen Verzinsung, und wenn's geht, sogar mit einer, die ein biss'l höher als üblich ist.«

Anton Wiesinger fiel ein Stein vom Herzen. »Das ist natürlich was anderes, Bub!« rief er belebt. Mit einemmal erfüllte ihn eine tiefe Zufriedenheit. Es war in diesem Augenblick, daß Toni, den sie irgendwie ganz vergessen hatten, sich erhob. Ein verlegenes, beinahe hilfloses Lächeln spielte um die Lippen des jüngeren Wiesinger-sohns.

»Macht's euch was aus, wenn ich euch allein laß'?«

Sein Vater sah ihn unsicher an. »Hast vorhin ein biss'l zu hastig getrunken, hm?« Es blieb in der Schwebe, ob das nun eine mitfühlende Erkundigung, oder eine tadelnde Feststellung war.

Tonis Lächeln gefror. »Das müßtest allmählich aber wirklich g'wöhnt sein an mir.«

»Kurzum, du bist — «, Anton Wiesinger zögerte eine Sekunde lang, » — du bist z' müd.«

»Wenn ›ang'stochen‹ das Wort ist, dem du so zartfühlend aus'm Weg gangen bist — *tipsy* sagt man bei euch in den Staaten, gell? — dann vertrag' ich noch *einiges,* bis d' Lichter ausgehn. Ich bin ganz gut in der Übung, wie d' weißt.«

»Und warum willst dann gehen?« Ein Unterton von Gekränktsein lag in der Frage Anton Wiesingers. Und merkwürdigerweise kam auch die Antwort des Toni in einem untergründig beleidigten Ton heraus.

»Warum sollt' ich *nicht* gehn? Wo ich doch eh keine Dollar hab', abg'sehn von meine paar notigen Schieber-

202

Notscherln. Es kommt so nix dabei heraus, wenn ich hier bei euch herumhock', da geh' ich mich lieber noch ein biss'l amüsiern.«

»Aber es ist doch auch *deine* Brauerei, um die es geht?!« Anton Wiesinger verspürte immer wieder eine kraftlose Hilflosigkeit, wenn ihm sein Sohn so deprimierend interesselos begegnete.

Toni lächelte wieder. »Ihr werdet alles ganz wunderbar lösen«, gab er mit bestrickendem Charme zur Antwort und vollführte mit seiner Linken eine geziert anmutende Bewegung. Die Rechte hatte er nachlässig in die Hosentasche gesteckt. »Da hab' ich wirklich volles Vertrauen in euch zwei. Servus dann, gut' Nacht.«

Die Zurückbleibenden sahen ihm eine Weile nach. »Er hat sich ziemlich verändert«, stellte Ferdl fest.

»Er kommt und kommt nicht mehr auf die Füß'«, nickte der Kommerzienrat bekümmert, um sich dann mit einem Ruck von dem melancholischen Gespinst zu befreien. »An wieviel hast denn gedacht? Als Einlage in die Brauerei?«

»Nun ja . . .« Dem Ferdl schien unbehaglich zumut zu sein. »Meine Familie, wir leben nicht grad billig, weißt, Nancy führt ein teures Haus. So an die zehntausend hab' ich gedacht.« Es war eine riesige Summe für die hiesigen Verhältnisse des Tages, aber eine arg bescheidene für drüben, und den Ferdl plagte eine merkwürdige Scham darüber, daß er sich mit einem so winzigen Einsatz und gleichsam aus dem Westentaschl heraus als ein rettender Engel vor seinem Vater aufspielen durfte.

»Zehntausend«, nickte Anton Wiesinger mit Befriedigung. »Das sind, wart' einmal . . ., der Kurs ändert sich ja jeden Tag.« Geschäftig faltete er die ›Münchner Neueste‹ auseinander, um im Börsenbericht nachzuschauen, wie der Dollar stand. Aber der Ferdl hatte die Zahl im Kopf.

»Vier Komma zwei Billionen«, sagte er.

Der Kommerzienrat zückte den Bleistift. »Wie schreibt

sich das eigentlich? Ich mein' in Ziffern? Mit neun Nullern, oder?«

»Nein, neun Nuller, das ist eine Milliarde, Papa.«

»Ah so? Dann also mit zehn.«

»Nein, wart.« Ferdl nahm jetzt selbst einen Bleistift zur Hand. Auch er war es nicht gewöhnt, mit solch gewaltigen Ziffern umzugehn, und die Sache wurde durch den Umstand nicht leichter für ihn, daß sie in Amerika drüben zur Milliarde *a billion* und zur Billion *a trillion* sagten. »Eine Million, das sind tausend Tausender, *right?* Und g'schrieben wird's mit sechs Nullern. Kommen bei der Milliarde noch einmal drei Nuller dazu und bei der Billion wieder drei, g'schrieben wird das also mit dreizehn Stellen.«

Er schob das Papier seinem Vater hin. »Und dabei ist's bloß ein einzelner Dollar! Zehntausend davon, das wären dann . . . hm . . . was kommt jetzt eigentlich nach der Billion?«

»Ich weiß nicht recht . . .«

»Die Trillion?«

»Nein, ich glaub' fast, da ist noch die Billiarde dazwischen, Bub, oder nicht? Und jedesmal drei Nuller mehr, da kommen wir glücklich ja doch noch auf Trillionen, siehst! Vier Komma zwei Trillionen, und schreiben tut sich das dann so: 4 200 000 000 000 000 000.« Der Kommerzienrat konnte den Blick nicht von dem Zahlenungetüm reißen.

»Rechnen wir lieber in Dollar«, sagte Ferdl. »Das hält ein normaler Kopf wenigstens aus.« Er legte den Arm um die Schulter seines Vaters.

»Recht hast, Bub, völlig recht«, gab der zur Antwort, und vermied es krampfhaft sich zu regen. Zu keiner Zeit vorher, außer natürlich bei Frauen, hatte er sich so nahe an einen Menschen gelehnt, daß er dessen animalische Wärme zu spüren vermochte, wie jetzt bei seinem Sohn. Er spürte sie wohlig. Es war ihm, als habe er nie etwas wohliger gespürt.

Vater und Sohn zeigten jetzt im Umgang miteinander eine Herzlichkeit, die früher nie zwischen ihnen gewesen war. Dennoch hatte der Ferdl eine merkwürdige Scheu, bei den Berichten, die er über sein Leben in Amerika gab, seine Erfolge herauszustreichen. Das sah nach sympathischer Bescheidenheit aus, war aber etwas anderes. Tief im Innern beunruhigte den auf dem Scheitelpunkt seiner Lebenskraft stehenden Mann − und ohne daß er sich dessen klar bewußt gewesen wäre − noch immer eine stille, aber nicht umzubringende Angst, sein Vater möchte ihm all die glücklich errungenen Siege kaputt oder zum wenigsten klein machen, wenn ihm je die Unvorsichtigkeit unterliefe, sie unverstellt vor ihm auszubreiten.

Immerhin wurde soviel deutlich, daß jener Mr. Stone, von dem der Ferdl nach Amerika hinübergelockt worden war, ihm schon nach einem halben Jahr einen Direktorposten und nur ein weiteres Jahr danach die selbständige Leitung eines Zweigwerkes übertragen hatte. »Dem Stone seine *United Michigan Lake Breweries* sind die drittgrößten in den Staaten g'wesen, und was das heißt, davon macht man sich hier gar keinen Begriff. Wir haben alles in allem einen Ausstoß von bald vier Millionen Hektoliter im Jahr g'habt − das ist mehr als ein Viertel von dem, was vorm Krieg in ganz Bayern gebraut worden ist! Da steht dein gefürchteter Großkonkurrent, der Pschorr, direkt wie ein Zwergerl da gegen das, was wir g'wesen sind.«

»Wieso redest denn immer in der Vergangenheit? Es fällt mir die ganze Zeit schon auf.«

»Weil's halt aus ist mit dem gewaltigen Bierimperium. Sag bloß, ihr habts von unserer blöden Prohibition noch nichts g'hört!?«

Nun, man hatte von diesem Verbot aller alkoholischen Getränke natürlich erfahren, glaubte aber, daß es nicht viel mehr als eine puritanische Marotte wäre und am Ende nicht gar so ernst gemeint. Das ganze Unterfangen war zu absurd,

205

um in der Wirklichkeit auch nur halbwegs funktionieren zu können.

»Richtig funktionieren tut's ja auch eigentlich nicht. Gebraut, geschmuggelt und gesoffen wird noch immer genug − aber illegal halt. Für unsere Gangster hätt' es ein einträglicheres Gesetz überhaupt gar nicht geben können!«

Da Mr. Stone kein Gangster war, hatte ihm die von der bigotten ANTI SALOON LEAGUE durchgesetzte Entziehung seiner Lebensgrundlage hart zugesetzt. Obwohl die Dinge nicht völlig unvermutet über ihn hereingebrochen waren − immerhin hatten einzelne ›trockene‹ Staaten der Union schon den Krieg dazu benutzt, um auf ihrem Territorium Nüchternheit und Frömmigkeit zwangsweise einzuführen, und die Jahre danach war der leidenschaftliche Kampf für oder gegen das Anti-Alkohol-Gesetz lange unentschieden hin und her gewogt, bis schließlich eine Verfassungsänderung im Jahr 1920 die idealistische Eselei endgültig besiegelte −, obwohl also die Prohibition nicht unvermittelt und über Nacht hereingebrochen war, hatte der Beherrscher eines Bierimperiums, nicht zu reden von den abertausend Beschäftigten, deren tägliches Brot an seinem wirtschaftlichen Fortkommen hing, es schwer, wenigstens zur Not auf den Beinen zu bleiben, zumal der Absatz der Brauereien wegen der politischen Abstinenzler schon ziemlich lange empfindliche Einbußen hatte hinnehmen müssen, eigentlich vom ersten Kriegstag an. Die Biersieder kamen überwiegend aus dem feindlichen Deutschland, und sowohl ihre eigenen Namen wie die ihrer Produkte − *Old Würzburg, Old Heidelberg* − plauderten das unüberhörbar aus.

»Das sind alles Agenten, hat's in den *newspapers* g'heißen, die Schurken unterhöhlen Amerikas militärische Kraft, indem sie unsere braven Soldaten und fleißigen Rüstungsarbeiter mit Alkohol demoralisieren. Zwar hat sich die Propaganda auch gegen den Whisky g'richtet, weil man mit dem seiner Herstellung das kämpfende Volk angeblich um sein so bitter notwendiges Brotgetreide bestohlen hat, aber in erster Linie halt doch gegen 's Bier, dieses deutsche Teufelszeug Und so haben wir schon im Jahr siebzehn und achtzehn kaum noch ein Drittel so viel umg'setzt wie davor.« Antor Wiesinger vernahm mit Erstaunen, daß die vernagelt Dummheit der Patrioten also doch keine Spezialität der Deutschen allein gewesen war.

»Und hernach? Wie's Brauen dann überhaupt verboten worden ist?«

Ferdl grinste. »Da haben wir einen Malzsirup mit Hopfeng'schmack fabriziert.« Anton Wiesinger schüttelte sich vor Widerwillen. »Warum?« fuhr der überseeische Wiesinger mit einem listigen Blinzeln fort, »wir haben eine Gebrauchsanweisung beig'legt, auf der wir ausdrücklich und ernsthaft davor g'warnt haben, daß man dem Zeug ja keine Hefe zusetzen und es bei einer Temperatur zwischen 43 und 49 Grad Fahrenheit gären lassen darf – weil nämlich sonst ein Bier draus wird.« Der Kommerzienrat hieb amüsiert in den Tisch. Aber wie zu erwarten, waren solche und andere Schlaumeiereien nicht lange gutgegangen, über kurz oder lang fand die Justiz allemal einen Riegel, der sich vorschieben ließ. »Da sind wir halt dann auf Fruchtsäfte und Mineralwasser umgestiegen«, erinnerte sich Mr. Ferdinand Wiesinger. »Vor allem wegen unsrer Flaschenabfüllanlagen, die neu und gradezu gigantisch g'wesen sind. Aber in der Hauptsach' haben wir kurzerhand die Branche g'wechselt.«

»Was bedeutet das«, wollte der Toni wissen, »die Branche wechseln?«

»Das bedeutet, daß ich, wie ihr mich jetzt hier sitzen sehts, seit zwei Jahren kein Bräuer mehr bin, sondern Subdirektor in einer Stoneschen Autofabrik. Er hat nämlich inzwischen zwei.«

»Zwei Autofabriken! Ein Bräuer!« rief die Theres und klatschte begeistert in die Hände. »Das ist die freie Wirtschaft! Das ist amerikanische Mobilität!«

Verstrickungen

Ferdinand Wiesinger hatte sich in Milwaukee drüben mächtig ins Zeug gelegt und Karriere gemacht. Ein Privatleben freilich hatte er, der doch früher ein Weiberheld und kaum zehn Abende im Jahr ohne Gesellschaft gewesen war, die ganze Zeit über keines gehabt. Anfangs war das von ihm als angenehm empfunden worden, denn es hielt ihn vom heimwehkranken Sinnieren ab. Nach und nach aber hatte er sich dann doch einsam gefühlt, und als es lange genug gedauert hatte, sogar verlassen wie ein Hund. Gerade zu dieser Zeit war ihm Nancy über den Weg gelaufen, und er hatte sich Hals über Kopf mit einer schon beinah verzweifelten Absichtlichkeit in sie verliebt. Sie war geborene Amerikanerin, Tochter eines Brauereimaschinenhändlers aus Connecticut, um fast vier Jahre älter als er und seit mehreren Jahren geschieden. Der auffallend fesche, sich mit sprühendem Charme um sie bemühende Direktor Wiesinger schlug unerhört bei ihr ein. Mit ihm passierte ihr, was der frömmlerisch erzogenen Neuengländerin vorher nie mit einem anderen passiert war. Sie ließ sich, ohne übers Heiraten oder überhaupt von der praktischen und materiellen Zukunft gesprochen zu haben, mit ihm ein.

Über das Folgende hat der Ferdl nie mit irgendwem und schon gar nicht mit seinem Vater geredet. Nur Lisette gegenüber ließ er sich gelegentlich über solch intime Dinge aus. Es geschah nämlich, daß die verliebte Begeisterung des Ferdl sich rasch wieder verflüchtigte. Dies mochte seine eigene Schuld gewesen sein, er hatte schließlich schon

208

immer einen Horror vor allzu festen Bindungen gehabt und es stets gut verstanden, solchen Fallen aus dem Weg zu gehen. Aber mit Sicherheit war auch eine durchaus richtige Witterung dabei am Werk, denn er spürte einfach voraus, daß er mit dieser Nancy Billright, wie sie seinerzeit noch nach ihrem geschiedenen ersten Mann hieß, nicht glücklich würde. Aus der Not des Alleinseins heraus hatte er sich eine Frau zusammenphantasiert, die es in der Wirklichkeit nicht gab. Und dann, als die Not durch eben dieses Phantasiegeschöpf gestillt worden war, sah er auf einmal die gar nicht so begeisternde Wirklichkeit. Aber da war es dann zu spät. Das Fatale an solchen Abläufen ist, daß man die erste Zeit den anderen nicht so sieht, ihn gar nicht so sehen *mag* − und vielleicht auch wirklich nicht so sehen *kann* − wie er in Wahrheit ist. Zu dicht ist der zaubrische Kokon, den Täuschung und Selbsttäuschung weben, zu anders als an gewöhnlichen, von Gefühlsstürmen und Trieberuptionen nicht so trügerisch überfremdeten Tagen gibt sich jeder der Beteiligten. Hätte der Ferdl in jener liebenswürdig erregten, von der Leidenschaft aus sich selbst herausgetriebenen Frau jene eher mürrische, von einem unentwegt auf der Lauer liegenden Mißtrauen beherrschte und schnöde am Geld interessierte Person erkennen sollen, die sie üblicherweise war? Möglich, daß er es gekonnt hätte. Aber dazu wäre nötig gewesen, daß er selber sich in anderen Zuständen als in den seinigen befand.

Vielleicht wären sie in die Lage gekommen, sich beizeiten voneinander zu lösen. Aber als die Dinge diesem Punkt entgegentrieben, wurde Nancy schwanger. Puritanerin, die sie war, fiel ihr kein anderer Ausweg ein als der übliche. Und da es für sie kein Zurück gab, gab es anstandshalber auch für ihn keines mehr.

Seither litt er an ihr. Mehr als an allem übrigen sonst, an der nun freilich zermürbenden, gelegentlich ans Wahnhafte streifenden Eifersucht, von der sie besessen war. Wäre er

noch der Ferdl von früher gewesen, so hätte Nancys Mißtrauen handfeste Gründe gehabt und er möchte die Fatalität
leichter ertragen haben als so, wo er sie völlig schuldlos
erleiden mußte. Das Leben des Ferdl in seiner Ehe hatte
etwas subtil Lächerliches. Seine Frau filzte die Taschen
seiner Anzüge und sogar die Geschäftsunterlagen, die er sich
übers Wochenende mit nach Hause nahm und worin sie
allerlei Verdächtiges verborgen wähnte. Er konnte keine
Einladung besuchen, ohne sich von ihr nach längstens zehn
Minuten angefeindet zu sehen, weil er angeblich mit irgendeinem Frauenzimmer begehrliche Blicke oder gar doppel-
sinnige Worte gewechselt hätte. Nicht einmal sein verborge-
nes Innere blieb von ihrer Überwachung verschont. Nancys
Argwohn versuchte vielmehr, in dieses hineinzukriechen
und, gestützt auf die scharfsinnigsten Ausdeutungen seiner
Worte, ja selbst der unwillkürlichen Mimik seiner Gesichts-
muskulatur, darin alle möglichen Hintergedanken aufzu-
spüren, Regungen, wie sich versteht, von stets allerverdäch-
tigster, abgründigster Natur. Sie hatte Sigmund Freud gelesen, auch andere Werke der eben zu dieser Zeit modisch
heraufkommenden Seelenzergliederung, und machte sich
eine scharfe Waffe daraus, bediente sich ihrer − paradoxer-
weise − als eines geistreichen und natürlich auch schwer zu
widerlegenden Instruments zur scheinbar logischen Unter-
mauerung ihres Wahns. Und wie das so zu gehen pflegt, fing
Ferdl unter dem beständigen Druck allmählich wirklich an,
selber zu denken, und sogar im voraus schon, wie ihre
argwöhnische Mutmaßung es von ihm erwartete. Es kam so
weit mit ihm, daß ihn ganz absurde, aber dennoch unab-
weisbare Schuldgefühle plagten wegen irgendwelcher
höchst abwegiger Fehltritte, die er in Wahrheit überhaupt
nie begangen hatte, sondern deren sie ihn nur verdächtigte!
Nach Hause zurückgekehrt − und oft genug schon im
Wagen, der Chauffeur kollidierte beim erstenmal vor
Schreck mit einem Laternenpfahl, später dann war er es

gewöhnt —, kam es regelmäßig zu den furiosesten Zwisten, wobei vor allem das durchdringende Organ der Mrs. Wiesinger das Haus erfüllte und nicht selten sogar in den Nachbarvillen zu hören war, was immerhin etwas heißen wollte, denn die Grundstücke am Ufer des Michigansees waren nicht klein. Zuweilen kam es vor, daß er sich für Tage nicht in der Öffentlichkeit blicken lassen durfte, weil sie ihm im Paroxysmus ihrer krankhaften Erregung die Fingernägel ins Fleisch gegraben hatte, und regelmäßig an Stellen, wo es nur schwer zu verbergen war.

Einmal, ein einziges Mal hatte er sich aufgerafft, seiner Frau endlich doch — und sozusagen mit grimmigem Vorsatz — einen Grund für ihre Ausbrüche zu liefern: Er fing mit einer der Sekretärinnen seines Betriebs ein Verhältnis an. Viel Freude hatte er an der gequälten Eskapade nicht. Das Techtelmechtel war, wie eigentlich vorauszusehen, von allen möglichen betriebsinternen Unzuträglichkeiten begleitet gewesen. Am Schluß wurde die Dame quasi strafweise in die Bostoner Filialbrauerei versetzt, und Ferdl war gezwungen, die Umzugskosten für sie zu übernehmen — zum nicht geringen Hohngelächter Nancy Wiesingers. Am meisten aber hatte ihn bei alledem erschreckt, daß jenes sinnliche Vergnügen, das er in früheren Tagen so intensiv zu genießen gewußt hatte, diesmal beinah völlig ausgeblieben war. Es fehlte nicht viel, und er hätte sich der Verlegenheit ausgesetzt gesehen, jenem Tippfräulein eine beschämende Unfähigkeit eingestehen zu müssen. Er war sich alt vorgekommen, müde und abgenutzt. Eine nicht geringe Panik hatte ihn heimgesucht, und um ein Haar hätte er sich damals sogar noch eine zweite Liebschaft aufgehalst, und aus keinem besseren Grund, als um sich zu vergewissern, daß das Fiasko der ersten auf das Konto der Stenotypistin abzubuchen wäre und nicht auf das seinige! Im letzten Augenblick war er um diese riskante Probe dann aber doch herumgekommen, weniger

211

aus eigener Einsicht als deshalb, weil eine gnädige Influenza ihn gerade im rechten Augenblick befiel.

Dennoch, und auch wenn man bereitwillig zugibt, daß seine Lage eine heikle war, verhielt sich der Ferdl nicht völlig gerecht gegen seine Frau. Denn zum einen hatte ihr groteskes und schließlich auch sie selber quälendes Verhalten natürlich nicht die schiere Bosheit zum Grund, sondern unbedingt irgend etwas Notvolles, das Nancy sich irgendwann in ihrer Kindheit zugezogen haben mochte. Zum anderen und vor allem aber, auch wenn ihr Mann sich im großen und ganzen physischer Treue befleißigte — weit mehr aus Überarbeitung und Zeitmangel allerdings, als etwa aus Liebe oder ehelichem Pflichtgefühl —, war ihre Eifersucht bei weitem nicht so grundlos, wie einem das bei oberflächlichem Hinschauen vorkommen mag. Wir plaudern kein Geheimnis aus, wenn wir sagen: Der Ferdl hatte sich vor seiner Überfahrt in aller Heimlichkeit, aber heillos, in Lisette vernarrt. Und je miserabler hernach seine Ehe ging, je verbissener er sich, sogar als erfolgreicher amerikanischer Fabrikdirektor noch, mit der überlebensgroßen Figur seines Vaters herumstritt — das ging bis zu laut geführten Selbstgesprächen, und er hat manch einen seiner überseeischen Freunde, wenn sie ihn dabei überraschten, nicht wenig und auch nicht grundlos erschreckt —, um so mächtiger wurde diese besessene Vernarrtheit in ihm. Es war auch schlecht gegen sie anzukommen, denn seine Raserei wurde nicht, wie das Gefühl zwischen miteinander lebenden Menschen sonst, durch die Wirklichkeit des Alltags ermüdet und abgenutzt. Und wäre sie auch um vieles liebenswürdiger gewesen, als sie es war, hätte sich die arme Nancy in jedem Falle schwergetan, die Oberhand gegen so ein windiges Schaumgebilde aus Sehnsucht und sich zurückerinnernder Phantasie zu behalten. Hellsichtig, wie die vom Eifersuchtswahn Verblendeten nicht selten sind, hatte Mrs. Nancy Wiesinger das sehr genau und übrigens beinah von allem

Anfang an erkannt. Sie war deshalb mit sehr gemischten Gefühlen zu dem familiären Europatrip aufgebrochen. Die Chance, die für sie in der neuen, endlich Waffengleichheit schaffenden Tatsache lag, daß Lisette in München — anders als jenseits des Atlantik — auch nur eine lebendige, in gewissem Sinn also alltäglich-gewöhnliche Frau war, ganz wie Nancy Wiesinger selber auch, diese Chance für sich auszunutzen, war sie nicht imstande.

Weil Ferdl seine Pappenheimer kannte und voraussah, daß ein gar zu langer Aufenthalt in der bayrischen Metropole seiner Familie fad werden würde, hatte er im voraus bei dem Reisebüro Cook & Son, New York, eine Rundreise durch Europa für vier Personen gebucht.»Man braucht sich um überhaupt nichts kümmern, Tickets fürs Schiff und die Eisenbahn, Hotels, Stadtführungen — alles schon erledigt. Das ist eine ganz phantastische Sache, wirklich wahr!« Enden sollte die touristische Gewalttour — *The whole of Europe in three weeks:* Hamburg, Stockholm, Berlin, Prag, Wien, Rom, Madrid und Paris — in Le Havre. Dort würde sich Mrs. Wiesinger mit ihren Kindern zur Heimreise einschiffen und der Ferdl sich mit dem Zug nach München zurückbegeben, wo er, unbelästigt von seinem familiären Anhang, noch bis in den Winter hinein zu bleiben gedachte. So jedenfalls war die Absicht. Aber drei Tage vor dem geplanten Aufbruch gab es ein Zerwürfnis zwischen Ferdinand Wiesinger und seiner Frau. Allem Anschein nach sogar ein tiefgreifendes.

Es war am zeitigen Vormittag und von der Familie niemand daheim, so daß die beiden Bediensteten die einzigen Zeugen wurden. Man fragte sie hinterher aus, und sie kamen sich unerhört wichtig vor. Irgendwie schien es bei dem Auftritt um die Kommerzienrätin gegangen zu sein, jedenfalls wußte die Dienerschaft zu berichten, es wäre im Verlauf des Zankes mehrmals, und von seiten der Mrs.

213

Wiesinger jedesmal ziemlich schrill, der Name der Hausfrau gefallen. Richtig verstanden hatten die beiden Dienstboten freilich nichts. Keineswegs, weil es etwa an der nötigen Lautstärke gefehlt hätte — (Wahrhaftig nicht! »Ich kann Ihnen sagen, ein Spektakel und ein Geschrei war das, einfach zum Fürchten, gnä' Herr!«) —, sondern weil die Auseinandersetzung auf amerikanisch geführt worden war. Was man der Lucie und der Klara freilich nicht eigens hatte übersetzen müssen, das war das Mit-den-Füßen-Aufstampfen und Türenzuschlagen gewesen. »Direkt der Putz is runterg'rieselt, da schaun S' nur grad her!« Sogar eine Amphore war bei dem schrillen und lange nicht zu einem Ende kommenden Streit in die Brüche gegangen. Und da die Scherben hernach nicht dort gefunden wurden, wo die edel geformte Vase ihren ordentlichen Platz gehabt hatte, sondern im gegenüberliegenden Eck des Zimmers, äußerte Lucie die Vermutung, das Porzellangefäß möchte nicht etwa nur aus Versehen heruntergestoßen, sondern ungeheuerlicherweise als Wurfgeschoß mißbraucht worden sein. Nun, diese detektivische Kombination des Stubenmädels traf durchaus das Richtige. Nancy hatte, als ihr Mann sie in dem Kleinen Salon allein zurücklassen wollte — (»I'm sick of you!!«) —, ihm den Krug wutentbrannt hinterhergeschleudert, woraufhin Ferdinand Wiesinger es dann vorgezogen hatte, seine Frau doch nicht ohne Aufsicht den furiosen Aufwallungen ihres Temperaments zu überlassen, denn der Raum mit all seinen fragilen Kostbarkeiten war für derlei Gemütswallungen nun wirklich nicht eingerichtet.

Als Lisette später dem Ferdl begegnete, trug er ein Pflaster auf der Backe. »Bloß ein Kratzer«, winkte er ungeduldig ab, und als sie trotzdem tröstend ihre Hand auf seinen Arm legen wollte, stieß er sie barsch zurück. »Ich will nicht, daß du dich um mich kümmerst! Um unsere ganzen Streitereien nicht! Das ist allein meine Sache, ich muß da ganz alleinig durch!«

Als erster von der Familie, noch vor Lisette, war gegen Mittag der Toni nach Haus gekommen und hatte gerade noch gesehen, wie Nancy mit beiden Kindern und einem nicht unbeträchtlichen Reisegepäck ein Taxi bestieg. Der Toni, der ein wenig englisch sprach und von allen noch am ehesten etwas wie Sympathie für die Amerikanerin aufzubringen verstand, drehte sich irritiert nach der in den Wagen Steigenden um. »Was machts ihr denn da? Ich hab' gedacht, ihr reist erst anfangs nächster Woch'?«

Nancy preßte, statt eine Antwort zu geben, aufweinend ihr Taschentuch vors Gesicht, und das Auto fuhr los. Wie sich später herausstellte, trat Mrs. Wiesinger ihre Reise tatsächlich erst am folgenden Montag an, nolens volens, weil es eher nicht ging. So praktisch die Vorausplanungen von Cook & Son auch sein mochten, für panische Entschlüsse ließen sie keinen Raum. Das Ziel der Taxifahrt war einstweilen nur das Hotel Deutscher Kaiser, sozusagen ein Interimsdomizil, in welchem man die Zeit bis zu dem ordentlichen Reisetermin zuzubringen gedachte.

»Ja, wollen denn die allein reisen, ohne dich?« erkundigte sich der Kommerzienrat überrascht, als man beim Abendessen nicht umhin konnte, ein paar Worte über den peinlichen Zwischenfall zu verlieren.

»Vermutlich. Aber vermutlich will auch ich sie allein reisen lassen.« Der Ferdl sah blaß und erregt, aber zum Erstaunen seines Vaters nicht unglücklich aus. Überhaupt muß man bedauerlicherweise zugeben, daß das Wiesingerische Familienleben von jenem Tag an unübersehbar eine entspanntere und gemütlichere Note bekam – die konservativen bayrischen Lebenskreise sind halt durch nichts so irritierbar wie durch das abweichend Ungewohnte.

Was zuerst weder der Toni noch die Theres dem Ferdl so recht hatten glauben wollen, machte er wahr. Er setzte seinen Trotzkopf auf und ließ die Seinigen nicht nur alleine reisen, sondern er ging nicht einmal zu ihrer Verabschie-

dung an den Zug.»Das kannst du doch nicht machen, Ferdl!«
stellte Lisette ihn zur Rede, aber er zwickte nur eigensinnig die
Lippen zusammen, zuckte mit der Achsel und sprach von
etwas anderem. Die Kommerzienrätin hörte nicht auf, in ihn
zu dringen.»Was ist denn nur gewesen? Sage es mir, Ferdl. Es
muß doch etwas ganz Besonderes vorgefallen sein.«
    »Das fragst ausg'rechnet du?« Er lachte sonderbar höh-
nisch auf, um dann verdrossen hinzuzusetzen:»Gar nichts
Besonderes, nur das übliche, Lisette. Und eben das macht alles
so heillos, daß es eben nicht an etwas Bestimmtem fehlt, das
man vielleicht abstellen oder sich richten könnt', sondern
eigentlich an nichts und wieder nichts — und also an allem. Es
ist halt zwischen ihr und mir nichts da. Ich bitte dich, Lisette,
einmal für immer, laß mich in Ruh damit! Ich will über das
nicht reden, und mit dir schon wirklich z'allerletzt.« Da sie
irgend etwas Unausgesprochenes im Hintergrund spürte, fiel
es ihr schwer, nicht nachzubohren. Aber er gab ihr keine
Antwort mehr.
    Nun ging es hier aber nicht um Nancy allein, sondern auch
um die beiden Kinder. Und was diesen Punkt betrifft, so hatte
Lisette lang schon bemerkt, daß Ferdl befremdlich wenig an
seinen Sprößlingen hing.
    »Es sind *ihre* Kinder«, warf er mit einem Achselzucken hin.
»Oh, nicht daß ich einen Zweifel über meine Vaterschaft
haben müßt'! Aber sie hat sie mir eigentlich immer ferng'halten, und es mag übrigens sein, daß ich ganz froh drüber war
und das auch selber g'fördert hab'.« Lisette konnte sich schon
denken, wie das alles zusammenhing. Vermutlich hatte er es
der kleinen Cecily nicht verzeihen können, daß sie — in aller
persönlichen Unschuld, aber immerhin — den Hebel hatte
abgeben müssen, durch den der Stein dieser Ehe auf ihn
gewälzt worden war.»Aber wenn das schon mit dem ersten so
gewesen ist, wie hast du denn dann noch ein zweites Kind in die
Welt setzen können?« empörte sich Lisette Wiesinger.
    »Aus Nachlässigkeit«, gab der Ferdl zur Antwort. Eine

216

mürrische Übellaunigkeit lag in seinem Ton. »Du darfst
deine sittliche Empörung ruhig ermäßigen«, fuhr er fort, als
er ihr Unbehagen bemerkte, und zog die Mundwinkel sarkastisch herab, »ich bin sicher, die meisten Kinder kommen
aus Nachlässigkeit zur Welt.«
    In Lisette krampfte sich alles zusammen. Sie erinnerte
sich, ihn gelegentlich auch früher schon in einer solchen
Stimmung getroffen zu haben, und sie hatte ihn in diesen
Momenten nie gemocht. Er sah sie lange ausdruckslos an.
Mag sein, am Ende wollte er eben das erreichen, daß sie mit
Abneigung auf ihn sah. Auf der anderen Seite tat er ihr
gerade in diesem Augenblick, und schon beinah bis zur
Verzweiflung, leid. Allem voran aber fühlte sie eine läh-
mende Hilflosigkeit. Sie wußte, daß er durch nichts in der
Welt mehr umzustimmen war.
    So kam es, daß schließlich Lisette in ihrer Gutmütigkeit
als einzige von der Familie den Amerikanern das Abfahrts-
geleite gab. Sonderbar kam ihr dabei nur vor, daß Nancy
über ihre Anwesenheit nicht erfreut zu sein schien. Im
Gegenteil, es sah aus, als beobachte sie Lisette die ganze Zeit
mit einem unerklärlich gereizten Ausdruck, in dem Mißtrauen lag, sogar etwas wie Spott, ja, gelegentlich beinahe
eine abgründige, schwer zu fassende, aber ebenso schwer zu
ignorierende Gehässigkeit. Lisette wurde es ganz zweierlei,
denn sie war sich der Amerikanerin gegenüber keiner
Schuld bewußt. Da der Ferdl nicht da war, ihnen den
Dolmetsch zu machen, kam keine rechte Unterhaltung auf.
Man stand sich bis zur Abfahrt des Zuges stocksteif und
verlegen gegenüber, und alles in allem war es eine Viertelstunde von unüberbietbarer Peinlichkeit.
    »Ja no«, reagierte der Bräuer lakonisch auf Lisettes
Bericht, »du hättest ja nicht hingehen brauchen.«
    »Bist du denn überhaupt nicht beunruhigt über die Situa-
tion?« Lisette konnte es einfach nicht begreifen.
    »Weil das viel hilft, wenn einen was beunruhigt und

217

einem wer leid tut, ob jetzt sie oder er. Wozu sich einmengen?« Anton Wiesinger machte eine wegwerfende Geste. »Seine Suppe muß ein jeder allein aufessen, da mögen die andern noch so g'schaftig mit die größten Löffel drin rumrühren, das Hinunterwürgen nimmt einem am End ja doch keiner ab.« Er hatte sich sehr unempfindliche Ansichten zurechtgelegt, um sich nicht aufregen zu müssen. Und ein wenig hatte er die bequeme Kunst ja schon immer beherrscht, das Unangenehme an sich herunterlaufen zu lassen, wie wenn es Wasser wär'.

Wenig half diese nützliche Gabe ihm bei der Krise seiner Brauerei. Zwar versuchte er auch hier, sich leicht und mit raschem Optimismus zu beruhigen – *In God we trust* –, aber der Ferdl ließ ihm seine Illusionen nicht. Er stieß ins selbe Horn, in das der Dr. Pfahlhäuser schon eine ganze Weile blies. Mit dem freilich, der ja schließlich nur ein Angestellter war, tat der Kommerzienrat sich leicht: Er schrie ihn einfach nieder. »Eine Aktiengesellschaft sollen wir werden?! In der mir alle möglichen Leut' auf der Nase herumtanzen und ich in meinem eigenen Betrieb nichts mehr zu melden hab'!? Ich bin ein selbständiger Unternehmer, der nie im Leben jemanden g'fragt hat, was er machen darf und was nicht! Ich bin kein Lakai! Der Lakai von gar niemand! Auch von keinem Aufsichtsrat und keiner Aktionärsversammlung! Ich bin der Kommerzienrat Wiesinger!!« – (Ach ja, den ›Patriarchen‹ hatte ihn der Ferdl immer genannt.) – Pfahlhäuser, nicht daran gewöhnt, sich solche Töne gefallen zu lassen, war eingeschüchtert hinausgegangen, aber der Bräuer hatte sich anscheinend noch immer nicht zur Genüge ausgetobt, denn er riß hinter dem Doktor noch einmal die Türe auf und brüllte seinem Direktor hinterdrein: »Bevor ich mich mit einer AG abfind', bring' ich mich lieber um!! Also fangen S' bloß nicht noch einmal mit so was an!«

Und jetzt kam also der Ferdl mit genau demselben verhaßten Vorschlag daher!»Ich begreif' dich einfach nicht, Bub. Schließlich sind deine guten Dollar —«

»Bitt dich, Papa. Die halten uns ein paar Monate über Wasser, bis die Inflation zu Ende geht, aber hernach? Unser Barvermögen ist futsch, unsre Anlagen sind ein alter Hut. Wenn das neue, das gute Geld kommt, werden wir eine dreiviertelte Million brauchen, minimum, um unsre Konkurrenzfähigkeit wieder herzustell'n, und meinst vielleicht, du g'winnst so viel in der Lotterie?«

»Blödsinn, Lotterie. Aber schließlich gibt's Bankkredite!«

»Nicht in dieser Höhe, nicht, wenn man die Zinslast noch schleppen können will. Und das weißt doch schließlich selber, Papa. Grad deswegen spreizt d' dich ja so ein, weilst es im Grund selber weißt, daß uns nur das Geld von Aktionären wieder flottmachen kann.«

Der alte Wiesinger sank in sich zusammen. »Schon gut, Bub. Du hast ja recht«, sagte er mit einer bleiernen Müdigkeit. »Ich wünsch' dir nur eines. Werd' nicht so alt wie ich, daß d' nicht auch am End' noch ins eigene Grab hineinschauen mußt ...«

Als im November dreiundzwanzig mit der Einführung der Rentenmark endlich die langersehnte Stabilisierung kam, war es gar nicht so leicht, solvente Geldgeber aufzutreiben. Der Ferdl hatte diese Schwierigkeit entschieden unterschätzt. Der Umlauf des neuen Geldes war von den Vätern der Rentenmark aus begreiflichen Überlegungen auf zwei Milliarden beschränkt worden, und so stieß das Kreditbedürfnis der Wirtschaft überall schmerzhaft an enggezogene Grenzen. Ferdl machte Besuche, schrieb Briefe, tat sich um. »Klappern gehört zum Handwerk«, sagte er, als sein Papa sich über diese Umtriebigkeit mokierte. Es fanden sich auch wirklich potentielle Großaktionäre zu Besichtigungsrundgängen ein, den Wert der Sacheinlagen zu taxieren, nach Lage der Dinge würden die Realitäten und Betriebseinrichtungen die Haupteinlage der finanziell entblößten Familie in die zu gründende AG sein. Aber keiner der sachverständigen Herren biß an. Nichts als Unentschlossenheit und das Ersuchen um langfristige Bedenkzeiten wurde laut. Dabei pressierte es, denn man kam aus den roten Zahlen einfach nicht mehr heraus.

Anton Wiesinger stand am Fenster seines Büros und sah den Geheimrat Bergold mit seinem Adlatus das Brauereigelände betreten. »Allmählich komme ich mir wie im Tierpark vor«, schimpfte er.

»Nicht du wirst besichtigt, sondern der Betrieb«, spottete der Ferdl. Aber im Grund gab's nichts zu lachen. Der Geheimrat war eine Münchner Institution und schon der fünfte oder sechste einheimische Kapitalist, den sie herumführten. »Wenn wir auch noch von dem einen Korb kriegen, dann stehen wir sauber da.«

Von mir aus, dachte Anton Wiesinger. Aber er behielt seine trotzige Hoffnung für sich.

Grade bei dieser so wichtigen Begehung war es dann, daß der gewesene Dienstmann Xaver Bausch die letzte Hoffnung des Ferdl auf einen Retter aus dem Kreis der ortsansässigen Respektabilitäten zum Einsturz brachte — und das auf eine fatal wörtliche Art. Weil dem inzwischen betagt und kreuzlahm gewordenen Dienstmann seine Berufsarbeit zu schwer geworden war, hatte Anton Wiesinger ihn als Lagerverwalter bei sich angestellt. An jenem bewußten Vormittag nun waren alte Fässer umzustapeln, und da Xaver Bausch es bequemer fand, sie über eine flach ansteigende, aber leider wegen Baufälligkeit gesperrte Rampe zu rollen, statt sie einzeln über den eigenen Kopf hinweg steil nach oben zu wuchten, schlug er kurzerhand die im Auftrag des Dr. Pfahlhäuser kreuzweis zur Absperrung angenagelten Latten weg. Es war dies die verhängnisvollste Arbeit, die er in seinem ganzen Leben getan hatte. Zwei Fässer brachte er heil hinüber, beim dritten brach die Rampe unter ihm zusammen. Durch die Erschütterung kam ein Stapel Fässer ins Rollen, und eines davon stürzte dem alten Dienstmann ins Kreuz. Das entstandene Gepolter sowie das Gerenne der Leute und ihr aufgeregtes »Sanitäter! Sanitäter!«-Schreien, lockte den Geheimrat Bergold an den Ort des Geschehens.

»Er hat seine Begehung erst gar nicht zu Ende 'bracht, sondern uns höflich, aber deutlich abgesagt«, berichtete Ferdl nach diesem fatalen Zwischenfall dem Bankier Fontheimer, der wieder einmal die letzte rettende Instanz für den Kommerzienrat war. Der Baron hatte ein ungesund gerötetes Gesicht und sah gedunsen aus. Unbeschadet seines hohen Blutdrucks und seiner beiden Schlaganfälle soff er heimlich Cognac wie ein Loch.

»Der wie vielte Kapitalist war das jetzt, bei dem Sie vergeblich angeklopft haben?« erkundigte er sich.

»Es gibt keinen einheimischen von einiger Bedeutung mehr«, antwortete der Kommerzienrat wahrheitsgemäß.

»Ich hab' jetzt meine Fühler bis ins Rheinland hinauf ausgestreckt«, erklärte Wiesinger junior, »und mit dem Sekretär vom Baron von Lyssen konferiert.«

Fontheimer stieß einen überraschten Schmatzlaut aus. »Lyssen? Dieser kahle Zylinderkopf? Gibt der sich denn mit solch poveren Projekten wie einer Biersiederei überhaupt ab?«

»Er scheint seinen Fuß nach Süddeutschland setzen zu wollen, und grad auf dem Sektor des Brauwesens.«

»Ich bin dagegen«, protestierte Anton Wiesinger. »Wenigstens unser einheimisches Bier sollte in einheimischen Händen bleiben.«

»Recht haben Sie! − Noch ein Gläschen?«

»Danke, ich hab' doch schon zwei.«

Der Bankier kicherte. »Und wie viele, meinen Sie, habe ich? − Hugo von Lyssen . . .«, sagte er dann und schürzte mißgünstig die Lippen. »Ein gigantischer Schaumschläger und Spekulant.«

221

Ferdl gab zu bedenken, daß der Mann immerhin zu den bedeutendsten Industriekapitänen der Republik zählte. »Man sagt, daß er seine Finger in mehr als fünftausend Firmen hat!«

Fontheimers Gesicht wurde bei dieser Eröffnung nicht freundlicher. »Nicht genug mit Kohle und Stahl«, knurrte er, »nicht genug mit Autos und Schiffen, mit Textilien, Zeitungen und Hotels. Auch Brauereien müssen es jetzt noch sein. Ein Hansdampf in allen Gassen. Exzentrisch. Und eitel wie ein Pfau.«

Der Kommerzienrat blickte seinen Sohn befriedigt, ja, beinah triumphierend an. Aber der alte Fontheimer wechselte von einem Moment auf den anderen die Laune. Direkt aus seiner Verdrießlichkeit heraus wurde er unverhohlen schadenfroh. Sein Grinsen hatte etwas nachgerade Hämisches. »Wenn Sie sich mit dem Mann einlassen, Kommerzienrat, werden Sie vom Walfisch verschluckt. Unbehaglich, ich geb's Ihnen zu. Aber wenn Sie überleben wollen, werden Sie sich bequemen müssen: Jonas oder Konkurs, etwas Drittes sehe ich auch diesmal nicht.« Er mochte den alten Wiesinger. Dennoch schien ihn das Dilemma des alten Bräuers diebisch zu belustigen. Er konnte halt nicht aus seiner Haut.

Jetzt war es am Ferdl, seinen Vater befriedigt und triumphierend anzusehn.

Die merkwürdige Charakteristik, die der Baron Fontheimer von dem Baron von Lyssen gegeben hatte, stellte sich als keineswegs überzeichnet heraus. Einen nicht unbedeutenden Zug freilich, neben der zweifellos auffallenden Skurrilität des hochgewachsenen, überaus schlanken und völlig kahlköpfigen, im Alter schwer zu schätzenden Mannes – er war neunundvierzig – hatte der Bankier scheelsüchtig unterschlagen: seine – und das Wort war nicht zu hoch gegriffen – geschäftliche Genialität. Von Lyssen war vor dem Krieg und auch noch die Jahre danach ein Geschäftsmann der zwar gehobenen Kategorie gewesen, aber aufs Große gesehen, durchaus einer der zweiten Garnitur. Er stand damals einem nicht unbedeutenden Werk der rheinischen Hüttenindustrie vor, das er von seinem Vater geerbt und in den Jahren der Rüstungskonjunktur ohne große Mühe noch ein Stückchen weiter hochgebracht hatte. Rückblickend pflegte er, nicht ohne Koketterie, von sich zu behaupten: »Begonnen habe ich als ein ganz kleiner, ein ganz poverer Geschäftsmann. Bestreiten Sie es mir nicht, denn Sie bestreiten mir damit mein höchsteigenes Verdienst! Groß − wozu sich zieren, ich gebe es in aller Bescheidenheit zu, da es doch ohnehin ein jeder weiß − *eminent* groß, reich und bedeutend wurde ich nicht durch ererbten Reichtum, auch nicht durch meinen nimmermüden Fleiß oder gar durch den Aufwind einer günstigen Konjunktur, obgleich all dies mir von Nutzen war, sondern einzig durch diesen meinen Kopf!« Bei diesen Worten, Anton Wiesinger zuckte geradezu zusammen, klatschte der Baron mit der Hand gegen seinen kahlen Schädel, laut schallend und heftig, als schlüge er eine Fliege tot.

Tatsache war, daß es von Lyssen gelungen war, gerade jenes unheilvolle Phänomen zur Fußleiter seines Aufstiegs zu benutzen, von dem alle anderen zugrunde gerichtet worden waren: die Inflation. Schon gleich zu Beginn der Geldentwertung hatte der Baron begonnen, sich auf die Sachwerte zu stürzen. »Rechtzeitig, und vor allem im Großen, im Großen, mein Herr«, dozierte er und stach mit dem Zeigefinger seiner ausdrucksvoll schmalen, an die Hand eines Klaviervirtuosen gemahnenden Rechten skandierend Löcher in die Luft. »Ich habe gekauft, was immer mir unter die Finger kam, gekauft und gekauft und gekauft, Grundstücke und Mietskasernen, Reedereien und Schiffe, Rohstoffe und Maschinen, ganze Betriebe, und wenn das nicht ging, zumindest Beteiligungen daran. Und die Branche, mein Herr, war mir dabei allerwege schnurzegal.« Anton Wiesinger wiegte skeptisch – und auch nicht völlig ohne feinen Spott – den Kopf. Er wendete ein, daß für derlei ins Gewaltige reichende Transaktionen der Atem eines ›poveren Geschäftsmanns‹ nun wohl doch nicht ausgereicht haben würde. »Es verlangen solche Unternehmungen unbedingt nach einem im voraus schon kapitalkräftigen Mann.«

Dieser Einwand, auf den er gefaßt war, auf den er jedesmal sogar lauernd wartete, versetzte den ohnedies lebhaften Industriellen in eine geradezu missionarische Begeisterung. »Falsch, falsch, völlig falsch, Verehrtester! Gerade andersherum lief doch der Dreh! Gerade *nicht* mit eigenem Geld zu wirtschaften, sondern mit *geliehenem*, wenn Sie das bitte begreifen wollen, war doch das Alpha und Omega des Erfolgs! Man knöpfte den Banken das gute Geld ab – später das noch leidlich passable – und zahlte ihnen das schlechtere, am Ende das praktisch wertlose zurück! Ich kaufte, was immer ich kaufte, für ein Butterbrot, mein Herr! Und als der Tag der Rentenmark kam, betraf er mich als Eigner eines wahren Imperiums an Sachvermögen. Und er betraf mich nahezu schuldenfrei! Sie sind beeindruckt, ich sehe es. Aber ich erzähle das nicht, um mich vor Ihnen zu berühmen, Kommerzienrat. Was ist an der Sache dran, daß man sich mit ihr zu brüsten vermöchte – eine ganz simple, eine ganz einfache Idee. Nur eben *haben* mußte man sie! Das Geniale ist immer einfach, betrachten Sie eine Sicherheitsnadel, das Geniale liegt immer auf der Hand.« Er war so in Eifer gekommen, daß er sich die Stirn mit einem seidenen Spitzentuch trocknen mußte.

Der Baron von Lyssen aß, als er solchermaßen sein Pfauenrad schlug, im Restaurant der Galopprennbahn von Daglfing zu Mittag. Nachmittags um vier. »Es ist eine etwas ungewöhnliche Zeit, aber ich kam erst um zwei aus Paris und muß bereits wieder um –?« Er blickte einen hinter ihm stehenden jüngeren Herrn im dunkelblauen Anzug an und schnippte ungeduldig fragend mit dem Finger.

»5 Uhr 49 ab Hauptbahnhof«, beeilte sich der Sekretär mit Beflissenheit zu soufflieren.

»Um 5 Uhr 49 nach Rom. Übrigens bitte ich zu entschuldigen, daß ich während des Essens qualme, manche Leute stoßen sich daran, aber wozu etwas nacheinander tun, was man ebenso gut zur selben Zeit tun kann, ich hasse nichts so sehr wie Zeitverschwendung.«

»Ein wahrhaft napoleonischer Zug!« So sehr Anton Wiesinger sich bemühte, er war außerstande, seine ironische Amüsiertheit völlig zu verstecken. Ferdl trat ihn unterm Tisch warnend auf den Fuß. Gar zu viel hing vom Verlauf dieses Gespräches ab, das schwer genug zu arrangieren gewesen war. Ferdl versuchte, endlich medias in res zu gehen.

»Wann also dürfen wir Sie zur Besichtigung unserer Anlagen erwarten, Baron?«

»Überhaupt nicht, Herr Wiesinger«, entgegnete Baron Lyssen mit ausgesuchter Liebenswürdigkeit, schob den leergegessenen Teller beiseite und verlangte nach einem Verdauungsmokka.

Vater und Sohn Wiesinger sperrten die Münder auf, während ein zweiter, in hellgrauen Flanell gekleideter Sekretär mit geschäftiger Eile zu dem Industriekapitän trat, um ihm ein Telegramm neben die Tasse zu legen. »Der Minister läßt anfragen, ob Ihnen der Dienstag kommender Woche genehm wäre, Baron«, flüsterte er diskret.

»Dienstag . . .« Von Lyssen zog nachdenkend den Rauch durch die Nase, während der Sekretär im dunkelblauen Anzug den Terminkalender aufschlug.

»Wir sind montags in Stockholm, Baron.«

»Das paßt vorzüglich. Sagen Sie zu.«

»Sie wollen also unsere Anlagen nicht einmal besichtigen?« fing Ferdl von neuem an.

Von Lyssen sah ihn einen Moment lang lächelnd an. »Ich *habe* sie besichtigt«, eröffnete er dann den beiden Wiesingers in jovialem Ton und genoß sichtlich die Ratlosigkeit in ihren Gesichtern. »Durch Mittelsmänner.« Anton Wiesinger ärgerte sich. Er verlangte zu wissen, wer der heimlich eingeschleuste Spion gewesen war, aber der Baron wehrte ab. »Der Vorzug von Mittelsmännern liegt in ihrer Anonymität, Kommerzienrat.«

»Und wie waren die Auskünfte Ihrer anonymen Herren?« Baron von Lyssen stellte die schon erhobene Mokkatasse zurück, ohne an ihr genippt zu haben. »Ungeniert herausgesagt, ich denke über Ihr Unternehmen absolut pessimistisch und überhaupt nicht à la Hausse«, beschied er Anton Wiesinger. Dieser schien bei der Mitteilung eher erleichtert, während Ferdl die Farbe verlor. »Aber ich werde mich trotzdem bei Ihnen beteiligen«, fuhr indessen der ehemals povere Geschäftsmann fort und schlürfte nun doch etwas von dem dampfend heißen Gebräu. »Es hat mich immer gereizt, das Fallende wieder hochzubringen. Eine romantische Schwäche von mir.« Er sagte es in fast entschuldigendem Ton.

Jetzt war es der Vater, der ein wenig die Farbe wechselte, und Ferdl atmete auf. »Wie hoch gedenken Sie mit Ihrer Einlage zu gehen, Baron?« erkundigte er sich.

»Die absolute Summe wird sich ergeben. Ich halte auf alle Fälle mindestens sechsundzwanzig Perzent des Stammkapitals.«

Anton Wiesinger sprang auf. »Das ist ausgeschlossen, Baron!«

»Pardon?« Von Lyssen sah den vor ihm Stehenden von oben bis unten an.

Der Bräuer fing an, seine Vorbehalte zu erklären. »Das wäre die Sperrminorität —«

Aber von Lyssen fiel ihm sofort ins Wort. »Allerdings, Kommerzienrat. Und ohne eine solche lasse ich mich auf nichts ein. Ich bin es gewohnt, souveränen Spielraum um mich zu haben.«

»Genau wie ich, Baron.«

»Der Punkt ist verhandlungsfähig, man wird sich darüber auseinandersetzen«, schaltete Ferdl sich geschmeidig ein.

»Keine Illusionen, Herr Wiesinger, ich werde auf sechsundzwanzig Perzent bestehen. Hic Rhodus, hic salta! Aber bitte, wenden Sie sich jederzeit an meinen Sekretär Stülp.« Er wies auf den jungen Mann im blauen Anzug. »Herr Stülp hat Verhandlungsvollmacht in allen Brauereiangelegenheiten. Und nun entschuldigen Sie mich. Meinen Wagen! Ich habe vor Zugabgang noch ein Gespräch im Hotel Deutscher Kaiser. Die Telegramme, Stülp, diktiere ich Ihnen während der Fahrt. Guten Tag, die Herren.« Ehe sie sich's versahen, saßen Anton und Ferdinand Wiesinger allein am Tisch.

»Kreuzhimmelherrgottsakrament!« Der Kommerzienrat schickte dem Industriekapitän einen kräftigen Fluch hinterdrein. Er hatte es nötig. Es erleichterte ihn. Zieht man in Betracht, daß der Baron während der Konferenz nicht nur gegessen und geraucht, sondern auch einige Pferdewetten abgeschlossen – und gewonnen! – hatte, daß er mehrmals zwischendurch telefonische und telegrafische Nachrichten empfing, meist von der Börse, und daß er auch selbst zweimal Anordnungen für Aktienkäufe erließ – (»Sobald der Kurs um fünf weitere Punkte nachgibt, greifen Sie zu. Sollten es sieben Punkte werden, dann in doppelter Stückzahl, denn je tiefer der Fall, um so kräftiger die Erholung.«) –, so war's alles in allem eine Dreiviertelstunde gewesen, die einem süddeutsch kommoden Geschäftsmann vom alten Schlag den Atem benahm.

»Ein irritierender Mensch, ich geb's ja zu«, konzedierte Ferdl. »Aber es geht nicht um Sympathie oder Antipathie, sondern ums Geld, Papa. So wie die Dinge nun einmal liegen, heißt's: Vogel friß oder stirb.«

»Dann sterb' ich lieber, daß du's weißt!«

Gar so rigoros lief die Sache dann zum Glück doch nicht ab. Weil der Betrieb der Familie gehörte und nicht dem Kommerzienrat allein, fand man sich im Herrenzimmer zu einem Familienrat zusammen. Mochte der alte Herr sich noch so sehr gegen die Gründung einer Aktiengesellschaft sträuben, der kompakten Phalanx seiner Angehörigen, noch dazu im Bündnis mit dem nüchternen Sachverstand, war schwer zu widerstehen. In Ruhe und Frieden freilich ging die Versammlung nicht herum.

»Du kannst mit diesem Stülp verhandeln«, gab Anton Wiesinger wenigstens teilweise nach. »Im Fall du es fertigbringst, ihm einen Vertrag aufzuschwätzen, in dem der Lyssen garantiert, daß er mit seiner Beteiligung unter der Sperrminorität bleiben wird, dann von mir aus. Aber nur dann!«

»Du tust, wie wenn wir's aussuchen könnten! Wenn der Lyssen sich stur stellt −«

»Dann stell' ich mich's auch!«

An dem Punkt machte der amerikanische Wiesinger einen verhängnisvollen Fehler. Einmal, ein einziges Mal, war dem Kommerzienrat unlängst ein verräterisches Wort herausgerutscht. »Wennst im Ernst von Amerika weg möchtest, dann könntest es auch!« hatte er damals gesagt, wirklich nur ganz nebenbei, wirklich nur in einem Halbsatz, denn von den geheimen Wünschen seines Herzens irgend etwas sehen zu lassen, war allemal etwas unsäglich Peinliches für ihn. Der Ferdl hatte trotzdem ganz gut verstanden. Und jetzt, im ungeschicktesten Augenblick, nahm er das Thema von sich aus auf. »Mag sein, du rechnest dir aus, daß ich bei euch herüben bleib'«, sagte er. »Aber wenn, dann schon wirklich nicht als euer Konkursverwalter! Dazu bin ich mir z' schad'!«

Der alte Herr fühlte sich sowieso, und ohne daß man auch dieses heikle Kapitel noch vor ihm aufschlug, ohnmächtig genug. Er wurde bei den Worten des Ferdl geradezu bleich. »Willst mir die Pistole auf die Brust setzen? Mich erpressen?!«

»Ich dich oder du mich?« gab sein Sohn gereizt zurück. Und da war's dann mit der Beherrschung des weiland Patriarchen vorbei. »Um jeden Preis halten tu ich dich nicht, das brauchst dir nicht einbilden, gell!« schrie er den Ferdl an, und die Theres jammerte: »Wie früher, alles ist grad, wie es früher war!«

»Laß ihn doch!« wütete der Kommerzienrat. »Im Desertiern ist er ja geübt!«

»Das ist ungerecht, Papa!«

»Ungerecht, aber wahr!!« Anton Wiesinger wollte sich von seiner Tochter nicht beruhigen lassen. Zu viel Hilflosigkeit hatte sich in seinem Gemüt angesammelt. Seit Jahren schon. So lang schon konnte man sich nicht mehr rühren, wie man es wollte, durfte man nicht mehr tun, was einem gefiel. Immer war da irgendwas, das einen hinderte, irgendwer der einem Vorschriften machte . . . »Wennst unbedingt nach Amerika z'rückwillst, dann geh doch von mir aus! Geh!!«

Der Toni, der die ganze Zeit über still und traurig dagesessen war, stand plötzlich auf. »Wißts was?« sagte er, »zum Streiten brauchts ja wohl nicht unbedingt einen Zeugen, oder?« Er ging hinaus. Ferdl, der für seine Gelassenheit jetzt auch nicht mehr einstehen wollte, schloß sich ihm an.

»Mein Gott, Papa . . .« Die Theres war dem Weinen nah. Aber ihr Vater, nach dem Weggang seiner Söhne noch hilfloser, noch ratloser als zuvor, stürzte sich mit zusammengebissenen Zähnen in den Brunnenschacht seiner Raserei. »Was denn?? Du kannst gradso gehn, wennst meinst! So geh doch! Geh!!«

Aufweinend lief nun auch Therese hinaus.

Auf dem Korridor draußen gab es ein kleines Nachspiel. Lisette, die bei dem Familienrat nicht dabeigewesen war —

laut Ehevertrag war sie nicht Mitbesitzerin –, hatte das kommerzienrätliche Wüten durch die geschlossene Türe hindurch anhören müssen. Sie legte begütigend ihre Hand auf die des Ferdl. »Du darfst es ihm nicht übelnehmen, er meint es nicht so. Er ist ein alter, verbitterter Mann.«

Nun ja, das wußte der Ferdl selbst. »Meinst, es liegt ihm wirklich was dran, daß ich herüben bleib'?« wollte er verunsichert wissen.

»Aber ja doch! Der Toni . . . Nun, du weißt doch selbst, wie das mit dem Toni ist. Deinem Vater liegt mehr daran, als er sich einzugestehen traut.«

»Und dir?«

»Es geht doch nicht um mich?« verwunderte sie sich.

Ferdl warf einen sonderbaren Blick auf sie, und Lisette, ohne eigentlich selbst recht zu wissen, weshalb, mußte den ihrigen senken. »Schon gut«, sagte Ferdl, »erst muß ich sowieso schaun, ob ich mit dem Lyssen fertigwerd' oder nicht.«

Zur nicht geringen Verblüffung Anton Wiesingers *wurde* er mit ihm fertig. Jedenfalls sah es mit jeder wünschbaren Eindeutigkeit so aus.

»Da ist doch irgendwo ein Pferdefuß, da *muß* doch einer sein?!« Der Bräuer wollte es einfach nicht glauben. Aber in dem Vertrag stand schwarz auf weiß, daß der Baron »auf eigenen Namen und Rechnung zu keiner Zeit mehr als vierundzwanzig Prozent des Stammkapitals halten« wolle. Der Kommerzienrat fand keinen Pferdefuß. Übrigens auch der Dr. Pfahlhäuser nicht und ebenso wenig Alfred Wiesinger, der vom Ferdl dazu ausersehen war, in der künftigen Aktiengesellschaft Syndikus zu werden. Der Kommerzienrat schüttelte den Kopf. »Daß der Lyssen so einfach nach'geben hat . . .?«

Nun, ganz so einfach hatte er es nicht getan, der Ferdl hatte sich schon mächtig abplagen müssen. »Aber so wie's jetzt steht, kann er uns nicht kujonier'n, und schon gar nicht, wenn du den Vorsitz im Aufsichtsrat kriegst, und da dran ist ja nun wirklich nicht zu zweifeln.«

»Und wer soll den Direktor machen?« Anton Wiesinger sah bei dieser Frage angelegentlich zum Fenster hinaus. »Ich mein', der Pfahlhäuser könnt's ja vielleicht . . .«, tastete er sich unsicher weiter, den Blick noch immer auf den Ahorn im Garten draußen geheftet.

Ferdl lächelte. »Kannst ja schauen, ob du vielleicht *mich* herumkriegst. Wer weiß, im Fall daß d' versprichst, verträglich zu sein . . .«

»Ich bin immer verträglich!« Der Kommerzienrat fuhr polternd auf. Nur so konnte er verhindern, daß ihm die Stimme zitterte. Zuzugeben, wie sehr er sich freute, das verbot ihm sein verquerer Stolz. »Direktor Ferdinand Wiesinger von der Wiesinger-Bräu AG«, sagte er dann immerhin und schaute schon wieder in den Garten hinaus. »Klingen tut's ja eigentlich nicht einmal schlecht.«

Man schrieb jetzt den Spätsommer 1924, und daß der Ferdl schon ein Dreivierteljahr hier war – (»Ich hab' unbezahlten Urlaub, das kann ich mir leisten, unbesorgt.«) –, hatte den Bräuer schon lang in der Hoffnung bestärkt gehabt, sein Ältester möchte den hiesigen Lebensverhältnissen nicht wirklich entfremdet, sondern am Ende doch in sie zurückzulocken sein. Und jetzt war es also wirklich geglückt. Bis das mit der AG vollends geordnet wäre, würde noch eine ziemliche Zeit vergehn. Es mochte Februar werden, wenn nicht gar März, bis auf Ämtern und Gerichten alles geregelt war, von der Formulierung des Gesellschaftsvertrags über den Prospekt mit der Aktienausschreibung und den offiziellen Gründerbericht bis hin zur rechtsverbindlichen Eintragung ins Handelsregister. Inzwischen warf sich der Kommerzienrat, dem die Materie wenig geläufig war, mit einer beinah bestürzenden Emsigkeit auf die Erforschung des Aktienrechts.

»*Mon Dieu, Antoine!* Hier hat es eine so dicke Luft, daß man sie schneiden kann!« Lisette riß das Fenster im Herrenzimmer weit auf. Draußen lag die Mittagssonne auf dem dickverschneiten Isarhang. Man hörte das fröhliche Lärmen von rodelnden Kindern. »Du nimmst es wirklich gar zu genau. Es ist doch nicht nötig, daß du die ganze Jurisprudenz in dich hineinpaukst wie ein Student!«

Das sagte sich so. Ihm war Unsicherheit zuwider, und er haßte es, von jemandem abhängig zu sein. Sattelfest wollte er sich wissen und, wenn möglich, sattelfester als alle anderen.

»Darf ich dich an dein Versprechen erinnern?« Lisettes Ton war anzumerken, daß sie von vornherein wenig Zuversicht hegte. Tatsächlich verriet die Miene ihres Mannes, als er von seinen Papieren aufblickte, daß er keinen Schimmer hatte, wovon sie überhaupt sprach. »Du wolltest endlich wieder einmal mit mir zum Fasching gehen!« half sie ihm drauf.

Die fragende Unsicherheit in seinem Gesicht ging in Gleichgültigkeit über, ein wenig ins Sekkiertsein sogar. Daß man ihn mit solchen Lappalien plagte! »Schon recht, Schatzerl. Irgendeinmal komm' ich schon dazu.«

»Irgendeinmal!« Der Fasching war dieses Jahr kurz, und der Aschermittwoch mit der Fastenzeit stand schon bald vor der Tür.

»Ich hab' so g'hofft, du hättst drauf vergessen, Lisette. Wo ich so überhaupt keinen Gusto auf so etwas hab'«, schmollte er.

Er war jetzt Mitte siebzig, während sie erst dreiundvierzig war. Sollte sie versauern, nur weil er keinen Gusto hatte? »Du weißt sehr gut, daß eine Frau nicht allein auf einen Ball gehen kann«, beschwerte sie sich und fügte nicht ohne sarkastische Schärfe die Frage an: »Oder willst du den Doktor Pfahlhäuser abkommandieren, daß er mich eskortiert?«

»Blödsinn. Aber mit dem Alfred könnt' ich reden. Ein-
schichtig, wie der noch allerweil ist, wird ihn so eine Gelegenheit zum Ausgehn am End' sogar freun.« Sie schwieg.
Die Idee, daß sie gerne mit ihm gegangen wäre und nicht
mit irgendwem, kam ihm offensichtlich überhaupt nicht. Er
spürte ihre Unzufriedenheit. »Ich sperr' dich ja nicht ein,
Schatzerl, schau«, hielt er um gut Wetter an. »Aber du mußt
dafür auch nicht mich mit G'walt zum Mitgehn zwingen
wollen. Gleiches Recht für alle, oder? Und außerdem werd'
ich bis dorthin sowieso auf'n Tod daliegen, wennst nicht bald
das Fenster wieder schließt.«

Sah man von der ersten Zeit des Honigschleckens ab, hatte
sich die zweite kommerzienrätliche Ehe, die seit 1906 und
also auch schon wieder neunzehn Jahre lang bestand,
ebenso wenig wie die erste frei von Untunlichkeiten gezeigt.
Dies lag gewiß auch an Lisette, aber an ihr gewiß am
wenigsten. Überwiegend lag es am Kommerzienrat selbst –
und freilich auch an den grundlegenden Fatalitäten, die
dem problematischen Institut der Ehe nun einmal unfehlbar
zu eigen sind. Anton Wiesinger jedenfalls, und schon die
Jahre mit Gabriele hatten es genug unter Beweis gestellt,
war fürs Verheiratetsein nicht begabt. Wollte man den
Grund hierfür – bös vereinfacht, aber nicht durchaus falsch
– auf einen knappen Nenner bringen, so könnte man sagen:
Er war für diese Lebensform ein gar zu eingefleischter
Egoist. Zu allem Überfluß hatte ihn die Natur auch noch mit
einer tüchtigen Portion jener animalischen Sinnlichkeit
bedacht, die zwar lange vital und gesund erhält, der es aber
schwerfällt, unter den beengten und reizarmen Bedingungen
einer strikten Monogamie so zu gedeihen, wie sie es ihrem
natürlichen Entwurf nach will und auch soll. Da gab es dann
also nur eine einzige Alternative – »Tertium non datur«,
hätte der einschlägig nicht unerfahrene Baron Fontheimer
wieder einmal gesagt: sich bescheiden, alles rücksichtslos in

sich abwürgen und ausmorden, was da an Sinnenfreude und Zärtlichkeit, an Lebenskraft und Lust zum Dasein drängte, oder in endlosen häuslichen Ärgerlichkeiten untergehn. Da das Sich-Bescheiden des Bräuers Sache nicht war, lief es für ihn auf den immerwährenden Ärger hinaus, und hieran hatte eigentlich nicht einmal das Herannahen des Greisenalters viel zu ändern gewußt. Weil nun aber der Kommerzienrat, unbeschadet aller Eigenliebe, nicht eigentlich ein Unmensch war, sondern im Innersten sogar eine eher weiche und zartbesaitete, ja zuweilen geradezu gewissensängstliche Natur, stellte ihn die Ehe vor ein ganz besonderes und, genau besehen, eigentlich überraschendes Problem: das einer mißlichen Lebenseinsamkeit! Anders als bei Leuten, deren Schwierigkeiten gewissermaßen dingliche sind, so daß man über sie sachlich sich auszusprechen vermag — und zwar gehörigerweise grade mit jenem Menschen, dem man sich liebend angetraut hat, auf daß man in den Widrigkeiten des Lebens nicht gar so bitterlich alleine sei —, anders als bei diesen also durfte der Kommerzienrat sich über sein unentwegt von delikaten Herzenswirrungen irritiertes Innenleben ausgerechnet mit jener Person am allerwenigsten beraten, die von diesen doch eigentlich — neben ihm selber, versteht sich — am allerpersönlichsten und auch empfindlichsten betroffen war. Wie oft hatte Anton Wiesinger in den peinvollen Zwiespälten seines Gemüts nach einem verständnisvoll mitleidenden Rat, nach einem nachsichtig leitenden Zuspruch gelechzt und beides, da er nicht in der glücklichen Lage war, einen vertrauten Freund oder gar eine selbstlos liebende Mutter sein eigen zu nennen, schmerzlich zu entbehren gehabt. Einmal, ein einziges Mal, gleich zu Beginn seiner ersten Ehe, hatte er sich dazu hinreißen lassen, Gabriele gegenüber — ganz überflüssigerweise! — ein paar von den einschlägigen, kostbar diffizilen Doppelsinnigkeiten seines Seelenlebens zu enthüllen. (Vielleicht hatte es sich aber auch weit mehr um ganz ordinäre Zweideutigkeiten

234

seiner kommerzienrätlichen Physis als um solche seiner erlesenen Innerlichkeit gehandelt; jedenfalls empfand seine Frau das so, denn ausgegangen waren besagte Beunruhigungen von einer gastweise im Haus abgestiegenen Lyzeumsfreundin Gabrieles, einer Blondine von nun allerdings atemberaubender Attraktivität und zu allem Überfluß auch noch ungeniert kokettem Temperament.) Anton Wiesinger war mit seinen Enthüllungen furchtbar übel angekommen. Die in solchen Fällen ohnedies obligate Migräne seiner Frau hatte seinerzeit die gradezu monströse Endlosigkeit von zwei Monaten angenommen, und der Bräuer hat sich in ein ähnliches Abenteuer unzeitiger Aufrichtigkeit kein zweites Mal, auch in seiner Ehe mit Lisette nicht, gestürzt. Mit dem wenig gerechten Ergebnis freilich, daß es von nun an vorwurfsvoll hieß: »Zugeben tust du ja nie was, außer wenn's schon wirklich gar nicht mehr anders geht!« Ach ja ...»Die Ehe funktioniert mit der Zuverlässigkeit einer Straßenwalze überall dort, wo sie einen behindert und eine Menge Geld kost', aber sonst? Schwamm drüber!« pflegte der Kommerzienrat zu klagen. Ein ungerechtes Wort vielleicht, aber eines, dem es nicht völlig an *raison d'être* mangelt, wie jeder einschlägig Erfahrene zugeben wird.

Nun folgen wir hier vielleicht doch etwas gar zu bereitwillig der Neigung des Kommerzienrats, die Schuld weniger bei sich als bei anderen zu finden — jedenfalls nach außen hin, denn im stillen suchte ihn die Selbsterkenntnis ja dennoch unangenehm oft und heftig heim —, während die hier zu erzählende Geschichte unfehlbar auch eine andere, von Lisette her anzuvisierende Seite hat. Man mag nun sagen, die junge Pariserin habe ja jederzeit den horrenden Unterschied im beiderseitigen Lebensalter gekannt und deshalb von vornherein wissen müssen, worauf sie sich einließ, aber das hieße vielleicht doch etwas zu viel von jener vorauseilenden Einbildungskraft zu verlangen, welche die Dinge im vorhinein empfindet und durchlebt und die allemal trügerisch ist. Überdies ging es gar nicht um den Unterschied an Jahren allein. Die gegenseitige Entfremdung, die zweifellos zuerst eine Entfremdung des Kommerzienrats gegenüber seiner Frau gewesen war, hatte mannigfache Gründe. In 6935 Tagen oder 166 440 Stunden, von denen man immerhin 110 960 wach und in engem Beisammensein zugebracht hat, sammelt sich naturgemäß eine Menge an. Und wenn die Kommerzienrätin von all dem vielen eins nicht verwunden hatte, die ganzen langen Jahre her nicht, so war es jene gefühllose Rücksichtslosigkeit gewesen, mit der ihr Mann sie seinerzeit alleingelassen hatte, allein mit dem Leben, mit der Not und dem Krieg, während er selber zu seiner Gemütsberuhigung nach Wössen hinaus ›emigriert‹ war. Sie liebte ihren Antoine viel zu sehr, um nicht hundert nachsichtige Entschuldigungen für sein damaliges Verhalten zu finden, aber allesamt verloren sich irgendwie wirkungslos in den Windungen ihres Gehirns, keine einzige vermochte in jene Tiefen hinabzureichen, wo ihr Schmerz und ihre Enttäuschung − ja, sagen wir es nur ungeschminkt: ihre übelnehmerische Verbitterung − nisteten. Gemessen an dieser einen Lieblosigkeit, so schien ihr, wogen all seine munteren Eskapaden merkwürdig leicht. Zudem diese galanten Abenteuer ja nun doch der Vergangenheit anzugehören schienen. Das letzte, mit einer verheirateten Frau, die nach dem − freilich parteiischen − Urteil Lisettes nicht einmal jung war, nicht einmal schön und nicht einmal klug, lag bald sieben Jahre zurück, und bei dem tölpelhaften Ungeschick des Bräuers war es mehr als unwahrscheinlich, daß seiner Frau je irgend etwas in dieser Hinsicht entgangen war. Merkwürdigerweise brachte die so lang herbeigesehnte Windstille im kommerzienrätlichen Triebleben für Lisette nicht die erhoffte Erleichterung. Die warme, lebendig durchpulste Herzensvitalität Anton Wiesingers schnurrte nämlich nicht, wie erwartet, nur partiell zusammen, auf den verbotenen Gefilden der außerehelichen Wilddieberei allein, sondern unglücklicherweise durchaus insgesamt, und also auch auf dem tugendsamen Terrain der legal sanktionierten, ja gesetzlich sogar einklagbaren Liebe selbst: Der Kommerzialrat legte gegenüber seiner Frau in den letzten Jahren eine geradezu erkältende Trockenheit an den Tag. Wenn sie die Sache gründlich bedachte, dann war freilich auch früher schon das eigentlich Verletzende an seinen Seitensprüngen nicht so sehr die andernorts bewiesene Feurigkeit gewesen, als vielmehr − zur gleichen Zeit! − das kränkende Fehlen derselben im eigenen Haus. Kurzum, die sich ausbreitende eheliche Lustlosigkeit war genau besehen wohl doch nicht eine Frucht erst der letzten, späten Jahre. In manchen Momenten erkannte Lisette mit Bitternis, daß sie ihrem Mann schon früh gleichgültig geworden war und daß ihre Ehe schon gleich nach der allerersten Zeit begonnen hatte, sich mit einer lustlosen Verdrießlichkeit zu überziehen wie mit einem Schimmelpilz.

Gerade aus diesen frühen Jahren hatten sich in Lisette eine Reihe von unguten und merkwürdig haftenden Erinnerungen festgesetzt. Die Erinnerung an ein ganz bestimmtes und, wie sie fand, deprimierend bezeichnendes Rencontre etwa, das in ihrem Boudoir vorgefallen war, kurz vor dem Weggehen zu einer vom Baron Fontheimer gegebenen Soiree. Sie entsann sich, an jenem Abend ein ungemein aufregendes Reformkleid getragen zu haben, und während dem Herrn Gemahl natürlich wieder einmal überhaupt nichts aufgefallen war, hatte Ferdl, der sich damals noch nicht nach Amerika davongemacht hatte − so unendlich lange lag der Vorfall schon zurück! − es sofort bemerkt, sogar mit einem bewundernden Ausruf. »Mein Gott, ich hätt' nie gedacht, daß sich aus dieser scheußlichen Reformmode so was Pikantes überhaupt machen laßt!« . . . Wie unvergeßlich doch solche banalen Sätze sind, sie tun einem wohl. »Eine Frau braucht so etwas *comme le pain quotidien*, aber das willst du nicht begreifen, du alter *grognard!*«

»Lieber Himmel, du weißt doch, daß ich keinen Blick für
solche Sachen hab'«, hatte Antoine sich damals zu rechtfertigen versucht und dabei ungeduldig auf die Uhr gesehen.
»Ja . . . Und was viel schlimmer ist, auch für mich selber
hast du keinen mehr.« Überraschend — am überraschend-
sten sogar für sie selbst — war ihr das Wasser in die Augen
geschossen, ihr Mann hatte ganz verdattert dreingeschaut.
Selbstgerecht kollernd hatte er sich in die Brust geworfen, sie
sah ihn noch heute lebhaft vor sich. »Keinen Blick mehr für
dich? Ich? Was ist das jetzt bloß wieder für eine Caprice,
Lisette! Ausg'rechnet wo wir aus'm Haus müssen.« Und
unvorsichtig, wie er allezeit war, hatte er die Sache damit
nicht auf sich beruhen lassen mögen, sondern das Bedürfnis
verspürt, sich reinzuwaschen und deshalb ganz überflüssigerweise zu erfahren begehrt, was sie ihm denn in Gottes
Namen eigentlich vorzuwerfen habe, »und zwar konkret,
Schatz, konkret!«
Sie hatte eigentlich nicht vorgehabt, weiterzubohren, aber
jetzt hörte sie sich doch in spitzig gedehntem Ton fragen:
»Du willst es wirklich genauer hören?« Und auf sein Nicken
hin, mit einer umwerfenden Selbstverständlichkeit — und
übrigens ziemlich ruhig — die Frage an ihn richten: »Wann
hast du das letztemal mit mir geschlafen, Schatz?«
Dem Kommerzienrat war schier die Luft weggeblieben,
und noch heute konnte Lisette sich einer boshaften Genugtuung nicht entschlagen, wenn sie sich auf das Gesicht
besann, das er in diesem Augenblick geschnitten hatte.
»Also, das ist jetzt aber wirklich degoûtant!« entrüstete er
sich. Nun ja, in den Ohren eines Teutonen — und eine so
süddeutsche Ausprägung davon er auch immer sein mochte,
ein Teutone war er natürlich doch — klang so eine Frage
vielleicht wirklich skandalös. »Wir Franzosen denken da
natürlicher, wir sprechen über alles ganz ohne . . ., wie sagt
man . . ., ohne *mauvaise honte*.« Ihr Deutsch war seinerzeit
noch nicht so fließend gewesen wie heute.

»Also ehrlich, mir liegt so eine Direktheit eigentlich weniger«, hatte er eher müßigerweise versichert, sich dann aber doch zu einer Art Entschuldigung oder jedenfalls beschwichtigenden Erklärung gedrängt gefühlt. »Man wird halt etwas ruhiger, wenn man in die Jahre kommt, schau.« Sie sah ihn an. War er denn wirklich um so vieles jünger gewesen, nur fünf Jahre zuvor, in Florenz, in Paris? Als was für ein hinreißender Liebhaber hatte er sich damals gezeigt, von welchem Charme, von welcher Verve, im Sturm hatte er sie überrumpelt, buchstäblich bezaubert hatte er sie! »Du glaubst nicht, daß das nur eine Ausflucht ist? Das mit deinen Jahren?« fragte sie ihn nachdenklich, und es war eigentlich mehr eine Vorhaltung als eine Erkundigung. »Es gibt nämlich genug andere Dinge, solche, bei denen das Alter nicht die allergeringste Rolle spielt, und in denen du genauso . . . nun, sagen wir es mit deinen Worten, . . . ruhig geworden bist. Wann, *par exemple*, hast du mir zum letztenmal eine Aufmerksamkeit erwiesen?«

»Jetzt hör einmal! Das Perlenkollier neulich, war das vielleicht nichts?«

Gott, das Kollier . . . Das war ein Geburtstagsgeschenk gewesen, davon redete sie nicht, sondern von den ganz alltäglichen Dingen, von den kleinen Präsenten unter der Hand, von den artigen Komplimenten, auf die er sich einst so unübertrefflich verstanden hatte, von den zärtlich zugeneigten Gesprächen am Nachmittag, beim Tee, die ihr so lieb gewesen waren und denen er jetzt mit hundert Ausreden aus dem Wege ging . . . »*Prends garde, cheri*, in Sachen Erotik steht dein Konto im Vergleich zu solchen Dingen ja noch direkt gut!« Ja, und das war das eigentlich Bedrückende, sie hatte es an jenem Abend zum erstenmal und überaus scharf empfunden, daß seine sinnliche Leidenschaft, und mochte sie noch so erlahmt sein, immerhin noch lebendiger war als seine Aufmerksamkeit und Güte, seine Galanterie und Zärtlichkeit, als das also, was der innerste

Lebensnerv der stillen und beständigen, der ein Leben lang herhaltenden Liebe ist . . .

Mon Dieu, quel babillage!! Lisette ärgerte sich über sich selber. War es denn nötig, in der Vergangenheit herumzustochern, wenn man nach Zeugnissen für die abhanden gekommenen Manieren ihres Ehemanns suchte — so man es schon vermied zu sagen: für seine Lümmelhaftigkeit?! *Fi donc!* Die Finger einer Hand reichten nicht aus, die Finger *beider* Hände nicht, um die Grobheiten zu zählen, denen sie *allein in den letzten Wochen* ausgesetzt war!! Oder war es vielleicht nicht ungezogen, nicht gradezu rüpelhaft von ihm, sich so glattweg zu weigern, mit ihr auf einen Ball zu gehn?? Keinen Gusto! Pah! Noch im vorigen Jahr hatte er Gusto genug gehabt, Gusto übergenug, dreimal war er da auf den Fasching gegangen, und das letztemal, als sie sich erkältet hatte, sogar ohne sie!! Ha! *Quel mufle! Complètement sans égards! Insensible, d'un bout à l'autre!* Oder war das vielleicht zartfühlend gewesen, neulich, als die Nachricht vom Tod der armen Tante Susette, Gott habe sie selig, eingetroffen war?! Gewiß, die alte Dame war im siebenundachtzigsten Jahr gestanden, und Lisette hatte sich nie recht mit ihr zu vertragen gewußt, aber sie war eben doch ihre leibliche Tante, eine der letzten Anverwandten überhaupt, die sie noch aus eigenem kannte, und immerhin hatte sie im Haus dieser Tante ein paar Jahre ihrer Kindheit verlebt. War es da unerlaubte Sentimentalität, wenn sie ein bißchen in Wehmut verfiel?? *Er* schien es zu glauben! »Da mußt' doch jetzt nicht flennen!« hatte er verärgert zu ihr gesagt. »An der ihrem Tod ist die Hebamm' wahrhaftig nicht mehr schuld, und bloß weil sie deine Tante ist, hat sie schließlich keinen Anspruch ans ewige Leben, oder bildest dir das vielleicht ein?« Nun gut, er war gerade von dieser leidigen Besprechung mit dem Baron Lyssen im Restaurant der Daglfinger Rennbahn zurückgekehrt und hatte den Kopf voller Sorgen gehabt, sie war nicht ungerecht, sie sagte sich das selber vor, und auch der Ferdl hatte versucht, den Papa deshalb bei ihr zu entschuldigen. Aber trotzdem, trotzdem!

»Magst einen Sherry? Oder einen Kirschlikör? Bloß ein kleines Schlückerl, wirst sehn, es tut dir gut.« Ach ja, wieder war es Ferdl, ganz wie seinerzeit, der sich einfühlsam und herzlich gegen sie gab. »Dieser Grobian«, schimpfte sie ihrem Mann hinterdrein und trank das Glas in einem Zug leer.

Ferdl goß nach. »Manchmal bist einfach süß«, lächelte er.

»Ich bin nicht süß! Ich bin wütend!!«

»Grad das ist ja so süß.«

Der Kommerzienrat hatte sich nicht geirrt. Der jetzt in seinem fünften Lebensjahrzehnt stehende Rechtsanwalt und Landtagsabgeordnete Alfred Wiesinger rechnete es sich nicht nur zur Ehre an, die Frau seines Onkels – der eigentlich sein Großcousin war – auf den Ball führen zu dürfen, sondern die Unternehmung machte ihm, der sonst kaum je aus seinen vier Wänden herauskam, richtiggehend Spaß. Von seiner Verwundung an den oberen Halswirbeln waren ihm ein gelegentlicher Kopfschmerz zurückgeblieben und eine gewisse, beinahe unmerkliche Steifheit des Nackens, aber das hinderte ihn nicht an der Arbeit, und weshalb sollte es ihm beim Vergnügen hinderlich sein? Er und die Frau Kommerzienrat hatten sich für eine Redoute im Löwenbräukeller am Stiglmaierplatz entschieden, weil alle Welt sagte, das dortige Faschingstreiben wäre ganz besonders originell. Anders als bei den schwarz-weißen Bals parés, zu denen Anton Wiesinger in den letzten Jahren vorzugsweise gegangen war, herrschte hier Maskenzwang. Als Alfred mit seinem nagelneuen, grasgrünen Opel Vierzylinder vorfuhr, der den sehr passenden Typennamen Laubfrosch trug und bei 12 PS imstande war, die rasante Geschwindigkeit von 70 Stundenkilometern zu erreichen, merkte er, daß sein Kostüm und

241

das seiner Balldame nicht übermäßig miteinander harmonierten. Während die Kommerzienrätin eine unerhört kostbare und atemberaubend kleidsame Robe aus dem Venedig des 18. Jahrhunderts trug, hatte der Dr. Wiesinger sich so verwegen wie einfallslos als Pirat verkleidet, mit einem roten Tuch auf dem Kopf und einem gewaltigen Messingring im Ohr.

Das Gedränge war angsterregend. Und als mit fortschreitender Nacht die Musik immer moderner wurde – mit Cakewalk zuerst, dann mit Onestep, Twostep, Shimmy und Charleston, um schließlich beim Neuesten vom Neuen anzukommen, bei einem Black-Bottom-Blues –, plagte sich der Doktor Alfred Wiesinger immer aussichtsloser ab. »Ganz die Musik aus meiner Zeit ist das ja auch nicht mehr«, klagte er, als er seiner Tänzerin zum drittenmal auf den Fuß getreten war.

Lisette lachte. »Olala, du bist doch noch ein junger Mann!«

»No, der erste Schmelz ist allmählich wirklich dahin.«

»Erschrecke mich nicht! Du bist nur vier Jahre älter als ich!«

»Da haben wir ja ein ungeheuer heiteres Thema!« fand Alfred und hielt Ausschau nach einer Bedienung. Aber die Kellnerinnen kamen bei dem Gedränge einfach nicht durch. »Hast du auch so einen Hunger wie ich?« wollte er wissen.

»Eine Kleinigkeit könnte vielleicht wirklich nicht schaden.«

»Wennst dich fünf Minuten geduldest, hol' ich uns was.«

Als er zurückkam, zwei dampfende Teller Suppe halsbrecherisch durch das Gewoge jonglierend, sah er schon von weitem, daß sich eine interessante und höchst geheimnisvolle Maske an die Kommerzienrätin herangemacht hatte, ein hochgewachsener, allem Anschein nach schlanker Herr, ganz in Schwarz – schwarze Schnallenschuhe, schwarze Strümpfe, schwarze Kniebundhosen. Den Oberkörper verhüllte eine venezianische Bautta, jener halblange, geschlossene Umhang aus schwarzem Samt, dessen Kapuze nicht nur den Schädel, sondern auch beide Ohren verdeckt und auf der obenauf ein Dreispitz sitzt. Gegen all das geheimnisvoll düstere Schwarz stach die grellweiße, grotesk vogelgeschnäbelte Larve gespenstisch ab, hinter welcher der Unbekannte sein Gesicht verbarg. Der Vermummte war vorhin hinter Lisette getreten, als diese sich eben die beim Tanzen glänzend gewordene Nase puderte. »Wozu schminkst du dich, schöne Maske«, sprach er sie mit merklich verstellter Stimme an, »du überstrahlst ohnedies schon alle im Saal.« Lisette drehte sich überrascht nach ihm um. »Welch ein Kompliment«, bedankte sie sich lächelnd und blickte aufmerksam zu dem Herrn empor. Irgendwie hatte sie das Gefühl, als wäre er ihr nicht fremd. »Kenne ich Sie?« fragte sie. Der Verlarvte lächelte, man konnte es nicht sehen, aber man hörte es seiner Stimme an. »Vielleicht merkst du es, wenn du tanzend in meinen Armen liegst.«

In diesem Augenblick trat Alfred heran und stellte die Teller ab. Anders als Lisette, erriet er beinah sofort, wer sich hinter dem schwarzen Kostüm und der weißen Larve verbarg. »Jesses, du?!« rief er überrascht aus. Der Maskierte faßte ihn am Arm und zog ihn beiseite. »Was verratst mich denn, du Unglücksmensch!« zischte er. »Und überhaupt, wieso hast denn so schnell g'merkt, daß *ich* es bin?«

»An deine Händ'! Ich schau' immer zuerst auf die Händ', sie sind das allercharakteristischste.« So ein Rechtsanwalt war doch wirklich der halbe Sherlock Holmes.

»Willst mir einen G'fallen tun?« fragte der Ferdl, der seine Maske nicht lüftete. »Übernimmst für eine Zeitlang meine Ballschönheit?«

»Wieso? Willst sie loswerden?«

»Sie ist *sehr* nett und sehr g'scheit. Und übrigens kenn' ich sie erst seit gestern.« Ferdls Blick ging zu dem Tisch, an dem er bis eben mit seiner Dame gesessen war, einer viel-

243

leicht dreißig- oder fünfunddreißigjährigen Brünetten mit ebenmäßigen, offenen Gesichtszügen. Nur das Näschen war vielleicht eine Spur zu klein, aber grad das gab dem Gesicht etwas Kapriziöses. Sie saß da, allein gelassen, und schaute den Tanzenden zu. Ihr Kostüm war nicht leicht einzuordnen. Es schien eine Phantasiekreation zu sein, möglicherweise von ihr selbst entworfen, mit viel gelbem und lindgrünem Tüll. »Ich will bloß einen G'spaß mit der Lisette machen«, sagte Ferdinand Wiesinger.

»Na schön, wennst meinst.«

»Bist ein feiner Kerl.« Ferdl hatte schon ein paar Schritt in Richtung auf Lisette zu getan, als ihm einfiel, daß er Alfred noch eine Auskunft schuldig war. »Sie heißt Regina«, gab er ihm über die Schulter weg Bescheid und entschwand. Alfred erinnerte sich plötzlich wieder des dampfenden Tellers mit der Leberknödelsuppe. Und mein Essen −? wollte er fragen, ließ es aber achselzuckend bleiben, denn der Ferdl hatte sich schon zu weit entfernt, um ihn noch hören zu können. Alfred wandte sich der kapriziösen Brünetten zu.

»Fräulein Regina?« redete er sie fragend an.

»So heiße ich, ja.« Sie sah verwundert zu ihm auf. Alfred stand linkisch und verlegen vor ihr, ohne einen Mucks über die Lippen zu bringen, und so erkundigte sie sich, was er von ihr wolle.

»Das wenn ich so genau wissert . . .« Alfred ärgerte sich über die verzwickte Situation. »Also − das ist schon wirklich ein unmöglicher Kerl!« schimpfte er.

»Der Ferdinand?«

»Ja! Er hat Sie einfach vertauscht!«

»Ach so . . .« Reginas Blick ging zu Lisette hinüber. Ferdl saß bei ihr am Tisch und hatte immer noch die Larve auf.

»Aber nicht, daß Sie sich was Überflüssiges denken!« verteidigte Alfred den Ferdl im voraus gegen jede mögliche Mißdeutung. »Lisette, sie heißt Lisette, ist die zweite Frau von seinem Herrn Papa.«

»Seine Stiefmama?« Regina schien belustigt. Ihre Augen waren dunkelbraun und hatten ohnedies etwas schelmisch Unergründliches.

»Nein, nein, das heißt . . .«, Alfred zögerte einen Augenblick und schien sogar verblüfft, » . . . eigentlich schon, ja.«

»Und was bedeutet das ›eigentlich‹ bei dem Ja?«

»Ich weiß auch nicht. Irgendwie hat das nie ein Mensch so ang'schaut«, antwortete er.

»Setzen Sie sich doch.«

Alfred tat es. »Wiesinger«, stellte er sich vor.

»Sie auch?«

»*Alfred* Wiesinger. Rechtsanwalt. Wir sind Cousins irgendwelchen Grades, genau weiß ich es selber nicht.«

»Ihre Familie scheint ja ungeheuer kompliziert.«

»Ungeheuer«, sagte er und lächelte. Diese Regina gefiel ihm vom ersten Moment an ausnehmend gut.

Lisette aß einstweilen mit gutem Appetit ihre Suppe. Ferdl saß vor der allmählich erkaltenden, die Alfred eigentlich für sich gedacht hatte, und hätte liebend gerne seinen nächtlichen Ballhunger ebenfalls gestillt. Aber weil seine Maske zu tief über den Mund herunterreichte und er weiterhin den Geheimnisvollen spielen wollte, hatte es damit seine Schwierigkeit. Lisette lächelte ihn an. »Weißt was?« spottete sie dann. »Nimm die Maske doch einfach ab! Ich weiß so, daß du der Ferdl bist.«

Ferdl gehorchte lachend. »Also so was Scheinheiliges! Du hast mich von allem Anfang an erkannt!«

»Beinah von Anfang«, gestand sie ihm ein.

»An meinem Charme, hoff' ich, oder?«

»*Mais sans doute*, du eitler Tropf. Ist es ein Zufall, daß du hier bist?«

»Warum glaubst, daß ich mich venezianisch an'zogen hab'? Ich hab's von der Lucie erfahren g'habt, als was und wohin du gehst.«

245

»Jetzt macht er sich über meine Leberknödel her«, zürnte Alfred, der die beiden beobachtete.

»Meinetwegen können Sie ruhig ans Buffet gehen«, schlug Regina ihm vor.

»Warum nur ich? Sind Sie kein biss'l hungrig?«

Sie lachte. »Bloß wegen dem Hungrigsein darf unsereins noch lang nichts essen, wissen S' das nicht?«

»Aus Rücksicht auf die Linie?«

Die Brünette seufzte ausdrucksvoll. »Haben Sie eine Ahnung, was Schönheit leiden muß.«

»Sie leiden aber jedenfalls mit einem ganz entzückenden Erfolg.« Es fiel dem sonst so hölzernen Dr. Alfred Wiesinger überhaupt nicht schwer, ihr mit allen möglichen Komplimenten die Cour zu schneiden. Nein, wirklich, sie gefiel ihm ganz ausnehmend gut . . .

Lisette und Ferdl waren einstweilen aufs Parkett gegangen. Bald eine Stunde lang ließen sie keinen einzigen der immer wilder werdenden Tänze aus. Ab und zu riß Ferdl einen Witz, und die Kommerzienrätin lachte. »Ich hab' dich noch nie so fröhlich g'sehn wie heut«, sagte er.

»Das ist der Fasching, Ferdl!«

»Ja . . .« Er war selber ganz beschwingt. »Ich hab' schon hundert Jahr' keinen mehr mitg'macht, kommt mir vor. Und keinen Tango mehr 'tanzt. Es ist eine so erregende Musik . . .« Ferdl hielt sie eng an sich gepreßt. Und ganz wie damals bei der Soiree vom Baron Fontheimer — es war nach dem Rencontre im Boudoir gewesen, bei welchem es, zumindest am Anfang, um das Reformkleid gegangen war — geschah es nicht ohne eine gewisse sinnliche Aufgeregtheit. Ganz wie damals hielt Lisette mitten im Schritt inne. »*Mon Dieu*, ich glaube, ich habe den Champagner zu schnell getrunken«, flüsterte sie, ganz wie sie damals geflüstert hatte. Er antwortete nicht, sondern sah sie nur lächelnd an. Damals hatte er gesagt: »Vielleicht hast ihn grad in der richtigen Geschwindigkeit 'trunken . . .«

In letzter Zeit, während der alte Bräuer sich Abend für Abend im Labyrinth des Aktienrechts verlief, waren die beiden häufig zusammengewesen. Jener höchst diffizilen Bezirke jedoch, an die beider Beziehung vor Jahren einmal angestreift war — nur grade eben so angestreift, aber immerhin — hatten sie nie die geringste Erwähnung getan. Und jenes sinnlich aufgeregten Tangos beim Fontheimer schon zweimal nicht. Die hauchzarten Verfänglichkeiten von damals schienen aus beider Erinnerung wie fortgewischt. In Wahrheit entsannen sie sich sehr gut — zumal der Ferdl —, sie zogen es nur vor, sich dergleichen selbst hinterm Rücken zu halten, damit die Ungezwungenheit ihres gegenwärtigen Umgangs keine Störung erleide. Die Frage war nur, wie lange ein solches Versteckspiel sich durchhalten ließ.

Sie verließen die Tanzfläche und kehrten nicht mehr auf sie zurück. Ferdl bat zwar ein paarmal darum, aber Lisette wollte nicht mehr. Sie war nach dem Tanz wortkarg geworden. Die beiden brachen früher auf als geplant. Früh für den Fasching, denn genau genommen war es spät genug.

»Halb zwei«, sagte Ferdl und schlug den Mantelkragen hoch. Die Luft war frisch und klar. Sie schmeckte nach Schnee. »Gehn wir noch in den Donisl? Ein Gulasch essen?«

»Nein, ich glaube, es ist wirklich Zeit, nach Hause zu gehen.«

»Schön, wiest willst.« Er hielt ihr den Wagenschlag auf.

In der Maria-Theresia-Straße angelangt, fühlte der Ferdl sich noch kein biss'l müd. Er erkundigte sich, ob sie zusammen noch einen Cognac nehmen wollten, »bloß einen kleinen noch, vorm Schlafengehn.«

Lisette zögerte. Eine ängstliche Befangenheit fiel sie an. Aber sie sagte nicht nein. »Hast du auch drüben Cognac getrunken, oder Whisky?« erkundigte sie sich, während er die Vitrine öffnete, um die Gläser zu holen.

»Cognac. Schon aus Anhänglichkeit. Und weil *sie* ihn

nicht ausstehen kann.« Lisette amüsierte sich. Sie hätte es nicht für möglich gehalten, daß ein ausgewachsenes Mannsbild so kindisch war. Er zuckte die Achsel. »Man tut manches, was kindisch ist, wenn man sich als der Unterlegene vorkommt«, sagte er.

»Der Unterlegene? Du?«

»Ich komm' mir leicht als der Unterlegene vor, weißt das nicht mehr?« Eine Stille entstand. Sie tranken. Und dann, so unvermutet wie scheinbar auch unmotiviert, fuhr es aus ihm heraus: »Wie wir g'stritten haben, an dem Tag, wo sie auf und davon ist, da haben wir *deinetwegen* g'stritten.«

Lisette erschrak. »Wieso? Was habt ihr für einen Grund gehabt, meinetwegen zu streiten?«

»Oh, wir haben oft wegen dir g'stritten, schon in Amerika drüben«, bemerkte er rätselhaft und zündete sich eine von seinen überlangen Zigaretten mit dem goldglänzenden Mundstück an. »Du weißt vielleicht nicht mehr, was du damals für mich g'wesen bist«, fuhr er nach einer Weile fort und ließ den Rauch durch die Nase ziehen, »in der Zeit, wo ich mich mit dem Papa überworfen hab'. Irgendwie hab' ich damals das G'fühl g'habt, ich geh' z'grund . . . Und vermutlich wär' ich auch z'grund'gangen, wenn ich dich nicht g'habt hätt', Lisette. Und ganz z'letzt hab' ich dir's ja auch g'sagt.«

Lisette fühlte sich gepeinigt. Warum erinnerte er sie an all das? Hatte sie sich nicht redlich Mühe gegeben, zu vergessen? Vor allem auch jenen einen Augenblick, von dem er jetzt so ungeniert deutlich, so unzart gradeheraus sprach, so daß sie sich direkt auf ihn besinnen *mußte*? Ach, daß doch nichts, nichts zwischen ihnen reine Gegenwart, daß alles und jedes auch bedenkliche, gefahrvoll verschlungene Erinnerung war. Die leidenschaftliche Szene, die er ihr so unbequem in Erinnerung brachte, hatte sich direkt vor seinem Weggang nach Amerika abgespielt, in aller Herrgottsfrühe seines letzten Tags. Er war von einer verzweifelten Zechtour

248

nach Hause gekommen, übernächtigt, blaß, die Wangen unordentlich von Bartstoppeln verschattet, und hatte sich von ihr verabschiedet, von ihr ganz allein, allen anderen, der Theres, dem Toni und schon erst recht dem Vater voraus. Geschehen war es im Stiegenhaus, keine zehn Schritt von dem Fleck, an dem sie jetzt zusammensaßen, vor den großen Jugendstilfenstern aus farbigem Glas, durch die damals das erste Morgenlicht bunt und gleißend hereingebrochen war. »Daß es dich 'geben hat, in dem Haus da, all die letzten Jahre her, das hat vielleicht mehr für mich bedeutet, als ich überhaupt selber g'wußt hab'«, hatte er zu ihr vor den blutrot und orange funkelnden Gläsern gesagt und ihre Hand ganz fest, schier gewalttätig gegen seinen Mund gepreßt. Seine Lippen hatten sich trocken angefühlt und fieberheiß. Ja, und jetzt, fünfzehn Jahre später, nach einer durchtanzten Faschingsnacht, saß er ihr gegenüber und wiederholte ihr all dies ins Gesicht hinein, ganz so, als spüre er überhaupt nicht, wie er sie damit peinigte.

»Und übrigens sogar drüben noch hast' viel für mich bedeutet«, fuhr er ohne Rücksicht auf ihre Empfindungen zu erzählen fort. »Ich bin jedesmal in einer schrecklichen Verfassung g'wesen, wenn ich an daheim z'rückdenkt hab', und ich hab' beinah immer an daheim denkt. Und immer bist es dann du g'wesen, die mir eing'fallen ist und die ich vor mir g'sehen hab' . . . Und übrigens warst du auch die einzige, die mir g'schrieben hat.«

Sie warf trotzig den Kopf zurück. »Der Toni hat dir genauso geschrieben wie ich!«

»Sonderlich inhaltsreich sind die paar Briefe von meinem Bruderherz wirklich nicht g'wesen«, winkte er spöttisch auflachend ab. »Und außerdem ist das schließlich von vornherein zweierlei, ein Brief von ihm und einer von dir.«

»Es waren beides Familienbriefe!«

»Wirklich?« Er sah sie schweigend an und paffte vor sich hin. »Schad«, fuhr er dann fort, »schad, daß du dich an

249

deine Briefe nicht erinnern magst, und b'sonders wahrscheinlich an *einen* nicht . . .«

»An welchen? Ich kann mir nicht denken —«

»Ich hab' ihn lang mit mir rum'tragen, da, in der Brusttasche, jahrelang, ich könnt' ihn dir jetzt unter die Nase halten, deinen harmlosen ›Familienbrief‹, wenn ihn die Nancy nicht eines Tages erwischt und zerrissen hätt'.«

Diese Eröffnung setzte Lisette in nervöse Verlegenheit. Denn so gut sie sich jetzt auf einmal an alles mögliche wieder besann, daß sie ihm irgendwann einen Brief geschrieben haben sollte, der nach all seinen Andeutungen ja beinah so etwas wie ein Liebesbrief gewesen sein mußte — warum sonst hätte er ihn jahrelang in seiner Brusttasche herumgetragen, und warum sonst sollte Nancy ihn zerrissen haben? —, darauf besann sie sich auch jetzt und beim besten Willen nicht. »Es gab eine Zeit, als dein Vater mich vernachlässigte«, versuchte sie, es ihm und sich selbst zu erklären, »mag sein, ich habe mir in meiner damaligen Gemütsverfassung alles mögliche von der Seele geschrieben . . . Man mußte das nicht alles wörtlich nehmen, Ferdl.«

»Nein? Wo man doch jedem einzelnen Satz ang'merkt hat, wie aufrichtig er war?«

»Damals vielleicht, in der damaligen Situation.«

»Nein, in dir, in dir ganz tief drinnen, Lisette!« Sie sah ihn notvoll und geradezu flehentlich an. In ihren Ohren war ein Rauschen, und sie hatte das Gefühl, als rede er von ganz weit her auf sie ein. »Ich hab' nicht g'wußt, daß du so feig bist, Lisette«, hörte sie ihn sagen.

»Ferdl, ich bitte dich . . . Ich bin nicht feige, aber —«

»Doch bist du's! Feig und unehrlich, Lisette!« Er war aufgestanden, eine ganze Weile schon, und stand hinter ihr, eigentlich über ihr, denn sie saß. Schon immer hatte er das flaumig blonde Haargekräusel in ihrem Nacken geliebt — (ach, auch bei seiner Mutter war grade dieser Anblick jedesmal wieder ein entzückender Reiz für ihn gewesen) —, und er konnte sich nicht beherrschen, wollte es freilich auch nicht. Er beugte sich zu ihr hinunter, wühlte sein Gesicht in ihr Haar, drückte seine Lippen auf ihren Hals, auf ihre weiße, seidenmatte Haut. Und so sehr sie sich auch dagegen wehrte, so sehr sie eine einzige zusammengekrampfte Abwehr war und nichts sonst, sie vermochte nicht zu hindern, daß sein warmer, unendlich zärtlich ihren Rücken hinunterstreichender Atem ihr die klare Besinnung nahm.

»Ferdl . . . nicht, Ferdl . . . Ich flehe dich an . . .«

Auf eine intensive, beinah qualvoll wollüstige Weise spürte sie, wie ihr Widerstand sich unter seinen Lippen aufzulösen begann, wie die eben noch abweisend verspannten Poren ihrer Haut anfingen, sich unter einem ganz anderen, unbezähmbar aus ihren Tiefen hervordrängenden, alles überschwemmenden Ansturm lustvoll zu kräuseln. Allzu lang hatte sie das Sinnliche ihrer animalischen Natur nicht mehr wahrnehmen dürfen, allzu unvorbereitet traf sie der Ansprung dieser beinah schon vergessenen Lebensmöglichkeit und warf sie um.

»Ferdl . . .«

Er küßte ihre Augen, ihre Wangen, ihre Nase, ihre Stirn. Er fühlte unter seinen brennenden Fingern, durch das dünne Gewebe des Hausmantels hindurch ihre straffe, wunderbar volle und jetzt an den empfindlichen Spitzen sich aufrichtende Brust.

Die Aktiengesellschaft

Die Ereignisse und Veranstaltungen rund um die Gründung der Aktiengesellschaft hatten etwas Nervenaufreibendes, zumal für den Kommerzienrat, der sich nach wie vor gegen innere Vorbehalte anstemmen mußte, eigentlich sogar gegen größere als zuvor, denn das Studium des Aktienrechts hatte ihn darüber belehrt, daß er als Vorsitzender des Aufsichtsrats − wenn er denn Vorsitzender würde − in der praktischen Firmenpolitik wenig zu melden hätte. Das Regiment würde allein bei der Geschäftsleitung liegen, und obwohl diese in erster Linie durch seinen Sohn repräsentiert wäre, kam ihm die Sache dennoch nicht geheuer vor. Er wäre gern geblieben, was er sein Leben lang gewesen war: der Prinzipal, derjenige, der das Ruder ganz allein in seinen Händen hielt.

Die Untunlichkeiten fingen schon bei Lappalien an, wie etwa der, daß der Frack, den er für das festliche Souper im Hotel Regina aus dem Schrank holte, zu weit geworden war. Auch trug man die Revers jetzt kürzer als früher. Einen neuen zu kaufen, weigerte sich Anton Wiesinger, das war, fand er, in seinem Alter hinausgeschmissenes Geld. »Außerdem hab' ich den alten bei unserer Hochzeit ang'habt. So ein Stück schmeißt man nicht weg, das wär' ja direkt herzlos und gegen die Pietät.« Wenn es galt, seinen Eigensinn durchzusetzen, war er sehr einfallsreich.

»Kein Problem, Herr Kommerzienrat«, katzbuckelte der Schneider. »Es ist ein hervorragender Stoff, und wir kriegen den Anzug ohne weiteres wieder hin.«

»Aber machen S' ihn mir nicht gar zu eng. So dick, wie

252

ich schon einmal war, werd' ich zwar hoffentlich nicht wieder, aber ein paar Pfund zulegen, wenn jetzt die Zeiten wirklich besser werden, möcht' ich eigentlich schon.«

Wütend machte den Kommerzienrat, daß der Sekretär des Barons von Lyssen, jener jüngere, blasiert dreinschauende Herr, der im Restaurant der Trabrennbahn einen dunkelblauen Anzug getragen hatte – und er trug einen solchen eigentlich immer, allenfalls im Hochsommer wich er gelegentlich auf ein gedecktes Mittelblau aus –, daß also der Sekretär Stülp, der von Anfang an Ferdls Verhandlungspartner gewesen war, sich beim Vorbereiten der Gründungsveranstaltungen unerhört wichtigmachte. Der Dr. Pfahlhäuser kam aus dem Lamentieren gar nicht heraus. »Wir haben überhaupt keine Blumen wollen, keine überflüssige Dekoration, ganz nach Ihrer Devise, Herr Kommerzienrat, daß so eine Gründungsversammlung eine nüchterne und sachliche Angelegenheit ist. Aber von wegen! ›Der Baron wünscht Feierlichkeit! Es muß ein Blumenarrangement aufgebaut werden!‹ Und punktum. Nun gut, wir geben ein wenig nach. Ein paar Nelken, wenn es sein muß, eine Vase voll Gladiolen dazu. Aber nein! ›Die Lieblingsblumen des Barons sind Lilien!‹ Lilien! Ich bitt' Sie, Herr Kommerzienrat! Ein penetranter Geruch, daß man Kopfweh davon bekommt! Wir haben es uns verbeten, ganz entschieden sogar. Und was find' ich heut früh, wie ich das Rednerpult inspizier'? Lilien, Herr Kommerzienrat! Jetzt frag' ich Sie aber schon wirklich: Ist das *unsere* Brauerei oder die von dem Herrn Stülp?!«

»Die von Baron Lyssen! Wenn nicht heut, dann morgen, ich hab's gleich vorausgesagt!« Der Kommerzienrat stocherte geradezu mit Genuß in der Wunde herum, als schmerze sie ihn noch immer nicht genug.

Ein ungutes Hin-und-her-Gezerre gab es auch in der Wohnung der Familie Oberlein.

»Ich bitt' dich, Wolferl, ein Gala-Souper mit anschließendem Ball, da können wir doch nicht einfach wegbleiben!«

»Ich hab' es deinem Vater früh genug gesagt, daß wir an diesem Abend verhindert sind.«

»Also, deine Mutter könnt' ihren Sechzigsten, weiß Gott, auch einen Tag im voraus oder im nachhinein feiern!« ärgerte sich die Theres.

»So einen Geburtstag feiert man dann, wenn er kalendarisch auftrifft«, beharrte der Studienprofessor stur.

»Aber so eine Gründungsfeier, wo man hundert Leut' unter einen Hut bringen muß, kann man doch nicht nach die Sonderwünsch' von alle möglichen Leut' terminiern!«

Oberlein schürzte beleidigt die Lippen. »Ich weiß schon, daß meine Mutter bei dir unter der Rubrik ›alle möglichen Leute‹ rangiert . . .« Therese kannte ihn gut genug, um zu wissen, daß jetzt bei ihm nichts mehr zu erreichen war. Schon partout nicht.

Baron von Lyssen breitete mit einer gezierten Geste beide Arme aus. »Da ist der große Tag also glücklich angebrochen, mein lieber Kommerzienrat!« Eine ölige Freundlichkeit troff von ihm ab, die Anton Wiesinger körperlich zuwider war. Außerdem weckte sie Mißtrauen in ihm. Es war Dienstagnachmittag, und man befand sich im Raum neben dem kleinen Festsaal der Brauerei, in dem sich die Aktionäre, die leitenden Angestellten des Betriebs und ein paar Honoratioren aus der einheimischen Industrie versammelt hatten.

»Wie laufen die Tagungspunkte im einzelnen ab?« ging Ferdl den Dr. Pfahlhäuser um Auskunft an.

»Feststellung und Aushändigung des gerichtlich beurkundeten Gesellschaftsvertrags nach § 182 Handelsgesetzbuch. Austausch der Interimsscheine gegen Aktienurkunden −«

Es schien, als könne der Baron es nur schwer ertragen, wenn wer anderer als er selber sprach. »Und so weiter und so fort«, unterbrach er den Doktor ungeduldig, um sich seinem Sekretär Stülp zuzuwenden, dessen blauer Anzug heute so

feierlich dunkel gewählt war, daß er beinah schon schwarz aussah. »Sie haben das alles ja im Kopf, nicht wahr.«
Stülp verneigte sich leicht. »Selbstverständlich, Baron.«
»Gut. Ich werde gleich zu Anfang eine kurze Ansprache halten. Dann, lieber Kommerzienrat, werden Sie zum Vorsitzenden des Aufsichtsrates gewählt und sprechen anschließend mit zweifellos wohlgesetzten Worten Ihren Dank gegen die Anwesenden aus.«

Anton Wiesinger spürte, wie sich der Widerstand in seinem Inneren geradezu schmerzhaft verfestigte. »Pardon«, wendete er bockbeinig ein. »Eine Wahl ist eine Wahl, und wenn ich auch mit Ihnen hoffe, daß sie zu meinen Gunsten ausgehen wird, so kann man das Ergebnis dennoch nicht als eine Selbstverständlichkeit vorwegnehmen, Baron.«

Lyssen lächelte nachsichtig. »Tun Sie es ruhig. Es ist nichts dem Zufall überlassen, glauben Sie es mir.« Er zog seine schwere goldene Uhr. »Pünktlichkeit über alles, meine Herren. Fangen wir an.«

Stülp riß die Tür zum Saal auf. Ein betäubender Blumenduft drang von dort herein. Anton Wiesinger, als der Hausherr, ging auf den Durchlaß zu, um ihn als erster zu durchschreiten. Aber — weiß der Teufel wie und wieso, der Baron war eben noch zwei Schritte weiter von der Türe entfernt gestanden als er! — Hugo von Lyssen schritt als erster in den Applaus der Aktionäre und die Wolke von Liliendunst.

Der Abend im Regina — genauer gesagt, die Nacht — lief, nach dem Urteil Anton Wiesingers, genau so ab wie die nachmittägliche Sitzung: perfekt organisiert und aufs äußerste widerwärtig. Das Essen allerdings war vorzüglich, und der Kommerzienrat, für dergleichen Genüsse noch immer aufgeschlossen, ermäßigte für eine Weile seinen Grimm gegen den Baron. Hernach freilich kehrte er ihm nur um so heftiger zurück. Nach beendetem Mahl bat man nämlich in den Nebensaal zum Tanz, und dort floß der Alkohol in

Strömen, so daß schon zwei Stunden später die Gesellschaft das Bild einer erschreckenden Auflösung bot.

»Ganz wie diese außer Rand und Band gekommene Zeit halt überhaupt«, philosophierte der indignierte Kommerzienrat. Jede Form war dahin. Etliche Herren hatten bequemlichkeitshalber ihre Jacketts abgelegt und sich sogar ihrer Binder entledigt. In den Ecken drückten sich knutschende Paare herum, und einige davon waren sogar gleichen Geschlechts. Irgendein allein und selbstvergessen vor sich hin tanzendes Frauenzimmer entledigte sich nach und nach ihrer Kleidungsstücke. Niemand fand es der Mühe wert, sie daran zu hindern, und wenn hier und da hinter vorgehaltener Hand wer grinste, so waren es ältere Herren, die jüngeren kümmerten sich überhaupt nicht um die entblößte Weibsperson, ganz so, als wäre ihr Anblick das alltäglichste von der Welt − man lebte in den Roaring Twenties und war an alles mögliche gewöhnt.

Nun ja, was war auch Besseres zu erwarten gewesen von einer Veranstaltung, deren Gastgeber Baron von Lyssen hieß − denn wie sich beinah von selber versteht, hatte er Anton Wiesinger alles gründlich aus der Hand genommen − und gegen deren Ende der neue Hausherr stockbesoffen, umlagert von einem Flor höchst verdächtiger Damen, auf einem Diwan mehr lag als saß, wobei seine Rechte langsam und gedankenverloren die Wade einer überschlanken Dunkelhaarigen entlangfuhr, während seine Linke den feisten Schenkel einer üppigen, wasserstoffgebleichten Blondine betätschelte. Möglichst vieles gleichzeitig zu tun war, wir wissen es, ein napoleonisches Prinzip bei ihm. »Mein Millionärsferkelchen . . .«, hauchte die Fette mit geschlossenen Augen und mit spürbar erweckter Sinnlichkeit. »Mill . . . Milli*ard*är«, korrigierte der besoffene Industriemagnat. »Ich bin Milliar . . . Milliardär. Und dennoch leide ich, leide ich wie ein Tier. An Einsamkeit. Wer ganz hoch oben steht, steht einsam, Madame. Man kann nicht reich *und* glücklich

sein, man darf, man *darf* es nicht einmal! Es wäre unanstän-
dig, es stieße die göttli . . . hupp . . . die göttliche Weltord-
nung um. Ja . . . Und vor die Wahl gestellt, verzichte ich
eben lieber aufs Glück und leide . . . Aber dafür rasend,
rasend wie ein Tier!« – »O ja! Sei ein wildes, rasendes Tier!«
hauchte die dicke Blondine und versuchte vergebens, ihre
ebenmäßigen, sichtlich falschen Zähne in die haarlose Kopfhaut des Industriellen zu schlagen; aber die saß für so etwas
zu straff auf dem Schädeldach.

»*So* außer Fasson geraten sind die Feste zu meiner Zeit
nicht«, entrüstete sich der Kommerzienrat.

»Auweh. Daß du schon ins prüde Alter kommst, hätt' ich
nicht gedacht.« Der Ferdl lachte ihn aus. Sein Vater schwieg.
Wie wenn es da ums Prüdsein ginge. Zu seiner Zeit, wenn
man einen Fußknöchel unterm Rocksaum hatte hervorspit-
zen sehen, war's was Elektrisierendes gewesen. »Wenig Takt
und noch weniger G'schmack. Ganz wie diese neue Zeit
überhaupt, ich hab's heut schon ein paarmal g'sagt.«

Nun hatte der Abend freilich nicht *nur* unangenehme
Momente für ihn gehabt. Im nachhinein kam es dem Bräuer
sogar vor, als wäre selbst die Aufwartung, die der Alfred ihm
am Tisch gemacht hatte, gar nicht so sekkant gewesen, wie
ihm das zuerst erschienen war. Der Moment hatte doch
etwas Familiäres und Anheimelndes gehabt, mochte der
Kommerzienrat sich dabei noch so ungnädig gegeben haben.

Alfred hatte jene kapriziöse Brünette mit auf das Fest
gebracht, die ihm im vergangenen Fasching vom Ferdl
aufgehängt worden war. Sie hieß Regina Hochstöckl, war
sechsunddreißig Jahre alt, erste Direktrice im Kaufhaus
Uhlfelder gleich hinter dem Viktualienmarkt und nicht nur
hübsch, sondern auch wirklich so blitzgescheit, wie der Ferdl
es damals behauptet hatte. Der Dr. Alfred Wiesinger hatte
sich stehenden Fußes in sie verliebt.

Heute, während des Tanzens, fiel ihr Blick zufällig auf
den Bräuer. »Ist das dein Onkel?« erkundigte sie sich. Anton

Wiesinger, der allein an seinem Tisch saß, zündete sich grad eine neue Zigarre an, die vierte, wenn's nicht gar schon die fünfte an diesem Abend war. Ferdl hatte ihm seine Frau auf das Tanzparkett entführt.

»Das ist er, ja. Ich werd' euch bekannt machen, da kommst jetzt nicht mehr drum herum.« Er hörte zu tanzen auf und schleppte die leicht Widerstrebende an den Tisch des Kommerzienrats, wo er dem Herrn Onkel kurz und bündig eröffnete, daß dies »das Fräu'n Regina« wäre, »und die heirat' ich demnächst.«

»Heiraten? Du?« Der Kommerzienrat hätte sich beinah am Rauch seiner Zigarre verschluckt.

»No ja, ich hab' grad noch 's Alter für so etwas.«

Anton Wiesinger sah seinen Neffen mißgelaunt an.

»Wenn man bis zu deinem Alter glücklich davongekommen ist, dann könnt' man's auch g'scheiterweis' ganz bleiben lassen«, raunzte er.

Alfred lachte gutmütig. »Erschreck' doch das arme Mädel nicht. — Du mußt dir nix draus machen«, wendete er sich Regina zu, die allerdings überhaupt nicht erschreckt, sondern eher amüsiert dreinsah, Alfred hatte ihr schon genug von der sprichwörtlich rauhen Schale seines kommerzienrätlichen Onkels erzählt. »Aber sie umschließt einen zarten Kern«, hatte er stets lächelnd angefügt.

»Du muß selber wissen, was du tust«, brummte Anton Wiesinger ungnädig, streckte dann aber doch seine Hand über den Tisch, um damit die Reginas zu tätscheln. »Wenn solche frommen Wünsch' nach all meiner Lebenserfahrung auch ganz unnütz sind — ich wünsch' euch trotzdem alles Gute«, sagte er.

Währenddem drückte Ferdl sich beim Tanzen wieder einmal fest an Lisette. Sie wehrte ihn ab. »Ich bitte dich, Ferdl. Er kann uns sehen.«

»Weißt was? Manchmal denk' ich: Soll er's doch seh'n!« Zumindest das ewige Versteckspiel fiele dann endlich fort, die heimlichen Händedrücke, das verschwiegene Gegeneinanderpressen der Füße unterm Tisch, das schreckhafte Auseinanderfahren, wenn der Kommerzienrat oder sonst wer zur Unzeit ins Zimmer kam.

»Du weißt nicht, was du sagst, Ferdl.«

»Warum? Das andere kann doch auch ein jeder sehn. Wie er dich vernachlässigt und – und überhaupt. Hat er die geringsten Anstalten g'macht, daß er mit dir tanzen will, ein einzig'smal wenigstens, höflichkeitshalber? Schau ihn dir doch an, wie z'wider daß er schaut. Und das nicht bloß heut'.« Er kam, seit er aus Amerika zurückgekommen war, mit seinem Vater gut aus, er mochte ihn jetzt viel ehrlicher als je zuvor, aber ein schlechtes Gewissen gegen den ›Patriarchen‹ zu haben, das gelang ihm einfach nicht. Wozu auch? Er nahm ihm nichts weg, was der alte Herr nicht schon lange von sich aus und ganz ohne das Dazutun vom Ferdl verschmäht und achtlos weggestellt hatte.

»Aber *ich* habe ein schlechtes Gewissen, Ferdl und darauf nimm ein wenig Rücksicht, wenn's geht. *Je t'en prie.*«

Hätte Lisette gewußt, was zur selben Zeit – oder vielleicht auch erst ein bißchen später – am Tisch des Kommerzienrats vor sich ging, würde sich ihre Gewissensnot womöglich etwas ermäßigt haben. Dem Bräuer war nämlich schon am Nachmittag während der kurzen Ansprache, die er nach seiner Wahl zum Aufsichtsratsvorsitzenden gehalten hatte, eine nicht mehr ganz junge, aber unerhört attraktive Dame aufgefallen, die unterm Publikum saß, und zwar in den hinteren, für die Kleinaktionäre reservierten Reihen. Auch beim Souper hatte sein Blick sie einmal kurz gestreift. Da sie völlig anders als am Nachmittag, nämlich atemberaubend festlich und elegant gekleidet war, hätte er sie beinahe nicht wiedererkannt, was freilich auch daran gelegen hatte, daß sie sehr weit von ihm entfernt, beinah am anderen Ende der Tafel plaziert worden war. Jetzt endlich bemerkte er sie zum drittenmal, als er sich zufällig auf seinem Stuhl umwendete, um nach dem Kellner zu sehen. Sie stand vielleicht fünf oder sechs Schritte von ihm entfernt, plauderte mit dem Baron von Lyssen, der zu dieser Zeit noch einen leidlich nüchternen Eindruck machte, und schien den interessierten Blick irgendwie zu spüren, den Anton Wiesinger auf ihr ruhen ließ. Sie lächelte jedenfalls zu ihm herüber und nickte ihm sogar grüßend zu. Anders als bei den vorigen beiden Begegnungen hatte der Bräuer jetzt das zwingende Gefühl, er kenne die Dame von irgendwoher. Aber so sehr er sich auch den Kopf zermarterte, er kam nicht drauf, wer sie war. Die Dame verabschiedete sich vom Baron, der ihr einen − Anton Wiesinger, jederzeit zur Eifersucht aufgelegt, fand: allzu langen, schier unappetitlich aufdringlichen − Handkuß gab. Wieder lächelte die Dame zum Kommerzienrat herüber und trat dann an seinen Tisch. Der Bräuer erhob sich galant. »Der Herr Kommerzienrat!« hörte er sie sagen. »Das ist eine Überraschung, was?« Ihre Stimme kam ihm noch bekannter vor als ihr Äußeres. Er hatte es jetzt beinah auf der Zunge, wer sie war. Aber richtig fiel es ihm noch immer nicht ein. »Na, für *mich* ist es natürlich keine Überraschung«, fuhr die Dame gutgelaunt fort, und es tauchte irgendeine vage Assoziation von Regengüssen und naßgewordenen Kleidern im Gedächtnis Anton Wiesingers auf. »Weil, ich *weiß* natürlich, in welcher Firma ich heut Aktionärin geworden bin. Eine kleine zwar, aber immerhin.«

Aktionärin, eine kleine zwar . . . Das Wort Prokuristin fiel ihm ein. Mein Gott, ja, Prokuristin bei Kahlemann & Co., Fabrikation feiner Trikotagen, das Müllersche Volksbad, sein Schulfreund Joachim Gruson und ein peinigender Abend in einem Séparée des Hotels Bayerischer Hof! »Mein Gott − *Sie* sind's??« rief er überrascht und von reichlich gemischten Empfindungen hin und her gerissen.

»Ich hab' Ihnen zwar seinerzeit versprochen, daß ich Ihnen nie übern Weg laufen will, aber so eine Konstellation

260

hat man ja nun wirklich nicht voraussehn können«, lächelte
sie.

»Eine äußerst charmante Konstellation.« Jetzt war er es,
der ihr einen Handkuß gab, einen, der mindestens so lang
war wie der des Barons, aber von Aufdringlichkeit konnte bei
ihm natürlich in keinem Fall die Rede sein. »Nehmen S'
doch Platz«, forderte er sie auf.

»Im Ernst?«

»Aber ja!« Er rückte ihr den Stuhl zurecht. »Meine Frau
ist beim Tanzen. Meine zweite Frau.«

»Ich hab' seinerzeit davon g'hört, ja. Von dem Unfall
Ihrer ersten. Mein Gott . . . Irgendwie ist das alles so lang
her, daß es schon gar nicht mehr wahr ist.«

»Wenn Sie das so empfinden, werden S' hoffentlich
nachsichtig mit mir sein. Ich weiß Ihren Namen nimmer-
mehr«, gestand er nicht ohne Beschämung.

»Josefine Berghammer. Immer noch.«

Josefine Berghammer, aber natürlich doch! »Und Sie
haben also wirklich nicht geheiratet?« erkundigte er sich,
weil ihm plötzlich ganz deutlich einfiel, daß sie damals
gesagt hatte: »Heiraten? Dank schön, zum Hauspudlmachen
bin ich mir z' schad.«

»Nein, dazu hab' ich keine Zeit g'habt. Und auch keine
Lust. Ich hab's inzwischen zu einer eigenen kleinen Fabrik
gebracht. Damenkonfektion.«

»Gratuliere. Und der Baron von Lyssen ist womöglich bei
Ihnen gradso beteiligt wie bei mir?«

»Nicht ganz so hoch«, lächelte Josefine Berghammer,
»aber er ist.«

Anton Wiesinger wurde ganz aufgeräumt. »Also − das ist
jetzt das erste, was mir an dem Kerl sympathisch ist!« rief er
aus und winkte dem Kellner, der sich endlich doch einmal
sehen ließ. »Sie werden sich nicht weigern, ein Glas mit mir
zu trinken, oder? Na also! Noch eine Flasche Champagner.
Aber richtig kalt bitte, der vorige war ein biss'l z' warm.«

261

Als Lisette und Ferdl eine halbe Stunde später an den Familientisch zurückkehrten, fanden sie ihn verwaist. Nur ein paillettenglitzerndes Bolero hing über der Lehne des Stuhls.

»Ist das von dir?« verwunderte sich Ferdl, denn es paßte nicht im mindestens zur Abendrobe Lisettes. Und dann sahen sie den alten Herrn, wie er plaudernd und schäkernd mit einer unerhört attraktiven Dame in paillettenbesetztem Kleid tanzte, der man nicht im entferntesten ansah, daß sie demnächst fünfzig würde. Der Kommerzienrat machte beim Tanzen eine fabelhafte Figur. Er war ein Charmeur. Immer noch.

»Und zu dir hat er g'sagt, daß er nicht tanzen mag! Na, wenigstens darf ich jetzt endlich einmal deine Hand ganz ungeniert in die meinige nehmen. Um uns zu beobachten, hat er jetzt wirklich keine Zeit.«

Lisette sah zu ihrem Mann hinüber. Die Eifersucht nagte mit einem kleinen, aber spitzen Schmerz an ihr.

So angenehme Stunden der ominöse Gründungstag also für den Kommerzienrat trotz allem gehabt haben mochte, Anton Wiesinger grub sich in der Folge immer tiefer in seinen freudlosen Mißmut hinein. Wie weit — und ob überhaupt — die kränkelnde Fatalität Einfluß auf seine Stimmung hatte, daß seine Frau ihn betrog, und auch noch ausgerechnet mit seinem eigenen Sohn, darüber durfte man rätseln, denn es blieb eigentlich ungewiß, ob ihm von der Affaire etwas bekannt geworden war. Der Bräuer galt zwar als ein kluger und nicht leicht zu täuschender Mann, aber es mochte ja immerhin sein, und zumal in einem solch heiklen Fall, daß er sich für diesmal selber täuschte, gewissermaßen mit halber Absichtlichkeit. Jedenfalls, *wenn* er irgend etwas von dem Geheimnis wußte, so verbarg er seine Kenntnis geflissentlich und mit Erfolg. Selbst die wenigen Male, wo er beim Eintritt ins Zimmer Lisette und Ferdl in einer einigermaßen verfänglichen Haltung angetroffen hatte, war er dem Anschein nach völlig unbefangen geblieben. Es mochte wohl wirklich vor allem der Untergang der Wiesinger-Brauerei als einem angestammten Familienunternehmen sein, der dem Bräuer die Stimmung verschattete. Zumal der leidige Umstand peinigte ihn, daß der Baron von Lyssen seinen Sekretär Stülp in einem der ebenerdigen Büroräume an der Herbststraße einquartiert hatte – (»Ich habe vor, mich noch intensiver mit der süddeutschen Brauindustrie zu liieren, da bedarf es eines kundigen Agenten vor Ort.«) –, einen flinkäugigen Spion, der brühwarm jede Kleinigkeit an den norddeutschen Kahlkopf weiterleiten und sich, als ein mit allen Salben geschmierter Ohrenbläser, auch gut darauf verstehen würde, Einfluß auf alle möglichen Betriebsinterna und auf die Firmenpolitik zu nehmen, sei es hintenherum oder am Ende sogar ganz offen und ungeniert.

Damals begann Anton Wiesinger rückwärtsgewandten Trostphantasien nachzuhängen, gefühlvollen Versenkungen in eine untergegangene, zweifellos karge, ja sogar harte, aber dennoch anheimelnd beständige, altväterlich gediegene ›gute alte Zeit‹. Auf eine Art war es, als emigriere er neuerlich nach Wössen, wenn es diesmal auch nur in Gedanken geschah. In seinem Nachlaß fand sich später ein anrührendes Dokument dieser Flucht ins Vergangene, ein schwarzleinenes, rot liniertes Oktavheft, in das der Kommerzienrat mit seiner steilen, spitzig energischen Frakturschrift auf vierundneunzig Seiten die Geschichte seiner Familie und der Brauerei aufnotiert hat. Sieht man sich die Blätter an, so fällt auf, wie sicher, mit nur wenigen Verbesserungen, gleichsam in einem einzigen Zug der Text von ihm zu Papier gebracht worden ist, obwohl er, wie zahlreich eingestreute Originalzitate aus Briefschaften und Amtsurkunden beweisen, für die Niederschrift umfangreiche Studien und Forschungen angestellt haben muß. Es würde zu weit führen, die handschriftliche Broschüre hier in extenso wiederzugeben, aber immerhin seien einige wenige Bruchstücke daraus zitiert.

GESCHICHTE DER BRÄUERFAMILIE WIESINGER
Verfaßt vom Sohn des Firmengründers

Mein Großvater, Johann Baptist Wiesinger, kam 1801 in Wössen zur Welt. Er besuchte die dreiklassige Dorfschule zu Marquartstein, was im Dorf nicht das übliche war, weil die auf dem Papier auch seinerzeit schon bestehende Schulpflicht von den meisten Bauern umgangen wurde. Dorthin zu gelangen, war sechsmal die Woche ein Fußmarsch von einer Stunde und 20 Minuten nötig, sommers wie winters, und ebenso lange wieder zurück. Das kleine Anwesen der Wiesingers, gelegentlich auch Wißinger und sogar Wislinger geschrieben, hatte Mühe, die sieben männlichen und fünf weiblichen Nachkommen zu ernähren, obzwar von den zwölfen nur sieben über ihre frühe Kindheit hinaus ins Erwachsenenalter gelangten.

. . .

Besonders lebendig hat sich in der mündlich überlieferten Familienerinnerung die Not- und Hungerszeit der Jahre 1816 und 17 erhalten. Wegen unaufhörlichen Regens und einer ungewöhnlichen Sommerkälte hatte die Ernte sich um zwei Monate verspätet, wodurch die Früchte teils auswuchsen, teils naß in die Scheune kamen, weshalb meist leeres Korn gedroschen wurde. Der Ertrag ging gegen normale Jahre um mehr als zwei Dritteile zurück. Man buk auf dem Wiesingerhof sein Tägliches damals aus Queckenwurzel — ja sogar aus Holzmehl. Im Frühjahr konnten der Bauer und seine

›Ehalten‹, so wurde zu damaliger Zeit ganz allgemein und werden auf dem abgelegenen Land auch heute noch die Bediensteten genannt, kaum die Hälfte dessen leisten, was vordem an der Ordnung gewesen war. Manch einer kehrte frühzeitig zu Grab. Hierunter auch mein Urgroßvater Ägidius Franz Wiesinger.

. . .

Johann Baptist Wiesinger, mein Großvater, wanderte anno 1823 im Alter von 22 Jahren nach der Haupt- und Residenzstadt München. Er traf dort, seinen Aufzeichnungen nach, am 12. Januar ein, also zwei Tage vor dem schrecklichen Nationaltheaterbrand, welchen zu löschen die Münchner Bräuer fleißig mitgeholfen haben, indem sie das in ihren Kesseln am Sieden befindliche Bier in die Flammen schütteten. Mein Großvater hat dies alles miterlebt und es später seinen Söhnen oft und gern in angsterregenden Farben geschildert. Er verdingte sich, nachdem er einige vergebliche Versuche unternommen hatte, ein bleibendes Unterkommen in anderen Tätigkeiten, wie zum Beispiel im Baugewerbe, zu finden, beim Oberkandler-Bräu in der Neuhauser Gasse 6 als ein ungelernter, aber den überlieferten Zeugnissen seines Dienstherren zufolge anstelliger Biersiedergehilfe. Er hat somit am selben Platze gearbeitet, an welchem runde 35 Jahre zuvor der ebenfalls vom Land hereinkommende Pschorr-Sepp, der Begründer der Pschorrbräu-Dynastie, seine Lehrzeit hinter sich gebracht hat.

. . .

Einer der Gründe, weshalb der junge Johann Baptist seine Heimat verließ, war der Umstand, daß er in der Reihe der drei Wiesinger-Buben an vorletzter Stelle stand. Als nachgeborener Bauernsohn, welcher nicht

Hoferbe war, hatte er sich als Knecht verdingen müssen. Seine wirtschaftliche Lage verwehrte ihm, wie allen anderen Landarbeitern auch, das Heiraten und die Gründung einer eigenen Familie (und übrigens ging es den erbenden Bauernsöhnen in dieser Hinsicht nicht besser, jedenfalls nicht in den oft allzu langen Wartejahren vor der Hofübergabe). In einem erhaltengebliebenen Brief aus späteren Jahren schreibt Johann Baptist — ich kopiere buchstabengetreu —: »Und wenn der Paur niet Heirathen derf wan er wil, so zeugt er Kinder ohne den segen des Priesters, wovon es in Wössen wie anderwerds warhafftig Beispiele genugsam hatt. Und auch ich häte dieses vielleicht thun mögen, nähmlich meinem Drange nach, habe solches aber niet tun können, meiner gewißenhaftigkeit nach.« Er hatte sich in eine mittellose Magd verliebt, Stalldirn auf dem elterlichen Hof, und in dem zitierten Brief freilich die Wahrheit ein wenig geschönt. Es wird nämlich im Kirchenbuch der hiesigen Pfarrei St. Peter die Hochzeit zwischen ihm und der ehrengeachteten Jungfer Kreszentia Pang, beide aus Wössen gebürtig, am 14. Juli 1823 registriert, und bereits am 11. Januar 1824, also nur sechs Monate danach, die Taufe des zwei Tage zuvor geborenen ersten Kindes, einer Anna Josefa Wiesinger, welche jedoch schon vier Wochen nach stattgehabter Taufe wieder in Gott verschied, und zwar an Dystrophie, einer Ernährungsstörung, die sich bei den unteren Ständen damals häufig fand.

. . .

Johann Baptist Wiesinger verstarb am 3. August 1838 am hitzigen Fieber. Er wurde nur 37 Jahre alt. Mit seiner Frau Kreszentia hatte er neun Kinder, von denen immerhin drei Mädel und drei Knaben ins Erwachsenenalter gelangten. Die letzteren waren: Vitus Aloys Wiesinger, der Letztgeborene, welcher von allen das längste Leben hatte und erst im vorigen Herbst mit 87 Jahren verschieden und in Wössen unter meiner trauernden Anteilnahme zur letzten Ruhe gebettet worden ist. Sodann der mittlere Sohn, Michael Adam Wiesinger, welcher als gewesener Handelsvertreter für Gärtnereisachen 1877 völlig verarmt zu München starb und der Großvater meines Neffen, des Rechtsanwalts, Landtagsabgeordneten und derzeitigen Brauereisyndikus Dr. Alfred Wiesinger gewesen ist. Sowie schließlich mein geliebter Vater, Franz Josef Wiesinger, erstgeborener Sohn und zweites Kind, zur Welt gekommen am 17. Dezember 1824, allzu früh dahingeschieden am 9. Oktober 1878. Er war zur Zeit seines Hintritts seit neun Jahren Witwer, seit 24 Jahren Inhaber einer ordentlich erworbenen Braugerechtsame sowie seit 16 Jahren Begründer, Inhaber und alleiniger Betreiber des Wiesinger-Bräus.

. . .

Franz Josef Wiesinger, mein geliebter Vater, trat im Jahre 1839 als Lerner, wie es seinerzeit hieß, in den Dienst Gabriel Sedlmayrs des Älteren, Inhaber der Brauerei ›Zum Oberspaten‹, und erlernte in einer langen Folge 13-stündiger Arbeitstage das Gewerbe des Biersiedens vom Grunde auf. Er ging sodann, nach regulärer Gesellenzeit, im Jahr 1848 als wohlbestallter Bräumeister zu dem Grafen Törring, dessen Schloßbrauerei zu Seefeld am Pilsensee in vorzüglichem Rufe stand. Die Frage für meinen Vater lautete, ob er sein Leben lang als bezahlter Meister sich verdingen sollte oder ob er vielmehr danach trachten wolle, sich selber zu einem Bräu aufzuschwingen. Die aussichtsvollste Möglichkeit hierzu war es für einen unvermögenden Mann, auch nach Aufhebung des alten Zunftzwanges, noch immer, die erbende Tochter oder aber die Wittib eines Bierbräuers zu ehelichen, weil man auf diese Weise am ehesten und jedenfalls preiswertesten zur Übernahme einer Braugerechtsame kam.

. . .

Meine vielgeliebte Mutter war Katharina Josefa Wiesinger, geborene Raith, Gastwirtstochter aus Egern, jedoch seit früher Jugend in München seßhaft, zuletzt als verwitwete Zacherl. Ihr verstorbener Ehemann, August Ernst Zacherl, war Inhaber eines Nebenbetriebs gewesen, welcher im Besitz der miteinander verschwägerten Bräuerfamilien Zacherl und Schmederer gewesen war, nämlich der in der Neuhauser Gasse gelegenen, stark heruntergekommenen Hallerbrauerei. Diese übernahm mein Vater im Jahr 1853, mit dem Tage seiner Hochzeit. Dem Taufregister nach war meine liebe Mutter um fast 11 Jahre älter als mein geliebter Papa, und ich habe sie denn auch von kleinauf als eine überaus gesetzte, zumeist etwas kränkelnde, aber dennoch über die Maßen liebenswerte Frau in der Erinnerung. Das Lebensalter meiner guten Mutter mag dazu beigetragen haben, daß ich das einzige Kind aus der Ehe meiner Eltern blieb. Mögen meinen guten Papa auch gewisse merkantile Erwägungen bei der Wahl seiner Lebensgefährtin mitbestimmt haben, so bin ich doch überzeugt, daß er meiner liebsten Mama über alles zugetan gewesen ist.

. . .

Es wollte meinem lieben Papa trotz emsigsten Fleißes nicht gelingen, die herabgewirtschaftete Hallerbrauerei wieder in die Höhe zu bringen. Er entledigte sich des Anwesens schließlich im Jahr 1861 durch Verkauf und

gründete im Jahre danach, in dem Jahre also, in welchem König Otto von Griechenland abgedankt hat und nach Bayern zurückgekehrt ist, auf dem damals noch recht einsam vor der Stadt gelegenen Grundstück an der späteren Herbststraße den Wiesinger-Bräu. Es war hierzu die Übernahme beträchtlicher Schulden vonnöten und das ganze Unternehmen ein Abenteuer, dessen Ausgang höchst ungewiß schien. Die Zeit war für die Bierbräuer schon lange keine gute mehr. 1844 und dann noch einmal 1848 hatte es wegen des Bierpreises regelrechte Volksaufstände gegeben, wobei man bei Gelegenheit der heute noch berühmten ›Schlacht um den Maderbräu‹ sogar 22 Schwerverletzte zu beklagen hatte. Mein seliger Vater hat als junger Mensch die gewaltsamen Übergriffe des Pöbels, mit Scheibeneinwerfen und Mobilar-aus-dem-Fenster-stürzen selbst miterlebt und mir zuweilen anschaulich davon erzählt. Im Lauf der 50er Jahre dann hatten mehr als 25 der Münchener Braustätten schmählich falliert. Der Konkurrenzkampf war ein mörderischer, und die Bräuschenk wurden, was die Wirte freilich gerne und auch heutigentags werden, geradezu unverschämt. Nicht wenigen mußte man 2000 Gulden und mehr zustecken, ohne sich getrauen zu dürfen, auch nur einen Pfennig Zins dafür zu nehmen, die sauberen Herren hätten sich sonst ohne Bedenken bei einem anderen Bräu engagiert. Kurzum, es wäre die Neugründung einer Brauerei gerade zu jener Zeit ein Spiel vabanque gewesen, hätte mein lieber Papa nicht seine eigenen und besonderen Vorstellungen von der Materie und von der Art und Weise gehabt, wie sie anzupacken sei. Ich zitiere aus seinem damaligen Tagebuch:
»Es hat kein avenir, der Zunft der ›Grattlerbräus‹ beizu-

269

treten, welche immer noch versuchen, im kleinsten Rahmen und auf altväterliche Weise Bier zu sieden. Es ist der überall zu beobachtende Ruin hiesiger Bräuer keine Erscheinung des Zufalls und sogar nicht einmal durchweg ungerecht. Denn würden die Kleinbräuer ihre Werkstätten mit mehr Geschäftskenntnis, namentlich rechnungsmäßig, aber auch in den Dingen des Herstellungsverfahrens betreiben, bei welchem man mit der Technik der neuen Zeit gehen muß, so würde keine der scheinbar überall allein übrigbleibenden Bierfabriken mit ihnen konkurrieren können. 1.: weil der Kleinbräuer sein Geschäft selbst betreibt, es sicherer überwachen und deshalb bei gleicher Intelligenz ein sogar besseres Bier als der Großbrauer an die Kundschaft bringen kann. 2.: . . .«

Genug der Reminiszenzen. Unschwer zu erraten, mit welch grimmiger Genugtuung Zitate wie das zuletzt angeführte aus der Feder des Kommerzienrats geflossen sind, der eben erst gegen seinen Willen zum Aufsichtsratsvorsitzenden einer bierfabrizierenden Aktiengesellschaft geworden war.

Auch im Haus gab es zur Zeit der AG-Gründung einige Veränderungen. Eine davon war, daß Klara ihrer Herrschaft kündigte. Nicht im Unguten, sondern friedlich und von langer Hand. Von sehr langer eigentlich, denn schon bei ihrem Einstand hatte sie ja verkündet, daß sie Ambition »auf eine kleine Gastwirtschaft« habe, »auf ein Bräustüberl oder so etwas, jedenfalls auf was Eigenes.« Sie war gelernte Hotelköchin, und auch ihr Mann war gelernter Koch, da lagen solche Ambitionen auf der Hand. Wenn in den fünf Jahren seit der glücklichen Heimkunft Lothar Obermeiers aus dem Krieg sich in der Sache nichts getan hatte, so trugen einzig die tristen Zeitumstände schuld daran. Lothar hatte sich vor ihnen bei der Wach- und Schließgesellschaft auf einem minderbezahlten Posten als Wachmann unterstellen müssen. Er lebte in einem kleinen Zimmer zur Untermiete, und Klara besuchte ihn dort jede Woche einmal. Dem erotischen Temperament der beiden, welches ein behäbiges war, genügten diese Visiten vollauf. Im Gegenteil, hätte jemand Klara fragen mögen, sie würde gesagt haben: »Oiwei' no' z'vui, oiwei' no' z'vui.«

Klara hatte von Anfang an den Eindruck der Geschäftstüchtigkeit gemacht und stellte diesen Ruf während der Inflation aufs glücklichste unter Beweis. Obzwar sie nicht zu hindern vermochte, daß ihre und ihres Mannes Ersparnisse den Weg des übrigen Geldes nahmen, gelang es ihr immerhin, durch eine nicht beträchtliche, aber rechtzeitig eingeleitete Spekulation mit Schweizer Franken den Verlust einigermaßen wettzumachen. Der Wirt vom Torbräu, einer renommierten Altmünchner Bierwirtschaft hinter dem Isartor, an der Ecke vom Tal zum Lueg ins Land gelegen, war seit einem halben Jahr verwitwet. Ein arthritisches Knieleiden schränkte ihn in seiner Arbeitsfähigkeit ein, so daß er ans Verkaufen dachte. Die Obermeiers zählten ihre Barschaft, errechneten die Belastung durch einen auf keine Weise zu umgehenden Kredit und griffen zu.

Dies war der Punkt, wo die eine Veränderung in die andere überging: Josef Bräuninger, der gute alte Josef, kam wieder ins Haus! Im neuerlichen Dienst beim Kommerzienrat stand er schon länger, wenn auch nicht in der Villa, sondern als Lagerist in der Brauerei. Der Unfall, der dem gewesenen Dienstmann und späteren Lagerverwalter Xaver Bausch zugestoßen war, hatte nämlich einen überaus traurigen Ausgang genommen. Die Ärzte hatten eine Fraktur zweier Lendenwirbel festgestellt.

»Ich werd' nie mehr richtig gehen können, Lucie«, lamentierte er in seinem Spitalbett, als die Lucie ihn besuchen kam.

»Der gnä' Herr hat versprochen, daß er sich um einen Platz im Heim kümmern will.«

»Ein Platz im Krüppelheim! Da könnts mich gradsogut eingraben!«

Aber Lucie gehörte nicht zu denen, die sich durch so etwas umwerfen lassen. »I-ja, jetzt wart's erst einmal ab und probier's aus«, erwiderte sie ziemlich resch. »Es hat sich schon mancher in was schicken müssen.«

Der Bedauernswerte, dem durchaus klar war, daß er sich das Unglück durch seinen Eigensinn selber zugezogen hatte, sinnierte klagend vor sich hin. »Wenn ich nur die Latten nicht wegg'schlagen hätt!«

»Jetzt is' scho' wie's is'.« Lucie zuckte die Achsel und wickelte die Leberkässemmel aus, die sie ihm mitgebracht hatte.

Josef hatte über den Unfall in der Zeitung gelesen. Seine alte Mutter war vor kurzem gestorben, und er führte das Giesinger Milliladl seither allein. Er war nicht der Mann für so etwas, und es ging mit dem Geschäft ziemlich bergab. So entschloß er sich, mit dem Ferdl zu reden, und dieser gab ihm die verwaiste Stelle des Xaver Bausch.

Als jetzt die Frau Kommerzienrat angesichts der Kündigung Klaras ziemlich unglücklich dreinsah — (»Für meinen Mann wird das ein harter Schlag sein. Er gewöhnt sich so schwer an neue Gesichter.«) —, rückte die Köchin mit einem Vorschlag heraus.

»Eben, gnä' Frau. Und damit er das nicht muß, haben wir grad was miteinander ausdischkuriert, ich und mein Mann und die Lucie und der Herr Bräuniger: In dem Vierteljahr, in dem ich noch da bin, lern' ich der Lucie 's Kochen.«

»Dann brauchen wir zwar keine neue Köchin, aber dafür ein neues Mädchen für das Haus, wo ist denn da der Unterschied?«

»Der Unterschied wär' *ich*«, sagte der Josef. Und so viel war ja auf alle Fälle wahr, daß in der Villa ein kräftiges und geschicktes Mannsbild fehlte.

»Mein Lothar wird jetzt wirklich nicht mehr Zeit haben,

daß er zum Wasserhahndichten herkommt, gnä' Frau, während der Herr Bräuninger leicht einmal einen Staubwedel in die Hand nehmen kann.«

»Würden Sie das tun wollen?« wandte sich Lisette erstaunt an den Lageristen. Natürlich wollte der Josef. Er war immer gern im Haus des Kommerzienrats gewesen.

Als Anton Wiesinger das Séparée im Hotel Bayerischer Hof betrat, in dem er jetzt so lange Jahre nicht mehr gewesen war, kam er sich irgendwie komisch vor. Tagelang hatte er sich eingeredet, daß er am Ende doch nicht hingehen würde. Aber dann war er immer wieder in Zustände einer schier krankhaften Obsession verfallen, in denen er viertelstundenweise außerstande war, an irgend etwas anderes zu denken, sich etwas anderes vorzustellen, etwas anderes zu fühlen – auch sogar körperlich – als immer nur das, was seine aufgewühlte Phantasie ihm eingab: fetzenhaft aus dem Fleisch des bevorstehenden Abenteuers herausgerissene Bilder. Es war ein Martyrium. Eins von der Art freilich, wonach man süchtig ist. Dennoch vermochte er an all dies nicht zu glauben. Seine sinnliche Natur hatte ihm zwar oft genug starke Empfindungen beschert, aber sie waren vordem nie von einer solchen Erregtheit gewesen – so zumindest kam es ihm in der Erinnerung vor, der Knaben- und Jünglingszeit entsann er sich irgendwie nur noch ungenau. Vernünftig bedacht, war es doch aber einfach nicht möglich, daß derlei erotische Rasereien bei einem Mann seines Alters nicht allmählich abstarben, wie sich das, zum Kuckuck auch, anstandshalber einfach gehörte, sondern daß sie sogar kräftiger wurden! Außer allenfalls in der pflichtlos schwebenden, körperlosen, alterslosen, keiner wirklichen Kraft, keiner physischen Stärke bedürftigen Phantasie. Und bei der würde es am Ende denn ja auch unfehlbar bleiben, soviel war für den Kommerzienrat die ganze Zeit über festgestanden. »Ich werde nicht hingehen, ich spiele mit dem Gedanken, aber am Ende gehe ich keinesfalls hin.« Meistens war er ruhig, ja, beinah zufrieden geworden, wenn er sich das lange und überzeugend genug vorgesagt hatte.

Und jetzt war er also dennoch hier. Anders als vor bald zwanzig Jahren kannte ihn der Etagenkellner nicht, so daß er gezwungen war, seinen Namen zu nennen, und dies, weiß der Teufel warum, machte ihn verlegen. Er empfand es — besorgniserregendes Novum! — als eine Peinlichkeit. »Ich hätte auf keinen Fall herkommen dürfen«, dachte er unruhig. »Und wenn nichts sonst ein Fehler war, sich ausgerechnet *hier* zu verabreden, war auf jeden Fall einer, und sogar ein unverzeihlicher.« Gewiß, der Einfall war nicht ihm gekommen, sondern der Dame. Aber das änderte nichts.

»Der Herr Kommerzienrat wünschen zu speisen?« meldete sich der Etagenkellner zu Wort.

»Etwas Leichtes«, bestätigte Anton Wiesinger. »Servieren Sie Kaviar und halbtrockenen Sherry, hernach Gansleber mit Pastetchen, dazu einen Chablis. Dann einen Spargel mit Trüffelberg, den haben S' doch noch auf der Karte? Sehr gut. Und zur Nachspeis' ein Sorbet Plougastel. Ja, und Champagner, versteht sich.« Die Bestellung kam in einem entschiedenen, ja beinahe trotzigen Ton heraus. Es war genau die Speisenfolge, die er vor beinah zwanzig Jahren bestellt hatte. Nicht, daß sie ihm mühelos wieder eingefallen wäre, er hatte eine ganze Nacht lang an die Sache hinstudiert. Wenn's schon unbedingt das gleiche Séparée hat sein müssen, sagte er herausfordernd zu sich selbst, warum soll dann nicht auch sonst alles das gleiche sein?! Möglich, er beharrte auf diesem ungenau schillernden ›auch sonst alles das gleiche‹ in der furchtsamen Hoffnung, vielleicht trotz allem noch ungeschoren aus der Sache herauszukommen, denn dazumal war sein Rendezvous ja ausgegangen wie das Hornberger Schießen. Andererseits, wozu hatte er sich die Mühen und nicht unerheblichen Kosten gemacht — seine abschweifenden Gedanken rechneten überschlägig aus, daß die moderne Zeit mit ihren irrsinnig gestiegenen Preisen für alles, was nicht Konfektion oder Massenartikel war, der Galanterie wesentlich mißgünstiger gesonnen schien als die frühere —, wozu hatte er all dies auf sich genommen, wenn nicht deshalb, weil er geradezu süchtig nach dem verlangte, was ihn zugleich auch schrecklich ängstigte. Und so oft er sich selber fragte, er kam nicht dahinter, *wovor* eigentlich er sich so ängstigte. Mag sein, vor der Peinlichkeit, ein Fiasko zu erleiden (in seinen Jahren!); mag ebensogut sein, akkurat vor dem Gegenteil, vor der nicht von der Hand zu weisenden Möglichkeit nämlich, daß seine Natur ihre Schuldigkeit am Ende immer noch wacker zu tun imstande war. Ein Liebhaber seines Alters aber kam ihm nun doch selbst irgendwie unstatthaft vor, im Grunde sogar lächerlich.

Hinzu kam, daß der Verdacht in seinem Kopf umging, es möchte das wichtigste Agens für sein Umgetriebensein gar nicht die noch immer ungebrochene Lebenslust und Sinnlichkeit, sondern nur die schnöde Rachsucht sein. Die Retourkutsche eines gehörnten Ehemanns. Wer kannte sich schon in sich selber aus! In jüngeren Jahren war er gelegentlich der Illusion nachgehängt, er wisse über sich Bescheid, aber je älter er wurde, um so ungewisser wurde er seiner selbst. Und vermutlich hatte nie im Leben jemand anderer ihn so sehr überrascht wie er sich selber, als er unlängst hinter die Untreue seiner Kommerzienrätin gekommen war. Vordem war er immer der Meinung gewesen, daß er ein rechter Othello wäre, schon weil sein Ehrgefühl kitzlig und er, das verheimlichte er sich nicht, von reizbarer Eitelkeit war. Nun hatte er nach seiner heiklen Entdeckung wirklich ein paar unangenehme Stunden, ja sogar Tage durchzumachen gehabt. Bis zu merkwürdig grausamen Haßphantasien hatte sich sein Gemüt verstiegen, zumal nachts, als er stundenlang ohne Schlaf gelegen war. Aber dann war ihm die Sache überraschend schnell, überraschend glatt gleichgültig geworden. Vermutlich, weil Lisette selber ihm gleichgültig geworden war. Aber selbst dessen schien er sich nicht wirklich gewiß. Eine solch lange Zeit der Gemeinsamkeit, im selben Haus, am selben Tisch, im selben kommerzienrätlichen Doppelbett, kurzum in ein und demselben Leben, stiftet — jenseits von Romantik und Sinnenkitzel — eine merkwürdig solide, irgendwie kreatürliche Gemeinsamkeit. So gewiß er Lisette gegenüber teilnahmslos geworden war, so gewiß hing er dennoch mit einem mitmenschlich zugeneigten Wohlwollen an ihr. Es schmerzte ihn — weniger pathetisch, aber aufrichtiger gesagt: es wurmte ihn —, daß sie ihn zum Hahnrei gemacht hatte. Aber er war sich völlig darüber im klaren, wie vieles und auf wie vielen Feldern er ihr schuldig geblieben war, und daß es einfach nicht gerecht sein konnte, zu erwarten, sie und ihre Lebenskraft sollten neben ihm und seiner Gleichgültigkeit gefälligst verkümmern. Das Dasein hatte für eine Frau, die sich den Fünfzigern näherte, noch immer lebenswerte Momente genug, die achtlos und unempfindlich zu versäumen, genau besehen, doch so etwas wie eine unfromme Undankbarkeit gegen Gott und die Schöpfung bedeutet haben würde, gegen das unsägliche Wunder, fühlend, leidend, lachend — und bei alledem wie kurz, wie kurz! — auf der Welt zu sein. Übrigens stand ja auch eine gewisse andere Dame so ziemlich im selben Alter wie Lisette. Und durften die rigoros monogamen Moralgesetze der Gesellschaft so ungerecht sein, dieser anderen zu erlauben, was sie der Kommerzienrätin versagten, nämlich frei und ungeniert zu tun, wozu ihr Herz — und freilich auch ihre Sinne — sie trieben? Und dies aus keinem besseren Grund als bloß dem, daß jene Dame zeitlebens vorsichtig genug gewesen war, den Fallstricken der Einehe aus dem Weg zu gehen?

Noch viel mehr als über seine Nachsicht gegen Lisette war der Bräuer über etwas anderes erstaunt. Darüber nämlich, daß er imstande war, die Rolle des Ferdl in diesem vertrackten Spiel mit einer ganz unerwarteten Gelassenheit

276

hinzunehmen. Er hatte sich diese merkwürdige Ruhe nicht abringen müssen, hätte das wohl auch gar nicht gekonnt, sondern er hatte sie einfach gehabt. Und das verblüffte ihn wirklich über alles sonstige hinaus. Denn wenn mit irgendwem auf der Welt, so hatte er in früheren Zeiten doch grade mit seinem Ältesten aufs eifersüchtigste und zuweilen sogar gradezu hahnenmäßig konkurriert! Mein Gott... War er wirklich *so* abgeklärt, *so* weise geworden? So *alt*? Und konnte es trotzdem nicht lassen, in die heiklen und auf die Länge doch wohl auch wenig bequemen Unabsehbarkeiten einer Liaison hineinzustolpern? Sehenden Auges, wissend, sich fürchtend – wie gerne hätte er endlich seine Ruhe, seinen Frieden gehabt! – und dennoch, dennoch außerstande, zu widerstehen? Übrigens kam ihm bei alledem ausgerechnet der eine naheliegende Gedanke nicht, es möchte das beinah Verzweifelte seines Verlangens ganz einfach daher rühren, daß diese Affaire, so er es denn wirklich nicht lassen konnte, sich ihr auszusetzen, in der langen Reihe seiner Amouren unwiderruflich die letzte sein würde. Hernach käme ja nun wohl wirklich nichts Anderes und nichts Besseres mehr nach als das Grab.

»Dasselbe Zimmer, dasselbe Souper... Wollen S' mich sentimental machen, Kommerzienrat?«

Und wenn auch! Er war es ja vielleicht selbst. »Sentimentalität ist immerhin ein Gefühl, oft sogar ein starkes. Und ein Mann in meinen Jahren –«

»Ist das jetzt das Neueste bei Ihnen?« Josefine Berghammer sah ihn forschend an. Sie trug ein wadenlanges dunkelgrünes Abendkleid, dessen unterer Saum schräg nach oben verlief, ebenso wie der breite Gürtel, der auf der einen Hüfte aufsaß, während er über die andere ein wenig hinunterrutschte. In reizvollem Gegensatz zu diesen asymmetrischen Linien stand der perlenbestickte Bortensaum am oberen Rand des tiefen Dekolletés, der die beiden im selben Perlenmuster posamentierten Schulterbänder in einer streng klassizistischen Waagrechten miteinander verband. Diesmal war Josefine nicht zu spät gekommen, sondern beinah auf die Minute pünktlich zur verabredeten Zeit. »Pünktlichkeit ist die Höflichkeit der Göttinnen«, hatte Anton Wiesinger gesagt und ihr die Hand geküßt. Sie hatte sich seit der Begegnung auf der Gründungsfeier eine noch gewagtere Art von Bubikopf schneiden lassen. Anton Wiesinger, aufmerksamer als seinerzeit bei dem Reformkleid seiner Frau, hatte die Veränderung sofort bemerkt und deren reizendes Ergebnis in den höchsten Tönen gerühmt.

»Was? Was ist das Neueste bei mir?« erkundigte er sich jetzt auf ihre Frage hin.

»Daß Sie mit Ihrem Alter kokettier'n. Es ist schon das drittemal, daß Sie davon reden, allein in der letzten Viertelstund'.«

»Ach du lieber Himmel.« Der Kommerzienrat lachte etwas geniert. »Schön wär's ja, wenn man damit noch kokettieren könnt'.«

»Na, wie alt werden S' sein. Nein!« unterbrach sie ihn, als er es ihr eingestehen wollte. »Lassen S' mich raten. Ung'schmeichelt . . . ein guter Mittsechziger?«

»Ein *biss'l* g'schmeichelt haben S' jetzt schon, oder?«

»Überhaupt nicht. Und weit kann ich unmöglich danebenliegen.«

Gott, weit — weit war ein wenig exaktes Wort. Jedenfalls war er über seinen Siebzigsten schon eine Weile hinweg. Exakter benannte Anton Wiesinger sein Alter in diesem Moment auch sich selbst gegenüber nicht. Und übrigens hatte er seinen ungemütlich runden Geburtstag sich und der Welt glatt unterschlagen, er war, statt ihn gebührend zu begehen, für zwei Wochen verreist. Wenn er einen lebfrischeren Eindruck machte, als es ihm kalendarisch zukam, um so besser. »Ich muß sagen, Sie richten mich direkt auf«, freute er sich. »Übrigens haben S' damals schon g'sagt, daß Jugend eigentlich was Dummes ist, entsinnen Sie sich?«

Nein, das tat sie nicht. Auf so etwas besann sich *er*, weil er es nötig hatte. Josefine lachte. »War ich damals schon so g'scheit? Man unterschätzt sich direkt selber.« Sie schien wohlgelaunt und machte sich mit bemerkenswertem Appetit über den Spargel mit Trüffelberg her. »Wundern S' sich nicht über meine schlanke Figur, ich hau' nicht alle Tage so drein! Ich hab' in weiser Voraussicht seit gestern nichts mehr 'gessen, außer einem Knäckebrot heut' in der Früh.«

Je länger das Tafeln dauerte und die zwanglose Unterhaltung anhielt, um so gelöster fühlte sich der Kommerzienrat. Was an übermäßiger Spannung in ihm rumort hatte, fiel von ihm ab. »Ach, liebe Frau Josefine . . .« Er nahm ihre beiden Hände zwischen die seinigen, und sie entzog sie ihm nicht. Als er sich seiner Geste bewußt wurde, kehrte eine Sekunde lang der Widerschein einer überwundenen Ängstlichkeit zurück. »Darf ich denn das überhaupt? Mit die Händ' reden?« erkundigte er sich. Josefine Berghammer verstand nicht gleich, was er meinte. »Sie haben es mir damals verboten gehabt«, erinnerte er sie.

»Ach Gott, ja!« Sie lachte belustigt auf. »Aber das war doch nur, weil's mich so aufgeregt hat!« Aha, dachte er. Jetzt regt sie es natürlich nicht mehr auf. Deshalb erlaubt sie es mir. Sie schien seine Gedanken zu erraten, und ihr Lächeln wich einem angenehmen, sympathischen Ernst. Der Blick ihrer leicht schräg gestellten, grünlichen Katzenaugen wurde sonderbar tief, und ihre Stimme bekam eine ganz samtene Färbung. Er erinnerte sich, daß er beides auch damals gelegentlich an ihr hatte beobachten dürfen und daß er davon jedesmal stark angerührt worden war. »Es ist immer noch ein biss'l aufregend«, sagte sie.

»Wecken S' keine falschen Hoffnungen . . .«

»In Ihnen oder in mir?«

»Damals, Frau Josefin —«, holte er aus. Aber sie unterbrach ihn schon nach dem ersten Wort.

»Schließen wir einen Pakt, Kommerzienrat. Keine Silbe mehr von damals. Das ewige Perfekt legt sich einem ja aufs G'müt. Wir sitzen *heut* bei'nander.«

»Heißt das, daß ich hoffen darf?« Anton Wiesinger sah sie erwartungsvoll an. Er hatte sich gewundert, daß sie ausgerechnet den Bayerischen Hof als Treffpunkt vorgeschlagen hatte und auf seine diesbezüglichen Ausflüchte partout nicht eingegangen war. Wie hätte er ahnen können, daß das aus einer Art von Feinsinn heraus geschehen war, um die alten Wunden, über deren Schmerzhaftigkeit sie sich seinerzeit nicht getäuscht hatte, im nachhinein ein wenig zu salben. Da er nicht vermocht hatte, dies zu erraten, hatte ihn ihre Hartnäckigkeit irritiert. Schließlich war ihm bekannt, daß sie unabhängig war und inzwischen in Nymphenburg eine eigene Villa besaß, gar nicht sehr weit von der des Barons Fontheimer entfernt. Ein Hotelzimmer zu bestellen, hatte er deshalb erst gar nicht gewagt, und es wäre tatsächlich diesmal ein ebenso nutzloser Aufwand gewesen wie beim erstenmal. Josefine teilte nämlich dem Bräuer mit, sie habe für halb eins den Chauffeur bestellt. Und jetzt, als sie ihm dies eröffnete, war es Viertel nach zwölf. Sonderbarerweise wurde Anton Wiesinger durch diese Wendung nicht im mindesten mutlos gestimmt. Im Gegenteil. Sein Blick ruhte lange mit stiller Aufmerksamkeit auf Josefines Gesicht, das in den vergangenen Jahren noch schöner, noch ausdrucksvoller geworden war. Der unübersehbare Anflug zart gekrauster Fältchen um ihre Augenwinkel herum und beidseits ihres Mundes beeinträchtigte, so fand er, ihre weibliche Attraktivität nicht im mindesten. Ihrer beiden Augen saugten sich ineinander fest. Einen Moment lang schloß Josefine die ihrigen.

»Also«, lächelte sie dann, und drückte die Spitze ihres

Mittelfingers gegen die Innenfläche seiner Hand. »Fahren wir, Kommerzienrat.«

Draußen stand ein schmaler, sichelförmiger Mond über der Silhouette des Liebfrauendoms. Die Linden am Promenadeplatz dufteten. Auch später dann, in Nymphenburg draußen, strömte durch das weit geöffnete Fenster dieser betörende Frühsommerduft herein. Es ist etwas unsäglich Kostbares, wenn das Geschick einem Mann in den Jahren Anton Wiesingers erlaubt, sich noch einmal zu fühlen, als wäre er nur halb so alt . . .

Die vitale Verfassung des Kommerzienrats Anton Wiesinger war von diesem Tag an eine auffallend andere als zuvor. Hätte der Ferdl dem eine größere Aufmerksamkeit geschenkt, er würde sich zuerst nicht so gefürchtet und hernach nicht so verwundert haben, als er noch im Verlauf desselben Jahrs nicht drum herumkam, seinem Vater eine äußerst heikle Mitteilung zu machen. Es gingen die Dinge in der Brauerei nämlich keineswegs mit der erhofften Erfreulichkeit vonstatten. Der Aufschwung in den Bilanzen der Wiesinger-Bräu AG verlief zwar durchaus nach den Erwartungen, die der Direktor Ferdinand Wiesinger in die Gründung der Aktiengesellschaft gesetzt hatte. Dank des neuen Kapitals glich die Herbststraße das ganze Jahr 1926 über mehr einer beträchtlichen Baustelle als einer in Betrieb befindlichen Biersiederei. Dennoch mußte man trotz der umfassenden Sanierung sowohl der Baulichkeiten wie der Produktionsanlagen nicht einen einzigen Tag lang das Brauen unterbrechen, eine Leistung, die viel Improvisationsgeschick verlangte. Es war dies des Dr. Pfahlhäusers Heldenzeit. Nie hätte jemand gedacht, daß in dem kleinen, rundlichen Mann so viel Elan und Phantasie steckten. In dieser Hinsicht also, technisch und kaufmännisch, lief alles gut. Wenn sich Wolken zusammenbrauten, und ziemlich finstere sogar, dann war es im Hinblick auf die nur scheinbar und theoretisch gesicherte, in der Praxis aber aufs ernsteste bedrohte Selbständigkeit der Geschäftsentscheidungen, war es im Hinblick auf die vom Kommerzienrat schon vor allem Anfang so gründlich wie zu Recht gefürchtete Person des Barons von Lyssen. Ferdl erkannte sehr früh, und der Sekretär Stülp hielt damit auch gar nicht lange rücksichtsvoll hinterm Berg, daß der Baron sich zwar pro forma strikt an die vertragliche Maximalbeteiligung von 24 Prozent des Stammkapitals hielt, daß in Wahrheit aber dennoch er es war, der die Mehrheitsentscheidungen traf, und zwar mit Hilfe einiger Strohmänner, deren Firmenbeteiligungen hintenherum aus den Lyssenschen Konten geflossen waren und die, von Monatsprovisionen gegängelt, in jeder Situation akkurat so agierten, wie der Baron es ihnen anbefahl. Anton Wiesinger, der als Aufsichtsrat mit der unmittelbaren Betriebsführung nicht mehr so direkt wie früher befaßt war, merkte lange nichts davon. Als die Dinge einen Stand erreichten, bei dem abzusehen war, daß sie sich auch vor dem Kommerzienrat nicht länger mehr würden verheimlichen lassen, besprach Ferdl sich mit dem Sekretär Stülp. Er wollte seinem alten Herrn die Sachlage auf eine schonende Weise beibringen lassen. Und dann war er mit seinen rücksichtsvollen Vorkehrungen doch um einen halben Tag zu spät dran. Die Schuld, daß Anton Wiesinger zur Unzeit hinter die Sache kam, trug indirekt und absichtslos Dr. Pfahlhäuser, der so unvorsichtig gewesen war, einen Brief an den Aufsichtsrat weiterzuleiten, bei dessen Lektüre der Bräuer, der ja immerhin in langen Nächten das Aktienwesen studiert hatte und schließlich überhaupt kein heuriger Has' war, nicht umhin konnte, seine Schlüsse zu ziehn.

»Ich versteh nicht ganz, Pfahlhäuser. Das bedeutet doch, daß wir mit Ebert und Castell fusionieren werden? Es wär' aber doch das reinste Wunder, wenn die dazu aufgelegt wären, mit uns zusammenzugehn?«

»Von Wollen ist da auch keine Rede, aber man kann es dazu bringen, daß sie müssen, Herr Kommerzienrat.«

Anton Wiesinger sah den Vizedirektor der Gesellschaft mißtrauisch an. »Da ist doch irgendwas nicht ganz sauber?«

»Was ist schon ganz sauber im Wirtschaftsleben, Herr Kommerzienrat.«

»Das Geschäftsgebaren der Brauerei Wiesinger!« fuhr der Alte grimmig auf. »Und zwar vom ersten Gründungstag an!« Er war nicht geneigt, sich von dem gewieften Doktor Sand in die Augen streuen zu lassen, sondern stürmte aus dem Zimmer, quer über den Korridor, und betrat ohne anzuklopfen das Büro des Sekretärs Stülp.

»Ich verlange eine Erklärung! Herr Stülp!« fuhr er den Mann im dunkelblauen Anzug an.

Stülp betrachtete ihn eine kleine Weile über den schmalen Goldrand seiner Brille hinweg. »Was gibt es da groß zu erklären«, sagte er dann. »Castell wackelt. Sie wissen aus eigener Erfahrung, wie das ist.«

Diese Anspielung an des Bräuers schwierige Zeiten war eine glatte Unverschämtheit. »Deshalb, weil er ein biss'l wackelt, muß man ihn doch nicht noch anstoßen, damit er ja ins Fallen kommt!« empörte sich Anton Wiesinger.

»Ich habe das Archiv durchgesehen. Castell ist unser ältester und zähester Konkurrent am Platz.«

Der Bräuer schnaubte höhnisch durch die Nase. Dieser dahergelaufene Schnösel aus dem Rheinland sagte *unser* Konkurrent. Wenn irgendwer, dann war es Anton Wiesinger, der wußte, *was* für ein Konkurrent Ebert und Castell für ihn war, schon seit den Tagen, als der alte Castell und er gemeinsam auf die Vorschlagsliste des Ministeriums für den Kommerzienratstitel gekommen waren. »Und wozu mit ihm fusionieren? Wenn er wirklich so schlecht dran ist, wie Sie behaupten? Als Klotz an unserm Bein?«

Stülp lächelte überlegen. »Wegen seiner hervorragenden Geschäftsbeziehungen im Sächsischen.«

»Die Sie sich untern Nagel reißen wollen! Und wenn dem Castell plötzlich 's Wasser bis zum Hals steigt, dann bloß, weil Sie absichtsvoll alle möglichen Schleusen aufg'macht haben, damit Ihnen die begehrten sächsischen Verbindungen nur ja nicht entgehn!«

Stülp zuckte gleichmütig die Achseln. »Das Geschäftsleben ist hart.«

»So etwas geht nur über meine Leiche, Herr Stülp!«

Es war dem Dunkelblauen nicht anzusehen, ob er amüsiert oder verwundert war. »Der Baron pflegt zu sagen: Man soll nicht unnütz von Leichen sprechen, man weiß nie, ob man nicht schon selber eine ist«, sagte er kühl.

»Bestellen Sie Ihrem Baron, daß er mit seinen 24 Prozent da herinnen noch lang nicht den lieben Gott spielen kann!« fuhr der Kommerzienrat unbeherrscht auf.

»Mit 24 Prozent könnte er es wirklich nicht«, konzedierte Stülp in verbindlichem Ton.

Anton Wiesinger stutzte. »Wieso könnte! Was soll denn der Konjunktiv?« erkundigte er sich. Stülp sagte es ihm. Als der Ferdl, vom Dr. Pfahlhäuser alarmiert, mit diesem zusammen hereinstürzte, war es zu spät.

»Du hast das g'wußt?« wollte der Vater von ihm wissen.

»Seit einem Monat«, gab der Ferdl zu.

»Na schön. Überraschen tut mich das sowieso nicht«, sagte Anton Wiesinger nach einer kleinen Pause, und die Tonlage, in der er es vorbrachte, überraschte dafür alle anderen, denn er sagte es ruhig, ja in einer sogar beinah gemütlichen Art. »Das oder was anderes, irgendwas in dem Stil hat ja schließlich kommen *müssen*, ich hab' dir's von Anfang an prophezeit.«

Stülp versuchte versöhnlich zu sein. »Sie brauchen doch nur nachzugeben, Kommerzienrat, und alles ist im Lot!«

Nachgeben . . . Freilich. Wenn man immer und in allem nachgab, war's allerdings kein Kunststück, mit dem Baron gut Freund zu sein. »Hast Zeit? Zwei, drei Stund', zu einer Autotour?« wandte sich Anton Wiesinger an seinen Sohn, ohne den Sekretär einer Antwort zu würdigen.

»Freilich, aber wozu?«

»Das wirst dann schon sehn.«

Ferdl chauffierte selber. Er fuhr seit ein paar Monaten einen karmesinroten Bugatti, ein rasantes Modell mit über hundert Pferdestärken, und er nützte die halsbrecherische Geschwindigkeit trotz der schlechten Landstraße weidlich aus. Aus den Augenwinkeln heraus beobachtete er ab und zu seinen Vater, ob dieser es etwa mit der Angst zu tun bekäme. Aber es schien, als mache dem alten Herrn die Raserei sogar Spaß. Er dirigierte Ferdl nach Starnberg hinaus und von dort weiter in Richtung Berg, an das Ostufer des Sees. Bei einem schmalen Kiesweg, der vielleicht zwanzig Meter von der Landstraße ab zur Uferböschung hinführte, hieß er ihn abbiegen. Sie kamen vor ein gewaltiges schmiedeeisernes Tor. Anton Wiesinger sperrte auf. Ferdl blickte seinen Vater überrascht an. »Komm nur«, sagte der Kommerzienrat und schritt auf die vor ihnen liegende Villa zu.

Als sie im ersten Stock auf den weiten, halbrunden Balkon hinaustraten, vor dem sich der großzügig angelegte Garten gegen den Spiegel des Sees hinabsenkte, an dessen Ufer ein Bootshaus zu erkennen war, vollführte Anton Wiesinger eine weithin weisende Geste. »No, was sagst?«

»Ich versteh' nicht, Papa. Hast du die Villa vielleicht gekauft?«

Der Kommerzienrat nickte. »Als Alterssitz. Für die Zeit, wo ich den Aufsichtsrat Aufsichtsrat sein laß und der Lyssen mich . . . No ja, du kannst dir selber denken, was der mich kann. Ich hab' nicht gedacht, daß es so bald sein wird«, fuhr er nach einer winzigen Pause fort. »Aber so brauchst wenigstens *du* dir nichts suchen, du bleibst jetzt einfach in der Maria-Theresia-Straß'.« Er blickte seinen Sohn nicht an, und so sah er nicht, wie dieser errötete. Vielleicht, auch ohne daß er es sah, erriet es Anton Wiesinger. Er wußte, daß Lisette neulich darauf bestanden hatte, daß Ferdl die Bogenhäuser Villa verließe. Die dortige Situation, zu dritt

unter einem Dach, war ihrem Feingefühl unerträglich. Ferdl
hatte sich geweigert, aber dennoch gewußt, daß er auf die
Länge mit seinem Widerstand wohl den kürzeren zöge.
Nicht gewußt hatte er, daß sein Vater von diesen Dingen
ganz selbstverständlich zu wissen schien.

»Und −« Und Lisette, wollte Ferdl unwillkürlich fragen,
verschluckte aber den kurzen Satz, noch ehe er völlig herausgekommen war. Sein Vater hatte ihn trotzdem verstanden. Er vermied es noch immer, ihn anzusehen. »Das weiß
ich nicht«, sagte er. »Wir überlassen's vielleicht am besten
ihr, ob ihr's Landleben besser zusagt oder ob sie lieber in der
Stadt drinnen bleibt.«

Er hatte die Arme auf die weißlackierte Eisenbrüstung
des Balkons gestemmt und genoß den herrlichen Rundblick,
weit über den See. Wenn das Wetter danach war, konnte
man bis nach Tutzing hinüberschauen. Er hatte nicht vor,
Lisette etwas in den Weg zu legen. Weder im einen noch im
anderen Fall. Aber in jedem Fall würde er sich da heraußen
sein eigenes Leben einrichten. Sein viertes und letztes, wenn
man die Kindheit als das erste, die Zeit mit Gabriele als das
zweite und die mit Lisette als das dritte betrachtete. Zum
erstenmal im Leben würde er frei von Pflichten sein, frei von
der Tyrannei der Brauerei und auch von den Fesseln der
Ehe. Anton Wiesinger atmete tief die frische Herbstluft ein.
»Schön ist es da heraußen auf jeden Fall, Bub«, sagte er.

Liebesgeschichten

Die Zeit ging gemächlich dahin. Der Kommerzienrat genoß seinen Ruhestand. Gelegentlich fuhr er in die Stadt. Aber nicht um die Brauerei, sondern um Josefine aufzusuchen. Öfter lud er sie auch zu sich nach Starnberg hinaus, sommers zumal, wo sie ausgedehnte Spaziergänge oder auch Kahnpartien miteinander machten. Der Kommerzienrat gab sich unbefangen und *sans gêne*. Seine Liebschaft unter der Decke zu halten, war ihm unbequem. Gegenüber Lisette verlor er nie ein Wort über die Angelegenheit. Und übrigens hatte er auch nie mit einer Silbe die heikle Affaire erwähnt, welche Lisette und Ferdl verband. Wäre die Kommerzienrätin geneigter gewesen, sich etwas vorzumachen, sie hätte sich ohne weiteres einreden können, ihr Mann habe überhaupt nichts gemerkt. Und Ferdl, anders als sie, machte sich das auch lange Zeit vor. Es war eine seltsam ungeklärte, undurchsichtige Situation zwischen den dreien. Nicht einmal der Wohnsitz von Madame Wiesinger mochte sich so eindeutig ergeben, wie man sich das anfangs vorgestellt hatte. Zwar behauptete Lisette, das Landleben wäre ihr auf die Dauer langweilig, aber für ganz in der Stadt — und also beim Ferdl — bleiben wollte sie dennoch nicht. So zigeunerte sie unregelmäßig zwischen Starnberg und München hin und her, wobei sie mit empfindlichem Feingefühl darauf achtete, bei ihren Aufenthalten am See ja nicht der Frau Berghammer über den Weg zu laufen. Bis auf zwei- oder dreimal gelang ihr das auch, und auch diese paarmal ging der gegenseitige Umgang nicht über den Wechsel einiger

287

nichtssagender Wendungen hinaus. Anton Wiesinger betrug sich mit stets gleichbleibender, freilich etwas substanzloser Freundlichkeit gegen seine Frau. Er suchte ihre Nähe nicht, mied sie aber auch nicht, nicht einmal in Anwesenheit Josefines. Diese grandseigneurmäßige Souveränität war für Lisette nicht angenehm. Sie hatte ohnehin mit ihrem Gewissen zu kämpfen, und seine vornehme Noblesse machte ihr alles bloß doppelt schwer.

Ihr Verhältnis zum Ferdl war von Anfang an ein zwiespältig befangenes gewesen. Unbekümmert, wie er von Charakter war, hatte er es lang nicht zur Kenntnis genommen, doch auf die Dauer kam er an der Wahrheit nicht vorbei. Immerhin hatte er sich scheiden lassen und sich von seiner ungeliebten Familie getrennt. »Um deinetwillen«, sagte er einmal zu Lisette, aber in Wahrheit hätte er es unter keinen Umständen mit Nancy ausgehalten und sie in jedem Fall verlassen, Lisette wußte das recht gut. Wäre er im Sommer dreiundzwanzig nicht nach Deutschland gegangen, so würde er sich dafür nach Kanada davongemacht haben, und sogar ohne Hinterlassung einer Adresse, er hatte mit Mr. Stone schon alles abgesprochen gehabt. Die Scheidung kostete ihn sein nicht unbeträchtliches Vermögen in Amerika, doch trauerte er nicht einem einzigen Cent davon nach. Die Sache war ihm den Preis wert. Er war endlich wieder ein freier Mensch.

Lisette war nicht frei. Nicht äußerlich, aber auch nicht in ihrem Gemüt. Sie machte es sich schwer. Vielleicht, weil sie überhaupt dazu neigte, sich die Dinge schwerzumachen, vielleicht auch nur, weil das Leiden, das sie sich selber zufügte, ihr Schuldgefühl mäßigte. Sie machte es damit freilich auch dem Ferdl schwer. Und gelegentlich sogar bis an die Grenzen seiner Geduld.

»Mein Gott, das ist alles so . . . Zum Wütendwerden ist das!« brach er gelegentlich aus.

»Was dachtest *du* denn, wie so etwas geht? Einfach?« gab

sie dann melancholisch und freilich auch ein wenig spitz zurück.

Natürlich gab's auch unbeschwerte Stunden zwischen ihnen, von den leidenschaftlichen nicht geredet, heitere, gradezu ausgelassene Stunden sogar, sei es auf kleinen Reisen – wo es freilich schwierig und gelegentlich beschämend war, nachts über den Korridor schleichen zu müssen, denn ein Doppelzimmer kam selbstredend wegen des damals noch die Wirte rigoros bedrohenden Kuppeleiparagraphen nicht in Betracht –, sei es beim Tanz oder einmal auch auf dem Oktoberfest, wo der Ferdl ewig die Box im Bierzelt nicht verlassen konnte, in der er pflichtgemäß mit seinen norddeutschen Brauereigästen saß. Als er den langweiligen Kerlen endlich doch durch die Lappen gegangen war, preßte er Lisette fest an sich. »Du hast mir was eingebrockt, du!« flüsterte er ihr ins Ohr, wobei er spielerisch, aber ziemlich fest, in ihr Ohrläppchen biß.

»Eingebrockt? Ich? Dir? Wodurch?«

»Dadurch, daß es dich gibt! Ich hab' den ganzen Abend Sehnsucht gelitten wie ein Hund.«

Lisette lachte. »Ach du . . . Narr!«

»Wennst einen aus mir machst? Und ich laß *gern* einen aus mir machen, weißt! Aber jetzt hutsch ich dich mit der Schiffschaukel so hoch, daß d' um Gnade winselst!«

»Da kannst du lange warten!« Sie hängte sich bei ihm ein. An diesem Abend warf sie keinen einzigen dieser ewig scheuen Blicke hinter sich, die den Ferdl stets so ärgerten, lauernde, sichernde Blicke, ob nicht irgendein Bekannter in der Nähe wäre, irgend jemand Neugieriger, Mißsüchtiger, vor dem sich gehenzulassen ein Verstoß gegen jene zartsinnige Geheimniskrämerei war, deren unbequeme Regeln alles so schwierig und freudlos zwischen ihnen machten – in den Augen ihres Liebhabers zumal, der sich um Gott und die Leute gradeso wenig scherte wie sein Papa und den es furchtbar hart ankam, vorsichtig oder gar leisetreterisch zu sein.

»Nicht Ferdl, ich bitte dich! Wenn wer kommt!« Hundertmal mußte er das hören, in seinem eigenen Zimmer sogar.

»Wer soll denn kommen? Der Herr Papa vielleicht? Du weißt ganz gut, wo der heut ist, und da ist er noch nie so bald z'rück'kommen. Aber schön. Wennst ruhiger bist.« Er zuckte die Achseln und ging zur Tür, um sie abzusperren. »Bildest dir wirklich ein, daß wir uns gegenseitig 's Liebhaben verbieten müssen?« wandte er sich ihr dann wieder zu, »daß das überhaupt geht?«

»Nicht das Liebhaben, Ferdl, liebhaben werde ich dich immer, aber —«

»Aber platonisch? Oder was?«

»Warum nicht, Ferdl, so etwas gibt es doch!«

Er sah sie an. Die sonderbare, beinah hilflose Körperhaltung fiel ihm auf, die sie sich in letzter Zeit angewöhnt hatte, mit den vorn leicht zusammengezogenen Schultern, den hängenden Armen, dem gesenkten Blick. Ein verstörtes, von überflüssigen Schuldgefühlen geängstigtes Kind, dachte er. Lieber Himmel, platonisch! »Nein, Lisette, so was gibt's eben *nicht*. Eine Seele ohne Körper, ohne Fleisch und Blut, das haben s' uns in der Katechismusstund' weiszumachen versucht, aber ich hab' damals schon g'wußt, daß das in Wirklichkeit gar nicht zweierlei ist, die Sinnlichkeit und das G'müt, sondern ein und dasselbe, das eine die Rückseite vom anderen, und man kann nur beides zusammen haben. Oder halt überhaupt nichts! Bloß die eine Hälfte allein, die hat kein Leben und keine Wirklichkeit, und *ich* jedenfalls hab' schon wirklich an so einem blutleeren Gespenst nicht genug, ich *möcht'* auch gar nicht genug haben dran! Und auch du redest dir das doch bloß ein, daß du's willst, Lisette.«

Sie hob trotzig den Kopf. »Woher willst du wissen, was ich will und was nicht?!« Er schwieg. Als ob er es nicht bemerkt hätte, lange schon und oft, daß sie immer wieder versuchte, ihm aus dem Weg zu gehen, zuweilen ganze Tage lang. *Aber wenn sie ihn dann wirklich eine Weile nicht gesehen hatte, rannte sie plötzlich aus ihrem Zimmer auf den Korridor hinaus, sobald sie nur seine Schritte die Stiege heraufkommen hörte, rein aus Zufall, versteht sich, sogar die Überraschte spielte sie dann.

»Es war *wirklich* ein Zufall neulich!« beharrte sie eigensinnig. Wer sie nur ein bißchen kannte, merkte doch schon am Ton, daß sie schwindelte. »Ach Gott, Lieber..., es ist alles so schrecklich. So hoffnungslos.«

»Eben nicht! Es kommt dir nur so vor, weilst so schrecklich verliebt ins Problematische und eine so furchtbar verdrehte Moralistin bist!« Nun ja, er hatte es leicht, so zu reden, er war das eine und das andere nicht. »Unsere vermaledeite Erziehung«, räsonierte er. »Sie bringen es einem ja schon mit der Muttermilch bei, wie man's anstellt, daß man sich selber die Lebensfreude nicht gönnt und aus den einfachsten Dingen Katastrophen macht, und das in einer Zeit, wo sie quasi von jeder Litfaßsäule herunter die freie Liebe propagiern!«

»Die einfachsten Dinge?« griff sie das einzige Stichwort auf, das er ihren Skrupeln bot.

»Ja! Oder ist es nicht das Einfachste und Selbstverständlichste und ... auch das Schönste auf der Welt, wenn man sich gern hat?!«

»Nicht, wenn die Verhältnisse so sind wie bei uns.«

Ja, natürlich, die Verhältnisse, das, was sich in den Augen der anderen spiegelt. Förmlichkeiten und Konventionen, Teufel noch eins! »Was scheren mich die Leute?? Geht's nicht einfach um dich und um mich??

»Und um deinen Vater, *n'est-ce-pas?*«

»Der ist ganz z'frieden! Und sogar wenn er dich wirklich noch gern hätt' — ich hab' *hätte* g'sagt, gell! denn es sieht nicht danach aus —, dann tät er dich jedenfalls nicht mehr *in derselben Art* lieben wie ich dich lieb', und also wär's auch dann bloß eine Einbildung und eine skrupulöse Marotte, wenn ich mir überflüssigerweis' einreden möcht', daß ich ihm irgendwas wegnehm'! Nichts! Nichts nehm' ich ihm weg, nichts was ihm g'hört, nichts was ihm abgeht! Und nicht einmal deine Zuneigung nehm' ich ihm weg — oder magst ihn jetzt vielleicht weniger, meinen Herrn Papa, der ganz gut auch der deinige sein könnt'? Kein Bröck'l weniger magst ihn! Eher im Gegenteil, weilst nämlich nicht mehr die Wut auf ihn haben mußt, die Enttäuschung über ihn! Und warum dann sträubst dich ewig und tust dir selber weh damit, und mir, und probierst ewig, daß d' dich von mir losreißt und kommst ja doch nicht los von mir, von uns! Nie, nie, Lisette!« Er nahm sie leidenschaftlich in den Arm und küßte sie.

»Ach Gott, Ferdl . . .«, hauchte sie.

»Ich hab' nie eine Frau gern g'habt wie dich, und werd' nie mehr eine so gern haben. Soll das nicht leben dürfen? Wo's doch einfach leben *muß?!*«

Hernach dann, als sie ermattet neben ihm lag und er sich so unendlich wohlig fühlte, so zufrieden, so säuglingshaft satt, war's dann doch wieder für die Katz' gewesen. »Liebling! Lisette! Was hast denn bloß? Was schaust denn wieder so?«

Sie löste ihren Blick von der Zimmerdecke. »Ich habe drüber nachgedacht, ob ich nicht doch nach Starnberg ziehen soll. Für ganz«, sagte sie.

Ferdl richtete sich wütend auf. »Ach so? Der Josefine Berghammer die Tür aufhalten, wenn sie kommt?!«

Lisette schwieg. Sie wußte es ja selber, daß auch Starnberg keine wirkliche Lösung war. »Aber wir können nicht unter einem Dach leben wie ein Ehepaar. Nicht auf die Länge, Ferdl.«

»Doch! Wir können das sehr gut!« *Er* konnte das sehr gut . . . Ein lastendes Schweigen entstand. Er zündete sich eine Zigarette an, was er in solchen Momenten selten tat.

»Du hast einmal g'meint, daß ich hier ausziehen soll, mir eine Wohnung nehmen«, fing er schließlich an. »Aber das hier ist das Haus meiner Mutter, Lisette.«

»Und das deines Vaters. Und sogar auch meines«, gab sie zurück.

»Und wenn ich mir wirklich was suchen möcht', was wär' dann anders? Außer der Förmlichkeit, daß wir uns nicht grad zwischen vier Wänden umarmen, in denen auch —«

Sie fiel ihm ins Wort. »Wenn ich will, daß du von mir entfernt bist, so deshalb, weil ich dich in deiner Wohnung nicht besuchen werde.«

»Ah ja? Mir aus'm Weg gehn, wie du's auch hier dauernd probierst, bloß noch viel umständlicher? Und mit demselben Zufall, der uns einander dann doch immer wieder übern Weg laufen läßt!?«

»Nein. Ohne solch einen Zufall, Ferdl.« Sie sagte es leise und sehr ernst. »Ich *will* diese Zufälle nicht mehr!«

»Du willst nicht . . .«, sagte er. Eine gerührte, herzsprengende Zärtlichkeit erfüllte ihn. »Und *kannst* das auch, was d' willst?«

»Ach Ferdl, Ferdl . . .« Sie wußte es ja selber, wußte es im Grunde noch viel besser als er, daß sie's nicht konnte. Sie vergrub ihr Gesicht in den Kissen und fing zu weinen an

Sie lebten wie ein Paar und auch wieder nicht. Sie liebten einander und wurden einander zur Last. Sie trugen die ungute Hälfte des Ehestandes, und die gute war ihnen von den Umständen nicht gegönnt. Die Jahre vergingen, und ihre Leidenschaft nützte sich ab.

Der Frühling 1929 begann mit einem erschreckenden Zwischenfall. Das Wetter war ungewöhnlich heiß für die Jahreszeit, und Josefine Berghammer verbrachte ein Wochenende am See, das sie um einen angehängten Montag zu verlängern gedachte. Josef, der mit seinem gnädigen Herrn von der Maria-Theresia-Straße nach Starnberg übersiedelt war,

hatte erst in der vorigen Woche den Kahn aus dem Winter-
quartier geholt und ihn, da der Bootslack den Sonntag über
gut durchgetrocknet war, in aller Frühe zu Wasser gelassen.
Anton Wiesinger machte sich mit seinem Gast zur ersten
Ruderpartie des Jahres auf und hatte darauf bestanden, sich
eigenhändig in die Riemen zu legen. Josefine lehnte sich
behaglich in die frisch überzogenen, noch ein wenig nach
dem Moder des Winters riechenden Polster zurück. Sie
freute sich herzlich auf die paar sorglosen Stunden, die ihr
bis zur Rückfahrt in die Stadt noch verblieben. Man hatte
sich erst ein paar Steinwürfe weit vom Ufer entfernt, als
Anton Wiesinger den Josef mit allen Zeichen der Aufregung
vom Haus zum Bootssteg herunterlaufen und heftig mit
beiden Händen gestikulieren sah. »Herr Kommerzienrat!
Herr Kommerzienrat!« schrie er und legte die Hände trich-
terförmig an den Mund. Anton Wiesinger wendete und
ruderte zurück.

»Sie werden am Telefonapparat verlangt! Ganz dringlich!« rief der Josef ihm zu.

»Wieso? Wer ist denn dran?«

»Die gnä' Frau, gnä' Herr.«

»Ist was passiert?«

»Ich weiß nicht, sie hat mir nichts g'sagt, aber geklungen
hat's arg danach. Nach einem Vorfall, net wahr.«

Der Vorfall bestand darin, daß in der Münchener Villa
gegen neun Uhr die Polizei erschienen war, in ziemlich
dramatischer Besetzung übrigens, nämlich gleich vier Mann
hoch, mit einem Inspektor und dessen Assistenten, beide in
Zivil, sowie mit zwei uniformierten Schupos, um eine amtliche Durchsuchung zu halten. Lucie hatte geöffnet und
gleich die Kommerzienrätin geholt, die noch nicht einmal
mit ihrer Morgentoilette fertig gewesen war.

»Kriminalinspektor Unterberger. Hier mein Ausweis.
Und hier der Durchsuchungsbefehl, ausgestellt von der
Staatsanwaltschaft München I. Es handelt sich um Herrn

Anton Wiesinger. Anton Wiesinger *junior!*« ergänzte er
beruhigend, als er das Erschrecken im Gesicht der Kommerzienrätin sah. »Aber ich muß Sie trotzdem inkommodieren,
der Durchsuchungsbefehl erstreckt sich nämlich nicht nur
auf die vom Verdächtigen bewohnten Räume, sondern auf
die Villa insgesamt.«

»*Dieu du ciel,* worum geht es denn überhaupt?!«

»Dringlicher Verdacht auf gewerbsmäßigen Drogenhan-
del, gnädige Frau.«

Lisette war entsetzt. Und niemand außer ihr und dem
Verdächtigen war im Haus, niemand, der ihr hätte beistehen
können.

»Der Herr Professor ist in seinem Gymnasium und die
Frau Theres ist mit der Gabi zusammen in die Stadt, fürs
Kind ein Frühjahrskleidl kaufen«, berichtete Lucie. Ferdl
aber, nach dem sie es jetzt am dringlichsten verlangte, war
seit Tagen schon geschäftlich in Sachsen unterwegs. Als
Lisette zum Telefon stürzte, um den Rechtsanwalt Alfred
Wiesinger zu alarmieren, erfuhr sie von dessen Sekretärin,
er wäre im Landtag und sein Sozius, der Dr. Klein, in einer
Verhandlung bei Gericht. Da blieb ihr in ihrer Not keine
andere Wahl, als schließlich doch in Starnberg draußen
anzurufen. Sie wußte, daß das Herz ihres Mannes nicht das
stabilste war, und tat es ungern, aber was sonst sollte sie tun.

Josefine beobachtete den Kommerzienrat am Telefon und
erschrak. Er war ganz grau im Gesicht. »Ja . . . Ja, ich
versteh' schon. Ich komme sofort.« Josefine Berghammer
war am Samstag mit dem eigenen Wagen angereist. Sie
chauffierte den gewesenen Bräuer höchstpersönlich und auf
dem kürzesten Weg in die Stadt.

Was die Affaire mit dem Toni für alle so beklemmend
machte, war nicht so sehr der Vorwurf des Drogenhandels,
an den glaubten sie ganz einfach nicht, sondern die so
unvermutet an den Tag gekommene Gewißheit, daß der

Toni also doch noch – oder schon wieder – süchtig war. Als er es so schwergehabt hatte, nach der Gefangenschaft wieder auf die Beine zu kommen, war er eine Zeitlang aufs Kokain verfallen, sie hatten das alle gewußt, mit Ausnahme vielleicht seines Vaters, aber niemand hatte ›diese g'spinnerte Extravaganz‹, wie sie es nannten, sonderlich tragisch genommen, Koksen war schließlich beinah so etwas wie eine Mode der Zeit.

Einzig der Ferdl hatte die Sache schon damals etwas ernster angeschaut als die übrigen. Nicht ohne Grund, denn er hatte einmal einen tiefen und ziemlich erschreckenden Blick in die Seele des Süchtigen getan. Der Vorfall, von dem hier die Rede ist, lag schon ziemlich weit zurück, es war im November dreiundzwanzig gewesen, ein paar Wochen nach der Abreise Nancys und der Kinder. Ferdl hatte seinen Bruder eines Abends ins Rathauskino mitgeschleift, wo Friedrich Wilhelm Murnaus spektakuläres »Nosferatu«-Lichtspiel lief. Der Toni war beim Aus-dem-Haus-Gehen und auch noch unterwegs ungewohnt guter Laune gewesen, aber im Verlauf der Darbietung irgendwie mürrisch geworden, was der Ferdl für eine Wirkung des Kinostücks hielt oder vielleicht auch der stundenlangen Alkoholabstinenz, denn daß Toni damals ziemlich viel soff, war seinem Bruder nicht entgangen. So lud er ihn nach dem Ende des Films in die Regina-Bar ein. Unterwegs fiel ihnen auf, daß ungewöhnlich viel berittene Schupos auf der Straße waren, und sogar einige Wagen vom Überfallkommando begegneten ihnen. Es waren politisch unruhige Tage. Der schon lange schwelende Konflikt zwischen der stark nach rechts abgedrifteten ›Ordnungszelle Bayern‹ und der marxistisch dominierten Berliner Zentralgewalt trieb einer unguten Radikalisierung zu. Toni zuckte die Achsel. »Wird halt wieder irgendwo eine Saalschlacht sein«, vermutete er. »In letzter Zeit ist ja dauernd was los.« Ferdl hatte schon öfter über die bemerkenswert unordentlichen Verhältnisse in seinem sonst doch eher als überordentlich verschrieenen Vaterland gestaunt.

In der Regina-Bar, wo der Ferdl Champagner bestellte, wurde es dem Toni nicht besser, obgleich er das köstliche Getränk nur so hinunterschüttete. »Du schaust miserabel aus, Bruderherz«, stellte Ferdl mit Besorgnis fest. Toni lächelte matt. »Ich fühl' mich auch wirklich ein biss'l blümerant.« Seine Farbe war käsig, und Schweißperlen standen auf seiner Stirn. Seine Hände zitterten. Als er merkte, daß Ferdl ihn prüfend ansah, wurde er verlegen. »So geht's mir öfter, da ist nix dabei.«

Ferdl nickte verständnisvoll. »Hast schlimme Zeiten durchg'macht, gell?«

Toni brütete vor sich hin. Und dann war's vermutlich das erste und einzige Mal in seinem Leben, daß er etwas von jenem furchtbaren sibirischen Erlebnis sehen ließ, auf das er sich sonst geflissentlich selbst nicht besann und das ihm nur einmal, als der Dr. Klein von dem Sibirienroman Dostojewskis geredet hatte, beinah bis in das wache Bewußtsein hochgekrochen war. »Ich bin schon unter die Krepierten g'legen«, erzählte er leise. »Buchstäblich, doch, doch. Im Winter siebzehn auf achtzehn. Alle sind sie am Typhus verreckt, und der Boden war so beinhart g'froren, daß man die Leichen nicht hat begraben können, man hat sie aufeinanderg'schichtet wie Brennholz, verstehst. Ja . . . und irgendwie, wie's endlich auch mich draufg'schmissen haben, muß ich mich dann doch noch ein biss'l g'rührt haben oder so, ich weiß es ja selber nicht, jedenfalls haben s' die wieder auf d' Seiten g'räumt, die schon auf mir droben g'legen sind, und mich wieder herunterg'hoben . . .« Ferdl war angerührt, während sich der Toni nach einer versonnenen Pause in einen merkwürdig fahrigen Spott zu flüchten versuchte. »Mir ist ganz wohl g'wesen, auf dem Haufen dort, wirklich«, lächelte er mit schiefem Mund. »Irgendwie angenehm warm ist mir's g'wesen, wie ich so langsam zum Erfrieren ang'fangt

297

hab' . . . Hast das noch nie g'lesen, daß das Erfrieren z'letzt ein ganz heimeliger Tod ist? Man liest's in jedem besseren Roman.« Und dann, kaum hörbar und bitterlich ernst, setzte er hinzu: »Sie hätten mich halt dort liegenlassen soll'n, die dummen Kerln.«

Ferdl war ganz erschrocken. Aber so recht fiel ihm nichts ein, was er hätte sagen können. Was sagt man auch schon Passendes auf solch ein makabres Bekenntnis hin. Nur ein »Jetzt sei so gut, sag doch so was nicht!« brachte er heraus. Toni schwieg. Und dann, ganz unvermittelt, deutete er auf die Champagnerflasche. »Bist mir bös, wenn ich mir was Stärkeres einverleib'?«

»Soll ich dir einen Schnaps b'stellen?«

»Nein, nein, danke, ich . . . hol' mir schon selber was an der Bar.«

Ferdl blieb allein am Tisch zurück. Er beobachtete seinen Bruder, wie der mit hängenden Schultern auf einen vollgefressenen Schiebertyp zuschlurfte und mit dem irgendwas verhandelte. Die beiden kannten sich offenbar. Ferdls Aufmerksamkeit wurde abgelenkt durch einen Feldwebel in Reichswehruniform, der unter die Eingangstüre trat und offensichtlich nach jemandem Ausschau hielt. Der Soldat erregte eine gewisse Aufmerksamkeit, in dieser vornehm versnobten Umgebung gehörte seinesgleichen nicht zum Alltäglichen. Toni und der Schieber unterhandelten immer noch, als der Feldwebel auf drei Herren am Nebentisch zutrat, denen man trotz ihrer zivilen Kleidung ansah, daß sie vermutlich Offiziere waren. Tatsächlich salutierte der Feldwebel militärisch, beugte sich dann den Herren entgegen und flüsterte eindringlich mit ihnen. Der Uniformierte stand so ungünstig, daß Ferdl nicht deutlich erkennen konnte, was der Schieber dem Toni mit einer Verstohlenheit zusteckte, die schon wieder auffallend wirkte. Es sah aus wie ein kleines weißes Couvert, während das, was der Toni dem Schieber in die Hand drückte, eine zusammengefaltete Dol-

298

larnote war. Toni verschwand mit schleppendem Schritt
hinter der Tür mit dem blankgeputzten Messingschild ›For
men‹. Zur selben Zeit, und ohne recht aufzumerken, hörte
Ferdl, wie die militärisch wirkenden Zivilisten am Nebentisch nach dem Zahlkellner verlangten. Irgend etwas von
einem Putsch war die Rede, auch von einem Bierkeller –
dem Bürgerbräu, wie der Ferdl zu hören meinte –, und auch
der gewesene General Ludendorff wurde erwähnt. Die drei
Herren schienen durch die Neuigkeiten, die der Feldwebel
gebracht hatte, sichtlich in eine elektrisierte Stimmung versetzt. Sie zahlten und verließen, zusammen mit dem Uniformierten, eilig das Lokal. Fast im selben Augenblick tauchte
auch Toni wieder auf. Eine erstaunliche Veränderung war
mit ihm vorgegangen. Seine Augen waren nicht mehr trüb
wie zuvor, sondern auffallend groß und glänzend, seine
Bewegungen lebhaft und unternehmend. Seine Finger zitterten nicht mehr. Er durchquerte mit sicheren Schritten das
Lokal und rief Ferdl schon von weitem zu, daß er einen
Cocktail genommen habe. Ferdl aber hatte zuverlässig gesehen, daß sein Bruder an der Bar weder etwas getrunken noch
auch nur beim Keeper etwas bestellt hatte.
»Fühlst du dich jetzt besser?« erkundigte sich Ferdl mit
Aufmerksamkeit.
»Blendend, Brüderlein! Trink aus. Da herin ist es zu fad
zum Bleiben, da kenn' ich ganz andere Lokale, wir machen
eine Rundreise miteinander, komm.«
Die Rundreise dauerte, wie nicht anders zu erwarten,
ziemlich lang. Als die beiden nach Hause kamen, graute
schon der Morgen herauf, und Ferdl, der jetzt ebenfalls
ziemlich benebelt war, entsann sich hintennach undeutlich,
daß sie einige Schwierigkeiten gehabt hatten, in die Maria-
Theresia-Straße zu gelangen, weil die Isarbrücke beim
Gasteig von allerlei halbmilitärisch kostümiertem Gesindel
abgesperrt war. Auch an rote Armbinden mit einem runden
weißen Fleck und irgendeiner exotischen Rune darauf,

299

meinte er sich zu erinnern. All dies fiel dem Ferdl wieder
ein, als er durch das Schrillen des Telefons aus dem Schlaf
gerissen wurde. In das Zimmer, dessen Vorhänge nur nachlässig zugezogen waren, fiel der helle Tag. Ferdl stand auf,
schlüpfte in seinen Hausmantel und ging zur Theres hinüber. Als er eintrat, legte sie eben den Telefonhörer wieder
auf. Sie schien erregt.

»Grad hat der Papa antelefoniert. Bei der Feldherrnhalle
hat's eine Schießerei mit der Polizei 'geben! Ein richtiges
Blutbad, sagt der Papa.«

»Ich hab' heut' nacht schon was g'hört von einem
Putsch.«

»Einen Marsch auf Berlin haben welche machen wollen,
der Ludendorff und der Hitler, irgendwas in der Art wie
voriges Jahr der Mussolini, wie der nach Rom 'zogen ist. Die
Reichsregierung haben s' stürzen wollen, hat der Papa
erzählt, aber sie sind abg'fangen worden.«

»Der Ludendorff und wer?« erkundigte sich der Ferdl.

»Der Hitler. Anton, glaub' ich, oder so, irgendein g'spinnerter Lokalmatador mit einer furchtbar g'schmierten
Goschen. Der Papa sagt, er ist auch unter den Toten, und
daß es nicht schad ist um ihn.«

Ferdl winkte gelangweilt ab. »Von mir aus, mich geht das
ja Gott sei Dank nichts an. — Ist der Toni schon auf?«

»Ach wo.«

»Er kann nicht unvermutet daherkommen?«

»Aber nein. Warum, ist was mit ihm?«

»Ich hab' da was bemerkt, was mich arg stutzig g'macht
hat. Es kann ja sein, daß ich mir was einbild', aber —«

Therese wußte sofort, wovon er sprach. »Nein, Ferdl, du
bildest dir nichts ein. Leider. Er kokst.«

»Also doch . . . Weiß es der Papa?«

»Um Gottes willen! Daß d' ihm ja nichts sagst! Und . . . er
ist ja auch schon dabei, es sich abzugewöhnen. Er hat mir's
in die Hand hinein versprochen.« Ferdl war skeptisch. Aber

Therese glaubte an ihren kleinen Bruder. Und, wie es den Anschein hatte, zu Recht. Denn die ganzen Jahre darauf, bis zu diesem peinlichen Auftauchen der Polizei jetzt, im Frühjahr neunundzwanzig, hatte eigentlich jedermann im Haus gedacht, daß der Toni nicht süchtig wäre. Jedermann, nur zuletzt ausgerechnet die Theres nicht mehr. Weil die es nämlich besser wußte. Und zwar seit dem vergangenen Winter schon. Damals hatte sie eines Abends beim Toni angeklopft, etwas zaghaft vielleicht, aber doch eigentlich laut genug, um gehört zu werden, und als sie kein ›Herein‹ vernahm, war sie einfach ohne Aufforderung eingetreten. Sie kam grade zurecht, um zu sehen, wie der Toni eine Injektionsspritze aus seinem Unterarm zog. Sie stand wie versteint, während er nicht einmal erschrak, sondern das Instrument in aller Ruhe auf die Kommode legte. »Mach kein Theater draus«, sagte er, als er ihren panischen Blick bemerkte. »Ich hab 's Zusperrn vergessen.«

»Wir haben alle gedacht, daß du mit dem Koksen aufgehört hast!«

Er sah sie an, und ein umwerfend sympathisches, bubenhaftes Lächeln trat auf seine Lippen. »Das hab' ich doch auch.«

Therese wurde zornig. »Das weiß ich selber, daß man sich Kokain nicht spritzt! Aber —«

Er winkte nachlässig ab. »Ich bin nie davon weggekommen«, gestand er ihr. »Nur immer tiefer hinein. Ich hab' schon tausend Sachen probiert. Das da ist Meskalin.« Er hatte auf dem Tisch einen Tauchsieder stehen und vorhin ein halbes Gramm von dem Pulver in erwärmter Kochsalzlösung aufgerührt.

»Mein Gott, Toni. Du *darfst* dich doch nicht selber kaputtmachen!« flehte Therese ihn an.

Seine Antwort hatte nichts Wehleidiges. Nur unendlich traurig klang es, als er sagte: »Es braucht mich doch keiner, schau.«

»Wir alle brauchen dich!« protestierte sie. Aber er winkte nur ab.

Es gab da so kleine Erinnerungen, dutzendweise gab es sie, und ein anderer hätte sie vielleicht vergessen, aber der Toni nicht. Sein Papa hatte ihn unbedingt als Direktor in der AG unterbringen wollen. »Direktor, daß ich nicht lach'«, hatte er zur Antwort gegeben, denn so viel Überblick hatte er schließlich auch, um zu merken, daß das eine Art von Frühstücksdirektor war, den man ihn spielen lassen wollte. Einen charmanten Unterhalter sollte er abgeben, einen besseren Empfangsportier, nach was aussehen sollte seine Position und finanziell gesichert sollte er sein, aber irgendwelche Verantwortung hätte er nicht, eine wirkliche, harte Arbeit traute man ihm denn doch nicht zu. Und er traute sie sich ja sogar selber nicht zu. »Nein, Papa. Wennst meinst, daß ich unbedingt auch in der AG noch arbeiten soll, dann arbeit' ich halt. Aber auch da bloß als ganz g'wöhnlicher Buchhalter.« So war es dann auch geregelt worden. Er hatte sich rechtschaffene Mühe gegeben, pünktlich und fleißig und zuverlässig zu sein, und in einer Art war er es auch. Aber wenn dann der Ferdl einmal bei ihm hereinschaute und zu ihm sagte: »Also, die Abrechnung über Niederbayern hast vorzüglich gemacht, Bruderherz«, und er sich bis ins innerste Herz hinein freute, weil er gradezu hungrig und durstig nach Anerkennung war, dann kam unfehlbar der vernichtende Nachsatz: »Bloß ein biss'l lang dauern tut's halt immer bei dir, eigentlich hätten wir sie schon vorige Woch' haben sollen.« Das war ohne Bösartigkeit gesagt, eher gedankenlos, aber gesagt war es halt und, was das Schlimmste war, es hatte ja unzweifelhaft seine Richtigkeit damit.

»Brauchen, Schwesterlein? ... Das glaubst ja selber nicht. Und sogar wenn! Ich *bin* doch schon kaputt, schau. Und warum dann soll ich nicht *gern* kaputtgehn dürfen? Und auf eine angenehme Art?«

»Angenehm!« Er sah immer grau und müde aus, krank,

traurig, und sein Atem ging oft rasselnd wie bei einem Asthmatiker. Dabei war er doch erst achtunddreißig Jahre alt.

»Aber ja, Schwesterlein, angenehm, wirklich wahr.« Toni lächelte. Die Spritze hatte zu wirken begonnen. Er hatte sich eine Zigarette angezündet und sich auf den Diwan gesetzt. »Hast du eine Ahnung, Schatz«, sagte er. Seine Pupillen waren jetzt ganz unnatürlich weit. Therese sah, daß seine Schlagader am Hals im Rhythmus des Pulsschlags auf und nieder hüpfte. Als Krankenschwester war sie erfahren, sie schätzte die Frequenz auf mindestens hundertdreißig, hundertvierzig Schläge ein. »Das Schönste dran ist nicht einmal die Euphorie«, erklärte er ihr, und das Lächeln um seinen Mund nahm langsam etwas Stereotypes, merkwürdig Unlebendiges an. »Obwohl die ganz wunderbar und direkt phantastisch ist, doch, eine solche Ruhe, eine solche Schmerzlosigkeit ... eine Wunschlosigkeit, daß ich dir's gar nicht sagen kann, gelöst und ... und mystisch, einfach mystisch, Schätzchen, wirklich wahr, ja ... Aber das Schönste sind halt doch die Farben, weißt ...«

»Was für Farben?«

»Alle möglichen.« Toni starrte vor sich hin und schwieg. Wie hätte er beschreiben können, was er sah. Dieses intensive blaue Licht, das aus dem Rauch seiner Zigarette aufstieg und leuchtete, ein schwebender, bizarr sich kringelnder und ganz allmählich, mit erhabener Langsamkeit den Raum ausfüllender Amethyst ... Und dort, an der Wand, die Blumen der Tapete waren plötzlich wie aus farbigem Porzellan. Das ganze Zimmer war auf einmal so licht, so sonnig, so frühlingshell, jetzt, mitten im Winter ... Und sogar die Theres ... als ob sie eine Aura um sich hätte, zwei, drei Zentimeter eines duftigen, grüngelben Scheins, zumal um ihre Haare herum ... »Nur schade, daß einem so hundsmiserabel schlecht wird her-

303

nach, stundenlang so hundsmiserabel schlecht . . . Aber von nichts kommt halt einmal nichts. Schwesterlein, hm?«

Tränen traten in Thereses Augen. »Mein Gott . . . wenn ich dir nur helfen könnt'«, sagte sie.

»Aber geh, Tschaperl, mir mußt doch nicht helfen, mir geht's doch gut, besser als euch allen geht's mir, schau.« Er hatte die ganze Zeit das Gefühl, mit ihr zu reden. Aber in Wahrheit saß er nur da und schwieg. Als sie ihre Fingerspitzen zärtlich gegen seine Stirn legte, rührte er sich nicht. Er fühlte es vielleicht nicht einmal, so weit weg war er. Therese ging lautlos hinaus.

Das war vor etwa sieben Monaten gewesen. Und einstweilen − (»Ich hab' schon tausend Sachen probiert«) − war er also beim Morphium angelangt.

»Auch wenn er süchtig sein sollte, deshalb *handelt* er doch nicht mit dem Zeug!« Der Kommerzienrat stand mit geballten Fäusten vor dem Inspektor der Kriminalpolizei.

»Vermutlich nicht freiwillig«, räumte dieser ein. »Aber die feinen Herren aus der Branche geben das Rauschgift nur ab, wenn sich jemand auch entsprechend nützlich macht.« Es waren ein paar Verhaftungen vorgenommen worden, jemand hatte Tonis Namen ins Spiel gebracht, und so war es zu der Hausdurchsuchung gekommen. »Was wir an Drogen bei Ihrem Sohn gefunden haben, ist nicht grade überwältigend viel, Herr Kommerzienrat, aber vielleicht doch ein bißchen mehr, als sich jemand zulegen würde, der nur an seinen Eigenbedarf denkt. Nun, das Gericht wird das würdigen.«

»Toni! Bub!« Der Bräuer rüttelte seinen Sohn an beiden Schultern. Aber Toni blieb apathisch, wie die ganze Zeit.

»Das ist zwecklos. Er hat sich unmittelbar vor unserem Eintritt eine ziemliche Dosis gespritzt, er ist jetzt nicht ansprechbar.« Inspektor Unterberger kramte ein Papier aus dem Jackett. »Ich habe einen Haftbefehl.«

»Sie wollen ihn mitnehmen?« Anton Wiesinger war
furchtbar bleich, und seine Stimme zitterte.

»Ich muß. Wenn er mitkommt, ohne Schwierigkeiten zu
machen, kann ich Ihnen wenigstens ersparen, ihm Hand-
schellen anzulegen.«

Toni ging ohne Widerstreben mit. Er war in sich verkap-
selt. Es schien, als begriffe er überhaupt nicht, was mit ihm
geschah.

Als Anton Wiesinger anderntags zusammen mit seinem Neffen und einem Schließer durch den langen, unwirtlich hal-
lenden Korridor des Untersuchungsgefängnisses Stadelheim
ging, versuchte Alfred ihn zu trösten. »Es ist deprimierend,
wenn man zum erstenmal herkommt, ich weiß, aber ganz so
schlimm, wie's ausschaut, ist es nicht.« Er war oft genug hier
aus und ein gegangen, um zu wissen, daß auch dies eine
ganz normale, ganz alltägliche Welt war, für die Beamten
und auch für die lang Einsitzenden unter den Gefangenen.
»Das Leben wär' schon lang auf der Welt erloschen, wenn es
sich nicht an alle nur denkbaren Umstände g'wöhnen
könnt'«, sagte Alfred Wiesinger.

»Schon recht.« Mochte ja sein, daß sein Neffe es gut
meinte, aber bevor er ihn mit philosophischen Redensarten
abspeiste, wär's gescheiter, er hielte den Mund. Als die
beiden die Besucherzelle betraten, blieb der Schließer diskret zurück.

Sie fanden Toni auf einer unbezogenen Pritsche liegend,
unrasiert und wächsern gelb im Gesicht. Ein Frösteln beu-
telte ihn, und er wand sich, als ob er Schmerzen litte. Ein
Arzt bemühte sich eben um ihn.

»Das sind die üblichen Entzugserscheinungen«, klärte er
die Ankömmlinge auf, während er eine Spritze aufzog und
sie gegen die fahle Helligkeit hielt, die durch das Oberlicht
hereindrang. Anders als für den Kommerzienrat und sogar
für den Alfred war das hier etwas Gewohntes für ihn. Er

305

wußte, die Mißempfindungen der Patienten hielten normalerweise zwischen vier bis acht Tagen an. Sie litten an Angstzuständen, Unruhe, Schlaflosigkeit, schrien, fluchten und weinten, sie tobten, rüttelten an den Türen und wollten hinaus. Übelkeit plagte sie, Leibschmerz, Zittern und Frösteln, Beklemmungen hatten sie, Ohrensausen, Neuralgien, Herz- und Kreislaufstörungen . . . Es war ein langer, bitterer Katalog. »Ich spritze grade zwanzig Einheiten Insulin, dazu fünfundzwanzigprozentige Traubenzuckerlösung intravenös. Das bringt Linderung.« Der Arzt tupfte die Einstichstelle mit einem Alkoholbausch ab und erhob sich. »Dr. Kohlbach«, stellte er sich vor.

»Wenn er körperlich leidet, gehört er in eine Klinik, nicht in eine Zelle!« schaltete Alfred sich ein.

»Er kommt auf die Krankenstation«, entgegnete der Arzt. »Im übrigen bin ich ohnedies der Meinung, daß Morphiumsucht weniger ein Delikt als eine Krankheit ist. Für diese Auffassung trete ich seit Jahren ein, aber bis so etwas in die Ganglien der schwerfälligen Justizbürokratie dringt . . .« Er zuckte resigniert die Achsel.

Alfred war hellhörig geworden. »Wenn ich auf eingeschränkte Schuldfähigkeit plädieren würde, oder vielleicht sogar auf Schuld*un*fähigkeit, könnte ich dabei auf Ihre Unterstützung rechnen?«

»Unbedingt. Aber wenn Sie damit durchkommen, wird die zeitweilige Einweisung in eine staatliche Heil- und Pflegeanstalt nicht zu umgehen sein.«

Also Eglfing-Haar . . . nicht grade ein vorteilhafter Tausch. Doch mit einigem Geschick mochte man vielleicht drum herumkommen. Man müßte den Toni möglichst bald aus der Untersuchungshaft loseisen, mit einer Kaution vielleicht, und ihn dann in ein renommiertes Privatsanatorium stecken, zum Entzug und überhaupt zur psychisch-regenerativen Fortbehandlung . . . Wenn er erst gesund wäre, würde vielleicht sogar die Niederschlagung des Verfahrens zu erreichen sein, vor allem dann, wenn ihm der Handel mit dem Teufelszeug nicht nachzuweisen wäre. Und wahrscheinlich hatte er in dieser Richtung ja wohl wirklich nicht viel getan. Da würde die Anklage sich dann auf den bloßen Besitz reduzieren, und damit wäre man schon halb überm Berg . . .

Während Alfreds Gehirn arbeitete und Dr. Kohlbach seine Instrumente zusammenpackte, saß Anton Wiesinger auf der Pritsche neben seinem Sohn. Er hatte Tonis Hand in die seinige genommen und streichelte sie. An seinem Schenkel spürte er, wie unter dem Einfluß der Spritze das heftige Zittern allmählich nachließ. Nach einer Weile lag Toni bewegungslos, den ganzen Körper vom Kommerzienrat ab- und der Wand zugekehrt. Ganz plötzlich warf er sich herum und preßte sein Gesicht fest gegen die Hand seines Vaters. Anton Wiesinger merkte, wie eine warme Nässe über seine Finger lief. Aber es war nicht der Toni allein, der jetzt weinte. Auch dem Kommerzienrat liefen die Tränen herab.

Die Reaktionen auf das Vorgefallene waren unterschiedlich. Der Studienprofessor Wolfang Oberlein mokierte sich. »Weil diese degoutante Affaire zwischen deinem Bruder und seiner Frau Stiefmama noch nicht reicht, um uns ins Maul der Leute zu bringen!« Therese erklärte, die Leute wären ihr schnurzegal. »Wie souverän«, spottete er. »Aber nun gut, das sind Wiesinger-Geschichten, ich bin ein Oberlein. Und du Gott sei Dank auch.« Er hatte es nicht eigentlich bös gesagt. Er wurde jetzt überhaupt viel seltener von seiner früheren Übellaunigkeit geplagt. Aber sich eine Gelegenheit völlig entgehen zu lassen, an der Göttlichkeit der Familie Wiesinger zu kratzen, das war nun doch zu viel verlangt.

Ganz anders reagierte Lucie. Sie heulte, als man den Toni aus dem Haus führte, wie ein Schloßhund, und auch der Josef zürnte. »Da machen s' den Menschen z'erst kaputt mit ihrem Scheißkrieg, und hernach haben s' nicht mal eine Nachsicht gegen ihn!«

Sogar Regina stieß ein wenig in dieses Horn. »Schad um ihn«, klagte sie. »Ich hab' ihn furchtbar gern, viel lieber als den Ferdl eigentlich. Er ist so gutherzig, gell?«

»Grad das ist es ja. Für die Gutherzigen ist das Leben einfach z' hart«, antwortete ihr Mann, und das war, niemanden wird es überraschen, der Dr. Alfred Wiesinger. Geheiratet hatten sie vor etwas über zwei Jahren, und es war damals ein höchst bemerkenswertes Fest gewesen, an das nachher noch lange von allen zurückgedacht worden war. Die beiden hatten ihre Vermählung nämlich im Torbräu gefeiert, und die Gunst des Zufalls hatte es seinerzeit möglich gemacht, die wiesingerische Familienfestivität zusammen mit der Neueröffnung des gründlich und durchaus geschmackvoll renovierten Lokals unter der neuen Leitung des Ehepaares Klara und Lothar Obermeier zu begehen. Als der Bräutigam in seiner Tischrede die Duplizität der Jubelanlässe würdigte und dabei auf die mehr als fünfzehn Jahre verwies, während welcher die Obermeierschen ihrem Bräustüberl unverdrossen hinterdreingelaufen waren, wurde er von einem launigen Zwischenruf seiner Angetrauten aus dem Konzept gebracht.

»So lang warst du hinter mir aber bei weitem nicht her!« Des allgemeinen Gelächters nicht achtend, refüsierte Alfred diesen Einwurf ziemlich ernst und sogar — prima vista zumindest — etwas wunderlich. »O doch! Und sogar noch viel länger!« rief er nämlich aus, »wenn ich es recht bedenke: gut und gern dreißig Jahre lang!« Als sich daraufhin von allen Seiten Zurufe, ja sogar laute Proteste erhoben, die ihn allesamt buchhalterisch an den erst eineinhalb Jahre zurückliegenden Fasching gemahnten, bei dem er seine Regina kennengelernt hatte, setzte er der Runde scharfsinnig auseinander, daß — jedenfalls philosophisch betrachtet — das Eigentliche mitnichten in der groben körperlichen Entität zu erblicken sei, sondern vielmehr in der geistigseelischen Essentia. »Und wenn es mir auch in meiner

Jugend, leider, nicht vergönnt gewesen ist, dich leibhaftig kennenzulernen, so hab' ich doch immer und vor allem Anfang schon g'wußt, daß es eine Frau wie dich gibt, ja einfach geben *muß*, und daß die, die ich einmal heirat', wenn ich *überhaupt* heirat', unbedingt so ausschaun und akkurat so sein muß wie du, mein Schatz!«

Der Beifall für diese eloquent gedrechselte Liebeserklärung war groß, auch sogar beim Wirtsehepaar, obwohl dieses durch die Feinheit der Argumentation wohl doch ein wenig überfordert sein mochte. Und übrigens war, was Alfred ausgedrückt hatte, nicht nur eine artige Floskel, sondern im Kern durchaus wahr: Der etwas steifleinerne Hagestolz, welcher er zeit seines Lebens gewesen war, sollte sich in seiner späten Ehe buchstäblich und beinahe ohne Rest auflösen wie ein Stückl Kandiszucker in heißem Tee. Und selbst im Jahr 1932 noch – um hier den Ereignissen einmal ein wenig vorzugreifen –, also in ihrem verflixten siebenten Jahr, sollte sich die Ehe Alfred Wiesingers noch immer auf eine anrührende Weise als gedeihlich und frisch erweisen.

Im letzten Jahr der Ära des Ministerpräsidenten Heinrich Held – die NSDAP war gerade erst von 6,3 auf 32,5 Prozentstimmen hinaufgeschnellt und durfte doppelt so viel Abgeordnete in den Landtag entsenden als die SPD – wurde Alfred Wiesinger von seinen Genossen zum Vorsitzenden der sozialdemokratischen Landtagsfraktion gewählt – ein stolzes, beglückendes Ereignis für ihn. Sogar sein Onkel, so blasiert er gegenüber den politischen Erfolgen seines Neffen sonst immer tat, strahlte Genugtuung aus. Selbstredend war zur Würdigung dieses Aufstiegs eine nicht unbedeutende Feier fällig, und zwar – Proletariat hin, Sozialismus her – in den pompösen Räumen des Hotels Excelsior. Regina legte eben vor dem Spiegel letzte Hand an ihre Toilette, als sie es heftig an der Haustür schellen hörte. Den Geräuschen nach öffnete das Dienstmädchen Ilse und begrüßte den Hausherrn Alfred Wiesinger.

»Hast dein' Schlüssel vergessen?« erkundigte sie sich, als er sich nach einer ziemlichen Weile bei ihr sehen ließ und das, sie traute ihren Augen nicht, in Spitzenhemd und Frack. »Hoppla!« rief sie aus. »Wo um Himmels willen hast du dich denn schon so fein g'macht? Doch nicht in der Kanzlei?«

»Aber sicher in der Kanzlei.«

»Jesus! Und warum nicht daheim?«

»Damit ich dich überrasch'.«

»Das ist dir allerdings geglückt!«

»Weißt, wo wir heut' hingehn?«

»Ins Excelsior, bild' ich mir ein?«

Alfred schüttelte den Kopf. »N'n. Da wo wir hingehn, ist's *viel* schöner. Wirklich wahr.«

Regina blickte ihn ratlos an. »Also, jetzt weiß ich wirklich nicht?«

»Hast dich schon sehr g'freut? Auf die vielen Gäst'?« wollte er von ihr wissen.

»Wieviel hast denn eing'laden?« fragte sie zurück.

Er setzte eine schier lausbübische Miene auf. »Niemanden!«

»Wieso niemanden? Zu der Gelegenheit hast doch allein schon zwei Dutzend Parteifreunde am Hals —?«

Man merkte ihm an, daß er sich auf irgendwas furchtbar freute und es einfach nicht länger fertigbrachte, damit hinterm Berg zu halten. »Ich hoff', du wirst z'frieden sein. Komm!« Er fing an, sie gegen die Tür zu zerren. Um ein Haar wäre ihr der Ohrring zu Boden gefallen, den anzustekken sie eben beschäftigt war.

»Wart!« kreischte sie.

Er nahm ihr das kleine Gehänge aus der Hand und legte es auf den Frisiertisch zurück. »Den kannst später anlegen«, sagte er und schob sie mit sanfter Gewalt auf den Flur hinaus, ins Speisezimmer hinüber. Dort war das Mädchen dabei, festlich die Tafel zu decken, mit dem guten sächsischen Porzellan und dem Familiensilber, das Regina mit in die Ehe gebracht hatte, mit Blumen und Kerzen und vor allem mit hundert Köstlichkeiten, wie man sie damals nur beim Dallmayr zu kaufen bekam.

»Jesus, Herr Doktor!« Das Mädchen Ilse schlug erschrocken die Hand vor den Mund. »Ich bin beim besten Willen noch nicht fertig 'worden.«

»Verlangt ja auch keiner, ich hab's bloß nicht länger ausg'halten.« Alfred vollführte eine stolze Geste über all die lukullischen Feinschmeckereien hin, die zum Teil noch nicht einmal ausgepackt waren. »Das hab' ich alles eigenhändig herg'schleppt!« brüstete er sich vor seiner Frau, die mit Verwunderung bemerkte, daß die Tafel mit nur zwei Gedecken versehen war.

»Willst vielleicht allein feiern?«

»Allein nicht, aber ohne wen andern, nur mit dir! Ich hab' die Leut' aufs Wochenend' vertröstet. Es ... es ist dir doch recht?« Er war plötzlich ganz unsicher geworden. »Ich hab' halt eine solche Lust verspürt, weißt, heut mit dem liebsten Menschen, den ich hab', ganz allein zu sein.«

Regina fiel ihm um den Hals. »O Fred, Fred ...!« Und mit einmal fing sie herzerweichend zu flennen an.

Er zog sein Sacktuch heraus. »Aber geh, Tschaperl, wer wird denn weinen.«

»Ich wein' ja aus Freud'!«

Aber es war nicht nur Freude und auch nicht nur Rührung allein. Ganz unvermittelt und schwer war ihr wieder der Gedanke daran auf die Seele gefallen, daß sie unfähig war, Kinder zu haben.

»Wir können doch eins adoptieren«, sagte er, wischte ihr ein bißchen Nasenschleim weg, faßte sie unterm Kinn und hob ihr Gesicht zu sich empor.

»Aber es ist nicht dein Fleisch und Blut«, klagte sie noch immer.

»Bist *du* mein Fleisch und Blut? 's Liebhaben hängt doch nicht von so einem Schwachsinn ab, Herzl.« Da

küßte sie ihn mit einer geradezu stürmischen Leidenschaftlichkeit . . .

Das war die späte Ehe des Dr. Alfred Wiesinger.

Die Ehe des gewesenen Studienprofessors, seit einem Jahr
*Ober*studienprofessors Wolfgang Oberlein ging weniger gut.
Aber doch besser, als man sich's eine ganze Weile lang hatte
versprechen dürfen. Der letzte anhaltende Zwist zwischen
den Eheleuten lag schon eine ziemliche Weile zurück, und
Zwist ist eigentlich auch gar nicht das rechte Wort, denn ein
Anheben der Lautstärke war zwischen ihnen beiden etwas
eher Ungewöhnliches, Streit im üblichen Sinne gab es beinahe nie. Was die Atmosphäre zwischen der Theres und
ihrem Mann vergiftete — vergiftet hatte, denn allem
Anschein nach lag dies alles nun für immer zurück —, war
die fortwährende, sozusagen chronische Übellaunigkeit des
Beinamputierten. Sie war ein Wesenszug bei ihm, aber der
zeigte sich jetzt nur noch in sozusagen verdünnter Form.
Früher hatte Wolfgangs gewohnheitsmäßiger Mißmut sich
jedesmal dann zu einer zähen, geradezu gallertartig haftenden Grämlichkeit verdickt, wenn er jemandem etwas übel-
genommen hatte, und er nahm rasch und gern etwas übel.
Da vermochte er dann tagelang, ja, gelegentlich ganze
Wochen eisig zu schweigen. Fragte man ihn, oft genug ratlos
über den Grund seiner Verstimmung, was um Himmels
willen er denn nun schon wieder in die falsche Kehle bekommen habe, so antwortete er verstockt »Nichts.« — »Laß ihn.
Er böckelt. Das hat er immer getan«, versuchte seine Mutter
die Theres zu trösten. Aber Therese, deren empfindsames
Gemüt von klein auf einer gleichbleibend freundlichen
Atmosphäre bedurfte, verkraftete diese Anfälle nur schwer.

Der letzte, nun also schon eine ganze Weile zurücklie-
gende Zwist dieser Art hatte sich an Thereses Klavierspiel
entzündet, oder vielmehr an den Absichten, die sie neuerdings mit dieser Tätigkeit verknüpfte. »Bloß die eine Etüde

noch«, hatte sie geantwortet, als Wolfgang sich über »das ewige Geklimpere« aufgehalten hatte. »Jahrelang hast du überhaupt nicht mehr gespielt und jetzt auf einmal . . .« – »Ich muß halt üben, wenn ich Stunden geben will«, hatte sie wie nebenbei fallenlassen und einen mißglückten Quintsext-Akkord wiederholt. Er war ganz entsetzt zu ihr herumgefahren. »Wenn du *was* willst, bitte sehr??« – »Ich möchte mir ein paar Schüler suchen«, hatte sie ruhig und mit Festigkeit gesagt. Er hatte ein paarmal schlucken müssen. Die Zeiten waren dazumal anders als heute, es war eine Schande für einen Mann, wenn seine Frau arbeiten mußte, es bedeutete beinahe so viel, als wäre er wie irgendein auf der Brennsuppe dahergeschwommener Prolet nicht fähig, für den standesgemäßen Unterhalt der Seinen zu sorgen. »Du wirst dir doch nicht einbilden, daß ich dir das erlaube?!« hatte er sie zornig angeschrien, und sie war nach ihrer Art daraufhin nur noch ruhiger geworden. »Erstens *muß* ich nicht arbeiten, sondern ich *will*. Und zweitens glaube ich nicht, daß ich dich deswegen fragen muß, Wolf.«

Er verbrachte den ganzen Vormittag in seinem Gymnasium, nachmittags saß er im Arbeitszimmer, wo er die Schulaufsätze korrigierte, und ihr fiel derweil die Decke auf den Kopf. Aber als sie es ihm zu erklären versuchte, machte sie es nur noch schlimmer damit. Denn daß es einer Mutter daheim fad werden konnte mit einer bald sechsjährigen Tochter im Haus, das wollte ihm nun schon überhaupt nicht in den Kopf. – (Und seiner Mama, versteht sich, schon zweimal nicht: »Die landet noch bei den Suffragetten, Wolf, du wirst es erleben, paß auf!«) Nun ja. Daß man die Weiber im Krieg gebraucht hatte, das hatte sie verdorben. Man mußte sie doch nur ansehen, wie sie sich die Lippen anmalten und sich zusammenrichteten. In der Öffentlichkeit rauchten sie, und unlängst hatte er sogar eine auf dem Motorrad herumkutschieren sehen, mit Windbrille und offen fliegendem Haar! Verpfuscht und verdorben waren sie, allesamt ... Der Oberstudienprofessor fand diesmal erst nach vollen drei Wochen aus dem Bocken heraus.

Heute hatte er sich an die in der Villa aus und ein gehenden, unentwegt die Tonleiter hinauf und hinunter klimpernden Schüler seiner Frau nahezu gewöhnt. Überhaupt war er, wir erwähnten es schon, sehr viel handsamer geworden. Gelöster, umgänglicher. An Tagen, wie jenem Montag im April zum Beispiel, als nach den Osterferien das neue Schuljahr begann und die kleine Gabi zum erstenmal in die Flurstraße hinüberging mit der buntbeklebten Schultüte im Arm, die voll von Süßigkeiten steckte, und mit dem nagelneuen Ranzen auf dem Rücken, aus dem das Tafelschwämmchen heraushing und bei jedem Schritt fidel hin und her hüpfte – an solch heiteren Festtagen, deren Unbeschwertheit früher stets von den Launen des Herrn Studienprofessors gefährdet war, fiel die angenehme Änderung seines Wesens ganz besonders auf. Er hatte sich eigens freigenommen und mit Frau und Tochter einen Ausflug nach Keferloh hinaus gemacht, jenem östlichen Vorort noch jenseits vom Dorfe Trudering gelegen, wo von altersher ein bedeutender Vieh- und Pferdemarkt abgehalten wurde, dessen sinkendem Ansehen man in neuerer Zeit dadurch aufzuhelfen versuchte, daß man – mit Würstl- und Bierständen sowie einem bescheidenen Karussell – alljährlich eine Art · Frühlingsfest für Kinder und wanderlustige Erwachsene ausrichtete.

»Magst einen Türkischen Honig?« wollte Wolfgang Oberlein wissen, während Therese gegen das begeisterte »Au ja! Fein!« ihrer Tochter die bedächtige Überlegung setzte: »Meinst wirklich, Spatz, du verträgst ihn noch, ohne daß dir schlecht wird davon?« – »Aber leicht verträgt sie den noch!« gab der Papa anstelle der ABC-Schützin zur Antwort und erkundigte sich gleichzeitig bei seiner Frau, ob er denn nun für sie wirklich überhaupt nichts tun könne. »Bitt' dich! Ich bin doch kein Kind!« gab Therese fröhlich zur Antwort, und er bestätigte es ihr, nachsichtig lächelnd: »Im Gegenteil, eine Klavierlehrerin. Aber sogar für solche pädagogischen Respektabilitäten wie uns zwei gibt's doch schließlich was Passendes da heraußen. Einen Steckerlfisch zum Beispiel.« – »No ja, wennst unbedingt die Spendierhosen anziehn willst.« Therese gab sich bereitwillig drein.

Wenn sie zurückdachte, schien ihr jedesmal, als ob das Griesgrämige, ja zuweilen Verbitterte, das ihn früher so sehr geplagt hatte, ausgerechnet seit der Hochzeit des Alfred von ihm gewichen sei, und das vermochte sie sich nicht zu erklären; denn was, fragte sie sich, hätte die Verehelichung des Dr. Wiesinger vernünftigerweise schon für einen Einfluß auf das Innenleben ihres Mannes haben können? Und dennoch, wenn zwar einigermaßen indirekt, war es genau so, wie es ihr vorkam.

An jenem Festtag im Torbräu war nämlich ihr Mann draußen auf dem Gang einem Kriegskameraden über den Weg gelaufen. Er hatte den ehemaligen Mitoffizier sofort wiedererkannt – (»Sie sind doch der Leutnant Schübele?«) –, während der Leutnant Schübele sich auch beim zweiten Hinsehn noch immer nicht auf ihn besinnen konnte. »Richtig! Der Hauptmann Oberlein!« hatte er, nach einiger, die Erinnerung stützenden Nachhilfe, endlich ausgerufen in dem breiten schwäbischen Tonfall, der ihm noch immer eigen war, und sich dabei ausdrucksvoll mit der flachen Hand gegen die Stirn geschlagen. »Sie müsset entschuldige, aber en Zivil sehet d' Leut alle so ganz anders aus, gell!« Und genau dies mochte der Grund gewesen sein, warum Oberlein so wenig Schwierigkeiten gehabt hatte, den gewesenen Kameraden wiederzuerkennen, weil dieser nämlich noch immer Uniform trug! Nicht die feldgraue der Reichswehr zwar, sondern eine braune, mit einer Hakenkreuzbinde am Arm, aber immerhin. Es stellte sich heraus, daß Schübele ›bei denen‹ noch immer eine Art von Offizier war, »hejo, SA-Schturmbannführer ben i. Mir haltet im Näbezimmer do onsere Hoimabend' ab, jede Woch' am Freitag. Kommet Se doch au emol!«

»Ich, mit meinem Holzbein«, hatte Oberlein gleich wieder wehleidig eingewendet, aber Kamerad Schübele hatte solch einen Einspruch durchaus nicht gelten lassen wollen.

»Uff des kommt's bei ons net a, Herr Hauptmann, bei ons zählt nur der Geischt. Mir brauchet gesinnungsfeschte deutsche Männer, gell, für solche findet mir allemol a Betätigungsfeld. Überleget Se sich's halt.« Dann war er, den Arm zum Hitlergruß emporreißend und in alter, strammer Manier die Stiefelhacken zusammenknallend, in dem Nebenzimmer verschwunden, das von seinem SA-Sturm als Vereinsheim gemietet worden war. Wolfgang Oberlein aber war, nachdem er lange mit sich gerungen hatte, eines Tages wirklich zur Ortsgruppe gegangen, wo er fand, daß vom Kamerad Schübele schon für ihn geworben worden war. Der Oberstudienprofessor sah sich mit offenen Armen aufgenommen. Sogar eine Uniform durfte er sich machen lassen. Wenn er sich im Spiegel betrachtete, fand er, er sehe noch immer recht schneidig aus.

In der Familie seines Schwiegervaters allerdings gab es ein ziemlich angeekeltes Naserümpfen, als er sich zum erstenmal als uniformierter Parteigenosse sehen ließ, aber das war ja nicht anders zu erwarten gewesen. Und was die Theres betraf, so hielt sie ihm mit einer Loyalität die Stange, daß es ihm wirklich das Herz erwärmte. »Ihr denkts immer nur an dem Toni seine G'fangenschaft«, hatte er sie einmal zu Ferdl sagen hören, »aber daß er schließlich sein Bein hat hergeben müssen und sich irgendwo ganz tief drinnen immer noch als ein Bresthafter vorkommt, da dran denkt niemand von euch.« — »Ich kenn' genug Kriegsversehrte, die deshalb noch lang nicht zu diesen Lumpenkerlen gehn!« Aber die Theres hatte recht, genau das war es, was dem Wolfgang Oberlein ›bei diesen Lumpenkerlen‹ unendlich gut tat: daß sie ihn für voll nahmen. Daß er ihnen als ein ungebrochener deutscher Mann galt mit seiner vaterländischen Gesinnung, für die er im Hause Wiesinger verachtet war. Daß sie eine Aufgabe für ihn hatten. Eine wichtige, eine menschlich befriedigende sogar. Denn als im Jahr 1930 der Baumeister Troost das ziemlich genau hundert Jahre zuvor im klassizistischen Stil wohlproportioniert und repräsentativ erbaute Palais Barlow an der Brienner Straße für die NSDAP zum ›Braunen Haus‹ umbaute, bekam der Abschnittsleiter Parteigenosse Oberlein im dritten Stock, unterm Dach, ein eigenes kleines Zimmer mit einem in strenger gotischer Fraktur gravierten Messingschild an der Tür:

NS-KRIEGSOPFERFÜRSORGE
HAUPTAMT FÜR KRIEGSOPFER
Sprechstunden Montag, Mittwoch und Freitag
von 6 bis 8 Uhr abds.

Da kamen die erwerbslosen und oft genug arg heruntergehungerten SA-Männer und PGs zu ihm, klagten ihm ihre Not, und er besorgte ihnen Unterstützungen, trieb Unterkünfte für sie auf, oder es gelang ihm gar, sie in Arbeit und Brot zu bringen. Da wurde er gebraucht. Da war er jemand. Und seit er wieder wer war — wie ihm vorkam, zum erstenmal überhaupt seit dem Krieg, denn im Gymnasium, wo er den geliebten Turnunterricht nicht mehr geben konnte, fühlte er sich trotz allem immer noch deklassiert —, seither war er ein anderer. Ein Besserer, ein Angenehmerer als zuvor.

Anton Wiesinger senior und Anton Wiesinger junior durften zufrieden sein. Alfred hatte, trotz seiner Arbeitsüberlastung, schließlich war er nicht nur Anwalt, sondern auch Abgeordneter und obendrein Syndikus der Wiesinger-Bräu AG, seine Sache sehr gut gemacht. »Es hat sich also doch gelohnt, daß ich ihm's Studium 'zahlt hab'«, sagte der Kommerzienrat mit Genugtuung. Das Verfahren gegen den Toni war eingestellt worden gegen die Auflage, daß der Süchtige sich einer Entziehungskur zu unterwerfen habe. Aber das hätte der Vater ohnhin und ganz von sich aus von ihm verlangt.

Anton Wiesinger sicherte seinem Sohn einen Platz in einem privaten Sanatorium, das in der Nähe von Ebenhausen, gegen Icking zu gelegen war. Nun mochte das Ambiente dort noch so teuer und vornehm sein, mit sogar etwas mondänem Einschlag — die eleganten Zimmer ausgestattet mit dem modernsten Komfort, der parkähnliche Garten mit den weißlackierten Bänken und fein gekiesten Wegen sorglich gepflegt, die Aussicht über das sanft geschwungene Isartal superb, das Essen exquisit —, das Ganze war dennoch die geschlossene Abteilung eines psychiatrischen Instituts und Toni mit reichlich sonderbar anmutenden Mitmenschen zusammengesperrt. Da waren schwere und leichtere Fälle bunt durcheinandergemischt, da gab es skurrile Zwangsneurotiker, die unentwegt die Fugen der Terrassenplatten zählten und beim Gehen peinlich darauf bedacht waren, ja nicht auf eine davon zu treten, beinahe, als bestünde die Gefahr, daß die Spalten sich unversehens auftäten, und gleich bis ins Grundlose hinab; es gab apathisch herumlehnende Melancholiker, gab Epileptiker, die gelegentlich mit einem Aufschrei zu Boden stürzten und dabei wild um sich schlugen, sogar einen gelblichen Schaum sah Toni einmal auf den Lippen eines dieser Unglücklichen. Da gab es paranoide Verrückte, deren einer sich für Karl den Großen und ein anderer gar für den Reichspräsidenten und gewesenen General Hindenburg hielt. Und es gab freilich auch sympathisch unauffällige, freundlich bescheidene Leidensgenossen, denen von irgendeiner Krankheit nicht das geringste anzumerken war. Und eigentlich gehörte nach dem Aufhören der groben Entzugssymptome ja auch Toni selbst in diese Kategorie. Die Fenster waren ohne Griffe, die Türen ohne Klinken, und wenn Besucher den Park von der Straße her betraten, so mußte ihnen das schmiedeeiserne Gittertor erst umständlich aufgeschlossen werden, und es wurde nach ihrem Eintrit sofort wieder versperrt. Therese gab es jedesmal einen Stich, wenn sie das metallisch knirschende Geräusch des Schlüssels hinter sich vernahm.

Diesmal war sie nicht allein gekommen. Eine junge Frau von schwer zu schätzendem Alter, mag sein um die Mitte der Dreißig herum, und ein wenig korpulent, trippelte einen halben Schritt hinter ihr her. Die Person war dunkelblond, schlicht, aber adrett und sauber gekleidet und offenbar sehr nervös.

»Ich tät am liebsten wieder umkehrn«, klagte sie.

»Hinter uns ist abg'sperrt 'worden. − Bitt' Sie. Sie brauchen sich nicht zu fürchten, wirklich nicht, es geht ihm wieder sehr gut.«

»Ich hab' halt Angst«, sagte die Dunkelblonde zaghaft. »Nicht wegen seinem Zustand, sondern überhaupt.«

»Ich versteh's ja«, gab die Theres zur Antwort. »Aber jetzt, wo ich Sie so weit mitg'schleppt hab', werden S' doch nicht im letzten Moment einen Rückzieher machen. − Da sitzt er ja, schaun S'.«

Toni saß auf einer der weißen Bänke im Schatten eines Ahorns und las. Er saß mit dem Rücken zu den Ankommenden, leicht vornübergeneigt, und schien völlig in seine Lektüre versunken. Er hatte schon im Gefängnis angefangen, sich über sein Elend hinwegzutrösten, indem er ein Buch nach dem anderen verschlang. Historische Werke vor allem, aber auch Romane, und sogar für subtile Lyrik hatte der früher eher banausische Bräuer und Berufsoffizier seit neuestem eine intensive Leidenschaft in sich entdeckt. Therese legte behutsam die Hand auf seine Schulter. Er sah auf.

»Oh . . . Du bist's! Das ist fein.«

»Ich hab' wen mitgebracht, schau.« Therese schob die schüchtern neben ihr stehende Frauensperson etwas nach vorn. Toni blickte sie an. Er brauchte einen Moment, bis er sie erkannte.

»Mein Gott, Franzi −!« flüsterte er dann.

Therese gab sich munter. »Da schaust, gell. Ich hab' sie ganz zufällig in der Theatinerstraß' 'troffen, wie ich mir einen Hut 'kauft hab'.«

»Hast also doch . . . Haben S' also doch ein eignes G'schäft aufg'macht?« erkundigte sich der Toni und war sichtlich voller Verlegenheit.

»Ach wo. Ich arbeit' als Ladnerin dort«, gab ihm die Franzi Bescheid, jene Franziska Obermüller aus Bodenwöhr, mit welcher der Toni Wiesinger über so lange Jahre hin ein Verhältnis gehabt hatte. Erst der Krieg hatte ihrer Beziehung im vierzehner Jahr ein Ende gemacht.

»Ihr Mann ist gefallen«, berichtete Therese. (Ach ja, richtig, sie hatte ja heiraten wollen, seinerzeit, einen gewesenen Ladenschwengel aus ihrem Handschuhgeschäft . . .)

»Neunzehnsiebzehn«, bestätigte Franziska. »Ich hab' einen Buben von ihm. Er heißt Flori, nach'm Papa.«

Wieder war es die Theres, welche die stockende Unterhaltung vorwärtstrieb. »Ein entzückendes Bürscherl. Zwölf Jahr' alt«, berichtete sie.

Toni räusperte sich unbehaglich und schwieg. Er sah seine Schuhspitzen an. »Aber setzts euch doch«, besann er sich schließlich auf die übliche Höflichkeit. Franziska gehorchte sofort, während Therese stehen blieb und in ihrer geräumigen Tasche kramte.

»Nein, danke, ich hab' keine Zeit, ich hab' eigentlich nur den Trakl bringen wollen, weil ich dir's versprochen hab'.« Sie überreichte ihrem Bruder einen schmalen Band Gedichte. Franziska schickte sich erschrocken an, auch wieder aufzustehen, als sie bemerkte, daß Therese stehen blieb. Diese drückte sie sanft auf die Bank zurück. »Langweilen wirst dich ja nicht«, fuhr sie, gegen ihren Bruder gewendet, fort, »so lang wie ihr euch nimmer geseh'n habts, habts Stoff für ganze Stunden. Leben S' wohl, Frau Franziska. Servus, Bruderherz. Bleib sitzen! Ich bin bloß deine Schwester, da ist deine Galanterie ohnehin verschwend't.« Sie winkte heiter zu den beiden zurück und verschwand hinter dem üppig wuchernden Forsythiengebüsch. Toni und Franzi saßen schweigsam nebeneinander. Es war ein peinigender Moment. Was hatte sich die Theres nur dabei gedacht, daß sie ihm mir nichts, dir nichts ein Stück längst versunkene Vergangenheit anschleppte.

»Hat sie dir erzählt, weshalb ich da herin bin?« erkundigte er sich endlich, als das Schweigen schon anfing, kränkend zu werden. Franziska nickte. »Die erste Zeit ist schlimm g'wesen«, erzählte er leise. »Aber jetzt geht's mir ganz gut. Rückfällig darf ich halt nimmer werden.«

»Das wirst g'wiß nicht!« Der Eifer, mit dem sie es sagte, war beinahe komisch und sogar ein biss'l dumm. Aber ein wenig rührend doch auch.

»Ich bin's schon ein paarmal 'worden. Früher.« Er blickte düster an ihr vorbei, den Hang hinunter gegen die in der Nachmittagssonne glitzernde Isar hin.

»Wenn ich dir mit irgendwas helfen kann?« erbot sie sich. Lächerlich. Womit sollte sie ihm helfen können. Er mußte sich selbst helfen. Er sich ganz allein. Und hatte doch nicht das geringste Zutrauen in sich. Langsam wandte er den Kopf und sah sie an. Sie senkte den Blick. Toni lächelte plötzlich. »Die Franzi . . .«, sagte er, als bemerke er sie erst jetzt. »Schön, daß es dich noch gibt . . . Wie lang sind wir beisammen g'wesen? Fünf Jahr'?«

»Fast.«

»Ja . . . Eine schöne Zeit.« Die schönste eigentlich, die er im Leben gehabt hatte. Weder vorher noch nachher hatte er sich so wohl gefühlt, so lebendig. Abrupt stand er auf. »Gehn wir ein biss'l. Ich plauder' lieber im Gehn.« –

Als der Wärter das Eisentor für die Theres öffnete, warf sie einen suchenden Blick in die Tiefe des Gartens zurück.

Sie sah, ziemlich entfernt, den Toni und die Frau Franziska auf das kleine Wasserrondell mit dem Springbrunnen zugehen, das inmitten der Blumenrabatten lag. Sie schienen angeregt miteinander zu plaudern. Tonis Arm hatte sich wie von ungefähr um die Schulter der Franzi gelegt. Therese wurde von einem Herzklopfen überfallen. Wäre sie fromm gewesen, sie würde jetzt ein Bittgebet gesprochen haben. So flüsterte sie nur: »Alles Gute.«

Der Wärter bezog es auf sich. »Dank' schön, gleichfalls«, antwortete er.

Im frühen Herbst war der Toni soweit wieder hergestellt, daß er zum Wochenende Ausgang bekam. Er wanderte mit Franziska zu Fuß ins nahe Ebenhausen hinüber, und sie genossen im Garten eines Cafés die letzten warmen Tage.

»Magst noch einen Zwetschgendatschi?«

Franziska lachte glucksend. »Ich bin ein altes Schleckermaul, das weißt. Aber es schlagt mir gleich so an.«

Das hatte er immer gern gehabt an ihr. Das biss'l Mollerte. »Bringen S' noch einen, Fräulein. Und mit einer Portion Schlagrahm drauf.« Dem Florian hatte das Mollerte überhaupt nicht gefallen. Die ganze Zeit hatte er an sie hingenörgelt, daß sie sich besser zusammennehmen soll. Du lieber Himmel, er hatte es doch vorher gewußt, daß sie keine von den Schlanken war! Nun ja, es sind dann bald die Hungerjahre gekommen, und da war das Problem ganz von allein gelöst.

»Kriegst eine Witwenrente?« wollte der Toni wissen.

»Die ist nicht der Rede wert.« Den Scheck, den ihr der Toni gegeben hatte, als sie auseinandergegangen waren, hatte sie in Kriegsanleihe angelegt, und das Geld war futsch. »Ich hab' mich lang g'schämt, daß ich überhaupt was von dir ang'nommen hab'«, gestand sie und errötete.

Er sah sie verwundert an. »Sei so gut«, sagte er.

»Ich weiß ja, daß das in deinen Kreisen üblich ist, aber —«

Toni lachte sonderbar auf. In seinen Kreisen! Das gab's wirklich einmal, und es war nicht einmal lange her. Heute klang es, als redete man von einer schon vor hundert Jahren versunkenen Welt.

»Irgendwie hat es mir das G'fühl 'geben, als hätt' ich mich fünf Jahr' lang verkauft«, fuhr sie verlegen fort.

»Und billig!« sagte er bitter. Ein Anflug von schlechtem Gewissen nagte an ihm. Viel war es nicht gewesen, was er damals hatte springen lassen. Mag sein, daß es für sie eine ganz ordentliche Summe gewesen war, aber für ihn und seine gehobenen Verhältnisse war's eigentlich nicht der Rede wert. Eine Wut hatte er halt auf sie gehabt, daß sie ihm wegen diesem pickelgesichtigen Florian den Laufpaß gegeben hatte, sogar heute noch spürte er einen feinen Stich, wenn er daran zurückdachte. »No komm, iß!«

Sie lachte. »Was drängst mich denn so, er wird doch nicht kalt.«

»Ich seh's halt so gern, wenn's dir schmeckt.« Ach ja, er war immer noch der alte Kindskopf, sie hatte es schon an hundert Kleinigkeiten gemerkt. Sie ließ sich nicht länger bitten. Es war das dritte Stück, und sie aß es mit Appetit. Toni sah ihr zu und lächelte. Ganz unvermutet sagte er: »Tätst mich heiraten, wenn ich dich drum ersuchen möcht'?«

Franziska verschluckte sich vor Überraschung. »Geh, red' doch kein solches Zeug«, wehrte sie ab.

Er war sofort verschüchtert und zog sich mutlos in sich selber zurück. »Entschuldige«, murmelte er.

Sie legte ihre Hand auf die seinige. »Was gibt's denn da zu entschuldigen?« wollte sie wissen. »Natürlich tät' ich dich heiraten, wennst das wirklich möchtest, aber . . . da dran glaub' ich halt nicht so recht.« Ja, seinerzeit wenn er ihr so einen Antrag gemacht hätte! Aber sie entsann sich gar zu deutlich seiner geradezu panischen Angst, wenn die Rede auch nur von weitem und völlig harmlos in die Nähe dieses

323

heiklen Themas gekommen war. »Die paar Wochen jetzt, wo wir wieder in Verbindung sind, Toni . . . Wir haben uns doch kaum ein dutzendmal gesehn.«

Er schwieg. Seit er aus der Gefangenschaft heimgekommen war, schlief er schlecht, und seit dem Tag damals, wo sie ihn verhaftet hatten, war das noch ärger geworden. Wenn man nachts so ewig wach lag . . . »Ich hab' in den paar Wochen mehr an uns zwei hinsinniert als damals in die ganzen fünf Jahr' . . .«

Sie glaubte ihm's ja, auch sogar, daß er's am Ende aufrichtig meinte. Aber es war halt vielleicht nur das Sanatorium, seine ganz besondere Situation, jetzt, im Augenblick. Sie hatte in ihrem Leben viele Enttäuschungen zu verkraften gehabt. Eine davon war der Toni gewesen. Und auch der Florian übrigens, nur der Krieg und daß er gefallen war, hatte das gnädig zugedeckt, bevor es ganz aufgebrochen war. Sie fühlte eine unklare, aber heftige Angst in sich. »Warten wir ein halbes Jahr, Toni. Bis du aus der ganzen . . . Lage heraußen bist. Und dann, wenn du dir's anders überlegst, dann redest einfach nicht mehr davon, oder . . . wennst dabeibleibst, dann holst dir 's Jawort von mir. Hm?«

Den Toni überkam eine ungemeine Erleichterung. Er merkte es eigentlich erst jetzt, hintennach, in welcher Spannung er den Nachmittag zugebracht hatte. Im Grunde wußte er selber nicht, weshalb ihn seit ein paar Tagen das Gefühl so stark und zwingend angekommen war, daß er die Franzi unbedingt heiraten wolle. Auch früher schon war ihm, bei aller Leidenschaftlichkeit, ihr Wesen ungemein mütterlich vorgekommen. Am Ende war es das.

»Also, da muß ich jetzt glatt einen trinken!« rief er aus. »He! Fräulein! Einen Slibowitz! Aber einen doppelten!«

Franziska blickte ihn unsicher an. »Darfst denn das überhaupt? Was trinken?«

Er setzte sein charmantes Bubenlächeln von früher auf. »Wenn man immer lang fragert, was man darf und was

324

nicht!« sagte er unbekümmert. Aber dann, als er die Beunru-
higung in ihren Augen bemerkte, überlegte er es sich doch.
»Schon recht«, sagte er, unverkennbar mit einem Anflug von
Ärger. »Kommando zurück, Fräulein. Keinen Slibowitz.
Bringen S' mir lieber noch eine Tass' Kaffee.«

Der Baron Fontheimer, den schon vor dem Krieg der erste
Schlaganfall ereilt hatte, war erstaunlich gut über die Jahre
gekommen, erstaunlich zumal, wenn man seine kategori-
sche Weigerung in Rechnung setzte, auch nur die kleinste
Konzession an seine Krankheit und die Vorschriften der
Ärzte zu machen, vor allem in Hinsicht auf das ihm striktest
untersagte Cognactrinken. Zahlenmensch der er war, hatte
er sich einmal das Vergnügen gemacht, überschlägig zusa-
menzurechnen, wieviel von dem köstlichen Getränk er in
den vergangenen sechzig Jahren wohl durch seine Leber
gejagt haben mochte. Er war auf das eindrucksvolle Ergebnis von dreizehntausendfünfhundert Litern, gleich hundert-
fünfunddreißig Hektolitern gekommen − (»Eher vorsichtig
gerechnet! Sehr vorsichtig sogar!«) − und hatte diese Zahl
voller Stolz einem jeden mitgeteilt, der sie hatte hören wollen oder auch nicht. Aber nichts währt ewig auf Erden. Es
währte ohnedies lange genug. Würde er sein Leben in
trostloser Abstinenz statt in luzider Weinbrandinspiration
zugebracht haben, der Bankier hätte vermutlich kein nen-
nenswert höheres Alter erreicht als jenes, das ihm von seinem Schicksal und seiner robusten Natur ohnedies zuge-
dacht war. Als ihn ein letzter Schlaganfall heimsuchte,
genau gezählt handelte es sich um seinen dritten, war er
achtzig Jahre zwei Monate und mithin, als er drei Wochen
danach das Zeitliche segnete, ohne noch einmal das volle
Bewußtsein erlangt zu haben, achtzigeinviertel Jahre alt.
»Gott feuchte seine Asche!« rief Anton Wiesinger beinahe
launig aus. Aber das war eine Art von Galgenhumor. Da er
selber nicht gar so viel jünger war als der Baron, war ihm

325

nicht ganz geheuer, und er ging an dem Tag ungewöhnlich früh zu Bett.

Die Beisetzung fand nach israelitischem Ritus auf dem Alten Jüdischen Friedhof an der Thalkirchner Straße statt. Anfangs fühlte der Kommerzienrat sich unbehaglich. Mit einer regen Anteilnahme der Münchner Gesellschaft hatte er gerechnet, aber die Zahl der sich drängelnden Trauergäste schien ihm nun doch beängstigend. Überdies waren die Gebräuche ihm fremd, und er kam sich unkundig, ja sogar hilflos vor. Schon gleich anfangs hatte es ihn irritiert, daß es geboten schien, den Hut wieder aufzusetzen, den er nach gewohntem Herkommen abgesetzt hatte. Wenn das alles nur schon zu Ende wäre, dachte er. Aber dann kam ihm die Zeremonie nicht nur altehrwürdig, sondern auf eine ganz besondere Art sogar erschütternd vor. Die samten klagende, gelegentlich geradezu schluchzende Stimme des hebräisch singenden Kantors hatte einen bewegend melancholischen Schmelz, und überhaupt griff ihm die eigenartig fremde, wie ihm schien eher slawisch als orientalisch klingende Musik ganz sonderbar an, die sich bei aller weitschichtigen Verwandtschaft von dem hierzuland üblichen Kirchengesang sternenweit entfernte. Auch daß der Zug auf dem Weg zum Grab mehrmals anhielt, was, wie man ihm sagte, als ein Hinweis auf die Mühseligkeit dieses letzten, bitteren Ganges aufzufassen war, kam ihm anrührend sinnfällig vor. Als er dann beten hörte »Meine Zuversicht und meine Burg bist du, o Herr, und auf dich ist meine Hoffnung gebaut«, schien ihm der Text merkwürdig bekannt. Und er irrte hierin nicht, es war der 91. Psalm, wie er ihn auch von seiner eigenen Kirche her kannte, an die er allezeit gern zurückdachte, auch wenn er aus ihrer Gemeinschaft ausgetreten war. »Es wird dir kein Übel begegnen und keine Plage wird sich deiner Hütte nahen . . .«

Später dann, als der Sarg in die Erde hinabgelassen wurde, warfen ihm die Leidtragenden drei Schaufeln Erde hinterher, genau wie man es bei einem einheimischen, christkatholischen Leichenbegängnis tat. Erst als die nächsten Angehörigen dann das Kaddisch sprachen, wehte es den Bräuer wieder fremdartig an.

Jitgadal wejit kadasch sch'me rabba!
Daß erhöht und geweiht sein Name sei,
darauf sprecht: AMEN
Daß bedankt und gelobt sein Name sei,
darauf sprecht: AMEN . . .

Sie waren alle drei mit Ferdls Auto gekommen, Anton Wiesinger, Lisette und der erste Direktor der Wiesinger-Bräu AG. Als sie jetzt um die Ecke bogen, um zu dem am Dietramszeller Platz abgestellten Fahrzeug zurückzukehren, sahen sie, daß inzwischen auch der Chauffeur Max mit der Firmenlimousine eingetroffen war.

Ferdl stutzte. »Hast *du* den Max herbestellt?« erkundigte er sich bei seinem Papa.

»Ja. Ich muß noch wohin.«

»Aber wir haben doch in der Maria-Theresia-Straße ein Essen vorbereitet«, wendete Lisette ein.

»Jetzt fahrts nur ohne mich hin, das Essen könnts am Abend noch auftragen, ich komm' schon rechtzeitig nach.«

Ferdl blickte hinter seinem Vater drein, der mit ausnehmend behendem Schwung in die dunkelblaue Firmenlimousine stieg. Ein impertinentes Lächeln flog ihn an, als er sich zu Lisette wandte. »Dreimal darfst raten, wo er jetzt hingeht.«

»Und wenn schon!« Lisette sagte es beinah böse. Sie drehte dem Ferdl den Rücken zu und ging zum Wagen. Sogar ihren Schritten merkte man an, daß sie wütend war.

Als Anton Wiesinger die Villa in Nymphenburg betrat, an deren Einrichtung er sich noch immer nicht richtig gewöhnen konnte — sie war geschmackvoll, aber viel zu modern, gradezu mondän für seinen altväterlichen Begriff —, war der elegische Nachgeschmack, den die Beisetzung des alten Bankiers in ihm hinterlassen hatte, glücklicherweise doch etwas verflogen. Vorhin, auf dem Friedhof, hatte er schon gemeint, daß es vielleicht besser wäre, wenn er die Gelegenheit zu einem außerplanmäßigen Rendezvous ungenützt vorbeigehen ließe. Jetzt war er froh, daß er sich von seinen Gefühlen nicht hatte ins Bockshorn jagen lassen.

Die Zofe bedeutete ihm bei seinem Eintreten, daß die gnädige Frau noch schlafe. Das erstaunte ihn, denn Josefine war eine Person, die morgens ziemlich zeitig aus den Federn zu hüpfen pflegte — und nicht selten durchaus buchstäblich! Sie verfügte über eine Morgenenergie, die ihm immer ein wenig unheimlich war. Die Uhr zeigte jetzt drei Viertel elf. »Lange kann es nicht mehr dauern«, vertröstete ihn die Zofe und machte einen sonderbar verlegenen Eindruck dabei. Aber der Kommerzienrat achtete hierauf nicht weiter, sondern versprach, zu warten. Das Anerbieten, ihm eine Kleinigkeit zu bringen — (»Wenigstens eine Erfrischung, Herr Kommerzienrat«) —, lehnte er ab. So saß er nun also einsam im Salon und blätterte unruhig in den Modejournalen herum, die ihn herzlich wenig interessierten. Als er Geräusche hörte, stand er erwartungsvoll auf. Es war wirklich Josefine. Sie trug ein zauberhaftes Negligé aus hauchzartem gelben Chiffon und schien ausgesprochen heiter.

»Jess, Toni!« begrüßte sie ihn schon von weitem durch die offengebliebene Verbindungstür. »Warum rufst denn nicht an, bevors d' kommst?«

Er küßte sie. »Ich hab' dich überraschen wollen.«

»Na, das ist dir, weiß Gott, geglückt. Lieber Himmel, schon nach elf. Hast lang warten müssen?« Galant stritt er es ab. »Wir sind auf einer Geburtstagsfeier g'wesen«, plapperte Josefine weiter, »und erst um halb fünf ins Bett.«

328

Anton Wiesinger wurde hellhörig. »Wir?« erkundigte er sich und zog mißtrauisch eine Augenbraue hoch.

»No ja, der Alex und ich, du wirst ihn eh gleich kennenlernen.«

Der Bräuer beobachtete sie scharf. Aber Josefine schien gänzlich unbefangen. »Dieser Alex ist hier?« vergewisserte er sich.

Sie lachte ungezwungen. »Ich werd' ihn doch nicht um halb fünf in der Früh nach Haus schicken! Hab' ich dir nie von ihm erzählt? Der Grifflin, vom Grifflin-Sekt.« Hm, ›Grifflin Trocken‹, eine recht bekannte Marke. Er selber mochte sie nicht, er war vom Champagner zu sehr verwöhnt. Aber er entsann sich immerhin dunkel, daß dieser Name ein paarmal zwischen ihnen gefallen war.

In diesem Augenblick hörte man von der Etagentreppe her merkwürdig schlurfende Schritte. Josefine rief »Alex!«, und Alex Grifflin von Grifflin & Co kam herein. Er war dem Kommerzienrat auf Anhieb . . . nein, nicht etwa unsympathisch, das wäre nun doch zu wenig gesagt. Widerwärtig war er ihm. Ein Kerl, vielleicht Mitte, vielleicht auch schon Ende Dreißig, schlank, sportlich, athletisch sogar; das Gesicht straff und braungebrannt. Er war fesch, ja, Anton Wiesinger konnte es nicht leugnen, sogar schön. *Allzu* schön! setzte er in seinen Gedanken sofort hinzu. Indezent schön! Eine Filmvisage, wie von einem dieser bunten Zigarettenbilder, billigere Marken, wie Salem und Zuban, legten dergleichen Serien für den vulgären Massengeschmack auf. Im Augenblick freilich sah der Filmathlet etwas verschlafen und unfrisiert drein. Er trug einen weinroten Seidenpyjama – (Weinrot! Na ja!) –, über den er einen kornblumenblauen Hausmantel geworfen hatte. – (Die dezenteste Farbzusammenstellung war das ja nun wirklich nicht!) – Die nackten – und ziemlich großen – Füße des Schönlings steckten in rehbraun gemusterten Samtpantoffeln – (daher also das greisenhaft schlurfende Geräusch vorhin) –, und er bewegte sich, trotz dieses Aufzugs, durchaus zwanglos und ungeniert. Zum erstenmal war der Kerl mit Gewißheit nicht hier, schoß es dem Kommerzienrat durch den Kopf.

Der Eintretende bemerkte den neuen Gast nicht sogleich und sprach deshalb nur Josefine an. »Nu sage mal, wat schleichst du dich denn so sang- und klanglos wech?« Erst jetzt bemerkte er Anton Wiesinger, wurde etwas unsicher und straffte sich. »Oh, pardong«, sagte er. Wenn er wenigstens berlinert hätte. Aber nein, er sprach einen unverkennbar rheinländisch gefärbten Akzent, selbst das Sächsische war dagegen noch eine Erträglichkeit! Der Kommerzienrat errötete. Mochte sein, aus Verlegenheit, mochte freilich auch sein, aus Wut. Also weggeschlichen hatte sie sich. Von wo wohl? Das hieß doch ganz eindeutig ... Anton Wiesinger war froh, den peinlichen Gedanken nicht vollends zu Ende denken oder gar seinen Gehalt plastisch sich ausmalen zu müssen. Josefine, die auch jetzt nicht den geringsten Anflug von Verlegenheit zeigte, stellte die Herren einander vor. »Das ist der Herr Grifflin. Kommerzienrat Wiesinger.«

Ein Verstehen ging über das Gesicht des Zuban-Schönlings. – (Was für ein Grinsen! Der Kerl scheint ja zu allem auch noch strohdumm! Nun ja, vermutlich hat man ihm als Kind zu viel Sekt eingeflößt.) – »Ach, *Sie* sind dat!« sprudelte Alex Grifflin begeistert. »Josefine hat mir vill von Ihnen erzählt, und dat Sie eine von ihre allerbeste Freund sind. Es ist mir wirklisch außerordentlisch anjenehm.« Der Athlet gab sich ganz aufgekratzt, es hätte nicht viel gefehlt, und er würde Anton Wiesinger zur Begrüßung beide Hände hingereckt haben. Im letzten Augenblick besann er sich darauf, daß er den Kommerzienrat ja eigentlich gar nicht persönlich kannte, und so begnügte er sich schließlich doch mit dem lebhaften Vorstrecken der Rechten allein. Anton Wiesinger vermochte die gebotene Hand nur mit Überwindung zu fassen. »Ganz meinerseits«, murmelte er undeutlich.

Josefine scheuchte den pantoffeltragenden Rheinländer

hinaus. »Marsch ins Bad!« rief sie aufgeräumt, »damit wir endlich frühstücken können!« Dann, zu dem Bräuer gewendet, fuhr sie fort: »Ein biss'l Kriegsbemalung werd' auch ich noch brauchen, bei so viel Herrenbesuch. Ißt eine Kleinigkeit mit uns?« Anton Wiesinger lehnte gradezu erschrocken ab. Aber es sollte ihm nicht viel helfen. »Dann leistest uns wenigstens G'sellschaft«, befahl Josefine. »Sich drücken gibt's nicht, Toni! Denk an unsere Abmachung!« Sie hatten gleich zu Anfang die Absprache getroffen, daß es gegenseitige Besuche von weniger als drei Stunden Länge nicht geben dürfe. Er hatte sich seinerzeit gerne gefügt und keine überflüssigen Fragen gestellt. Vermutlich hatte Josefine gelegentlich unter jener unziemlichen Hast leiden müssen, die manchen geschwinden Herren zu eigen ist, eine unzarte Flüchtigkeit, welche offenbar ihr weibliches Empfinden verletzte. Der Kommerzienrat war von diesem erlesenen Feingefühl überaus angetan gewesen. Einerseits. Andrerseits hatte ihn der Sachverhalt als solcher begreiflicherweise irritiert. Seine heutigen Gefühle waren, jedenfalls was das ›Andrerseits‹ betraf, den seinerzeitigen durchaus verwandt. So versuchte er nochmals zu protestieren.

»Die Abmachung war nur für Fälle gedacht —« Vergeblich. Josefine unterbrach ihn resolut.

»Für *alle* Fälle! Ich besteh darauf! Wortbrüche wollen wir nicht einreißen lassen, Toni, gell! Bis gleich dann!« Josefine rauschte, ohne eine Antwort abzuwarten, mit flatterndem Negligé hinaus und ließ ihn allein, eine Beute unterschiedlichster, aber ausnahmslos unangenehmer Empfindungen.

Wozu sich an der Pein seiner Mitmenschen laben. Übergehen wir das Frühstück. Es war eine halbe Stunde von subtiler Seelen- und sogar ganz handfester Körperqual für den Kommerzienrat. Er vermochte nicht still auf seinem Stuhl zu sitzen, und mußte es doch. Gelegentlich hatte er das Gefühl — unangenehm und ganz unmetaphorisch —, als drehe sich ihm der Magen um.

Der Spuk endigte, indem Josefine dem enteilenden Rheinländer geschäftig nachrief, daß er das nachtblaue Jakkett anziehen solle: »Wir müssen um fünf auf die Ausstellungseröffnung.«

»Ach du lieber Jott, die hätt isch nun doch glatt verjessen.« Da er in den Oberstock ging und nicht zur Haustüre, war nur allzu klar, daß sich seine Garderobe in der Villa befand. Er war nicht im Hotel abgestiegen, sondern hier.

Anton Wiesinger saß da, krampfhaft verspannt, und knetete ein Stück Semmelmolle zwischen den Fingern. Er vermied es geflissentlich, Josefine anzusehen. Eine quälende, aber andererseits, da sie keine Antworten erheischte, auch wohltuende Stille entstand. »Irgendwie hab' ich gedacht, du wärst in dem Alter, wo man weise ist«, hörte er sie sagen.

Danke. Auch ein Kompliment! »Soll ich mich vielleicht freuen?!« begehrte er trotzig auf.

Ihre Stimme wurde wieder einmal sehr samten und ihre Augen wieder einmal katzenhaft schmal. »Du weißt, daß ich dich lieb hab', sehr lieb sogar . . .«, flüsterte sie.

Wie sie ihn so vor sich sitzen sah, überspülte sie eine Welle von Zärtlichkeit. »Toni, Toni! Wenn ich das geahnt hätt', daß du so −«, sie suchte nach dem rechten Wort, »− so weltfremd bist!« Lieber Himmel! Hatte er sich denn im Ernst einbilden können, daß sie wie eine Eremitin leben würde, all die lange, tote Zeit, in der er nicht bei ihr war? Ein paar Stunden im Monat, ein paar Tage lang, wenn's hoch kam, öfter sah sie ihn doch nicht! Und was das andere anbetraf, das Sinnliche, welches weiß Gott nicht die Hauptsache war, aber doch eine Nebensache, ohne die es bei ihr nun einmal nicht ging. − »Wie oft sind wir denn beinander? Ich red' nicht von der ersten Zeit, wo du mich gradezu verblüfft hast, und das weißt' auch sehr gut, und du hast dir immer was eingebildet drauf −, sondern ich red' von jetzt, wie es sich halt eing'spielt hat mit der vergehenden Zeit.« Sie war zu zartfühlend, es ihm in Zahlen vorzurechnen. Wozu auch, er wußte es ja selbst. Und weil er es wußte, schwieg er. Sie sah ihn lange mit gerührter Verwunderung an. »Wirklich, Kommerzienrat . . . Auf alles wär' ich eher g'faßt g'wesen als auf einen Anfall von Eifersucht.«

»Du wirst lachen − ich auch!« Zum erstenmal, seit Grifflin gegangen war, blickte er sie an. »Ich könnt' das Porzellan vom Tisch 'runterfegen, Josefin, so einen Zorn hab' ich in mir!«

»Tu's«, sagte sie und lächelte. »Wenn dir besser wird davon.«

Er zuckte die Achsel. »Ich weiß ja, daß es ein Blödsinn ist.«

»Aber schon wirklich.« Anton Wiesinger glaubte etwas wie Tadel aus ihrem Ton herauszuhören. »Sind wir verheiratet, daß ich keine andern Götter neben dir haben dürft'?«

Götter! Der Kommerzienrat verzog maliziös den Mund. Ein Zuban-Athlet, eine Salem-Schönheit.

»G'fallt er dir nicht? Nein?« lächelte sie zu ihm herüber.

Er wußte, daß es nicht klug und auch nicht anständig war, wenn er es so unverblümt sagte, aber es zurückhalten vermochte er beim besten Willen nicht. »Ein Gigolo, ein − ein Schilehrer ist das!« stieß er schnaubend hervor.

Josefine sah nachdenklich drein. Er mochte ja irgendwie recht haben, auch wenn er in dieser Sache natürlicherweise ungerecht war. Aber es half nichts, dieser Schilehrer-Gigolo gab ihr halt etwas ab. Ziemlich was sogar gab er ihr ab, gleich beim erstenmal schon, als sie ihm bei einem Five-o'-clock-Tanztee begegnet war, hatte sie ein ganz ungewohnt intensives Prickeln den Rücken hinunter verspürt. Sie überschätzte ihn nicht, idealisierte ihn nicht, aber sie machte sich auch nichts vor. Es gab Leidenschaften, bei denen das, was man Liebe nennt, einfach ganz überflüssig ist. Ja . . . »Und für manches, schau, hat eine Frau halt nicht mehr gar so viel Zeit, wenn sie auf die Fünfzig zugeht.«

»Fünfzig *ist*!« fuhr er höhnisch auf. Aber dann tat es ihm

auch schon leid, sofort und sogar heftig. »Verzeih. Wirklich, ich − ich hätt' das jetzt keinesfalls sagen dürfen«, stammelte er ganz zerknirscht.

»Schon gut, Toni.« Sie war, wie immer, schnell versöhnt. »Nehmen wir *das* fürs Porzellanzerdeppern, hm? Und eigentlich tut's mir ja wohl, daß du so eine Wut hast.«

»Mir nicht.«

»Unsre Freundschaft wird da drüber schon nicht in die Brüche gehn«, fuhr sie fort, und bei aller Unbekümmertheit klang es beinah so, als ob es eine Bitte wäre.

Freundschaft, dachte er aufgebracht. Wie sächlich das klingt . . .

Sie langte über den Tisch und nahm seine Hand zwischen ihre beiden Hände. »Ein paar Wochen lang bist richtig jung 'worden. So ein dritter Frühling, in deinem Alter . . . Es war doch was Wunderbares. Auch für mich, Toni! Aber vor allem hast ja wohl selber was g'habt davon, hm? Kannst nicht zugeben, daß es was Schönes war und übrigens auch noch immer was Schönes *ist*, ab und zu? Und auch was Unerwartetes ist es g'wesn, fast so etwas wie ein G'schenk, oder vielleicht nicht? Und warum also kannst nicht einfach dem Schicksal dankbar sein dafür, ohne weiß Gott was Kompliziertes draus zu machen?«

»Ich bin *dir* dankbar dafür«, korrigierte er. »Aber leichter macht's das auch nicht für mich.« Plötzlich und ganz unpassend lachte er auf, so daß sie ihn irritiert ansah. »Begräbniskleidung hab' ich an. Wie sinnig.« Er war traurig und gekränkt, und da er es nun einmal war, genoß er es auch.

Sie wies ihn zurecht. »Komm, komm, komm. Sei g'scheit, Toni, ein *biss'l* g'scheit, ja?«

»Was bleibt mir anders über. Zeit brauch' ich halt dafür.«

»Zeit so viel als d' willst. Sei wütend, sei was d' magst. Wennst nur nicht wirklich bös auf mich bist. Aber das kannst ja gar nicht, auf *mich* bös sein, hm?«

»Hoffen wir's.« Er stand auf. »Sie erwarten mich in der

334

Maria-Theresia-Straß'.« Er ging zur Tür, ohne Josefine
noch einmal anzusehen. Aber dann blieb er doch stehen und
wandte sich zu ihr zurück. Sie wich seinem Blick nicht aus.
Ihre schrägen grünen Augen hatten etwas Bernsteinfarbiges
am Grund. »Ich möcht' dich so gern . . . küssen jetzt«,
brachte er mühsam hervor.

»Warum tust es dann nicht?«

»Weil ich's auch ums Verrecken *nicht* tun mag!«

Sie lächelte. »Ja no . . ., für eins von beidem mußt' dich
schon entscheiden.«

Er kämpfte mit sich. Aber dann küßte er sie nicht. Freilich ging er auch nicht hinaus, wie das eigentlich zu erwarten
gewesen wäre, um so mehr, als er bereits die Hand auf der
Klinke liegen hatte, sogar eine ganze Weile schon.

Eine endlose Minute verging, während der Josefine ihn
ansah. »Darf ich dich anrufen? In zwei, drei Wochen oder so.
Oder möchtest das nicht? Sag's ehrlich, Toni.«

Er ließ unentschlosen die Klinke los und fuhr mit der
freigewordenen Hand sonderbar energisch durch die Luft.
Einen Moment lang schien er zwischen Wutausbruch und
versöhnlichem Lächeln hin und her zu schwanken.

Dann — und das war eines seiner Kavalierskunststück-
chen, die ihm ein Leben lang immer dann gelungen waren,
wenn es drauf angekommen war! — brachte er beides unentschieden unter einen Hut: »Drei Wochen! Untersteh dich,
und wart so lang!« kollerte er. »Das ist schon das allerminde-
ste, was d' für mich tun kannst, daß d' dich ein biss'l um
mich kümmerst, jetzt, wo ich so viel z'leiden hab', gell!«

Ach ja . . . Nicht alles tut wirklich weh, was schmerzt.
Wozu sich und den andern das Leben vergällen. Es ist eh
kurz genug. Und gar die paar Brottag', die *ich* noch vor mir
hab', fügte er in seinen Gedanken hinzu. Als er hinausging,
war er beinah wieder im Gleichgewicht, beinah schon wieder
getröstet, beinah wieder im reinen mit sich und der Welt.

Letzte Quadrille

Als der Dr. Pfahlhäuser sich im vergangenen Jahr an den Ferdl gewandt hatte, weil der Bierumsatz beunruhigend rückläufig war — (»Zwanzig Prozent weniger, zwanzig Prozent, Herr Wiesinger!«) —, hatte der Direktor Ferdinand Wiesinger nur die Achsel gezuckt. »Die Konjunktur ist allerweil gewissen Schwankungen unterworfen, das ist bloß normal, und außerdem betrifft's nicht uns allein, sondern die Brauindustrie im Ganzen.« Damit hatte er freilich recht. Da die Arbeitslosenzahl angefangen hatte, langsam aber stetig in die Höhe zu gehen — gute zwei Millionen waren es an dem Tag, als dieses Gespräch geführt wurde —, hatten die Leute fürs Bier kein Geld, vierundzwanzig Pfennige für das Flaschl Dunkel und siebenundzwanzig für das Helle, das leistete man sich nicht mehr jeden Tag. Der Dr. Pfahlhäuser hatte weitergebohrt: »Ich les' da in der Zeitung, daß in Deutschland, warten S', hier, in jedem Monat eine Million Wechsel platzen, das macht dreiunddreißigtausend pro Tag, und Pfändungen gar gibt's jeden Tag bald vierzigtausend. Nicht einmal die Banken sind noch so richtig liquid. Beunruhigt Sie diese allgemeine Kreditkrise wirklich nicht?«

»Nicht, solange sie sich auf Deutschland allein beschränkt«, hatte der Ferdl abgewehrt. »Schauen S' sich doch in der Welt um, Pfahlhäuser, in Amerika b'sonders: ein Boom, wie ihn die Wirtschaft noch gar nie g'sehen hat!«

»Und wenn der unsolid ist? So ein Boom kann auch zusammenbrechen.«

Jetzt war der Ferdl bös geworden. »Sie sind schon eine

furchtbare Kassandra, Doktor! Mit Amerika kenn' ich mich schließlich aus. Bei denen haben die Fahrstühl' überhaupt gar keine andere Richtung als aufwärts, damit Sie's wissen, gell!«

Das war Ende September neunundzwanzig gewesen, so daß man knappe vier Wochen drauf notwendigerweise den 20. Oktober schrieb, und das war der Schwarze Freitag mit dem berüchtigten amerikanischen Börsenkrach, der alsbald die Weltwirtschaftskrise hinter sich herziehen sollte. Es war ein Kreuz. Da hatte man, mühselig genug, vier Jahre Krieg und eine bedrückende Nachkriegszeit hinter sich gebracht, eine aberwitzige Inflationskatastrophe, und jetzt, kaum daß es ein paar Jahre lang so ausgeschaut hatte, als wolle das Leben sich schön langsam wieder erholen, kam *das* daher!

Wenn der Kommerzienrat das Grab seiner ersten Frau auf dem Südlichen Friedhof besuchte, führte ihn sein Weg durch die Thalkirchner Straße, am Arbeitsamt vorbei, und es erschütterte ihn jedesmal, die graue Menschenschlange vor dem Gebäude zu sehen. Um eine karge Unterstützung von der Arbeitslosenversicherung zu bekommen – die übrigens erst seit zwei Jahren bestand –, mußte man sich, so aussichtslos es auch war, Tag für Tag persönlich zur Arbeitsvermittlung bemühen. »Stempeln gehen«, nannte man das. Und wenn die monatliche Zuwendung auch bloß dreiundvierzig Reichsmark und sechsundvierzig Pfennige betrug – und sogar diesen Bettel bekam man nur zwanzig Wochen, und später, bei Verschärfung der Krise, gar nur mehr sechs Wochen lang –, so gehörte man doch schon zu den Privilegierten, wenn einem die Reichsanstalt überhaupt etwas gab: Weit mehr als die Hälfte der Erwerbslosen lagen der Armenwohlfahrt auf der Tasche als Ausgesteuerte oder als von vornherein Nichtberechtigte, sei es, weil sie zu alt, will sagen schon sechzig, oder aber so jung waren, daß sie nach abgeschlossener Lehre noch in keinem Arbeitsverhältnis standen. Beide Gruppen hatten keinen Anspruch auf die Versicherung. Bei den sechs Millionen Arbeitslosen, die man Anfang 1932 registrierte, war es, familienweise zusamengezählt, immerhin ein gutes Drittel der gesamten Bevölkerung, das sich auf den demütigenden Status von Armenhäuslern zurückgeworfen sah.

Wenn man an einem schönen Sommertag durch die Isarauen bei der Wittelsbacher Brücke oder über die Theresienwiese ging, war's zum Erschrecken, welch ein Heer von kräftigen, arbeitsfähigen – und auch arbeitswilligen – Mannsbildern man da am hellichten Werktag im Gras und auf den Ruhebänken herumlungern sah oder beim ›Platschgen‹ beobachten konnte, jenem simplen Spiel, bei dem jeder Teilnehmer ein kleines Stück Eisenblech so nah wie möglich an ein als Mal hingelegtes Holz heranzuwerfen versucht.

Aber auch für die, die noch in Arbeit standen, war das Durchkommen keine einfache Sache mehr. Überall war man von Abbau und Entlassung bedroht, überall gab es Kurzarbeit, und die Löhne gingen laufend zurück. Hatte ein Facharbeiter bei BMW 1929 noch fünfundfünzigeinhalb Pfennig in der Stunde bekommen, so fand er für dieselbe Arbeitsstunde im Jahr 1932 nur noch achtunddreißig Pfennige in seiner Lohntüte vor. Im Schaufenster eines Fahrradgeschäfts beim Hauptbahnhof saß den ganzen Tag über ein als Clown geschminkter Gelegenheitsarbeiter auf einem festgezurrten Veloziped und strampelte sich zur Reklame vor dem gaffenden Publikum ab. Im Winter warteten dünnbekleidete, ausgemergelte Männer schon ab zwei Uhr nachts in langen Schlangen vor dem Gerätehof der Stadtverwaltung, um sich das Privileg zu erstehen, daß man sie ein paar Stunden lang Schnee karren ließ. »Übernehme jede Arbeit! Zu jedem Preis!« Das war kein selten zu lesendes Schild, das sich dieser oder jener werbend durch die Straßen trug. Mit Spenden von Heizmaterial, gebrauchter Kleidung und Schuhen, mit der Einrichtung von Nähstuben, Wärmehallen und Volksküchen versuchten die Gemeinden die ärgste Not bei den unverschuldet Darbenden zu lindern. Die Heilsarmee hatte ihre große Zeit. Dennoch stieg die Selbstmordrate beängstigend an. Brachten sich in England je Million Einwohner fünfundachtzig Menschen im Jahr mit eigener Hand ums Leben, so waren es in Frankreich schon hundertfünfundneunzig, in Deutschland aber stieg die Zahl zu der makabren Höhe von zweihundertsechzig pro Million — das waren sechzehntausend Suizide im Jahr.

Vor dem hinteren Eingang der Wiesinger-Bräu AG in der Hopfenstraße drängten sich jeden Morgen die Arbeitssuchenden, in der Herbststraße, am Hauptportal, jagte der Pförtner sie immer wieder weg. Der Toni benützte einmal ausnahmsweis die Hofeinfahrt statt des Vordereingangs und erschrak nicht wenig, als er sich plötzlich von vielleicht zwanzig erregten und verzweifelten Männern umringt, ja beinah belagert sah. »Das ist der junge Wiesinger!« hatte einer gerufen, und daraufhin war das Geschrei losgegangen. Ein altgedienter Obermälzer faßte den Toni am Ärmel und beteuerte, daß er auch um den halben Lohn oder, wenn's sein mußte, sogar als gewöhnlicher Pfannenknecht einstehen würde, während ein anderer anfing, von den fünf Kindern zu jammern, die bei ihm zu Hause herumhockten, »und dabei hab' ich auch noch eine kranke Frau, Herr Wiesinger!« Toni rettete sich konsterniert durch das Gittertor, das der Hausmeister rasch und energisch hinter ihm schloß. Den Vormittag über saß er noch selbstvergessener als sonst hinter seinem Schreibtisch. Er spitzte Bleistifte und kritzelte Männchen. Um halb zwölf zog er sorgsam die Ärmelschoner ab und suchte seinen Bruder im Direktionsbüro auf.

»Kündigen? Wieso willst du auf einmal kündigen??« Ferdl beugte sich verblüfft in seinem Sessel vor.

»Ich nehm' doch bloß einem anderen den Arbeitsplatz weg, schau.«

Ferdl wurde verlegen. Wie hätte er seinem Bruder sagen

sollen, daß das nur in dessen Einbildung so war, denn sogar in der bescheidenen Position eines Buchhalters leistete der Toni allenfalls die Hälfte von dem, was eine tüchtige Kraft hinter sich bringt, und so wurde er gewissermaßen zusätzlich und außer der Reihe mitgeschleppt und sogar mit einem übertariflichen Gehalt. »Ich komm' auch so über die Runden, mit meinen Dividenden allein, Ferdl«, fuhr der Toni arglos fort.

Sein Bruder sah ihn sonderbar an. »Dividenden werden nur aus'zahlt, solange wir noch einen Gewinn machen«, sagte er dann.

Toni wich seinem Blick nicht aus. »Auch wenn ich nur auf einem subalternen Büroschemel sitz', Einblick in unsern G'schäftsgang hab' ich genug. Der Lyssen will uns verschachern, wie?«

Sieh an, das hatte er also gemerkt. Und dabei lief das alles doch höchst undurchsichtig und hintenherum, nicht einmal der Ferdl selber, als Erster Direktor, war sich wirklich über die Pläne des Barons im klaren. Bloß daß er welche hatte, und daß es allemal bedenkliche wären, so viel stand allerdings auch für den älteren Wiesinger-Sohn fest. Er ging drüber weg. »So brenzlig wie du tust, ist unsere Lage auch wieder nicht.«

»Ich wünsch's uns.« Toni zuckte die Achseln und ging zur Tür. Dort blieb er stehen. »Muß ich warten, bis die Kündigungsfrist um ist, oder stellst schon gleich wen für mich ein?«

»Herrgott, Toni, überleg' dir's doch noch einmal!«

»Ich hab's den ganzen Vormittag überlegt.« Toni sah seinen Bruder freundlich an. »Ich weiß schon, warum daß d' mich halten willst«, sagte er dann mit Herzlichkeit. »Wenn's wirklich so weit kommt, daß der Lyssen das Regiment ganz an sich bringt und sogar du nicht mehr gar z' viel zum Sagen hast, da herinnen − (Herrschaft, was fing er denn immer wieder mit seiner Schwarzseherei an! Man muß es doch nicht direkt herbeirufen!) −, dann möchtest mich g'sichert wissen, und dafür dank ich dir, Ferdl, aber...« Er schwieg einen Moment lang und fuhr dann sehr still fort: »Ich bring's einfach nicht mehr fertig, jeden Tag in der Früh aus'm Haus und unter die Leut zu gehn. Die Zeiten sind so ... so ...« Er fand das Wort nicht und fuhr mit seiner Rechten vage durch die Luft. »Mir legt sich das alles viel z'arg aufs G'müt, schau«, sagte er.

Ferdl war sichtlich verärgert. »Gut, wie d' meinst. Aber erzähl um Himmels willen nicht überall solche Räuberpistolen über den Lyssen und unsre miserable Lage herum! Und vor allem: Setz dem Papa keinen solchen Floh ins Ohr!«

»Sei so gut. Ich stör' ihm den Seelenfrieden, weiß Gott, z'letzt, ich seh' ihn ja eh kaum.« Toni war aus der Villa ausgezogen, gleich nach seiner Entlassung aus dem Sanatorium schon, und hatte mit der Franzi und ihrem Sohn eine kleine, bescheidene Wohnung in der Tumblingerstraße genommen, im Parterre, und deshalb ein wenig lichtarm, aber immerhin mit einem eigenen Wasseranschluß in der Wohnung selbst, während die oberen Etagen noch jeweils einen gemeinsamen Ausguß im Treppenhaus hatten. Toni lächelte unvermittelt, als ihm sein Vater in die Erinnerung kam. »Hat er denn überhaupt noch für was anderes Augen, als für die Tante Iren?« erkundigte er sich, fuhr dann aber fort, ohne eine Antwort abzuwarten: »Die andere, die aus der Modebranch' − ein tolles Weib übrigens, alles was recht ist! −, die hat er ja wohl auf'geben, oder etwa nicht?«

»Eher nicht, glaub' ich. Ich hab' sie nämlich neulich mitsammen g'sehn, Arm in Arm.« Und da hatte der Ferdl durchaus richtig gesehen. Anton Wiesinger hatte nach jenem peinlichen Frühstück mit dem Herrn Grifflin vom Grifflin-Sekt eine Woche lang heftig unter einem moralischen Schluckauf gelitten. Dann aber, vor die Wahl gestellt, entweder seine gekränkte Eitelkeit hintanzustellen oder die Freundschaft mit einem Menschen kaputtgehn zu lassen,

der ihm im Lauf der Zeit halt doch arg ans Herz gewachsen
war — (und außerdem, so moderiert seine erotischen Bedürf-
nisse mit der Zeit auch geworden sein mochten, hin und da
rührte sich ja doch noch die altgewohnte Männlichkeit, und
in solchen Momenten war's gleichermaßen wohltuend wie
praktisch, auch einmal über die Grenzen des bloß Freund-
schaftlichen hinausgehn zu dürfen, ohne daß es deswegen
gleich alle möglichen Umstände gab) —, vor diese Wahl
gestellt, hatte Anton Wiesinger nun doch lieber sein Belei-
digtsein geopfert. »Es ist eh nur ein Bauernopfer, und ich
gewinn' sozusagen die Dame dafür«, hatte er sich gesagt.

»Da schau her. . .«, lachte der Toni und zog ein vergnüg-
tes Gesicht. Es sah beinah aus, als wolle er anfangen zu
pfeifen, so gut aufgelegt sah er drein. »Bringt er seinen
Damenflor doch tatsächlich noch immer unter einen Hut.
Gekonnt, gekonnt. Und typische Greisennöte sind das ja nun
wirklich nicht! Erhalt sie ihm Gott.«

Auch der Ferdl mußte lächeln. »Amen«, respondierte er.

Jene ominöse Tante Iren, von welcher der Toni gesprochen
hatte, war eine leibliche Tante der Wiesinger-Kinder, nämlich die jüngste Schwester Gabriele Wiesingers selig, ihrer
bei einem Autounfall ums Leben gekommenen Mama. Irene
Döring, geborene Giesenhecht, lebte als Gattin — seit 1928
als Witwe — eines evangelischen Theologieprofessors in der
pommerschen Universitätsstadt Greifswald. »Ein graues,
trostlos bigottes Nest, ich war in meiner Jugend einmal
dort«, erzählte Anton Wiesinger, als er im Frühjahr 1930
unerwartet einen Brief seiner Schwägerin bei der Morgen-
post fand. Die Theologengattin war der Familie im Lauf der
Jahrzehnte völlig aus den Augen gekommen, und der Kommerzienrat hatte sie im Grunde überhaupt nur aus den
Anfängen seiner ersten Ehe in Erinnerung, eigentlich sogar
bloß aus seiner damaligen Brautzeit. Irene war dazumal
noch ein Kind gewesen, vielleicht fünf oder sechs Jahre alt,

spätgeborenes Nesthäkchen der Familie Giesenhecht und um ein gutes Dutzend Jahre jünger als seine verstorbene Frau. Professor Joachim Giesenhecht war ein renommierter Historiker gewesen, eines der bekannten ›Nordlichter‹ aus der Ära Max II. und Inhaber des persönlichen, nicht vererbbaren Adels. Der Bräuer hatte als junger Mensch in der herrschaftlichen Wohnung des Professors oft peinliche Stunden einer gehemmten Verlegenheit durchzumachen gehabt, nämlich immer dann, wenn bei den Soirées des Hausherrn dermaßen hochkandidelt dahergeredet wurde, daß der junge Studiosus der Brauwissenschaft sich ganz linkisch, ja zuweilen gradezu blöde vorgekommen war. Da hatte es Anton Wiesinger dann jedesmal als eine Erleichterung und Erholung empfunden, wenn er die Erlaubnis bekam, im Nebenzimmer oder draußen auf dem langgestreckten Korridor mit der kleinen Irene zu spielen und herumzutollen. Er entsann sich des Kindes als eines wahren Ausbunds an Übermut und springteufelischer Lustigkeit.

»Will sie etwas Besonderes?« erkundigte sich Lisette. Der Kommerzienrat teilte ihr mit, daß die verwitwete Frau Döring beabsichtige, in Tutzing drüben Sommerfrische zu machen und daß sie ihm in ihrem Brief die Anfrage unterbreite, ob man sich, da er ja am nämlichen See lebe, bei dieser Gelegenheit nicht endlich einmal wiedersehen könne. Der Bräuer war sehr erleichtert, daß seine Schwägerin Taktgefühl genug zeigte, sich nicht in Starnberg selbst einzuquartieren. In diesem Fall nämlich wäre er um eine Einladung nicht herumgekommen, und langwierige Logierbesuche waren von jeher ein höchst unbequemer, nach Möglichkeit gemiedener Greuel für ihn.

Irene Döring kam im August in Tutzing an, und er fuhr hinüber, um ihr seine Aufwartung zu machen. Als er sie sah, erschrak er. Und sogar aus doppeltem Grund. Einmal schockierte es ihn, das so ausgelassen und heiter durch seine Erinnerung spukende Geschöpf von damals jetzt als eine

343

etwas ausgetrocknete, jedenfalls abscheulich zopfig und sauertöpfisch zusammengerichtete Person wiederzusehen — nun ja, Greifswald eben. Sie trug Witwentracht, obgleich doch nun schon fast zwei Jahre vergangen waren, seit ihr Theo das Zeitliche gesegnet hatte. (Eine sonderlich treffende Wendung bei einem Theologen, das Zeitliche segnen, ging es Anton Wiesinger durch den Kopf.) Vermutlich war es das dunkle, reichlich unvorteilhaft geschneiderte Kostüm, das sie — zusammen mit dem streng am Hinterkopf zu einem altmodischen Dutt zusammengeflochtenen Haar — über ihre Jahre hinaus verwelkt erscheinen ließ. Denn sah man genauer hin, war ihre Haut eigentlich noch immer frisch, und sogar Reste jenes gewinnend schelmischen Ausdrucks, der dem Kommerzienrat früher so besonders reizend an ihr vorgekommen war, konnte man an der spröd anmutenden Frau — gut versteckt! — durchaus wiederentdecken, etwa um die gelegentlich schalkhaft sich schürzenden Lippen oder die verschmitzt zwinkernden Augen herum. Sie mochte kalendarisch höchstens drei oder vier Jahre über die Fünfzig hinausgekommen sein, und wenn sie es verstanden hätte, sich ein wenig geschickter herzurichten, so hätte sie sogar unschwer noch als eine Endvierzigerin durchgehen können.

Vor allen Dingen aber hatte sie, und dies war das andere, was den Kommerzienrat erschreckte, und sogar noch weit tiefer als der wenig einnehmende erste Eindruck, eine geradezu beängstigende Ähnlichkeit mit seiner verstorbenen Frau. Anton Wiesinger wunderte sich, daß ihm diese Ebenbildlichkeit früher nie aufgefallen war. Aber damals war seine Schwägerin noch ein Kind gewesen, und derlei Übereinstimmungen stellten sich ja meist erst in späteren Lebensjahren ein, wie sie sich zuweilen im Laufe der Zeit auch wieder verloren. Jedenfalls, und obgleich Irene im Gegensatz zur mittelblonden Gabriele ausgesprochen dunkelhaarig war, meinte er, als sich Frau Döring aus dem

344

Sessel im Foyer der kleinen Tutzinger Pension erhob, einen bangen, herzklopfenden Moment lang wirklich, es träte seine liebe gute erste Kommerzienrätin auf ihn zu.

»Was haben Sie denn?«

»Ich?«

»Sie sehen ja beinahe erschrocken aus?«

»Ja . . ., es ist wirklich ein — ein freudiger Schreck, versteht sich. Nach so langer Zeit. Und übrigens bitt' ich mir aus, daß wir du zueinander sagen, immerhin, und wenn Gabriele jetzt auch schon bald fünfundzwanzig Jahr tot ist, sind wir noch immer verwandt!«

»Sie haben sich — du hast dich gut gehalten. Ich sah einmal ein Bild von dir, auf dem du etwas stark geworden warst.« Der Krieg und die schlechte Läufte hatten also auch ihr Gutes gehabt.

»Ich wohn' auf der drüberen Seite vom See.«

»Ich weiß. Aber ich werde dir nicht lästig fallen.«

»Ich bitt dich, von Lästigfallen ist doch sowieso keine Red', und schon überhaupt nicht bei dir!« Unbeschadet ihrer wenig vorteilhaften Aufmachung gefiel sie ihm, und der Charmeur in ihm fing *schon* an, Süßholz zu raspeln. Noch nicht einmal acht Tage später war Irene Döring bereits zum drittenmal Gast in seiner Starnberger Villa ›auf der drüberen Seite vom See‹.

Am Tisch saß man zu dritt. Lisette war von München weg und für ganz nach Starnberg gezogen, sogar schon vor geraumer Zeit. Sie hatte damals eine Aussprache mit ihrem Mann gehabt, die nicht ganz so verlaufen war, wie sie sich das erhofft haben mochte. Nicht, daß er ihr wegen des Umzugs etwas in den Weg gelegt hätte, aber er hatte ihr auch keine goldenen Brücken gebaut und schon gar nicht irgendwelche Versprechungen über ihr künftiges Zusammenleben gemacht. Nach dem Grund ihres Entschlusses und überhaupt nach dem Ferdl hatte er mit keinem Wort gefragt, und sie hatte von sich aus jede Andeutung vermie-

345

den. Daß es ein Zerwürfnis gegeben haben mußte, war ohnehin klar. All dies war ein knappes Vierteljahr vor dem Tod des Barons Fontheimer geschehen, also zu einer Zeit, da Anton Wiesingers Beziehung zu Josefine Berghammer sozusagen noch im ersten Blumenflor gestanden hatte. Die Situation war damals für alle Beteiligten eine etwas komplizierte und recht eigentlich heikle gewesen. Wir wenden uns ihr bei Gelegenheit ausführlicher zu. Einstweilen also saß Lisette mit dem gewesenen Bräuer und seiner glücklich wiedergefundenen Schwägerin — deren Auftauchen die familiäre Lage nicht unkomplizierter machte — am Mittagstisch und hielt den Blick auf ihren Teller gesenkt. Was sie peinigte, war, daß sie bei dieser *réunion à trois* so offensichtlich überflüssig schien. Anton Wiesinger plauderte wohlgelaunt über seinen Garten und sein Gewächshaus, über das Theater in München, über die vornehme und auch weniger vornehme Gesellschaft dortselbst, und vor allem über seine und Gabrieles Vergangenheit. Er plauderte und plauderte . . .

»Ins Gärtnertheater bin ich mit deiner Schwester ja eigentlich nie 'kommen, sie hat halt nichts übrig g'habt fürs Eingängige, da war einfach nichts zu machen, sie hat einen unwiderstehlichen Drang nach'm Höheren g'habt. Wagner! Das war das Ihrige, nach dem war sie gradezu süchtig. Und ich nehm' an, daß das bei euch daheim ja wohl g'wissermaßen überhaupt erblich g'wesen ist, oder? Ich mein', diese Leidenschaft für den Wagner seine Musik?«

»Ich weiß wirklich nicht mehr. Ich jedenfalls mache mir nicht besonders viel aus ihm.«

»Aber das ist ja wundervoll! Da können wir direkt einmal miteinander in die Operette gehen.«

Irene, der das unbeteiligte Herumsitzen Lisettes peinlich war, versuchte zum soundsovielten Male, die Frau Kommerzienrat mit ins Gespräch zu ziehen, aber wie jedesmal ging ihr Schwager rasch und uninteressiert drüber hinweg. »Ja, die Franzosen haben komischerweise allesamt was für den Wagner übrig, das ist wahr, und sie hält den ›Tristan‹ soweit ganz gut aus«, gab er statt seiner angesprochenen Gattin Auskunft, um sich sofort wieder Irene persönlich zuzuwenden. »Ist der Braten nicht butterzart? Nimm doch noch ein Stückl davon, wozu hat denn die Lucie sich 'plagt, wennst ißt wie ein Spatz! Deine Schwester war genau dieselbe. Aber du hältst dich ganz überflüssig z'rück, denn wir zwei machen hernach einen Verdauungsspaziergang, was soll da deiner Linie schon groß passiern?!«

Er schnurrte wie ein Kater, es wäre rührend gewesen, hätte er nur dabei seine Frau nicht gar so offensichtlich links liegenlassen und hätte er nicht unentwegt »damals« und »Gabriele« und »deine Schwester« gesagt. Als er sich in der Woche darauf mit Irene nach München kutschieren ließ, wo er ihr den Hofgarten zeigte – (»Das war immer ein Lieblingsspaziergang von uns, von der Gabriele und mir«) – und sie ins Café Annast führte – (»Das hat noch Café Dengler g'heißen, wie ich mit deiner Schwester her'kommen bin«) –, wo er für jeden einen Kaffee und ein Stück Regententorte bestellte, sah ihn Irene mit einer gewissen Entschlossenheit an.

»Zweifellos war diese Regententorte das Lieblingsgebäck meiner Schwester. . .«, stellte sie fest.

Er strahlte. »Das weißt du noch?«

»Nein. Aber es ist nicht schwer zu erraten. Wäre es dir sehr unangenehm, wenn ich lieber *meine* Lieblingstorte äße?«

Der Kommerzienrat zeigte sich irritiert. »Aber nein, wieso denn. Was ist's denn für eine?«

»Das weiß ich noch nicht.« Irene studierte die Kuchenkarte. »Jedenfalls *nicht* die Regententorte. Und überhaupt würde ich mich sehr freuen, wenn du allmählich merken würdest, daß ich ein eigener Mensch bin und nicht nur ein Anhängsel unserer Gabi, Gott habe sie selig.«

»Mein Gott, Irene —«, Anton Wiesinger schien völlig perplex. »Entschuldige, ich — ich hab' das überhaupt nicht gemerkt!«

Irene lächelte freundlich. Sie hatte ein helles Sommerkleid an und sah, auch wenn sie ihr Haar noch immer zu einem strengen Dutt zusammengenommen hatte, bedeutend jünger und frischer als vor drei Wochen aus. »Deshalb sage ich es dir ja. — Eierpunschtorte«, entschied sie und legte die Karte weg.

»*Zwei* Eierpunschtorten. Denn, aufrichtig g'sagt: Ich mach' mir aus einer Regententorte eigentlich auch nicht so extrig viel.« Er nahm, als er dies Geständnis ablegte, ihre Hände zwischen die seinigen und zwinkerte ihr zu. Sie zwinkerte aufgeräumt zurück.

Zum Abendessen waren sie wieder in Starnberg. Als Irene um zehn Uhr zu ihrer Pension in Tutzing zurückfahren wollte, brach ein unerwartet heraufziehendes Sommergewitter los. Die Blitze zuckten, die Donner krachten, und der Regen prasselte wie aus Kübeln gegossen herab. Das paßte Anton Wiesinger trefflich in den Kram.

»Ausgeschlossen, daß du bei dem Wetter über die Landstraß' fährst! Im vorigen Jahr haben wir bei so einem G'witter einen Erdrutsch g'habt, es hat sogar einen Verunglücken 'geben. Und überhaupt, Iren. Es ist doch einfach ein Blödsinn, daß d' da drüben dein gutes Geld hinlegst und hier stehn ein halbes Dutzend Zimmer leer!« Das halbe Dutzend war zwar eine Übertreibung, aber im Grunde war seiner Argumentation die Vernunft nicht abzusprechen. Irene Döring gab schließlich nach tagelangem Hin und Her nach. Sie übersiedelte von Tutzing ›auf die andere Seite vom See‹.

Die Zeit rückte heran, zu der die Sommerfrische der Witwe aus Greifswald zu Ende gehen sollte. Freilich zog sie wenig in jenes pommersche Provinznest zurück. Sie hatte vier Kinder geboren. Eines davon war am Scharlach gestorben, kaum fünf Jahre alt. Die anderen, zwei Söhne und eine Tochter, mittlerweile zwischen achtundzwanzig und siebenunddreißig Jahre alt, waren schon lang aus dem Haus. Der jüngere Sohn hatte seinem Vater nachgeeifert, er stand einem Pfarrhaus in Oldenburg vor. Die Tochter war nach Holland verschlagen worden, wo ihr Mann eine kaufmännische Faktorei betrieb, während der andere Sohn, das älteste ihrer Kinder und gleich noch im ersten Jahr ihrer Ehe geboren, ein Bergbaustudium absolviert hatte und nach Kanada emigriert war. Frau Döring verzehrte ihre Pension in Greifswald ganz allein. Anton Wiesinger fand, sie könne sie gradesogut am Starnberger See verzehren. »Wenigstens eine g'wisse Zeit. Warum sollst nicht ein Jahr Urlaub machen können? Oder sogar zwei? Es schreit doch da droben niemand nach dir.« Nein, nach ihr schreien tat wirklich keiner. Die hundert oberflächlichen Kontakte, die sie ihres Theos wegen gepflegt hatte, waren von ihr beinah allesamt abgebrochen worden. Wenn sie so weit fort in die Sommerfrische gefahren war, so deshalb, weil in ihrer Dreizimmerwohnung manchesmal die Wände über ihr zusammenfielen und sie nachts in ihrem hohen, mahagonischweren Bett vor Einsamkeit keine Luft bekam.

Also sah der warme, langanhaltende Herbst sie noch immer in Süddeutschland. Anton Wiesinger zeigte ihr die bayrischen Berge und schleppte sie auf ausgedehnte Wanderungen mit.

»Geh' ich dir z' schnell?« erkundigte er sich und blieb besorgt stehen, als sie ein paar Schritte zurückgeblieben war, weil sie ihr Schuhband neu hatte binden müssen. Sie trug ein fesches rehbraunes Bergkostüm aus Loden, das sie sich in Schliersee hatte machen lassen, und der herbe Dutt war schon im ausgehenden Sommer gefallen. Sie trug das Haar jetzt geschnitten, nicht gar zu modisch kurz, aber in eine adrette, überaus schmeichelnde Lockenfrisur gelegt.

»Nein, nein, ich komme schon mit.« Aber ein wenig

349

schnaufen mußte sie doch, weil sie versucht hatte, ihn einzuholen.

»So eine norddeutsche Flachlandbewohnerin ist halt nix Gutes g'wöhnt«, spottete er und bot ihr an, auf einem Baumstumpf auszurasten. Es standen mehrere Baumstümpfe nebeneinander, und er setzte sich ebenfalls.

»Daß dir aber nicht kalt wird, Toni«, mahnte sie. Sie waren auf dem Abstieg, die Sonne stand tief, und da wird es im Oktober schon empfindlich kühl.

»Wenn du in der Näh' bist, wird mir nie kalt«, schmeichelte er und sah sie mit einem seltsamen Ausdruck an.

Die Spur einer Befangenheit flog sie an. »Geh, alter Süßholzraspler.«

»Wenn's halt wahr ist. Da!« Er streckte ihr seine Hand hin, damit sie sie fassen sollte. »Ganz warm«, stellte er fest und hielt ihre Hand in der seinigen, auch dann noch, als sie sie wieder zurückziehen wollte.

»Eine fabelhafte Durchblutung.« Ihre Befangenheit wuchs sich zur schieren Verlegenheit aus. Er runzelte die Stirn. Eine Art zu reden hatte sie ... wie eine Krankenschwester!

»Jetzt wo ich deine Hand schon einmal hab', laß sie mir doch!« Es kam beinah ein wenig beleidigt heraus. »Sie ist sowieso ganz kalt.«

Sie wußte nicht, was tun, und streckte ihm auch noch die andere hin, rieb ihre beiden Hände beflissen an der seinigen. »Ja, ich kann mich direkt an dir wärmen«, sagte sie.

Er lächelte sie an. »Süß ist das. In deinem Alter. Wies'd verlegen wirst.«

Irene tat empört. »Ich werde doch nicht verlegen!«

»Aber freilich. Und es schmeichelt mir, weißt.« Er tätschelte noch ein paarmal ihre Hände und ließ sie dann los. Sie saßen eine Weile schweigend nebeneinander. »Was denkst?« wollte er schließlich wissen.

»Nichts«, antwortete sie und wurde ein wenig rot. Dabei

350

log sie nicht, wenn man unter ›etwas denken‹ eine Kette
von logisch zusammenhängenden, einem deutlich bewußten Wörtern und Sätzen versteht. Was sie tat, war, vage und
unverknüpft vor sich hin empfinden... Das Bild ihres
Theo war vor ihr aufgetaucht. Ein frommer Mann, auch
brav, auch treu, anständig durch und durch, aber pedantisch und trocken. Er hatte sie auf seine Art zweifellos
geliebt. Aber richtig verheiratet war er doch eigentlich mehr
mit seiner Kanzel und seinem Katheder gewesen... Sie
waren allzeit gut miteinander ausgekommen, hatten selten
gestritten, eigentlich nie. Aber mehr als ein Miteinander-
Auskommen war es wohl zu keiner Zeit gewesen, nicht
einmal anfangs, wo der nicht mehr ganz junge, bereits am
Ende seines Studiums angelangte, aber dennoch bis zur
Lächerlichkeit schüchterne Bräutigam nicht etwa zuerst bei
ihr, sondern gleich beim Herrn Professor von Giesenhecht
um sie angehalten hatte. Grade erst siebzehn Jahre alt war
sie damals gewesen. Der Vater hatte ja gesagt, »wenn sie
einverstanden ist.« Warum hätte sie's nicht sein sollen? Es
war eine gute, reputierliche Partie. So hatten sie fünfunddreißig Jahre miteinander gelebt. Ohne Höhen vielleicht,
aber auch ohne schmerzvolle Tiefen. Einmal in der Woche
hatte er sie in den von ihm behausten Teil des altväterlich
gewaltigen und auch tatsächlich von seinen Eltern ererbten
Ehebetts hinübergezogen. Es war, wie sie sich erinnerte,
fast immer dienstags gewesen, weiß der Kuckuck warum.
Die Spanne dazwischen war er ihr allzeit freundlich, auch
sogar liebenswürdig und respektvoll begegnet, hatte aber
wenig mehr — und schon gar nicht Bedeutenderes — mit
ihr gesprochen, als das haushaltlich Banale, familiär Alltägliche. Als sie sich einmal dazu verstieg, ihn wegen eines
theologischen Problems zu befragen, hatte er ihr zwar eine
Auskunft nicht verweigert, sie dabei aber mit einem Blick
angesehen, der so voll einer mitleidig staunenden Gering-
schätzung war, daß sie sich von da an kein zweitesmal in

seine Gotteswissenschaft mengte, sondern fortan bei ihren Romanen blieb.

Es waren gute Romane, bedeutende sogar, die sie las, Romane von Goethe und Dostojewski, von Balzac und Fontane, zuletzt gar die des absonderlich verrätselten, düster undurchschaubaren Franz Kafka aus Prag. Aber über diese Lektüre hatte nun ihrerseits sie nicht mit ihm sprechen mögen. Er hätte wohl auch kaum viel Interesse an »derlei literarischem Schnickschnack« und schon gar nicht an ihren bescheidenen, ganz persönlichen Gedanken darüber gehabt.

Fünfunddreißig Jahre, mehr als das Dritteil eines Säkulums, hatten sie so zugebracht. Wenn sie zurückdachte, so fand sie, daß ihr eigentlich nie etwas abgegangen war. Sie hatte es nicht anders gekannt und gewußt. Außerdem waren ja die Kinder dagewesen und hatten ihrer bedurft, zumal solange sie klein waren, aber auch als Heranwachsende noch. Dann gingen sie eins nach dem anderen aus dem Haus, der zweite Sohn als letzter, aber auch bei ihm waren es jetzt schon bald neun Jahre her ... Drei Kinder, eine Aufgabe für immer hatte sie gemeint, jedenfalls eine fürs Leben, und dann war's so schnell vorbeigegangen. Erschreckend schnell. Der Herr Professor merkte es nicht so recht, er behielt ja Kanzel und Katheder, es änderte sich nicht viel für ihn. Aber für sie war es nun doch ein wenig leer geworden in dem Haus, das sie jetzt ganz allein mit ihm bewohnte, ohne das vertraute Treiben einer lauten und lebendigen Familie. Leer auch zwischen ihnen beiden selbst. Niederdrückend leer sogar. Sie versuchte standhaft, es nicht zu merken, stürzte sich in allerlei Umtriebe bei der Gemeindearbeit, in der Diakonie. Aber irgendwie machte all das sie nicht satt. Ganz weit hinten, im tiefsten Verlies ihres Hinterkopfs, spürte sie unabweisbar, daß das Leben an ihr vorbeigelaufen war, daß sie ihre Jahre zugebracht hatte, ohne vom Leben mehr als nur grade so gestreift worden zu sein. Sie hatte es nie wirklich kennengelernt. Wie sich's für eine Pfarrersfrau geziemt, war sie ihrem Theo treu gewesen. Einmal, ein einziges Mal war ein Pfarrvikar aufgetaucht, dessen Person sie in eine rätselhafte, ganz und gar unerklärliche Unruhe stürzte. Sie hatte rasch dafür gesorgt, daß sie ihm nicht mehr begegnen mußte. Als sie mit siebzehn unter die Haube gekommen war, war sie ein unerwecktes Kind gewesen. Und war hernach immerzu brav geblieben, immerzu treu. Und immerzu allein . . .

»Manchesmal habe ich das Gefühl, als schliefe ich immer noch . . .« Sie sagte es leise, fast unhörbar und weit mehr an sich selber als an ihn gewandt. Überhaupt hatte sie wenig gesprochen. Das meiste erriet Anton Wiesinger. Ein schwermütig mitleidendes Wort fiel ihm ein, das leitmotivisch Strindbergs »Traumspiel« durchzog, er hatte es einmal in den Kammerspielen gesehen – »Es ist schade um die Menschen« . . . Der Kommerzienrat hob das Gesicht und lächelte seiner Schwägerin mit melancholischer Herzlichkeit zu.

»Als ein Prinz, der dich aus dem Dornröschenschlaf aufweckt, kann ich ja wohl nimmer recht gehen, in meine Jahr'. Aber liebhaben kann auch ein alter Mensch. Und irgendwie sogar besser als ein junger.«

Jetzt wurde sie endgültig rot. »Sag nicht solche Sachen, Toni!«

»Ich hab' dich doch aber wirklich lieb. Und das weißt' auch, oder vielleicht nicht?«

»Ich dich ja auch«, flüsterte sie.

»No also! Ist das vielleicht nix? Der liebe Gott hat's doch gut g'meint mit uns zwei!«

»Du bist süß, Toni.« Sie stand auf, beugte sich flüchtig zu ihm herab und hauchte einen raschen, verschämten Kuß auf seine Wange. »Aber erkälten sollst dich trotzdem nicht, ich brauche dich doch noch ein wenig, hm?«

Er erhob sich. »Lieb hast das g'sagt.«

Das letzte Stück des Weges schob er seinen Arm unter den ihrigen.

Das also war's, was der Toni gemeint hatte, als er den Ferdl fragte, ob der Papa denn überhaupt noch für was andres Augen habe, als für die Tante Iren ...

Wer die Zeche dafür zahlte, eigentlich für jeden und für alles die Zeche zahlte, war Lisette. Sie hatte sich zwischen alle Stühle gesetzt. Schon sehr früh, an einem heißen Sonntag im August, hatte sie es zum erstenmal richtig gemerkt, intensiv und mit einem stechenden Schmerz. Ihr Mann hatte sie tags zuvor daran gehindert, in die Maria-Theresia-Straße auszureißen, nur weil sich übers Wochenende wieder einmal diese Josefine Berghammer zu Besuch angesagt hatte. »Es ist ja ganz schmeichelhaft, eigentlich, daß d' trotz allem ein biss'l eiferst auf sie«, hatte er gesagt und sich eine Zigarre angebrannt. »Aber daß d' davonlaufst, an einem Wochenend' wie diesem, in die heiße, dämpfige Stadt zurück ... also ein biss'l übertrieben find' ich das schon. Sie ist ein Wochenendgast wie viele und das Haus, weiß Gott, groß genug. Also sei g'scheit, hm?« Und sie war nun wirklich nicht gescheit, sondern einfach nur zu feig gewesen, um auf eine so folgerichtige Art dumm zu sein. Hernach hatte sie's bitter bereut. Denn auch der Ferdl hatte damals das Wetter ausgenutzt und war am Sonntag zum See herausgekommen, nicht allein, sondern mit einer Rothaarigen, mit der er sich in letzter Zeit auffallend oft abgab, obgleich er Lisette versicherte, daß das überhaupt nichts zu bedeuten habe. »Sie ist die Schwester vom Allgayer Kurtl, der Allgayer vom Bratwurstglöckl, kennst ihn ja. Er hat sie mir aufg'halst, wie er auf seine Weltreise 'gangen ist, daß ich ein biss'l auf sie aufpassen soll.«

»Aufpassen? Sie ist über zwanzig.«

»Wahrscheinlich grad deswegen«, räumte er ein und wurde ein Spur verlegen. »Es ist ein g'fährliches Alter. Mir ist es ja so lästig g'nug.«

Am Nachmittag jenes Sonntags dann hatte Lisette von

der Terrasse aus gesehen, wie Friederike Allgayer auf der Schaukel saß und hell hinauslachte, weil ihr bestellter Tugendwächter sie von hinten her hoch und weit empor-hutschte, so daß ihr der Wind fröhlich unter die Röcke fuhr. Zur selben Zeit ließ Anton Wiesinger unten am Steg das Ruderboot zurechtmachen, um mit Josefine Berghammer eine Kahnpartie zu unternehmen. Die Modefabrikantin hatte den Arm um seine Schulter gelegt, und als Lisette es sah − (Ich habe es doch auch früher schon oft genug gesehen, was ist nur heute mit mir los?) −, fühlte sie sich von einem Moment auf den anderen dermaßen hundeelend, daß sie hätte hinausheulen mögen. Der Ferdl hatte, als hätte er irgend etwas geahnt, seine rothaarige Schutzbefohlene allein weiterschaukeln lassen und war unbemerkt hinter Lisette getreten. Als er die Hände auf ihre Schultern legte, sprang der Kommerzienrat grade mit einem etwas prahlerischen, aber für seine Jahre tatsächlich ungewöhnlich behenden Schwung in das schwankende Boot. »Es ist zum Erstaunen, wie so eine Affair' s' Lebensg'fühl hebt, sogar in seinem Alter noch«. sagte der Ferdl, der ihm dabei zusah und lächelte. Lisette, die bei Ferdls unvermuteter Berührung erschreckt zusammengezuckt war, machte sich von ihm frei. Sie versuchte tapfer, ihre Stimmung zu verbergen, aber völlig gelang es ihr nicht. Ferdl, ganz nach seiner Art, bezog alles auf den Papa und nichts auf sich selbst. »Ach du lieber Himmel«, sagte er halb belustigt, halb verblüfft. »Bist eifer-süchtig?«

»Und wenn?!« Lisette war zu ihm herumgefahren und blitzte ihn wütend an. Ferdl wurde unsicher. Sein Blick ging zur Schwester des Bratwurstglöcklwirts hinüber, und er bemerkte, daß statt seiner inzwischen der Franzl die Rothaa-rige auf und nieder hutschte. Er war jetzt beinah fünfzehn Jahre alt, ein kräftiger, gesund entwickelter Gymnasiast, und Ferdl, der eben noch den Mund so spöttisch wegen Lisettes angeblicher Eifersucht verzogen hatte, spürte einen Moment lang selber einen schmerzhaften Stich in der Brust, weil er die Friederike Allgayer ebenso fröhlich hinauslachen hörte wie vorhin, wo *er* es gewesen war, der sie angeschubst hatte.

»Ich weiß es ja, daß der Mensch ein g'spaßiges Wesen ist«, sagte er zu Lisette. »Aber daß nicht einmal du eine Ausnahme davon machst, wundert mich halt irgendwie.« Und da war es mit ihrer Beherrschung vorbei. Mit einer plötzlichen Bewegung warf sie sich an Ferdls Hals und vergrub ihr Gesicht an seiner Brust. Aber noch ehe er zugreifen und die Arme um ihren Nacken schließen konnte, hatte sie sich schon wieder losgerissen und war ins Haus gerannt. Der Ferdl hätte schwören mögen, daß sie weinte. Ein wenig tat sie ihm leid, und eine mitleidende Zärtlichkeit erfüllte ihn, aber im nächsten Augenblick schon ein ohnmächtiger Zorn auf die Lage der Dinge, auf die Kompliziertheit des Lebens, aber freilich auch, ganz persönlich und mit gradezu bösartiger Heftigkeit, auf Lisette selbst, auf ihre Zimperlichkeit und Ziererei, darauf, daß sie so wenig bequem zu lieben, so gar nicht mit der linken Hand festzuhalten und glücklich zu machen war ...

Der Ferdl hatte nie treu sein können, auch früher nicht, und Lisette hatte das immer gewußt. Sie verstand ihn sogar, jedenfalls was sie und ihrer beider Beziehung betraf. Ohne daß sie ihn je zur Rede gestellt hätte, meinte er einmal, sich trotzdem rechtfertigen zu müssen, denn das Abenteuer mit dieser Friederike Allgayer vom Bratwurstglöckl war ja nicht das erste und einzige.

»Du zeigst mir doch sowieso die kalte Schulter, du lebst doch sowieso wie eine Klosterschwester!« hatte er sie angeherrscht. — »Das ist doch nicht wahr, Ferdl!« — »Doch! Viel zu oft ist es wahr!« Und sie wußte, auch wenn sie es anders empfand, daß er im Grunde recht hatte. Sie hatte sich ihm in die Arme geworfen, aber nie ganz, nie rückhaltlos, immer waren ihre Schuldgefühle zwischen ihnen gestanden wie eine gläserne Wand. Und da sie ihn, zumindest ein Stück weit, verstand, waren es auch viel weniger seine Eskapaden, die sie kränkten, als die kleinmütige Feigheit, mit der er sie vor ihr zu verbergen trachtete. Auch dies war ungerecht, sie sagte es sich hundertmal selbst, denn er mochte das aus Zartgefühl tun, aus Rücksicht, er mochte sich direkt dazu verpflichtet glauben, es ihr zu verschweigen.

Aber was war das für eine Gemeinsamkeit, die sich über alles zu sprechen traute, nur ausgerechnet über das nicht, was wichtig war? Lisette fand, daß sie die Wahrheit ertragen hätte, besser ertragen jedenfalls als seine Unehrlichkeit, die ja doch an hundert Stellen schütter und durchscheinend war. Überhaupt schien ihr, daß man von dem, was man körperliche Treue nannte — oder vielleicht von der Treue überhaupt — gar zu viel Wesens machte. Es kam darauf an, daß die Liebe beständig, nicht aber, daß sie ausschließlich sei. Daß er andere neben ihr brauchte, sogar neben ihr liebte — sie würde das verkraftet haben, hätte er nur ernstlich sie selber gebraucht und sie mit einer unwandelbaren, wirklich tiefen Zuneigung geliebt. Gerade hieran zweifelte sie. Und je länger sie zusammen waren, desto mehr.

Freilich, als sie ihm ihren Entschluß mitteilte, daß sie von der Villa fort- und für ganz nach Starnberg hinauszuziehen gedächte, da führte er sich ganz fürchterlich auf. »Ich laß es nicht zu! Ich laß dich nicht gehen!!« schrie er sie an und stampfte sogar dramatisch mit dem Fuß auf das Parkett.

»Aber sicher läßt du mich gehen. Und gar nicht so ungern, wie du dir jetzt einzureden versuchst. Im übrigen bin es nicht ich, die dich verläßt, sondern du hast mich verlassen, Ferdl.« Sie legte traurig die Spitzen ihrer Finger an seine Brust. »Da drinnen. Und schon lange.«

»Immer diese Aufbauscherei«, klagte er. Dabei wußte er genau, daß es so war. In Amerika drüben, die ganze lange Zeit, wo er sie nicht gesehen, wo er nur immerzu von ihr geträumt hatte, hatte ihn eine wahre Besessenheit erfüllt;

357

und auch herüben noch, als er zurückgekommen war, es war wie eine Krankheit gewesen . . .

»Und jetzt bist du gesund geworden«, sagte sie nicht ohne Bitterkeit

»Mein Gott! Mag ja sein, daß meine Empfindungen ein biss'l flacher 'worden sind, mit der Zeit«, gab er widerwillig zu. »Aber das ist schließlich normal und der Gang der Welt! Und − und will ich dich vielleicht aus Gleichgültigkeit jetzt unbedingt halten?!!«

Aus verletzter Eitelkeit, hätte sie ihm sagen können. Aber sie sagte es nicht. »Ich will, daß wir in Freundschaft auseinandergehen, Ferdl. So einen Schnitt muß man rechtzeitig machen, ehe alles kaputt und ausgebrannt ist.«

Er sah sie hilflos und zerrissen an. Und doch auch schon ein wenig erleichtert. Vielleicht wußte er es selber noch nicht, daß er im Tiefsten schon anfing, sich befreit und zufrieden zu fühlen, aber sie sah es ihm an. Und das tat ihr weher als alles andere sonst.

Die Festigkeit, mit der sie auf der Trennung bestand, war um so bemerkenswerter, als sie zu dieser Stunde schon wußte, daß auch ihr Umzug nach Starnberg im Grund keine wirkliche Lösung wäre, jedenfalls nicht für sie. Lisette hatte sich nämlich bereits tags zuvor mit ihrem Mann über ihren Entschluß besprochen. Anton Wiesinger hatte sie schweigend angehört, eine Augenbraue hochgezogen und dann bedächtig gesagt: »Wir haben uns ziemlich entfremdet, Lisette.« Ihre Empfindung war sofort: Er will nicht, daß ich zu ihm ziehe! Er erriet, was sie dachte und spürte eine gewisse Beschämung. »Es ist nicht an dem, daß hier kein Platz für dich wär', wirklich nicht, und was mich betrifft . . .« Er zögerte und wollte mit der Wahrheit nicht heraus. Diese war, daß er noch immer an ihr hing, aufrichtig und mit der zähen Gewohnheit des über Jahre hin Gewachsenen. Der Gedanke, vielleicht ganz ohne sie älter und am Ende gar steinalt werden zu müssen, war ihm immer schmerzlich gewesen, die ganze Zeit ihrer Entfremdung hindurch. Aber ihr das jetzt einzugestehen, fiel ihm schwer. Irgendwie verletzte es seinen Stolz. So fing er statt dessen an davon zu reden, daß er sich hier heraußen so etwas wie sein eigenes Leben eingerichtet habe und daß er nicht bereit wäre, das kostbare Gefühl aufzugeben, endlich tun und lassen zu dürfen, was ihm gefiel. Jetzt, wo er zum erstenmal in seinem Leben sich der Tyrannei der alltäglichen Pflichten entledigt hatte, der er zuvor stets unbarmherzig unterworfen gewesen war, schon als Kind im Elternhaus, dann in der Schule, auf der Universität, und vor allem natürlich ein Leben lang in der Brauerei. Auch das Verheiratet- und das Vatersein, zählte man's alles in allem, war weit mehr auf Pflichten und Verbindlichkeiten hinausgelaufen, als auf etwas anderes . . .

Er sah es ihr an, daß seine Worte sie schmerzten. Mit einer unerwarteten Herzlichkeit legte er seine Hand auf die ihrige. »Laß dich von mir altem Kerl nicht ins Bockshorn jagen«, stachelte er sie gegen sich selber auf. »Ich möcht' ja bloß verhindern, daß du dir Illusionen machst, schau. Aber . . . eigentlich ist's doch wirklich kindisch und sogar ein Blödsinn, wenn man unbedingt und mit G'walt so tut, als wär' man noch immer im Sturm und Drang der Gefühle, als wär' man auf ewige Zeiten dazu verdammt, ein Liebespaar zu spielen, mit all den möglichen und mehrernteils eher unmöglichen Ansprüchen, die eins an das andere in solche verdrehten G'fühlsumständ' stellt . . . Sich einfach nur mögen ist schließlich auch was. Man kann in unserem Alter ganz ruhig und z'frieden in einem Haus nebeneinanderleben, wenn man ein biss'l vernünftig ist.«

Da hatte er sich also doch noch überwunden und etwas von dem herausgelassen, was in ihm lebendig war. Lisette, die im Innersten schon beschlossen hatte, alles hinter sich zu lassen und nach Frankreich, in ihre alte Heimat zurückzugehen — (Ach, Heimat! Bald fünfundzwanzig Jahre war sie jetzt von dort weg, zuweilen meinte sie, ihrer Muttersprache gar nicht mehr fehlerfrei mächtig zu sein. Niemand mehr war am Leben von denen, die ihr etwas bedeutet hatten, und wenn es Verwandte gab, so waren es entfernte und ihr nicht einmal mehr persönlich bekannt . . .) –, in diesem Augenblick entschloß sie sich, es mit Starnberg zu wagen, mit dem »Sich-einfach-Mögen«, mit dem »Nebeneinanderleben«, das am Ende vielleicht nur ein Nebeneinander*her*leben sein mochte. Sie entschloß sich mit einer Hoffnung, in der mehr Bangigkeit als Zuversicht steckte. Aber sie hatte im Grunde ja gar keine andere Wahl.

Mit den Geschäften der Wiesinger-Bräu AG ging es indessen bedenklich bergab. Dermaßen bedenklich, daß die Unkenrufe, die der Toni bei seinem Ausscheiden hatte hören lassen, sich nun allesamt bewahrheiteten. Und sogar mehr als das.

Dabei hatte der Ferdl sich gefreut und direkt aufgeatmet, als der Baron Lyssen seinen Bevollmächtigten Stülp aus der Firma abzog, weil er ihn für angeblich wichtigere Geschäfte brauchte. »Der mit seine ewigen blauen Anzüg' ist mir ohnehin auf die Nerven 'gangen, ohne dem seine Bevormundung kann man sich daherinnen endlich wieder ungezwungen rührn.« Was für ›wichtigere Geschäfte‹ das waren, denen der Baron sich zuzuwenden gedachte, wußte man nicht. Zum Erstaunen der Wiesingers gingen Gerüchte um, man habe Hugo von Lyssen neulich das Braune Haus der Nazis betreten sehen. »Von mir aus«, wischte Ferdl die Bedenklichkeiten Pfahlhäusers vom Tisch. »Hauptsache, er kümmert sich weniger um uns.«

Genau das aber tat der Baron mitnichten. Und auch der aus der Brauerei ausgezogene Stülp kam bald darauf durch die Hintertür wieder herein. Den Ferdl überkam schon gleich ein ungutes Gefühl, als der Blaugekleidete unangemeldet und gänzlich überraschend sein Büro betrat, um ihn für kommenden Dienstag ins Vier Jahreszeiten zu bitten. »In die Fürstensuite. Der Baron hat dort eine wichtige Sitzung in Sachen der AG anberaumt.«

»Die Mühe, persönlich zu uns herzukommen, macht er sich schon gar nicht mehr«, schimpfte Ferdl gegenüber dem Alfred, der immer noch ihr Syndikus war, obwohl er schon lang beabsichtigte, dieses Mandat wegen Arbeitsüberlastung niederzulegen. »Antanzen läßt er mich! Regelrecht antanzen!« Ferdl giftete sich ungemein.

»Ich werde dich auf jeden Fall begleiten«, erbot sich Alfred Wiesinger.

Der Direktor der AG wehrte übelgelaunt ab. »Wozu, wennst demnächst sowieso ausscheidest. Hernach hab' ich ja auch alles allein und ohne dich am Hals.«

»Trotzdem. Ich komme auf jeden Fall mit.«

Die Sitzung in der Fürstensuite ging ganz im Lyssenschen Stil vor sich — entschieden und knapp. Und wer dabei beinah als einziger zu Wort kam, war der Baron selbst. »Ohne Umschweife gesagt, Herr Wiesinger, wenn Sie in den letzten Jahren nicht so unsinnig viel in das neue Sudhaus investiert hätten und in den Gärkeller —«

»Unsinnig? Zur Wiederherstellung unserer Braukapazität war es ganz unumgänglich, diese Anlagen —«

Lyssen winkte ab. »Wenn diese Investitionen nicht wären«, fiel er dem Ferdl unhöflich ins Wort, »würden Sie sich ohne Schwierigkeit vom Brauvorgang zurückziehen und auf das bloße Abfüllen beschränken können.«

Doktor Alfred schaltete sich ungläubig ein. »Auf das bloße Abfüllen??«

»Dafür wären Sie nach Ihrer Ausrüstung und vor allem auch Ihrer Lage nach doch geradezu prädestiniert. Das würde das einzig wirklich Rationelle sein. Aber nun gut, die Anlagen und die hierauf noch laufenden Kredite sind eine Realität. Machen Sie von mir aus also auch unter dem neuen Firmendach der ADEBAG weiter — vorläufig jedenfalls.«

»ADEBAG?«

Lyssen nickte. »Allgemeine Deutsche Brau AG. Hat Ihnen Herr Stülp denn noch nicht auseinandergesetzt, worum es geht?«

Der Blaugekleidete katzbuckelte. »Ich wollte das Herrn Baron selbst überlassen.«

»Kurz und knapp gesagt: Es geht um die Bildung eines Brauverbundes, bestehend aus den fünf Brauereien, in denen ich die Mehrheit halte. Eine Art rationalisierender Firmenzusammenlegung. Und wenn Sie die Genehmigung behalten, weiterzubrauen, so bezieht sich dies nur auf das helle Bier, auf das *einfache* Helle, damit da keine Illusionen entstehen. Das Dunkle und die Bockbiere übernehmen der Ligner-Bräu und die ›Dortmunder Fahne‹, die hierfür bestens ausgestattet sind.«

Ferdl und Alfred waren baff. »Das sind Perspektiven, auf die wir mit Sicherheit nicht eingehen werden«, setzte Ferdl sich zur Wehr.

Baron von Lyssen sah auf die Uhr. »Wenn Sie sich einbilden, es ginge auch anders, bitte.« Er erhob sich und wandte sich dem Blaugekleideten zu. »Setzen Sie den Herren die Zusammenhänge auseinander. Ich habe für solche Klippschuldiskurse wirklich keine Zeit. — Meinen Wagen!« befahl er dem auf sein Klingelzeichen hin eintretenden Etagenkellner und drehte sich, schon im Gehen, nochmals zu den beiden Wiesingers um. »Sie entschuldigen mich, ich habe um vier einen dringlichen Termin. Ihre Entscheidung muß bis zum Ende der Woche gefallen sein. Guten Tag.« Und dann war er weg.

Die Zusammenhänge, die Stülp ihnen weisungsgemäß auseinandersetzte, hatten ihren Kern in der Absicht des Barons, aus allen fünf Brauereien sein Geld abzuziehen, da er es für andere Unternehmungen benötigte. »Höchst diffizile und im übrigen auch geheime Unternehmungen.«

»Aber ein solcher Aderlaß würde bei der derzeitigen

Wirtschaftslage unfehlbar den Zusammenbruch aller fünf Betriebe bedeuten, Herr Stülp!«

»Die Neugründung des Brauverbundes ADEBAG dient ja eben dem Ziel, den einzeln nicht überlebensfähigen Firmen zusammen, in einer Art von Kartell, eine reelle Chance zu schaffen. Ich gehe die Unterlagen über die geplante Fusion Schritt für Schritt mit Ihnen durch. Sie werden sehen, daß Sie gut dabei abschneiden. Und einen anderen Ausweg aus der Krise gibt es überhaupt nicht.«

Ferdinand Wiesinger fühlte sich nicht imstande, aufmerksam zuzuhören. ADEBAG, ADEBAG . . . ging es ihm fortwährend durch den Kopf, und er wischte sich mit dem Taschentuch die Schweißperlen von der Oberlippe. Dem Papa durfte man noch nicht einmal von so einer *Idee* etwas erzählen, geschweige, daß man über eine solche Unsäglichkeit ernsthaft verhandelte.

Die »höchst diffizilen und im übrigen auch geheimen Unterhandlungen«, von denen Stülp gesprochen hatte, waren übrigens mehr dubios als diffizil. Der Baron fuhr vom Vier Jahreszeiten direkt zur Brienner Straße und machte an diesem Spätsommernachmittag des Jahres 1931 seinen zweiten Besuch im Braunen Haus. Er bereitete eine Einladung Adolf Hitlers in den Industriellenklub zu Düsseldorf vor, die dann am 27. Januar des folgenden Jahres bekanntermaßen tatsächlich zustande kam, und bei der es dem späteren ›Führer‹ gelang, die Schwerindustrie auf seine Seite zu ziehen, und zwar gleich so gründlich, daß die Herren Wirtschaftsbarone, ohne viel Zeit zu vertun, schon am Tag nach diesem Klubabend auf dem Thyssen-Schloß Landsberg konkrete Verhandlungen mit Hitler, Göring und Röhm eröffneten. Baron von Lyssen, wie sich versteht, war mit von der Partie.

Nicht nur ab und zu, sondern täglich, und neuerdings sogar sonntags, ging im Braunen Haus der Oberstudienprofessor, und seit kurzem Hauptabschnittsleiter der NSDAP, Wolfgang Oberlein ein und aus. Die Zeitumstände brachten es mit sich, daß die von ihm betreute Kriegsopferfürsorge die am meisten überlaufene Parteidienststelle war. Wenn der Amputierte das Portal passierte, geschmückt mit den Insignien seines neuen Ranges — einem Paar Kragenspiegel mit dem Hakenkreuz, einem Eichenblatt und zwei kleinen Zeilen goldfarbenen Lorbeers darunter —, nahm die Doppelwache von SA-Leuten jedesmal Haltung an. Das tat dem alten Soldaten wohl. Oben dann, im dritten Stock unterm Dach, gab es nichts Erhebendes mehr. Die ausgemergelten Bittsteller standen so dicht gedrängt auf dem engen Korridor, daß Oberlein Mühe hatte, zu seinem Amtszimmer durchzukommen. Er schuftete sich ab. Gelegentlich vermochte er auch wirklich jemandem zu helfen, aber im großen und ganzen fiel das Ergebnis seiner Arbeit deprimierend mager aus. Allenfalls, daß es ihm zuweilen gelang, dem Bereichsleiter Steiniger ein paar Mark Unterstützung für einen besonders Bedürftigen aus den Rippen zu schneiden. »Fritz Klein, SA-PG«, referierte er. »Familienvater mit sechs Kindern, fast zwei Jahre arbeitslos. Sozialhilfe: zwölf Reichsmark und fünfundachtzig Pfennige wöchentlich.«

»Ja, ja, ich glaube es Ihnen ja, Oberlein!« Der Bereichsleiter schürzte ärgerlich die Lippen. Immer wieder belästigte ihn dieser Mensch, obwohl er doch ebensogut wußte, wie er selbst, daß das Euter einer trockenen Kuh nicht zu melken ist. »Unsere Unterstützungskassen sind leer. Und eine Auffüllung ist nicht in Sicht.«

»Vielleicht doch, Bereichsleiter.« Oberlein hatte auf diesen Moment gewartet. Er zog ein mehrseitiges Dokument aus seiner Aktenmappe. »Ich habe da gewisse Vorstellungen zu einem Memorandum zusammengefaßt. Wie Sie wissen, bin ich mit einer Unternehmerfamilie versippt und habe etwas Einblick in wirtschaftliche Kreise gewonnen.«

Bereichsleiter Steiniger sah ihn gedankenvoll an. Unter-

nehmerfamilie, wirtschaftliche Kreise . . . Wer die Nase im
Wind hatte, spürte, daß das genau die Ecke war, die der
Führer derzeit anvisierte. Ein geschickter Mann, dieser
Oberlein . . . Steiniger nahm die Denkschrift in Empfang
und versprach, sie mit Empfehlung nach oben weiterzuge-
ben. »Ihr sozialer Einsatz, so bewundernswert er ist, soll ja
nur ein Übergang sein. Ein Mann Ihrer Intelligenz und
Tatkraft hat bei uns noch ganz andere Möglichkeiten.«

Oberlein straffte sich. Unwillkürlich flog ihn ein stolzes
Lächeln an, aber er unterdrückte es, hob trotzig das Kinn
und sah über den Kopf des Bereichsleiters hinweg. Sich nur
nicht in sein Inneres schauen lassen! Steiniger verkannte den
Blick des Oberstudienprofessors. An der Wand hinter dem
Schreibtisch hing ein Ölgemälde von bedeutender Größe,
das, inmitten einer wildromantischen Landschaft, einen
gewaltig ausladenden Eichbaum darstellte, der über und
über mit gelben, schwarzbeschrifteten Wappentäfelchen
behangen war. Es handelte sich um den kunstfertig gemalten, gediegen gerahmten Stammbaum der Familie Steiniger. »Er ist schön geworden, wie?« bemerkte der Bereichsleiter mit Stolz. »Ich bin bis zum Jahr 1604 zurückgekommen, also sogar über den Dreißigjährigen Krieg hinaus, was
sehr selten ist, weil damals so viele Kirchenbücher verbrann-
ten.« Steiniger hatte sich in seinem Sessel herumgedreht
und betrachtete das Werk seiner Ahnenforschung mit einem
Ausdruck träumerischer Versunkenheit. »Es ist etwas Mysti-
sches um unsere Wurzeln, Oberlein«, sagte er gefühlvoll,
»daß man in die feinsten Verästelungen unseres Herkom-
mens, bis hinab in den blutfeuchten Mutterboden dringt . . .
Habe ich recht?«

»Jawohl, Bereichsleiter.«

Mutter Oberlein kam jetzt öfter als früher zu Besuch in die
Maria-Theresia-Straße. Zwar ging ihr das ewige Geklimpere der Klavierschüler Thereses auf die Nerven − wie

übrigens jedermann im Hause, ist doch die Kunstausübung, solange sie nicht einen gewissen Grad der Vollkommenheit erklommen hat, eine veritable Unausstehlichkeit –, aber sie hatte während dieser Übungsstunden ihren Sohn beinahe wie früher für sich allein. Sie machte sich bei solchen Gelegenheiten auch nützlich, indem sie kleine Flick- und Stopfarbeiten für Wolfs Familie übernahm. In letzter Zeit freilich verwunderte sie sich ein wenig, weil sie den Herrn Oberstudienprofessor andauernd über einem Wust von Papieren sitzend betraf, die ganz offensichtlich nichts mit seinem Gymnasium zu schaffen hatten. Gelegentlich kam behördlich anmutende Post, und Wolfgang Oberlein stürzte sich mit neugierigem Interesse darauf.

»Was treibst du da eigentlich Geheimnisvolles?« erkundigte sie sich.

Oberlein lächelte. »Das möchtest wieder wissen, gell. Ich forsche unsere Vorfahren aus. Bei dir bin ich schon bis zum Jahr 1782 gekommen. Da. Johann Baptist Baierlein, Schneidermeister aus Gesees bei Bayreuth.«

Frau Oberlein sah ihren Sohn mit etwas irritiertem Ausdruck an. »Wozu soll denn das gut sein?« fragte sie und wandte sich an die Theres, die eben ihre letzte Schülerin verabschiedet hatte und ins Zimmer trat. »Wozu forscht er denn unsere Vorfahren aus?«

Therese zuckte die Achseln.

»Weil man wissen will, wo man herkommt«, gab Wolfgang Auskunft. »Und daß man sauber ist, nicht jüdisch verseucht.«

Gabi, die beinah unbeachtet über ihren Hausaufgaben saß, das Zwölfereinmaleins war an der Reihe, mischte sich ein. »Was ist das, jüdisch verseucht?«

Mutter Oberlein war sonderbar unruhig. »Wirklich wahr«, sagte sie, »du redest, wie wenn es um eine Krankheit ginge.«

»Exakt«, bestätigte der Hauptabschnittsleiter der NSDAP. »Parasiten machen den Volkskörper krank.«

Jetzt konnte Therese nicht mehr an sich halten. »Bitt dich

gar schön! Du machst dich doch lächerlich, Wolfi.« Mutter Oberlein nickte ihr bestätigend zu. Es kam selten genug vor, daß sie mit ihrer Schwiegertochter einer Meinung war, und merkwürdigerweise hatte ihr heutiges Einverständnis etwas geradezu Aufforderndes, ja, sogar Flehentliches. Nun hätte Thereses Einmischung und gar die ja wirklich ein wenig harsche Bemerkung vom Sich-lächerlich-Machen früher durchaus gereicht, Wolfgang Oberlein für ein paar Tage in den Schmollwinkel zu treiben, aber er lächelte nur und gab seiner Frau ganz freundlich heraus.

»Wir müssen über so etwas nicht streiten, Herz. Du hast deine Ansichten und ich die meinigen, und welchen die Zukunft gehört, wird sich zeigen.«

Weniger gut als bei der mütterlichen Verwandtschaft kam der Professor mit seinen Forschungen väterlicherseits voran. Der verstorbene Postobersekretär Karl Oberlein war aus Königstein im Taunus gebürtig gewesen, doch fand sich kurioserweise in den dortigen Kirchenbüchern sein Name nicht, auch nicht in den evangelischen, in denen er eigentlich hätte vorkommen müssen, weil er erst in späteren Jahren zum Katholizismus übergetreten war. Nach der Reichsgründung, Mitte der siebziger Jahre, waren nun allerdings die Zivilstandsbeurkundungen von den Kirchenbehörden an die Gemeinden übergegangen, und so wandte Wolfgang Oberlein sich an den Gemeindevorsteher von Königstein.

Als er Antwort bekam, wußte er auf einen Schlag, weshalb seine Mutter ihn immer so ängstlich beschworen hatte, doch nicht »dauernd in diesen uralten Dingen herumzustochern«. Sein Vater war zwar 1883 tatsächlich zum Katholizismus konvertiert, aber nicht vom protestantischen, sondern vom israelitischen Bekenntnis aus. Auch sogar eine Namensänderung war in den Zivilstandslisten vermerkt und gegen eine Gebühr von 450 Goldmark protokolliert worden, was seinerzeit ein nicht unbeträchtlicher Betrag gewesen war. Der Geburtsname Karl Oberleins − sein wahrer Name!! −

367

lautete Isaak Oppenheim. Als der Hauptabschnittsleiter diese Buchstabenkombination schwarz auf weiß, korrekter gesagt: mittelblau auf gelbfarbenem Grund, vor sich sah, fingen die Schriftzeichen an, vor seinen Augen zu tanzen. Wolfgang Oberlein erlitt den ersten – und einzigen – Kreislaufkollaps seines Lebens.

Das Schreiben war mit der Frühpost gekommen, eben als er sich auf den Weg zum Gymnasium machen wollte, und er hatte ausnahmsweise seine Uniform angelegt, weil heute Heldengedenktag war. Volkstrauertag hieß das offiziell, aber er und die Gleichgesinnten sagten Heldengedenktag dazu, und sein Direktor, der ein eingefleischter deutschnationaler Reichsbanner-Mann war, hatte ihn neulich dazu ermuntert, bei dieser Gelegenheit in Uniform zum Unterricht zu kommen. »Ich schätze es, wenn ein aufrechter deutscher Mann Farbe bekennt! Desiderio desidero, es ist selten genug«, hatte der Herr Gymnasialdirektor gesagt. Ja. Und jetzt hatte Wolfgang Oberlein also wunschgemäß die Uniform an und war plötzlich gar kein deutscher Mann mehr, sondern ein Jud . . .

Er befand sich allein zu Hause. Gabi war schon auf dem Weg zur Schule, und Therese begleitete sie, weil sie mit dem Fräulein sprechen wollte. So hatte niemand etwas von der Erschütterung des Oberstudienprofessors bemerkt. Er verließ ungesehen das Haus, aber nicht in Richtung Gymnasium, sondern gegen die Barer Straße zu. Als seine Mutter ihm die Wohnungstür öffnete, erschrak sie, so quittengelb und verwüstet sah er aus.

»Mein Gott, Wolf – ist etwas passiert?«

»Hast – du es – gewußt –?« stieß er abgehackt hervor. Die ahnungslose Frau Oberlein verstand ihn nicht. »Daß Vater Jude war!« schrie er rücksichtslos.

Seine Mutter warf einen ängstlichen Blick treppauf, treppab ins Stiegenhaus und zog ihren Sohn in die Wohnung. »Nein, nicht ins Wohnzimmer, da ist das Mädchen.

Hier herein.« Sie sprachen sich in der Küche aus. Seine Mutter beteuerte, daß sie keine Ahnung gehabt habe, wenigstens zu Anfang nicht. Als sie es später, eher beiläufig, erfuhr, war sie nicht sonderlich interessiert gewesen. »Er war mein Mann und dein Vater und derselbe Mensch, bevor ich es wußte und hernach.«

Wolf brütete dumpf vor sich hin. »Halbjude . . . ich bin Halbjude . . .« murmelte er.

»Unsinn, Wolf! Als du geboren wurdest, war dein Vater schon jahrelang Katholik, und du selber wurdest gleich am zweiten Tag getauft.« Es hatte keinen Sinn, es ihr erklären zu wollen. Was Rassenverrat war. Was es bedeutete, eine Leibesfrucht dieser monströsen Schande zu sein. Er erhob sich wortlos und ging hinaus. Als sie einen schüchternen Versuch machte, ihn zurückzuhalten, stieß er sie so heftig von sich, daß sie ihn gehen ließ.

Er trieb sich den ganzen Tag über ziellos herum. Gegen Mittag fand er sich zu seiner eigenen Überraschung auf der Großhesseloher Brücke und starrte ins trockene Hochwasserbett der Isar hinab. Er entsann sich beim besten Willen nicht, wie er hierhergekommen war. Nur daß von hier die Verzweifelten in den Tod zu springen pflegten, fiel ihm ein. War dieser Dr. Freud in Wien, der das Unterbewußtsein ans Licht gezerrt hatte, nicht auch ein Jud? Oberlein straffte sich und schüttelte abweisend den Kopf. Er ging zur Trambahnstation zurück. Danach setzte die Erinnerung abermals aus. Irgendwann am späten Nachmittag fand er sich in einem sinistren Stadtteil, den er nicht kannte, mit muffigen Mietskasernen, öden Hinterhöfen und allerlei proletarischem Krattlergeschwerl vor jeder Tür. Es mochte das Schlachthofviertel sein oder die Schwanthaler Höhe. Aber vielleicht war es auch Giesing oder das Franzosenviertel vor dem Ostbahnhof. An bald jedem Straßeneck fand sich ein Wirtshaus, und auch Stehbeizen gab es mehr als genug. Eine davon betrat er. Unwahrscheinlich, daß es die erste war, die er an diesem

Tag aufgesucht hatte, denn er fühlte sich stark alkoholisiert. Aber zu seiner Verzweiflung wurde sein Kopf immer klarer, je mehr er soff. Alles mögliche ging ihm durch den Sinn, was er in der letzten Zeit gelesen hatte. Nein, nicht in der letzten Zeit, irgendwann heute am Vormittag mußte das gewesen sein. Er entsann sich dunkel, daß er durch die Thiersch- straße gewandert war, vom Isartor zum Maxmonument, und sich beim Eher-Verlag vor einem der Schaukästen verhalten hatte, in denen täglich die neueste Nummer des *Völkischen Beobachters* ausgehängt war.

»Der Untermensch – jene biologisch scheinbar völlig gleichgeartete Naturschöpfung mit Händen, Füßen und einer Art von Gehirn, mit Augen und Mund, ist doch eine ganz andere, eine furchtbare Kreatur, ist nur ein Wurf zum Menschen hin, mit menschenähnlichen Gesichtszügen – geistig, seelisch jedoch tiefer stehend als jedes Tier. Denn es ist nicht alles gleich, was Menschenantlitz trägt. – Wehe dem, der das vergißt! Nie wahrte der Untermensch Frieden, nie gab er Ruhe. Denn er brauchte das Halbdunkle, das Chaos, er brauchte den Sumpf. Und diese Unterwelt der Untermenschen fand ihren Führer: DEN EWIGEN JUDEN!«

Merkwürdig, wie genau er sich erinnerte. Wie die Worte sich eingeätzt hatten in sein Gehirn, das nur die Art eines solchen war... »Mit menschenähnlichen Gesichtszü- gen...« Sein Blick fiel in den halbblinden Spiegel, der neben der Theke hing und dessen Fläche zum Teil mit einer verschnörkelten Malerei bedeckt war, die mit einem roten Frosch für Erdal-Schuhcreme Reklame machte. Mit stierem Ausdruck starrte er sich selber ins Gesicht. »Nur ein Wurf zum Menschen hin...« Eine Art von Ekel schüttelte ihn. Es war wie ein Anfall von Fieberfrost. Und er fror ja auch wirklich. Er verlangte einen weiteren Schnaps. Der Wirt zögerte. »Glauben Sie nicht, Sie haben genug?« Oberlein hieb zornig mit der Faust auf den Tisch. Dann sah er sich plötzlich von einigen wenig vertrauenerweckenden Gestalten umringt. Zweifellos, er war in eine Kommunistenkneipe geraten. Vorhin schon war ihm ein bärtiger Kerl mit Armbinde aufgefallen, so einer vom Roten Frontkämpferbund ... Auch die Feindseligkeit hatte er die ganze Zeit über gespürt, die hinter seinem Rücken stetig und immer zäher zusammengeronnen war wie saure Milch. »Wenn der net scho' a Krüppl wär', na' schlagt'n i zum Krüppl!« hörte er wen sagen. Sie waren zu fünft oder zu sechst. »Zahlen Sie und hauen Sie ab«, sagte der Wirt halblaut. »Ich will keinen Ärger haben. Oder sind Sie ein Provokateur?«

»Pro ... Prova ...« Seine Zunge gehorchte ihm nicht, als er das Wort zu wiederholen versuchte. Er starrte vor sich hin und zögerte. Ziemlich lange sogar. Dann warf er doch ein paar Münzen auf den Tisch und ging hinaus. »Braune Drecksau!« rief jemand hinter ihm drein. An der frischen Luft wurde ihm übel. Mein Gott, wieviel habe ich denn bloß getrunken? dachte er. Und das war so ziemlich das letzte, was er hernach in Erinnerung behielt.

Als Therese heimkam und ihren Mann nicht antraf, dachte sie sich zuerst nichts, sie meinte, er wäre im Gymnasium. Als dann aber ein Kollege von dort antelefonierte, um sich zu erkundigen, ob der Herr Oberstudienprofessor etwa über Nacht krank geworden wäre − (»Er ist hier nicht erschienen, obwohl doch heute Heldengedenkfeier ist!«) −, fing sie an, unruhig zu werden. Sie läutete bei ihrer Schwiegermutter durch, und die brach sofort in Tränen aus. Es wurde Nachmittag, es wurde Abend. Therese machte die ganze Nacht kein Auge zu. Ein so ordentlicher, gradezu pedantischer Mensch wie ihr Wolferl wenn einfach nicht nach Hause kam ... Als Oberlein in der Frühe des nächsten Tages noch immer nichts hatte hören lassen, weder in der Maria-Theresia-, noch in der Barer Straße, ging sie zur Polizei. Es dauerte beinah eine halbe Stunde, bis der dort diensttuende Beamte herausfand, daß ein gewisser Wolfgang Oberlein gegen Mitternacht in der Theatinerstraße besinnungslos auf der Straße liegend aufgefunden worden sei. (Also konnte jener Stehausschank noch nicht seine letzte Station gewesen sein; aber auf die Frage, wie er von dort ins Zentrum der Stadt gekommen war, wußte er selbst keine Antwort.)

Therese wurde bleich. »Besinnungslos? Ist ihm etwas zugestoßen?!«

»Nicht eigentlich, gnädige Frau. Man hat ihn zur Ausnüchterung ins Präsidium an der Ettstraße gebracht. Er läßt Sie bitten, ihn dort abzuholen. Und bringen Sie ihm bitte einen Zivilanzug mit. Seine Naziuniform . . . Nun, Sie können sich's denken.«

Therese war ungemein erleichtert. »Er hat sie vollgekotzt?« erkundigte sie sich fröhlich.

Der Beamte schien über ihre direkte Ausdrucksweise konsterniert. »So viel ich weiß«, sagte er etwas steif.

Es war dann nicht ganz so schlimm. Die Flecken auf dem braunen Stoff rührten mehr vom Straßenschmutz her. Schlimmer als seine Uniform sah der Oberstudienprofessor selber aus. Bleich und verkatert, die Nase vom Straßenpflaster aufgeschrammt. Da sein Beinstumpf dick verschwollen war, tat er sich mit dem Wechseln der Kleider und dem Wiederanlegen seiner Prothese schwer.

»Was willst denn jetzt machen?«

»Wart's ab.« —

Hauptabschnittsleiter Oberlein nahm ein Taxi und fuhr zum Braunen Haus. Die Uniform hatte er in dem Koffer verstaut, in dem ihm Therese seinen Anzug in die Ausnüchterungszelle gebracht hatte. Obgleich er Zivil trug, nahm der SA-Posten Haltung vor ihm an. Man kannte ihn. Er dankte nicht. Und als er beim Bereichsleiter Steiniger eintrat, grüßte er nicht wie üblich mit Heil Hitler, sondern mit Grüß Gott.

Steiniger sah verwundert auf. »Was gibt's?«

»Ich möchte meinen Austritt zu Protokoll geben.«

»Welchen Austritt? Wovon?«

»Aus der NS-Kriegsopferfürsorge und der Partei.« Oberlein legte den Koffer auf den Schreibtisch und öffnete ihn. »Ich war ziemlich betrunken und habe die Uniform etwas beschmutzt. Aber das war nicht anders zu erwarten. Bei einem Jud.«

Der Bereichsleiter war ratlos. »Sind Sie sicher, daß Sie inzwischen nüchtern sind?«

»Sehr nüchtern.« Der gewesene Hauptabschnittsleiter legte seinem Vorgesetzten die Papiere der Bürgermeisterei von Königstein vor.

»Aber da muß doch irgendein Irrtum obwalten, Herr Oberlein??«

»Oppenheimer«, berichtigte ihn Oberlein. »Ich beabsichtige, die Namensänderung rückgängig zu machen.«

Steiniger schüttelte hilflos den Kopf. »Jetzt werden Sie doch nicht gleich hysterisch. Selbst wenn das stimmen sollte, was da steht − ich sage *wenn*! −, da ließe sich doch dran herumfingern, Mann!«

Oberlein sah sein Gegenüber aufmerksam an. »Ließe sich?«

»Ich bitte Sie!« Steiniger wurde ganz eifrig und fing plötzlich nervös zu kichern an. »Im Vertrauen gesagt, der Parteigenosse Strasser hat sogar über unseren Führer höchstselbst gewisse pikante Histörchen in Umlauf gebracht, von wegen außerehelicher Zeugung in einem, na sagen wir: rassisch nicht astreinen Haus. Es könnte doch bei Ihnen umgekehrt sein! Eine eidesstattliche Erklärung Ihrer geschätzten Frau Mutter zum Beispiel, daß sie in der fraglichen Zeit einen ... ähm ...«, er wurde nun doch etwas verlegen. »Einen, nun ja, einen Fehltritt − arisch natürlich!« setzte er rasch und laut hinzu. »Sie verstehen schon.« Oberlein verstand durchaus. »Na also!« Der Bereichsleiter lehnte sich erleichtert zurück. »Eine kleine Notlüge. Was liegt

373

daran. Ein so guter, tüchtiger Mann wie Sie braucht bei uns doch nicht über so etwas zu stolpern.«

Oberlein zog eine Augenbraue hoch und sah dem anderen grade ins Gesicht. »Es gibt also auch gute Juden? Tüchtige? Ehrliche?«

So direkt angegangen, wand Steiniger sich nun doch und fing an, umständlich auszuholen. »Prinzipiell natürlich nicht, aber —«

»Und der Rassegeruch?« fuhr Oberlein scharf und spöttisch dazwischen. Es war dieser ›Rassegeruch‹ das persönliche Steckenpferd des SA-Brigadeführers, er fing bei allen möglichen und unmöglichen Gelegenheiten darüber zu dozieren an und brüstete sich, jeden Nichtarier auf drei Schritt Distanz erschnuppern zu können — »mit ab-so-lu-ter Sicherheit!«

»Ich bitte Sie!« Der Bereichsleiter lächelte überlegen. »Sie als Gymnasialprofessor werden schließlich wissen, was man wörtlich und was metaphorisch nehmen muß.«

Oberleins Miene war eisig. »*Ich* nehme es wörtlich. Oder überhaupt nicht. Herr Steiniger«, sagte er und legte einen Schlüsselbund auf den Tisch. »Der Schlüssel für das Zimmer. Der für den Schreibtisch. Ich vertraue sie Ihnen auf Ihr deutsches Wort hin ohne Quittung an. Die Uniform schenken Sie einem mittellosen Parteigenossen, der sie verdient. Er soll sie natürlich nicht beschmutzt übernehmen, schicken Sie bitte die Rechnung für die Reinigung an mich. Guten Tag.«

Bereichsleiter Steiniger war in seinem ganzen Leben, weder vorher noch nachher, so fassungslos wie in diesem Augenblick. —

Daheim dann, als ein Teil der Familie sich versammelte — auch der Ferdl und Lisette waren gekommen, einzig Anton Wiesinger war die Fahrt von Starnberg herein zu strapaziös gewesen, aber er hatte immerhin wissen lassen, »daß der Mensch jetzt endlich anfängt, mir sympathisch z' werden! sagts ihm das!« —, da begann Oberlein mittendrin hemmungslos zu lachen. Es hörte sich ein wenig hysterisch an, und Therese war besorgt. Auch Ferdl murmelte etwas von einer Nervenkrise.

»Nein, Schwager, keine Nervenkrise«, antwortete Oberlein und wischte sich die Lachtränen aus dem Gesicht. »Es ist nur, weil der Führer —« Er fing neuerlich zu lachen an. »Weil sogar der, hähä . . . Ich habe ja immer gefunden, er sieht nicht grade wie Siegfried aus und . . . und . . . hähä . . . es ist eben überhaupt ein ganz komisches Gefühl, wenn man so plötzlich aufwacht aus . . . aus einem Wahn.« Er war endlich doch wieder ernst geworden. »Weil, wenn ich selber ein Jud bin, oder doch immerhin die Hälfte von einem, und hab' nie etwas davon bemerkt, auch bei meinem armen Vater nicht, der mindestens ein so guter Deutscher gewesen ist wie ich, dann *ist* es doch schließlich ein Wahn! Oder vielleicht nicht?« Es war eine rhetorische Frage. Daß jemand in diesem Kreis ihm widerspräche, erwartete er nicht.

»Aber willst du denn wirklich versuchen, den Namen deines Vaters wieder anzunehmen?« erkundigte sich Lisette.

Oberlein winkte ab. Er hatte es sich anders überlegt. Sein Vater hatte vermutlich gute Gründe für seinen Entschluß gehabt, will sagen: schlimme Gründe. »Er soll das viele Geld nicht umsonst ausgegeben haben. Mag leicht sein, es waren seine ganzen Ersparnisse.«

Oberlein war jetzt von einer ruhigen, gelassenen Heiterkeit. Therese vermochte es immer noch nicht so recht zu glauben. »Du hast wirklich nicht aus Nervosität so schrecklich gelacht, sondern aus — Belustigung?«

»*Mais en vérité*!« antwortete Lisette an seiner Statt. Und Ferdl fand, daß da an seinem Schwager etwas zum Vorschein gekommen war, im erstaunlichsten Augenblick und ganz unvermuteterweise, was er niemals und auf keine Art in ihm vermutet hätte: Humor!

375

Im hohen Alter des nun in seine Achtzig getretenen Kommerzienrats gab es noch einmal einen kurzen, aber köstlichen Höhepunkt. Und wie nicht anders zu erwarten, hing er mit der Tante Iren zusammen, neben der er, nach dem Vermuten des Toni, für niemand anderen sonst mehr Augen hatte. Dabei war es eigentlich gar nicht so schlimm, wie man aus dieser Anmerkung seines Jüngsten hätte schließen mögen, denn der alte Herr begab sich nicht in die Sackgasse einer beengenden Gefühlsmonomanie, sondern hielt sein Herz für alle möglichen Empfindungen offen. Für einen kostbaren, überaus beseligenden Höhepunkt war seine Liebe zur Greifswalder Schwägerin aber auf jeden Fall gut.

Er führte sie aus, nach München ins Gärtnerplatztheater. Sie wohnten einer flotten und durchaus inspirierten Aufführung des Strauß'schen »Zigeunerbarons« bei, die ihnen vom Ferdl empfohlen worden war. In der Pause spendierte Anton Wiesinger einen Champagner, und hernach verschleppte er die etwas widerstrebende Witwe Döring noch in die Carlton-Bar. Als man mit dem Mietwagen nach Starnberg zurückkam, war es glücklich schon halb zwei. Irene wollte sich sogleich zurückziehen, aber der aufgekratzte Kommerzienrat meldete energischen Protest gegen solch ein sauertöpfisches Vorhaben an. »Einen Tag wie diesen muß man ausklingen lassen«, belehrte er sie und entkorkte eine Flasche Burgunder, Jahrgang 1920. »Außerdem hab' ich noch eine Überraschung für dich.«

»So spät in der Nacht?«

»Zu einer Freud' ist es nie zu spät.« Er goß die beiden Gläser voll und prostete ihr zu.

»Nun gut, ein Gläschen zur Nacht kann wohl nicht schaden«, gab Irene nach.

»Nicht einmal zwei! − Ist das nicht ein wunderbares Rot?« wollte er dann wissen und hielt sein Glas vor das Kerzenlicht.

Die Witwe Döring tat es ihm gleich. »Theo war strenger

Abstinenzler«, berichtete sie, während sie durch den Reben-
saft in die Flamme blinzelte.

»Und ist mit all seiner Griesgrämigkeit noch nicht einmal
siebzig 'worden!« trumpfte Anton Wiesinger befriedigt auf.
»Auf ein langes Leben, Iren!«

»Und auf einen allzeit fröhlichen Humor!« Es lag etwas
wie ein verspäteter Trotz gegen den ehelichen Griesgram in
ihrem Ton. Anton Wiesinger gefiel diese Nuance ausnehmend gut.

»Nieder mit Greifswald!«rief er aus und schlug mit der
Linken aufgeräumt in den Tisch, so daß ein bißchen von
dem Wein über den Rand auf das Tischtuch schwappte. Er
hatte seit der ersten Pause im Theater, die vielleicht um halb
neun gewesen war, bestimmt eineinhalb Liter Alkoholisches
genossen.

»Toni!« lachte Irene, die zwar nicht halb so viel getrunken
hatte wie er, aber für ihre Verhältnisse doch genug. »Du bist
ja direkt brutal!«

»Das glaubst!« rief er begeistert aus. »Und gar, wenn's
um dich geht! Ich verteidige dich wie ein Löwe sein Jung's!«

»Das tun die Löwen gar nicht, das tun die Löwinnen«,
belehrte sie ihn.

»Dann verteidigen wir uns gegenseitig!« schlug er vor.
»Ich hab's schließlich auch ein biss'l not.« Er trank ihr
abermals zu und sah ihr dabei in die Augen. »Hab' ich dir's
eigentlich schon g'sagt? Daß d' wunderschöne Augen hast?
Überhaupt bist wunderschön.« Er hatte ihre Hand gefaßt.

Sie versuchte sie ihm zu entziehen. »Gehört das zum
Verteidigen?« wendete sie ein.

»Und wie! Was haben die heut' g'sungen?« Er markierte
trällernd und durchaus erkennbar die schöne, ziemlich lang-
same Stelle aus der Operette: »Her die Hand, es muß ja sein,
laß dein Liebchen fahren«, wobei er das ›dein Liebchen‹
zweckdienlich in ›laß das G-wes'ne fahren‹ umdichtete. Sie
hatte es aufgegeben, ihm ihre Hand entziehen zu wollen, die

er fest in der seinigen hielt. Und jetzt drückte er sogar einen Kuß darauf.

»Du nützt es aus, daß ich getrunken habe«, sagte sie und schloß einen Moment lang die Augen.

»Sag bloß, daß dir schwindlig ist!«

»Ein wenig. Doch, wirklich wahr.«

»Das ist nicht der Wein, das bin ich!« verkündigte er.

»Eitler Mensch.«

»Allerdings. Und b'sonders da drauf bin ich eitel, daß du mich magst. Du magst mich doch?« Es war die reine Koketterie, die ihn fragen ließ.

»Und wenn ich jetzt nein sage?« scherzte sie. Erstaunlicherweise lag nicht die leiseste Verlegenheit in ihrem Ton.

»Dann glaub' ich dir's nicht und sag', daß d' schwindelst!« Er hielt immer noch ihre Hand.

»Ja . . . wie soll man's denn anstellen, dich *nicht* liebzuhaben«, sagte sie mit nachdenklichem Ernst.

»Das sollst *überhaupt* nicht anstellen, bitt' ich mir aus! So. Und jetzt kommt die Überraschung.« Er erhob sich, ging zur Kredenz, entnahm ihr ein flaches Paket und papierlte es umständlich aus. »Es war eine erstklassige Aufführung heut«, meinte er währenddem. »Aber ich kann dir eine bessere bieten. Eine mit'm Richard Tauber als Barinkay!« Es war eine Schallplatte, die er auspackte. Er legte sie auf den Teller des Grammophons und zog es auf. »Natürlich sind's bloß Ausschnitte. Aber immerhin.« Als er die Nadel aufsetzte, ertönte der Wiener Walzer, den sie erst am Abend zusammen angehört hatten. »Kannst ihn tanzen?« erkundigte er sich.

»Aber sicher kann ich.«

»Auch links herum?«

»Auch links herum.«

Er nahm sie in den Arm. »Das hab' ich von dir auch gar nicht anders erwartet.« Er preßte sie fest an sich. »Und weißt, was ich dir ganz b'sonders hoch anrechne? Daß d' nicht g'fragt hast, ob mir der Doktor in meinem Alter 's Tanzen überhaupt noch erlaubt!«

Ob der Doktor es nun erlaubte oder nicht, der alte Herr fühlte sich in dieser Nacht wie ein Junger, und er war es in gewisser Weise auch, selbst im heikelsten — und freilich auch kostbarsten — Moment, dem er nicht völlig ohne Ängstlichkeit entgegengesehen hatte.

Dies war also der ungestüme Höhepunkt, den ihre späte Freundschaft so überraschend wie beseligend — und übrigens zum ersten- und auch zum einzigenmal — erklomm.

Der Toni war, ganz wie Franziska es ihm nahegelegt hatte, auf seinen Heiratsantrag nie mehr zurückgekommen. Trotzdem hatten sie die Wohnung in der Tumblingerstraße mitsammen ausgesucht und waren wie Mann und Frau dort eingezoen. Franzis Sohn Flori lebte bei ihnen, und Toni, der davor ein biss'l Angst gehabt hatte, kam sehr gut mit ihm zurecht. Als der junge Mann mitten im zweiten Lehrjahr seine Lehrstelle als Schlosser verlor, weil sein Meister, wie das ja leider an der Tagesordnung war, Konkurs anmelden mußte, verwendete sich der Toni in der Brauerei mit Zähigkeit für ihn, so daß er dort eine neue Anlernstelle bekam. Das war in diesen lausigen Zeiten ein ungemeines Glück. Als sich aber die Franzi und hernach gar der Florian selbst beim Toni bedanken wollten, setzte ihn das unbehaglich in Verlegenheit. »Laßts mich in Ruh«, wehrte er geradezu erschrocken ab. »Ich bin halt mit'm Direktor verwandt, das ist alles.«

Seit er aufgehört hatte zu arbeiten, während zugleich wegen des schrumpfenden Gesellschaftsgewinns die Dividenden aus seinen Aktien immer schmäler wurden, hatte er kaum mehr Geld. Würde nicht der Ferdl manchesmal unauffällig was auf die Ausschüttung draufgelegt haben, hätte es überhaupt hinten und vorne nicht mehr gelangt. Zum Glück hatte die Franzi ihre Stellung behalten. Sie war eine gute und verläßliche Kraft. Zweimal im Lauf der Krisenjahre wurde ihr allerdings der Lohn gekürzt. Aber da die drei in bemerkenswert bescheidenen Verhältnissen lebten, reichte es, wenn sie ihre Scherflein zusammenlegten, allemal grad so herum.

Was die Franziska weit mehr bedrückte als das schmale Haushaltbudget — an das war sie von klein auf gewöhnt —, das war das untätige Herumsitzen vom Toni. Die Franzi stand von acht Uhr in der Früh bis halb acht Uhr am Abend in dem Hutgeschäft an der Perusastraße, der Flori war bald ebenso lang in der Brauerei. Und Toni lag derweil ganz allein in der Zweieinhalbzimmer-Wohnung herum. Das Liegen war übrigens durchaus wörtlich zu nehmen — so beengt die räumlichen Verhältnisse für drei Personen waren, der Toni hatte dennoch darauf bestanden, zwei Diwane aufzustellen. Wurde ihm der eine zu fad, wechselte er auf den anderen. Anfangs war er wenigstens noch ab und zu ausgegangen, manchesmal allein in den Thomasbräu am Kapuzinerplatz hinüber, manchesmal mit der Franzi und ihrem Buben zusammen, sommers in den Ausstellungspark und winters sogar ins Unsöldsche ›Schachterleis‹ an der Galeriestraße, die erste und einzige geschlossene Kunsteisbahn, die es dazumal in München gab. Aber schön langsam schlief das alles ein. »Wißts was? Gehts heut allein! Schau nicht so, Schatzerl. Mein Buch ist grad so spannend, ich hab' halt heut keine Lust.« Vom Jahr zweiunddreißig bis an sein Lebensende ging er, alles in allem zusammengerechnet, vielleicht nur noch acht- oder neunmal aus seinem Schnekkenhaus heraus. »Das ist doch kein Leben, Toni!« sagte Franziska oft. »Wieso kein Leben? Es ist gradezu das Leben eines Fürsten! In der Phantasie komm' ich ja überall herum, viel weiter und schöner als ihr, die ihr euch immer im Ganzen mitschleifen müßts!«

Er las ungemein viel — die meisten Bücher drei-, viermal, weil er immer rasch vergaß, was dringestanden war — und fing an, ziemlich füllig zu werden. Franziska hatte ihn in Verdacht, daß er heimlich trank. Er stritt es lange Zeit ab, bis sie einmal beim Stöbern die Batterie leerer Flaschen fand, die er hinter dem einen der Diwane gestapelt hatte. »Aber geh, Tschaperl, das schaut nur nach soviel aus, weil ich z'faul bin, daß ich sie hinuntertrag'. Die ältesten davon liegen schon mindestens vier Wochen da hinten.« Franziska, die in dieser Hinsicht von einer ewigen Angst um ihn geplagt war, glaubte ihm nicht so recht. Aber er hatte nicht gelogen. Auch wenn das Quantum schwankte, das er sich während seiner langen Tage hinter die Binde goß, ein exzessiver Trinker war er nicht und wurde er auch nie mehr – er trank regelmäßig, aber nie viel. Franziska fand sich schließlich damit ab.

Auch der Ferdl fand sich mit dem Leben des Toni ab, und er hatte es wesentlich schwerer damit als sie. Denn was ihn so schrecklich irritierte, das war der soziale Abstieg, von dem die Umstände seines Bruders gezeichnet waren. Der Ferdl wollte es lange nicht glauben, daß das nun für immer wäre und nicht nur – nach der Entlassung aus dem Sanatorium – für eine unsichere Zeit des Übergangs. Es ging ihm einfach nicht ein, daß sein Bruder auf die Länge mit so einer Existenz zufrieden oder gar glücklich sein sollte. Aber er war es. Eigentlich zufriedener und glücklicher, als der Ferdl es je gewesen war. »Grad daß ich so still im Windschatten sitzen darf, grad das ist doch meine Freud'! Niemand will was von mir, niemandem muß ich was recht machen ... So glaub mir's doch endlich, Bruderherz, und laß mich wie ich bin.« Ferdl zuckte die Achsel. Ob er wollte oder nicht, er mußte es schließlich glauben. »Des Menschen Wille ist sein Himmelreich«, sagte er in einem Ton, als lese er einen gestickten Wandspruch ab. – »Amen.« –

Nun war freilich für den Toni allmählich schon die kleinste Aufgabe zu viel. Die Franzi kam jeden Abend todmüde nach Hause und war immer furchtbar abgehetzt, weil sie nach dem Herunterlassen der Rolläden ihres Hutgeschäfts ja auch noch im letzten Moment die Haushaltseinkäufe erledigen und das Zeug taschenweise in die Tumblingerstraße schleppen mußte. Wenn sie dann den Toni fragte, ob er nun die Schuhe vom Flori endlich zum Schuster gebracht habe, wie sie es jetzt schon seit drei Tagen von ihm erbeten hatte, setzte er seine charmante Knabenmiene auf und bekannte schuldbewußt: »Jess . . ., da hab' ich doch glatt wieder drauf vergessen.« Anfangs hatte die Franzi bei solchen Gelegenheiten noch geschimpft. Aber allmählich war sie soweit, daß sie nur noch resigniert die Achsel zuckte. »Na schön, steh' ich halt zehn Minuten früher auf und bring sie vorm G'schäft selber noch schnell hin.«

»Was gibt's denn Gut's zum Abendbrot?« erkundigte er sich und versuchte das Schnapsglas, das er die ganze Zeit hinter seinem Rücken versteckt gehalten hatte, unauffällig in den Spülstein zu bugsieren. Ungeschickt, wie er allemal war, kam sie ihm natürlich drauf. Und da war dann zum zweitenmal sein schuldbewußtes Bubengeschau an der Reihe. »Bloß ein Glasl zum Entspannen, Schatzerl«, verteidigte er sich. »Das Warten auf dich wird mir halt gar so hart.« Er küßte sie zart. Und dann, ganz unvermutet, sagte er in einem Ton, als mache er ihr das schmeichelhafteste Kompliment: »Ich bin wirklich furchtbar froh, daß d' mich nicht hast heiraten mögen, weißt!« Sie antwortete nicht. Sie wußte ja selbst, daß er zufrieden war und sie gern hatte. Was wollte sie mehr. Zuweilen, wenn er so allein auf dem Diwan lag, dachte er gradezu mit Schrecken an den Moment zurück, wo er sie beinah selbst aufs Standesamt genötigt hätte. »Es . . . ist eine solche Verantwortung, wenn man verheiratet ist. Ich weiß wirklich nicht, ob ich dem g'wachsen g'wesen wär'. Ich mein', ich weiß ja eh, daß es nur eine Einbildung von mir ist, wenn ich glaub', es wär' jetzt anders, weil wenn man so lang z'sammenlebt und . . . und alles miteinander teilt . . . im Grund, *peu à peu*, wickelt sich da genau dieselbe Verpflichtung um einen herum, aber man kann halt so tun, als wär's anders, und dann spürt man's nicht so.« Er lächelte sie zufrieden an und zuckte die Achsel. »Ich bin halt ein Depp.«

»Meinst, ich widersprech' dir?« scherzte sie und machte sich übers Gemüseputzen her. Der Flori konnte jeden Augenblick heimkommen, und das Nachtmahl war noch nicht einmal auf dem Herd.

»Jetzt laß dir doch Zeit, Schatzerl. Immer schaust so abg'hetzt aus.«

»Kunststück!« Sie schmollte. »Statt daß d' da herinnen immer bloß rumsitzt und kariert daherredest, könntest mir wirklich ein biss'l helfen!«

»Ach du lieber Himmel! Wo ich doch lauter Daumen hab' und zwei linke Händ'!«

»Dann geh wenigstens aus'm Weg.«

Er war auf dem Küchentisch gesessen. Jetzt setzte er sich auf die Anrichte. Im Vorbeigehn stibitzte er einen Schluck aus der Weinflasche, die sie zum Kochen bereitgestellt hatte. »Es ist ja nur, damit du net z' viel ins Essen hineinbringst«, lächelte er. »'s wär' ung'sund, schau.«

Nein, wirklich, man hätte sich nicht besser und zufriedener fühlen können als der Toni Wiesinger.

Lisette war in eine stille Resignation verfallen. Und irgendwie, auf die Länge, fühlte sie sich nicht einmal schlecht dabei. Man sah sie jetzt viel über Handarbeiten. Irgend etwas, was einem wenigstens die Illusion gibt, einer sinnvollen Beschäftigung nachzugehen, mußte man ja schließlich tun. Am Ende war es ausgerechnet Josefine, die den Kommerzienrat mit der Nase auf die nicht gar so unproblematische Lage im Starnberger Hausstand stieß. Es war zu der Zeit, als die Fabrikantin zum erstenmal merkte, daß die Zuneigung, die Anton Wiesinger seiner Schwägerin entgegenbrachte, eine ernstliche war. Sie sah ihn lange mit einem etwas verhangenen Lächeln an.

»Hast was?«

»Ich gönn' dir's wirklich von Herzen, Toni, daß du sie gefunden hast, das weißt . . .«, sagte sie.

»Aber?«

»Aber vielleicht solltest deine Frau ein biss'l weniger vernachlässigen über alledem.«

Der Kommerzienrat schaute sie mit großen Augen an. »Du meinst wirklich, daß ich die Lisette vernachlässig'?« fragte er erstaunt. Er hatte es selber gar nie so richtig bemerkt. Nun ja, für das meiste was man tut, ist die Gedankenlosigkeit eine viel bedeutsamere Triebfeder, als man meint.

»Vernachlässigen ist doch überhaupt kein Ausdruck dafür! Und ehrlich g'sagt, wenn es Absicht von dir ist, ich mein', weil sie dir einmal untreu g'wesen ist, und du willst dich rächen dafür –«

Er ließ sie nicht zu Ende reden. »Aber geh, mich rächen, so ein Schmarrn!« Immerhin, das Gespräch hatte ihn nachdenklich gemacht.

Ein paar Tage später saß er vor seinem Radio und hörte ins Abendprogramm hinein. Anton Wiesinger gehörte nicht zu den Pionieren dieses neuen Unterhaltungsapparats, der eben anfing, sich die Wohnzimmer zu erobern. Die ersten Sendungen der *Deutschen Stunde in Bayern* waren schon im Jahr vierundzwanzig über den Äther gegangen, aber der Kommerzienrat hatte sich sein Radio erst sehr viel später, nämlich im dreißiger Jahr gekauft – dafür aber gleich ein ganz ungemeines Ding. Es war ein Schrankapparat französischen Fabrikats mit eingebauter Rahmenantenne und, zusammen mit dieser, ein ganzes Stück über mannshoch. Anlaß, unter die Radiohörer zu gehen, war das im Jahr 1929 hochgezogene Rundfunkhaus. Daß dieser klare, wohlgegliederte Riemerschmid-Bau genau neben den Wiesingerischen Brauanlagen entstand, so daß man von den Büroräumen aus die Seitenfront des Neubaus vor Augen hatte und den Radioleuten gewissermaßen ins Fenster schaute, dieser Umstand hatte den pensionierten Bräuer doch ein wenig neugierig auf das dortselbst produzierte und auf so geheimnisvoll unsichtbare Weise durch die Luft transportierte Programm gemacht.

An jenem Abend gab es eine Übertragung aus dem Prinzregententheater. Wagners »Lohengrin«. Im ersten Augenblick wollte der Kommerzienrat abschalten, aber dann überlegte er es sich anders. Er klingelte dem Josef und verlangte nach seiner Frau. Als diese kam, war sie schon im Hausmantel und über die ungewohnte Einladung eher beunruhigt als erfreut. Sie vermochte sich nicht auszumalen, daß sie zu etwas anderem als zu Unangenehmem herbeizitiert worden war.

Statt dessen sagte Anton Wiesinger auffordernd: »Ja, ja, trau dich nur herein. Setz dich her.«

»Gibt es etwas Besonderes?«

»Ich weiß nicht, ob es etwas B'sonderes ist«, sagte er und drehte den Apparat lauter.

»Das ist ja ›Lohengrin‹!« rief sie erstaunt aus. »Seit wann hörst du dir Wagner an?«

»Ich hab's ja auch nicht wegen mir eing'schaltet, sondern wegen dir.«

»Daß du an so etwas denkst?« Sie konnte es nicht fassen. Was war nur mit ihm los?

»Ich denk' öfter an dich als d' meinst«, fuhr er zu ihrer Verblüffung fort. »Schließlich haben wir demnächst Silberne Hochzeit. Wir leben bald länger zusammen, wie ich mit der armen Gabriele zusammeng'lebt hab'. Das ist keine Kleinigkeit.«

Lisette war gerührt. Aber irgendwie war ihr das alles auch unangenehm. Es hatte sich alles so gut eingespielt, wenig erwärmend zwar, aber überschaubar. Sie hatte sich an all das gewöhnt, auch an das gegenseitige Schweigen, ja sogar gerade an das. Gewissermaßen sie an ihrem Tisch und er an

385

seinem Tisch. Auch wenn sie gemeinsam aßen, auch wenn es Gäste zu bewirten galt, auch sogar wenn sie sich miteinander unterhielten, diese gleichgültigen, gelegentlich sogar heiter klingenden Worte waren immer um den dichten Kern ihres Schweigens gelegt. Es war etwas unangreifbar Sicheres um diese Leere, etwas Verläßliches, und sie hatte sich darin seltsam zufrieden beruhigt. Jetzt schlug ihr Herz ängstlich bis zum Hals herauf. Mein Himmel, und ich hatte gedacht, er würde es nun so belassen ... Sie blickte sich hilflos suchend um. »Wo ist denn Irene?«

»Sie hat sich z'rück'zogen. Sich ein biss'l von mir erholn. Weißt es doch selber, daß ich anstrengend bin. Horch zu. Ich glaub', es ist bald zu Ende. Und wenn ich ehrlich bin, es mißfallt mir selber nicht einmal.«

Mochte es auch Aufrichtigkeit sein, die aus ihm sprach, das Arrangement hatte etwas peinigend Gekünsteltes. Und er merkte es, merkte auch, daß sie sich ängstigte. Aber er gab nicht nach. Die Dinge sollten sich ändern. Er hatte es sich in den Kopf gesetzt. Und so sehr Lisette sich gegen die neue Tonart sperrte, wochenlang, monatelang, er ließ nicht aus. Als er den etwas gewalttätigen Anlauf des ersten Sprungs hinter sich hatte, musizierte er sein neues Wohlwollen sogar mit einnehmender Selbstverständlichkeit und ganz unangestrengt. Die vergehende Zeit tat wie üblich das ihrige. Die Ehegatten traten in ein Stadium der zweiten Unbefangenheit. Es war dies »die ruhmreiche Ära meiner Quadrille«, wie er es augenzwinkernd nannte, nicht ganz ohne Selbstironie, aber auch nicht ohne eine gewisse rührende Eitelkeit, denn es lief — abendrotfreundlich und züchtig, schon seines Alters wegen züchtig, gewissermaßen aus Impotenz züchtig — auf eine *Ménage à quatre* hinaus.

Es war an einem Herbstabend gewesen, als man im Starnberger Wohnzimmer bei Süßwein und Buttergebäck um den Tisch versammelt saß und eine Partie Bridge miteinander spielte.

»Also, Pique ist am höchsten gereizt«, versuchte Anton
Wiesinger Ordnung in seine Gedanken zu bringen. »Ich
passe«, entschied er sich dann. Irene hatte als erste geboten,
und die beiden anderen Damen hatten schon vor dem Kommerzienrat gepaßt.

»Also spiel' ich allein, und du bist der Strohmann«, stellte
Irene fest.

»Beinah wie in meiner letzten Zeit in der Brauerei«,
scherzte er, betrachtete sein Blatt und schüttelte den Kopf.
»Ehrlich g'sagt tut es mir leid, daß wir jetzt nicht pokern.«

Die drei Damen verwunderten sich. »Wieso denn? Du
pokerst doch sonst gar nicht gerne?«

»Aber ich hab' Karten, wie ich sie beim Pokern überhaupt
noch nie in die Händ' ghabt hab'! Die Lisette hat mir glatt
einen *Four of a kind* 'geben!«

»Ein Geviert?«

»Ja! Mit vier Damen, stellts euch vor!«

Da lachte Josefine laut und fröhlich hinaus. »Hör' ihn
sich einer an!« spottete sie. »Gleich *vier* Damen! Drei von der
Sorte sind dem Herrn noch immer nicht genug!«

»Beruhigts euch, ihr seids mir sogar bis über die Hut-
schnur genug!« verteidigte sich Anton Wiesinger in das
vergnügte Gelächter hinein. »Und außerdem ergeben drei
Damen mit einem Herrn z'sammen ja schließlich auch eine
formgerechte Quadrille, bild' ich mir ein.«

Da war das geflügelte Wort also zum erstenmal ausgesprochen, das sich seither zwischen ihnen hielt.

Am Tag vor Heiligabend 1931 durchstreifte Anton Wiesinger mit dem Revierförster den Wald. Er suchte einen Christ-
baum aus. »Heuer geh' ich selber mit, weil die Halleluja-
staudn, die Sie mir vorig's Jahr ang'schleppt haben . . . dek-
ken wir den Mantel der Nächstenliebe drüber!« Es war, wie
es hierzulande beinah jedes Weihnachten ist. Noch die
Woche davor war es kalt gewesen und alles stimmungsvoll

verschneit. Am 22. dann kam der obligate Föhneinbruch, und anschließend regnete es. Obgleich der alte Kommerzienrat kräftiges Schuhwerk trug und einen dicken Mantel, der freilich durch das von den Bäumen tropfende Tauwasser rasch durchnäßt war, erschöpfte ihn die Exkursion. Sie vorzeitig abzubrechen, ließ seine Dickschädligkeit nicht zu. »Ich möcht' meinen Damen was bieten. Weihnachten ist nur einmal im Jahr.« Er brachte eine rundum buschig gewachsene Blautanne mit nach Haus, mit der, weiß Gott, Staat zu machen war.

Den Heiligabend verbrachte er zusammen mit seiner Frau und Irene. Am späten Nachmittag war auch der Ferdl herausgekommen. Der Toni hatte sich telefonisch entschuldigt. »Weihnachten ist ein Familienfest, da muß ich z' Haus sein, das wirst verstehn.« — »Du bist doch gar nicht verheiratet«, hatte Anton Wiesinger mißvergnügt eingewendet. — »Also weißt, Papa, es wirst doch nicht grad *du* auf solche Formalien rumreiten wolln, hm?« — »Ja, ja, ist ja schon recht.«

Auch das Personal wurde zur Bescherung hereingerufen. Der Josef bekam einen ansehnlichen Gamsbart für seinen Hut, den hatte er sich schon ewig gewünscht, aber nicht leisten können, und dazu fünfzig Mark in bar, die Lucie ein mittelbeiges Kleid aus gutem Wollstoff und ebenfalls fünfzig Mark. Natürlich war auch der Franzl da und wurde reich beschenkt, zumal sein Weihnachtszeugnis diesmal über Erwarten gut ausgefallen war. Es hatte überhaupt einen bedeutenden Aufschwung mit ihm genommen, seit er nicht mehr auf das Münchener, sondern auf das Starnberger Gymnasium ging. »Das war bloß immer wegen dem Dietl, der hat mich nicht leiden können und mich überall hineing'rissen, wo's nur irgend 'gangen ist, ich hab's euch doch immer g'sagt!« Nun ja, er hatte den Dietl in Deutsch und in Zeichnen sowie in Geschichte und obendrein als Klaßleiter gehabt.

Die Theres feierte mit ihrem Mann und der Gabi in der Maria-Theresia-Straße zusammen mit Mutter Oberlein. Sie wollten aber am ersten Feiertag zum Gansessen herauskommen – ohne Frau Oberlein, Gott sei Dank. Ebenso Josefine Berghammer, die anschließend sogar bis zum Ende des alten Jahres zu bleiben beabsichtigte. »An Silvester hat s' was Besseres vor. No, es sei ihr gegönnt.« Ganz ohne einen winzigen, sorgsam versteckten Rest von Eifersucht ging es bei solchen Gelegenheiten noch immer nicht bei ihm ab.

Die Feiertage entwickelten sich völlig anders als gedacht. Schon den ganzen Vierundzwanzigsten über, besonders am Abend, hatte der Kommerzienrat mit einem unwiderstehlichen Hustenreiz zu kämpfen, der sogar das unvermeidliche Absingen des Liedes von der stillen, heiligen Nacht beeinträchtigte. Als Lisette und Irene fanden, daß er auffallend gerötete Backen hätte, schob er es auf den Punsch. »Aber der ist doch noch gar nicht serviert?« – »Was heißt da serviert, ich hab' ihn gebraut!« – »Hast dauernd probiert wieder einmal«, lächelte der Ferdl. – »Nicht werd' ich ihn probier'n, wenn ich mir schon die Arbeit mach'.« Er bestand eigensinnig darauf, völlig gesund zu sein. Trotzdem ging er schon nach elf ins Bett. »Müd bin ich halt. Darf ein alter Mann nicht müd sein?«

Am anderen Morgen war auch mit der größten Querköpfigkeit nicht mehr zu verheimlichen, daß Anton Wiesinger krank und sogar bettlägrig war. Ein Arzt aus Starnberg wurde herbeitelefoniert, ein gewisser Dr. Dr. Kohlberger. Er stellte einen akuten Katarrh der feineren Bronchien fest. »Vermutlich eine Erkältung«, sagte er und zog ein gradezu lächerlich besorgtes Gesicht dabei. (Na ja, ein Dr. Dr., einer der Medizin und wahrscheinlich der Philosophie, also jedenfalls doppelt beschränkt. Vermutlich, Herr Dr. Dr., vermutlich ist es eine Erkältung, ja, und übrigens hätte mir das auch ein Narr gesagt, bloß ohne Liquidation.) »Einen Husten hab' ich halt. Ich hab' mit'm Husten schon vor achtzig Jahr' ang'fangt und auch immer wieder aufg'hört damit, ich bin's g'wohnt.« Er schob alles mit einer nachlässigen Geste von sich. Aber eine Bronchitis bei einem Mann seines Alters und seines geschwächten Herzens war kein Kinderspiel.

»Ist jemand im Hause, der den Patienten sorgfältig pflegen kann? Andernfalls müßte ich dazu raten, ihn in die Klinik zu überführen.«

(Überführen! Was für ein Wort. Wie wenn ich schon eine Leiche wär'. Zartsinnig, wirklich wahr!) »Mehr als genug sind da. Mehr als ich lustig find'!« grantelte der Kommerzienrat. Er hatte sich schon gleich in der Frühe geärgert, als nach dem Eintreffen Josefins die weiblichen drei Vierteile seiner Quadrille geschlossen und mit einer unerträglich aufdringlichen Fürsorge über ihn hergefallen waren. Zu allem Überfluß wurde auch noch die Theres erwartet. Und wenn es was Schlimmeres gab als drei betuliche Frauenzimmer, dann war's ein viertes, das noch dazu eine ausgebildete Krankenschwester war!

Es wurde Mitte Januar, bis Anton Wiesinger endlich das Bett verlassen konnte. Er fühlte sich, bei kurzen Spaziergängen und − leider − absoluter Nikotinabstinenz wieder leidlich wohl. Freilich blieb noch immer ein Rest der nur widerwillig ausheilenden Bronchitis zurück. Dr. Dr. Kohlberger gab an dieser beunruhigenden Chronifizierung dem schwachen Herzen des Patienten die Schuld. Er hielt gelehrte Vorträge über die innigen anatomischen Verbindungen zwischen Bronchial- und Pulmonalarterien sowie über die beklagenswert mangelhafte Blutströmung in denselben, bewirkt durch die aufs höchste zu bedauernde Insuffizienz des kommerzienrätlichen Myocards. Des weiteren erläuterte er umständlich die betrüblichen Wechselwirkungen zwischen der kardialen Beeinträchtigung des Blutstroms auf der einen und der erschlafften Lungentätigkeit auf der anderen Seite. Er setzte dem Kranken anschaulich auseinander, wie

390

der trockene Husten den noch durchgängigen Teil der feineren Bronchien unter einen schadenstiftenden Überdruck setze, weshalb sich die Lungenbläschen des Leidenden bedauerlicherweise im Zustand einer unzuträglichen Aufblähung befänden. »Diese verdrießliche, ohne Zweifel emphysematische Lungenerweiterung aber setzt die gehörige Elastizität dieses Organs herab, wodurch wiederum, und zwar zwangsläufig, die Tatkraft des Herzmuskels sich einer fatalen Schwächung ausgesetzt sieht, weil dieser auf ein großzügiges Angebot von Sauerstoff nun einmal angewiesen ist — ein äußerst verzwickter, ein gänzlich unaufhebbarer Circulus vitiosus, verehrter Kommerzienrat! Ach ja. Ach ja.«

Anton Wiesinger verspürte eine regelrechte Abscheu gegen den gelehrten Schwätzer. Was er begehrte, war, sich halbwegs wohl zu fühlen. Vom Weiteren und Tieferen seiner medizinischen Befindlichkeit beliebte er nach Möglichkeit nichts zu erfahren. »Und da stolziert der lateinische Sabberer dann in meinem Zimmer herum und doziert mir was vor, wie wenn ich ein Studiosus der Heilkunst wär'! Und alles bloß aus Eitelkeit!«

Als er den alten Sanitätsrat zu sich nach Starnberg herausbitten ließ, der zwar schon lang mit dem Praktizieren aufgehört hatte, dessen erfahrenem Urteil der Kranke aber noch immer vertraute, wußte auch der nichts anderes und schon gar nicht etwas Unverfänglicheres zu diagnostizieren als eben, genau wie dieser unausstehliche Dr. Dr., ein Lungenemphysem. Anton Wiesinger fragte ganz erschrokken, ob er denn also wirklich an einer ernsten Krankheit leide, worauf der alte Medizinalrat, milde und philosophisch lächelnd, als ein Greis zum anderen, bemerkte, daß »in unseren Jahren schon allein 's bloße Dasein eine Krankheit ist, net wahr, und sogar eine, die auf jeden Fall einen letalen Ausgang nimmt. — Jetzt erschrecken S' nicht gleich, mein lieber Kommerzienrat. Der reguläre Verlauf und das übliche

Krankheitsbild dieses Leidens ist, daß Besserung und Verschlimmerung einander ablösen. Und wenn sich dies Spiel noch ein paar Jahre hinziehen läßt, dann haben wir eh so ziemlich alles g'wonnen, was zu g'winnen ist. Also nehmen Sie's stoisch, wenn wieder einmal ungute Tage kommen, und genießen Sie's, wenn's Ihnen ab und zu so gut geht wie heut'!«

Was dem Ferdl neben dem Befinden seines Papas Sorge bereitete, waren die fatalen Entwicklungen in der Brauerei. Einmal natürlich sowieso, aber zum andern auch, weil er Angst hatte, es möchte für die Gesundheit des alten Herrn schädlich sein, wenn er gar zuviel von der bitteren Wahrheit erführe. Diese bestand darin, daß die Zusammenlegung der fünf vom Baron Lyssen dominierten Bauereien — zwei davon waren rheinländische — auf keine Weise zu umgehen war. Mit dem Entstehen der Allgemeinen Deutschen Brau AG aber würde — und das war schon dem Ferdl arg genug, auf seinen Vater mußte es gradezu niederschmetternd wirken! — der Name Wiesinger aus der Markenliste des Braugewerbes verschwinden.

Der Baron hatte sich zwar davon überzeugen lassen, daß ein Gerstensaft, der sich ADEBAG-Bier nannte, kaum zu verkaufen sein würde, aber auf den dringlichen Vorschlag des Ferdl, sich doch weiterhin der werbewirksamen Vertrautheit alteingesessener Namen zu bedienen — (»Auch die ›Dortmunder Fahne‹ hat doch im Rheinland ein gewisses Renommee! Vereint brauen, getrennt verkaufen! Das ist doch eine erfolgversprechende Devise, Baron!«), hatte der Großindustrielle nicht eingehen mögen. Nun ja, die drei anderen Kontrahenten des Fünferbunds waren mehr oder weniger unbedeutende Winkelbrauereien, denen eine Änderung ihres heruntergewirtschafteten Namens nur von Nutzen sein konnte. »Wir nennen das Bier ›Münchener-Dortmunder‹. Das ist sowohl zutreffend wie gut im Klang.«

»Muß es wirklich sein?« fragte Ferdl, als er in seinem Büro vor dem entscheidenden Dokument der Selbstaufgabe saß und es unterschreiben sollte. Der, an den er diese selbstquälerisch vorgebrachte Erkundigung richtete, war der Dr. Alfred Wiesinger, der sich inzwischen aus den Geschäften der Brauerei zurückgezogen hatte, mit ihnen aber dennoch, schon seines persönlichen Interesses wegen, aufs intimste vertraut geblieben war.

»Du weißt es doch selber«, sagte der.

Ferdl grübelte melancholisch. »Der Großvater hat's aufgebaut, der Papa hat's hochgebracht . . . Und ich liquidier's . . .«

»Nihil sub sole perpetuum, Ferdl. Unter der Sonne hat nichts Bestand.«

»Das Bier schon!«

»Eben. Wie es sich nennt, das ist nicht so wichtig. Hauptsache, es wird da herinnen bei euch gebraut.«

Gutgemeinte Worte. Wirklich zu trösten vermochten sie nicht. »Wenn nur der Papa keinen Wind davon bekommt!«

»Bis das ›Münchner-Dortmunder‹ auf den Markt kommt, vergeht noch mindestens ein Dreivierteljahr, und ehrlich g'sagt . . . No ja, du weißt schon, was ich mein'.«

Ja . . . Ein Dreivierteljahr war für einen Zweiundachtzigjährigen mit maroder Lunge und schwachem Herzen eine lange Zeit. Bloß daß das noch weniger tröstlich war, als dem Alfred seine gutgemeinten Worte von vorhin.

Dann dauerte es aber kein Dreivierteljahr, nicht einmal ein vierteltes, sondern nur knappe vier Wochen, bis der gewesene Bräuer alles erfuhr. Er war wieder so gut beisammen, daß er täglich seine gewohnte ›Münchner Neueste‹ las. Die hatte, was dem Ferdl und dem Alfred bei ihrem Gespräch nicht in den Sinn gekommen war, einen Wirtschaftsteil, und dessen leitender Redakteur war ein beschlagener, vor allem auch rühriger und jedenfalls stets auf Neuigkeiten erpichter Journalist. So kam es, daß der Kommer-

zienrat eines Morgens die ganze traurige Geschichte brühwarm zum Frühstück zu lesen bekam, in aller Ausführ-
lichkeit und mit sämtlichen Details. Sogar dem Zwischen-
stadium der ADeBAG wurde Erwähnung getan. »ADe-
BAG! Als ob wir eine Versicherung wären!« Als jemand
gegen Mittag den Ferdl auf den Artikel aufmerksam
machte, rief er sofort in Starnberg draußen an. Lisette war
am Apparat.

»Hast der Papa heut die *Neueste* gelesen?«

»Aber gewiß doch, schon in aller Frühe.«

»Auch den Wirtschaftsteil?«

»Das weiß ich nicht, aber den liest er im allgemeinen
stets zuerst.«

»Und er hat nix g'sagt?«

»Was denn gesagt? Wieso? Was gibt es denn?«

»Du wirst doch nicht behaupten wollen, daß er ganz
ruhig 'blieben ist?!«

»Aber ja! Er ist wie immer. Es geht ihm sogar ganz
gut.«

Der Ferdl wußte nicht, was er denken sollte.

Tatsächlich hatte Anton Wiesinger die niederschmetternde Nachricht mit einer geradezu unnatürlichen Ruhe
aufgenommen. Schwer zu sagen, ob es Altersweisheit war
oder die Lethargie des Krankenstandes. Vielleicht war es
auch nur die euphorische Schwerelosigkeit der Rekonvaleszenz. Oder ganz einfach eine des ewigen Kämpfens
überdrüssig gewordene, durch nichts mehr zu enttäu-
schende, weil nichts mehr erhoffende Müdigkeit. Vermutlich war es von jedem ein Stück, untermischt mit der verqueren, aber sonderbar stark empfundenen Genugtuung
des Unglückspropheten, der es schon immer gewußt und
mit seinen düsteren Voraussagen recht behalten hat. Hatte
er es nicht von Anfang an gesagt, daß die Gründung der
AG das Ende von allem wäre? Aber niemand hatte es ihm
geglaubt.

»Ich verstehe von Geschäften nichts«, sagte Lisette, nachdem sie vom Ferdl ins Bild gesetzt worden und zu ihrem Mann hineingegangen war. »Aber vielleicht ergibt sich doch noch irgendeine rettende Möglichkeit?«

»Nein«, antwortete Anton Wiesinger. »Gar nichts mehr ergibt sich. Und ... im Grund ist's auch egal.« Er hatte ohnedies das Gefühl, mit seinem Leben zu Ende zu sein. Sollten andere sich kümmern, sagte er sich mit einem merkwürdig nachtragenden Grimm. Sollte der Ferdl sich drum kümmern, der ihn vor einem Vierteljahrhundert im Stich gelassen hatte und einfach nach Amerika gegangen war, um ihm hernach, als er zurückkam, so ungeniert Hörner aufzusetzen. Oder der Toni, der sich einbildete, daß man nur auf dem Diwan zu liegen brauche, und die gebratenen Hühner flögen einem ganz von selber ins Maul. Oder der g'schaftlhuberische Pfahlhäuser. Oder irgendwer sonst. Er selbst war drüber weg. Ihn ging's nichts mehr an.

Aber dazwischen sah es dann oft genug überhaupt nicht nach Resignieren, Aufgeben und Verdämmern aus. Wie der Sanitätsrat es vorhergesehen hatte, erwachten immer wieder die Lebensgeister. Im zeitigen Frühjahr lag der Kommerzienrat, halb sitzend und dick in wollene Decken verpackt, auf der Terrasse und blinzelte behaglich in die Märzensonne, die kräftig und warm auf das biss'l nackte Haut herunterschien, die er, im Gesicht und an den Händen, unbedeckt hielt.

»Die Märzensonne hab' ich mein Leben lang gern g'habt. Man ist nach dem langen Winter so ausg'hungert danach.«

Irene saß bei ihm und zupfte fürsorglich an seiner Zudecke herum. »Wenn jetzt der Frühling kommt, wirst du endgültig gesund werden«, prophezeite sie.

»Ja ... Ich spür's ja schon jetzt, wie ich mich von Tag zu Tag mehr erhol'!« Irene war so glücklich über diesen Anfall von Optimismus, daß sie den verdächtig forcierten Unterton überhörte, der seiner zuversichtlichen Behauptung nun doch ein wenig die ungezwungene Glaubwürdigkeit beschnitt. »Nach Greifswald mußt überhaupt nicht mehr zurück, oder?« erkundigte er sich.

Sie lächelte. Nicht ganz ohne Koketterie. »Warum? Würdest du mich ungern hergeben?«

Er antwortete eine ganze Weile nicht. »Ich hab' mich in einem Maß an dich g'wöhnt, daß es mir direkt Angst macht«, sagte er dann so leise, daß er kaum zu verstehen war. Aber sie verstand ihn doch.

»Oho! Wieso denn Angst, um Himmels willen?«

Es war schwer zu erklären. Es hatte ihm *immer* Angst gemacht, wenn er gar zu innig an wem gehangen war. Selbst seiner Mutter schon war er innerlich zuweilen einfach davongelaufen und hatte sich trotzig gegen sie verhärtet, er erinnerte sich, wennzwar vage, sogar heute noch daran. »Ich bin deiner Schwester nicht b'sonders treu g'wesen . . .«, erklärte er dann versonnen und mit einem scheinbar ganz sinnlosen Gedankensprung. Irene war, auch wenn sie nicht recht verstand, worauf das ganze Gerede hinaus wollte, irgendwie angerührt.

»Welch sonderbare Konfession. Soll das jetzt eine vertrackte Sympathieerklärung sein – oder eine Warnung, daß du vorhast, mir demnächst untreu zu werden?«

Er lächelte. »Schön wär's ja . . .«

»Ich trau es dir zu.«

»Das ist lieb von dir.« Wieder verfiel er in ein langes Schweigen. Und wieder tauchte er mit einem einigermaßen rätselhaften Gedankensprung daraus hervor. »Willst mir was versprechen?« erkundigte er sich.

»Was denn?«

»Du wohnst jetzt so lang bei uns und hast nie einen Urlaub g'macht . . .«

»Urlaub? Dies hier *ist* doch ein Urlaub!«

»Nicht, wenn man's alle Tage hat.« Er sah sie sonderbar

bittend an. »Ich wünsch' mir so sehr, daß d' ein Vierteljahr oder so nach Italien fahrst. Der Sonne entgegen.« Sie war verwirrt. Und auch gekränkt. Wollte er sie wirklich loswerden? »Versprich es mir«, drängte er und faßte sogar ihre Hand. »Ich bitt' dich so sehr darum.«

Mochte sein, er schickte sie fort, um diese verquere Angst zu beschwichtigen, die er ihr vorhin gebeichtet hatte. Mochte freilich auch sein, sie geheimnißte zu viel in seine Worte hinein. Am Ende wollte er nur, daß sie eine schöne Reise habe, einmal im Leben den Süden sähe, in den er so oft und so gern gepilgert war. Und im übrigen mochte dies alles auch nur eine Caprice sein, ein rascher Einfall, auf den er alsbald wieder vergaß. Wie hätte sie wissen können, daß es aus einem sonderbaren Feingefühl heraus geschah, wenn er sie so von sich schob. Er sah, wann immer er in den Spiegel blickte, daß sein Körper anfing, aufgedunsen auszusehen. Nicht nur die Beine schwollen an, die schon seit Wochen wie zwei Säulen waren, sondern auch der Leib. Er hatte Wasser. Noch war es nicht schlimm, aber er machte sich nichts vor, es würde ärger werden. Lisette war's, die es erriet. »Es ist, weil er dich gern hat, Irene! Er verkriecht sich wie ein sterbender Elefant.«

»Aber dich schickt er doch auch nicht fort?!« — Ja, es war schon eine eigene Sache mit dem Verheiratetsein. Sie war seine ihm angetraute Frau. Sie durfte ihn pflegen, vor ihr schämte er sich nicht, ein Moribundus zu sein, vor ihr erlaubte er es sich, den Leib voller Wasser zu haben und zur Erledigung seiner Notdurft einer Schüssel zu bedürfen. Da war, noch immer, unverbrüchlich, unzerstörbar, die eingewurzelte mitmenschliche Vertraulichkeit, die in bald dreißig Jahren herangewachsen war. »Wenn er wünscht, daß du verreist, Irene, mußt du es tun.«

»Versprich mir, daß du mir depeschierst, wenn sein Zustand bedenklich wird.«

»Ich verspreche es dir.« Sie gab ihr sogar die Hand darauf.

Irene fuhr nach Italien. Es gefiel ihr überhaupt nicht dort unten. Aber das war nicht die Schuld Italiens.

Die Kräfte des alten Mannes ließen nach. Sie taten es nicht dramatisch, aber mit einer zähen Unerbittlichkeit. Im Frühsommer war sein Leib aufgeschwollen wie eine Trommel. Dr. Dr. Kohlberger punktierte die Bauchhöhle in immer kürzeren Abständen. Die unangenehme Prozedur brachte nur noch kurzfristig Erleichterung, das Bauchwasser kam von Mal zu Mal schneller zurück. Die Theres war nach Starnberg gezogen und versorgte den Kranken. Es war zehn Uhr abends, und Anton Wiesinger saß in seinem Lehnstuhl, ein Plaid über die Knie gebreitet.

»Du solltest allmählich ins Bett gehn, Papa.«

»Im Bett sterben d' Leut'.« Er wollte lieber im Sitzen übernachten. Es schnaufte sich leichter, das Wasser drückte nicht so wie beim Liegen zum Herzen herauf. »Wie geht's unserm Bier?« erkundigte er sich beim Ferdl, der ihm einen Besuch machte. »Schüttet der Lyssen fleißig Wasser hinein?«

»Dem sind wir Gott sei Dank langweilig 'worden«, gab der Ferdl Auskunft. Seit die Münchener-Dortmunder Brau AG auf dem Papier unter Dach und Fach war, kümmerte sich der Baron angenehm wenig um den Betrieb. »Er hat im Augenblick was mit der Reichswehr zu tun, das interessiert ihn mehr.«

»Will er in die Rüstung hinein, oder was?«

»Wo will der nicht hinein.«

Dem Kommerzienrat war das nicht geheuer. So alt und krank er war, er hatte noch immer Interesse am Lauf der Welt. Bei der Reichspräsidentenwahl im März hatte Hindenburg achtzehn Millionen und dieser sinistre Hitler elf Millionen Stimmen bekommen, so daß ein zweiter Wahlgang nötig geworden war, und selbst den konnte der alte Hindenburg mit nicht mehr als nur sechs Millionen Stimmen Vorsprung für sich entscheiden. Von der demnächst bevorstehenden Reichstagswahl fürchtete man allgemein einen unguten Rechtsruck. »Die braune Bagasch kommt diesmal an die vierzig Prozent hin, wirst es sehen«, hatte Alfred neulich schwarzseherisch gesagt, und war doch früher ein beinah fahrlässig unbekümmerter Optimist gewesen ... Nein, wenn einer, der eine so gute Nase für den Wind hatte wie der Baron Lyssen, jetzt auf eine Aufrüstung spekulierte, die doch überhaupt nur unter einem Reichskanzler Hitler – horribile dictu! – vorstellbar war, dann konnte man's schon wirklich mit der Angst bekommen. Die Not war halt zu groß. Das allgemeine Elend. Und schon so lange Zeit. Da tat sich einer, der sich wie ein Schamane aufführte, ein obskurer Rattenfänger und Hypnotiseur, der darauf aus war, sich als Heilsbringer und Religionsstifter ausrufen zu lassen, allemal leicht. Weiß der Teufel, wie das überhaupt alles weitergehen mochte. Mit der Wirtschaft. Und auch mit der Brauerei ganz speziell, mit der Familie. Das Sachvermögen steckte in der AG, es war zu Papier geworden. Was, wenn es den Bach hinunterschwamm?

»Wirst mir was versprechen?« wendete Anton Wiesinger sich dem Ferdl zu. Der hatte gemeint, als er seinen Vater so mit geschlossenen Augen vor sich hin sinnieren sah, der Kranke wäre vielleicht schon eingeschlafen.

»Aber ja, Papa. Was denn?«

»Laß die Lisette nicht *ganz* im Stich«, sagte der Alte leise. Ferdl schwieg verwirrt. Auf alles mögliche war er gefaßt gewesen, aber nicht auf so eine Aufforderung. »Sie wird arg allein sein, weißt«, fuhr der Kommerzienrat fort. »Und sie war oft allein. Hier bei mir und ... überhaupt bei uns.« Und auch bei dir, hatte er sagen wollen, es aber nicht getan. In diesem Augenblick – *lupus in fabula*, dachte der Ferdl – spitzte die Kommerzienrätin zur Tür

399

herein. Hinter ihr war der Franzl zu sehen, der jetzt achtzehn war und sich auf sein Abitur vorbereitete.

»Dürfen wir einen Moment hereinschauen? Bloß zum Gutnachtsagen.«

»Aber freilich. Ich hab' grad g'redet von dir. — No, und du, Bub? Meinst es geht glatt mit der Matura?«

»Aber schon ganz g'wiß, Opa.«

Opa, ja . . . »Du warst immer ein Heller. Als ganz Kleiner schon. Erinnerst dich noch, wie wir zwei in Wössen drauß' waren?«

»Ein biss'l. Ich war halt noch gar zu klein.« Drei oder höchstens vier Jahr' wird er gewesen sein, dachte Anton Wiesinger, und ich war damals schon ein alter Mann . . . Er sah ermattet aus.

»Wennst nicht ins Bett magst, bleibst halt die Nacht über im Sessel. Aber schlafen tust jetzt auf jeden Fall«, entschied die Theres. Alle sagten Gut Nacht und gingen hinaus. Nur Lisette nicht. Er hatte sie am Mittelfinger gefaßt und ließ sie nicht gehen.

»Hast du den Brief von der Iren g'lesen?« wollte er wissen. Sie nickte. »Schreib' du ihr, mich strengt's zu sehr an«, bat er, und eine sonderbar panische Angst kam über ihn. »Daß sie mir bloß nicht daherkommt! Sie soll um Himmels willen in Italien bleiben! Schreib es ihr!«

»Aber ja, Antoine.« Sie wischte ihm die Stirn, auf der Schweißtropfen standen.

»Ich hab' mich gegen die Kinder viel g'sünder g'stellt, als ich mich fühl'«, bekannte er.

»Ist dir nicht gut?«

»Mir ist schon lang nimmer gut, Lisette.« —

In der Nacht erlitt er einen Herzanfall. Dr. Dr. Kohlberger beurteilte seinen Zustand als überaus kritisch. Lisette schickte den Josef aufs Postamt und ließ den Dienststellenleiter aus den Federn trommeln. »Sagen Sie, daß es ein Notfall ist, und geben Sie diese Depesche auf.«

Irene Döring befand sich zu der Zeit in Verona. Sie bekam das Telegramm um sechs Uhr früh und nahm den Zug um 8 Uhr 23. Am selben Tag noch, zwei Stunden vor Mitternacht, war sie da.

»Wie geht es ihm?«

»Er liegt in Agonie.«

Irene erbleichte. »Er ist nicht mehr bei Bewußtsein?«

»Doch, doch. Aber er fiebert stark und deliriert auch gelegentlich. Der Arzt meint, daß er den Morgen nicht mehr erlebt.«

Irene saß schon länger als zehn Minuten an seinem Bett und hielt seine Hand, bis er sie endlich mit einer verwirrenden Plötzlichkeit erkannte. Er wurde erregt, versuchte sich aufzurichten, und Irene gelang es nur mit Mühe, ihn in die Kissen zurückzudrängen. »Du sollst dich nicht aufregen, Lieber! Ich bin ja da.«

»Ja . . .«. sagte er schwach und zufrieden. Aber schon im nächsten Moment trat ein mißtrauischer Zug in sein Gesicht. »Es — es ist doch wirklich wahr?« Irene verstand nicht sofort. »Doch, doch, es ist wahr«, fuhr er entspannt fort und streichelte ihre Hand. »Es ist bloß, weil ich jetzt oft solche Fieberträum' hab', und dann weiß ich nie so recht, was wirklich ist und was nicht.« Er brach entkräftet ab. Irene kühlte mit einem feuchten Tuch seine glühende Stirn. »Ich hab' dich so sehr vermißt«, hauchte er, als sie sich ganz nah zu ihm heruntergebeugt hatte.

»Nicht so viel reden, Toni. Es strengt dich an.«

»Du bist mir nicht bös, gell? Weil ich dich fortg'schickt hab'? Ich . . . hab' halt nicht wollen, daß d' mich so siehst. Ich hab' mich halt so fürchterlich g'schämt, weißt.«

»Wie kann man nur so eitel sein«, scherzte sie, und die Tränen liefen ihr herab.

»Ja, das hat die Theres neulich auch einmal g'sagt und . . . und deine Schwester immer, aber . . . es ist halt degoutant, so daz'liegen und . . . Ich hab' auch die Josefin nimmer zu mir lassen, schon lang nicht mehr, ich hab' wollen, daß ihr mich in Erinnerung b'haltets als . . . als . . . Ja, und überhaupt . . .« Seine Redeweise wurde fahrig, als phantasiere er. »Der Ferdl hat g'sagt, das mit dem Unfall . . . wie du mit dem Automobil fortg'fahren bist, damals, und bist mir nimmer lebend z'rück'kommen . . . es wär' wegen dem Séparée im Bayerischen Hof g'wesen, hat er g'sagt, aber . . . Das ist nicht wahr, gell?« Er hatte ihre Hand gefaßt und preßte sie mit erstaunlicher Kraft. Offenbar fingen die Bilder der Schwestern an, vor seinem fiebrigen Blick undeutlich in eins zu verlaufen. »Du weißt, daß ich dich lieb g'habt hab', immer . . . Ich . . . ich hab' euch so aufrichtig lieb g'habt, alle, wirklich wahr, alle, alle, alle, alle. Aber am meisten halt doch dich . . . in meinem ganzen Leben eigentlich nur dich . . .« Er drückte Irenes Hand gegen seine Wange.

»Schon gut, Lieber. Du mußt ganz still sein jetzt, ja?«

»Ja . . .« Er schloß folgsam die Augen und hielt sich ganz still. Sie ließ ihre Hand auf seiner Wange liegen und regte sich selber nicht, auf daß sie ihn nicht störe. So verharrte sie, wer weiß wie lang. Irgendwann spürte sie, daß sein fieberheißes Fleisch ganz allmählich kalt wurde. Nicht kühl, sondern sonderbar trocken und kalt.

»Toni —?« flüsterte sie fragend. »Toni!!« Sie faßte ihn bei den Schultern. Aber er hörte und spürte sie nicht mehr. Er hatte sich ganz sanft und still davongemacht.

Die Beerdigung fand am 24. Juni 1932 auf dem Südlichen Friedhof statt. Die Anteilnahme, auch über die Familie und die Brauindustrie hinaus, war eine außergewöhnliche. Als Merkwürdigkeit fiel auf, daß dem Verstorbenen kein katholischer Priester den letzten Dienst erwies. Die meisten hatten ganz darauf vergessen, daß Anton Wiesinger 1916 der Kirche den Rücken gekehrt hatte. So lang war das alles schon her.

Epilog

Die weiteren Geschicke der uns vertrauten Personen und der
Brauerei in der Herbststraße sind rasch erzählt. Um so
rascher, als es nicht sonderlich erfreulich ist, bei ihnen zu
verweilen. Zum Bedauern des Chronisten fehlt ihnen jegli-
che Heiterkeit.

Am 30. Januar 1933, bei schon allmählich sich wenden-
der Wirtschaftskrise und durchaus schon wieder rückläufi-
gen Wahlerfolgen der NSDAP sowie einer geradezu verzweifelten Ebbe in der Parteikasse der braunen Herrschaften,
stieg jener sinistre Wahlmünchner aus Österreich, den der
selige Kommerzienrat am 9. November 1923 fälschlicher-
weise totgesagt hatte, doch noch zum Reichskanzler auf,
buchstäblich in der letzten Sekunde vor dem unwiderrufli-
chen Sinken seines Sterns und mithin deprimierend überflüssigerweise.

Als erster und auch am schmerzhaftesten hatte unter
diesem Verhängnis der Rechtsanwalt und Fraktionsvorsit-
zende der SPD im Bayerischen Landtag Dr. Alfred Wiesinger zu leiden. Bei der Reichstagswahl vom 5. März, der
ersten und letzten nach der Machtübernahme, schnitten die
Nationalsozialisten in München schlechter ab als sonst
irgendwo im Reich – gegenüber dem Gesamtdurchschnitt
von vierundvierzig errangen sie hier nur siebenunddreißig
Prozent. Alfred Wiesinger, der sich mächtig ins Zeug gelegt
hatte und in dessen Wahlkreis die SPD dann auch besonders
erfolgreich gewesen war, freute sich zu früh. Obgleich der
seit einem Monat in Berlin regierende ›Führer‹ und seine

Spießgesellen es nicht fertiggebracht hatten, die absolute Mehrheit zu erringen, weder in Bayern noch im Reich − (was doch eigentlich das mindeste war, wenn man die ›Nationale Revolution‹ auszurufen gedachte!) −, setzten sie in allen nicht von den Nazis regierten Ländern handstreichartig sogenannte Reichskommissare ein, in Bayern den Gauleiter Ritter von Epp. Das Rathaus wurde bürgerkriegsmäßig besetzt, Oberbürgermeister Scharnagl vertrieben, der Ministerpräsident Held zum Rücktritt gezwungen, das Gewerkschaftshaus in der Pestalozzistraße von siebenhundert SA-Leuten ›ausgehoben‹ und die am Altheimer Eck gelegene Redaktion und Druckerei der SPD-Zeitung *Münchner Post* demoliert.

Der Abgeordnete Wiesinger, der sich während der Verwüstung zufällig dort aufhielt, meinte, gegen diesen Vandalismus protestieren zu müssen. Er wurde verprügelt und abgeführt. Durch seine Reden im Wahlkampf und erst recht durch deren nicht zu leugnenden Erfolg hatte er sich bei den neuen Herren unbeliebt gemacht. Er büßte es, indem er gemäß der ominösen ›Verordnung zum Schutz von Volk und Staat‹, die am 28. Februar im Gefolge des Reichstagsbrandes erlassen worden war, zweiunddreißig Tage in Polizeigewahrsam verbrachte, ohne Haftbefehl und ohne daß man es der Mühe wert fand, irgendeine formelle Anklage gegen ihn zu erheben. Als er schließlich Anfang April aus seiner Zelle in den Hof des Stadelheimer Gefängnisses hinuntergeführt wurde, war er sicher, endlich entlassen zu werden. Statt dessen brachte man ihn zu dem ›Lager für Schutzhäftlinge‹, das in einer stillgelegten Pulver- und Munitionsfabrik bei Dachau provisorisch eingerichtet worden war. Er erhielt die Häftlingsnummer 473 und blieb in dem Lager bis zum 26. August. Später hat er, außer mit seiner Frau, nie mit irgendwem über seine Erlebnisse in Dachau gesprochen. Aus Andeutungen konnte man schließen, daß er mehrmals mißhandelt worden war, einmal sogar vor versammelter Mannschaft auf einem für den Vollzug der Prügelstrafe eigens zurechtgezimmerten Bock. Ab Herbst dreiunddreißig durfte Alfred Wiesinger seine Anwaltskanzlei wieder übernehmen, lehnte jedoch alle bedeutenderen Rechtsfälle ängstlich und vielleicht auch trotzig ab. Er spezialisierte sich auf dem vergleichsweise harmlosen, jedenfalls politisch windstillen Feld der Mietstreitigkeiten.

Auch privat verkroch er sich ganz im engsten häuslichen Kreis, quasi unter die wärmenden Röcke seiner zärtlich geliebten Regina. Ein Kind adoptieren, wie er es beabsichtigt hatte, wollte er jetzt nicht mehr. »Nicht in so einer Zeit, Regina. Ich bitte dich.« Sie verstand ihn und stimmte zu. Das Einkommen, mit dem die beiden sich durchbrachten, war mäßig, aber nicht demütigend gering. Freilich war Alfred durch die Haft − und wohl auch durch die nicht auszulöschende Erinnerung an die erlittene Erniedrigung − in seiner Gesundheit stark zurückgekommen. Besonders zu schaffen machte ihm eine hartnäckige, immer wiederkehrende Thrombose im linken Bein. Er starb am 3. Februar 1937, plötzlich und überraschend, erst dreiundsechzig Jahre alt, an einer Embolie. Regina überlebte ihn um volle neununddreißig Jahre. Sie starb achtundachtzigjährig im Sommer 1976 und war bis zuletzt von erstaunlicher Rüstigkeit.

Lisette, die noch vor ein paar Jahren nicht hatte nach Frankreich zurückkehren wollen, änderte nach dem Tod ihres Mannes diesen Entschluß. Der selige Kommerzienrat hatte völlig richtig vorausgesehen, daß sie sich nach seinem Hingang trostlos einsam fühlen würde. Zwar nahm sich der Ferdl, eingedenk des seinem Papa gegebenen Worts − und auch wohl aus eigenem Gefühlsantrieb − seiner Stiefmama an, die immerhin für ein paar Jahre seine Geliebte gewesen war. Aber die sensible Frau, die nie so richtig über diese gescheiterte Beziehung hinwegzukommen wußte, fühlte sich durch seine Fürsorge eher gedemütigt. Sie hielt sich den

Ferdl mit einem schier abwegigen Stolz vom Leib. Den letzten Ausschlag für ihre Rückkehr nach Frankreich gab dann freilich ein außerfamiliäres Erlebnis von zweifellos empörender Art. Als sie im April dreiunddreißig ihren Gynäkologen, einen gewissen Dr. Samuel S. in dessen an der Sonnenstraße gelegenen Praxis aufzusuchen gedachte, geriet sie mitten in den schändlichen Judenboykott der SA. Sich dem Gebäude nähernd, gewahrte sie nicht nur die an diesem Tage vor fast allen Türen jüdischer Geschäfte und Betriebe aufgezogenen Wachen in brauner Uniform, welche die Aufgabe hatten, Kundschaft, Patienten und Klientel fernzuhalten, sondern darüber hinaus einen größeren Menschenauflauf, der seinen Grund in dem vom Publikum als sensationell empfundenen Umstand hatte, daß jemand die wertvolle und künstlerisch wunderschöne Jugendstil-Glasscheibe an der Eingangstür des Praxishauses sorgfältig, ja, beinahe pedantisch mit einem Hammer zertrümmerte.

Lisette, sich der Gefährlichkeit des Volkszorns erinnernd, von dem sie im August vierzehn eine schmerzhafte Probe hatte erdulden müssen, beschloß, ihren Besuch auf einen späteren Tag zu verschieben und entfernte sich. Sie ging in das Café Fahrig, trank einen Kaffee, aß ein Hörnchen und machte sich hernach zu einem Gang durch die Neuhauser Straße auf. Gerade als sie sich der einmündenden Ettstraße näherte, gewahrte sie, vom Polizeipräsidium her kommend, einen kleinen, sie zutiefst erschreckenden Zug: Dr. Samuel S., ihr Arzt, wurde von einem SA-Trupp durch die Straßen geführt, um ihn in einem sozusagen zirzensischen Umzug den Gaffern zur Schau zu stellen, als wäre er ein seltenes Tier. Es war ihm ein handgemaltes Schild um den Hals gehängt worden, auf dem zu lesen stand: »Ich werde mich *nie* mehr bei der *Polizei* beschweren.« Dr. S. war so naiv gewesen, sich wegen der an seinen Patienten verübten Nötigung und wohl auch wegen des vandalistisch zerschlagenen Glaskunstwerks um Hilfe an die Ordnungskräfte des Staates

406

zu wenden, nicht bedenkend, daß in diesen Tagen der Bock zum Gärtner, also ausgerechnet die SA und SS zur ›Hilfspolizei‹ des neuen Regimes bestellt worden war.

Lisette zeigte sich aufs tiefste verstört. Mehr als alles andere erschreckte sie die unerschütterte Gleichgültigkeit der Passanten, die sich allesamt rasch und verlegen, ab‹ ohne erkennbare Empörung an dem so skandalös mißhandelten Arzt vorbeigedrückt hatten. Das Ereignis erfüllte sie mit unheilvollen Vorahnungen und ließ ihren lange schon vorausgedachten Entschluß endgültig reifen, in ihre alte Heimat zurückzukehren.

Sie verwirklichte ihn im Herbst 1934, wohnte anfangs bei einem ihrer Großneffen, den sie zuvor noch nie gesehen hatte und der ein nicht unbedeutendes Textilgeschäft in Nancy betrieb. Später zog sie nach Paris, wo sie allein lebte. Bei Kriegsausbruch im Jahr neununddreißig wurde sie als Deutsche interniert, noch vor dem Zusammenbruch der Dritten Republik jedoch wieder entlassen. Die von ihr nach Frankreich mitgebrachten Sachwerte waren gering, die Pensionszahlungen aus dem Vermögen ihres verstorbenen Mannes schrumpften infolge der Zeitumstände auf ein Minimum, zumal nach dem schmählichen Untergang der Reichsmark im Strudel des Krieges, so daß die letzten Lebensjahre der Madame Lisette Wiesinger von einer an Armut grenzenden Sparsamkeit überschattet waren. Sie starb 1956, neunundsiebzigjährig, in einem Altenstift nahe Versailles.

Übrigens vier Jahre nach der Witwe Irene Döring, die nicht nach Greifswald zurückgekehrt war, sondern sich im bayrischen Oberland niedergelassen hatte. Die Pension, die sie verzehrte, war die ihres Theo. Die melancholischen Witwengefühle jedoch, denen sie sich ab und zu mit einem sonderbar wohligen Schmerz hingab, galten ganz allein Anton Wiesinger.

Am ungeschorensten durch die Finsternis der tausend

Jahre kam der, welcher nach allem Ermessen eigentlich am gefährdetsten war, der Judenmischling ersten Grades Wolfgang Oppenheimer-Oberlein. Unter das fatale ›Gesetz zur Wiederherstellung des Berufsbeamtentums‹ vom 7. April 1933 fiel er nicht, und sogar aus verschiedenen Gründen: Einmal, weil er nicht Volljude, und zum anderen, weil er schon vor 1914 Beamter geworden und außerdem Frontkämpfer gewesen war – man gab sich dazumal noch mit vergleichsweise feinen Unterscheidungen ab. Auch später, und sogar bis zum endlichen Zusammenbruch der braunen Diktatur, wurde dank des Kompetenzwirrwarrs, der das angeblich so monolithische Naziregime auszeichnete, nie eindeutig geklärt, wie mit den sogenannten Mischlingen ersten Grades zu verfahren sei, ob man sie kurzerhand den Volljuden zuzuschlagen oder sie halbwegs als ›Deutschblütige‹ zu behandeln gedächte. Mehr als einmal, in den Jahren der ›Endlösung‹ vor allem, schwebte das Damoklesschwert physischer Vernichtung auch über Leuten wie Wolfgang Oberlein. Da er keinen Einblick in die Vorgänge hatte, wußte er nichts von der Gefahr.

Seine Lage war dennoch ungut genug. Und im übrigen fühlte der Oberstudienprofessor sich zuweilen in seiner grunddeutschen Seele schmerzhaft mittenentzwei geteilt. Wie nicht verwunderlich, erfüllte ihn gegen seine einstigen Genossen ein geradezu verbissener Haß. Andererseits ist es schwer, aus seiner eigenen, durchaus persönlichen Haut zu schlüpfen. Die Wiedereinführung der Allgemeinen Wehrpflicht tat dem gewesenen Oberleutnant wohl. Auch die Besetzung des Rheinlandes, da mochte er sich dagegen anstemmen, so viel er wollte, erwärmte sein patriotisches Herz. Allenfalls daß eine bohrende Wut über die Kurzsichtigkeit der ehemaligen Kriegsgegner ihn behelligte – (Wie gut würde der selige Kommerzienrat diesen Zorn verstanden haben!) –, weil sie diesem österreichischen Strolch ohne weiteres durchgehen ließen, was auszuprobieren einer republikanischen Regierung zuvor nicht einmal im Traum hätte einfallen dürfen. Selbst noch im vierziger Jahr vermochte Wolfgang Oberlein ein erhebendes Gefühl in sich nicht völlig niederzukämpfen, als der halbverrückte Weltkriegsgefreite in nur vierundvierzig Tagen jenes Frankreich zu Boden zwang, vor dessen Linien und Schützengräben er, Wolfgang Oberlein, seinerzeit volle vier Jahre lang schwitzend, frierend und blutend, und am Ende dennoch vergebens im Dreck gelegen war . . .

Diese merkwürdig gespaltenen Seelenzustände des Gymnasialprofessors waren selten, das übliche waren Ekel und aufrichtiger Haß, sowie freilich auch, warum es verschweigen, eine tiefsitzende Angst. Schließlich sah er sich als Halbjude unentwegt zurückgesetzt. Manche Kollegen, aber auch sogar Schüler, schnitten ihn, und er durfte es nicht wagen, sich gegen sie zu wehren. Anfeindungen, die er seinem störrischen Charakter nach ohnehin leicht auf sich zog, hatten in jener Zeit etwas unmittelbar Riskantes für ihn. Er lehrte Deutsch und Geographie — zum Glück nicht auch noch Geschichte! —, Disziplinen, aus denen die für einen strammen Unterricht obligate und amtlicherseits ausdrücklich geforderte nationalsozialistische Weltanschauung nicht so leicht herauszuhalten war, wie etwa aus den Fächern der Naturwissenschaft, wo man sich über Albernheiten wie die ›arische Physik‹ ja immerhin herummogeln konnte.

Der Oberstudienrat, wie sein Titel jetzt in reichseinheitlicher Gleichschaltung lautete, sah sich mehrmals höchst gefährlichen Denunziationen ausgesetzt, und wer weiß, wie seine Geschicke sich gestaltet hätten, würde nicht sein Direktor — jener deutschnationale Stahlhelmer und Alt-Parteigenosse, insgeheim von ›der Bewegung‹ selbst bitter enttäuscht, und das schon vom Jahre vierunddreißig an — immer wieder schützend die Hand über ihn gehalten haben. Im Jahr achtunddreißig, nach den schamlosen Novemberpogromen, zu deren Feier in der Turnhalle des Gymnasiums

eigens eine nationale Gedenkstunde anberaumt worden war
– (»Ich muß doch, Oberlein, was bleibt mir denn übrig, ich
muß ja doch, was soll ich denn tun?!«) –, wurde die Lage
vollends unerträglich für ihn. Wolfgang Oberlein kam um
vorzeitige Pensionierung ein. Man gewährte sie ihm bei
entsprechend reduzierten Bezügen, und gewährte sie gern.
»Das Gymnasium ist judenrein. Endlich! Es wurde wahrhaftig Zeit!« hörte er einen Kollegen sagen, als er zum letztenmal durch das Portal auf die Straße hinaustrat. Das war sein
Abschied nach einem Schuldienst, der von ihm dreißig Jahre
lang nicht ohne Aufopferung geleistet worden war.

Notleiden mußten die Oberleins nicht, nicht einmal fühl-
bar sich einschränken. Dazu war der Beitrag, den Therese
aus ihrem Erbteil zur Haushaltführung beisteuern konnte,
allemal noch beträchtlich genug.

Nach dem Krieg war er fünfundsechzig und zum Wieder-
eintritt in den aktiven Schuldienst zu alt. Seine Bemühun-
gen, gerechtigkeitshalber einen finanziellen Ausgleich für
die ihm aus rassischen Gründen widerfahrene Unbill zu
bekommen, zogen sich durch die Hartleibigkeit der Behör-
den hin. Er verstarb, ohne die endgültige Regelung erlebt zu
haben, im Jahr 1952, einundsiebzig Jahre alt. Therese überlebte ihn um ein knappes Jahrzehnt. Sie ließ ihren Mann im
wiesingerischen Familiengrab auf dem Südlichen Friedhof
beisetzen, obgleich Wolfgang den Wunsch nach einer eigenen Ruhestätte geäußert hatte. Sie wollte im Tod nicht von
ihren Eltern getrennt sein, aber auch nicht von ihrem Mann.
Sie hat beides erreicht.

Gabi hat nach Übersee geheiratet. Einen Mr. Aaron
Grüner. Aus Liebe, aber ein wenig vielleicht auch aus Trotz.
Sie lebt in gesicherten Umständen bei Detroit.

Ebenfalls ziemlich ungeschoren kam der Toni um die hundert fatalen Ecken der Zeit herum. Dank seines Alters – er
war Jahrgang 1889 – blieb ihm im Krieg die Einberufung

erspart. Um den Arbeitseinsatz im ›totalen Krieg‹ und zum Schluß sogar um den Einsatz im Volkssturm schwindelte er sich durch zwei teuer erkaufte ärztliche Gutachten herum. Er war und blieb ein Sonderling. Menschlich hatte er insoferne Pech, als seine Franziska ungewöhnlich früh starb, nämlich schon 1946, und ihn allein auf einer Welt zurückließ, der er nicht gewachsen war. Mit seiner beharrlichen Weigerung, die häuslichen vier Wände zu verlassen, handelte er sich mehr als eine Schwierigkeit ein. Einmal schwebte sogar ein Entmündigungsverfahren über ihm. Damals — 1952 — begab er sich dann doch zum Amtsgericht, und der alte Bubencharme, der ihm trotz seiner inzwischen unförmigen Leibesfülle noch immer zu Gebote stand, bestrickte den Amtsrichter ebenso wie einen psychiatrischen Sachverständigen.

Sein Tod im November 1958 war von einer gewissen Merkwürdigkeit und beschäftigte sogar die Zeitungen. Das Haus in der Tumblingerstraße war nach dem Krieg abgerissen worden, da es bei diversen Luftangriffen stark beschädigt worden war. Toni hatte im Frühjahr eine Eineinhalbzimmer-Wohnung zugewiesen bekommen, im 11. Stock einer der neuen Hochhaussiedlungen, die man jetzt da und dort an der Peripherie der Stadt zu errichten begann, und das war bei der herrschenden Wohnungsnot gradezu ein Lotterietreffer gewesen, denn schließlich hausten noch immer mehr als achtzehntausend Münchner Familien in Notquartieren, und beim Wohnungsamt waren vierzigtausend Wohnungssuchende in der Dringlichkeitsstufe I vorgemerkt.

Durch die Lektüre ärztlicher Schriften hatte der Toni sich dazu verleiten lassen, endlich doch gegen seine hundertdrei Kilo Körpergewicht anzukämpfen. Er machte jetzt auf dem kleinen, nach hinten hinausgehenden Balkon regelmäßig ertüchtigende Übungen bei Radiomusik. Mag sein, das — allerdings fruchtlose — Bemühen, sich ein wenig was von seinem Speck abzufasten, hatte ihn geschwächt, mag sein, die ungewohnte körperliche Betätigung – (»Arme streckt! Und auf den Zehenspitzen wippt! Hoch, höher, und wippen, wippen! Jawohl!«) – bekam ihm aus irgendeinem anderen Grunde nicht. Jedenfalls wurde es dem Toni schlecht. Und da ihn diese üble Befindlichkeit in einer reichlich exponierten Position betraf, stürzte er über das Balkongeländer hinweg auf das noch nicht fertig angelegte Grüngelände der Siedlung, direkt neben den geplanten Kinderspielplatz. Er schlug auf die dort verlegten Betonplatten und war auf der Stelle tot.

Zu denen, die glimpflich über die Läufte kamen, zählte auch Josef Bräuninger. Er blieb bis zum Jahr achtunddreißig beim Ferdl in der Maria-Theresia-Straße im Dienst. Da war er dann siebenundsechzig und ging in Rente. Seine Bezüge waren bescheiden. Aber er selber ja auch. Politisch fand er viel Grund, sich zu ärgern, aber er war klug genug, es im stillen zu tun. Er kam bei einem Fliegerangriff ums Leben, in den allerletzten Kriegstagen noch, aber »da war schließlich auch nicht mehr die Hebamm' dran schuld«, würde der selige Kommerzienrat gesagt haben – er war immerhin zweiundsiebzig Jahre alt.

Die Lucie, etwa gleichaltrig mit ihm, starb acht Jahre später. Sie verlebte ihre späten Tage in unerwartet guten finanziellen Verhältnissen. Diese hatten mit dem Franzl zu tun.

Der hatte im Todesjahr des Kommerzienrats seine Matura gemacht und gleich danach mit dem Studium der Jurisprudenz angefangen. Er war dabei schon früh dem NS-Studentenbund in die Fänge geraten. Später ging er zur Partei – nun ja, dies war, wenn er Beamter werden sollte, nur schwer zu umgehen –, auch der Reiter-SA trat er bei, einem halbwegs feudalen, exklusiven Verein. Kurzum, der Franzl hatte ein gesundes Gespür für die nutzbringende

412

Aufwinde, und man muß ein solches auch haben, wenn man Karriere machen will. (»Ja, ja, du warst immer schon ein Heller, schon als Bub . . .«) Dr. jur. Franz Bausch wurde Richter. Zuletzt, 1943, an einem Sondergericht. Er hatte vergeblich versucht, dem auszuweichen, denn immerhin war ihm bewußt geworden – nach Stalingrad, wenn nicht schon etwas zuvor –, daß die Thermik, die ihn bisher getragen hatte, sich umzudrehen begann. Er tat sich im Rechtskampf gegen die Staatsfeinde nicht sonderlich hervor, ohne sich freilich deshalb einer auffallenden Zimperlichkeit zu befleißigen, wo es halt nun einmal gar nicht anders ging. Größeren Schaden tat er sich mit all dem nicht. Unmittelbar nach dem Krieg zwar gab's ein paar für ihn schwierige Jahre, aber danach war er gleich wieder obenauf. Er wurde eine zuverlässige Stütze des Wiederaufbaus, insbesonders der neugewonnenen demokratischen Rechtsstaatlichkeit. Heute lebt er in einem kleinen oberbayrischen Kurort und verzehrt dort seine wohlerworbene Pension. Da er gesund ist – er geht jährlich für zwei Tage zum medizinischen Check-up in eine Klinik – mag es gut sein, daß er noch die Jahrtausendwende erlebt.

Bleibt noch über den Ferdl zu sprechen. Und über die Brauerei. Was beides in manchem Betracht das nämliche ist.

Davon, daß der Baron von Lyssen beste Beziehungen zu den neuen Machthabern unterhielt, profitierte man nichts, denn der ehemals ›povere Geschäftsmann‹ hatte ja seine Anteile zugunsten des Rüstungsgeschäfts verkauft. Die erhoffte Besserung der Bilanzen trat nach dem Münchener-Dortmunder Zusammenschluß nur zögernd ein. Die Dinge liefen eher unerfreulich. Nicht zuletzt wegen der zunehmenden Eingriffe, um nicht zu sagen Übergriffe des Staates und der Partei. Schon im Mai dreiunddreißig wurde der Präsident der Industrie- und Handelskammer, der Kommerzienrat Pschorr, der dreiunddreißig Jahre lang Mitglied der

Kammer und einundzwanzig davon deren Leiter gewesen war, als ›politisch unzuverlässig‹ verjagt. Kein gutes Omen. Und leider nur ein erster Schritt. Der ›Reichsnährstand‹ wurde errichtet, die Gesamtkörperschaft der Landwirtschaft, und mischte sich alsbald auch in die Belange der Brauindustrie ein, jedenfalls indirekt, indem er nämlich den Anbau von Hopfen zugunsten der Produktion von Kartoffeln, Zuckerrüben und Hanf drosselte, so daß ein Engpaß bei der Hopfenbeschaffung entstand.

Um den Gerstemarkt stand es ähnlich. Überstürzte Einkäufe und Preissteigerungen waren die Folge, sowie eine alsbald erlassene staatliche Höchstpreisverordnung, die an den Realitäten insoferne nichts besserte, als sie die Menge des Hopfens so wenig wie die der Braugerste erhöhen half. Wie immer, wenn Mangel herrscht, machte sich − mitten im Frieden! − eine unbequem bürokratische Rohstoffbewirtschaftung breit. Im Rahmen des Vierjahresplans und der ›Ernährungsschlacht‹ kamen sogenannte Bedarfsdeckungsscheine auf.

Weil der Wettbewerb jetzt sozusagen staatlich geregelt wurde, konnten die Wirte nicht mehr ohne weiteres den Bierlieferanten wechseln und die Brauereien keine neuen Abnehmer finden. Kurzum, die Selbstverwaltung der Wirtschaft hörte auf. Aus Firmeninhabern wurden ›Betriebsführer‹, die in die Pflicht genommen waren, im Sinne der ›Volksgemeinschaft‹ zu handeln. Die Industrie degenerierte zu einer Auftragsverwaltung von Staat und Partei. Dem Ferdl machte es unter solchen Bedingungen wenig Spaß, Direktor einer AG zu sein, schon gleich gar nicht, wenn sich bei alledem die Bilanzen nur grad eben so halten ließen, und selbst das nur mit Mühe und Not.

Ferdinand Wiesinger, dem auch sonst die in Deutschland eingerissenen Verhältnisse nicht zur Nase standen, berief im Herbst 1937 einen Familienrat ein. Dieser fand beim Toni in der Tumblingerstraße statt, weil der sich beharrlich geweigert hatte, den Fuß vor seine Haustür zu setzen, und wäre es auch nur für ein paar Stunden. (»Es geht mir ja so miserabel, Bruderherz. Immer hab' ich so ein Ziehen im Rücken. Du machst dir ja gar keine Vorstellung, was für eine Qual das ist.«) An Platzmangel litt man in den bescheidenen Räumen nicht, es waren schließlich, außer dem Ferdl und dem Toni nur noch die Theres und, um sie zu beraten, Wolfgang Oberlein da. Ferdl eröffnete seinen Geschwistern, daß er nach Amerika zurückzukehren gedächte. »Ihr könnts eure Aktien b'halten oder verkaufen, ganz wie ihr wollts. Ich jedenfalls schlag' die meinigen los.« – »Und die Villa?« – »Wenn jemand von euch sich's leisten kann, daß er drin wohnt und sich das nötige Personal hält – bitte. Sonst wird halt in Gottes Namen auch die verkauft und der Erlös verteilt.«

So geschah es. Ferdinand Wiesinger kehrte am 27. Mai 1938 auf der ›Queen Mary‹ in die Vereinigten Staaten zurück. Die Reise dauerte drei Tage, zwanzig Stunden und zweiundvierzig Minuten: Es war die Fahrt, auf der das Luxusschiff das Blaue Band gewann. Da das amerikanische Vermögen des abermaligen Auswanderers seinerzeit Nancy und die Kinder bekommen hatten, begann er noch einmal von vorne, wenn er auch diesmal nicht mit leeren Händen herüberkam. Die Prohibition war seit 1933 aufgehoben, und er trat wieder als Direktor bei Mr. Stones *United Michigan Lake Breweries* ein, wo jetzt freilich seit mehr als sechs Jahren Mr. Stone junior am Ruder war.

Der Ferdl kaufte Beteiligungen und kam gut in die Höhe. Der Krieg machte ihm dann so ziemlich alles wieder kaputt. Er wurde interniert und sein Besitz als Feindeigentum beschlagnahmt, doch später erhielten er und seine Erben das meiste davon wieder zurück. Im Frühjahr vierundvierzig kam er vorzeitig frei und begann ein drittesmal von vorne, obgleich er jetzt schon bald sechzig war. Er heiratete eine um achtzehn Jahre jüngere Frau, und die Ehe ging, zu seinem eigenen Erstaunen, gut. (»No ja, ein biss'l g'scheiter wird man halt vielleicht doch, mit die Jahr‹.«) Dieser Ehe entsproß ein Sohn, nach seinem Großvater mütterlicherseits Frederic getauft, so daß es, wenn alles mit rechten Dingen zugeht, heute noch zwei männliche und eine weibliche Wiesinger in den Vereinigten Staaten gibt; die letztere dürfte freilich, falls sie geheiratet hat, eine bloße né Wiesinger sein.

Ferdl war Jahrgang 1883. Er hatte von seinem Vater die Langlebigkeit geerbt und übertraf ihn darin sogar. Er starb 1971 achtundachtzigjährig an Alterskrebs.

Das Schicksal der Brauerei an der Herbst- und der Villa an der Maria-Theresia-Straße nahm einen traurigen und im übrigen merkwürdig parallelen Verlauf: beide fielen in Schutt und Asche, und sogar in derselben Nacht, nämlich in der vom 24. auf den 25. April 1944, bei einem Luftangriff vierhundert englischer Flugzeuge. Es gab 136 Tote und 4185 Verletzte. Gezählt wurden 25 249 Phosphor-, 550 000 Stabbrand- und allerdings nur 85 Sprengbomben. Das meiste von dem höllischen Feuersegen ging im Zentrum, sowie in der Au und in Giesing-Haidhausen nieder. Die Anlagen der vom Großvater Anton Wiesingers gegründeten Brauerei und die von seinem Vater erbaute Villa brannten bis auf die Grundmauern aus.

Die Herbststraße existiert heute als Durchgangsstraße nicht mehr. Sie wurde nach dem Krieg teilweise mit den modernen Erweiterungsgebäuden des Bayerischen Rundfunks überbaut. Die Ruine an der Maria-Theresia-Straße wurde abgerissen und Anfang der sechziger Jahre durch einen einfallslos modernen Neubau ersetzt, in dem heute Büroräume untergebracht sind.

»*Sic transit gloria mundi*«, hätte vielleicht der Rechtsanwalt Alfred Wiesinger gesagt, der es ja zuweilen geliebt hat, auf Lateinisch weise zu sein. So vergeht der Glanz der Welt . . .